江西詩派詩集

百花洲文藝出版社

二、陳師道

陳師道（一〇五三—一一〇二），字履常，一字無己，號後山居士，學者稱後山先生，彭城（今江蘇徐州）人。家貧力學，受業曾鞏，從黄庭堅學詩。熙寧中，王安石經學盛行，師道心非其説，絶意仕進。元豐四年（一〇八一），曾鞏奉詔修史，薦師道入史館，以布衣未果。元祐二年（一〇八七）以蘇軾等薦，授亳州司户參軍，改徐州教授，以薦擢太學博士，旋仍任教徐州。五年，移潁州教授。紹聖元年（一〇九四），坐蘇軾餘黨，謫監海陵酒税；二年調彭澤令，以母喪未行，家居六年。元符三年（一一〇〇）除棣州教授，召爲祕書省正字。徽宗建中靖國元年（一一〇一），扈從南郊，天寒無綿衣，以寒疾卒，《宋史》有傳。師道高介有節，安貧樂道，於諸經尤邃《詩》、《禮》，爲文精深雅奥，喜作詩，以苦吟著。與李廌合蘇門四學士黄庭堅、張耒、晁補之、秦觀，號蘇門六君子。著有《後山先生文集》五十五卷，《後山集》十四卷《外集》六卷、《談叢》六卷、《理究》一卷、《詩話》一卷、《長短句》二卷。

宋陳振孫《直齋書録解題》卷二〇録《後山集》六卷《外集》五卷，稱是從詩文集本中録出入《江西詩派》者。疑《外集》五卷當是黄汝嘉增修補入。《四庫全書總目》卷一五四著録《後山集》二十四卷，謂：「其五言古詩，出入郊島之間，意所孤詣，殆不可攀，而生硬之處，則未脱江西之習。七言古詩，頗學韓愈，亦間似黄庭堅，而頗傷謇直，篇什不多，自知非所長也。五言律詩，佳處往往逼杜甫，而間失之僻澀。七言律詩，風骨磊落，而間失之太快、太盡。五七言絶句，純爲杜甫遺興之格，未合中聲。長短句，亦自爲别調，不甚當行。大抵詞不如詩，詩則絶句不如古詩，古詩不如律詩，律詩則七言不如五言。方回論詩以杜甫爲一祖，黄庭堅、陳與義及師道爲三宗，推之未免太過。……其古文在當日殊不擅名，然簡嚴密栗，實不在李翺、孫樵下，殆爲歐、蘇、曾、王盛名所掩，故世不甚推。棄短取長，固不失爲北宋巨手也。」同卷又録《後山詩注》十二卷：「宋陳師道撰，任淵注。原本六卷，此本作十二卷，則淵作注時每卷釐爲二也。淵生南北宋間，去元祐諸人不遠，佚文遺蹟往往而存，即同時所與周旋者，亦一一能知始末，故所注排比年月，鈎稽事實，多能得作者本意。……小誤亦所不免。然援證古今具有條理，其所得者實多。」

《全宋詩》册一九卷一一一四頁一二六三一至卷一一二〇頁一二七五二以宋蜀刻大字本《後山居士文集》爲底本（卷六原闕第二十二葉，據目録以宋刻《後山詩注》本補足），校以宋刻《後山詩注》（殘存卷三下至卷六）、高麗活字本《後山詩注》十二卷（出弘治十年袁宏刻本，《四部叢刊》據此影印）、文淵閣《四庫全書》本《後山詩注》十二卷、雍正八年（一七三〇）趙駿烈刻《後山先生集》二十四卷（據弘治十二年馬暾刻《後山先生集》三十卷本重編）、文淵閣《四庫全書》本《後山集》二十四卷、張鈞衡《適園叢書》本《陳後山集》三十卷（一九一四年據舊鈔本翻刻）。凡底本失收而見於校本諸詩，編爲第七卷，新輯集外詩附卷後（卷七及集外詩合二十八首，殘句十條）。

陳師道詩集傳世者，大致可分爲詩文合集、詩集兩個系統。其詩文集傳世最古、最佳者當屬宋蜀刻《後山居士文集》二十卷（一九八四年上海古籍出版社影印，凡詩六卷、文十四卷），後有明弘治十二年（一四九九）馬暾刻本、明刻本，二本俱三十卷，凡詩十二卷、文十八卷。清有雍正八年（一七三〇）雲間趙氏刻本（《四庫全書》本據此）及學稼軒刻本、光緒十一年（一八八五）番禺陶福祥愛廬刻本，三本俱二十四卷，凡詩八卷，文九卷，《談叢編》四卷，《詩話》、《理究》、《長短句》各一卷。明本訛脱不少，清本承明本訛謬又加甚。

詩集現存所傳最早之本爲宋刻本，任淵注，有六卷、十二卷本，今皆有殘闕。元以後皆有刻本，以十二卷本爲盛，元刻本（日本藏有十二卷足本）、明弘治十年（一四九七）袁宏刻本、明嘉靖十年（一五三一）遼藩朱寵瀼梅南書屋刻本等皆是；清有雍正三年（一七二五）陳唐活字印本《後山居士詩集》六卷、《逸詩》五卷、《詩餘》一卷，其六卷仍宋人魏衍所編之舊，但削去任淵注，《逸詩》五卷、《詩餘》一卷則陳唐蒐輯諸書補所未備者。今據中國國家圖書館藏元刻本（卷一配日本鈔本）影印。

後山詩注十二卷

任淵注

元刻本（卷一配日本鈔本）
原版框高十九點八釐米，寬十三點六釐米
中國國家圖書館藏

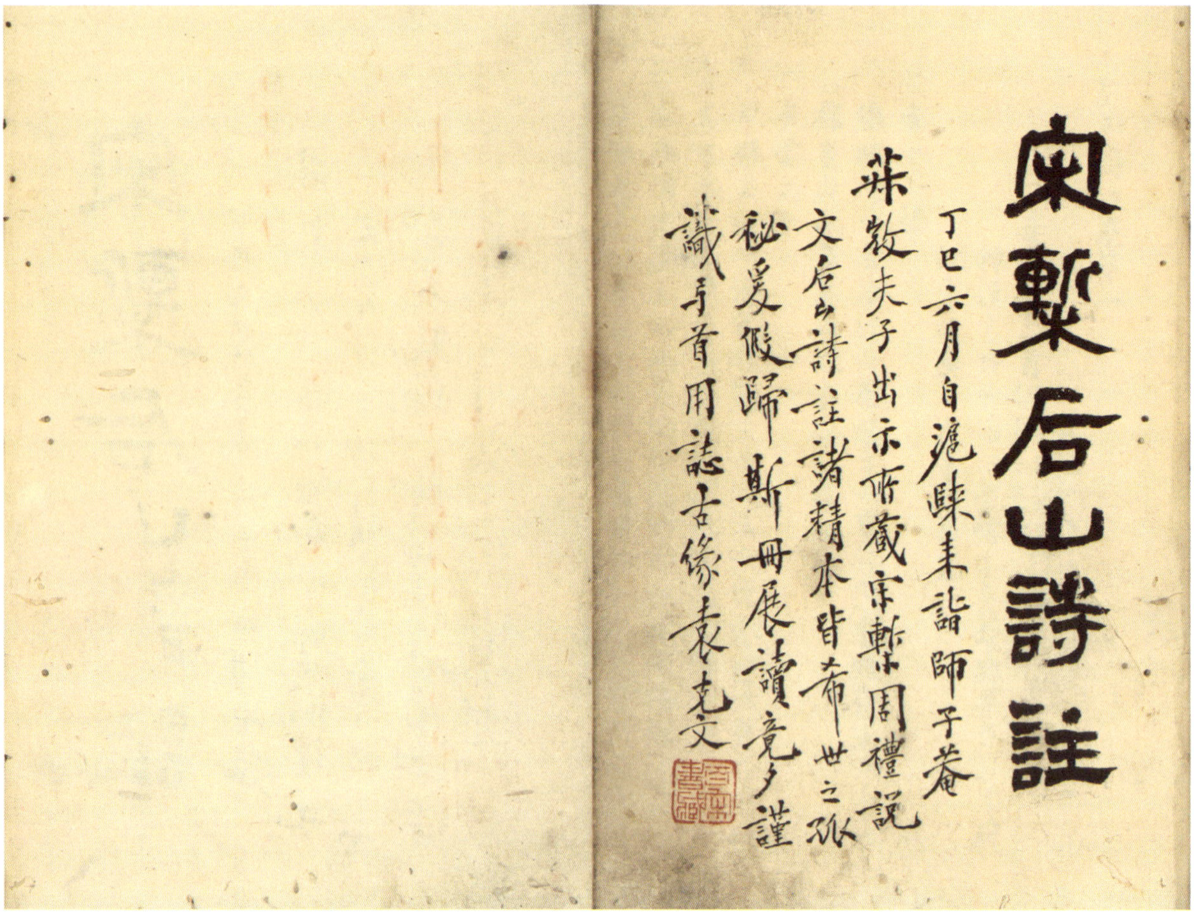

宋槧后山詩註

丁巳六月自滬歸來詣師子菴

菉斆夫子出示所藏宋槧周禮說

文后山詩註諸精本皆希世之孤

秘爰假歸斯冊展讀竟夕謹

識于首用誌古緣　袁克文

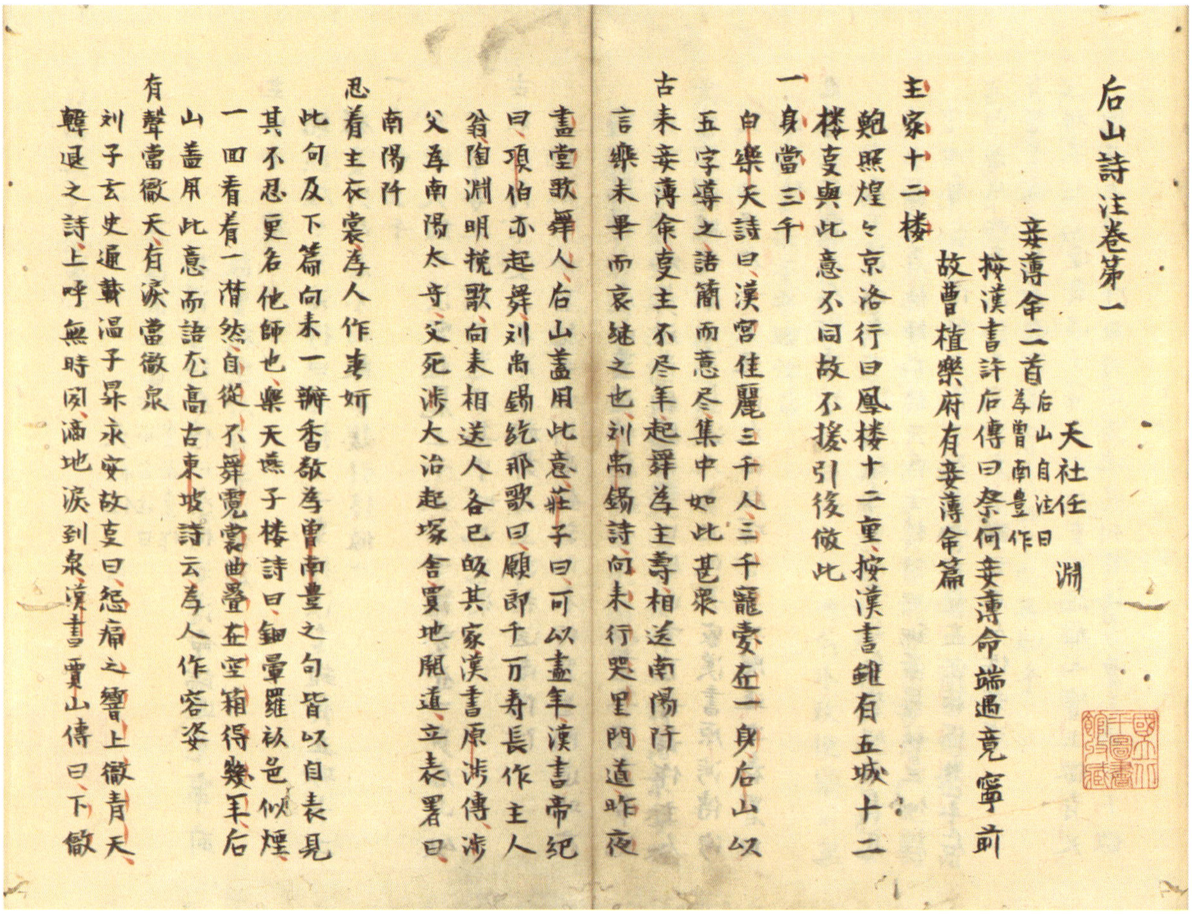

后山詩注卷第一

天社任　淵

妾薄命二首　后山自注曰為曾南豐作

按漢書許后傳曰奈何妾薄命端遇竟寧前

故曹植樂府有妾薄命篇

主家十二樓

鮑照煌煌京洛行曰鳳樓十二重按漢書雖有五城十二

樓吏與此意不同故不援引後倣此

一身當三千

白樂天詩曰漢宮佳麗三千人三千寵愛在一身后山以

五字導之語簡而意盡集中如此甚衆

古來妾薄命事主不盡年起舞為主壽相送南陽阡

言樂未畢而哀繼之也劉禹錫詩向來行哭里門道昨夜

畫堂歌舞人后山蓋用此意莊子曰可以盡年漢書帝紀

曰項伯亦起舞劉禹錫紇那歌曰願郎千萬壽長作主人

翁陶淵明挽歌向來相送人各已歸其家漢書原涉傳涉

父為南陽太守父死涉大治起冢舍買地開道立表署曰

南陽阡

忍著主衣裳為人作春妍

此句及下篇向來一瓣香敬為曾南豐之句皆以自表見

其不忍更名他師也樂天燕子樓詩曰鈿暈羅衫色似煙

一回看著一潸然自從不舞霓裳曲疊在空箱得幾年后

山蓋用此意而語尤高古東坡詩云為人作容姿

有聲當徹天有淚當徹泉

劉子玄史通載溫子昇永安故事曰怨痛之響上徹青天

韓退之詩上呼無時聞滴地淚到泉漢書賈山傳曰下徹

三泉
死者恐無知
家語子貢問孔子曰、死者有知乎將無知乎
妾身長自憐
謝靈運銅雀臺詩曰、況乃妾身輕、楚詞九辯曰、惆悵兮而
私自憐、李太白去婦詞曰、孤妾長自憐、世或苦后山之詩
非一過可了、近於枯淡、彼其用意直追騷雅、不求合於世
俗、亦惟恃有東坡山谷之知也、自此兩公外、政使舉世無
領解者、渠亦安暇恤哉
又
葉落風不起山空花自紅
兩句曲盡丘原淒慘意、參文選潘安仁悼亡詩、落葉委埏
側、枯荄帶墳隅、南史謝貞詩、風定花猶落
捐世不待老惠妾無其終
左傳曰、抑君賜不終、注云惠賜不終也
一死尚可忍百歲何當窮
忍死尚可、所死實難、詩意謂安得速死以從其主也、晉書
帝紀、魏明帝曰、死乃復可忍、吾忍死待君、退之詩百年未
老不得死
天地豈不寬妾身自不容
孟郊詩、出門即有礙、誰謂天地寬、莊子云、不容身於天下
死者如有知殺身以相從向來歌舞地夜雨鳴寒蛩
師死而遂背之、讀此詩亦少知愧矣、南史范縝曰、王子知
其祖先神靈所在、而不能殺身以從之、淵明詩、向來相送
人、老杜詩、迴首可憐歌舞地、爾雅曰、蟋蟀蛬
送外舅郭大夫槩西川提刑
丈人東南來復作西南去
風俗通曰、易云、師貞丈人吉、非徒取尊老、亦須德行先人
也、左傳曰、杖莫如信、言其德可信杖也
連年万里別更覺貧賤苦
老杜詩、復尋万里別、又云、乃知貧賤別更苦
王事有期程親年當喜懼
上句謂郭以之官不得留、下句自謂毋老不得去也、詩云
王事靡盬、老杜詩、公家有期程、喜懼見魯論
畏與妻子別已復迫曛暮
時后山妻子皆隨郭行、迫曛暮謂明日遂當作別、老杜詩
歆別向曛黑
何者最可憐兒生未知父
史記孔子世家曰、骨何者最大、此用其句法
盜賊非人情蠻夷正狼顧功名何用多莫作分外慮
郭槩爲人頗喜功利、二蘇章疏皆嘗論列、故後山每詩多
有諷戒、盜賊本非人所樂爲、必在位者有以致之、蠻夷亦
懷貳、而不以无事鎮之、則边隙開矣、前漢食貨志、失時不
雨、民且狼顧、注云、狼性怯走、且還顧、晉書王羲之傳遺殷
浩書曰、若猶以前事爲未工、故復求之於分外、宇宙雖廣
自容何所　書欲
万里早歸來九折慎馳聲
九折坂雖用前漢王吉事、實戒其行險也、老杜詩云、早歸
來、黃土污衣眼易眯、又詩、游子慎馳聲
嫁女不離家生男已當户曲逆老不侯知人公豈謬
后山以貧故、妻子常寄食槩家、異乎張負所以期陳平者
矣、故有曲逆不侯之歎、傳玄豫章行云、男兒當門户、墮地

自生神　送内

麀麌顧其子
爾雅麀牝曰麀其子麛麢牡曰麌其子麌﹅韓非子曰﹅孟孫
獵得麑﹅其毋隨之而啼
燕雀各有隨
礼記三年問曰今是大鳥獸則失喪其羣足越月踰時焉
則必反巡過其故郷翔回焉鳴号焉躑躅焉踟蹰焉然後
乃能去之小者至於燕雀猶有啁噍之頃焉礼註又曰行
則有隨立則有序退之 詩禍福各有隨
與子為夫婦五年三別離兒女豈不懐毋老妹已笄父子各
從毋可喜亦可悲
此語悽然可念後篇又曰吾毋亦念我與爾寧想望誦之
使人孝愛之心油然而生所謂發乎情止乎礼義者也
関河万里道子去何當歸
後漢鄭當傳論曰関河響動此借用其字老杜詩黄﹅塵霾
沙漠念子何當皈
三歳不可道白首以為期
選詩努力崇明徳﹅皓首以為期
百畝未為多數口可无飢吞聲不敢尽欲怨當皈誰
荘子大宗師篇子桑曰吾思夫使我至此極者而弗得也
父毋豈欲吾貧哉天地豈私貧我哉求其為之而不得也
百畝数口用孟子意文選江淹恨賦曰莫不飲恨而吞聲
老杜詩吞聲勿復道真宰意茫々退之薛君墓銘曰身不得
年又將尤誰
別三子

夫婦死同穴
大車詩曰穀則異室死則同穴后山雖用此語而其意則
謂夫婦生常別離至死方獲同穴此所以可悲也﹅世説郗
嘉賓妹曰生縱不得與郗郎同室死寧不同穴
父子貧賤離
晋書殷浩傳詠曹顔遠詩曰冨貴他人合﹅貧賤親戚離
天下寧有此昔聞今見之
後漢伏后傳曹操逼帝廢后歔帝謂郗慮曰郗公天下寧
有是耶此事亦夫婦不相保者故後山取其語用之雖使
事而無迹餘多倣此
毋前三子後熟視不得追
荘子曰﹅熟視狀兒胸空然
嗟乎胡不仁使我至於斯
此與上篇欲怨當皈誰同意漢書溝洫志曰﹅皇謂河公兮胡
不仁﹅孟子亦曰﹅夫何使我至於此極也
有女初束髮
韓詩外傳曰夫人為婦者必全其身體及其束髮屬授明
師以成其材
已知生離悲
家語曰﹅孔子晨興﹅顔回待側聞哭者之聲甚哀曰﹅此聲非
但為死者而已﹅又為生離別者子曰回善於知音楚辞曰
悲莫悲兮生別離
枕我不肯起畏我從此辞
老杜詩嬌兒不離膝畏我却復去
大兒学語言拜揖未勝衣
老杜詩驥子好男兒前年学語時史記三王世家曰皇子

賴天能勝衣趨拜

嘆耶我欲去此語那可思

元稹詩小女呼耶血垂淚南史何點哀樂過人嘗行逢葬者歎曰此哭者之懷豈可思耶悲慟不能禁

小兒襁褓間抱負有母慈

漢書衛青傳臣青子在襁褓中按宣帝紀注云襁即今之小兒綳也褓小兒被也禮記内則曰子生三日始負子注云負之謂抱之而使鄉前老杜詩家貧仰母慈

汝哭猶在耳我懷人得知

杜氏曰言猶在耳退之詩嬌女未絶乳念之不能忘忽如在我前耳若聞啼聲人得知猶言人那得知也老杜詩彼蒼回斡人得知

寄外舅郭大夫

巴蜀通歸使妻孥且旧居

詩曰樂爾妻孥注云孥子也老杜得家書詩曰今日知消息他鄉且旧居

深知報消息不忍問何如

老杜詩反畏消息来寸心亦何有又云道甫問訊今何如字本出禮記文王世子

身健何妨遠

樂天詩且到来歳期不知身健否

情親未肯疎

表記曰情疏而皃親在小人則穿窬之盗也歟老杜詩情親偶有君

功名欺老病淚尽數行書

魯直詩淚尽才難日韓非子曰下和泣尽継之以血

城南寓居二首

游子莫何帰

文選李少卿詩携手上河梁游子暮何之

韋杜城南村

韋曲杜曲皆在長安之南老杜所謂城南韋杜去天尺五者也

秋水深可測挽衣踏行雲

老杜詩短衣數挽不掩脛踏行雲謂踏水中雲影猶賈嶋船壓水中天之句

道暗失帰処棲鳥故不喧

因棲鳥之喧庶可物色帰路今特不喧似欲相撩此句殊有味選詩路暗色已久退之詩從此識帰処老杜詩已添無數鳥爭浴故相喧又云鳥輕故不還

牛羊閑籬落稚子猶在門

黄魯直詩牛羊卧籬落按君子于役詩曰日之夕矣牛羊下来陶淵明帰去来詞云稚子候門

又

潭々光明殿稽首西方僊

華嚴十定品離世間品皆云佛在摩竭提国菩提場中始成正覚普光明殿入刹那際三昧李長者謂是如来大智自果所居之報宅退之詩潭々府中君

平生修何行歩有黄金蓮

合論云佛足行時去地四指蓮花捧足傳燈録云佛初生地涌金蓮華自然捧佛足

我豈耆好徑敢以履下穿

老子曰大道甚夷而民好徑莊子曰衣敝履穿

洗足坐道場率々此何緣
金剛經曰洗足已敷座而座法華經曰大通智勝佛十劫
坐道場漢書司馬遷書曰卒々無須臾之間
憶少子
端也早豊下歲晚未可量
左氏傳曰穀也食子難也收子穀也豊下必有後於魯國
注云食子奉祭祀共養者也豊下蓋面方
我老不自食安得如我長
漢書韓信傳漂母曰丈夫不能自食吾哀王孫而進食豈
望報乎老杜示宗武詩曰假日從時飲明年共我長玉臺
新詠焦中卿妻詩曰新婦初來時小姑如我長
呱々棄不子退省未始忘
上句見書益稷退省其私用後漢第五倫私其子之意退
之詩嬌兒未絕乳念之不能忘
吾母亦念我與爾寧相望
唐書肅宗張后傳曰端午日帝宗召見山人李唐帝方擁
幼女顧唐曰我念之無怪也唐曰太上皇今日亦當念陛
下此詩暗用其意相望言各在天一方也老杜詩人事多
錯迕與君永相望
絕句
翼々陳州門万里還人道昔人死別処一笑欲絕倒
此篇與前篇連字韻按旧本乃秋懷十首之二其後刪去
而僅存耳此篇全章云翼々陳州門万里傴人道雨淚落
成血着木々立槁今年蘇禮部隼跡猶未歸昔人死別処
一笑欲絕倒左祐初后山來京師寓居陳州門故秋懷詩
又有朝暮陳州門悠々此何等之句時東坡新自登州召
爲禮部而中復入帝城此后山所喜也老杜云孰知是死
別且復傷其寒晉書衛玠談道平子絕倒
寄外舅郭大夫
丈人魯諸生明刑如皐陶
漢書叔孫通曰臣願徵魯諸生泮水詩曰淑問如皐陶
幸寬右顧憂
後漢書寇恂傳鄧禹曰昔高祖任蕭何於關中無復西顧
之憂
未惜一身遙
文選歐陽堅石詩不惜一身死老杜詩天涯涕淚一身遙
西南万里行可以斷繩橋
意欲其不勤遠略也老杜詩蜀嶺防秋急繩橋戰勝遲
愼勿冠惠文神毋仁如堯
王子年拾遺記曰有青虹繞神毋即竟有娠而生庖犧此
引用比 宜仁高太后時太后臨朝專務以德化民女主
之堯舜也漢書張敞傳張敞曰梁國大都吏民彫敝且當
以柱後惠文彈治之耳秦時獄法吏冠柱後惠文武意欲
以刑法治梁故云
贈二蘇公
岷峨之山中巴江
老杜詩中巴之東巴東山江水開闢流其間
桂椒柟櫨楓柞樟青金黄玉丹砂良獸皮毛羽不足當
退之送廖道士歸衡山序曰其水土之所生神氣之所感
白金水銀丹砂石英鍾乳橘柚之包竹箭之美千尋之名
材不能独當奇也意必有魁奇忠信材德之民生其間此
篇蓋用此意而句法則退之陸渾山火詩也左太冲蜀都

賦曰、楩楠幽藹於谷底呉都賦曰木則楓柙櫲樟
異人間出駿四方
南史蕭子顯傳曰嘗阅異人間出今日始見知是蕭尚書
嚴王陳李司馬楊
嚴君平王褒陳子昂李太白司馬相如楊雄皆蜀人王羲
之與蜀太守帖云嚴君平司馬相如楊雄皆有後否
一翁二季對相望
謂三蘇世言與諸人相望於千載
奇寶橫道驥服箱
退之薦樊宗師書曰誠不忍奇寶橫弃道側驥服箱用戰
國策驥服鹽車事張平子思玄賦曰繫騕褭以服箱
誰其識者有欧陽
退之琴操曰巫咸上天兮識者其誰欧公作老蘇墓表曰
當至和嘉祐之間與其二子軾轍皆至京師翰林学士欧
陽脩得其所著書二十二篇獻諸朝既出而公卿士大夫
爭傳之其二子舉進士皆在高等亦以文学稱於時眉山
在西南數千里外一日父子隱然名動京師而蘇氏文章
遂擅天下
大科異等固其常
東坡兄弟皆應賢良科東坡策入三等謝啓曰誤中久虛之
等老杜詩自適固其常
小却盛之白玉堂
晋人帖中往々用小却字其意猶言少退也南史宋武帝
紀帝疾甚召太子戒之曰謝晦數從征伐頗識機變若有
同異必此人也小却可以會稽江州処之楚辞劉向九諫
曰紫貝闕而白玉堂擣翰林志曰時以登翰苑者謂登玉

署玉堂焉詩意謂縱未大用尚當以詞禁処之
典謨雅頌用所長虞趙周漢登虞唐
漢書楊雄傳論曰則以虞趙諸子矣注云虞過也司馬相
如難蜀父老辞曰上咸五下登三注云言漢德與五帝皆
盛而登於三王之上也選詩亦曰仁固閑周義高登漢
千載之下有素王
杜預左傳序曰説者以爲仲尼自衛反魯脩春秋立素王
按漢書董仲舒策曰孔子作春秋先正王而繫以万事見
素王之文焉
平陳鄭毛視荒々
言先儒所見之不明也平陳書学鄭毛詩学以終上句典
謨雅頌之意前漢書儒林傳曰林尊事欧陽高爲博士授
平當陳翁生由是欧陽尚書有平陳之学又曰毛公治詩
爲河間獻王博士後漢鄭玄傳曰玄注易尚書毛詩老杜
詩野日荒々白退之祭文云而視荒々而髪蒼々俗本荒
々作茫々非是
後生不作諸老亡文體変化未可量
謂熙豊間新学之弊沈約宋書謝霊運傳論曰自漢至魏
四百餘年辞人才子文體三変老杜詩字體変化如浮雲
万口一律如吃羹
退之西淮西碑曰万口和附并爲一談又樊宗師銘曰惟
古於詞必己出降而不能乃剽賊後皆指前公相襲由漢
迄今用一律
妖狐幻人大陸梁
説文曰、狐妖獸鬼所乘、郭氏玄中記曰、千歳之狐爲淫婦
百歳之狐爲美女、張平子西京賦曰怪獸陸梁甘泉賦注

云陸梁跳也
虎豹却走逢牛羊
虎豹牛羊用魯論何以文為之意韓詩外傳曰却走而求
遠於前人
上帝惠顧袚不祥
楊雄長楊賦曰上帝眷顧左傳曰君若不忘先君之好惠
顧寡人韓詩外傳曰鄭國之俗三月上巳秉蘭草拂除不
祥
天門夜下龍虎章
真誥有八竜雲篆明光章又有玉清神虎章文按黄庭内
景經曰黄衣紫帶龍虎章意與真誥異然此詩特取其語
爾
前驅兵回後炎皇
詩曰伯也執殳為王前驅史記楚世家帝嚳以兵回為重
黎後復居火正為祝融帝王世紀曰炎帝長於姜水以火
承木位在南方主夏故謂之炎帝
絳旂丹轂朱冠裳
楊雄傳曰朱丹其轂
從以甲冑万鬼行
秉風縱燎無留藏
吳志呂蒙傳取闘艦實以薪草灌油其中秉風縱之同時
發火悉延燒曹公岸上營
天高地下日月光
禮記樂記曰天高地下萬物散殊
授公以柄扶病傷
漢書梅福曰倒時太阿授楚其柄李廣傳救死扶傷不暇
士如稻苗待公秧
差社稀稻畦水詩云插秧適云已
臨流不度公為航
用傳説作舟楫之意張平子思玄賦曰譬臨河而無航
如大醫王治膏肓
金光明經曰流水長者能為衆生無量壽命汝今真是大
醫之王善治衆生無量重病維摩經亦云為大醫王善療
衆病左氏傳晋侯夢疾為二豎子其一曰居肓之上膏之
下若我何注云肓鬲也心下為膏
外證已解中尚强
外證已解之神張仲景言書中多有之左氏傳云外强中
乾此反而用之
探囊一試黄昏湯
一本云願借上古黄昏湯按圖經本草曰合歡夜合也一
名合昏葦宙獨行方皆心甲錯是為肺癰黄昏湯治之取
夜合皮掌大一枚水煮服之探囊借用莊子語
一洗十年新學腸
新学謂王介甫經学也史記扁鵲傳曰湔浣腸胃
老生塞口不敢嘗
漢書朱博傳曰贛老生不習史礼侯喜石鼎聯句曰塞口
且吞聲魯論曰丘未達不敢嘗
向来狂殺今尚狂請公別試囊中方
難經曰狂癲之病自高賢也自辯智也故此詩引用薰嘗
直詩亦云聲得書生自聖顛老杜詩未試囊中飡玉法文
云囊中藥未陳
南豐先生挽詞二首
早棄人間事

六三二

漢書張良傳願弃人間事欲從赤松子遊耳
真從地下遊
漢書朱雲傳臣得下從龍逢比干遊於地下足矣故申樂
未哭刘㝠得詩曰賢豪雖殁精靈在應共從之地下遊
丘原無起日
禮記檀弓趙文子與叔誉觀乎九原文子曰死者如可作
也吾誰與歸注云作起也老杜詩多病馬卿無日起
江漢有東流
此言九原雖不可作而文章之令名常與江漢俱存老杜
所謂尓曹身與名俱滅不廢江河万古流王介甫贈南豐
詩曰曾子文章世無有水之江漢星之斗故此引用
身世從違裏
選詩曰身世兩相棄又淵明皈去来詞云世與我而相違晁
之詩觀以彜訓或從違南豊仕宦不偶晚得掌誥以憂
去遂死盖從違各半也
功言取次休
左傳穆叔曰太上有立德其次有立功其次有立言晋書
杜預傳預常言德不可以企及立功立言可庶幾也
不應須禮樂始作後程伉
后山自謂也文中子巻末載魏徵曰大業之際徵也嘗與
諸賢侍文中子謂徵及房杜曰先輩雖聰明特達然非董
薛程伉之比雖逢明主必愧禮樂按程元伉璋皆文中子
高弟后山自謂其材本自不及程伉不待議禮樂而別優
劣也
精爽回長夜　右一

左傳曰心之精爽是謂魂魄王仲宣詩長夜何冥々
衣冠出廣庭
謂喪事陳衣也
勲庸留琬琰形像付丹青
周禮王功曰勲民功曰庸明皇孝經序曰冩之琬琰庶有
補於將来老杜詩形像丹青逼王介甫作蘇才翁挽詞云
音容歸繪畫才業付兒孫
道喪餘篇翰人亡更典刑
老杜詩磨滅餘篇翰詩云人之云亡邦国殄瘁又云雖無
老成人尚有典刑）見坡九注
侯芭才一足白首太玄經
亦后山自謂也楊雄傳鉅鹿侯芭常從雄居受其太玄法
言呂氏春秋魯哀公問於孔子曰樂正夔一足矣李太白
詩誰能書閣下白首太玄經
暑雨
密雨吹不斷貧居常閉門東溟容有限西極更能存
言積雨之甚西極往々漂蕩不能自存西極謂天柱也老
杜詩西極柱亦傾按列子湯問曰共工氏與顓頊爭爲帝
怒而觸不周之山折天柱絶地維故天傾西北地不滿東
南注云不周山在西北之極老杜建都詩曰其如西極存
又詩移柳更能存
東濕炊懸釜
漢書寗成傳操下急如東濕謂濕薪也韓非子曰智伯圍
晋陽城襄子决晋水灌之懸釜而炊
翻床補壞垣
左傳子產壞晋館垣唐人詩穴垣補墻隙

倒身無着処
此老杜床々屋漏無乾処之意退之罪詩倒身耳寝百疾
愈東坡詩尻亡無處着
阿手不成温
言孝積陰所侵也王維詩旋呵凍手暖髭鬚
送江楚州
濠梁初得意
言有所悟入也晋書王坦之傳謝安曰常謂君粗得鄙趣
者猶未悟之濠上耶莊子與恵子遊於濠梁之上莊子曰
儵魚出遊従容是魚樂也恵子曰子非魚安知魚之樂莊
子曰子非我安知我不知魚之樂云々莊子又曰筌者所
以在魚得魚而忘筌言者所以在意得意而忘言
闕里旧論詩
闕里在今兗州仙源縣漢晋春秋曰闕里者仲尼之故宅
也孔子嘗許商賜可與言詩此借用豈後山與楚州皆出
南豊之門耶老杜云晴昔論詩早
晩歳何多難
老杜云胡羯何多難
經年始一辞
表記云君子三揖而進一辞而退老杜云青瑣陪雙入銅
梁阻一辞
淮人飢饉後
王介甫送呉仲純詩父孝漢吏知文法當使淮人服教條
良吏拊循時
前漢循吏傳序曰漢世良吏於是孝盛蕭何傳曰拊循勉
百姓

欲託山陽簿翁皈不受私之（后山自注云南豊之叔孝山陽簿）
前漢尹翁皈拜東海太守過辞廷尉于定国定国欲屬託
邑子両人終日不敢見曰此賢将汝不任事也又不可干
以私爰盎傳申屠嘉曰使君所言公事吾且奏之則私吾
不受私語
送江端礼 季共
曽直疏后山刀筞工詩曰陳留江季共言行中
規矩極似孫莘老少时
正孝元非世
漢書轅固謂公孫弘曰公孫子務正孝以言无曲孝以阿
世
能詩新有声
退之石鼎聯句詩序曰侯喜新有能詩声
諸公交鄭泰
後漢鄭泰少有才略交結豪傑名聞山東三国志太作泰
多士聞何生
退之傳何蕃云蕃閲耕之老一日揖諸生皈養于和州諸
生不能止乃閉蕃空舎中
汎愛経過数
汎愛字見曽論退詩趙李相経過
移書底裏傾
前漢龔遂傳云移書屬縣後漢竇融傳云自以底裏上露
又孝淮海別病眼向誰明
張籍詩三年病眼今年校
晁無咎張文潜見過
白社双林去

此句后山自言其偶出晉書董京傳常宿白社中傳灯録
傳大士致書于梁高祖曰双林樹下當来解脱善慧大士
後捨宅於松下建寺因双梼樹名曰双林后山学佛故以
大士自况

高軒二妙来
此句言是張見過李賀傳賀七歳能辞章韓愈皇甫湜過
其家使賀賦詩援筆輒就自目曰高軒過晉衛瓘傳瓘与
索靖俱善草書人号為二妙老杜詩暫往比鄰去空聞二
妙歸

排門衝鳥雀
排門用樊噲排闥字韓偓詩舡衝水鳥飛還住袖拂楊花
去又来老杜詩柴門鳥雀噪

揮壁帶塵埃
呉融贈晉光草書歌曰人家好壁試揮拂臊目已留三两
行

不掃陳堂費
左傳曰將為子除館於西河前漢孫宝傳張忠欲令宝授
子経更為除舎注云除謂修飾掃除也

深愁載酒回
漢書楊雄傳時有好事者載酒肴從游李太白詩稽山无
賀老空棹酒舡回

功名付公等
老杜詩致君堯舜付公等

歧路在蓬萊
是張时在館中故也後漢鄧訓傳李者称東觀為道家蓬
萊老杜詩指點虚无引歧路

次韻答邢居實二首
居實字敦夫邢恕和叔之子也少年有俊邑

漢庭用少公何在
樂天詩曰漢庭重少公何在撫漢武故事顔駟曰文帝好
文而臣好武景帝好老而臣尚少陛下好少而臣已老是
以三世不遇也

不使群飛揷羽翮
退之祭柳子原文云群飛刺天孜公詩晩得飛翔揷羽翮

今代貴人須白髮掛冠高処未宜彈
邢詩云微意平生在江海塵冠今日為君彈王立之詩話
云元祐初多用老成故后山有此句掛冠見後漢逢萌傳
彈冠見前漢王吉傳

又

秋来為客意何如千里河山信不疎
老杜詩秋来為客情李商隠詩此来秋興復何如戰國策
吴起曰河山之險信不足保也此言信不疎謂心意相許
與不以遠而疎也

昔日老人今則少
戲謂君比當代貴人又呂諸公猶為少年也樂天詩云猶
有誇張少年処時呼張丈喚殷兄

不妨紅葉閑門書
尚書故實曰鄭虔字書而病无紙知慈恩寺有柿葉數屋
遂借僧房居止日取紅葉学書李商隠詩寄道清秋還寂
寞葉丹苔碧閑門時

丞相温公挽詞三首

恭黙思良弼

尚書説命恭默思道夢帝賚予良弼、哲廟諒闇中以温
公為相故用此事
詩書正百工
言以經術師表百僚也堯典曰允釐百工
事多遺謝傳
晉書謝安出鎮新城疾篤還都自以本志不遂深自慨失
既薨贈太傅
天還奪楊公
唐書楊綰傳綰薨代宗詔群臣曰天不使朕致太平何奪綰
之速耶
一代風流盡
南史張融哭張緒曰阿兄風流頓盡老杜哭李常侍詩一
代風流盡亦用此事也
三師禮數崇
司馬公薨、二聖哭之甚哀贈太師温國公選詩任昉哭
范雲曰平生禮數絶李善注引左氏名位不同禮亦異數
劉禹錫詩魏闕新知禮數崇
若無天下議美惡備成空
改之詩云後世苟不公至今無賢聖
又
百姓皈周老
孟子曰伯夷太公聞文王作興曰盍歸乎來吾聞西伯善
養老者二老者天下之大老也而皈之是天下之父歸之
也天下之父歸之其子焉往東坡作温公行狀曰神宗
崩公赴闕臨民遮道呼曰公無皈洛留相天子活百姓所
在數千人聚觀之

三年待魯儒
魯論子曰如有用我者期月而已可也三年有成魯儒見
莊子
時方隨日化身已要人扶
黄魯直見此句嘆曰陳三真不可及蓋天下慭遺之悲盡
於此矣前漢許后傳曰世俗歲殊時變日化老杜詩此生
已愧須人扶樂天詩登山乎臨水猶未要人扶據行狀
哲宗初公為門下侍郎元祐元年正月公始得疾々甚詔
公肩輿至内東門子康扶入對小殿九月薨于西府銘詩
亦曰為政一年疾病半之功則多矣百年之恩
玉几雖來晚明堂託授圖
言温公雖承顧命而竟輔幼主也尚書顧命皇后憑玉
几導揚末命禮記曰昔者周公朝諸侯于明堂之位其記
外戚世家曰武帝召畫工圖畫周公負成王以賜霍光
心知死諸葛
呂不韋傳予楚心知所謂漢晉春秋云死諸葛走生仲達
事見蜀志諸葛亮傳注及晉書宣帝紀
終不羨曹蜍
世説庾道季曰廉頗藺相如雖千載尚凜々恒有生氣曹
蜍李志雖見在厭々如九泉下人兩句合二事用之如老
杜淮王門下客終不愧孫登是也
又
少孝真成已
禮記中庸誠者非自成已而已也所以成物也成已仁也
成物智也温公平日之孝以誠為本
中年託著書

英宗命公修一書、神宗賜其書名資治通鑑公与
王介甫論政不合出知永興軍乞判西京留司御史臺以
既居洛十五年皆以居局自随史記曰虞卿非窮愁亦不
能着書

輟耕扶日月

此韋野之事也、宋玉九辯曰農夫輟耕而容与王介甫作
韓魏公挽詞云親扶日轂上天衢

起廢極吹嘘

公既執政士大夫得罪於熙豊者極力薦引而用之日月
吹嘘字雖不對而事勢氣象実相等此詩人之妙也、柳子
厚文有起廢答按漢書司馬遷傳曰補弊起廢魏志鄭渾
曰孔公緒能清談高論嘘枯吹生老杜詩唯待吹嘘送上天

得志寧論晚成功不顧餘

行状曰公自以遭遇聖明言听計從欲以身徇天下躬
親庶務病革不復自覚諄々然皆朝廷天下大事也以此
觀之其汲々於功業豈肯遺餘力哉亦選左太冲詠史詩
曰貴足不顧餘此借用

一為天下慟不敢愛吾廬

東坡祭公文曰盍上為天下慟而下以哭其私此反而
用之言不復哭吾之私也、淵明詩曰吾亦愛吾廬此借用
其字廬謂吾所庇託焉亦老杜詩安得廣廈千万間大庇
天下寒士俱歓顔风雨不動安如山嗚呼何時眼前突兀
見此屋、吾廬独破受凍死亦足盡以天下為憂而忘其私
也、後山用此意

次韻答秦者四首 后山自注云黄州何郎兄弟

曾慥詩選云何頡字斯举黄岡人嘗從蘇黄問学

津々爽氣貫眉目、十五男兒萬里身

荘子庚桑楚篇老子謂南宋趎曰、然而其中津々乎猶有
悪也、此借用其字

筆下倒傾三峽水

老杜詩曰、詞源倒流三峡水

胸中別作一家春

傳燈録僧問、崇信曰翠微迎羅漢意作麼生、師曰別是一
家春、樂天詩云、盤下中分兩州界燈前合作一家春

又

黄塵投老仍何郎

王介甫詩黄塵投老倦匆々

准擬明年共我長

老杜春來准擬開懐久、又宋武詩曰、明年共我長

熏沐不辞杯酒污

欲其修潔不作少年態也、國語曰、三豐三沐注云豊一作
熏漢書司馬遷書曰、未嘗銜杯酒接殷勤之歡

飛揚未許老夫量

老杜贈李太白云、飛揚跋扈為誰雄本借用北、史帝紀亦
高歡語文選任彦昇作王文憲集序載袁粲與詩云、老夫
亦何寄之子照清襟

又

暗中摸索不難知

国史纂異許敬宗性輕見人多忘之或、謂其不聡乃曰、卿
自難記若遇曹刘沈謝暗中摸索着亦可識

眼裏輪囷却見稀

前漢鄒陽傳蟠木根柢輪囷離奇而為万乗器者以左右

先孝之容也注輪囷離奇委曲盤戾也
行地徑須先八騵
易坤卦曰牝馬地類行地無疆八騵見穆天子傳
刺天終不羨群飛
退之祭柳子厚文曰子之視人自以無前一斥不復郡飛
刺天
又
太阿無前鋒不鈌
越絶書楚王召風湖子令之吳越見歐冶子使孝鉄劔三
枚一曰竜泉二曰太阿三曰工市莊子説劔曰此劔直之
無前漢書賈誼傳曰款斤斧之用而欲嬰以芒刃臣以孝
不鈌則折
錕刀不堪供一切
後漢西域國貢獻曰錕刀皆能一斷十洲記曰昆吾獻玉刀
切玉如切泥
至柔繞指剛則折
文選刘琨詩曰何意百煉剛化孝繞指柔老子曰太剛則
折
善而藏之光奪月
莊子庖丁善刀而藏之酉陽雜俎曰李廣環有劔或風雨
夜透光出室環照方丈李白上李長史書曰明奪秋月
次韻秦覯聽雞聞雁二首
行斷哀多影不留
老杜孤雁詩行斷不堪聞又孤雁詩哀多如更聞文選江
文通詩寒郊無留影
有人中夜攬衣裘
選詩憂愁不能寐攬衣起徘徊
筆頭細字真堪恨眼裏長檠不解愁
哀樂无定隨境而變此寒士貴人同聞而異趣也退之短
檠歌曰太孝儒生東魯客二十辭親來射策夜書細字綴
語言兩目眵昏頭雪白此時提携當案前看書到曉那能
眠一朝富貴還自恣長檠高張照珠翠吁嗟世事无不然
墻角君看短檠棄
又
立馬增陳待一鳴何如孝夛不聞聲
言朝士汲々不如閑居之適也
固知雞口羞牛後不待鳴群已可驚
史記蘇秦傳寧孝雞口无孝牛後楚世家曰有鳥在於阜
三年不鳴々必驚人僧祐律曰天帝釈化孝羔子鳴群喚
母
嘲秦覯
覯字少章秦觀少游之弟按王立之詩話少章
登第後方娶妇山作此詩時猶未娶也故多戲句
長鋏歸来夜帳空
史記孟嘗君傳馮驩弾劔而歌曰長鋏歸来乎无以孝家
文選孔稚圭北山移文曰蕙帳空兮夜鶴怨
衡陽回雁耳偏聰
戲其獨宿无寐也衡山有回雁峯耳聰用晉書殷仲堪父
聞蟻鬭事
若孝借春风看无限珠璣咳唾中
杜牧之送李群玉詩曰玉白花紅三百首五陵誰唱与春
风後漢趙壹傳咳唾自成珠

和豫章公黄梅二首　豫章公謂黄魯直魯直蓋豫章人
寒裏一枝春白間千點黄
荊州記陸凱寄范曄梅花詩曰江南無所有聊贈一
枝春
道人不好色行処若爲香
梁書蕭詧不好色悪見婦人相去數丈猶聞其臭此句暗
用其意豫章戒律甚嚴故有道人之語花香惱人政由愛
著愛既忘矣香復奚爲
又
色輕花更艷体弱香自永
樂天詩貴妃死轉侍君側体弱不勝珠翠繁東坡荼蘼詩
不妬艷已絶無風香自遠
玉質金作裳
棫樸詩金玉其相注相質也文選劉越石表曰玉質幼彰
西京雜記之作黄鵠歌曰金爲衣兮菊爲裳
山明風弄影
選詩山明望松雪王介甫詩隈梅弄影争先發按文選發
鶴付疊霜毛而弄影
答張文潜
后山自注曰来詩云欲餉子桑皈問婦食
過午尚懸墻
我貧無一錐
傳灯録溈山傳香嚴頌曰去年貧未是貧今年貧始是貧
去年貧尚有卓錐之地今年錐也無
所向皆四壁
漢書司馬相如傳家徒四壁立

瀛洲足風露胡不蔵飢色
唐書褚亮傳弘文　學士十八人天下所慕向謂登瀛洲
文潜时在　中故用此事列子曰列姑射山在海河洲中山
上有神人爲吸風飲露不食五谷文曰子列子窮容皃有飢
色老杜詩蓬萊足雲氣
昔聞杜氏子翦髻奉尊客
杜氏子唐王珪母也老杜送王評事詩云我之曾老姑尒之
高祖母尒祖未显时歸爲尚書婦隋朝大業末房杜俱
交友長者来在門荒年自糊口家貧无供給客位但箕帚
俄頃羞頗珍寂寞人散後人怪鬢髮空吁嗟爲之久自
陳翦髻鬟鬻市充盃酒按新唐王珪傳云珪母李氏与杜
詩不同或云李杜同出故子美謂李爲姑尊客出曲礼
君婦定不然三梳奉巾櫛
左氏傳嬴氏謂晋太子圉曰寡君使婢子侍執巾櫛以固
子也

后山詩注卷第一

后山詩注卷第二

九日寄秦覯

疾風回雨水明霞

老杜詩殘夜水明樓

沙步叢祠欲莫鴉

柳子厚鐵炉步志曰江之滸凡舟可縻而上下者曰步漢書陳勝傳注云叢祠謂草木岑蔚者

九日清樽欺白髪十年為客負黃花

老杜詩生逢酒賦欺

登高懷遠心如在

登高盖九日故事文選潘岳秋興賦曰登山懷遠而悼近李善注引齊景公遊牛山流涕而歎晏子笑之云云杜牧之九日詩云古往今來只如此牛山何必淚霑衣

向老逢辰意有加

遇節物而多感老者則然

淮海少年天下士

史記魯仲連傳吾乃今日知為天下之士也秦覯漣水軍人在楊州之境故云淮海少年

可能無地落烏紗

用晉孟嘉落帽事唐令狐楚重陽日登落帽臺詩云貴重近臣光綺席笑談從事落烏紗

巨野

餘力唐虞後沉入海岱西不應容桀黠寧復有青齊

山東盜賊以巨野為淵藪平人多被沉溺詩意謂非神禹留此餘力遺患後人也向使无此澤以受衆流青齊其為魚矣此与東坡灔澦堆賦同意禹貢曰海岱及淮惟徐州大野既豬東原厎平大野一名鉅野史記貨殖傳曰桀黠奴人之所患也又漢書馬奉世傳曰羌虜桀黠賊害吏民

燈火魚成市帆檣藕帶泥

劉夢得詩漁家灯火明老杜詩藥餌楚老漁商市樂府黃淡思曰象牙作帆檣老杜詩採藕不洗泥

十年塵霧底瞥眼怪鳧鷖

新自京洛風塵中來故見水鳥而怪歎老杜詩呀坑瞥眼過

示三子

時三子已歸自外家

去遠即相忘歸近不可忍

脞說載獨孤遐詩曰近家心轉切不敢問來人

兒女已在眼眉目略不省

言別久不復記憶也選詩髣髴若在眼

喜極不得語淚盡方一哂

東坡贈朱壽昌詩喜極无言淚如雨老杜詩畏虎不得語

了知不是夢

華嚴梵行品曰了知境界如幻如夢此反而用之東坡詩如今不是夢真个在廬山

忽忽心未穩

前漢王褒傳太子苦忽忽善忘不樂雪峯禪師點胷云某甲這裏未穩在

烏呼行

去年米賤家賜粟百万官倉米餘掬

元祐初左司諫朱光廷奉使賑濟河北不問民户之等一槩支貸而河北措置司積年物斛九百万為之一空此詩

所指豈謂是歟詩云終朝采緑不盈一掬
青錢随賜費追呼昔日剜創今補肉
老杜詩恰有三百青銅錢北夢瑣言載聶夷中詩云二月賣新絲五月糶新穀醫得眼下瘡剜却心頭肉
今年夏旱秋水生江淮轉粟千里行
前漢鄭陽傳轉粟流輸千里不絶
不應遠水救近渴
此俗間語也韓非子亦有遠水救近火之語
空倉四壁雀不鳴
益州耆舊傳楊宣為河内太守行縣有羣雀鳴宣曰前有覆車粟此雀相隨欲往食歐公詩寒雀聚空倉
似聞爲政不爲費
善政當惠而不費徒惠而不知為政其可継乎
两不相傷两相濟
老子曰兩不相傷而徳交歸焉此借用
十年斂積用一朝驚濤破山風動地
言非常之政不可久也老杜詩藥𥧑看斂積莊子曰疾雷破山風振海而不能驚老杜又云東南飄風動地至
秋懷示黄預
竅鳴風歷耳
柳子厚夢歸賦云風纚纚以經耳佛書有一歷耳根之語
道壞草侵衣
老杜詩壞道哀湍瀉
月到千家静
老杜詩千家山郭静朝暉
林昏一鳥歸
老杜詩日暮歸幾翼北林空自昏又云林昏罷幽磬
冥冥塵外趣
楊子曰鴻飛冥冥弋人何慕焉此借用
稍稍眼中稀
疑用老杜眼前無俗物之意史記平原君傳賓客稍稍引去者過半太白詩古來相接眼中稀
送老須公筭秋棊未解圍 一作小合圍
老杜詩送老白雲邊曹攄圍棊賦曰合圍促陣交相侵伐
曠度逢知晚高才惡下難
送張文伯
文選夏侯湛東方朔畫贊曰遠心曠度嵇康書云長才廣度無所不淹
清湫一鶚上
後漢孔融薦祢衡云鷙鳥累百不如一鶚老杜鵰賦云當九秋之凄清見一鶚之直上
拭目萬人看
文選揚脩書云觀者駭視而拭目
白酒初同醉
周禮酒正注曰昔酒無事而飲也今之酋久白酒所謂舊醳者也樂天詩花時同醉破春愁
黄花已戒寒
禮記月令季秋之月曰鞠有黄華国語曰火見而清風戒寒
懸將衰老事一一報長安
長安蓋右山舊遊之地前詩有城南寓居當即長安所作
送杜侍御紘陝西轉運

餽粮千里古無策木牛流馬功不極
漢書韓信傳千里餽粮師不宿飽唐書夷狄傳序劉貺謂
漢無策蜀諸葛亮以木牛流馬運竟坐粮不継不能成功
漢書刑法志曰兵寢刑措帝王之極功此借用
邊頭数米換黃金
老杜詩邊頭公卿仍獨驕莊子曰簡髮而櫛数米而炊晉
書劉曜過京師米斗金二兩
将軍汗馬未伏櫪
史記晉世家曰矢石之難汗馬之勞魏武帝歌曰老驥伏
櫪志在千里
黠羌人面作胡語
後漢馬援傳曰黠羌旅拒此乃太守事耳漢書匈奴贊曰
人面獸心老杜詩云千歳琵琶作胡語
烏鼠貪生爾如許
言烏鼠尚知貪生而黠羌輕生如此晉書王濬傳曰雀鼠
貪生苟此一活耳
熊虎可避蟲可駈覆巢熏穴意何如
言不必深入窮討也漢書匈奴傳嚴尤曰視夷狄之侵譬
猶蟁蝱之螫駈之而已礼記曰不覆巢韓詩外傳曰社鼠燻
之恐燒木老杜詩主簿意何如
漢虜相當庸可盡
選詩漢虜方未和後漢南匈奴傳窮鳥困獸皆相救死況
種類繁熾不可單尽又傳論曰漢之疲耗略相當矣
聊城正用一封書
史記魯仲連傳燕將保守聊城田單攻之不下仲連乃為
書約之以矢射城中燕將見書自殺此詩言得人則一書
可以弭難何必窮兵黷武哉老杜詩自寄一封書今已六
月後
巧手莫為無麪餠誰能留渇須遠井
兩句皆善用俗語言治邊不可無人材猶作餠不可無麪
而人材政自有可用者何必遠取如留渇以待井耶杜君
自徐就跂陜漕故詩云尓
国家有急君得辝
漢書陳湯傳曰国家有急君其毋讓老杜送楊監赴蜀詩
云相公鎮梁益軍事無子遺解褐冊見今用材復擇誰況
君已高位為郡得固辝
徐人不勞扣閽請
後漢种暠遷涼州刺史吏民詣闕請留一年周礼閽人注
曰扣閽猶謂閽人也
隴上壯士莫捫舌
晉書載記曰隴上壯士有陳安毛詩莫捫朕舌注云人无
持舌者此借用以言壯士得食不復有仰哺之憂老杜詩
曰運粮繩橋壯士喜
河西狂王防係頸
河西狂王謂夏国主也漢書西域傳坐知狂王當誅貫誼
傳請必係單于之頸
向來此地幾送迎草間翁仲口不瘖十年兩熟飽可待一歳
四守人何心
言徐州数易守良人必有不安其生者漢書黄霸傳曰数
易長吏送故迎新之費及姦吏縁絶簿書盗財物水經注
曰鄗南千秋亭壇廟之東枕道有兩石翁仲南北相對又
按魏志明帝景初二年鑄銅人二列於司馬門外号曰翁

仲東坡罷徐州寄子由詩曰道邊双石人幾見太守發有
知當解笑抚掌冠纓絶則徐州有石人可知后山此詩盖
用東坡意世説和長輿問楊右衛何在客曰向來不坐而
去
老稚持車車不留
前漢韓延壽傳老稚扶持車轂
歸人不行〻轉頭
歸人特須史未行〻即遠矣唐崔塗詩曰自是不歸〻便
得即此句法樂天詩萬事轉頭空
關中正須蕭丞相
漢書蕭何守關中討戶轉漕給軍老杜詩關中正留蕭丞
相
省内早要富民侯一本此下又有兩句曰可同一夫在所閒歲晚得无溝壑憂後刪去
漢書車千秋爲丞相封富民侯
送楊侍禁兼寄顔黄二公二首 長道魯直
相逢今已晚同府尚經年衆口不成虎
韓非子曰龐共與太子質於邯鄲謂魏王曰夫市无虎明
矣然而三人言成市虎今夫邯鄲去魏遠於市議臣者過
三人願王察之
諸公更薦賢
更字作平声讀
两親須薄禄
説苑子路曰家貧親老者不擇禄而仕昔者由事二親負
米百里之外老杜詩上公有薦者累奏資薄禄
一障欲乗邊
漢書張湯傳武帝謂狄山曰吾使生居一郡能无使虜入

盗乎山曰不能曰居一障間山曰能遣山乗障
往問顔夫子何妨試着鞭
欲令往見顔君以爲道地顔君名復字長道晉書劉琨傳
常恐祖生先吾着鞭
又
多問黄居士終年欠一書
漢書趙廣漢傳曰爲我多謝問趙君元稹詩只是堂前欠
一人
因人候消息
老杜詩因人問消息
有使報何如
古樂府曰有信數寄書無信長相憶老杜詩欲問平安无
使來
向晚逢楊子真堪託後車
文選魏文帝與吳質書曰文學託乗於後車
親年方賴禄不惜借吹噓
阮嗣宗詩寵禄豈足賴此反而用之言以親養之故也家
語子路曰家貧親老不擇禄而仕魏志鄭渾曰孔公緒能
清談高論噓枯吹生南史謝朓傳士子声名未立當共獎
成無惜齒牙餘論
送外舅郭大夫槩路提刑
天險連三峽
易坎卦曰天險不可升也
官曹據上游
老杜詩何當官曹清漢書項羽傳注曰上游水之上流也
百年双鬢白萬里一身浮

老杜詩百年双白鬢一別五秋螢莊子曰其生也若浮
可使人無訟寧須意外憂
無訟見魯論下句勸其不生事也前詩亦云莫作分外慮
晋書王彬傳荊州守文豈能意外行事
平生晏平仲能費幾狐裘
勸其止足也用晋阮孚一生當着幾量屐之意礼記檀弓
有若曰晏子一狐裘三十年
雪後黄樓寄負山居山 張仲連
林廬烟不起
老杜詩幾地別林廬
城郭歲將窮
退之詩歲窮寒氣驕
雲日明松雪
選詩雲日相輝映又詩山明望松雪
溪山進晚風
老杜詩山谷進風凉
人行圖畫裏鳥度醉吟中
太白詩人行明鏡中鳥度屏風裏老杜詩飛閣卷簾圖畫
裏唐白樂天自号醉吟先生
不盡山陰興天留憶戴公
晋書王徽之嘗居山陰夜雪初霽忽憶戴逵逵時在剡溪
便夜乘小舡詣之經宿方至造門不前而返人問其故徽
之曰本乘興而來興盡而反何必見安道耶后山謂興盡
則未必相憶寧不爲雪夜之行使有餘興也東坡訪張山
人詩萬木鏁雲龍天留與戴公此借用
謝人寄酒

舊香餘味寄黄封
黄封謂宮酒以黄羅帕封之東坡詩上尊日日瀉黄封
厭見春泥滿眼紅
紅泥謂外酒王介甫詩春泥滿眼路崛嶬此借用其字
千乘莫從公子後
漢書韓王信傳陳豨慕魏公子招致賓客隨之者千餘乘
百壺能爲故人東
老杜詩不有小舟能盪槳百壺那送酒如泉儀礼聘礼曰
賓之幣唯馬出其餘皆東
從蘇公登後樓
倏作三年別才堪一解頤
列子第四篇曰五年之後心更念是非口更言利害老
商始一解顏而笑老商氏蓋列子之師也
樓孤帶清洛
老杜云樓孤屬晚晴元豊中導洛水以爲清汴南都水所
退也
林缺見巴山
東坡蜀人當是時必有望遠思歸之意老杜詩何路出巴
山
五月出无水
張籍傳六月人家井死水夜聞白鼉人盡起
千年鶴自還
續搜神記曰遼東華表柱有鶴集其上曰夫家千年今始
歸
白鷗没浩蕩愛惜鬢毛班
勸公高退以安晚境也老杜詩白鷗没浩蕩万里誰能馴

又曰更憶鬢毛斑

送蘇公知杭州

東坡出知杭州道由南京后山時爲徐州教授告徐守孫覺願往見而覺不之許乃託疾謁告來南京送別同舟東下至宿而歸事見東坡荅陳傳道書及劉世安彈章

平生羊荊州追送不作遠

羊荊州謂羊祜也以比東坡按晉書羊祜傳督荊州諸軍又按晉書郭奕傳奕字大業爲野王令羊祜甞過之奕歎曰羊叔子何必减郭大業少選復往又歎曰羊叔子去人遠矣遂送祜出界數百里坐此免官后山既送東坡爲劉安世所弹乞正其罪甞除太學博士又爲言者以此事論列遂罷此句殆亦詩讖也有客詩云薄言追之注云追送也世說范逵既去陶侃追送不已且百許里文選孫子荊詩傾城遠追送餞我千里道

豈不畏簡書

言法令不許私出也詩云豈不懷歸畏此簡書劉安世章亦云士於知己不無私恩既効一官則有法令師道擅去官次陵蔑郡將徇情乱法莫此爲甚

放麑誠不忍

此句與上句若不相屬而意在言外叢林所謂活句也按韓非子孟孫獵得麑使秦西巴載之持歸其母隨之而啼秦西巴弗忍而與之孟孫大怒逐之三月復召以爲子傅曰夫不忍麑且忍吾子乎唐陳子昂感寓詩曰吾聞中山相乃屬放麑翁孤獸猶不忍况以奉君終嗚呼覯過可以知仁后山越法出境以送師友亦放麑之類也

一代不數人百年能幾見

后山謝再授徐州教授啓亦曰昧緣知舊出守東南念一代之數人而百年之幾見間以重江之阻莫期再歲之逢使一有於先顛爲兩塗之後悔又謂中山之相仁於放麑亂世之雄疑於食子惟其信之旣篤所以行之不疑云云其曰中山之相葢承子昂之誤也

昔如馬口銜今爲禁門鍵

鮑照詩昔如韝上鷹今作檻中猿老杜詩昔如水上鷗今如罝中兎后山此句頗用其律馬銜猶可脫去禁鍵不容輒開言官身拘係不可輒出也退之詩歸來得便即遊覽暫似壯馬脫重銜按律宮殿門志誤不下鍵及毁管鍵而開者皆坐罪王逸注楚辭大司命曰大開禁門

一雨五月涼中宵大江滿風帆目力短江空歲年晚

風帆愈遠恨目力不能送之人去江空恍然自失吾之年歲日已遲暮惟其不復再見也其愛賢惜别之意可謂切矣韓詩歲聿其暮薛君曰言君之年歲晚也

送秦覯二首

覯字少章少游之弟也從東坡學於杭州

士有從師樂諸兒却未知欲行天下獨信有俗間疑

柳子厚荅韋中立論師道書曰獨韓愈奮不顧流俗抗顔而爲師世果羣怪聚駡又曰天下不以非鄭尹而快孫子何哉獨爲所不爲也漢書陳遵傳曰浮湛俗間

秋入川原秀風連鼓角悲

老杜詩中原鼓角悲

目前犹犬類未必慰親思

子不肖而在親側雖無離憂其志不樂也王脩戒子書曰

我老矣所恃汝等皆不在目前意皇皇也晉書列女傳周
嵩曰唯阿奴碌碌當在母目下耳吳志孫權傳曹操曰生
子當如孫仲謀劉景升兒子豚犬耳

又

師法時難得親年富有餘
荀子曰有師法者人之大寶也北史盧誕傳曰經師易求
人師難得漢書齊襄王傳曰皇帝春秋富注云比之於財
方未匱竭

端爲李君御
後漢李膺傳荀爽嘗謁膺因爲其御既還喜曰今日乃得
御李君矣

盡讀鄴侯書
退之送諸葛覺往隨州讀書詩云鄴侯家多書插架三萬
軸

結交真莫逆
史記廉頗傳燕王私握臣手曰願結交莊子曰子桑戶孟
子反子琴張三人相視而笑莫逆於心遂相與友

論才有不如
終上句意言亦當擇交無友不如己者

折腰終不補
晉書陶淵明傳吾不能爲五斗米折腰拳拳事鄉里小人
退之復志賦曰豈不登名於一科兮曾不補其遺餘此句
庐山自道也

可但曳長裾
嚴武詩可但步兵偏愛酒漢書鄒陽傳何王之門不可曳
長裾詩意謂微官之與布衣其得失相去無幾不必以貧

賤依人爲羞也

和江秀才獻花三首

風雨東籬冷落看
陶淵明詩采菊東籬下悠然見南山

清溪水落玉峯寒
老杜九日藍田莊詩云藍水遠從千澗落玉山高並兩峯
寒

酒家不辦當壚賣
當壚事見司馬相如傳觀末篇落句江君當是酒家

乞與先生種杏壇
莊子曰孔子休坐乎杏壇之上右山時爲徐州學官云

又

踈花得雨數枝黃白髮緣愁百尺長
老杜丁香詩踈花披素艷太白詩白髮三千丈緣愁似个
長

要與老生同一醉故留秋意作重陽

又

江公孤憤不宜秋
韓非子有孤憤篇李商隱詩歸夢不宜秋

吟作秋虫到白頭
東坡詩云吟詩莫作秋虫聲天公怪汝鈎物情使汝未老
華髮生

過我可爲千日醉
博物志曰中山有酒飲者一醉千日

從公難作百錢遊
詩意謂官居不可放浪也晉書阮脩傳常以百錢掛杖頭

至酒店便獨酣暢東坡詩芒鞵青竹杖自挂百錢遊
次韻李節推九日登南山
平林廣野騎臺荒
詩曰依彼平林漢書鼂錯傳平原廣野此車騎之地文選
謝宣遠靈運皆有九日從宋公戲馬臺集送孔令詩李善
注云蕭子顯齊書宋武帝爲宋公在彭城九日出項羽戲
馬臺至今相承以爲舊準按騎臺即戲馬臺樂史寰宇記
曰戲馬臺在徐州彭城縣南三里
山寺鳴鐘報夕陽
老杜詩人扶報夕陽
人事自生今日意寒花只作去年香
李後主詩鬢從近日添新白菊是去年依舊黃老杜詩寒
花只暫香
巾歌更覺霜侵鬢
用落帽事
語妙何妨石作腸
漢書賈捐之傳君房下筆言語妙天下唐皮日休桃花賦
序云宋廣平爲相貞姿勁質剛態毅狀疑其鐵腸與石心
不解吐婉媚辭然觀其文而有梅花賦清便富艷得南朝
徐庾體殊不類其爲人
落木無邊江不盡
老杜登高詩無邊落木蕭蕭下不盡長江滚滚來
此身此日更須忙
言節物可念政應行樂尚須汲汲於世故耶
別負山居士　張仲連
田園相與老此別意如何

漢書汲黯傳隱於田園老杜詩此別意茫然又詩主簿意
何如
更病可無酒
言臨分不可不飲縱復病惱猶當勉强也樂天詩欲別能
無酒
猶寒已自和
韓偓詩春陰漠漠土脉潤春寒微微風意和
高名胡未廣
後漢許劭傳曰與兄靖俱有高名穀梁曰心志既修而名
譽不聞友之過也
詩興尚能多
老杜詩憶在潼関詩興多退之詩四句意能多
沙中東山路猶須一再過
一再字見司馬相如傳
送趙教授
東髮相看到白頭了知公鬢不勝憂
司馬彪續漢書曰卓茂自東髮至白首未嘗與人有過杜
牧詩公道世間惟白髮貴人頭上不曾饒
可堪親老須三釜
莊子曰曾子再仕而心再化曰吾及親仕三釜而樂
又著儒冠忍一羞
老杜詩儒冠多誤身左氏曰一慙之不忍而終身慙乎
平世功名須晚節向來旬月取封侯
此句用東方朔答客難意熈豐間士大夫進用甚峻今不
然也孟子曰禹稷當平世漢書鄒陽傳云晚節末路車千
秋傳云旬月取宰相封侯

比州豪傑知誰健
趙君當是北人後漢光武紀北州弭定竇憲傳曰西州豪
傑遂復附從老杜詩明年此會知誰健
乞我黄淤十里秋
乞字作去声讀歐公詩知君欲別西湖去乞我橋南菡萏
香又詩換得西湖十頃秋黄淤謂河水所淤之田也漢書
溝洫志曰河水有所游盪時至而去則填淤肥美民耕田
之或父無害老杜用填淤字作平聲東坡亦云楚人種麥
滿河淤

次韻春懷

欲作帰田計
文選張平子有帰田賦
無如二頃何
史記蘇秦傳使我有雒陽負郭田二頃豈能佩六國相印
乎
折腰方頼禄
折腰見上注老杜詩上公有薦者累奏資薄禄
拭面未傷和
唐書婁師德傳師徳弟守代州辞教之耐事弟曰人有唾
面潔之而已師徳曰未也潔之是違其怒正使自乾耳公
羊傳曰孔子反袂拭面老杜梔子詩云與道氣傷和
日下烏聲樂
左傳曰烏烏之声樂
塵生鳥跡多
世説曰簡文帝為撫軍時牀上塵不聽拂見鼠行跡視以
為佳后山盖用此意

渡頭留小楫乗興恐相過
乗興見上注文選阮籍詩題李相經過

黄梅五首

異色深宜晚
王臺新詠沈約芳樹詩曰氛氲非一香參差多異色
生香故觸人
石曼卿詩樂意相關禽對語生香不斷樹交花樂天榴花
詩香塵擬觸坐禪人
不施千點白
宋玉登徒子好色賦曰着粉則太白施朱則太赤
別作一家春
一家春見上注

又

舊鬢千絲白
老杜詩人生不再好鬢髮白成絲
新梅百葉黄
老杜四松詩終然振撥損得愧千葉黄
留花如有待
退之詩留花不發待郎帰
迷國更須香
言其色自足迷國矣尚何須香耶宋玉賦曰嫣然一笑惑
陽城迷下蔡

又

冉冉梢頭緑婷婷花下人
東坡詩冉冉緑霧生人衣杜牧之詩豆蔻梢頭二月春元
微之李娃行曰玉顔婷婷街下立

欲傳千里信暗折一枝春
見上注
又
黃裏含真意
退之燈花詩黃裏排金粟蓋謂額間花鈿也此借用
春容帶薄寒
趙師民詩麥地露花啼曉恨拂堤煙柳弄春容
欲知誰稱面
刘禹錫詩綺季衣冠稱鬢面樓護信蕩子賦曰綠菓起衫
紅花宜面
徧插一枝看
王維詩遍插茱萸少一人
又
花裏重重葉鈿頭點點黃抵應報春信故作着人香
王臺新詠徐君蒨詩草短猶通屧梅香漸着人
田家
鷄鳴人當行犬鳴人當歸秋來公事急出處不待時
左傳曰公事有公利孟子曰公事畢然後敢治私事
昨夜三尺雨竈下已生泥人言田家樂爾苦人得知
漢書楊惲曰田家作苦歐陽公歸田樂詩曰田家之樂知
者誰我獨知之胡不歸爾苦猶言如許苦也
巨野二首
當是移潁州教授時所作
紅落芙蕖晚青深蒲稗秋
謝靈運詩蒲稗相因依
平湖無過鳥鳴鼓有行舟

老杜詩打鼓發船何處郎又詩云半夜有行舟
又
浦港侵衣綠蓮塘亂眼紅
退之送王塤序云猶航斷港絕潢老杜竹詩色侵書帙亂
將身供世事結纜待回風
老杜詩唯將遲暮供多病又詩結纜排魚網又詩回風吹
早秋
別叔父錄曹
爲吏專文法
漢書薛宣傳吏道以法令爲師
成家託弟昆
老杜詩實惟親弟昆
三年如昨日一笑更何言
三年一笑用列子事見上注
扶老須微禄
漢書孔光傳賜大師靈壽杖注扶老杖也老杜詩躭酒須
微禄
移官實至恩
老杜詩移官近至尊時后山自徐學移潁王吉傳可謂至恩
兩疏元父子何日復東轅
漢書疏廣傳廣謂兄子受曰豈如父子相隨出關歸老故
鄉乎遂上疏乞骸骨公卿大夫故人邑子設祖道供張東
都門外東轅猶左氏所謂南轅反旆
出清口
家世山東飽耕稼
孟子曰自耕稼陶漁以至爲帝

晚託一舟順流下
爾雅順流而下曰泝游
漁溝寒餅不下筋推柂轉頭更五夜
意謂發漁溝時尚未多食舟行已遅明矣王介甫詩任村
炊米朝食魚日暮滎陽驛中宿与此同意晉何曾傳猶言
無下筯處老杜詩捩柂開頭捷有神漢儀中黄門持五夜
平明放溜出清口霜落潮回霧連野
歐公詩江城月下夜聞歌淮浦山前朝放溜
平淮一瀉三十里有日無風神所借
摭遺新說王勃自洪州旋舟謝向時所見老史曰神旣借
以好風躬修牢酒以報神賜
似憐憂患滿人間百孔千瘡容一罅
退之答孟簡書曰羣儒區區修補百孔千瘡隨亂隨失
文章末技將自劾
老杜詩文章其小技班固幽通賦曰操末技猶必然兮文
選任彦昇作王文憲集序曰昉嘗以筆札見知思以薄技
効德漢書蕭望之傳曰爭願自劾
語不驚人神可嚇
后山自謂文章尚不能動人山川之神其可嚇邪老杜詩
爲人性僻躭佳句語不驚人死不休莊子曰今子欲以子
之梁國而嚇我邪嚇音許嫁反
子女玉帛君所餘
左傳曰子女玉帛則君有之羽毛齒革則君地生焉其波
及晉國者君之餘也按搜神記吳郡太守張公直過廬山
其女夢爲廬山君所聘怖而遽發中流舡不行丁女水中
此詩所言子女謂此類也

寄聲白鳥煩多謝
漢書趙廣漢傳曰寄聲謝我又曰爲我多謝問趙君
乏淮
冬暖仍初日潮回更下風鳥飛雲水裏人語櫓聲中
退之進學解曰冬暖而兒號寒杜牧之詩鳥去鳥來山色
裏人歌人哭水聲中
平野容回顧
言望鄉之眼不爲重山所隔老杜詩平野入青徐
無山會有終
言雖未有可隱之山豈終老於行役而不返故里耶此稜
穎時所歎也易曰謙亨君子有終吉老杜詩人生亦有初
此効其律
倚檻聊自逸吟嘯不須工
晉書王廙倚柂樓長嘯神氣甚逸王導謂庾亮曰世將爲
傷時識事亮曰正足舒其逸氣耳又庾冰傳吟嘯鼓柂泝
流而去東坡詩去作詩不須工
猴馬并引
楚州紫極宫有畫沐猴振索以戲馬頓索以驚
圉人不測從後鞭之人言沐猴宜馬而今爲累
作詩以道馬意
韓鄂四時纂要曰常繫獼猴於馬坊内辟惡
消百病令馬不著疥
沐猴自戲馬自驚
漢書項籍傳人謂楚人沐猴而冠
圉人未解猴馬情
周禮圉師掌教圉人養馬

猴其天資馬何罪
史記商君贊曰其天資刻薄人也
意欲防患猶傷生
宋書王泰曰酒雖會性亦以傷生
異類相宜亦相失同類相傷非所及
非所及猶言非思慮所及也物惡傷其類此理之固然而
其間亦有相傷者豈可復以常理待之邪文選李陵書曰
但見異類此借用史記孔子世家曰君子諱傷其類
志行萬里困一誤
吳志陸遜傳曰志行萬里不中道而輟足老杜詩當時歷
塊誤一蹶委弃非汝能周防
吐豆齕萁甘伏櫪
唐書李林甫傳曰君等不見立仗馬乎終日無聲而飫三
品芻豆一鳴則黜之矣莊子馬蹄篇齕草飲水翹足而陸
伏櫪見上注右山自徐學除太學博士以言者罷既而移
潁州故有同類相傷與志行萬里困一誤之語
徐氏閑軒
徐氏謂徐大正東坡亦有閑軒詩
倦遊梁楚愛吾廬老寄山林孰與娛
漢書司馬相如傳曰客遊梁又曰長卿故倦遊淵明詩吾
亦愛吾廬
想見杖藜臨過鳥
言軒檻之高莊子曰原憲杖藜而應門柳子厚柳州山水
記曰乃臨大野飛鳥皆視其背
更能赤手縛於菟
魯直詩守心如縛虎此用其意言處閑之難也東坡詩嘗

年老使君赤手降於菟左傳曰楚人謂虎於菟
君寧平世輕三公
孟子曰禹稷當平世三公見上注
我亦東原有一區
漢書楊雄傳有宅一區
擬買嬋娟作婦計可無堆玉斗量珠
元微之李娃行曰平常不是堆珠玉難得門前暫徘徊劉
禹錫泰娘歌曰路傍忽見停隼旟斗量明珠鳥傳意稜嶺
表錄異梁氏女有容皃石季倫以真珠三斛買之即綠珠
也
寄豫章公三首右山自注云許官茶未寄
黃魯直家於洪州之雙井洪即古豫章
密雲不雨卧烏龍
張舜民小說云熙寧末神廟有旨下建州製密雲龍其
品又高於小團周易密雲不雨自我西郊此借用言茶之
未破
已是人間第一功
言未戰而勝睡魔也漢書蕭何功第一無汗馬之勞
得諾向來輕季子
漢書季布傳楚人諺曰得黃金百不如得季布諾
打門何日走周公
盧仝謝孟簡惠茶詩曰日高丈五睡正濃軍將打門驚周
公盖用魯論不復夢見周公意後山爲學官暗用邊韶事
又
愧無一縷破雙團
破團茶法多以線縷解之雙團謂大小團也

慣下薑鹽枉肺肝
薛能鳥觜茶詩云鹽損添常戒薑宜煮更誇東坡和寄茶
詩云老妻稚子不知愛一半已入薑鹽煎
誓酒不應忘此老
晉書劉伶傳伶妻勸伶斷酒伶曰吾不能自禁惟當祝鬼
神自誓耳石山持律酒戒甚嚴故有此語
論詩寧肯乞麄官
薛能謝王彥威寄茶詩曰麄官寄與真抛却賴有詩情合
得嘗乞音氣
又
生須百斛買雙鬟
百斛見上注玉臺新詠辛延年詩云一鬟五百萬兩鬟千
萬餘魯直詩欲買娉婷供煮茗我無一斛明月珠
水截龍章試虎斑
史記蘇秦傳水截鵠鴈晉書嵇康傳龍章鳳姿此借用其
字龍章謂茶虎斑謂盞
老覺才粗渾不稱自携雲月瀉潺湲
樂天詩一別承明三領郡從教人道是粗才老杜詩雲暗
逓微明此借用其字以言建瓷如雲中之月也張平子思
玄賦曰亂弱水之潺湲字林曰潺湲流皃湲音爰亦音侯
頑切
贈秦覲蕪簡蘇迨二首
兩秦並立難爲下
史記孟嘗君傳云勢不兩立爲雄世說後漢陳寔二子紀
字元方諶字季方寔曰元方難爲兄季方難爲弟此句用
其事魏略桓範妻曰君前在東座欲擅斬徐州人謂君難
爲下今羞爲呂昭毋雖爲上也此句用其字
萬里長驅在此初
成都記萬里橋後主時費禕聘吳諸葛亮祖於此禕曰萬
里之行故始於此矣
別後未忘三日語
唐書陸贄傳張鎰有重名贄往見語三日奇之
人來肯作數行書
老杜詩相看過半百不寄一行書
又
文章從古不同時
言知音未必並世也漢武聞司馬相如賦曰朕獨不得與
此人同時哉
詩語驚人筆益奇
詩語驚人見上注南史范曄傳曰諸序論筆勢縱放實天
下之奇作柳子厚先友記曰韓會弟愈文益奇
過與阿平應絶倒
晉書王澄聞衛玠言輒歎息絶倒時人爲之語曰衛玠談
道平子絶倒又世說云阿平若在當復絶倒阿平蓋以蜀
仲豫
世間能有幾人知
貫休詩云禪客相逢只彈指此心能有幾人知
次韻秦少游春江秋野圖山谷自注云宗室所畫
翰墨功名裏江山富貴人傚看雙鳥下已負百年身
南史梁忠烈世子方等傳云性愛林泉特好散逸嘗著論
曰吾不及魚鳥遠矣魚鳥飛浮任其志性吾之進退常在
掌握若使吾終得與魚鳥同遊則去人間如脫屣耳此宗

室事故右山引[illegible]舊制宗室在宮有出入之限有不許
外交之禁故也老杜詩長爲萬里客有愧百年身

又

江清風偃木霜落鴈横空
老杜詩長林偃風色

君箇用青裏猶須着此翁右山自注曰秦詩云請君添小艇畫我作漁翁
言少游方見用於世非江海之士不當畫之漁舟也晉書
顧凱之爲謝鯤象在石巖裏曰此子宜置丘壑中右山蓋
反此意着字嘗經東坡用之所謂戲着幼輿巖谷裏是也
老杜詩秋色彫春草王孫若箇邊黃魯直荅王立之書曰
小詩若能令每篇不苟作須有所屬乃善頃來詩人惟陳
無已得此意每令人歎伏之盖渠勤學不倦味古人語精
深非有爲不發於筆端耳觀此二詩信魯直之善論也

幼嶺右山自注公外氏有象山号幼嶺

外家英俊場
漢書枚皋傳與英俊並游柳子厚書曰鼓行俊造之場
季氏不好弄
季氏猶詩所謂伯氏仲氏左傳曰夷吾弱不好弄
用意丘壑間頗以石自奉
班固叙傳班斿曰漁釣於一壑則萬物不奸其志棲遲於
一丘則天下不易其樂
誰言拳握間
後漢張湛傳拳握之物[illegible]富十世
意作萬牛重
老杜古栢行萬牛回首丘山重
代山宗小天下

孟子登大山而小天下
不辨一席用
東坡六一泉銘載惠勤語曰西湖盖歐公几案間一物耳

絕句

斫水〻可斷
越王勾踐有八劍二名斷水以之揥水開即不合
續弦〻可完
東方朔十洲記曰裁鳳喙麟角合煎作膠名之爲續弦膠
兩句言物理之間合者固有時可斷而斷者寧不可復續
耶而客主之交一絶不續亦可歎矣
如何鄭公客不作百年看
漢書鄭當時傳兩人中廢賓客益落故班固作賛引廷尉
翟公一死一生乃見交情之語此詩必有謂而作也

贈歐陽叔弼
叔弼名棐六一居士之第三子家於潁州
早知汝頴多能事
晉書周顗傳汝頴多奇士能事字出周易
晚以詩書託下僚
選詩英俊沉下僚
大府礼容寬嬾慢
漢書張敞傳敞再入大府老杜詩自識將軍礼數寬晉嵇
康与山濤書云嬾与慢相成
故家文物尚儒姚
故家遺俗見孟子左傳臧哀伯曰文物以紀之此借用漢
志景星歌曰五音六律依韋饗昭雜变並會雅声遠姚注
云姚儒姚言[illegible]也

只將憂患供談笑
憂患字見易係辭王介甫詩已將流景供談笑聊為知音

破鬱陶

敢望功言答聖朝
功言見上注老杜詩未有涓埃答聖朝

歲歷四三仍此地
歲歷四三謂十二年也下篇亦云中年見二子已復歲一終尚書或四三年此借用其字

家餘五一見今朝
歐陽文忠公自号六一居士作傳曰吾家藏書一万卷集録三代以來金石遺文一千卷有琴一張有棊一局常置酒一壺客曰是謂五一尔奈何居士曰以吾一翁老於此五物之間是豈不為六一乎時居士已薨故曰家餘五一

后山詩注卷第二

后山詩注卷第三

觀兗文忠公家六一堂圖書
歐陽文忠封兗國

生世何用早我已後此翁
柳子厚答元饒州論陸先生春秋書曰吾生前距此數十年則不得是學矣今適後之不為不遇也此句頗用其意但為下句張本曾子建求自試表曰士之生世入則事父出則事君

頗識門下士
南豐東坡皆六一門下士東坡送曾子固詩曰醉翁門下士雜沓難為賢

略已聞其風
莊子雜篇曰墨翟禽滑釐聞其風而悅之

中年見二子
晉書王羲之傳謝安曰中年以來傷於哀樂二子謂棐與辯棐字叔弼辯字季默

已復歲一終
左傳晉侯曰十二年是謂一終一星終也

呼我過其廬所得非所蒙
漢書貢禹傳誠非草茅愚臣所宜蒙也

先朝羣玉殿
范蜀公東齋記嘉祐七年十二月二十三日召近臣天章閣下觀書閱瑞物上親作飛白書令左右搢笏以觀又令王禹玉跋筆人賜一紙既而置酒羣玉殿云云歐公有謝賜飛白書詩并序具述其事

冠佩環羣公

奚漢詩羣公先生文正

神文煥王度
仁宗謚曰神文聖武明孝皇帝左傳曰思我王度式如玉
式如金
喜色見天容
老杜詩天顏有喜近臣知東坡詩天容玉色誰敢畫
御榻誰復登
法書要録曰唐太宗宴玄武門作飛白書衆臣乘酒就太
宗手中相競散騎常侍劉洎登御床引手然後得之
帝書元自工
此言仁宗之書元自工非因拙而大也下句蓋終此章
南史劉穆之傳宋武帝書素拙穆之曰公但縱筆爲大字
一字徑尺無嫌大既是有所包其勢亦美帝從之一紙不
過六七字便滿故東坡謝賜御書表曰筆縱字大然宋武
之未工
黄綃兩大字
老杜詩鬱鬱三大字蛟龍岌相纏
世説王東亭曰一覽而盡禮記孔子曰予惡夫涕之無從
一覽涕無從
似欲託其子天意人與同
謂英廟也孟子曰天與子則與子韓魏公作仁宗哀
冊叙羣玉賜書事云因疑前會之非常似與羣臣之叙訣
意當時必有顧託之語也
歷數况有歸
尚書舜命禹曰天之歷數在汝躬
敢有貪天功
左傳晉侯賞從亡者介之推不言禄曰天未絶晉必將有
主主晉祀者非君而誰天實置之而二三子以爲己力不
亦誣乎竊人之財猶謂之盗况貪天之功以爲己力乎初
元豐三年王堯臣之子同老上書言其父定策之功詔贈
太師元祐五年殿中侍御史賈易言堯臣掠韓琦之大勲
故此句指其事
集古一千卷明明並羣雄
集古目録跋見居士集
誰爲第一手未有百世公
百世公謂公論也與上羣公韻不相妨南史齊高帝嘗與
王僧虔賭書畢帝曰誰爲第一僧虔對曰臣書臣中第一
陛下當帝中第一
廟器刻科斗寶禮播華蟲
尚書序疏曰科斗書古文也所謂蒼頡本體尚書注華蟲
雉也宗廟彝樽亦以山龍華蟲爲飾此言集古鍾鼎書
緬懷弁服士酬獻鳴瑽瑢
弁服士謂陪祭諸臣韻書曰瑽瑢佩聲也文選潘岳西征
賦曰想佩聲之遺響若鏗鏘之在耳
插架一萬軸
退之詩鄴侯家多書插架三萬軸
遺子以固窮
前漢韋賢傳遺子黄金滿籯不如教子一經固窮見魯論
素琴久絶絃
晉書陶潛傳畜素琴一張弦徽不具韓詩外傳鍾子期死
伯牙擗琴絶絃
某酒頗闕供

自集古一千卷以下至此已見前卷贈叔弼詩春明退朝
録曰宗衮嘗言律云可從而違堪供而闕亞六經之文明
皇幸蜀記韋諤曰先無備擬又恐闕供此借用
向來一瓣香敬爲曾南豐世雖嫡孫行
向來見上注諸方開堂至第三瓣香推本其得法所自則
云此一瓣香敬爲某人云云曾鞏子固建昌南豐人於歐
公猶宗門中嫡子而后山又師南豐乃其孫也后山以東
坡薦得官作此詩時東坡政爲郡守終無少貶阿附之意
可謂特立之士矣然亦知東坡之大必能受之也
名在惡子中
此后山自貶損也前漢尹賞傳賞爲長安令舉長安中輕
薄少年惡子悉籍記之
斯人日已遠千歲幸一逢
老杜詩古人日已遠青史字不泯東坡答舒煥書云歐陽
公天人也天之生斯人意其甚難非且使之休息千百年
恐未能復生斯人也
吾老不可待露草濕寒螿
露草濕寒螿自言哀傷之意寄於詩什如秋虫之悲鳴也
歐公詩蓋云堪笑區區郊與島螢飛露濕吟秋草老杜詩
草露亦多濕
送蘇迨
胸中歷歷著千年
北史崔㥄傳鄭伯猷歎曰胸中貯千卷書使人那得不畏
服老杜詩歷歷開元事分明在目前傳燈録智常禪師謂
李渤曰使君學頂放踵如椰子大萬卷書向何處著看此
詩用著字甚佳

筆下源源赴百川
唐蔣溪送魏滄州序云筆海縱流於百川詞峯削成於二
華孟子注云源源如流水與源通荀子宥坐篇論水曰其
赴千仞之谷不懼似勇謝靈運帝魏太子詩曰百川赴巨
海
真字飄揚今有種
真字多惠宮東惟東坡筆墨超然於楷法之外退之雪詩
波濤何飄揚漢書陳勝傳侯王將相寧有種耶
清談絶倒古無傳
絶倒見上注孟子曰是以後世無傳焉
出塵解悟多爲路
傳燈録讓禪師曰汝等六人同證吾身各契一路此云多
爲路言當開廣不着一邊也
隨世功名小着鞭
言不用汲汲於功名也着鞭見上注樂天詩青雲上了無
多路却要徐驅穩着鞭
白首相逢恐無日幾時書札到林泉
選詩客從遠方來惠我一書札老杜詩時應間袞袞書疏
及滄浪
送黄生兼寄二蘇二首
南第諸兄甚相見
南第猶言南宅也南史元凶劭傳有此字
別時託子以無倦
南史謝弘微傳叔父混爲韻語以奬勸靈運等並有戒屬
之言唯弘微獨盡褒美曰微子基微尚無倦由慕蘭勿墜
一簣少進往以千仞后山詩意謂黄生諸兄以其弟託之

為其好學蓋知所鄉向也

百歲論交見子心

老杜詩論交翻恨晚百歲言其久要也左傳曰他日吾見子面而已今吾見子之心矣

一朝取別寧吾願

老杜詩取別何草草按十二國史云宓子賤為單父宰行過楊晝取別淵明歸去來辭曰富貴非吾願

妙歲遠遊真所難

言其不讓安也

肯為得官近長安

唐人語曰欲得官近長安

聖作詩書端有意猶須用心科舉外

意識上氏經術具送邢居實序論之詳矣

又

城西兩謝俱能文穰苴精悍吾所聞

謝景初字師厚二子悰愔皆知名穰縣今屬鄧州漢書歲延年為人短小精悍

每讀吾詩得人意

南史何遜傳沈約曰吾每讀卿詩一日三復猶不能已後漢禰衡為黃祖作書記輕重疏密各得其體祖曰處士正得祖意如祖腹中之所欲言也

使不能文已可人

世說謝安少時請阮光祿道白馬論子時謝不即解阮語重相諮盡阮乃歎曰非但能言人不可得正索解人亦不可得禮記雜記曰管仲遇盜取二人焉上以為公臣曰其所與遊辟也可人也

我昔謝公門下士早年妄作功名意如今老寄潁河東九泉雖深愧此公

謝公即師厚退之送陸暢詩我實門下士力薄蚋與蚊受恩不即報求貧湘中嶺暢蓋長源之子也此詩略采其意

次韻蘇公西湖徙魚三首

窮秋積雨不破塊霜落西湖露沙背

退之詩嗷嗷鳴鴈鳴且飛窮秋南去春北歸又詩時秋積雨霽西京雜記董仲舒曰太平之時雨不破塊

大魚泥蟠小魚樂

楊子曰龍蟠于泥蚖其肆矣莊子曰儵魚出遊從容是魚樂也老杜詩小魚脱漏不可紀半死半生猶戢戢大魚傷損皆垂頭屈強泥沙有時立

高丘覆杯水如帶

言水淺而丘露其狀如此爾雅釋丘曰如覆敦者敦丘注云敦盂也何遜雜詩溢水縈如帶

魚窮不作搖尾憐

退之與韋舍人書若俛首帖耳搖尾而乞憐者非我之志也

公寧忍口不忍膾

樂天詩忍心兩三日莫作破齋人東坡元韻太老守縱饞那忍膾

儵鱗失水玉參差

柳子厚鐃歌曲曰手援天弓截儵鱗莊子曰吞舟之魚碭而失水

晚日搖光金破碎

退之詩竹影金瑣碎此借用以言鱗鬣映日而光也

咫尺波濤有生死安知平陸無灘瀨

老杜觀打魚歌云咫尺波濤永相失又詩終然減灘瀨

此身猶供刀几用着意更須風雨外

御史言蘇公舊詩有譏諷而喜之語公遂求外補得潁州而山詩意或謂此後篇又云防有任公釣江海亦此意也史記樊噲曰人方爲刀俎我爲魚肉續世說曰周玄豹有知人之術見王都曰形若鯉魚難免刀机都竟被殺東坡詩大公自看意

且聞相忘不爲小

左傳襄叔曰必死是間莊子曰魚相忘於江湖

濠上之意誰得會

莊子與惠子遊於濠梁之上莊子曰儵魚出遊從容是魚樂也惠子曰子非魚安知魚之樂莊子曰子非我安知我不知魚之樂

枯魚雖泣悔可及

古樂府曰枯魚過河泣何時復還入作書與魴鱮相教愼出入

莫待西江與東海

以上四句皆終前意言外郡亦足爲樂優游卒歲可以避禍也莊子曰周顧視車轍中有鮒魚問之對曰我東海之波臣也君豈有斗升之水而活我哉周曰我且南遊吳越之王激西江之水而迎子可乎鮒魚忿然曰君乃言此曾不如早索我於枯魚之肆

又

赤手取魚如拾塊

孫樵與王霖書曰如赤手捕長蛇又李商隱詩曰洞庭魚可拾

不用更垂罾

布網鳴舷攻腹背

後趙王泰諫冉閔曰若我出戰必腹背受敵

豈知激濁與清流

唐書王珪傳曰激濁揚清其志又裴樞傳曰遂使清流變濁此蓋用其言朱全忠賜裴樞等自盡李振曰此輩自謂清流宜投黃河永爲濁流魯直詩我亦洗耳與清流

忽懼駢頭牽翠帶

易曰貫魚以宮人寵王弼注云駢頭相次似貫魚也老杜詩水荇牽風翠帶長

居士仁心到魚鳥

此句法用打魚詩仁及草木之意文選四子講德論曰恩及飛鳥列子曰天之於民厚矣殖五穀生魚鳥以爲之用

會有微生化餘鱠

左思吳都賦曰雙則比目片則王餘注云越王鱠魚未盡因以其半棄之爲魚遂無一面

寧容網目漏吞舟

晉書顧和答王導曰明公作輔寧使網漏吞舟何緣採聽風聞以察察爲政世說劉公幹答魏文帝曰亦由陛下網目不疏

誰能烹鮮作苛碎

老子曰治大國若烹小鮮

我亦江湖釣竿手

杜牧之詩惆悵江湖釣竿手却遮西日向長安

俱逐輕車從下瀨

漢武帝紀公孫賀爲輕車將軍甲爲下瀨將軍

生當得意落鷗邊
後漢梁竦曰生當封侯死當廟食否山反而用之故下句
云云 列子曰海上之人從漚鳥游漚鳥之至者百數而不
止其父曰汝取來吾玩之明日之海上漚鳥舞而不下文
選子虛賦云雙鶬下李善注引爾雅曰下落也談苑載鄭
文寶詩云雙溪時落海邊鷗
何用封侯隨鳶外
後漢馬援傳援擊交趾破之封新息侯從容謂官屬曰吾
從弟少游常哀吾慷慨多大志當吾在浪泊西里間虜未
滅之時仰視飛鳶跕跕墮水中臥念少游平生時語何可
得也
不妒此魚今得所
用孟子校人事得其所哉之語
置身暗與神明會
退之贈李觀詩曰北極有羈羽南溟有沉鱗川源浩浩隔
影響兩無因風雲一朝會變化成一身誰言道里遠感激
疾如神世說晉武帝謂山濤不學孫吳而暗與之會
徑須作記戒鯨鯢
太白枯魚過河泣曰作書報鯨鯢勿恃風濤勢
防有任公釣東海
莊子曰任公子為大鉤巨緇五十犗以為餌投竿東海旦
而大魚牽巨鉤而下任公子得若魚離而腊之
又
詩成落筆驪歷塊不用安西題紙背
此兩句指東坡詩語俊快雄奇也漢書王褒傳曰駕
齧膝驂乘旦過都越國蹶如歷塊柳子厚詩云書成欲寄
庾安西紙背應勞手自題注云家有右軍書每紙背庾書眞
題云王右軍六紙
小家厚斂四壁立拆東補西裳作帶
此兩句自言窘於屬和也後漢陳蕃曰小家畜產百萬之
資寒山子詩與道殊懸遠拆東補西爾左傳曰欒桓子請
帶於叔孫豹豹召使者裂裳帛而與之曰帶其褊矣
堂下觳觫牛何罪
見孟子
太山之陽人作鱠
莊子曰盜跖膾人肝而餔之
同生異趣有如此缾甖當開終一碎
史記李斯傳曰異趣以為高退之送惠師詩云去矣各異
趣何為浪沾巾漢書陳遵傳揚雄作酒箴曰觀缾之居居
井之眉處高臨深動常近危一旦叀礙為瓽所轠身提黃
泉骨肉為泥自用如此不如鴟夷云云此詩言仁與不仁
趣向各異而不仁者雖有不及如缾與鴟夷所居不同要
之鴟夷保全而缾終不免也瓽音丁浪反井以塼為甃者
也
流水長者全公是雨花散亂投金顏
金光明經曰流水長者自在光王之子也見有一池其水
枯涸於其池中有十千魚遂將二十大象載皮囊盛河水
寫置池中水遂彌滿又為施食解說十二因緣并稱說寶
勝佛名後十千魚同日命終生忉利天是諸天子後至本
處空澤池所復雨天華便從此沒還忉利宮法華經曰彌
勒當知爾時彌勒菩薩豈異人乎我身是也求名菩薩汝
身是也吳越春秋曰伍子胥伐楚遂渡陽瀨水上欲報白

殺婦人以百金不知夫家投金瀨水中而去
人言充庖須此輩
老杜雞詩充庖爾輩堪盧仝放魚歌曰此輩肥脆爲絶尤
慈觀更須容度外
法華經偈曰悲觀及慈觀此引用當作去聲讀南史謝朏
傳曰殺之則成其名正應容之度外
賜墻及肩人得視
此危山自言其詩淺近也下有答魏衍詩亦云我詩淺短
子貢墻衆目俯視無留藏被舊論賜之墻也及肩窺見室
家之好
公才槃槃一都會
晉陽秋云諺曰大才槃槃謝家安漢書地理志勃碣間一
都會

有憐其窮与不朽我亦牽聯書玉海
意謂好事者或以此詩附見東坡集中是与之以不朽之
名也不朽字見左傳退之張法曹墓碣曰若爾吾哀必求
夫子銘是爾与吾不朽也又荅元稹書曰足下與甄濟父
子俱宜牽聯得書南史張融自名其集爲玉海今以此東
坡集
次韻蘇公西湖觀月聽琴
西湖納明月遠覽無留雲
選詩璇題納明月嵆康琴賦曰情舒放而遠覽退之詩何
限青天無片雲
人生亦何須
東坡詩我生亦何須一飽萬想滅按蕭子顯齊書裴昭明
曰人生一身之外亦復何須

有酒與桐君
陶隱居本草序有桐君藥錄此借用意謂琴也
白醉寧問客
用陶淵明意見下注
一樽復一樽
太白詩一盃一盃復一盃
平生今不飲意得同酣醺
此危山以戒律止酒高僧帛察傳云神領意得頓盡言前
清言冰玉質
劉禹錫聯句云清言如冰玉逸韻貫珠璣
壞衲山水紋
東坡嘗被衲衣盖金山了元師所贈也
殫精有後悟

自言鈍根領會之不早故殫竭其精思也
畜耳無前聞
言聞所未聞也老杜曰畜眼未見有禮記檀弓曰何居我
未之前聞也
潛魚避流光
水至清則無魚盖此意也文選袁宏三國名臣序贊曰潛
魚擇淵上林賦曰擊流光曹子建詩明月照高樓流光正
徘徊
歸鳥投重昏
老杜詩仰羡黃昏鳥投林羽翮輕文選頭陁寺碑曰曜慧
日於康衢則重昏夜曉
信有千丈清不如一尺渾
此句皆勸蘇公含垢納污之意張籍詩亦云至潔而納污

此水真吾師蘇公送蕭元翰詩云皎皎千丈清不如尺水
渾故有山言信有以印之老杜詩信有人間行路難

次韻蘇公涉潁

衝風不成寒
楚辭衝風至兮揚波注衝隱也
脫木還自奇
文選謝莊月賦曰洞庭始波木葉微脫
坐看白日晚
楚辭九歌曰白日晚晚其將入兮文選虞子陽詩曰飛
白日晚
三窟未為得
馮諼曰狡兎三窟僅得免死晉書王衍謂弟澄敦曰卿二
人在外而吾留此足以為三窟矣司馬相如傳犇亦未為

得也
一舟不作癡
晉傳咸傳楊濟与咸書曰生子癡了官事官事未易了也
了事正作癡復為快耳詩意謂放情物外非俗吏所為
路暗鳥遺音
周易小過飛鳥遺之音
江清魚弄姿
後漢李固傳搔頭弄姿
宇定怪物变
莊子曰宇泰定者發乎天光
意行覓舟遅
列子管夷吾曰恣意之所欲行劉禹錫蠻子歌曰腰斧上
高山意行無舊路此借用其字謂神游八表非楫櫂所及

公與兩公子姚語含風漪
兩公子謂兩歐陽也漢書賈誼之傳曰君旁下筆言語妙
天下退之韋詩曰卷送八尺含風漪此借用以言風行水
上自然成文也
但怪笑談劇
漢書楊雄口吃不能劇談
莫知賓主誰
後漢書龐德公傳注曰司馬德操嘗詣德公值其渡沔上
先人墓德操徑入其堂呼德公妻子使速作黍須史德公
還直入相就不知何者是客也東坡詩明日德公當上冢
不知誰主復誰賓
得句未肯吐鬱鬱見眉睫
魯直詩李侯有句不肯吐又云眉間鬱鬱似陰功劉禹錫

詩依依見眉睫莊子曰向吾見若眉睫之間因以得汝矣
相從能幾何行樂當及茲
漢書楊惲傳人生行樂耳古詩曰為樂當及時何能待來
茲
坐忍自作難
自作難猶言徒自苦也亦由詩過山轉海不作難
百憂間一嬉
詩云我生百憂莊子盜跖篇曰人上壽百歲中壽八十下
壽六十除病瘦死喪憂患其中開口而笑者一月之中不
過四五日而已耳
時尋赤眼老
傳燈錄廬山歸宗寺智常禪師以目有重瞳遂將藥手揩
摩目皆俱赤世号赤眼歸宗東坡喜從僧遊故有此句

不採黄口兒
晉書王澄脫衣上樹探鵲鷇而弄之劉琨謂澄外雖散朗
而內實動俠以此處世難得其死家語曰孔子見羅雀者
所得皆黄口小雀曰大雀善驚而難得小雀貪食而易得
北史崔㥄傳崔暹啓㥄竊言文襄帝爲黄口小兒
解公頭上巾一洗七年緇
昭明太子作陶淵明傳曰取頭上葛巾漉酒李太白詩豈
奠頭上巾沈休文新安江水詩曰紛吾隔囂滓寧假濯衣
巾願以潺湲水沾君纓上塵選詩京洛多風塵素衣化成
緇緇黑色也蘇公謫居黄州凡七年爲塵埃所汚多矣
至潔而納汚
左傳曰川澤納汚
此水真吾師

老杜詩痛飲真吾師
須公曉二子
列子曰因往曉之司馬遷書曰以曉左右
人自窮非詩
歐公作梅聖俞詩集序曰非詩之能窮人殆窮者而後工
也兩歐陽 不肯作詩故欲以此曉之
再次韻蘇公示兩歐陽
公詩周魯後
謂蘇公詩可繼周詩魯頌也
曳曳垂天雲
莊子曰鵬怒而飛其翼若垂天之雲
府中顧長康
晉書顧愷之字長康桓溫引爲參軍甚見親昵詩意以比

趙德麟德麟時簽判潁州坡東坡泛潁詩亦曰趙陳兩歐
陽同參天人師觀妙各有得共賦泛潁詩
風味如麴君
開天傳信記曰葉法善與朝士數人會玄真觀有人稱麴
秀才突入坐中少年秀美語論不凡葉疑其非人潛飛小
劒擊之應手墮地乃一酒榼中有美醞共飲之皆曰麴生
風味不可忘也
非公無此客
晉書謝安見桓溫既出溫問左右頗嘗見我有如此客否
請壽兩山樽
漢書樓護傳王邑居樽下稱賤子上壽周禮司尊彝曰其
再獻用兩山尊
叔季大儒後

謂叔弼季默兩歐陽也荀子曰大儒可爲三公
偏醒亦同醺
言其清而不隘老杜詩漁父忌偏醒南史羊侃傳不飲酒
而好賓遊終日獻酬同其醉醒
心與栢石堅
退之詩栢生兩石間
章成綺繡紋
老杜詩揮翰綺繡揚歐公詩亦云東州太守詩尤美組織
文章爛如綺桉漢哀帝紀止織綺繡
多難獨不補少戇今無文
兩句后山自謂也老杜詩多難身何補漢高帝紀曰王陵
少戇魯論曰四十五十而無聞
聊無古今異智有功名昏

史記平原君贊曰利令智昏後漢馬援傳論曰夫戒人之
禍智矣而不能自免於讒隙豈功名之際理固然乎夫利
不私己以之謀事則智慮不私己以之斷義必厲云云
可使百尺底不作數斗渾
四句皆勸公潔身高退之意前漢溝洫志曰涇水一石其
泥數斗詩意謂功名之昏人猶泥之濁水
次韻蘇公勸酒與詩
五士三不同煩公以詩訴
東坡守潁時趙德麟作簽判后山爲學官其兄傳道來過
而歐陽叔弼季默家居于潁東坡送傳道詩所謂五君從
我遊是也兩歐陽以新免毋喪不肯作詩后山以持律不
飲酒故云三不同
強酒古所辭

孔叢子曰平原君強子高酒曰堯舜千鍾孔子百觚古之
聖賢無不能飲也吾子何辭焉子高曰賢聖以道德兼人
未聞以飲也后山此句自解其不飲
妙語神其吐
謂詩可以感鬼神也左傳曰神其吐之乎此句勸兩歐陽
作詩
自念每累人舉扇無我汚
兩歐陽以居喪不飲酒故不作詩因有累人之句晉書王
導傳導不平庾亮常遇西風塵起舉扇自蔽曰元規塵汚
人
復使兩歐陽縮手不分付
退之祭柳子厚文曰大匠旁觀縮手袖間
平生西方社

此以下后山自述高僧慧遠傳劉遺民雷次宗等依遠遊
止乃於精舍無量壽像前建齋立誓共期西方樂天詩曰
南祖心應學西方社可投
努力須自度
古詩努力加餐飯遺教經曰當念無常之火燒諸世間早
求自度
不憂龜九頭
法苑珠林云唐趙文信暴死三日復蘇自說云閻羅王令
引出庾信乃見一大龜身一頭九作人語云我爲生時好
作文章妄引佛經雜揉俗書又誹謗佛法故受此苦
肯異語一訣
此句本用百丈野狐話而借用謝安傳中語按僧問前百
丈云大修行人還落因果無云曰不落因果以語謬故墮

野狐趣後百丈爲更之曰不昧因果晉書謝安傳安語未
嘗誤而忽一誤衆異之尋薨
頓悟而漸修修作進從此辭世故
楞嚴經曰理則頓悟乘悟併銷事非頓除因次第進傳燈
錄圭峯禪師傳曰顯頓悟資於漸修陶淵明詩終身與世
辭文選嵇康書曰世故繁其慮七不堪也
公看萬金産盜能一朝具
言證果位亦因進修之漸也退之詩指渠相告言此是萬
金産
兩生文章家
此以後屬兩歐陽柳子厚與楊憑書曰丈人以文律通流
當世鼎列天下號爲文章家
風記鳴蟬賦

歐公有鳴蟬賦又有跋云予因學書起作賦草它兒一視
而過獨小子棐守之不去此兒必能吾此賦也因以予
之
請公堅城壘
世說謝胡兒語庾道季曰諸人暮當就卿談可堅城壘
兵來後無數
前漢閩粵王傳曰漢兵衆強即幸勝之後來益多禮記聘
義曰無與時賜無數
次韻蘇公督兩歐陽詩
吟聲正可候蟲鳴
柳子厚詩門掩候虫秋東坡詩云欲遺何人賡絕唱滿堦
桐葉候虫吟
酒面猶須作老兵
言二君自可作詩尚何須待我歌耶晉書謝奕嘗逼桓溫
飲溫走避之奕遂引溫一兵帥共飲曰失一老兵得一老
兵
豈有文章妨要務
文選楊脩答臨淄侯牋曰若乃銘功景鍾書名竹帛斯自
雅量所蓄也豈與文章相妨害哉晉書謝安傳王羲之曰
虛談廢務浮文妨要吳志陸抗傳曰無用兵馬以妨要務
孰知詩律自前生
孰與孰同右山多用孰知字按資治通鑑慕容翰曰且吾
孰知涉夜干之爲人老杜詩曰詩律群公問王維詩曰宿
世謬詞客前生應畫師
向來懷璧真成罪
左傳曰匹夫無罪懷璧其罪此句本用懷寶迷邦之意而

借用此語以譬二子不肯出詩未免爲累也
未必含光不聳驚
此言雖欲自晦而固已駭世矣文選崔子玉座右銘曰曖
曖內含光莊子曰列御寇遇伯昏瞀人伯昏瞀人曰奚方
而反曰吾驚焉曰惡乎驚曰吾食於十漿而五漿先饋夫
內誠不解形諜成光以外鎮人心使人輕乎貴老而齎其
所患
血指汗顏終縮手
退之有祭柳子厚文曰不善爲斲血指汗顏巧匠旁觀縮
手袖間
此懷端復向誰傾
老杜詩曰一生襟抱向誰開太白詩曰君心不肯向人傾
次韻蘇公題歐陽叔弼息齋
行者悲故里
漢書高祖紀游子悲故鄉
居者愛吾廬
陶淵明詩吾亦愛吾廬
生須着錐地
莊子曰堯舜有天下子孫無置錐之地
向賴汗牛書
柳子厚陸文通墓表曰其爲書處則充棟宇出則汗牛馬
丈室八尺床稱子閉門居
唐顯慶中王玄策使西域至毗耶離城維摩居士石室以
手版縱橫量之得十笏故名方丈維摩經云即以神力空
其室內唯置一床以疾而臥樂天閑居自題詩曰此是白
家翁閉門終老處

可爲會有還
龐德公所謂趣舍行止亦人之巢穴也且各得其栖宿而
已
一足不願餘
一足字見上注左太冲詠史詩曰飲河期滿腹貴足不願
餘
紛紛老幼間失得了懸虛
人生自幼迨老或得或失懸虛皆歸於一空也
客在醉則眠聽我莫問渠
南史陶淵明傳淵明嘗曰我醉欲眠卿可去東坡有詩反
之曰醉中有客眠何害須信陶潛未苦賢
論勝已絕倒
絕倒見上注

句妙方愁予
楚辭目眇眇兮愁予此借用自恨其詩之不如也
竹几無留塵
選詩巢幕無留燕此用其語律
霜畦有餘蔬
老杜詩霜中登故畦莊子曰鼠壤有餘蔬
相從十五年不爲食有魚
用史記馮諼事退之招楊之罘詩曰前陳百家書食有肉
與魚
時須一俛仰君可貸蘧篨
說文曰蘧篨麄竹席也王介甫詩云窓明兩不借榻靜一
蘧篨
次韻蘇公竹間亭小絕句 布山自注云是文公畫枯木

竹裏高亭燈燭光
老杜詩竹裏行廚洗玉盤又詩今夕復何夕共此燈燭光
今年復得杜襄陽
晉杜預嘗鎮襄陽今以比蘇公
倏看老蓋千年後
謂畫枯木老杜覓松栽詩曰欲存老蓋千年意爲覓霜根
數寸栽
更想霜林百尺強
因以蜀蘇公南史王規傳曰王威明千里絕足百尺無枝
真後人也老杜詩凶松栽時大抵三尺強羊家以有餘
爲強 此意即韓公千丈強之意
寄參寥
吳中詩僧道潛自号參寥子

平生西方願
西方社見上注
擺落區中緣
淵明詩曰擺落悠悠談謝靈運詩曰緬邈區中緣
惟於世外人相從可忘年
南史江總傳張纘等與爲忘年交
道人贊公徒相識幾生前
老杜詩贊公湯休徒
早作步兵語
晉阮籍爲步兵校尉鍾嶸詩品云籍詩雖無彫琢之巧而
詠懷之作以陶冶性靈幽致在耳目之內情寄八荒之
表洋洋乎會於風雅矣
晚參雲門禪

雲門大師文偃見傳燈録
捨策孤山下一室頗蕭然
孤山在錢塘昭明太子陶潛傳曰環堵蕭然
林昏出幽磬竹杪横疎星
老杜詩林昏罷幽磬孫何詩秋磬出疎林
昨日寄書至坐想參寥泉
東坡嘗作參寥泉銘亭曰予出守錢塘參寥子在焉卜智
果精舍居之鑿石得泉加冽乃名之參寥泉
此泉如此公遇物作清妍
退之月蝕詩若不妬清妍却成相映燭
一別今幾時緑首成白顛
後漢蔡邕傳曰華顛胡老
子亦憐我老我豈要子憐
老杜詩不聞八尺軀常受衆目憐
會逢萬里風一繫五湖舡
老杜詩安得萬里風又詩永繫五湖舟按南史宗慤曰願
乘長風破萬里浪國語曰范蠡遂乘輕舟以浮於五湖
酌我巖下水咽子山中篇
東坡詩云吾詩堪咀嚼聊送别酒醆
北渚
南蕩不可度北渚風浪生
老杜詩春江不可渡二月已風濤又詩牛女年年渡何曾
風浪生
向來狐兎迹已復蛟鼉鳴
文選張孟陽詩云狐兎窟其中宋書五行志曰吳孫亮初
公安有白鼉鳴

東禪
東阡急雨不成泥
老杜詩急雨梢溪足又詩山雨不作泥
度密穿青取徑微
歐公詩一徑入蒙密已聞流水聲行穿翠篠盡忽見青山
横老杜詩微徑不復取
邂逅無人成獨往
詩曰邂逅相遇適我願兮莊子德充符注曰夫心之全也
遺身形忘五藏忽然獨往而天下莫能離
慇懃有月與同歸
老杜詩昨夜月同行
八月十日二首
一夢人間四十年只應炊竈固依然
異聞集云道者呂翁經邯鄲道上邸舍中有少年盧生自
歎其貧困言訖思寐時主人方蒸黄粱爲饌翁乃探囊中
枕以授之生夢自枕竅入其家見其身富貴五十年老病
而卒欠伸而悟呂翁在傍主人炊黄粱尚未熟又退之詩云
閭里故依然
兩官不辦一丘費
言俸薄不辦買山錢也時后山再爲學官班固叙傳班嗣
曰棲遲於一丘則天下不易其樂
五字虚隨萬里船
言空有詩名播於異域也北夢瑣言杜荀鶴詩只將五字
句用破一生心賈島哭孟東野詩云冢近登山道詩隨過
海船老杜詩下臨不測江中有萬里船
又

人生七十今强半老去光陰已後身
老杜詩人生七十古來稀
更欲置身須世外世間元自不關人
樂天詩應須繩墨機關外安置踈愚鈍滯身又云置心世
事外無喜亦無憂
迎新將至灃城莫歸遇雨
早投林野違風雨晚傍塵沙飽送迎
言出處勞逸之異也張華鷦鷯賦曰違鍾岱之林野老杜
詩塵沙傍蜂蠆又詩徵君晚節傍風塵又詩万里巴渝曲
三年實飽聞前漢韓信傳趨拜送迎
却愧兩街屠販子卧聽車馬過橋聲
從俗疲苦反不如市人之安逸也東坡詩識君柱杖過橋
聲
即事
老覺山林可避人
魯論曰與其從避人之士也豈若從避世之士哉
正須麋鹿與同羣
潘岳關中記曰辛丑年七十與麋鹿同羣遊世謂之𢈔仙
老杜云全生麋鹿羣
却嫌鳥語猶多事强管陰晴報客聞
此句必有所指北史高阿那肱曰漢兒多事强知星宿東
坡詩不會世間閑草木豫人何事管興亡魯直詩竹山虫
鳥朋友語討論陰晴怕風雨
齋居
青奴白牯靜相宜
黃魯直云趙子充示竹夫人詩盖涼寢竹器憩臂休膝似
非夫人之職爲名曰青奴傳燈録長沙岑和尚曰狸奴白
牯却知有盖謂水牯牛也此詩借而似言白角簟也
老罷形骸不自持
南史蔡興宗傳沈慶之曰加老罷私門兵力頓闕老杜詩
白頭老罷舞復歌漢書楊王孫傳親進醫藥厚自持
一枕西窻深閉閤
漢書韓延壽傳入卧傳舍閉閤思過
卧聽叢竹雨來時
賈島詩宿客未眠過半夜獨聞山雨到來時
中秋夜東刹贈仁公
盈盈秋月不餘分
東坡樂府云三五盈盈還二八漢書律曆志曰商十二月
甲申朔旦冬至亡餘分
葉露懸光可數塵
老杜對月詩此時瞻白兔直欲數秋毫
此地正須煩一笑要令排戶問東鄰
柳子厚書曰填門排户
十五夜月
向老逢清節歸懷託素暉
文選樂府云昭昭素月明暉光燭我牀
飛螢元失照
老杜詩暗飛螢自照傳燈録益州和尚曰日下孤燈果然
失照
重露已霑衣
老杜詩重露成涓滴謝莊月賦佳期可以還微霜霑人衣
稍消孤光動沉沉万籟微

文選鴟詩單汎逐孤光此借用莊子顏成子游曰敢問天
籟南郭子綦曰夫吹万不同而使其自已也
不應明白髮欲歡勸人歸
老杜月詩能添白髮明詩意謂頭顱如許尚復俯仰世間
爲明月所照彼也

胡士彥挽詞二首元歲

晚進違前輩
後漢孔融論盛孝章書曰今之少年喜謗前輩
平生闕異聞
魯論曰子亦有異聞乎
吾猶識此老天豈喪斯文
魯論曰天之將喪斯文也後死者不得與於斯文也
善學士家傳業
退之詩中郎有女能傳業
英詞世不羣
沈約宋書謝靈運傳論曰英詞動金石老杜詩白也詩無
敵飄然思不羣
固應譏尚白
漢書揚雄傳雄字子雲或嘲雄以玄尚白而雄解之號曰
解嘲注玄黑色也言雄作玄不成其色猶白故無祿位
也老杜詩官序潘生拙右山以揚子雲爲揚雲亦猶老杜
以司馬長卿爲馬卿也杜詩肯玄多病馬卿無日起

又

此地來何晚經年見未頻
老杜詩此地生涯晚久云卷軸來何晚
薦賢仍賭命有道可辭貧
上句言其材雖爲當世所知而卒不遇則係於命李白詩
丈夫賭命報天子當斬胡頭衣錦還列子曰客有言之鄭
子陽者曰列禦寇有道之士也居君之國而窮君無乃爲
不好士乎
徒弟三千子
史記孔子世家教弟子蓋三千焉
聲名四十春
老杜詩才名四十年又詩龍飛四十春
襄陽耆舊內無復姓龐人
晉習鑿齒作襄陽耆舊傳老杜詩爲癸耆舊內試覓姓龐
人謂龐德公也

后山詩注卷第四

送趙承議 令時 令時為潁州簽判受代而去

先王隱德世難名晚見諸孫也自成
趙令時字德麟 藝祖之後也故以吳太伯比其先王晉
書王湛有隱德人莫能知
潁水向來須好句
東坡潁州謝上表曰文献相續有晏殊歐陽脩之風
道山今日有宗英
後漢書學者謂東觀為道家蓬萊山漢書景十三王敘傳
曰四國絶祀河間賢明礼樂是修為漢宗英
林湖更覺追隨盡
曹子建詩清夜遊西園冠蓋相追隨老杜詩秋覺追隨盡
此引用言無復游從之侶
巾帽猶堪語笑傾
老杜詩羞將短髮還吹帽笑倩傍人為正冠此反而用之
自言其尚未老也老杜集中李之芳詩數語歌紗帽
勤苦讀書終不補未須墙角棄長檠
神仙傳有年少與蘇子訓鄰居為太學生諸貴人作計共
呼生謂曰子勤苦讀書欲規富貴但召子訓來可不勞而
得矣長檠見上注德麟蓋王孫而有儒素風味云

寄李學士 格非

格非字文叔
眼看游舊半東都五歲曾無一紙書
晉書劉弘傳云得劉公一紙賢於十部從事老杜詩厚祿
故人書斷絶
平日齊名多早達莫年同國未情疎
老杜詩時來如宦達歲晚莫情疎
稍尋東刹論玆事
東刹當在潁州前有東刹贈仁公詩玆事謂一大事因緣
頗有西方託後車
託後車見上注李君當是西方社中人
說與杜郎須著便不應濠上始知魚
勸其早歸依佛祖也傳燈錄雲門大師云觸目承當得猶
是不着便東坡觀魚臺詩曰若信万殊歸一理子今知我
即知魚晉書王坦之傳謝安曰常謂君粗得鄙趣者猶未
悟之濠上邪

雪

初雪已覆地
老杜詩秖應踏初雪又詩幕檐花覆地
晚風仍積威
漢書司馬遷書曰積威約之漸也
木鳴端自語鳥起不成飛
王介甫詩卧聽窮木鳥相挨樂府神弦歌道君曲曰中庭
有樹自語梧桐推枝布葉孫子曰鳥起者伏也文選鴈詩
曰乱起未成行
寒巷聞驚犬鄰家有夜歸
王維與裴迪書曰寒生野火明滅林外深巷寒犬吠聲如
豹
不無慙敗絮
陶淵明与子儼等疏曰余嘗感仲孺賢妻之言敗絮自擁
何慙兒子按後漢列女傳王霸字仲孺與同郡令狐子伯
為友後子伯為楚相而其子為郡功曹令奉書於霸車馬

服從雍容如也霸子方耕於野聞客至投耒而歸見令狐
子沮怍不能仰視霸目之有愧容客去而久卧不起霸妻
曰君少修清節奈何忘宿心而慚兒女子乎
未易泣牛衣
言不爲兒女悲也漢書王章傳疾病無被卧牛衣中與妻
訣涕泣
晚出
癡俗敢辭疾衝風寧小驅
范曄後漢書王充等傳論曰癡俗適事難以常條退之詩
不衝風雨即衝埃
聊爲一日役不惲百金軀
鮑照行路難曰非我昔時千金軀
雪路無行迹
汝南先賢傳曰時大雪洛陽令至袁安門無行路又閑又
載皇甫湜嘗因積雪門無行迹
冰枝有落烏
樂天烏夜啼曰霜滑有風枝
寒門閑蕭瑟窮里聽嘁吓
寒門亦用袁安事漢書趙廣漢傳長安少年會窮里空舍
寄晁載之兄弟
人言婚宦情欲本（庞山自注古語曰人不婚宦情欲失半）我始求脫君已半
校列子云語有之曰人不婚宦情欲失半人不衣食君臣
道息
孰知一世如一夢在夢而覺寧待旦
退之祭文曰人之生世如夢一覺
寒簷凍雨作秋聲
凍音東暴雨也楚詞九歌曰使凍雨兮灑塵老杜詩南風
作秋聲
冷屋風燈挑不明
老杜風燈照夜欲三更
樽前已作十年語後會未期吾屢驚
孟浩然詩平生復能幾一別十餘春
一聞七字心已識鈎章棘句天與力
退之記夢詩云壯非少者哦七言六字常語一字難又孟
郊墓誌云其爲詩鈎章棘句掐擢胃腎老杜詩須張吾筆
力
念子方壯我已衰不見參天二千尺
老杜古柏行黛色參天二千尺
季也亦有詩百篇叔子擬度騂騮前
曾慥詩選云晁仲之字叔用少受知於陳無已無已贈其
兄詩云騕騕擬度騂騮前謂叔用也按善本騕騕作叔子
當是叔與季兼指兩人但未知叔用爲叔爲季而曾氏誤
以爲一人遂改作騕騕非是南史王僧虔曰弟書如騎騾
騕騕常欲度驊騮前鍾嶸詩品亦曰征虜卓卓殆欲度驊
騮前
端能過我三冬斈
漢書東方朔曰斈三冬文史足用
可復參儂一味禪
勸其廣斈也廣語有僧辭歸宗云諸方斈五味禪去宗云
我這裏有一味禪爲甚不斈僧云如何是一味禪宗便打
寄答王直方
人情校往復晏妙終不近

晉嵇康絶交書曰不喜作書而人間多事堆案盈几不相
酬荅則犯教傷義欲自勉強則不能久東坡亦云人情重
往返不報生禍根
詩已經年知子不我怨
退之詩元日新詩已去年
生世餘幾何尺箠日取寸
莊子曰一尺之捶日取其半萬世不竭
懷禄有退心
漢書楊惲傳曰懷禄貪勢不能自退詩云毋金玉爾音而
有退心
從俗無遠韻
楚詞曰將從俗富貴以偷生乎 按曲禮曰禮從宜使從俗
晉書庾凱雅有遠韻
時從府中歸數過林下飯
漢書鮑宣傳曰俱過宣一飯去後漢書第五倫傳光武曰
聞卿為吏不過從兄飯老杜詩僧飯屢過門雲溪友議僧
靈澈詩曰林下何曾見一人
平生功名意回作香火願
北史陸法和曰但從空王佛所與主上有香火因緣
三年不舉觴吻頰煙火燃
左傳曰鄭火司馬司寇列居火道行火所焮注炙也
豈無兩蒼龍霈我一兩潤
蒼龍謂團茶法華經言雖一地所生一雨所潤而諸草木
各有差別
官簏詩未工猛乞無小靳
官簏見上注後漢崔烈入錢為司徒及拜帝曰悔不小靳

人生如此耳文字已其閑
退之詩人生但如此朱紫安足耆閑謂餘事也下句盖足
此意
是身雖臭腐
維摩經曰是身不淨穢惡充滿莊子曰神奇化為臭腐
宰作青紫楦 一去吉人頰鳳恨呼頰切說文履法也本作椶 徐曰謂履中模故曰法今文作楦又元韻
朝野僉載唐楊炯常呼朝士為麒麟楦或問之曰今假弄
麒麟者修飾其形覆之驢上宛然異物及去其皮還是驢
耳無德而朱紫何以異是
永懷忘年友死矣餘令聞 后山自注云忘年友邢居實也
南史江揔傳張纘等呼為忘年友詩云令聞令望邢居實
死於元祐二三年間年二十七
念子頗似之老我何所恨
筆談曰歐公詩老我倦鞍馬誰能事吟哦王介甫詩老我
孤主恩結草以為期此文章佳語也
寄侍讀蘇尚書
六月西湖早得秋二年歸思與遲留
老杜詩陂塘五月秋選詩遲留浩宦輕
一時賓客餘枚叟
枚叟謂枚乘在山取以自比也謝惠連雪賦曰梁王不悦游
於兔園乃置旨酒命賓友召鄒生延枚叟老杜詩空餘枚
叟在應念早升堂
在郡兒童說細侯
此句屬蘇公後漢郭伋字細侯為并州牧素結恩德及後
行部有童兒數百各騎竹馬道次迎拜
經國向來須老手

晉書石苞傳景帝曰苞有經國才畧東坡詩老手便劇郡
有懷何必到壺頭
後漢馬援南擊交阯軍至浪上與賊戰破之從容謂官屬
曰吾從弟少游常哀吾慷慨多大志曰士生一世但取衣
食裁足致求盈餘但自苦耳當吾在浪泊西里間下潦上
霧毒氣熏蒸仰視飛鳶跕跕墮水中卧念少游平生時語
何可得也其後年六十二自請征五溪進營壺頭暑甚中
病卒
遥知丹地開黃卷
謂蘇公在經筵也北史周紀曰椒房丹地有衆如雲老杜
詩閣道通丹地漢書梅福傳注曰以丹淹泥塗殿上地
晉書褚陶曰聖賢備在黃卷中
解記清波没白鷗
此篇又勸蘇公高退蘇公在潁和子由詩有明年兼與士
龍去萬頃滄波没兩鷗之句
寄亳州林待制 希
湖海相望闕寄聲雲林過雨未全晴
劉禹錫竹枝歌曰東邊日出西邊雨道是無晴却有晴後
山反其意而用之言聲問闕然近於寡情也文選枚乘七
發曰游涉乎雲林杜牧之詩自古雲林遠市朝
青衫作吏非前日
晉書嵇康曰聞道士遺言餌术黃精令人久壽意甚信之
遊山澤觀魚鳥心甚樂之一行作吏此事便廢
白首論文笑後生
言見笑於後生也老杜詩晚將末契託年少當面論心背
面笑又云吏覺前賢畏後生

似聽兒童迎五馬
古樂府陌上桑曰使君從南來五馬立踟躕此五馬本事
所出也後人臆說妄矣兒童用後漢郭伋事
稍修書札問專城
書札見上注陌上桑又曰四十專城居
一聞苦李蒙莊句
史記老子楚苦縣人莊子蒙人按亳州衛真縣本苦縣城
東有賴鄉祠老子所生之地亳州雖有蒙城縣然莊子為
蒙漆園吏當在今曹之宛朐云
不復人間世後名
晉書張翰傳曰使我有身後名不如即時一盃酒
卧疾絶句
老褱何堪病再來愁邊不復酒相開
老杜詩愁邊有江水又云何以開我愁
一生也作千年調
此句未分其遂死也寒山子詩云人是黑頭虫剛作千年
調鑄鐵作門限鬼見拍手笑
兩脚猶須萬里回
老杜詩兩脚但如舊開天傳信記萬回師之兄戍安西万
回覲之朝往夕返以其萬里而迴故謂之萬迴也
南軒絶句
少日書林頗著勳
楊雄長楊賦曰并包書林退之復志賦朝馳騖乎書林
直詩四會有黃令學古著勳多按曹子建書曰豈徒以翰
墨為勳績哉風俗通曰盖嚴楊惲勳著于室蜀志杜微傳
曰著勳於竹帛

莫年貪佛替論文
老杜詩老夫貪佛日又詩故着浮查替入舟王介甫詩乞
得膠膠擾擾身江湖波浪替埃壓
銅鑪尾枕岸鞋裏此外惟須對此君
老杜詩多病所須惟藥物微軀此外更何求晉書王徽之
指竹曰何可一日無此君
獨坐
文章平日事風竹暮年須
老杜詩文章千古事又詩嗜酒愛風竹
衰疾懸知此
老杜詩時應念衰疾懸謂遥度也退之詩後日懸知漸莽
莽
霜毛不更除

退之詩斗覺霜毛一半加王臺新詠賓月詩曰情人爲君
除白髮老杜詩紅顏愁落盡白髮不能除
一丘吾欲往
一丘見上注
百畝有如無
言不足爲養也魯論曰有若無荀子曰有之不如無之
魍魎須游子
老杜懷李白詩曰魑魅喜人過
乾坤着腐儒
老杜江漢詩乾坤一腐儒
扣門闌啄木
退之詩丁丁叩門疑啄木
喚酒有提壺

歐公詩獨有花上提葫蘆勸公沽酒花前傾壺爲名也
門逕無行迹秋來不還鋤
逸史皇甫湜常因積雪門無行迹三輔決録張仲蔚所居
蓬蒿沒人老杜詩草茅無徑欲教鋤此反而用之
寄送定州蘇尚書
元祐八年九月蘇公知定州於時　宣仁聖
烈太后上昇時事漸變故此詩意勸公省事高退
初聞簡策侍前旒
簡策謂作侍讀時淮南子曰王者冕而前旒所以蔽明
又見衣冠送作州
世說羅友荅桓溫曰旦出門逢一鬼大揶揄云我秪見汝
送人作郡何以不見人送汝作郡
北府時清惟可飲

晉書郗愔在北府徐州人勁悍桓溫云京口酒可飲兵可
用深不欲愔居之此借用以言定武在河北也齊書謝朏
爲吳興與弟瀹於征虜亭别指瀹口曰此中惟宜飲酒老
杜詩時清猶茹之
西山氣爽更宜秋
晉書王徽之爲桓冲騎兵參軍冲曰卿在府日久比當相
料理徽之不荅直高視以手版柱頰云西山朝來致有爽
氣耳此借用以言太行李商隱詩故鄉雲水地歸夢不宜
秋
功名不朽聊通袖海道無還具一舟
此兩句皆指出東坡語以勸之意謂功成名遂自足不朽
政可縮手袖間而遂湖海之本志也東坡沁園春詞有云
用捨有時行藏在我袖手何妨閑處看八聲甘州詞有云

約他年東還海道願謝公雅志莫相違按晉書謝安雖受
朝寄東山之志始末不渝及鎮新城造泛海之裝欲須經
略粗定自江道還東遂遇疾篤自以本志不遂深自慨矣
老杜詩平生江海心宿昔具扁舟
枉讀平生三萬卷貂蟬當復自兜牟
退之詩鄴侯家多書插架三萬軸南史周盤龍為散騎常
侍齊武帝戲之曰貂蟬何如兜牟對曰貂蟬出於兜牟
寄谷李方叔
平生經世策寄食不羞身
言其謀策可以經綸當世而反不能資一身也莊子曰其
不可經於世亦遠矣漢書韓信傳寄食於漂母無資身之
策

孰使文章著
老杜云名豈文章著
能辭轍跡頻
意謂有文如此安能免棲棲旅人哉退之進學解云孟軻
好辯孔道以明轍環天下卒老于行左傳曰周行天下將
皆必有車轍馬跡焉
帝城分不入
漢書陳咸傳咸滯於郡守時王音輔政信用陳湯咸數賂
遺湯予書曰即蒙子公力得入帝城死不恨分謂隔絕也
老杜詩闕庭分未到舟楫有光輝
書札詗何人
此句蓋終上意漢書淮南王安傳曰為中詗長安注偵伺
也
子未知吾懶吾寧又見子貧

此反濠上知魚之意而用之文選嵇康書曰人之相知貴
識其天性老杜詩近有峨眉客知予懶是真
智寶院後樓懷胡元茂
前有胡士彥挽詞即元茂也
晚渡呼舟疾
杜牧之杜秋詩云却喚松江渡
寒城看霧深
老杜野望詩孤城隱霧深
昏鷗明鳥道
老杜兩詩云白鳥去邊明南中八志云交趾郡治龍編縣
自興古鳥道四百里
風葉亂霜林
李商隱詩風葉共成喧

久客登樓目
文選王粲登樓賦曰情眷眷而懷歸兮孰憂思之可任平
原遠而目極兮蔽荊山之高岑老杜詩天畔登樓眼
中年懷舊心
晉書王羲之傳謝安曰中年以來傷於哀樂與親友別輒
作數日惡文選向秀思舊賦序云經嵇康舊廬鄰人有吹
笛者發聲寥亮追思曩昔遊宴之好感音而歎故作賦云
猶須一長笛須覽自霑襟
終上句未盡之意謂本自悲愴尚何須聞笛耶老杜云不
須吹急管衰老易悲傷
九日
老境難為節寒梢未得春
曲禮六十曰耆指使疏引賀瑒云耆至也至老之境也又

曰六十至老境而未全老老杜詩爲冬不亦難杜牧之詩
丁香閑結春梢
一官兼利害百慮執疎親
老杜詩將危關百慮桜易繫辭曰一致而百慮老子曰名
與身孰親
積雪無歸路扶行有醉人望鄉仍受歲回首望松筠
謝玄暉詩有情知望鄉老杜詩望鄉應未已李嘉祐詩白
頭空受歲卅陛不朝天松筠猶松楸意謂丘墓也老杜詩
窮秋正搖落回首望松筠此借用
放懷
施食烏爲喜
金光明經云施食之緣獲長壽報長安志云興善寺素和
尚齋時烏鵲就掌中取食老杜詩得食階除鳥雀馴

持經鼠爲聽
戒殺文載郭氏新說曰柘皐永寧之雀立化於松枝東城
郭氏之鼠坐化於蓮葉豈非秉誦經功德自有所解悟而
然歟
秋蔬矜矍鑠
後漢馬援自請擊五溪蠻夷帝愍其老援據鞍顧眄以示
可用帝笑曰矍鑠哉是翁也
顧影怪伶俜
魏志何晏行步顧影文選潘岳寡婦賦曰少伶俜而偏孤
注單子皃
門靜行隨月窓虛臥見星摧頽眠未穩艱阻飽曾經
老杜詩平生耽勝事吁駭始曾經
絕句

此生精力盡於詩末歲心存力已疲
淮南子曰宋景公時造弓人九年乃成而進之弓人歸家
三日而卒盖匠者心力盡於此弓矣故温公通鑑序曰臣
之精力盡於此書
不共盧王爭出手
盧王謂盧照隣王勃東坡詩云詩句對君難出手
知思陶謝與同時
陶謝謂淵明靈運老杜詩焉得思如陶謝手令渠述作與
同遊又曰揚馬宜同時
送伯兄赴吏部政官
先子初增秩年侵鬢已皤
漢書循吏傳序增秩賜金
念兄今善繼此別喜如何

以其善繼先子之志故以別爲喜也
親老家仍困門衰仕未多
家語子路曰家貧親老不擇祿而仕晉書李密表云門衰
祚薄
猶須教兒子早要中文科
寄張文濟舍人
今代張平子
後漢書張衡字平子善屬文
雄深次子長
劉禹錫序柳子厚集曰韓退之評其文雄深雅健似司馬
子長
名高三俊上
翰林志曰李紳李德裕元稹同在禁署時号三俊此借

以指蘇公客黄秦晁也
官立右螭傍
唐書張次宗傳文宗詔左右史立螭頭下記宰相奏對校
實録文潜元祐八年冬自著作佐郎除起居舍人即右史
也紹聖元年四月以直龍圖閣知潤州此詩蓋春時所作
東笠吾何恨
杜户録載風土記越人結交盟曰卿乘車我戴笠後日相
逢下車揖我步行卿乘馬後日相逢卿當下
飛騰子莫量
老杜贈高適詩飛騰無那故人何
時平身早達未用夢凝香后山自注曰來書云補郡之樂發於夢寐
晉書張載曰時平則才伏世亂則奇用退之詩太平時節
身難遇此反其意而用之葢𠎝物刺蘇州有詩曰兵衛森

畫戟燕寢凝清香
後湖晚坐
水淨偏明眼
老杜詩水淨樓陰直又云吾與汝曹俱眼明
城荒可當山
樂天詩亭脊太高君莫拆東家留取當西山
青林無限意白鳥有餘閑身致江湖上
王介甫與執政書曰及今愈思自置江湖之上又有詩曰
委質山林如許國后山謂身致亦介甫委質之意
名成伯季間
伯季似指二蘇門下諸君后山嘗作佛指記曰予以文義
名次四君葢謂此也魏文帝典論曰傅毅之於班固伯仲
之間耳晉書王湛傳王濟對武帝曰臣叔殊不癡山濤以

下魏舒以上湛曰欲處我於季孟之間乎
目隨歸鴈盡
嵇康詩曰手揮五弦目送歸鴻
坐待莫鵶還
老杜詩有待至昏鵶
春興
東風作惡不成寒野水穿沙自作灘
王介甫詩睡過東風作惡時
細草無端留客卧
文選丘希範詩細草藉龍騎老杜詩邂逅無端出餞遲
谷曲江春草詩云香輪莫輾青青破留與遊人一醉眠
繁枝有意待人看
退之詩春風也是多才思故揀繁枝折贈君又云留花不

發待郎歸老杜詩寒江流甚細有意待人歸
次韻回山人贈沈東老二首
前篇屬回山人
一杯領意不須沽
老杜詩領客珍重意
六字持身已有餘
導引有六字氣謂嘻呼呬嘘可呼也黄庭經曰至道不煩
司馬相如過宜春宮賦曰持身不謹兮列子曰子知持後
則可言持身矣
癡子未知天上樂
法華經曰癡子捨我五十餘年庫藏諸物當如之何神仙
傳彭祖問石生曰何不服藥仙去對曰天上多有至尊相
奉甚難更苦人耳李商隱作李賀小傳曰賀將死忽有緋衣

人詩二板書召賀白帝成白玉樓立召爲記天上差樂不
苦也
先生今解世間書
退之石鼎聯句詩序曰彌明謂劉師服曰吾不解世俗書
弟子爲書吾句
又
後篇屬沈東老
隨世功名非所望稱家豐儉不求餘
老杜詩稱家隨豐儉按礼記檀弓曰稱家之有無後漢馬
援傳曰士生一世但求衣食裁足致求盈餘但自苦耳
青衫出指論奇字
漢書楊雄賛劉棻嘗從雄學作奇字
白髮挑燈寫細書

言其高年而眼能明也退之短檠歌曰夜書細字綴語言
送李忠二首
當是其兄傳道之子
老眼元多淚春風見此行又爲貧賤別
老眼固自多淚况重以別離之感耶貧賤別見上注
更覺急難情
棠棣詩脊鴒在原兄弟急難
斗食吾堪老
漢書百官表百石以下有斗食佐史之秩注云斗食月奉
十一斛一說日食一斗二升
詞場敢向榮
老杜詩詞場继國陶渊明帰去來辞曰木欣欣以向榮此
借用

未須憐野鶩
法書苑曰庾翼善草隸少與王羲之齊名弟子皆效之羲
之後進內外宗尚翼甚不平在荆州與都下人書云兒輩
乃輕家雞愛野雉皆學逸少東坡詩野鶩家雞定誰美
家法付宣城
齊書謝朓爲宣城太守善詩家法謂靈運惠連皆朓之族
父以詩知名後漢儒林傳序各以家法教授
又
經史三年學
楊子曰古之學者三年通一經
聰明一旦開
楊子曰天降生民倥侗顓蒙恣于情性聰明不開老杜詩
大兒聰明到能添若樹巔崖裏小兒心孔開皃得山僧及

童子
把文甘潦倒
老杜詩把文驚小陸此用小陸以比孝忠也晉嵇康與山
濤書曰足下素知吾潦倒麄踈不切事情此借用以自况也
數日待歸來
左傳曰行則數日而反遄之詩每指數日撝嬰孫數字作
上聲讀
士患聲名早
東坡和仲子追詩曰養氣勿吟哦聲名忌太早
官今歲月催
自言老於微官也
有親須薄祿臨路尚徘徊
言惜別眷眷之意以親養故不能與之俱去也鮑照放歌

行曰今君有何疾臨路獨遲迴

以拄杖供在山主二首

錯節孤根勁有餘坐床須挼起須扶

後漢虞詡傳不逢盤根錯節何以知利器選詩石梁有餘勁

一生用底今相贈更問林閒有此無

趙州臨遷化以拂子送與王鎔曰此是老僧一生用不盡底事見趙州語録

又

洗足投筇只坐禪厭尋歧路費行纏

金剛經云洗足已敷座而坐東坡詩已辦布襪費行纏

老來不復人間事不用山公更削圓

桂苑叢談曰潤州甘露寺有僧道行孤高李德裕廉問日以方竹杖一贈焉方竹出大宛國堅實而正方節眼鬚牙四面對出及再鎮浙右其僧尚在問曰前所奉竹杖無恙否僧喜對曰已規圓而漆之矣公嗟惋彌日前輩詩曰削圓方竹杖漆却斷紋琴

項城道中寄劉令使修溪橋

項城屬陳州

老怯危橋泥没膝

老杜詩虛疑皓首衝泥怯盧仝放魚歌曰天雨曼陁羅花深没膝

喜聞吾黨政如春

謝承後漢書李燮拜京兆民謠曰我府君道教舉恩如春威如虎

須君不惜千金費

孫子曰興師十萬日費千金文選古詩曰愚者愛惜費但爲後世嗤

此役寧無我輩人

言必有好事者繼之晉書石苞傳許允曰卿是我輩人

碓磨寨

唐書黄巢圍陳州人大飢倚死墻塹賊俘以食日數十人乃列百巨碓磨皮骨於臼并啖之

以人爲食殺爲戲自昔無聞尒所先信有士身一言盡獨能遺臭萬人傳

東坡富公碑銘曰以殺爲嬉漢書伍被傳吳王曰男子之所死者一言耳劉原甫説云此言所死雖不同等是死耳晉書桓温傳温曰既不能流芳後世不足復遺臭萬載耶老杜詩將詩不必萬人傳

寄張宣州 耒

與世情將盡懷仁老未忘

書云懷于有仁此借用言獨於仁賢未能忘情

故人今五馬

見上注

高處讓三長

唐書孟郊傳李觀論其詩曰高處在古無上平處下顧二謝文劉子玄言作史有三長謂才學識

詩豈江山助

言宣州詩本天成不用借助唐書張説傳説謫岳州而詩益悽惋人謂得江山助云

名成沈鮑行

老杜詩沈鮑得同行謂沈約鮑照

肯爲文俗事
後漢陳忠上疏曰諸郎多文俗事又隗囂傳論曰徒以文
俗自熹
打鴨起鴛鴦
此用宣州故事魏泰詩話呂士隆知宣州好笞官妓官妓
皆欲逃去會杭州一妓到士隆喜之留不使去一日郡妓
復犯小過士隆欲笞之妓訴曰某不敢辭罪但杭妓不能
安也士隆憫而捨之梅聖俞作莫打鴨篇曰莫打鴨打鴨
驚鴛鴦鴛鴦新向池西落不比孤洲老禿鶬禿鶬而欲遠
飛去又况鴛鴦羽翼長杜牧之詩驚鴛夢起鴛鴦然此詩意
不特爲妓女發
送倫化主
赤髭白足可憐生
高僧傳佛陀耶舍爲人赤髭善解毗婆沙時人号曰赤髭
毗耶沙又云釋曇始足白於面雖跣涉泥水未嘗沾濕天
下咸稱白足和尚劉禹錫送僧序曰備將迎者皆赤髭白
足之侶傳燈録忠國師曰幸自可憐生須要个護身符子
作麽
躡蹻擔囊壯此行
史記虞卿傳躡蹻擔簦
要致雪峯千五百
傳燈録雪峯義存禪師學者冬夏不減千五百人
不妨兼識謝宣城
以比張宣州也齊書謝朓爲宣城郡太守杜詩云詩接謝
宣城
西湖

小徑才容足
列子曰泰豆乃立木爲塗僅可容足張湛注云纔得安脚
寒花只自香
老杜詩寒花只暫香
官池下鳧鴈
老杜有官池春鴈詩漢昭帝紀黃鵠下建章宮太液池中
文選劉公幹詩曰方塘含白水中有鳧與鴈
荒塚上牛羊
古樂府曰今日牛羊上丘壠
有子吾甘老
東坡詩有子萬事足老杜詩吾老甘貧病
無家去未量
老杜詩無家問消息作客信乾坤
三年哦五字草木借輝光
老杜詩擁別借輝光
別月華嚴
寓世生同里隨方去有情
漢書盧綰傳與高祖同里生宕山借用其意
來爲百年別不惜片時程
老杜詩繫帆何惜片時程
齋鉢須勤供經鐘莫倦鳴
勸其接物利生也
當來第三會此界却逢迎
釋氏書彌勒當來下生於龍華樹下三會說法度人巨水
小牘云東都僧從練臨終呼門人戒曰人生難得惡道易
淪惟有歸命釋尊勵精梵行龍華會上當復相逢戰國策

曰燕太子逢迎却行
送吳先生謁惠州蘇副使
吳先生當是吳遠游蘇公嘗有書與之
聞名欣識面
言吳君欲識東坡也老杜詩李邕求識面傳燈録夾山准
儼傳李翺曰見面不如聞名此反而用之
異好有同功
吳君方外之士與后山異趣而好賢之意則同故云同功
記曰與仁同功其仁未可知也此用其字
我亦慙吾子
后山不能往見蘇公此所以有愧於吳君也
人誰恕此公
老杜寄李太白詩衆人皆欲殺吾意獨憐才東坡詩平生
我亦輕餘子晩歲人誰念此公
百年雙白鬢
時東坡年五十九老杜詩百年雙白鬢一別五秋螢
萬里一秋風
言神交心契與風無間也老杜詩瞿塘峽口曲江頭萬里
風煙接素秋蓋亦此意按通鑑秦使閻負謂張瓘曰晉王
與君鄰藩雖山河阻絶風通道會
爲説任安在依然一禿翁
漢書霍去病傳衛青日衰而去病日益貴故人門下多去
事去病輒得官爵惟獨任安不肯去又灌夫傳與長孺共
一禿翁注言無官位版綬也末句后山自謂不負蘇公之
門時亦坐黨事廢錮故云禿翁
別圓澄禪師

法施老人卧不出呼我取別行問疾
十二國史曰魯宓子賤爲單父宰行過楊晝取別維摩經
曰汝行詣維摩詰問疾
磨盤拭筯勸一飽少待須臾莫倉卒
磨盤拭筯蓋俗間語老杜詩低頭拭小盤維摩經香積品
云若欲食者且待須臾當令汝得未曾有食老杜詩忍待
明年莫倉卒
十年着眼觀文字
退之詩不如觀文字丹鉛事點勘
萬卷祕無一言契
傳燈録香嚴依潙山祐和尚和尚曰汝未出胞胎時本分
事道將一句來師徧撿所集諸方語句無一言可將酬對
又五洩山靈默禪師謁石頭和尚先自約曰若一言相契
我即住不然便去
多生綺語未經懺
樂天香山寺白氏洛中集記曰願以今生世俗文字之業
狂言綺語之過轉爲將來世世讃佛乘之因轉法輪之緣
按釋氏書綺語蓋口中四業之一謂綺飾文詞過有增益
也
半世虛名足爲累
退之詩士生爲名累
此去他來尚有緣頭童齒豁恐無年
退之進學解頭童齒豁竟死何裨世説王珣歎曰人固不
可以無年
慇懃三請久住世
法華經曰世尊告舍利弗汝已慇懃三請豈得不説華嚴

經普賢行願品曰七者請佛住世

弊惡可念未可捐

華嚴經十迴向品曰菩薩不以衆生其性弊惡邪見瞋濁
難可調伏便即棄捨不脩迴向

平生准擬西行計老者人間此何意

西行謂願生極樂國高僧傳慧持謂慧遠曰若滯情愛聚
者本不應出家今既割欲求道正以西方爲期耳

他年佛會見頭陁知是當年老居士

傳燈録傅大士傳曰有天竺僧嵩頭陁謂曰我與汝毗婆
尸佛所發誓今兜率衣鉢見在因命臨水觀其影見大
士圓光寶蓋此詩以嵩頭陁比圓澄以傅大士自況

別觀音山主

離合應生理

文選陸士衡詩離合非有常譬彼弦與括老杜詩人生有
離合豈擇衰老端文選袁宏三國名臣序贊曰生理不可
不全李善注引鵩鵰賦曰生生之理足矣此借用言人生
之常理

過逢皆前緣

老杜詩數爲姻婭過逢地

情親見今日語妙許當年

情親語妙並見上注

閉户安禪主衝風逆水舟

兩句言行藏勞逸各異也法華經偈曰安禪合掌老杜詩
蕭洒共安禪又詩春多逆水風

不應清夜月故作別時圓

老杜宿贊公房詩今相逢成夜宿隴月向人圓而東坡水
調詞云不應有恨何事長向別時圓

離頭

河市千人聚

長安萬年縣有千人聚關中記曰宣帝以倡優雜伎千人
樂思后園今所謂千人鄉者是也此詩借用

寒江百丈牽

老杜詩寒江動夜扉又詩百丈牽江色

吾生能幾日此地費三年

後周蕭撝勞歌曰百年能幾許公事罷平生老杜詩爲客
費多年東坡詩人生不滿百一別費三年

叢竹防供爨池魚已割鮮

當是東坡去潁後代者韓川變其舊政向也徒魚今乃割
鮮行斲及竹矣后山所歎意蓋不止此也東坡有乞罷學
士劄子曰及蒙擢爲學士便爲韓川等攻擊不已以至羅
織語言謂之誹謗西都賦曰割鮮野食

拙勤終不補他日愧無傳

樂天詩救煩無若靜補拙莫如勤孟子曰是以後世無傳焉

湖上

湖上難爲別梅殘已着春林喧鳥啄啄

退之詩剝剝啄啄有客至門

風過水鱗鱗

樂天詩小橋裝雁齒輕浪甃魚鱗楚詞曰魚鱗鱗兮媵予

緣有三年盡

釋氏云諸法從緣生緣離法即滅

情無一日親

言情之相親生於久也此浮屠所以不三宿桑下

白頭厭奔走何地與爲鄰
莊子曰吾誰與爲鄰
舟中二首
惡風橫江江卷浪黄流湍湍猛風用壯
退之感二鳥賦云覩黄流之奔猛老杜詩初聞龍用壯字
本出易大壯卦
疾如萬騎千里來
歐公秋聲賦曰又如赴敵之兵銜枚疾走不聞号令但聞
人馬之行聲
氣壓三江五湖上
東坡詩氣壓鄴侯三萬籤周禮曰其川三江其浸五湖
岸上空荒火夜明舟中坐起待殘更
老杜詩岸上空荒咆熊羆又詩江船火獨明此借用以言燐火
少年行路今頭白不盡還家去國情
言行藏進退皆有所迫非其本志也
又
野火燒原雉昏雊
退之詩原頭火燒静兀兀野雉畏鷹出復没詩曰雉之朝
雊
黄塵漲天牛亂鬬
蜀都賦曰黄塵漲天
江間無日不風波老去何時脱奔走
老杜詩江間雖炎瘴又云舟中無日不沙塵
詩書滿腹不及口
後漢書趙壹詩曰文籍雖滿腹不如一囊錢東坡詩平生
五千卷一字不救飢

遮日寧須釣竿手
言雖入帝城無益也杜牧之詩惆悵江湖釣竿手却遮西
日向長安
愧爾芹羹炙背人
高適詩愧爾東西南北人嵇康書曰野人有快炙背而美
芹子者欲獻之至尊歐公玉堂集序云具芹羹之朝日
仰目青天搔白首
言其縱適也老杜詩舉觴白眼望青天又詩出門搔白首
規禪僧雲齋
淨居衆天人宫殿隨所適
欲界十天色界十八天無色界四天共三十二天初禪二
禪三禪各三天四禪九天凡一十八天皆屬色界而三禪
有三天一淨居天二無淨居天三徧淨居天此天無想無
諸思食則食至想衣則衣來宫殿隨身如意而有事見正
法念處經等蓋皆持戒作福者生於此天因以比規禪也
法華經亦曰尒時五百萬億國土諸梵天王與宫殿俱
少壯老不歸重門閉榛棘
自歎其無淨居之福緣也
道人秀叢林
大論云譬如大樹叢聚是名爲林一一樹不名爲林如一
一比丘不名僧僧聚處得名叢林
妙語出禪寂
老杜詩身猶縛禪寂
身如浮雲隨處同建立
維摩經是身如浮雲須臾變滅故老杜別贊上人詩是身
如浮雲安可限南北圓覺經偈曰皆從諸如來圓覺心建

立華嚴經曰譬如三千大千世界建立一切處所

平生與二子嗜好用一律

二子必皆詩僧一律見上注

我此復助緣語綺已多責

語綺見上注

何年一把茅據坐孤卒律呵佛罵祖師

傳燈錄德山宣鑒禪師抵溈山溈曰是伊將來有把茅蓋

頭罵佛罵祖去在又龍潭曰可中有一个漢他時向孤峯

頂上立吾道在老杜詩好爲帶巖向高岑前禁萃

塗糊千五百

傳燈錄三聖去會雪峯云一千五百善知識話頭也不識又

古寺和尚曰淨地上不要點汙人家男女后山所謂塗糊

盖此意也

后山詩注卷四

后山詩注卷第五

答晁以道

轉走東南復帝城

帝城見上注后山嘗游江浙元祐初來京師此句追記其

事

故人相見眼偏明

退之詩相見眼偏明

十年作吏仍餬口

作吏見上注顏魯公帖云一昨緣受替北歸中止金陵闔

門百口幾至餬口字本出左傳

兩地爲隣闕寄聲

退之詩兩地無千里因風數寄聲

冷眼尚堪看細字白頭寧復要時名

老杜詩秋山眼冷常憂稀東坡詩問龍乞水歸洗眼要看

細字銷殘年

熟知范叔寒如此

熟知見上注又老杜詩熟知茅齋絕低小史記范雎傳須

賈曰范叔一寒如此哉

未覺嚴公有故情

唐書杜甫傳甫依嚴武於劒南武以世舊待甫甚善北齊

書趙彥深被沙汰素來僚猶故情存問往來按漢書陳勝

傳客出入愈益發舒言勝故情

今日秋風裏何鄉一病翁

老杜詩多病秋風落

病起

力微須杖起

法燈禪師擬寒山子詩曰楮節似力微禮記檀弓曰杖而
後能起
心在與誰同
歐公詩老去自憐心尚在古樂府東飛伯勞歌曰空留可
憐誰與同此借用
災疾資千悟
孟子所謂人之有德慧術智者常存乎疢疾是也晉書天
文志五星同色天下偃兵百姓安寧不見災疾此借用傳
燈録仰山云若是宗門下上根大智一聞千悟得大總持
寃親併一空
同乎大通無怨無德也華嚴經云願一切衆生於怨於親
等心攝受皆令安樂智慧清淨傳燈録曇藏禪師見大蟒
不避曰毒無實性激發則強慈尚無緣寃親一揆其蟒
然不見
百年先得老
晉嵇康養生論曰從衰得白從白得老
三敗未爲窮
列子管仲歎曰吾嘗三戰三北鮑叔不以我爲怯知我有
老母也晉書陶侃謂庾亮曰古人三敗君今始二此用老
杜百年渾得醉一月不梳頭之句法皆落句也
九月九日魏衍見過
節裏能相過談間可解憂
漢書揚雄解嘲曰或立談間而封侯解憂見孟子
致跡君未肯得此我何由
莊子漁父篇子路問孔子曰由得爲役久矣未嘗見夫子
遇人如此其威也漁父何以得此乎

語到君房妙
見上注
詩同客子游
南史謝弘微傳謝靈運小名客兒按靈運有九月九日從
宋公戲馬臺集詩
一經從白首
揚子曰古者之學耕且養三年通一經又曰童而習之白
紛如也李白詩白首太玄經
萬里有封侯
後漢班超傳相者曰祭酒布衣諸生耳而當封侯万里之
外
別黄徐州
姓名曾落薦書中
老杜詩名玷薦賢中元稹詩名落公卿口又王仲舒作李
君房制詞云籍籍名字落人談中
刻畫無塩自不工
晉周顗傳庾亮謂顗曰諸人咸以君方樂廣顗曰何乃刻
畫无塩唐突西施
一日虚聲滿天下
李綽輦下歲時記劉賓客賀王魏公知舉詩曰一日声名
遍天下滿城桃李屬春官東坡荅劉涇書曰向在科場時
不得已作應用文不幸爲人傳寫以此得虚名滿天下
十年從事得途窮
晉書職官志州置諸曹從事等員后山以亳州司户爲教
授故云爾晉阮籍傳率意獨駕不由徑路車迹所窮輒慟
哭而反文選顏延之五君詠曰途窮能无慟

白頭未竟功名晩
以屬徐州也老杜詩男兒功名遂亦在老大時
青眼常蒙今昔同
晉阮籍能為青白眼范雲詩云惟有南山与君眼相逢不
改旧時青
衰疾又為今日別數行老淚洒西風
衰疾見上注
次韻荅晁無斁
女生願有家名妾以不聘田里亦慕君又惡不由正
大率用孟子意礼記內則曰聘則為妻奔則為妾
欲行不問塗
用阮籍事見上注
巳破寧顧甑
後漢郭太傳孟敏荷甑墮地不顧而去林宗見而問其意
對曰甑巳破矣視之何益時后山罷頴李
耕蠶無一廛
漢書揚雄傳有田一廛
庖井要三徑
晉書陶潛謂親朋曰聊欲絃歌以為三徑之資可乎老杜
詩井竈任塵埃
還家憂患餘
老杜詩斯文憂患餘
挽鬚兒女競
老杜詩生還對童稚似欲忘飢渴問事競挽鬚誰能即嗔
喝
十年寧有此一寒可无命
老杜詩不為困窮寧有此此借用言還家之樂十年所無
一寒見上注詩意謂離合貧富蓋皆有命
平生晁夫子得士公室慶
謂作諸侯客也公室見魯論
猶无車馬音復作賓客請
車馬音見孟子
論文到韓李
謂韓愈李翺也似指東坡以下數句皆足此意老杜詩論
文到崔蘇
念舊說蘇鄭
謂蘇源明鄭虔皆老杜故人也老杜嘗有詩曰故舊誰憐
我平生鄭与蘇又云早歲与蘇鄭痛飲形相親
長年斷消息獨語誰和應
意謂東坡在貶所也老杜詩中原消息斷退之与孟郊書
云余言之而聽者誰歟余唱之而和者誰歟東坡詩獨倡
無人和退之送鄭權序曰撞搪號呼以相和應
此生恩未報他日目不瞑
退之詩秖緣恩未報豈謂生足藉左傳曰荀偃卒視不可
含欒桓子撫之乃瞑受含
帰卧無好懷扣門有佳聽詩來霜雪後更覺天宇淨
老杜詩天宇清霜淨
少好老未工
揚子曰或問吾子少而好賦
持刀授子柄
漢書梅福傳倒持太阿授楚其柄
次韻無斁偶作二首

肩聳三峯峻
国朝雜記長孫無忌嘲歐陽詢曰聳髆成山字埋肩不出
頭郭縁生述征記曰華山有三峯直上數千仞
眉庵八字横
退之詩夜闌縱捭闔哆口疎眉厖漢武故事宮人畫八字
眉此借用
玄談人絶倒
見上注
家法句新清
老杜詩更得新清否遥知對屬忙
八俊先張子
後漢黨錮傳曰指天下名士爲之称号三君八俊又曰張
儉爲黨魁

諸公少賈生
漢書賈誼傳天子議以誼任公卿之位絳灌東陽侯馮敬
之屬尽害之乃毀誼曰洛陽之人年少初学專欲擅權紛
乱諸事於是天子後亦疎之
巳傳烏鵲喜欲聽鶺鴒声
此句當屬其兄無咎老杜云浪傳烏鵲喜深負鶺鴒詩
又
此老三年別何時萬里迴
亦似屬東坡元祐壬申別於潁州至紹聖乙亥三年矣
更無南去鴈
鴈不過衡山無從寄声於嶺外也
猶見北枝梅
言東坡過嶺未帰白氏六帖云大庾嶺梅花南枝落北枝

開
會有哀籠鳥
文選潘岳秋興賦曰池魚籠鳥有江湖山藪之思李畋献
呂文靖生日詩曰此身若得西帰去尤勝開籠放雀兒
寧須溺死灰
漢書韓安国傳獄吏田甲辱安国々々曰死灰獨不復燃
乎甲曰燃則溺之
聖朝无棄物
老杜詩聖朝无棄物老病已成翁　神宗於東坡嘗有人
材難得不忍終棄之詔故此詩引用
與子賦帰哉
欲其來帰之意也穀其雷詩振々君子帰哉帰哉此亦賦
詩断章之意

古墨行 并序
晁无斁有李墨半丸云　裕陵故物也往於秦少游家見李
墨不爲文理質如金石亦　裕陵所賜王平甫所藏者潘谷
見之再拜云真廷珪所作也世惟王四学士有之与此爲二
矣嗟乎世不乏奇乏識者耳敬爲長句寄无斁同作
求裕陵　神宗所葬
秦郎百好俱第一烏丸如漆姿如石
趙壹非草書曰十日一筆月數丸墨蕭子良書曰仲將之
墨一點如漆文房四譜云李超本易水人唐末居於歙造
墨尤妙其堅如玉其紋如犀
巧作松身与鏡面借美於外非良質
文選琴賦曰良質美乎
潘翁拜跪摩老眼一生再見三歎息

礼記曰一倡而三歎
了知至鑒无遁形
圓覺經云皆不了知如幻境界衛夫人帖云仰憑至鑒大
不可言東坡詩道人胸中水鏡清万象起滅无逃形
王家舊物秦家得
舊物借用王獻之青氊事
君今所有亦其亞伯仲小低猶子姪
老杜詩天廐真龍此其亞魏志衛臻傳注郭林宗論許玆
與文生此二人非徒兄弟乃父子也
黄金白璧孰不有古錦句囊聊可敵
謂世人蓄金璧固多而未必可當此墨推詩囊差可當之
耳唐書李賀傳每出從小奚奴背古錦囊遇所得投囊中
睿思殿裏春夜半灯火闌残歌舞散

睿思盖 神宗便殿在垂拱殿後
自書細字荅边臣万里風塵入長箋
元祐中蘇轍等上所編 神宗皇帝御製集内四十卷皆
賜中書密院及边臣手札言攻守秘計 哲宗爲之序曰
其指授諸將應変制宜雖在千万里外而尽得其形勢之
要先後緩急之機皆如在目前而无遺㕛云又按光武紀
一札十行細書成文退之詩夜書細字綴語言文選陸士
衡弔魏武帝文曰長箋屈於短日遠迹頓於促路
初聞橋山送弓劍
帝王世紀曰黄帝葬于上郡陽周之橋山漢書郊祀志黄
帝鑄鼎既成有龍下迎帝小臣持龍髯ニニ拔墮ニ黄帝
之弓老杜詩先帝弓劍遠
寧知玉盌人間見

南史沈炯行經漢武通天臺爲表奏之其略曰茂陵玉盌
遂出人間此借用以比 裕陵遺墨
夜光炎炎衝斗牛會有太史占星变
晉書張華傳雷煥曰斗牛之間頗有異氣史記天官書曰
常星之变不見歐公 仁宗御飛白記曰今賜書之藏于
子室也吾知將有望氣者言荣光起而屬天者必賜書之
所在也
人生尤物不必有
左傳曰有尤物足以移人苟非德義則必有禍
時一過目驚老醜
文選張景陽詩忽如鳥過目南史昭明太子傳曰讀書過
目皆憶柳子厚乞巧文獨溺邑心使甘老醜
念子何忍遂磨研少待須史圖不朽魏衍注曰少游之墨嘗辞詩先生爲他日墓誌潤

筆先生嘗語衍作此時少游尚无恙然終先逝去衍謹書
少待須史見上注文選蔡邕作郭有道碑曰乃相与推
生之德以謀不朽之事而退之馬府君行狀曰託立言之
君子而圖其不朽焉按左傳穆叔曰其次有立言雖久不
廢此之謂不朽
明窻淨几風日暖有愁万斛才八斗
晉書王羲之傳曰棐几滑淨庾信愁賦曰且將一寸心能
容万斛愁謝靈運云天下才共有一石曹子建獨得八斗
徑須脫帽晉城公
脫帽謂去其管弢也退之毛穎傳秦皇帝封諸管城号管
城子後因進見上將有任使拂拭之因免冠謝云ニ
小試玉堂揮翰手
史記孫武傳曰可以小試勒兵乎歐公詩收取玉堂揮翰手

手却來南畝把鋤犁

次韻晁無斁除日述懷

世事違從衆

老杜詩困事違從衆

名家最近天

老杜自注其詩曰俚語云城南韋杜去天尺五又詩陽関

已近天

感時猶壯志得句起衰年

老杜詩感時花濺淚又詩陽休起我病微笑索題詩又云

爲報各衰年

衰酒无何飲

漢書袁盎傳盎爲吳相兄子種說以日飲无何

陶琴不具弦

陶琴見上注樂天詩周易休開卦陶琴不上弦

平生揮翰手幾見絶韋編

史記孔子世家曰孔子讀易韋編三絶

次韻無斁雪後二首

閉閤春雲薄開門夜雪深

閉閤見上注

江梅猶故意

故意字借用范雎事

湖鴈起歸心

隋薛道衡詩曰人歸落鴈後思發在花前

草潤留餘澤窻明度積陰

老杜詩輕鳥度曾陰又云積陰帶奔濤

慇懃報春信屋角有來禽

老杜詩百舌來何處重重只報春又詩紅稠屋角花尚書

故實云王內史有求來禽帖來禽言味甘來衆禽俗作林

禽此借用其字耳

又

取性无通介隨時有異同

魏志徐邈傳或問盧欽徐公當武帝之時人以爲通自在

凉州及還京師人以爲介何也欽荅曰往者毛孝先崔季

珪用事貴清素之士于時皆变易車服以求名高而徐公

不改其常故人以爲通比來天下奢靡轉相放效而徐公

雅尚自若不與俗同故前日之通乃今日之介也是世人

之无常而徐公之有常也東坡詩亦云通介寧隨薄俗移

雪餘蓋地白

退之詩揄爽車前蓋地皮

春淺看梢紅

樂天詩今年春淺遊人少杜默詩春看花梢猶半紅

寄食虛長箕魏衍注云時先生寄婦翁郭大夫曹州使宅晁時为州教官論詩闕近功

上句用韓信事見上注長箕亦見上注

相看不相棄頼有古人風

魏志毛玠傳太祖賜以素屏風素憑几曰君有古人風故

賜君古人之服

贈魏衍三首

當是自曹暫還徐所作

妙年文墨秀儒林老眼今晨得再明

文選陳思王表曰終軍以妙年使越漢書有儒林傳

壁塊過都聊可待

老杜詩壓塊過都見汝曹事見上注

未須回首一長鳴
鹽鐵論曰騏驥負鹽車垂頭於太行之坂見伯樂則噴而長鳴退之詠馬詩不知何故翻驤首牽過關門妄一鳴

又

崔蔡論文不足過
劉禹錫序柳子厚集曰韓退之評其文雄深雅健似司馬子長崔蔡不足多也按後漢崔瑗蔡邕皆能文

新詩平処到陰何
唐書孟郊傳李觀論其詩曰高処在古无上平処下顧二謝老杜詩頗学陰何苦用心按南史陰鏗何遜皆能詩

豈須万户權輕重
杜牧之詩曰誰人得似張公子千首詩輕万户侯史記律書云世儒闇於大較不權輕重

不待千篇一已多
世説衛玠嘲阮宣子曰一言可辟何假於三宣子曰苟是天下之望亦可无言而辟復何假一南史陸瓊傳云此兒必荷門基所謂一不爲少此並用其意

又

敏捷爲文筆不休
老杜詩敏捷詩千首自魏文帝典論云下筆不能自休

何妨縮手小遲留
縮手見上注

名駒已自思千里
宋書高祖曰謝万明可謂名家駒魯連子徐劫言於田巴曰劫弟子魯温年十二然千里駒也

老子終當讓一頭

歐公与梅聖俞書云讀蘇軾書不覺汗出快哉〻〻老夫當避路放出一頭地也

贈寇国宝三首

承家從昔如君少得士於今孰我先
昜曰開国承家老杜詩承家節操尚不泯又云文章並我先

口擬説詩心已解世間快馬不須鞭
傳灯録外道問佛不問有言不問无言世尊良久外道讚歎云世尊大慈大悲開我迷雲令我得入外道去後阿難問佛云外道有何所證而言得入佛云如世間良馬見鞭影而行樂府梁朝歌曰快馬不須鞭

又

往歲黄童今寇君高文要李亦多聞

後漢黄香傳京師号曰天下无双江夏黄童此借用以比寇君一
黄頴又寇恂傳頴川百姓遮道曰願從陛下復借寇君一年此借用以比国宝

留年春李天南翼
韓鄂四時纂要曰鹿骨酒久服長骨留年莊子曰鵬之背不知其幾千里也怒而飛其翼若垂天之雲是鳥也海運則將徙於南冥南冥者天池也

過目先空冀北羣
退之送温造序云伯楽一過冀北之野而馬羣遂空

又

虎子墮地氣食牛
尸子曰虎豹之駒雖未成文已有食牛之氣老杜詩小兒五歲氣食牛黄庭堅詩渥洼麒麟兒墮地志千里

雀兒浴処魚何求
退之詩云蝦蟇跳過雀兒浴此縱有魚何足求
可奈我衰才亦尽
南史丘靈鞠傳王儉曰丘公仕官不進才亦退矣又江淹
任昉人皆謂之才尽
正須二子与同游
謂黄寇二君
次韻春懷
老形已具臂膝痛
此借用彭越傳反形已具之語林逋詩覧照老已具開樽
人向稀
春事无多櫻笋來
老杜詩溪边春事幽樂天詩百年夜分半一歲春无多韓
偓櫻桃詩注曰秦中謂三月爲櫻笋時輦下歲時記曰四
月自堂厨至百司厨通謂之櫻笋厨
敗絮不温生蟣虱
敗絮見上注漢書嚴安曰介胄生蟣虱
大杯覆酒着塵埃
晋元帝紀帝頗以酒廢事王導以爲言帝命酌引觴覆之
於此遂絶淵明傳曰塵爵耻虚罍
衰年此日常爲客
老杜至日詩年〻此日長爲客又登高詩万里悲秋常作
客百年多病獨登臺后山所指謂徐州戲馬臺也
河嶺尚堪供極目
文選王燦登樓賦平原遠而極目兮蔽荆山之高岑
少年爲句未須哀

王介甫詩意氣未宜輕感槩文章尤忌数悲哀
河上
背水連漁屋
背水借用韓信事老杜詩漁屋架泥塗
横河架石梁
唐人羊士諤詩行拔煙杉入激瀾横石梁
窺巢鳥鵲競
鵲巢多爲鳥所窺奪
過雨艾蒿光
老杜詩庭幽過雨霑東坡樂府云日暖桑麻光似潑風來
蒿艾氣如薰
鳥語催春事窻明報夕陽
退之送孟郊序云以鳥鳴春南部煙花録陳後主詩夕陽
如有意偏傍小窻明老杜詩人扶報夕陽
還家慰兒女歸路不應長
時自徐還曹
題杜二首
永安驛廊東柱有女子題五字云無人解妾心日夜長如醉妾
不是瓊奴意与瓊奴類讀而哀之作二絶句
桃李摧残風雨春
楊炯少姨廟記曰古木摧残尚擁三花之樹
天孫河鼓隔天津
史記天官書織女天女孫也爾雅河鼓謂之牽牛晋志曰
天漢起東方經尾箕之間謂之漢津古樂府華山畿曰隔
津歎牽牛語織女離淚溢河漢陸系有所思曰只看今夜
裏那似隔天津

王恩不為妍華尽
樂天後宮詞曰紅顔未老恩先断斜倚薰籠坐到明或作
王建宮詞
何限人間失意人
士不遇多矣何獨女子哉劉禹錫詠古詩曰一朝復得幸
應知失意人
又
從昔嬋娟多命薄
東坡詩自昔佳人多命薄
如今歌舞更能詩
麗情集元載寵姬薛瑶英能詩書善歌舞
孰知文雅河陽令
文選夏侯常侍誄曰俗疵文雅李善注引大戴礼曰天子
不知文雅之辞晋書潘岳為河陽令
不削瓊奴柱下題
青瑣高議載瓊奴姓王氏王郎中幼女父死失身於趙奉
常家為主母凌辱道出淮上書其事于驛壁見者哀之王
平甫為作歌云
蝘虎
物微趣下世不数
老杜詩物微世競弃文詩人物世不数后山此篇盖有所
指
隨力捕生得称虎
唐書安禄山与史思明俱為捉生東坡詩窓間守宮称蝎
虎
匿形注目揺兩股

史記越世家曰鷙鳥之撃也必匿其形
卒然一撃勢莫禦
卒然及莫禦字皆見孟子
十中失一八九取
周礼醫師十全為上十失一次之
吻間流血腹如鼓
元稹詩腹脹看成鼓
郤行奮臂吾甚武
漢書猶郤行而求及前人史記殷紀湯曰吾甚武故稱
武王
朔日淮南作端午
言恃勇而不知及禍也世傳淮南王安万畢術云以五月
五日一以蝘虎杵汁拌豆豆自踊躍可以撃蝇
陶朱公廟
史記曰范蠡変名姓適齊為鴟夷子皮之陶為朱公
陶即定陶今曹州濟陰縣乃其地也
千篇奏牘謾多知
史記東方朔至公車上書凡用三千奏牘老杜鸚鵡詩紅
觜謾多知
百戰收功未出奇
孫子曰百戰百勝非善之善也史記白起賛曰料敵合変
出奇無窮此兩句言陶朱公智勇雖多猶未足道要以身
退為勝耳
名下難居身可辱
史記越世家范蠡以為大名之下難以久居乗舟浮海変
姓名自謂鴟夷子皮耕于海畔苦身戮力父子治産

柳下惠少連降志辱身矣
却將湖海換西施
湖海當謂越国分封之地国語范蠡反至五湖辭於王曰
臣不復入越国矣王曰子听吾言与子分国不听吾言身
死妻子爲戮蠡曰君行制臣行意遂乘輕舟以浮於五湖
杜牧之詩云西子下姑蘇一舸逐鴟夷
次韻晁无斁夏雨
咫尺隔山海
晉書王戎傳甞經黃公酒壚下過曰今日視之雖近邈若
山河樂天詩懶慢不相訪隔街如隔山
作書問如何
老杜詩道甫問訊今何如
蟻垤既畜糧蛙窟如鳴鼉
淮南子曰蟻知爲垤鳴鼉見上注張籍詩天欲雨有東風
南溪白鼉鳴窟中
積暑復一雨斧斫仍手摩
斧斫手摩本俗間語
鈎窻欲懸麻
老杜詩雨脚如麻未断絶
出門已橫河
晉傅玄雨詩曰湍深激墻隅門庭若決河
人言月離畢未必致滂沱
史記有若傳孔子既没弟子思有若狀似孔子立爲師問
曰孔子當行使弟子持雨具已而果雨弟子問曰夫子何
以知之夫子曰詩不云乎月離于畢俾滂沱矣昨暮月不
宿畢乎他日月宿畢竟不雨有若不能對后山意亦謂今

夏之雨非必以月離畢所致
東皐繁草木蘭艾不同科
此亦法華經一雨所潤而諸草木各有差別之意淵明歸
去來詞曰登東皐以舒嘯南史鮑昭曰丈夫豈可遂蘊智
能使蘭艾不辨老杜詩喧靜不同科字本出魯論
驚魚畏密罟
孟子注曰數罟密網也
獨鳥鳴南柯
何遜詩獨鳥赴行查老杜詩獨鳥怪人看異聞集載南柯
夢事盖古槐南枝也
稍无虫飛喧復覓蟬語多因声作好惡与物殊未和
樂天聞早鶯詩云鳥声信如一分別在人情
卧聞夜來雨歸種故山禾
老杜詩不意遠山雨夜來復何如
百年須下澤
後漢馬援傳援謂官屬曰吾弟少游常哀吾慷慨多大志
曰士生一世但取衣食裁足乘下澤車御欵段馬爲郡掾
吏守墳墓鄉里称善人斯可矣
万里付長羅
漢書常惠護烏孫兵擊匈奴克獲封長羅侯
先生断百好尚以詩作魔
樂天詩惟有詩魔降未得毎逢風月一閑吟傳燈録兗州
降魔禪師傳秀師問曰汝翻作魔耶
縮子万言手听渠七字哦
太白与韓荊州書云日試万言倚馬可待縮手見上注退
之詩夜夢神官与我言羅縷道妙角与根牀非少者哦七

言六字常語一字難
室迩人則遠
詩云其室則迩其人甚遠
燕默勞者歌
文選謝叔源詩曰悟彼蟋蟀唱吁此勞者歌注韓詩曰代
木發則朋友之道缺勞者歌其事
思君得老瘦
文選古詩曰思君令人老歲月忽已晚老杜云所向泥活
活思君令人瘦
觸熱生積痾
言思君欲往又畏暑而不能行也老杜詩觸热生病根後
漢賁融傳曰是生積痾不得遂瘳
寄無斁
敬問晁夫子官池幾許深
文選夏侯湛東方朔畫賛曰敬問墟墳長沙法帖有云王
珉敬問官池見上注
已凞飛鳥下
列子曰海上之人有好漚鳥者每旦之海上從漚鳥游漚
鳥之至者百數而不止其父曰吾聞漚鳥皆從汝游汝取
來吾玩之明日之海上漚鳥舞而不下此詩言飛鳥下以
見无斁忘機之意漢昭帝紀黄鵠下建章宮大液池
復作卧龍吟
晉書習鑿齒傳曰西望隆中想卧龍之吟 按蜀志諸葛亮
傳亮躬耕隴畝好爲梁父吟徐庶謂先主曰諸葛孔明者
卧龍也此詩借用以言无斁高卧吟嘯要非池中物也老
杜詩風雨時時龍一吟

待我中痾愈
魯直詩百痾從中來
同君把臂臨
老杜詩臨江把臂難再得
涅塗无去馬
退之書云涅水馬弱不敢出不果鞠躬親問而以書悚息
尤深老杜詩去馬來牛不復辨
夏木有來禽
唐李嘉祐詩云陰陰夏木囀黄鸝此引用以寄鶯鳴求友
之意來禽見上注
次韻別張芸叟
中年爲別更堪頻
中年別見上注
四海爲家託一身
老杜詩有无家別
此別時須問生死孰知詩力解窮人
老杜詩此別還須各努力漢書蒯通傳曰使人候問其死
生退之詩行當挂其冠生死一相訪詩窮見上注
宿深明閣二首
窈窕深明閣晴寒是去年老將灾疾至
樂天詩性將時共背病与老俱來灾疾見上注
人与歲時迁
此句屬魯直紹聖初言者以 神宗實録多失實召魯直
至陳留問狀因寓佛寺題其所居爲深明閣自此遂謫黔
中老杜詩甘与歲時迁
默坐元如在

退之詩默坐念語笑元如在謂神交心契如在其前
孤灯共不眠
文選謝惠連詩孤灯暖幽幔老杜詩灯影照无睡又詩不眠瞻白兎
莫年身万里頼有故人怜
魯直与張叔和書云某至黔州將一月矣曹守張倅相待如骨肉時曹譜伯達守黔中張㸌茂宗作倅皆京洛人老杜云鏡中衰謝色万一故人怜
又
縹緲金華伯人間第一人
金華伯謂魯直按葛洪神仙傳云黄初平年十五家使牧羊有道士將至金華山石室中四十餘年其兄初起行索初平　□□叱　白石皆起成羊文選海賦云神仙縹緲
劉談連晝夜
史記淳于髡傳一語連三日三夜无倦世說衛玠与謝琨達旦微言因病篤
應俗費精神
應俗見上注老杜詩應接喪精神王介甫詩可怜无益費精神按揚雄解嘲曰但費精神於此而煩學者於彼
時要平安報
老杜詩夕烽來不近每日報平安
反愁消息真
老杜詩反畏消息來寸心亦何有又云難知消息真
墻根霜下草又作一番新
此句盖有所指退之詩曰白露下衆草蕭蘭共憔悴青〻西墻下已復生滿地又詩墻根菊花可沽酒

家山謁外大父墓
土山宛轉蟠蒼龍下有槃〻盖世翁
槃〻見上注漢書項羽傳力抜山兮氣盖世
万木刺天元自直
文選張平子南都賦曰森蓴〻而刺天
叢篁侵道更須東
老杜詩叢篁低地碧樂天古原草詩曰遠芳侵古道齊民要術曰竹性愛西南引諺云東家種竹西家治地此言更須東謂已自侵道不須復東引也
百年富貴今誰見一代功名託至公
龐丞相墓誌銘盖司馬温公所作曾子固謝歐陽舍人誌先大父誌銘書曰後之作銘者苟託之非人則書之非公與是不足以行世而傳後
少日拊頭期類我
文選沈約詩平生少年日後漢吳祐傳父恢拊其首曰吳氏世不乏季子矣揚子曰螟蠕之子殪而逢果蠃曰類我類我久則肖之矣拊頭字見魏志劉廙傳
莫年垂淚向西風
王介甫詩莫年垂淚對桓伊
次韻晁無斁冬夜見寄
寒窻吟硯欲生塵短枕長衾却自親
按唐書讓皇帝傳玄宗友悌嘗製大衾長枕將與諸王共之石山意謂索居離群衾枕特自親而已
老子形骸從薄暮
此句石山自道後漢馬援傳願哀老子使得遨遊文選謝豫章行曰促〻薄暮景亹〻鮮克禜李善注云言之薄暮喻

人之將老也
先生意氣尚青春
此句以屬無斁文選潘尼贈陸機詩子涉素秋子登青春
李善注云素秋喻老青春喻少也
覆杯不待回丹頰
言不借紅於醉面也覆杯見上注
危坐猶能作直身
後漢書茅容避雨樹下危坐愈恭孟郊詩煖得曲身成直
身
城郭山林兩无得暮年當復幾霑巾
言出處皆不如志可為流涕也歐公集古録跋韓退之題
名曰謂着山林與着城郭无異等語宜為退之〻言按今
世所傳退之與大顛書云苟非所恋着則山林閑寂與城

隍無異
寒夜有懷晁無斁
同好共城郭十日不一顧
老杜詩可恨鄰里間十日不一見顏色
人事雖好乖
淵明答龐參軍詩序曰人事好乖便當語離
吾生亦多忤
老杜詩人事多錯迕與君永相望
闔門對妻子歲月不可度
文選曹子建表曰四節之會塊然獨處左右惟僕隸所對
惟妻子高談無所與陳發義無所與展老杜詩劍南歲月
不可度漢書谷永傳曰闔門高枕
閉目寧用遮

言發書不觀也傳灯録僧問藥山何故看經山云只圖遮
眼
停杯仍下筯
言雖止酒尚能強飯李太白詩停杯投筯不能食拔劍四
顧心茫然晉書何曾日食万錢猶言无下筯處
獨无區中緣
區中緣見上注又李太白詩曰杳无區中緣
求懷岩下趣
老杜詩盛論岩中趣
平生三徑資安得一朝具
三徑資見上注
万里初歷塊前驅告膺暮
言出仕未幾而遷得罪謝靈運詩朝遊窮曛黑

歸懷屬有思
退之秋懷詩丈夫屬有念事業无窮年
棄世不待怒
莊子曰夫欲免為形者莫如棄世〻〻則无累
老境厭逶遲人情費將護
礼記六十耆指使疏引賀瑒云耆至也至老之境也文選
江淹別賦曰車逶遲於山側注云逶遲少留皃
向來張長公吾亦從茲去
漢書張釋之傳子摯字長公官至大夫不能取容當世遂
不仕漢高祖紀曰吾亦從此逝矣
灯花頻作喜
老杜詩灯花何太喜
月色正可步

老杜詩思家步月淸宵立

頗恐何水曹明朝有新句

梁何遜爲水部

除夜

七十已強半所餘能幾何

退之詩年皆過半百來日苦無多老杜詩百年能幾何唐

摭言崔櫓梅花詩云強半瘦因前夜雪

懸知暮景促

懸知見上注柳子厚書曰長來覺日月益促歲歲更甚

更覓後生多

老杜詩所謂坐深鄉里敬

遁世名爲累

易曰遁世無悶老杜詩踈嬾爲名誤退之詩士生爲名累

留年睡作魔

盧仝守歲詩曰年去留不住年來也任他石曼卿詩曰已

爲物象添詩瘦更被春陰長睡魔作魔見上注

西歸端着便

着便見上注

老子不婆娑

晋書陶侃傳曰老子婆娑正坐諸君輩王述亦曰致仕之

年不爲此公婆娑之事

后山詩注卷第五

后山詩注卷第六

寄鄧州杜侍郎撰

南陽老幼如雲屯連日城東候使君

南陽卽鄧州陸士衡詩胡馬如雲屯

後者排前旁捷出

退之楊燕奇碑文曰乘機應會捷出神怪

争先見面作懃懃

退之與李勃書曰若景星鳳凰之始見争先覩之爲快

六年重來已白髮一日再見回青春道傍過者怪相問

按實録元祐五年正月直秘閣杜紘知鄧州自此六年二

再至老杜詩道傍過者問行人

共言杜母真吾親

後漢杜詩傳遷南陽太守人方於召信臣故爲之語曰吾

有召父後有杜母

使君雖老心尚壯

後漢馬援言老當益壯

文采風流諸謝上

老杜詩文采風流今尚存諸謝謂江左謝氏

名家從昔杜陵人

老杜詩名家元出杜陵人

盛德于今丈人行

漢書蘇武傳曰漢天子我丈人行也

我昔卧病老彭城書札鳴鼓千里行致書饋奠初未識

饋奠當是后山居憂時

丁寧勞苦如平生

漢書張耳傳曰勞苦如平生歡

人去此事今未有古人中求還得否
晉書王衍傳晉武帝問王戎曰夷甫當世誰比戎曰當從古人中求耳南史張緒傳王儉嘗云緒過江所未有北士可求之耳不知陳仲弓黄叔度能過之否
忘年亟埶不虛辱公自為德吾何取
忘年友見上注退之書曰厚意不可虛辱此借用漢書韓信傳曰公小人為德不竟老杜詩賢者貴為德
菊潭之水甘且潔潭上秋花照山白請公酌此壽百年
後漢書地理志南陽酈侯国注曰縣北八里有菊水飲者上壽百二三十漢司空王暢太傅袁隗為南陽令縣月送三十餘石
奕奕長爲此邦伯
廣雅曰藹〻奕〻盛貌文選陸士衡贈馮文羆詩云奕奕馮生神仙傳王遠導從威儀奕〻如大將軍老杜同元使君舂陵行序曰得結輩十數公落〻然參錯天下為邦伯
孰先一州後四方
退之送陸歙州序曰或謂先一州而後天下豈吾君吾相之心哉
重金疊蓋登廟堂
帰田録国朝兩府金帶佩魚謂之重金春明退朝録国初兩制出入重戴
請從今日至雲來月三十斛輸洛陽
爾雅玄孫之子為來孫仍孫之子為雲孫杜君濮州鄄城人後徙洛陽

寄提刑李學士

石渠金馬青雲上
言李君嘗為館職班固兩都賦序曰内設金馬石渠之署
東里西門濟水邊
東里子産西門豹皆古循吏今以比李君濟水邊言其持節於郷部也
上冢過家真樂事
後漢岑彭傳有詔過家上冢
平時持節貴當年
言其未老也文選韋弘嗣博奕論曰君子恥當年而功不立
成家舊李諸儒閒
漢書司馬迁傳曰成一家言
脱手新詩万口傳
東坡詩云新詩如彈丸脱手不暫停又云詩句明朝万口傳
范叔一寒今若此相逢猶得故人憐
並見上注

寄杜擇之 后山自注云杜寄惠近詩

詩家兩杜昔无隣文彩風流世有人
魯直詩云詩家二杜見仍雲謂審言子美俱能詩也
疾置送詩驚老醜
漢書劉屈氂傳乘疾置以聞老醜見上注
坐曹得句自清新
漢書薛宣傳坐曹治事清新見上注
興來不假江山助
見上注
目過渾如草木春

李太白上裴長史書曰他人之文猶山无煙霞春无草樹
李白之文光明洞徹句〻動人又太白詩云令行草木春
農馬智專吾不讓
退之與于頔書曰伏蒙示詩云〻昔齊君行而失道管子
請釋老馬隨之獲塗請學稼孔子請問之老農夫馬之智
不賢於夷吾農之能不聖於尼父然且云尔者聖賢之能
多農馬之智專故也今愈從事於文实專且久則其賛王
公之能而稱大君子之美不為僭越也
衡陽紙貴子能頻
郭受寄杜員外詩云衡陽紙價頓能高蓋用左思事而後
山又用杜家事也
次韻晁無斁春懷
城郭朝陽散積陰郊原注目日青深
老杜詩注曰寒江倚山閣按呉志賀邵傳云乜敵注目
年衰鷗鷺如今是
老杜詩身許麒麟畫年衰鷗鷺羣
夢斷邯鄲何處尋
見上注
語鵲飛烏春稍稍重簾深院晚沉沉不辭杖屨衝泥雪未有
瓊琚報好音
元稹詩冒雨衝泥黑地來詩云投我以木瓜報之以瓊琚
又云懷我好音
寄晁無斁
稍聽春鳥語叮嚀又見官池出断氷
老杜詩便覓鶯語太叮嚀
留後踏青誰為共

盧公範饋餉儀曰三月三日上踏青鞋
花間着語老猶能
雪竇禅師頌古峯德山到溈山法堂話着語云勘破了也
老杜詩不堪驅使菊花前此反其意而用之
笑談莫倦尋常聽山院終同一再登今日已知他日恨搶榆
況得及飛騰
莊子逍遥遊篇鵬之徙於南冥也水擊三千里摶扶揺而
上者九万里蜩与鸒鳩笑之曰我決起而搶榆枋時則不
至控于地而已矣奚以之九万里而南為老杜詩飛騰无
奈故人何
別寶講主
此地相逢晚他方有勝縁
樂天詩曾經滅劫壞今遇勝縁修
咒功先服猛
高僧傳天竺僧金剛仙掛錫清遠峽蛟螭作妖則誦咒以
禁之周礼服不氏掌養猛獸而教擾之
戒力得扶顛
大莊嚴論云我昔聞諸比丘入海採宝舡舫破壞有一年
少比丘捉得一板便說偈云〻于時海神感其精誠即接
少年置於岸上合掌白比丘我今歸依堅持戒者扶顛見
魯論
憩息三支論
高僧傳云優婆塞支謙者漢末游洛受業於支亮〻受業
於支讖世稱天下博知不出三支
重叅二祖禪山自注云趙州臨濟皆曹人也夜床鞋脚别何日着行纏
尊宿云大脩行人上床即与鞋履為別此言着行纏蓋以

人命呼吸頃勸其早遊方絫㚖也

還里

自曹峰絫

曠士愛吾廬遊子悲故鄉

謂淵明之曠達高祖之英雄皆不能无鄉里之念事並見上注鮑昭詩小人自䠞䠞安知曠士懷

慷慨四方志

老杜詩丈夫四方志

老襄但悲傷

老杜詩少壯不努力老大徒悲傷

虛名自成誤

老杜詩多為才名誤

失得略相當

退之詩得失相乘除得少失有餘後漢書匈奴傳論曰寇雖破折而漢之疲耗略相當矣

莫年還家樂未覓道里長

太白蜀道難曰錦城雖云樂不如早還家后山前有詩云還家慰兒女歸路不應長

閭里喜我來車馬塞康莊

老杜詩鄰舍喜我歸沽酒攜葫蘆選詩轂馬塞衢路史記荀鄉傳開第於康莊之衢

爭前借言色

後漢馬后傳曰假借溫言東坡奏疏云臣嘗疾程頤之奸未嘗假以辭色

草木亦晶光

老杜瘦馬詩失主錯莫无晶光

向來千人聚

見上注

一老獨徜徉

后山自謂也詩云不憖遺一老俾守我王退之盤谷序云終吾生以徜徉

手開南陽阡松栢鬱蒼蒼

紹聖二年七月后山葬其兩親於彭城大父之兆次至是三年矣故此詩有南陽阡之語漢書原涉傳涉父為南陽太守父死涉大治起冢舍買地開道立表署曰南陽阡選詩鬱鬱澗底松

永願守一丘

謂守先人丘墓也老杜詩永願坐長夏

脫身万里舩

漢書高帝紀脫身去間至軍方里舩言世路風波也

平生功名念倒海浣我腸

太白詩倒海索明月史記扁鵲傳湔浣腸胃

欵段引下澤斷弦更空腸

並見上注空腸用晉元帝事

尚恐北山南有文移路傍

南齊周顒字彥倫隱於鍾山後應詔出為海鹽令欲過此山孔稚珪假山神之意作北山移文以却之其文見於文選

荅魏衍黃預勉予作詩

我詩淺短子貢墻衆目俯視无留藏

前漢書孔光傳曰智謀淺短老杜詩目短曹劉墻

何中有眼黃別駕

黄魯直謫涪州別駕魯直自評元祐間字云字中有筆猶
禪家句中有眼又六言詩云拾遺句中有眼
洗滌煩熱生清涼
老杜詩洗滌煩熱足以寧君軀又詩清涼破炎毒
人言我語勝黄語扶豎夜燎齊朝光
庐山吞秦觀書言之詳矣晉書王述傳謂子坦之曰人言
汝勝我定不及也庭燎詩曰夜如何其夜未央庭燎之光
老杜詩朝光入戶牖
三年不見万里外安得奮身置汝傍
時魯直在黔中退之詩三年不見兮使我心苦老杜詩安
得送我置汝傍
迩來諸子復秀發曾未幾見加端章
諸子謂魯直兒姪詩云未幾見兮突而弁兮魯論端章甫
注謂衣玄端冠章甫
剩欲摧藏讓頭角
選詩扶風歌曰抱膝獨摧藏
豈是有意群兒傷
退之詩不知群兒愚那用故謗傷
於人無怨我何憾一作何亦
言不必畏謗傷而退讓也有作魯直傳者曰公胸中恢疎
初無怨恩按晉書安平獻王孚傳曰未嘗有怨於人
愛者尚衆猶吾鄉
庐山言鄉士同臭味者如魏衍黄預輩皆愛黄詩安知他
鄉無人哉
平生不自解嘲誚
漢書揚雄有解嘲

禍來亦復非周防
言遷斥之禍出於意外老杜病馬詩當時歷塊誤一蹶委
弃非汝能周防
我衰氣索不自振正賴好語能恢張
漢書孫寶傳侯文怪寶氣索選詩酒酣氣益振智論曰諸
外道中設有好語如虫蝕木偶然成文文選皇甫謐三都
賦序曰並務恢張其文博誕空類
詩家小魏新有聲
新有詩聲見上注
舊傳秀句西里黄
西里當是黄預所居
後生夸行闕師友臨路不進空迴遑
鮑照放歌行曰今君有何疾臨路獨遲迴魏志夏侯尚傳
注曰詩名欲往見大將軍臨出門迴遑不定
看君事業青雲上聽渠螟蟘生膏肓
青雲上用范雎事大田詩注曰食心曰螟食葉曰螣悄害
田中之稚禾此引用以譬後生不親師友自賊其良心也
膏肓見第一卷注
老栢三首有序
勝果院後庭有栢見之二十年矣疎瘦如故余寓其舍數以
水溉之遂有生意
庭栢死生意摧殘二十秋
老杜詩群橘少生意按晉書殷仲文傳文嘗大司馬府中
老槐歎曰此樹婆娑无復生意
稍霑杯水潤
莊子覆杯水於坳堂之上

七〇〇

巳與歲寒謀言巳作千歲計也歲寒見魯論
黄果青青出
黄果見第一卷注王建新移小竹詩云嫩綠卷新葉殘黄
收故枝莊子曰受命於地唯松栢獨也在冬夏青青
愁邊稍稍寥
愁邊見上第二卷注退之遠遊聯句云外患蕭蕭去中悁
稍稍寥
會看笙鶴下
老杜詩人傳有笙鶴時過此山頭按列仙傳王子喬好吹
笙作鳳鳴七月七日乘白鶴駐緱氏山頭
暮雀莫深投
老杜詩暮雀意何如退之枯樹詩依投絕暮禽

又
英姿帶枯槁勁節闕和柔
范曄後漢書二十八將論曰英姿茂績委而勿用漢書霍
去病以和柔自媚於上
物理有興壞人情成去留
老杜詩物理固自然漢書司馬遷傳曰稽其成敗興壞之
理文選嵇康琴賦曰委性命兮任去留后山眘作修佛殿
記云物有盛衰人有向背向盛背衰人則逐物雖然向則
盛背則衰物亦有賴於人焉
稍看棲鳥集聊待晚風秋解道庭前栢何曾識趙州
僧問趙州和尚祖師西來意州云庭前栢樹子又有老宿
忽拈柱杖謂僧曰要識趙州麽這裏是趙州
又

歲月那能計風霜亦飽經
老杜詩老樹飽經霜
槁乾仍故節
退之韓洪碑銘曰槁乾四呼終莫敢濡齊己松詩云蠹依
乾節死蛇入朽根盤
潤澤出新青
潤澤字出孟子劉禹錫竹詩曰新青排故葉
色與江波共
老杜梔子詩无情移得汝貴在映江波
聲留靜夜聽
王建新移小竹詩云色經寒不動声与靜相宜
輝輝垂重露點點綴流螢
以露比流螢此体謂之影對如无可詩云聽雨寒更盡開
門落葉深以落葉比雨声也又曰微陽下喬木遠燒入秋
山以微陽比遠燒也老杜螢詩曰偶經花蕊弄輝輝又詩
曰日暮拾流螢
魏衍見過
暑雨不作涼爽風秖自高
大車詩秖自塵兮
我老亦衰疾祟此正欝陶
尚書欝陶乎予心
[illegible]俊有新語高処近風騷隱几聆五字未覚歷日勞
老杜詩劣於漢魏近風騷吳志呂蒙傳治土山必歷日乃成
溘然墮氷井
薛瑩後漢書靈帝光和六年冬北海琅邪井氷厚丈餘又
晉庾儵有氷井賦言藏氷也

起栗竪寒毛
趙飛燕外傳夜雪露立体亡軫粟東坡雷詩凍合玉樓寒
起粟高僧誌僧會傳趙綉見塔放光肅然毛竪晋書夏統
傳曰聞君之談不覺寒毛尽戴
三山已在目
世說荀中郎登北固望海云雖未覩三山便使人有淩雲
之意老杜詩青山若在眼後漢馬援傳曰虜在吾目中矣
萬象誰能逃
文選頭陀寺碑曰萬象已陳李善注引孝經鈎命决曰地
以舒形万象咸載東坡詩万象起滅无逃形
歴險見絶足
家語曰歴險致遠馬力尽矣魏文帝与孫權書曰中国信
多馬其知名絶足亦少老杜詩逸群絶足信殊傑

過口味豚肩
歐公詩云更吟君句勝啗炙周礼庖人注云膏臊豕膏也
類為夏雷鳴
退之送孟東野序云以雷鳴夏
莫作飢鳶號
南史曹景宗傳曰箭如餓鴟叫東坡讀孟郊詩曰何苦將
兩耳聽此寒虫號
次韻螢火
年侵觀物化共彼歳時催
陸機詩後途隨年侵七月詩注曰春女悲秋士悲感其物
化也莊子曰且吾与子觀化而化及我
熠熠孤光動翩翩度水來
東山詩注曰熠燿燐也燐螢火也文選鴎詩单泛逐颯然

樂天詩獨立棲沙鶴雙飛照水螢
稍能穿幔入已復受風回
老杜螢詩隨風隔幔小文詩輕燕受風斜
投卷吾衰矣
言發書也晉書車胤貧无灯火以絹囊盛螢火以照書
夜讀
微吟子壯哉
文選魏文帝燕歌行曰短歌微吟不能長
次韻夏日江村
漏屋蓍生菌臨江樹作門
荀子曰隱於窮閻漏屋
捲簾通鷰子
老杜詩簾户每宜通鷰子

織竹護雞孫
老杜催宗文樹雞柵詩云織籠曹其内令入不得擲我寛
螻蟻遭彼免狐兎尼退之詩云那暇更護雞窠雛投後漢
高鳳傳妻令鳳護雞
向夕微風一作涼進相逢故意存一作霑衣汗昭存
淵明詩向夕長風起老杜詩樹濕風涼進漢書司馬遷傳
曰汗未嘗不發背沾衣也
何當加我歳從子問乾坤
孔子曰加我数年五十以学易可以无大過矣
次韻觀月
風雲隨落日河漢欲回天
詩云倬彼雲漢昭回于天魏文帝雜詩曰天漢回西流
闌巷如千里

謝莊月賦隔千里兮共明月
還家已再圓
退詩顏䰟不再圓老杜詩羇棲愁見裏二十四回明此用
其意
簾疎分細〻江淨共娟〻
老杜詩石瀨月娟〻
他日吾何適吁詩說去年
退之詩元日新詩已去年
次韻夏日
江上雙峯一草堂門閑心靜自清涼
老杜詩万里橋西一草堂
詩書發冢功名薄
莊子曰儒以詩礼發冢
麋鹿同羣歲月長
見上注
句裏江山隨指顧
用張說事見上注刘禹錫詩相形面勢從指畫言下変化
隨顧瞻眺天詩下韓隨指顧
舌端幽眇致張皇
舌端見韓詩氷傳退之進亭解曰張皇幽眇
莫欺九尺鬢眉白
老杜詩張公一生江海客身長九尺鬚眉蒼東坡詩錦里
先生自笑狂莫欺九尺鬚毛蒼
解醉佳人錦瑟傍
老杜詩爛醉佳人錦瑟傍
夏日有懷
卧念張居士
當是貧山居士張仲連後漢書馬援曰卧念少游平生時
語何可得也
逃名老石根
後漢書法真傳郭正称之曰逃名而名不我避老杜詩老
夫困石根
李詩端得瘦
本事詩李白戲杜甫云飯顆山前逢杜甫頭戴笠子日卓
午借問別來太瘦生揔為從前作詩苦
識字仰空樽
老杜詩子雲識字終投閣又云已畏空樽愁此言居山意
謂無好事載酒以過子雲者
鳴笛夜宜遠灯花曉更繁
老杜詩頭白灯明裏何煩花烬繁
未須哀老子
後漢書馬援為隴西太守諸曹時白外事援曰此丞掾之
任何足相煩頗哀老子使得遨遊此借用
也復守丘園
前詩云西歸端着便老子不婆娑与此同意丘園見易賁
卦
送杜擇之
兩父論詩伯仲間
兩父謂杜審言子美皆能詩而擇之可為伯仲也文選魏
文帝典論曰傅毅之於班固伯仲之間尔
去思今識謝家安
晉書謝安除吳興太守在官無當時名去後為人所思

說注晉陽秋云諺曰大才槃槃謝家安楊州獨步王文度
後來出人郗嘉賓
曠懷亦苦中年別
言謝安最號曠達而中年之別不免作數日惡也北史劉
炫懷抱不曠
歸翼與仍愁行路難
老杜詩歸翼會高風古樂府有行路難
四壁未堪風雨夕
四壁見上注
百圍已試雪霜寒
莊子曰大木百圍之竅穴會論曰歲寒然後知松柏之後
凋也
欲逃富貴疑無地
世說謝安在東山時兄弟已有富貴者劉夫人戲謂安曰
大丈夫當不如此安捉鼻曰恐不免耳東坡詩長疑安石
恐不免
千丈竿頭試手看
富貴則履機危故以尋橦爲喻樂天贈牛思黯詩曰百尋
竿上擲身難傳灯録長沙岑禪師偈曰百丈竿頭不動壁
雖然得入未爲真百丈竿頭須進步十方世界是全身又
五洩山靈默禪師云汝試下手看
楊夫人挽詞 元注云晁无咎母
物說南奔道路長湖邊舟旐已飛揚
南奔當是從無咎迁謫老杜詩舟旐飛飛曰物傳發閬州
樂天詩舟旐何飛揚素驂亦悲鳴
百年積慶鍾連璧
易曰積善之家必有餘慶晉史陸暐與弟恭之並有時譽
洛陽令見之歎曰僕以老年更覩雙璧所用以比無咎兄
弟也晉書夏侯湛潘岳行止同輿京師謂之連璧此借用
其字左傳曰天鍾美於是注云鍾聚也
十念收功到淨方
謂西方觀
絳幔未經親宋母 幔一作帳
晉書韋逞母宋氏受其父周官音義後盧壺欲就宋氏家
立講堂置生員百二十人隔絳紗幔而受業時稱韋氏宋
母
緑衣猶記識黃裳
南部新書曰潘孟陽母劉晏之女問末坐緑衣少年何人
曰補闕杜黃裳夫人曰此人全別必是貴人
欲圖不朽須詮載
退之馬府君行狀曰託立言之君子而圖其不朽焉不朽
見古墨行注淵明飲酒詩序云紙行遂多辭无詮次
今代誰堪著石章
詛楚文曰敢數楚王熊相之背盟犯詛著諸石章
栢山
平江如抱貫秦洪雙嶺馳來欲並雄
老杜詩清江一曲抱村流秦洪雙嶺皆在徐州漢書南粤
王傳曰南雄不俱立兩賢不並世
是物皆爲万世計
老杜詩是物關兵氣賈誼過秦論曰始皇以爲關中之固
子孫帝王万世之業也
闔棺猶有一朝窮

老杜詩曰丈夫蓋棺事始定而柏䫫石椁竟不免發掘東
坡守徐州時有游柏山記言之詳矣韓詩外傳曰孝而不
已闔棺乃止
林巒特起終爲汙
林巒雖秀拔竟坐柏䫫爲辱也東坡温泉詩曰幸免妃子
汙老杜詩兵氣漲林巒文選西京賦曰隆崛崔崒李善注
引埤蒼曰崛特起也
美惡千年竟不空
世間公論雖久而不泯也石山作温公挽詞亦曰若無天
下議美惡併成空
尚有風流羊叔子稍經湔洗與清風峴山自注云有東坡記刻石
用羊叔子登峴山事以比東坡江山之辱賴此一洗也魯
直詩我亦洗湔與清流劉禹錫詩東陽本是佳山水何况
曾經沈隱侯
荅顔生
煩君臨問我何堪
漢書張禹傳車駕自臨問之
剩欲從君十日談
高適詩尋經剩欲醉史記秦昭王遺平原君書曰寡人願與
君爲十日之飲世説謝胡兒語更道季白諸人暮當就卿
談
老退不應稱敏捷
謂作詩樂天詩云多病長齋詩老退爭禁年少洛陽才老
杜詩敏捷詩千首
顔耆亭復借紅酣
謂止酒鄭谷詩裹顔酒借紅王介甫詩荷花落日紅酣

世間公器毋多取
莊子曰名公器也不可多取樂天詩曰名爲公器毋多取
句裏宗風却飽參
句中有眼見上注傳燈録道悟和尚傳曰師唱誰家曲宗
風嗣阿誰又歸宗義柔禪師曰事須飽叢林
陋巷遠孫還好學
用顔氏事
未容光禄擅東南
南史顔延之傳云少孤貧居負郭好讀書無所不覽後爲
光禄勳又云江右稱潘陸江左稱顔謝
送劉主簿義仲
義仲字壯輿
平生師友豫章公亹亹談君口不空
豫章謂魯直退之荅楊子書曰來亹亹說足下不離口
故不待相見相信已熟旣相見不要約已相親
半面相看吾已了
詩意見上句注中後漢應奉傳注奉嘗詣彭城袁賀二時
出行閉門造車匠於内開扇出半面視奉二即委去後數
十年於路中見車匠識而呼之魏志陳矯傳注文帝曰朕
心故已了
連城增價字何窮
史記秦昭王請以十五城易趙璧文選魏文帝與鍾大理
書曰不損連城之價又廣絶交論曰顧眄增其倍價
三千奏牘諸儒上
用東方朔事見第二卷注
四百菴寮一歲中

兩句言儒佛不相妨劉氏家於南康廬山之下山有三百
六十菴詩意謂日遊一菴足了一歲欲其徧歷叢林也杜
牧詩南朝四百八十寺多少樓臺煙雨中此借用
二父風流皆可繼謗禪排道不須同
義仲蓋道原之子羲之之孫二父皆排訾釋老故后山勸
以惟此兩事不必同先世也東坡題黃魯直所作劉咸臨
墓誌銘後云咸臨不喜佛其父道原尤甚咸臨名和叔即
義仲之父晉書庾峻傳蘇林曰君二父孩抱經亂獨至今
日此借用

觸目

溪響飢魚食川明柱影斜驚禽穿密竹槃鶻立浮查
談苑載僧行肇詩云聽錫樵停斧窺禪鳥立查老杜詩故
立浮查春入舟
谷暗山藏雨林喧雀噪蛙鄉閭等行路何處更為家
言雖居鄉亦無生理也

晩望

黑雲映黃槐更着白鳥度
何遜詩夕鳥已西度
蟬鳴不餘力
史記虞卿傳曰秦不遺餘力矣
蛙腹能許怒
韓非子曰越王慮伐吳欲人之輕死也出見怒蛙乃為之
式曰為其有氣力故也退之月蝕詩曰鳴蛙拘送主府官
帝箸下腹嘗其皤許謂如許
稱目有佳思側徑無好步
謝靈運詩側徑旣窈窕俗諺謂速行無好步

興來成獨往
獨往見上注又淮南王莊子要略曰江海之士山谷之人
輕天下細万物而獨往
意得誰與賦
晉書郭璞客傲曰忘意非我意意得非我懷世說庾子嵩
作意賦從子文康曰若有意耶非賦所能盡若无意耶復
何所賦荅曰正在有无之間

送高推官

先王鍾舊德
先王謂烈武韓王高瓊澶淵之役勳德最著
大府冠羣能
老杜詩大府才能會
過手先難事逢人有異稱
人人皆稱其有異能也東坡謝兆奉諭表曰累承優寄卒無
異稱按風俗通曰封祈還陵長治无異稱
薦賢餘一鶚
言不為當世所知
夙記契千燈
金剛經云然燈佛與我受記作是言汝於來世當得作佛
維摩經云无盡燈者譬如一燈然百千燈
看挽秦梁纜頭頭數不勝
秦梁即秦洪也晉鄧攸有惠政罷郡日人入水攀其船不
忍別此云頭頭數不勝言挽留者之多也漢書張耳傳頭
會箕斂注曰吏到其家人頭數數出穀以箕斂之

和黃預感秋

宿雲護朝霜秋陽佐殘暑

退之詩宿雲寒不捲李嘉祐詩斜漢初過斗寒雲正護霜
韓偓詩雲護雁霜籠曉月雨連鶯曉落殘梅
蝿癡驅復來
退之詩癡如遇寒蝿又送窮文曰蝿營狗苟驅去復還
汗下拭莫禦
世說何平叔美姿而魏文帝疑其傅粉夏月令食湯餅汗
出以巾拭之轉皎白也
庭梧自黃隕風過成夜語
詩曰桑之落矣其黃而隕古樂府云中庭有樹自語梧桐
推枝布葉
辛是可憐生
晉書孫綽種一株松常自守護鄰人謂之曰樹子非不可
憐但永無棟梁日耳此借用以言庭梧也傳燈録忠国師
曰辛自可憐生
胡然遽如許
言摇落之速詩云胡然而天也後漢左慈傳老羝人言曰
遽如許
黃生多新詩如盆蠒抽緒
歐公詩問其別後李盼若蠒緒抽按文選張茂先詩將抽
厥緒礼記曰夫人繅三盆手
唱高難欸乃
宋玉對楚王問曰其曲彌高其和彌寡元結集有欸乃曲
欸音襖乃音靄棹船聲也柳子厚詩欸乃一聲山水緑
雋求得吹咀
漢書蒯通傳通論戰国時說士權變亦自序其說號雋求
注肥肉也言其論甘美而義味深長也本草序例曰凡湯
酒膏藥舊云㕮咀者禹錫云即細切之義以音父此引用
以言藥劑之寡味雋求安得比之
意合無古今
漢書鄒陽傳意合則骨肉為兄弟退之詩云誰謂古今殊異
代有同調
投暗有迎拒
鄒陽傳又曰明月之珠夜光之璧以闇投人於道衆莫不
按劒相眄
名成弟子韓
黃頴從李於厓山老杜贈曹覇詩曰弟子韓幹早入室
價重先生褚
謂頴詩可為紙價也退之毛頴傳曰頴與會稽褚先生友
善意謂紙也
向來得斯人孰謂乎齟齬
韻書曰齒不正曰齟齬楚詞曰圜鑿而方枘兮吾固知齟
齬而難入
晚炊鄰僧米
退之寄盧仝詩至今鄰僧乞米送
晝拾狙公芧
莊子狙公賦芧曰朝三而暮四衆狙皆怒老杜詩歲拾橡
栗隨狙公兩句皆言頴之貧
甘酸皆適口霜黃未登俎
言頴未見用於世如黃柑未包貢以登於俎也世說魏武
帝令曰前有大梅林饒子甘酸淮南子曰此皆不快於耳
目不適於口腹老杜詩登俎黃甘重
門有曲逆車

漢書陳平傳以席爲門多長者車轍平後封曲逆侯
誇甚北山女
楚辭抽思曰好姱佳麗兮牉獨處此異域旣惸獨而不羣
兮又无良媒在其側道卓遠而日忘兮願自申而不得望
北山而流涕兮臨流水而太息王逸注曰左右嫉妬莫行
謍薦也
寧爲溝中斷
莊子曰百年之木破爲犧尊青黃而文之其斷在溝中比
犧尊於溝中之斷則美惡有間矣其於失性一也
不作太倉鼠
史記李斯傳斯少時見厠中鼠食不潔近人犬數驚恐入
倉見食積粟居大廡之下不見人犬之憂歎曰人之賢不肖
譬如鼠矣在所處耳
老退无好懷續明然兩炬
老退見上注老杜詩庭前把燭嗔兩炬校後漢書廉范傳
交縛兩炬
搔首不成眠寒蟲促機杼
詩曰搔首踟躕東坡詩玉堂淸冷不成眠王介甫促織詩
云只向貧家促機杼幾家能有一絇絲
和顏生同游南山
竹杖芒鞋取次行琳琅觸目路人驚
東坡廬山詩芒鞋青竹杖自挂百錢游世說有人詣王太
尉遇王安豐丞相大將軍別屋見季胤平子還語人曰今
日之行觸目見琳琅珠玉
昔年此日仍爲客
是歲在鄉里作重陽故也老杜至日詩云年年此日常爲
客又九日詩云世乱鬱々久爲客
病目今來喜再明
張籍詩三年病眼今年校免与風光便隔生
筋力尚堪供是事登臨那得摠無情
言筋力尚可登臨也樂天詩登山与臨水猶未要人扶世
說許掾好遊山水而体便登陟時人云卿非徒有勝情亦
有勝具維摩經云且置是事
已知名世徒爲尔
謂詩名無益也樂天詩云詩稱国手徒爲尔命壓人頭不
柰何
可復緣渠太瘦生
老杜詩知君苦思緣詩瘦太瘦生見上注
僧慧僧和同往南山
騏騄同羣鴻鴈行登臨端爲作重陽
魏文帝典論曰咸以自騁騏騄於千里
南臺二謝風流絶
二謝有九日戲馬臺詩見上注
准擬歸來古錦囊
老杜詩春來准擬開懷久古錦囊見上注
栢
用直寧論世名成不待官
老杜古栢行曰正直元因造化功此太宗論世言世常惡
直而木以直爲用也秦始皇封太山遇雨避樹下遂封松
爲五大夫故樊宗師絳守園亭記以栢爲蒼官老杜詩身
退豈待官
低枝緣我有

魏文帝詩曰低枝拂羽蓋

偃蓋到誰看

抱朴子曰天陵偃蓋之松西陽雜俎曰世傳松千歲方頂平偃盖傳燈録道幽禪師偈曰不知何代人得見此老松

秀色有新故英姿无暑寒要爲千歲計豈慮万牛難

老杜古栢行大厦如傾要梁棟万牛回首丘山重魯直詩剪伐万牛難

謝端硯

王家舊物羣偷後石出蠻溪色又深

晉書王獻之謂偷兒青氊我家舊物可特置之羣偷驚走

揮翰吾非玉堂手

見古墨行注

斷金君已有古人心

易繫辭二人同心其利斷金

捕狼

一狼將四子二嶺走千羊

北史于日磾傳見熊將數子前後西域傳曰失一狼走千羊

意得無前敵

史記始皇本紀侯生曰始皇意得欲從漢書爰盎傳絳侯趨出意得甚退之猛虎行曰自矜無當對氣性縱以乖无前見上注

時乖闕後防

後漢趙壹傳曰古人時同即會時乖即別此借用又退之詩時命雖乖心轉壯老杜病馬詩委弃非汝能周防

爲知射生手

唐書兵志肅宗置衙前射生手

已發弩機張

書曰若虞機張

會使烏鳶飽空令豺虎傷

莊子曰上爲烏鳶食詩云投畀豺虎老杜詩秖令故旧傷

和魏衍元夜同登黃樓

車馬競清夜

退之詩適与佳節會士女競光陰選詩清夜遊西園

人物秀三楚

選詩三楚多秀士注曰江陵爲南楚吳爲東楚彭城爲西楚

登臨得免俗茲樓豈時略

晉阮咸曰未能免俗聊復尔耳

同來兩稚子冠者亦四五

魯論曰冠者五六人童子六七人

落落俱可人頗亦歇歌鼓

晉書王澄謂王衍曰誠不如卿落落穆穆可人見上注

山月出未高潛鱗動寒渚

言潛魚未爲月所照故游泳自如也退之詠月詩未高蒸遠氣詩曰魚在于渚或潛在淵

擕灯接稀星奪目粲不數

宋玉高唐賦曰煌煌熒熒奪人目睛

魏侯轉物手百好趣就叙

楞嚴經曰若能轉物即同如來禹貢注曰四國皆就次叙

得句未肯吐秀氣出眉宇

用莊子庚桑楚事見上注王縉古別離曰含辭未及吐淚

落蘭叢中枚乘七發曰陽氣見於眉宇之間
水淨納行影
選詩璇題納明月
山空答脩語
歐公詩空山答人語
夜氣稍侵肌
退之李花詩倉茫夜氣生相遮文選應璩与岑文瑜書曰
剪爪宜侵肌
鳥駭去其侶
楚辭招隱士曰禽獸駭兮亡其曹
清游豈有極
喜事戒多取
世間可喜之事要不可極意也
投靜未免喧
東坡詩說靜故知猶有動无閙底処更求於老杜詩喧靜
不同科
于今豈非古
蘭亭叙曰俛仰之間已爲陳迹
永懷寂寞人南北志在所横槇限魚鳥作書欲誰与
寂寞人謂東坡言其身世兩忘不知謫在海外也揚雄傳
曰惟寂寞自投閣
情生文自哀
世說孫楚除妻服作詩示王武子王曰未知文於情生情
於文生覽之悽然增伉儷之重山谷詩曰意不及此文生
哀政与此句相反
意動足復停
歐公詩足雖欲往意已休此反而用之恨不能往見東坡

也
憑檻共一默望舒已侵午
文選登樓賦曰憑軒檻以遥望兮楚辭前望舒使先驅注云
月御也午謂夜分樂天詩月午方徘徊退之詠月詩當午
覺輪停
和元夜
笳鼓喧燈市車輿避火城
國史補正元日冬至宰相列燭多至數百炬謂之火城此
借用
彭黄爭地勝
寰宇記魏刺史王延明移彭祖廟於子城東北樓爲彭祖
樓黄樓見上注文選頭陁寺碑曰信楚都之勝地也
汴泗迫人清
退之詩汴泗交流郡城角王謂徐州
梅柳春猶淺
老杜詩天邊梅柳動相見幾回新
關山月正明
樂府有關山月王褒詩曰關山夜月明
賦詩隨落筆端復可憐生
謂自章可愛也
和魏衍同遊阻風
舊說東風未世情不應作意斷人行
羅鄴賞春詩云年年點檢人間事惟有春風不世情老杜
詩成截斷人行
絕須一怒催新句
莊子曰大塊噫氣其名爲風是唯无作作則万竅怒號老

杜詩片雲頭上黑應是雨催詩此用其意
更可多憂促短生
文選古詩曰人生不滿百常懷千歲憂謝靈運豫章行曰
短生旅長世恒竟白日歌
勝日着忙端取怪
以行樂作忙事似為天所怪也元稹詩却着閑行是忙事
數人同傍曲江頭着忙盖亦俗語僧宝傳楊岐會禪師問
僧曰一喝兩喝後作麼生曰看這老和尚着忙晉書衛玠
傳遇有勝日親友時請一言无不咨嗟
妙年得此未須驚
言行樂之日尚多
懸知出處非吾事已復星河爛熳晴
即孟子行止非人所能為之意非吾事見莊子東坡雪夜
獨宿詩云天公用意真難會又作春風爛熳晴老杜詩三
峽星河影動搖
和魏衍同登快哉亭
經時不出此同臨小徑新摧草旧侵欲傍江山看日落
老杜詩雪裏獨看西日落
不堪花鳥已春深
老杜詩春來花鳥莫深愁
來牛去馬中年眼
老杜江漲詩去馬來牛不復辨盖用莊子事此借用以言
老眼之昏眩
朗月清風万里心
世說劉尹云清風朗月輙思玄度玄度許詢字也万里心
出蜀東坡老杜詩老鶴万里心

故着蓮峯當極目囬看幽遠雙林
謝靈運詩連峯競千仞極目見上注雙林借用傅大士事
意謂僧院
登快哉亭
城與清江曲泉流亂石間夕陽初隱地暮靄已依山
老杜詩田舍清江曲
度鳥欲何向
大白天涯有度鳥老杜詩途遠欲何向
奔雲亦自閑
終自无心故也
登臨興不尽稚子故須還
以稚子候門之故不尽興而還
招黃魏二生
出門不兩即偶風閉門值睡極力攻似聞洗鼎作吟完已賀
勝敵收全功
方作煮茶想而睡魔已失去幾於不戰而勝也文選阮元
瑜書曰喜得全功長享其福
却思二子共一笑撥棄舊語無新工
淵明詩撥棄且莫念退之書曰惟陳言之務去
卒行好步不兩得能致公等我何窮
居富貴者未必能致天下之英才故曰不兩得亦用東坡
上梅直講書意
魏詩黃筆今未有顏我獨得神所鍾
南史沈約傳謝玄暉善為詩任彥昇工於筆左傳曰天鍾
美於是
俘縱相就踏泥潦已辦煮餅澆油葱

老杜詩速須相就飲一斗王壷新詠隴西行曰促令辦麄飯崔寔四民月令曰立秋无食煮餅東坡詩一杯湯餅潑油葱

后山詩注卷第六

后山詩注卷第七

春夜

宿鳥一枝足争林終日喧

莊子曰鷦鷯巢於深林不過一枝

庭花當戶發

蜀志先主誅張裕曰蘭生當門不得不鉏

江月向人明

晉書劉惔傳卿今日作此而向人耶老杜詩隴月向人圓

鳥度清溪影

老杜詩鳥影度寒塘

風回晚市声

魯直詩市声故在耳

夢中無好語池草為誰生

南史謝靈運每有篇章對族弟惠連輒得佳句嘗於永嘉西堂思詩竟日不就忽夢見惠連即得池塘生春草大以為奇

和三日

苦遭年少強追陪病眼看花更覆杯

老杜詩老年花似霧中看覆杯見上注

夾岸萬人傾国出清江一注兩山開

老杜清明詩着処繁華矜是日長沙千人萬人出又詩胡為傾国至周礼匠人曰兩山之間必有川焉

遊人欲盡鷲鷗下晚日猶須悪雨催

猶須若曰尚何須也

更恐明年有離別折花臨水共徘徊

登燕子樓

元和中張建封鎮武寧盼盼者徐之奇色建封納
之於燕子樓後又爲起新樓爲建封塟盼盼誓棻
他適樂天爲作詩曰黄金不惜買娥眉揀得如花
四五枚歌舞教成心力盡一朝身去不相隨
緑暗連村柳
司空圖詩緑樹連村暗王介甫詩楊柳鳴蜩緑暗
紅明委地花
樂天詩霜降春林竹委地韓偓哭花詩云今見娖紅委地
時
畫梁初着燕
薛道衡詩空梁落燕泥
發沼已鳴蛙
東坡詩發沼蛙蟈謡
鷗没輕春水
老杜詩白鷗没浩蕩又云鷗輕故不還
舟横着淺沙
韋應物詩云野渡無人舟自横
相逢千歳語猶説一枝花
一枝花見題註傳大士頌云時人皆不識唤作一枝花
和魏衍三日二首
林花女頰紅春水瓜頭緑
老杜詩色好梨勝頰
步蹇我三休
文選謝宣遠詩蹇步愧無良賈誼新書楚王作中天之臺
三休而後至其上
來周君一足

一足見上注
苦嗟所歴小不盡千里目
文選海賦曰徒識瑰怪之多駭乃不悟所歴之近遠唐人
詩曰欲窮千里目更上一層樓按文選顔延年詩傷哉千
里目
暮景向昏鴉歸途取脩竹
老杜詩有待至昏鴉又云歸盖取荆門枚乘兎園賦曰脩
竹檀欒夾池水曾直詩還尋密竹徑中歸
又
堤沙泥盡未及塵
韓偓詩輕寒着背雨凄凄九陌無塵未有泥此反而用之
江波不動風生紋
湖陰曲云吳波不動楚山晩刘禹錫云瀼西春水
縠紋生
虎頭魚尾不知數
謂競船也虞世基水土記曰梁孝元作神獸艦頭畫虎
豹以助軍威
朱旗一點來奔雲
文選班固燕然山銘曰朱旗絳天刘禹錫沉舟詩云指揮
船舫點紅旌
春容已老有餘態
鄭文寶詩灞陵春色老於人歐公詩譬如天韶女老自有
餘態
被禊雖古無前聞
晉書束晳傳武帝問摯虞三日曲水之義對曰漢徐肇以
三月初生三女至三日俱亡村人以爲怪乃招攜之水濱

洗祓遂因水以汎觴其義起此宋晳曰臣小生不足以知
臣請言之云云前聞見上注
踏青擿石脩祕祝
老杜詩江边踏青罷擿石盖俚春舊俗楊元素本事詞載
海雲故事是也漢書文帝紀除祕祝
落日帶雨催行人
賈島詩落日恐行人
聽詩對月雨不厭頗覔過目徒紛〻
退之詩紛紛過目何由記老杜詩世上兒子徒紛〻
君不見天宝杜陵翁岳宋才堪作近鄰
老杜有麗人行盖天宝中上巳所作老杜又有詩云不薄
今人愛古人清詞麗句必爲鄰竊攀岳宋宜方駕恐與齊
梁作後塵

荅魏衍惠朱櫻
開門先得故人書
退之詩不枉故人書無由汎江水
稍喜提携起覆盂
言故人書來慰其寂寞如提起久覆之盂也漢書東方朔
傳云安於覆盂此借用其字
得句有誰知我在嘗新此日頼吾徒
老杜朱櫻詩金盤玉筯無消息此日嘗新任轉蓬
傾藍的皪濕朝露
樂天放魚詩傾藍瀉地上東坡詩霧雨不成點映空疑有
無時於花上見的皪走明珠按上林賦曰宜笑的皪
出袖熒煌得宝珠
東坡謝賜御書詩云袖有明珠三十四

曾爲玦盤薦一座
以比魏衍後漢明帝宴群臣太官進櫻桃以赤玦盤賜群
臣月下視之盤與桃同色羣臣皆笑云是空盤事見蔡交
類聚太白詩山盤薦霜梨
覔腸藜口未良圖
退之詩腸肚集藜覔。老杜詩邂逅豈即非良圖字本出
左傳
和魏衍聞鶯
春力着人朝睡重
魯直如夢詞云門外鶯啼楊柳春色着人如酒。東坡詩
美人如春風着物物不知
葉底黃鸝鳴自送
老杜詩隔葉黃鸝空好音退之詩清歌緩送感行人按古

今樂録曰凡歌曲終皆有送声
綠幕朱欄日觀明田郎側户風簾動
退之短檠歌黃簾綠幕朱户閉風露氣入秋堂凉太山記
東南巖名曰日觀此借用言其臺觀之向日者選詩風簾入
雙燕上四句言富貴家聞鶯初不領略任其自鳴尔
昨夜春回到寒谷好鳥飛來把脩竹
寒谷以言貧家謂魏衍也劉向別録曰燕有寒谷不生黍
稷鄒衍吹律於其間煖氣乃至草木發生。老杜詩西来
有好鳥爲我下青冥又詩栖枝把翠梧
整翰厲觜初一鳴
文選鮑昭蕪城賦云飢鷹厲吻
已落君詩專妙獨
元稹作杜子美墓銘叙曰尽古今之躰勢而兼人人之獨

退紅着綠春事殘
魯直蓮理松枝詩云紅紫事退獨參天
後時獨立知何言
老杜詩恐㑹後時難獨立退之聞鶯詩曰共矜初聽早誰
貴後聞頻樂天詩鶯雖爲說不分明葉底枝頭謾饒舌
側聽不盡已飛去
劉禹錫百舌吟曰數聲不盡又飛去何許相逢綠楊路
懷抱此時誰與論
退之晚菊詩曰此時無與語弃置奈悲何韓偓雨詩曰此
時髙味共誰論擁鼻吟詩空佇立
和黃生春盡遊南山
逐勝欲勇功
樂天詩逐勝移朝宴留歡放晚衙孫子曰善戰者無智名

無勇功
餞春無少色
言無少年惜春之意虞典寅餞納日孟郊詩萬物無少色
兆人皆老憂此惜用
出門欲何向坂丸隨所擊
漢書蒯通傳曰猶如坂上走丸
百年餘幾何十步復一息
言其老憊也漢書王褒傳曰萬里一息
同來二三子楚楚頗脩飾
詩大蜉蝣之羽衣裳楚楚
行前強老夫徑捷疲峻陟
漢高帝紀曰令一人行前文選阮嗣宗詩捷徑從狹路
山門閑煙扉禪房閑岑寂

文選廣絕交論曰煙霏雨散李善注引陸機賦云騰煙霧
之霏々唐人常建詩云禪房花木深文選舞鶴賦云帝鄉
之岑寂李善注云岑寂猶髙靜
口燥沾茗椀父厄此爲德
文選陸機文賦云始躑躅於燥吻伽藍記王濛好茶人至
輒飲之士大夫以爲水厄
逐日下西山草路荒不識
列子曰夸父欲追日影逐之於隅谷之際漢書揚雄反離
騷曰恐日薄於西山文選沈約詩曰夢中不識路
回溪轉鈎曲門徑入繩直
文選潘安仁詩回溪縈曲阻莊子徐無鬼曰曲者中鈎潘
安仁藉田賦曰遐阡繩直
故人喜領客内愧積腹臆

老杜詩領客珍重意
所來爲親舊掃除擁家閒
老杜詩所來爲宗族亦不爲盤飧
疾風无末勢
漢書韓安国傳曰衝風之衰不能起毛羽強弩之末不能
入魯縞
過雨有餘瀝
老杜詩頭風吹過雨史記淳于髡傳曰侍酒於前時賜餘
瀝
髙花初欲燃
退之楸樹詩看吐髙花萬々層選詩山櫻發欲然
平荷已如拭
老杜詩菱葉荷花靜如拭

因君感衰盛醜好移頃刻
魯直詩醜好隨手翻
交新厭區〻話舊聽歷〻談間十一二四座已傾側
歷〻見上注漢書司馬相如傳一座盡傾
茅屋濕風霜山田帶沙礫尚能哀此老舉手觸四塞
哀此老見上注文選左太冲詠史詩曰習〻籠中鳥舉翮
觸四隅漢書成帝紀曰黃霧四塞
君如澗底松超拔出天壁
左太冲詠史詩曰欝〻澗底松老杜詩東得平岡出天壁
學詩有新功黃魏共推激后山自注云生与魏衍黃預游
魯直詩杜郎覓句有新功老杜詩風騷共推激
揀花
寄棄已成蔭高花初着枝
選詩寄棄成翠幄高花見前篇注
幽香不自好寒艷未多知
唐人崔涯黃葵詩嫩葵淺黃色幽香寒淡姿李商隱詩春
風雖自好春物太昌〻
曾見垂金彈聊容折紫綾
西京雜記韓嫣好彈以金爲丸禮記曰玄冠紫綾自魯桓
公始也
粉身非所恨猶復得聞思
粉身謂以此花爲香老杜丁香詩晚墮蘭麝中休懷粉身
念黃魯直論香有所謂聞思者蓋取楞嚴經觀音所言從
聞思修入三摩地因以名香云
和黃充實榴花
春去花隨尽紅榴暖欲然

欲然見上注
後時何所恨
後時見上注孔紹石榴詩曰只爲來時晚開花不及春
處独不祈憐
退之登記曰居閒处独東坡樂府曰石榴半吐紅巾蹙待
浮花浪蘂都尽伴君幽独
葉葉自相偶
古樂府宋子侯董嬌嬈詩曰花〻自相對葉〻自相當桉
榴花多有双葉
重重久更鮮
東坡樂府又曰濃艷一枝試看取芳心千重似束
流珠沾暑雨改色淡朝煙
樂府長史変歌曰凌霜不改色枝葉永流榮老杜詩城郭
朝煙淡此借用以言煙籠而色淡也
着子專寒酒
酒譜曰頓孫国有安石榴取汁停盆中數日成美酒
移根擅花權
孔紹詠石榴詩云可惜庭中樹移根逐漢臣按博物志張
騫使西域還得安石榴唐刘貴兼曰宰相權造化之柄
愧非无價手
東坡詩曰推有此詩非昔人君更往求无價手
刻盌竟雖傳
老杜詩詞人取佳句刻盌竟雖傳
和黃預久雨
甲子仍逢夏
朝野僉載曰夏雨甲子乘船入市

近朝雨脚垂
老杜詩雨脚如麻未斷絶
黒雲玄甲駐
班固燕然銘曰玄甲耀日
鉄騎冷官馳
魏志注曰曹公列鉄騎五千為十里陣老杜詩合昏排鐵
騎冷官謂陰官也退之祈雨詩曰陰官想駿奔
映日還蒙霧懸麻却散絲
古詩春雨如散絲
頽墻通犬豕破柱出蛟螭
世説夏侯泰初倚柱作詩時暴雨霹靂砕柱神色无変退
之詩飛雷著壁搜蛟螭
野潤風光秀凉生枕席宜
老杜詩野潤煙光薄居易詩風光草際浮樂天詩風來入房
戸夜中枕席冷
撥雲開日月巽水出虹蜺貧可晋須捷
揚雄方言曰南楚凡人貧衣被醜敝謂之須捷或謂之捘
列衣此引用言雨中解衣以供薪米之費雖垢弊亦不復存
也
恩當記扊扅
顔氏家訓曰樂府載百里奚妻辞曰百里奚五羊皮憶昔
时烹伏雌炊扊扅今日富貴忘我為案蔡邕月令章句曰
鍵門牡也所以止扉或謂之剡移此句言雨中婦以門牡
為炊攻苦食淡異时不可忘也
蒼頭行冐雨
漢書鮑宣傳蒼頭廬兒注漢名奴為蒼頭元稹詩冐雨銜

沮黒地來
赤脚出衝泥
退之詩一婢赤脚老無歯老杜詩虚疑皓首衝泥怯
詩好聲生吻
退之石鼎聯句序曰每營度欲出口吻聲鳴益悲
書工手着胝
樂天詩秉筆手生胝莊子讓王疏曰每自力作故生胼
胝
衰年得佳句憂拘頓能移
和黄頭病起
似聞藥病已投機
傳燈録伏牛禪師曰非心非佛是藥病對治句又洞山崇
教禪師云言無展事句不投機承宗者喪滯句者迷
牛鬭蛇妖頓覺非
晋書殷仲堪父嘗患耳聰聞床下蟻動謂之牛鬭樂廣有
親客久闊不復來廣問其故答曰前在坐蒙賜酒方欲飲
見盃中有蛇意甚悪之既飲而疾時廣廳事壁上有角漆
畫作蛇廣意杯中蛇即弓影也復置酒於前處謂客曰酒
中復有所見不答曰所見如初廣乃告其所以客豁然意
解沉痾頓愈
李賀固知當得疾
唐書李賀毎探錦囊中見所書詩多即怒曰是兒欲嘔出
心乃已耳
沈侯可更不勝衣
南史沈約傳曰老病百日數旬革帶常應移孔約死謚隱
侯梁簡文樂府曰沈郎多病不勝衣按禮記檀弓曰文子其

中退然如不勝衣

驚逢白壁山千仞

言其清瘦如玉山孤聳也太白天馬歌曰白壁如山誰敢
沾此借用晉顧愷之作王衍畫贊曰巖巖清峙壁立千仞

會見黃金帶十圍

歐公詩喜君新賜黃金帶後漢虞詡晉庾敳後周庾信皆
腰帶十圍

只信詩書端作祟

史記田叔贊褚先生曰久乘富貴禍積爲祟老杜詩蛟龍
苦爲祟魯直詩亦有湯餅作祟之語

孰知糠籺亦能肥

前漢陳平爲人長大美色人或謂平貧何食而肥若是其
嫂疾之曰亦食糠覈耳注覈音籺

何郎中出示黃公草書四首

龍蛇起伏筆無前

老杜詩龍蛇動篋蟠銀鉤法書苑曰李邕書始變右軍行
法頓挫起伏

江漢淵回語更妍

老杜詩洞庭揚波江漢回說文曰淵回水也文選潘岳閑
居賦曰圓海回淵

好事元須一賞足

歐公菱溪太石記曰好奇之士聞此石者可以一賞而足
何必取而去也哉

藏家不必萬人傳

老杜詩將詩不必萬人傳

又

此詩此字有誰知盡省郎官自崛奇

通典曰漢儀尚書郎奏事明光殿省中以胡粉塗壁畫古
賢列女退之詩西城員外丞心跡兩崛奇

罪大從來身萬里

謂魯直謫居戎州又退之詩我今罪重無歸望直去長安路
八千

政成今見麥三岐

謂何郎中三岐麥蓋當時實事

又

四海聲名何水曹

梁何遜爲水部魯直詩四海聲名書主簿

新詩舊德自相高

郭受寄老杜詩云新詩海內流傳困舊德朝中屬望勞

一官早要稱三字

三字謂知制誥盧氏雜說曰不由三字直拜中書舍人者
謂之撻額裹頭王禹偁詩擲毫終要居三字出郡應須借
一麾

二鬢何須着兩毛 何須一作誰教

退之詩郎署何須歎兩毛

又

當年闕里與論詩

闕里孔子所居孔子嘗謂子貢子夏可與言詩后山亦李
詩於黃公云

晚歲河山斷夢思

太白詩君留洛北愁夢思時魯直遷謫蜀中

妙手不爲平世用高懷猶有故人知

孟子曰禹稷當平世故人謂何郎中
和黃預感懷
壁立無堪佐子貧謾修簡牒効慇懃
老杜詩懶慢無堪不出村史記過秦論曰以佐公上之急
漢書司馬遷書曰未嘗銜杯酒接慇懃之歡
起臨明鏡看生意
老杜詩動葉頻看鏡晉書殷仲文曰此樹婆娑無復生意
卧向晴簷共白雲
退之詩曰落風景曠出歸偃前簷晴雲如擘絮新月似磨
鐮蘇子美詩卧看青天行白雲
逸氣不憑供潦倒
晉書王廙傳曰政足舒其逸氣耳潦倒見上注
劇談脫或致紛紜

已七　十四

漢書揚雄傳口吃不能劇談注云劇疾也南史朱异傳梁
武帝曰脫致紛紜恐無所及
但令蘇晉禪妨醉
老杜詩蘇晉長齋繡佛前醉中往往愛逃禪
不患何山病破葷
南史何胤二兄求點並棲遁世號點為大山胤為小山胤
侈於味食必方丈周顒勸令食菜
陳留市隱者
陳留人物後疑有隱屠耕
老杜詩陳風俗衰人物世不數屠耕謂朱亥之流
斯人豈其徒滿腹一桮羹
言易足也莊子曰偃鼠飲河不過滿腹漢書項羽傳高祖
曰幸分我一桮羹

婷婷小家子與翁同醉醒
史記西門豹傳巫行視小家女好者南史羊侃傳敍日獻
酬同其醉醒漢書霍光傳樂成小家子
薄暮行且歌
列子曰林類拾穗行歌蜀志秦宓傳曰接輿行且歌
問之諱姓名
老杜詩問之不肯道姓名
子豈達者歟槁竹聊一鳴
今所謂擊竹也淮南子曰槁竹有火弗鑽不爇
老生何所因稍稍聲過情
魏志管輅傳曰老生常談耳孟子曰聲問過情君子恥之
閉門十日雨吟作飢鳶聲
莊子曰子輿與子桑友而淋雨十日子輿裹飯而往食之至

已七　十五

子桑之門則若歌若哭鼓琴曰父邪母邪天乎人乎退之
詩曰閉門長安三日雪
詩書豈發冢
見上注
刀簡得養生
魯直作此詩亦曰養性霜刀在閤人猜鏡空莊子曰吾聞
庖丁之言得養生焉
飛走不同穴
言出處異趣如飛走不同我方學孔子之歷聘未能從斯
人游也
孔突不暇黔
淮南子曰孔子無黔突墨子無暖席漢書班孟堅荅賓戲
曰孔席不暖墨突不黔

寄泰州曾侍郎肇
八年門第故違離千里河山費夢思
夢思見上注
淮海風濤真有道
莊子曰孔子觀於呂梁見一丈夫遊之孔子曰請問蹈水
有道乎泰州屬淮南
麒麟圖畫豈無時
麒麟閣見漢書蘇武傳孫樵寓僮志曰僮何知吾豈獨無
時文選三國名臣贊序曰有道無時孟子所以興嗟
今朝有客傳河尹
老杜詩有客傳河尹逢人問孔融謂河南尹李膺以比唐
之河南韋尹也
是處逢人說項斯
南部新書楊敬之贈項斯詩曰幾度見詩詩盡好及親標
格過於詩平生不解藏人善到處逢人說項斯
三徑未成心已具世間惟有白鷗知
太白詩心靜海鷗知
荅頴生見寄
闃然車馬不聞音
莊子曰今者闃然數日不見車馬有行色孟子曰百姓聞
王車馬之音
行路艱危已備更
左傳曰險阻艱難備嘗之矣
問舍求田眞得計
魏志張邈傳劉備謂許汜曰今天下大亂帝主失所望君
憂國忘家有救世之意而君求田問舍言無可采王介甫
詩无人語與劉玄德問舍求田意敢高莊子曰於魚得計
臨流據石有餘清
晉書謝安傳安常往臨安山中坐石室臨濬谷悠然歎曰
此亦伯夷何遠淵明歸去來辭曰臨清流而賦詩道文李傳
任敬至甘泉峴山據石○老杜詩府中有餘清
江山滿目開新卷韋杜諸人得細評
退之詩應須韋杜家家到只有今朝一日閑○老杜詩鄉
里衣冠不乏賢杜陵韋曲未央前
閑處着身容我老忙中見記識君情
司空圖休休亭歌曰頼是長教閑處着
和黃預七夕
盈盈一水不斯須經歲相過自作疎自作一作固自
古詩迢迢牽牛星皎皎河漢女盈盈一水間脉脉不得語
文選楊脩書曰曾不斯須少留思慮
坐待翔禽報佳會
玉臺新詠載歌辭曰東飛伯勞西飛燕黃姑織女長相見
徑須飛雨洗香車
李商隱七夕詩曰已駕七香車
超騰水部陳篇上
何遜寄爲水部郎有七夕詩曰仙車駐七襄鳳駕出天潢
月映九微火風吹百和香劉禹錫詩曰從今紙貴不復
詠陳篇陳謂陳言
收拾愚溪作賦餘
愚溪謂柳子厚謫永州時所居之溪也子厚有愚溪對又
有乞巧文蓋楚騷之類
倍有神仙足官府

退之詩曰上界真人足官府
我寧辛苦守殘書
退之詩我寧詰屈自世間安能隨汝巢神山辛苦守殘書
盖用神仙劉子訓傳中事見第一卷注傳燈録龍牙頌曰
食罷展殘書漢書劉歆移文曰專己守殘

贈鄭戸部

十載歸來遼海東江山如舊里閭空
續搜神記云遼東城門華表柱忽有白鶴來集人或欲射
之鶴歌曰有鳥有鳥丁令威去家千年今始歸城郭猶是
人民非何不學仙冢纍纍戸部盖后山同里后山作白鶴
觀記云徐州有白鶴泉故此詩用遼東鶴事
時平未覺身難遇學贍依然說不窮
退之詩太平時節身難遇時平見第二卷注後漢戴憑傳
帝令群臣能說經者更相難詰義有不通輒奪其席以益
通者憑遂重坐五十餘席故京師爲之語曰解經不窮戴
侍中
着繡畫行真細事
魏志夏侯玄傳注云許允爲鎮北將軍大將軍曰所謂着
繡晝行退之閔己賦云固哲人之細事此借用言鄭君不
以名位誇嫮鄉里
下車磬折得深衷
說苑常樅謂老子曰過故鄉而下車子知之乎老子曰非
謂其不忘故耶樅曰嘻是也退之詩里門先下敬鄉人盖
亦用漢書石慶事曲禮疏云身僂折如磬之背故云磬折
顔延之五君詠云頌酒雖短章深衷自此見此借用言鄭
君加敬鄉人可見其忠厚篤實之意

聖朝未有徐州相剩作功名跨數公后山自注云世稱青州王相滁州李相而吾州自開国至今才有劉李二公爲典郡尔

九日不出魏衍見過

九日登臨迫閉藏老懷無限自凄涼
素問曰冬三月是謂閉藏
山頭落帽風流絶
晉書孟嘉爲桓温參軍九日温燕龍山風吹嘉帽墮落嘉
不之覺
壁間擁詩語笑香后山自注云南山有二謝詩石
秦少游亦有花氣侵人語笑香之句
衝雨肯來尋此老
退之詩不衝風雨即衝埃老杜秋述曰常時車馬之客舊
雨來今雨不來子魏子獨踽踽然來汙漫其僕夫
拂床聊待熟黃粱
黃粱事見上注
獨無樽酒爲公壽正使秋花未肯黃后山自注云是日无菊

送魏衍移沛

積雨斷行路重江未安流胡爲冒艱險迫此帛米謀
退之盧殷墓誌曰鄭餘慶數以帛米周其家
歲晏風作橫未覓爲子憂
老杜詩蛟螭深作橫
卒然託異縣所得如所求
古樂府他鄉各異縣輾轉不相見
主人如古人待士禮亦優人情樂新知豈不懷舊丘
楚辭樂莫樂兮新相知
我貧無四壁愛尒胡能留子也尚不容吾代諸公羞勿云自

里遠已作千山愁念子捨我去誰復從我游諸君吾未識因
子卜可不能此已可尚尚一作喜終爲致綢繆
退之送董邵南序云聊以吾子之行卜之也
送河間令元注云子固甥
今日中年令當年太守孫
後漢魯恭爲中年令
獨能憐此老肯避席爲門
漢書陳平傳家負郭窮巷以席爲門然門外多長者車轍
寒日風濤壯
選詩春江壯風濤
邊城簿領繁
選詩沉迷簿領書
平生子曾子白首得重論

子曾子謂曾鞏子固列子曰子列子居鄭圃四十年其後
劉禹錫作子劉子傳
次韻何子溫祈晴二首
夜半風回雨脚收萬家和氣與雲游
樂天詩風驅雨脚回漢書王褒傳曰德與和氣游後漢張
衡東京賦曰澤從雲游
蕭條寒巷荒三徑
文選西征賦曰街里蕭條晉書陶潛歸去來曰三徑就荒
松菊猶存
突兀晴空聳二樓
二樓謂燕子與黃樓也老杜詩何時眼前突兀見此屋
勝日登臨輕一醉下鄉昏墊肯同憂
爾句此暗用謝安事上句取老杜詩謝安不倦登臨費之

意下句即簡文帝所謂安石既與人同樂必不得不與人
同憂者也勝日見上注書曰下民昏墊
江空峽響魚龍落盡放青青極目秋
老杜詩水落魚龍夜
又
九虎當關信不傳
楚辭虎豹九關啄害下人此晉嵇康書曰當關呼之不置
燒煙才上已回天
唐張玄素傳魏徵曰張公論事有回天之力
驅除霧雨還朝日朝一作晴
漢書王莽贊曰帝王之驅除云爾老杜詩未辭添霧雨又
詩侵陵雪色還萱草
畜縮濤波復二川
漢書息夫躬傳曰王嘉健而畜縮劉禹錫詩曰文川讓其
流畜縮空南麥二川謂汴四
奪目光華開秀句
宋玉高唐賦曰煌煌熒熒奪人目精光華見詩序南史顏
延之傳鮑照曰君詩若鋪錦列繡亦雕繢滿眼老杜詩最
傳秀句寰區滿
堆場稾秸驗豐年
劉禹錫詩場黃堆曉稻禹貢注云秸稾也
從今更上中和頌
漢書王褒傳作中和樂職宣布詩
少費將軍九萬牋
語林曰王右軍爲會稽謝公就乞牋紙庫中有九萬枚悉
與之

寄潭州張芸叟二首

湖嶺一都會西南更上游

都會上游並見上注

秋盤堆鴨脚

歐公有鴨脚詩退之詩火齊磊落堆金盤

春味薦猫頭

潭州有猫頭筍禮記庶人春薦韭

宣室來何暮

漢書賈誼爲長沙王太傅歲餘文帝思誼徵之至入見上方受釐坐宣室因感鬼神事而問鬼神之本誼具道所以然之故至夜半文帝前席既罷曰吾久不見賈生自以爲過之今不及也後漢廉范傳曰廉叔度來何暮長沙即今潭州

蒸池得借留

寰宇記衡州衡陽縣吳之臨蒸以蒸水名老杜詩衡岳江湖大蒸池疫癘偏然蒸水亦在潭州之境借留用寇恂事見上注得借留猶言安得久借留也

孰知爲郡樂

東坡詩古稱爲郡樂

莫作越鄉憂

越鄉猶離鄉也左傳宋人曰懷璧不可以越鄉鮑昭詩云誰令之古邦貽此越鄉憂

又

去国如前日爲邦得舊游霜甘先落手

老杜詩破甘霜落爪

春鴈幾回頭

南嶽有回鴈峯此句謂因鴈之回起北歸之意也

只道風沙惡

唐張謂長沙土風碑曰適甲所謂沙土之地雲陽之墟可以長往可以隱居者焉老杜詩形勝有余風土惡

寧知賈宋留

賈誼嘗為長沙傅潭州湘陰縣有汨羅水屈原自沉於此宋玉嘗為文招之

賦詩真有助

借用張說事見上注

弔古不同憂

意謂屈原也不同憂蓋用反騷之意

送曹秀才

甲第衣冠後東遷歲月侵

漢書高祖詔列侯食邑皆賜大第室注甲乙次第故曰第

情親期一諾

用季布事見上注

急病厭千金

国語魯語曰貧者急病而讓夷

孰並還家樂

見上注

毋忘在莒心

新序鮑叔牙為桓公壽曰願公无忘在莒時

時能記衰病声迹到雲林

老杜詩時應問衰病書疏及滄浪又詩雲林得尔曹

送王元均貶衡州兼寄元龍二首

先生英氣盖區中

先生謂王平甫也漢書項羽傳力拔山兮氣蓋世
命与仇謀得老窮
退之進奉解命与仇謀取敗我時老杜詩窮老无兒孫
又見長身有家法
退之孔戣墓銘曰孔世三十八吾見其孫白而長身
可辭短簿怒吾公
晉書郗超傳超為桓温參軍王珣為温主簿皆為温所重府中語曰髯參軍短主簿能令公喜能令公怒超髯珣短故也此借用言其高材復如乃公不合於世宜乎不免簿領之賤也左傳曰吾公在壑谷
石頭路滑行能速
傳燈録道一禪師傳鄧隱峯辭師二云什麽処去對云石頭去师云石頭路滑石頭謂南岳希迁和尚所居也用衡山故事言其道奉之勝
宣室帰来語未終
見上注謂為帝所知不待語之尽也
宛洛風塵莫回首
選詩曰京洛多風塵又云宛洛佳遨遊
直須留眼送帰鴻
老杜詩留眼共登臨文選嵇康詩目送帰鴻手揮五弦劉孝綽詩洞庭春水緑衡陽旅鴈帰

又

先生秀句滿天東
老杜詩最傳秀句寰區滿王平甫江東人
二子緣渠再得窮
渠謂詩也取詩能窮人意再謂再世

詩禮向來堪發冢
發冢見上注蓋指呂惠卿以經義見用也初惠卿事平甫之兄安石如父子平甫負氣惡其険巧数面折之惠卿切齒及安石罷相引惠卿輔政惠卿欲遂代安石恐其復來乃因鄭俠獄陷安國安國時為著作郎放帰田里歲餘復官發病卒
孫劉能使不為公
孫劉亦指惠卿魏志辛毗傳毗曰吾立身自有本末就與孫劉不平不過不作三公而已謂孫資劉放也孟子曰臧氏之子焉能使予不遇哉
炎方瘴癘避軒豁
老杜詩開襟驅瘴癘又詩南斗避文星退之南海碑云乾端坤倪軒豁呈露
故國山河開始終
此句用野人獻塊於公子重耳之意王介甫始開國於荊元均世父也衡山乃荊州之地今雖遷謫終為異時封國之祥歟漢書韋賢成傳曰封侯故國老杜詩山河皆始終
傳語元龍要相識江湖春動有來鴻（后山自注云元龍亦謫金陵）
晉書王忱曰張祖希欲相識自可見詣此詩反而用之言書尺之間相見已了不待相詣也來鴻用蘇武鴈書事顔氏家訓亦以尺牘為千里面目老杜詩鴻鴈幾時到江湖秋水多謝玄暉詩遵渚有來鴻

后山註詩卷第七

后山詩注卷第八
杜侍郎挽詞三首 紘
美政古其吾毋
荀子曰儒者在本朝則美政離騷經曰既莫足與爲美政
兮後漢杜詩爲南陽太守人方於召信臣曰前有召父後
有杜母
名家更杜陵
老杜詩名家無出杜陵人
于張從昔少
漢于定国張釋之皆持法平據紘傳曰議獄必傳經義又
曰紘言配隷与編置大辟因悉裁其法省百二十有餘科
魯衛至今稱
魯論曰魯衛之政兄弟也又曰民到于今称之此句及後
棠棣傳兩馮君並指杜純純蓋紘之兄也
絲竹中年好
晉書王羲之傳謝安謂羲之曰中年以來傷於哀樂与親
友别輙作数日悪羲之曰頃正賴絲竹陶寫恒恐兒輩覺
損其歡樂之趣
詞華夙世能
老杜詩詞華哲匠能王維詩夙世謬辭客
周南棠棣傳平世幾人登
周南今洛京也唐書循吏傳賈敦頤爲洛州司馬人爲立
碑弟敦實爲長史人復立碑其側号棠棣碑老杜詩青竹
幾人登
又
驥騄方懷遠松筠忽有秋
魏文帝典論曰咸以自騁驥騄於千里書盤庚云乃亦有
秋此借用以言歲晚
雍容名士數
後漢黨錮傳序曰指天下名士爲之称號
終始法家流
前漢藝文志曰法家者流
凛凛驚千載
見温公挽詞注
堂堂閲一丘
魯直韓憲肅挽詩曰堂堂万夫表直作閉佳城
能令羊子不肯過西州
晉書謝安傳羊曇爲安所知安薨後不樂弥年行不由西
州路后山嘗有寄鄧州杜侍郎詩頗述知己之意
又
身去風流在人難玉石分
玉石言不爲世所知也屈原曰同糅玉石兮一槩而相量
鮑照見責玉器者詩云涇渭不可雜珉玉當早分
平生才一見治行已多聞
老杜詩大賢爲政即多聞
更覔知音少
呂氏春秋曰伯牙鼓琴意在山鍾子期曰巍巍乎意在水
子期曰湯湯乎子期死伯牙遂絶絃以世无知音
還修地下文
王隱晉書載蘇韶已死見其弟節節問地下事韶言顔回
卜商今爲修文郎
他年九原淚仍是兩馮君

漢書馮奉世傳野王馮立相代為太守吏民歌之曰大
馮君小馮君兄弟継踵相因循

黄䫫挽詞四首

敏慧仍江夏風流更妙年
江夏黄童見上注
貧焚酒家券
酒家券用漢高祖紀折券棄責事焚券用史記馮諼事
病得里胥錢
漢書食貨志曰里胥平旦坐於右塾退之詩里胥上其事
精爽來鷹隼
左傳曰心之精爽是謂魂魄老杜詩魏侯骨聳精神緊華
岳峯尖見秋隼
清明瀉潤瀍
退之書曰奴隸亦知其清明書禹貢曰伊洛瀍澗
無兒傳素業
退之詩中郎有女能傳業伯道无兒可保家王介甫作王
逢原挽詞亦云中郎旧業无兒付晉書陸納傳怒其兄子
曰汝不能光益父叔乃復穢我素業耶
有淚徹黄泉
退之詩滴地淚到泉左傳曰不及黄泉无相見也

又

骨秀神仙数詩清雅頌才
老杜詩自是君身有仙骨又詩神仙才有数
識高懸日月
老杜詩名與日月懸
韻勝絶塵埃
陶淵明詩少无適俗韵文選頭陁寺碑曰道勝之韵虛往
实歸
去就堪同事
用孔顏用行舍藏之意
摧殘盡一哀
西京付曰僕叢為之摧殘礼記檀弓孔子曰予入而哭之
遇於一哀而出涕曾子問曰昔哭不踊盡一哀
了知天上去不似世間來

又

華嚴經曰了知如是悉是虛妄天上去用李賀事見下注
志大期千里
魏武帝歌曰老驥伏櫪志在千里
身宜置一丘
晉書顧愷之為謝鯤象在石巖裏云此子宜置丘壑中
英詞真蓋世
英詞并蓋世字並見上注
爽氣已横秋
晉書王徽之曰西山朝來致有爽气耳此借用其字文選
北山移文云霜氣横秋
地要黄金骨
太白詩云三載夜郎還於茲鍊金骨靈竇禪師頌肅宗問
忠国師話云鐵椎擊碎黄金骨天地之間更何物
天成白玉楼
李商隱作李賀小傳云賀將死時有緋衣人持一板書召
賀曰帝成白玉楼立召為記天上差樂不苦也少頃遂絶
平生斲泥手斤斧恐長休

斤山白謂也莊子曰郢人堊漫其鼻端若蠅翼匠石運斤
成風聽而斲之盡而鼻不傷宋元君召匠石曰嘗試爲寡人
爲之匠石曰自夫子之死也吾无以為質矣

又

玉筯凝潮後
唐李陽冰李潮皆能篆張懷瓘書斷曰如科斗玉筯偃波
之类共五十二般舒元輿玉筯篆志曰秦丞相斯变頡籀
文爲玉筯篆

絲桐藝業餘
史記田敬仲世家曰又何爲乎絲桐之間文選謝宣遠詩
中堂起絲桐

遠途憎早悟
用老杜文章憎命達之意進康侯録陸雲謂周処曰君前
途尚遠且患志之不立何患名之不彰南史梁室始與王
憺之子暎憺嘗目送之曰吾所深憂其過俊恐必死年

曠度得中跌
坂廓者人或以爲跌文選夏侯湛東方朔畫贊曰遠心曠
度

子逝今何處吾生孰与居豈死文士傳末有茂陵書
文士傳乃張隲所作三国志注閒見之漢書司馬相如病
免居茂陵既死有遺札書言封禪事

秋懷四首

積雨不愛暑既晴還得秋
老杜詩脩竹不受暑

未免困河魚
左傳曰河魚腹疾將奈何

牢如喘呉牛
世説滿奮畏風答晉武帝曰臣如呉牛見月而喘牛畏熱
見月疑是日所以喘也此句謂受疾不如受熱

風梧有先聲
漢書韓信傳兵法固有先声而後实

巢燕無後留
謝瞻九日詩巢幕无留燕

人生行樂爾
漢書楊惲傳曰人生行楽尓須富貴何時

一經今白頭
見上注

又

小雨斷復續回斜落晚風寒心生蟋蟀秋色傍梧桐
老杜詩小雨夜復密回風吹早秋

草与遥山碧花欺晚照紅口須談世事目已失飛鴻
晋書王猛見桓温面談當世之事目送飛鴻見上注

又

山斷開平野
老杜詩山豁何時斷

河回殺急流
漢書溝洫志曰分殺水怒選詩淮泗馳急流

登臨須向夕風雨更宜秋急急後飛鴈翩翩不下鷗
老杜詩急急能鳴鴈輕輕不下鷗列子曰漚鳥舞而不下

晚舟猶小倚草雀已深投
老杜詩春雀意何如退之社樹詩云依依絕暮禽

又

黎丘常四十九
爾雅埒丘注曰謂丘边有界埒史記貨殖傳安邑千樹棗
燕秦千樹栗此其人皆与千户侯等
魚防擁万頭
文選刘公幹詩流波為魚防
寧須一網尽不為百人留
仁宗时御史刘元瑜劾進奏院事一时名士皆貶斥語抗
攻曰已為相公一網打尽
寄雨點急水
老杜詩點水蜻蜓欵欵飛
驚風擘繫州
東坡詩尽日舟横擘岸風
百年供轉徙因病得吏猶
言常困於羈旅今因病而得閑也晉書陶潛云我性不狎
世因疾守閑辞君不行兮吏猶注猶豫也
送法宝禅師
平生夫鐵脚道價喧宇宙
長蘆應夫禅師初參圓通秀〻遣作化主至一邸中有娼
女為毋所迫入其房不肯去師跏趺達旦以錢遺之仍索
火焚其布单而去叢林因謂之夫鐵脚張平尽常為作鐵
筍引云
坐礼東南雲吾今独何後
老杜詩每望東南雲令人幾悲吒世說注曰惠遠名被流
沙彼国衆僧皆称漢地有大乘沙門每至然香礼拜輙東
向致敬
晚始識其子瑶林一枝秀

晉書王戎曰王衍神姿高徹如瑶林瓊樹傳燈録宗派有
别出一枝
物聞飲光笑
傳燈録摩訶迦葉此云飲光勝尊佛書云世尊拈花迦葉
微笑遂付以正法眼藏
復作空生瘦
空生即須菩提也
今年退後禅袖手不肯又真成菩薩魔
廬山常作請月老再住薦福疏有曰倦於利生亦菩薩之
魔事般若経曰或說法要辯過量生或所欲說未尽便
止當知是為菩薩魔事
未免化城各
法華経言有一導師導衆至珍宝处道中化作一城云云
竟謂斷為止息之地非究竟处
白月懸清光大鍾得辞扣
月不容不照鍾不容不扣師亦如是老杜謂文公詩大珠
脫玷翳白月當虛空文選江文通詩秋月懸清光礼記善
待問者如撞鍾叩之以小者則小鳴扣之以大者則大鳴
知止一何勇隨缘豈无復
老子曰知止不殆漢書東方朔傳曰一何壯也佛書曰随
缘赴感靡不周
豊碁兩禅子三請期一覯
三請見上注
翩然挈瓶盂百里往相就
貫休詩一瓶一鉢垂垂老万水千山得得來
古寺風雨餘彌日初邂逅夙昔有淨緣欻然宛如舊教我坐

自罷業成誰得似世故已備嘗躊躇復何俟鑽火勿停手時
來自渠透
魯直詩木鑽石槃未渠透毛詩夜未央注曰猶言夜未渠
央也渠音其據反
殷勤礼白足
白足見上注傳灯録迦葉聞釋伽偈頭面礼足
吾為太山溜
言修證之功在乎積久也漢書枚乘傳泰山之霤穿石
贈趙奉議
為惠不必廣但問与者誰受施何用多名義以為資
樂天詩相知不在多但問同不同此句頗用其律文選崔
子玉座右銘曰受施慎勿忘
平生師友間四海參寥師一窮无四壁百代有千詩
吳僧道潛自号參寥子善詩為東坡所称晉書習鑿齒傳
云四海習鑿齒千詩見上注
再逐越淮江三年魯中歸
參寥子紹聖初坐累迁逐
初無贊公色
贊公見老杜詩本京中大雲寺主謫秦州安置杜嘗有詩
云贊公釋門老放逐來上国還為世塵嬰頗帶憔悴色
不異淨名衣
言返初服也維摩経曰維摩詰雖為白衣持奉沙門清淨
律行淨名即維摩詰
才如得風鷁
左傳曰六鷁退飛過宋都風也
已復翻齊瓶

周易大壯卦羝羊觸藩羸其角
路貧誰肯憐語妙君所知我往立談間翛若白受緇乃知仁
者聽不待辛苦詞
言昕言之易如白受緇也礼記甘受和白受采儀礼昏礼
注曰以白造緇曰辱庾信哀江南付曰不无危苦之詞
趙侯名教士
晉書樂廣曰名教内自有樂地
勁氣噴長霓
退之書云勁氣沮金石曹子建七啓曰慷慨則氣成虹蜺
論吐天下公而合吾所私
所私謂參寥
明窻弄文墨妍語含英姿要与識者論且避群兒癡
漢書蕭何傳曰徒持文墨議論退之詩不知群兒愚那用
故謗傷
舊好無新功終年此交綏
左傳趙宣子曰秦以勝帰我何以報乃皆出戰交綏注云
兩退曰交綏
未須堅百戰當即建降旗
史記張儀傳曰輕走易北不能堅戰孫樵与王霖書曰誠
謂足下怪於文方夆降旗且大誇朋從間
元日雪二首
半夜風如許
後漢左慈作老羝語曰遽如許
平明雪皓然
晉書王徽之傳夜雪初霽月色清朗四望皓然
簷跡穿瑣細竹壓更嬋娟

樂天詩北窗竹嬋娟按楚辞曰嬋娟脩竹
窮兎走留跡飢烏鳴乞憐遊於炎海上還復得新年
末句謂東坡在海外无恙也老杜詩南遊炎海甸
又
度臘闕三白
樂天詩度臘都无好霜霰朝野僉載曰正月三白田公笑
赫二三白謂三得雪也
開正還積陰
沈約宋書南郊樂登歌曰開元首正礼存樂夲
炊煙茅舍溼噪雀暮枝深短髮千方誤中年万里心
言終老无成而悔壯年之妄念
成書着巖穴或有後人尋
此句用楊雄草玄意漢書司馬遷曰僕誠以著此書藏之
名山莊子曰其隱巖穴也雖為於布衣之士
次韻黃生
入竹投窗急夜有声似違殘臘作初正三更爽气侵危坐
老杜詩竹涼侵卧内後漢茅容避雨樹下危坐愈恭
万里田風逼發生
尔雅四風謂之飄老杜雨詩當春乃發生
呵筆小吟撩我老
開元天寶遺事曰李白對明皇撰詔誥時大寒筆凍帝勑
宮嬪执牙筆呵之王介甫詩云物華撩我有新詩
閉門高卧見君情
用袁安事見上注
只今剩作驚人句煩竟吟边意未平
退之送東野序夫物不得其平則鳴

答黃生
水涅斷道雪塞門遠坊累日无行人
蜀志刘焉傳曰米賊斷道詹直詩明朝酔起雪塞門
卧聞喧呼誰叫閽
漢書楊雄甘泉付選巫咸兮叫帝閽此借用
稚子往問鹿駭奔
文選笛付曰莫不張耳鹿駭小弁詩曰鹿斯之奔維足伎
伎
黃生來詩用力新急手疾口如翻盆
北齊書魏收敏速之手邢溫所不逮東坡詩文如翻水成
老杜詩白帝城下雨翻盆
衝風踏凍送七言要令寒屋回春溫是時積陰又黃昏叫閽
索火驚四鄰
杜牧之李賀集序曰大和五年十月中半夜時舍外有疾
呼傳緘書者某曰必有異亟取火來及發之果集賢李士
沈公子明書一通
逃來結字穩且匀
晉書衛恒曰杜氏甚得筆勢而結字小踈
豈不見我參寥君
參寥子能詩意黃生近必見之故尔頻進也典略袁奉高
曰御見吾叔度耶
嗟吾老矣心尚存後來得子空馬羣
歐公贈王介甫詩云老夫自憐心尚在後來誰与子爭先
徑須赤手縛麒麟
如老杜掣鯨魚之意謂大手筆也孫樵与王霖書曰譬玉
川子月蝕詩韓吏部進李賀歌莫不拔地倚天句二欲活讀

之如赤手捕長蛇不施鞚勒騎生馬急不得暇莫不捉搦
四大海水一口吞
四大海水之語佛経多有之傳灯録馬祖謂龐居士云待
汝一口吸尽西江水即向汝道
丈夫意氣抗浮雲
班固答賓戲曰仲尼抗浮雲之志
道逢其人兩手分
兩句庐山自言於詩文无所靳惜得人則分付也傳灯録
帰宗曰遇人則途中授与
妬婦捋臂王右軍
言世人之不廣也羊欣筆陣図曰王羲之年十二見前代
筆説於其父枕中竊而讀之父因与之不旬月書便大進
衛夫人見之曰此兒必用筆訣近見其書便有老成之智
流涕曰此子必蔽吾名墨藪曰鍾繇見蔡邕筆法於韋誕
坐上搥胷三日因嘔血此詩参用其事列子曰甘蠅斈射
於飛衛飛衛高蹈捋臂曰汝得之矣此用其字南史王誕
傳宋明帝使虞通之撰妬婦記按戦国策曰従妻言之未
免為妬婦
雪後
送往開新雪又晴故留臘白待春青
左傳曰送往事居元稹詩曰臘雪殘消春又帰迎新別故
欲沾衣
稍回衫色仲梅怨併得朝看与夜听巳斉庭泥生鳥迹遂脩
田事帯朝星
吕氏春秋曰巫馬期為单父令帯星而出入
莫年功力帰持律不是騷人故独醒
吳志陸抗傳曰大費損功力史記屈原曰衆人皆醉而我
独醒
送張蘄縣
接禄才余歳為邦近故園案圖三万户
漢書陳平傳高祖問御史曲逆户口幾何對曰始秦時三
万余户
鎮静五千言
史記老子著書五千余言道徳之意
雪尽春泥滑風生沙水昏
老杜詩杖藜入春泥又詩天寒沙水清
猶須放琴客坐席稍能温
張君必有放妾事因以戲之梅聖俞集觀況有宜城放琴
客詩序曰琴客宜城之愛妾也宜城請老愛妾出嫁不禁
人之欲而私耳目之娯達者也歌曰南山闌干千丈雪七
十非人不煖按此引用言席方暇煖何須遽逐之也
送何子温移亳州三首
治出龍城守
退之詩曰寄書龍城守謂柳柳州也
名高水部郎
見上注
清明人共識
退之荅崔羣書曰青天白日奴隷亦知其清明
風味独難忘
開天傳信記曰魏生風味不可忘也其詳見上注
骨立秦書瘦
老杜小篆歌曰苦縣光和尚骨立苦縣在今亳州

鬚粘檜窗香
亳州地多古檜歐公亳州詩云蜂採檜花村落香唐羅鄴
早行詩旋呵鞭手凍粘鬚
烹鮮師老耳
老子曰治大国若烹小鮮亳州明道宮乃老子始生之地
曳尾肯蒙莊
莊子蒙人事見上注莊子曰楚王使大夫二人謂曰願以
境内累矣莊子曰楚有神龜死已三千歲矣王巾笥而藏
之廟堂之上此龜者寧其死為留骨而貴乎寧其生而曳
尾於途中乎傳灯録僧問洞山和尚為先師設斋還肯先
師也无
又
青衿曾誦賦
詩青青子衿注青衿青領也學子之所服
皓首始登門
文選李陵書丁年奉使皓首而歸
意得寧論晩
老杜詩論交翻恨晩此反而用之高適詩男兒貴得意何
必相知早
心交不待言
莊子曰四人相視而笑莫逆於心遂相与友吳志孫權曰
孤与子瑜可謂神交
向來期北上可復改南轅后山自注云嘗請湖越而得亳
期北上欲其漸近帝城也左傳曰令尹南轅反旆又曰王
告令尹改乘轅而北之
壹地數佳政

老杜詩倒屣喜旋歸並地求所歷文選曹子建与吳季重
曰在彼自有佳政
叢談何處村
劉向說苑有叢談篇老杜詩慟哭秋原何处村
又
復作中年別仍懷後日憂関山遮極目
退之西山詩為遮西望眼王粲登樓付云平原遠而目極
兮蔽荊山之高岑
汴泗只東流
退之詩汴泗交流郡城角謂徐州也東坡送歐陽主簿詩
出处年來恨不齊一樽臨水記分携江湖咫尺吾将老汝
潁東流子却西
政好遭頻借
老杜詩雄冝借寇頻後漢寇恂傳潁川百姓遮道曰願從
陛下復借寇君一年
詩清得暗投
暗投見上注得暗投猶言安得暗投也
會看靈壽杖
漢書孔光傳詔賜太師靈壽杖
扶出富民侯
漢書車千秋傳千秋為丞相封富民侯
送詹司業
李舍論交二十年白頭相對固依然才難孰為吾君惜
才難見魯論
果灑寧容我輩先
謂證果位也南史謝靈運謂孟顗曰丈人生天當在靈運

前成佛必在靈運後此反而用之
墊路長驅聊緩步
退之送石處士序云捕駟馬駕輕車就墊路而王良造父
為之先後也此借用謂功名之途
百全一發不虛弦
漢書晁錯傳云此其計不百全豈發乎老杜詩鳴弦不虛
發此借用言藏器待時
故擴未盡還成別縱慣人間不更憐
西郊二首
紅綠相催春事闌可能无意待人看不因送客那能出衰疾
經年一據鞍
老杜詩送客逢花可自由蜀志先主見髀裏肉生慨然流
涕此句頗采其意據鞍見馬援傳

又
攢眉斂目抵風沙暗度城西十里花
樂府蔡琰胡笳十八拍云攢眉向月兮撫雅琴
歷肆側聽長短句
雲溪友議曰崔涯張祜齊名每題詩倡肆元稹樂府古題
序云句度短長之數声韻平上之差
綠溪斜着兩三家
此句終上句之意東坡詩竹籬茅屋趁溪斜老杜詩江深
竹淨兩三家
寄亳州何郎中二首
西南日下共浮雲
西南謂日暮時文選李少卿與蘇武詩曰携手上河梁遊
子暮何之文詩曰仰視浮雲馳奄忽互相踰風波一失所

各在天一隅江淹擬李陵詩曰樽酒送征人踟躕在清宴
日暮浮雲滋握手淚如霰
人事難羣喜歡分
淵明贈龐參軍詩序曰人事好乖便當語離左傳曰振廩
勸分此借用其字
已度城陰先得句
何遜詩城陰度塹黑昏鴉接翅稀
不應從俗未志華
謂何猶也見上注兩句皆用何氏事
松篁有節元宜晚
禮記曰如松柏之有節
桃李無蹊只自薰
漢書李廣傳贊桃李不言下自成蹊許渾詩冬草只自薰

欲入帝城須帝力
用陳咸事見上主漢書張敞傳曰秋毫皆帝力也
凡尋詩社著詩勳
孫勤沈彬同游李建勳之門爲詩社歐公詩云唱高誰敢
投詩社魯直詩學古吉勳多勳志注曰示威懷而著鴻勳
又
西原追送未成句赫赫傳聲已迫人
孟浩然詩重陽未成句漢書何武所居無赫赫名後嘗見
思
剩欲鈔詩寄來使
高適詩尋經剩欲鈔老杜詩鈔詩聽小胥
尚能拂席致嘉賓
史記孟子傳曰平原君側行撇席注拂也音匹結反

孰知簡易歸劉向

漢書劉向爲人簡易無威儀

誰使循良作寇恂

見上注

他日入東專一壑少留餘地許爲隣

晉宋間人多以往會稽爲入東南史何胤傳買園宅欲入東遂居若邪山漢書叙傳班嗣曰漁釣於一壑則萬物莫奸其志王介甫詩我亦莫年專一壑

寄答泰州曾侍郎

千里馳詩慰別離詩來吟詠轉悲思

老杜詩愁極本憑詩遣興詩成吟詠轉淒涼漢書趙幽王傳曰王悲思

靜中取適庸非計

前輩謂作文靜中一業故此反其意老杜詩取適南巷翁

林下相從會有時

雲溪友議僧靈澈詩曰相逢盡道休官去林下何曾見一人魏志崔琰曰會當有變時

生理只今那得說

老杜詩我在路中央生理不得論

交情從昔見於斯

漢書鄭當時傳一貴一賤交情乃見

含毫欲下還休去懷抱何由得細知

退之答侯繼書云欲致一書聞足下并自書其所懷含意連辭將發復已卒不能成就其說陸機文賦曰或含毫而邈然

送提刑李學士移使東路

據實録元符二年二月提點京東西路刑獄李昭玘徙京東東路

襟抱從前相向開倡酬于此未多陪

老杜詩一生襟抱向誰開

身更寵辱談彌勝

老子曰寵辱若驚高僧傳支遁謂王濛曰貧道與君別來多年君語了不長進庐山此句反其意用之

路別東西意自哀

文選謝玄暉辭隋王箋曰歧路西東或以歔唈注引淮南子楊朱泣歧事故柳子厚重別劉夢得詩曰二十年來萬事同今朝歧路忽西東庐山徐州人徐州屬京東西路

隱几忘言終不近

莊子曰南郭子綦隱几而坐仰天而噓嗒然似喪其耦又曰知北遊於玄水之上適遭無爲謂三問而不答問乎狂屈狂屈曰予中欲言而忘其所欲言反見黃帝而問焉黃帝曰彼無爲謂真是也狂屈似之我與若終不近也此句庐山自述

白頭青簡兩相催

唐劉子玄曰頭白可期汗青無日此借用自言度歲月於文字間也後漢吳祐傳父恢欲殺青簡以寫經書老杜詩干戈衰謝兩相催

孰知衰老難爲別聲問應須續續來

漢書蘇武傳曰有聲問來樂天琵琶行云低眉信手續續彈

和鄭戶部寶集丈室二首

遠遊遊則遠

屈原遠遊曰悲時俗之迫阨兮願輕舉而遠遊此借用言
士僧徧參也
安心心已安
傳燈録僧神光問達磨曰我心未寧乞師与安達磨曰將
心來與汝安曰覔心了不可得達磨曰我与汝安心竟
茅茨更何事一坐五年寛
傳燈録汾州無業禪師曰古得道人得意之後茅茨石室
向折脚鐺子裏煑飯喫過三十二十年樂天詩一坐十五
年林下秋復春
客來問法要示以無所還
楞嚴經曰今當示汝無所還地
勿云空生默聽者不勝言
空生謂須菩提也般若經須菩提於巖中宴坐帝釋散花
曰我聞尊者善談般若云云須菩提曰我於般若未曾談
着一字帝釋曰尊者无説我亦无聞无説无聞是名真説
般若

又

貴有空王章
空王佛也章印也謂傳佛心印觀佛三昧海經云住念佛
者心印不壞
貧无置錐地
見上注
衝風窻自語
古樂府中庭有樹自語
涴壁虫成字
東坡詩書窻涴壁常遭罵虫成字見下注

向隅有知音
説苑曰今有滿堂飲酒者一人向隅獨泣則一堂之人皆
不樂矣此借用言面壁也案傳燈録達磨寓止于嵩山少
林寺面壁而坐終日默然人莫之測又忠国師曰墻壁瓦
礫熾然常説故東坡贈月老詩云拱手但默坐墻壁方諄
諄后山用此意謂无情亦解説法不可謂墻壁无知也
闔門接強對
傳燈録趙州和尚見真定師王公不下禪床曰第一等人
來禪床上接中等人來下禪床接末等人來三門外接東
城詩安排詩律追強對按吳志陸抗傳曰外禦強對
只道庭前栢西來本无意
庭栢見上注傳燈録大梅云西來无意

隱者郊居

高斋繚繞度双溝
謝玄暉有郡内高斋閑坐詩
老氣軒昂蓋九州
老杜詩老氣横九州
不爲江山閑悒快
老杜詩已知出郭少塵事更有澄江銷客愁又詩汀洲稍
踈散風景開悒快
正縁風味得淹留
風味見上注劉安招隱士曰攀桂枝兮聊淹留
招携好客供談笑
老杜詩強将笑語供主人
拚補新詩擬獻酬
鍾嶸詩品曰拘攣補衲蠧文已甚寒山子詩与道殊懸遠

折東補西尔楚茨詩云獻酬交錯歐公詩更約多為詩准
備恐防梅老敵難當
小摘自鋤稀菜甲旁觀虛作不堪憂
老杜客至詩自鋤稀菜甲小摘為情親魯論曰人不堪其
憂
覽勝亭
斷岸通橫水
老杜詩决渠當斷岸
吹花滿繫舡
老杜持吹花困癲傍舟楫
中年擅幽獨轂食買林泉
楚詞曰幽獨処乎中山
草木真宜主江山故作姸升沉有流轉且復賦歸田

元稹詩升沉或異势張平子有歸田賦
何太冲挽詞二首
課最三川守
漢書宣帝紀課殿最以聞注云最凡要之首也言課居首
也又倪寬傳課吏以最史記李斯之子由為三川守
名成萬石君
漢書石奮傳景帝曰石君及四子皆二千石人臣尊寵迺
集舉其門凡號奮為萬石君
平生欠一識聲列即多聞
見上注
兜率真歸處
樂天詩海山不是吾歸處歸即歸諸兜率天
琴臺只斷雲

老杜詩琴臺日暮雲
傷心今夜月忍便到初墳
漢元帝詔為初陵注未有名故曰初此用其字
又
哀挽諸儒競
老杜詩哀挽青門道晉書郗超傳及死貴賤操筆為誄者
四十餘人
豐碑故吏繁
禮記曰公室視豐碑此借用其字按後漢諸碑多門生故
吏所立
素車紛雨泣
周禮車漢注曰素車以白土堊車也老杜詩路人紛雨泣
冊旐與風翻

老杜詩冊旐飛飛曰
幾地留遺愛
孔子曰子產古之遺愛
他年作九原
禮記趙文子與叔譽觀于九原文子曰死者如可作也吾
誰與歸詩作起也
涕流耆舊盡不獨為鄉園
何遜詩鄉園不可見江水徒自清
送大兄兼寄趙團練
貧有分離苦官無早晚宜
上句見第一卷註樂天詩命苟未來且求食官无高卑亦
遠邇
又為千里別未竟十年遲

此一聯足成破題之意分爲兩句十年遲見下注
日與江山遠風連草木悲平生劉子政見可共論詩
劉向字子政漢宗室也以屬推君
寄襄州程大夫
中年爲吏晚專城不獨身榮府亦榮
專城見上注
江漢風流見羊杜
晉羊祜杜預皆鎮襄陽老杜詩江漢風流万古情
相門經術有韋平
漢韋賢平當父子皆以明經至宰相史記孟嘗君傳曰相
門有相
十年一別音書絶万里相看骨肉情
老杜詩序曰骨肉離散
今代龐公入城府定將懸榻與逢迎
後漢龐公傳龐公居峴山之南未嘗入城府峴山在今襄
州又徐穉傳陳蕃特爲置一榻去則懸之
送掾法趙奉議
三歲公門不屢過作幾時得問如何
晉書龍丘萇之未嘗至公門
及兹去去翻爲恨
文選蘇武詩參辰皆已没去去從此辭
向使常常肯謂多
悔向來不數見也孟子曰欲常常而見之
勇欲閑身猶着酒
老杜詩昔何勇鋭今何愚白虎通曰人生六十閑身者衰
也注六月陽氣衰也禮記内則注曰妻五十始衰閑房不

後出御
切深疾惡反傷和
退之歐陽生哀辭曰其文章切深魏志陳矯傳陳登曰清
修疾惡有識有義吾敬趙元達老杜槐子詩曰与道氣傷
和
贈言竊取仁人號
贈言謂勸其止酒与和易也晉用管輅別傳諸葛樂事見
下卷王寀院挽詞注家語子路將行孔子曰贈汝以言乎
史記孔子世家孔子過周問礼老子送之曰富貴者送人
以財貧賤者送人以言吾不能富貴竊仁人之号送子以
言
善听君居長者科
左傳所謂惟善人能受盡言
送建州鄭户部
清江曉舸照新晴鐃鼓喧喧聒市鳴
樂府題解漢有鐃歌鼓吹
昔日布衣今着繡
着繡晝行見上注
他年鶴化只空城
鄭蓋徐州前輩故用丁令威化鶴事見上注
還朝不待三年最
漢書嚴助傳曰助爲會稽太守願奉三年計最
得郡何妨万里行
成都記万里橋諸葛亮送費禕使吳別於此禕曰万里之
行始於此矣
歲禄二千親八十世間誰有此時榮

漢太守秩二千石

送張秀才

學又三年積

三年學見魯論

功收一日長

蜀志龐統曰吾似有一日之長

擅場推老手

張平子東京賦曰秦政利觜長距終得擅場杜子美詩畫手看前輩吳生遠擅場歐公詩老手尚能工翦裁

附尾得諸郎

史記伯夷傳顔回雖篤學附驥尾而行益顯南史王僧虔傳曰此烏衣諸郎坐处

度鳥界晴碧

老杜詩身在度鳥上又詩雪嶺界天白

過雲回夕黃

老杜詩絶壁過雲開錦綉又詩錦城曛日黃

孰知詩有驗

謂詩能窮人

莫愠路无糧

魯論孔子在陳絶糧子路愠見荘子曰吾无糧我无食

后山詩注卷第八

后山詩注卷第九

晁無咎畫山水扇

前生阮始平

晋阮咸為始平太守顔延之五君詠曰屢薦不入官一麾乃出守蓋謂咸也無咎亦數補外云黃魯直詩前身鄴下劉公幹今日江南庾子山

今代王摩詰

唐王維字摩詰工詩善畫繪工以為天機所到學者不及也

偃屈蓋代氣萬里入方尺

南史蕭賁竟陵王子良之孫賁於扇上圖山水咫尺之内便覺萬里為遥老杜山水圖歌云咫尺應須論万里

朽老詩作妙

南史沈慶之詩曰朽老筋力盡徒步還南崗此借用以言樹石

險絶天與力

老杜詩溟漲與筆力

君不見杜陵老

老杜有山水障歌云不見湘妃鼓瑟時至今斑竹臨江泣又云元氣淋漓障猶濕真宰上訴天應泣

奉陪趙大夫游桓山

後水喧江落渾黃

老杜詩寒江舊落聲渾黃謂汴水也元稹有酒章曰濟消消而縷貫將奈兮万里之渾黃

晩雲障日作微凉

東坡詩峯多巧障日

鼓聲裏旌旗動羅綺叢中語笑香勸相秋郊開稔熟
易井卦曰君子以勞民勸相開謂導迎之如礼記所謂有
開必先
摩挲苔壁弔荒亡
詩意属桓司馬後漢書鄭子訓摩挲銅人孟子曰流連荒
亡
風流一代今山簡有底樽前着葛強
晋書山簡傳簡鎮襄陽每出嬉遊有童兒歌曰奉鞭問葛
強何如并州兒強家在并簡愛將也后山以自比老杜詩
花飛有底急底猶言何等見顏師古糾謬正俗
寄曹州晁大夫
東方千騎貴當年白髮居頭也自賢
古樂府陌上桑曰東方千餘騎夫婿居上頭又曰四十專

城居此詩言不必盛年出守而後為賢也文選韋弘嗣博
奕論曰君子耻當年而功不立東坡詩直為鱸魚也自賢
肯費精神修客主
言不飾厨傳以称過使客也王介甫詩可憐無益費精神
稍回功力入章篇
退之詩餘事作詩人
虛名不救飢腸厄晚歲仍遭末疾纏
此以下皆后山自述老杜詩虛名但蒙寒溫問泛愛不救
溝壑辱東坡詩平生五千卷一字不救飢按世說曰愍度
道人立心無義權救飢耳左傳曰風淫末疾老杜詩尚纏
漳水疾
死去不為天下惜
晋書王坦之答謝安書曰天下之寶故為天下所惜

鏡中當有故人憐
老杜詩鏡中衰謝色萬一故人憐
送馮翊宋令
三楚風流信有人
三楚見上注風流謂宋
先聲今已徹咸秦
咸陽秦所都
寧為雞口官無小
雞口見上注左傳曰國無小退之藍田丞廳壁記曰官無
卑顧材不足塞職
欲試牛刀又要新
牛刀見魯論莊子曰庖丁解牛十九年而刀刃若新發於
硎

細肋卧沙勤下筋
馮翊沙苑監有卧沙細肋羊下筋見上注
長芒刺眼莫霑脣
長芒似指首蓿沙苑多有之唐薛令之詩曰初日上團團
照見先生盤盤中何所有首蓿長闌干老杜詩藤杖刺眼
新
山西豪傑知吾老山西一衍西州
後漢皇甫規自以西州豪傑不得豫黨人以后山與曾樞
密書考之熙寧間常客游秦中云
為說猶堪舉萬鈞
言其尚強健也孟子曰今曰舉百鈞則為有力人矣
嗟哉行
張生服石為石奴

稽顙録云後魏時諸王貴臣多服石藥皆稱石發此云爲
石奴言爲石所使也
下潦上乾如渴烏
後漢馬援傳曰下潦上霧此借用李蘭刻漏法曰以銅爲
渴烏以引器中水太白天馬歌尾如流星首渴烏
一朝僨蹶須人扶伏毒未動風出處此生所得與昔殊
退之作李干墓誌略曰余不知服食說自何世起殺人不
可計而世慕尚之益至臨死乃悔後之好者又曰彼死者
皆不得其道也我則不然始病曰藥動故病病去藥行乃
不死矣及且死又悔嗚呼可哀也巳
韓子作志還自屠
退之作李干墓誌叙以藥敗者數人以爲世誡然躬自蹈之
故樂天有詩曰退之服硫黄一病訖不痊吳越春秋國人作
離別之聲曰天道祐助兮吳卒自屠
白笑未竟人復吁
樂天詩序曰予與故刑部李侍郎早結道友以藥術爲事
詩曰金丹同學都無益姹女丹砂燒即飛是樂天嘗從事
於金石也
以身濟欲未必愚欲久而速反所圖
李干墓誌有曰蘄不死乃速得死謂之智可不可也
嗟哉偉然二大夫
謂韓與白也漢書疏廣傳曰賢哉二大夫
夜句三首
過雨作秋清歸雲放月明
魯直詩今夜灙放春月明
入簾揺竹影塞耳落灘聲

徐州有百步洪
又
老樹仍孤秀秋蟾只獨明何須夜來雨却聽枕前聲
夜來雨見上注
又
短短長長柳三三五五星
唐人王建詩長長南山松短短北磵楊詩曰嘒彼小星三
五在東東坡樂府曰旋抹新粧看使君三三五五棘籬門
斷雲當極日不盡遠峯青
唐錢起湘靈鼓瑟詩曰江上數峯青
送李忠落解南歸
孝忠盖居山兄子
妙年失手未須恨白璧深藏可自妍
後漢鄭子訓傳常抱鄰家嬰兒故失手墮地而死藏璧用
魯論韞櫝之意莊子曰良賈深藏若虛
短髮我今能種種
左傳盧蒲嫳曰余髮如此種種余奚能爲注曰種種短也
曉粧他日看娟娟
老杜詩曉粧隨手抹東坡與潘三失解後飲酒詩曰千金
弊帚人誰買半額蛾眉世所妍顧我自爲都眊矂憐君欲
鬪小嬋娟
千金市帚寧論價
魏文帝典論曰家有弊帚享之千金
萬戶分封信有年
漢書李廣傳文帝曰惜廣不逢時令當高祖世萬戶侯豈
足道哉退之剥啄行曰往追不及來不有年

清白傳家有如此
後漢楊震傳使後世稱爲清白吏子孫太白詩丈夫立身
有如此按禮記儒行曰其特立有如此者
歸途羞囊盡不留錢
老杜詩囊空恐羞澀留得一錢看、此反而用之
寄單州張朝請
平生天上張公子尚記門闌半面人
老杜贈張四學士詩云天上張公子宮中漢客星半面見
上注
聲烈與風來不盡
文選琴賦曰聲烈遐布東京賦曰聲與風翔澤從雲遊此
用其字退之書曰名聲隨風而流此用其意
音書無使去難頻
老杜詩風塵荏苒音書絕又詩欲問平安無使來
一言悟主心猶壯
漢書車千秋特以一言寤意旬月取宰相封侯
百巧成窮鬢自新
東坡詩宛丘先生不自飽更笑老崔窮百巧
聞説監河收貸粟定傾東海活窮鱗
莊子曰莊周家貧貸粟於監河侯監河侯曰諾我將得邑
金將貸子三百金可乎莊周曰昨周來有中道而呼者周
顧視車轍中有鮒魚焉周問之對曰我東海之波臣也君
豈有斗升之水而活我哉周曰諾我且南遊吳越之王激
西江之水而迎子可乎鮒魚曰吾得斗升之水然活耳君
乃言此曾不如早索我於枯魚之肆左傳曰陳氏以公量
貸而以家量收之姚嗣宗詩可惜作窮鱗

謝憲臺趙史惠米
平生忍欲今忍貧閉口逢人不少陳
退之詩投章即召窮且忍
俸薄身清趙都史也能作意向詩人
老杜詩作意莫先鳴又詩獨能無意向漁樵
和趙大夫鹿鳴宴集
趙侯詩律近風騷雅意推賢答聖朝
漢書蕭望之雅意本朝老杜詩未有涓埃答聖朝
鴻鴈着行過渭水
老杜鴈詩却過清渭影高起洞庭群東坡詩故鴈何時更
着行
鳳凰覽德下虞韶
漢書賈誼傳曰鳳凰翔于千仞兮覽德輝而下之尚書簫
韶九成鳳凰來儀
三千著籍今爲盛
漢書儒林傳序曰成帝末增弟子員三千人後漢儒林傳
長傳曰諸生著錄前後萬人魯論曰唐虞之際於斯爲盛
九萬論程不作遲
莊子曰摶扶搖而上者九萬里太白詩迴山倒海不作難
不讀世書談世事卧看君自致青霄
史記范雎傳須賈曰賈不意君能自致於青雲之上賈不
敢復讀天下之書不敢復與天下之事晉書王衍傳曰口
不論世事李善注文選辯命論云劉孝標自謂坐致雲霄
和朱智叔鹿鳴席上
三楚風流秀士林英詞從昔動脩門
三楚風流見上注英詞謂屈宋風騷流約宋書謝靈運傳

論曰英詞潤金石楚辭招魂曰魂兮歸來入脩門注脩
郢城門也郢蓋楚之所都
充庭初識蒼龍楚
通典曰武太后長壽三年始令舉人獻歲元會列於方物
前以備充庭東坡詩雙蜿蟠礎龍纏棟蓋言禁殿也
賜醴行霑白獸樽
晉禮志曰正會設白獸樽於殿庭若有能直言則發此樽
飲酒
已上薦書輕一鶚
見上注輕字讀如身輕一鳥過之輕
更憑詩力化群鯤
莊子曰北冥有魚其名爲鯤化而爲鳥其名爲鵬鵬之背
不知其幾千里也怒而飛其翼若垂天之雲培風背負青
天而後乃今將圖南
千年遼鶴空城郭
見上注
誰見朱公有異孫 右山自注云漢大司空朱浮蕭人也
蕭縣今屬徐州魏志王粲傳蔡邕倒屣迎粲曰此王公孫
有異才
酬智叔見贈
老去斯文不更論却因夫子話師門
師門謂曾氏後漢桓榮傳曰下則去家慕鄉求謝師門
淸談不待傾三語
晉書阮瞻傳瞻字千里王戎問曰聖人貴名教老莊明自
然其旨同異瞻曰將無同戎即命辟之時謂三語掾世說
又載衛玠嘲宣子曰一言可辟何假於三宣子曰苟是天
下之望亦可無言而辟復何假一
勝日何知共一樽
勝日見上注老杜詩不謂生戎馬何知共酒盃蘇武詩我
有一樽酒將以贈遠人
逐北我方塡坎井
莊子曰蠻氏觸氏相與爭地而戰伏尸數万逐北旬有五
日而後反左傳曰鄭伐宋宋師敗績狂狡輅鄭人鄭人入
于井莊子曰子獨不聞夫埳井之蛙乎
圖南誰得料鵬鯤
見上注
過逢爲說侯芭在
老杜詩數爲姻婭過逢地侯芭見上注
卧榻生衣犢有孫
老杜詩歸榻生衣卧陸龜蒙詩樹有交柯犢有孫
再酬
鄉里衣冠不絕人
見上注
近天尺五只淸門
尺五見上注老杜詩將軍魏武之子孫於今爲庶爲淸門
論文正可贊雙筆
漢書趙充國傳張安世本持橐簪筆注謂備顧問漢儀尚
書令僕丞郎月給大管筆一雙
澆舌行看賜上樽
東坡詩澆子談天口漢書賜丞相養牛上尊酒注糯米一
斗酒一斗爲上尊
□玫每家先木尖

木瓜詩投我以木李報之以瓊玖
蜩鳩方共笑飛鵬
飛鵬見上注莊子曰鵬之徙於南冥也水擊三千里搏扶
摇而上者九萬里蜩與鷽鳩笑之曰我決起而飛槍枋榆
時則不至而控于地而已矣奚以之九萬里而南爲
固知賢傑當傳世下里朱陳亦有孫
文選宋玉對楚王問曰客有歌於郢中者其始曰下里巴
人徐州蕭縣有朱陳村兩姓爲婚姻見白樂天詩
敬酬智叔三賜之要兼戲楊理曹二首
龍爭虎據竟成塵
後漢班固荅賓戲曰七雄虓闞分裂諸夏龍戰虎爭魏陳
琳檄曰豪傑縱横熊據虎跱
只有青樓與白門后山自注云青樓與子樓也
杜牧之詩贏得青樓薄倖名魏志張邈傳呂布自稱徐州
刺史太祖征布布與其麾下登白門樓兵圍急乃下降
令宰才高先得句
令宰謂智叔爲咸平令也老杜詩覓肴令宰仙
使君情重數開樽
退之詩使君數開延又云主人情更重空使劍鋒摧東坡
樂府亦有主人情重之句
江山故國難留鶴科斗荒池可着鯤
謂智叔將出仕也退之峽石西泉詩曰聞說旱時求得雨
只疑科斗是蛟龍可着鯤猶言安可着鯤也
直使頷須渾作白未應投鏁謝諸孫后山自注云智叔有數白頭詩
樂天詩滿頷白髭鬚南史齊豫章王嶷齊高帝笑曰豈有白
人作曾祖而拔白髮者乎即擲鏡鑷

又
險韻廋詞費討論
晋語曰有秦客廋辭於朝注云廋隱也謂以隱伏譎詭之
言問於朝也魯論曰世叔討論之
真持布鼓過雷門
漢書王尊傳曰毋持布鼓過雷門注雷門謂會稽也有大
鼓越擊此鼓聲聞洛陽
更看九日臺頭句
謂二謝詩見上注以比智叔元稹詩更看吹帽落臺頭
未用三人月下樽
太白詩舉杯邀明月對影成三人后山不飲故云
鏡裏黄花明白髮海邊赤脚踏長鯨
言其已老欲爲世外之遊也老杜詩能添白髮明又詩赤
脚踏層冰東坡詩脚踏赤鱓公
從來相戒莫打鴨可打鴛鴦最後孫
此句屬楊理曹打鴨事見上注後篇寄晁大夫詩亦曰只
今容有名駒子則此所謂鴛鴦孫蓋名家之後也
酬智叔見戲二首
百念皆空習尚存稍修香火踏空門
槌腰摩腹非春事
樂天詩小奴槌我足小婢槌我背信老態也老杜詩自知
白髮非春事
割愛投閑覆玉樽
老杜詩割愛酒如澠退之進學解投閑置散覆樽見上注
白髮情多猶可染後山自注云亦詩有白髮之歎
南史謝靈運傳何長瑜以韻語學臨川王義慶僚左云陸
展染白髮欲以媚側室青青不解久星星行復出

驂鸞輿盡𠛬乘鯤
退之所謂我寧屈曲自世間安能從汝巢神山也江淹別
賦曰驂鸞騰天乘鯤盖用李白騎鯨魚之意
上界紛紛足官府
退之詩上界真人足官府豈如散仙鞭笞鸞鳳終日相追
陪
也容河鼓過天孫
爾雅曰河鼓謂之牽牛史記天官書曰織女天女孫周處
風土記曰七月初七日河鼓織女二星辰相會
又
兩花風葉未宜春私柳官渠白下門
晉書陶侃識武昌官柳此云私柳反而用之白下本在金
陵此句所指當天徐州白門也

每度清溪朝短髮
老杜云吳詁青溪髮蕭蕭白映梳后山後有詩云只欲泥
行過白下萬一簾疎見一班前有詩云歷肆側听長短句
緣溪斜着兩三家當是白門傍溪狹斜所在也
時容使席近芳樽
晉書阮籍等贊曰劉畢芳樽之友
雄蜂雌蝶元非偶
李商隱柳枝詩曰花房與蜜脾蜂雄蛺蝶雌同時不同類
那復更相思左傳曰齊大非吾偶
野馬遊塵不佐鯤
言無復少年之氣助其狂心也莊子曰野馬也塵埃也生
物之以息相吹也注曰此皆鵬之所憑以飛者耳野馬者
遊氣也漢書食貨志曰或累万金而不佐公家之急

若許成功當封賞后山自注云事具李侍制席上詩
按后山詩話韓魏公安撫陝西李侍制師中過之李有詩
名席上使爲官妓賈愛卿賦詩曰願得貔貅十万兵犬戎
巢穴一時平歸來不用封侯印只問君王乞愛卿
請看子子與孫孫
意謂老矣此事當付之後生前漢元后傳王翁孺曰吾聞
活千人有封子孫子子孫孫見尚書及詩
送智叔令咸平
二謝將能事重陽只故臺
老杜詩孰知二謝將能事頗參陰何苦用心
固須衝節去便恐帶秋回
言重九已近不肯少留爽秀之氣若与秋俱回誰復繼二
謝者

敏捷才無盡
老杜詩敏捷詩千首才盡見上注
鋪張意有開
退之云鋪張對天之閎休此借用言詩意開廣也
猶須記衰疾書與雁同來
並見上注
九月九日夜雨留智叔
騎臺九日登臨處只有歸人醉扶路
晉書羊曇傳謝安薨後行不由西州路嘗因石頭夫醉扶
路唱樂不覺至州門以馬策扣扉誦曹子建詩曰生存華
屋處零落歸山丘慟哭而去
千年二謝孰可代我每苦留君只去
后山罷潁爹除彭澤令未赴丁母憂寓僧舍既除喪猶不

言仕者四年
花粗只爲前人惜
上篇有曰可打鴛鴦最後孫粗與麄同
曲誤不解丞卿怒
此兩句亦戲楊理曹也吳志周瑜傳曰曲有誤周郎顧後
漢靈帝紀童謡曰梁下有懸鼓我欲擊之丞卿怒此借用
只消著帽受西風不待風流到新句
反用孟嘉落帽事言免貽白髮之嘲也此句以屬智叔老
杜詩吹面受和風
九月九日與智叔鵰堂宴集夜歸
鵰堂從昔有惡客酒盡不去仍復索
玉堂閑話曰徐州使宅有鵰堂蓋多妖狐故畫鵰於中東
坡在徐州王鞏過之自謂惡客故此詩引用老杜詩指點

九　十四

銀瓶索酒嘗
欲留歌舞盡客意風雨和更作三厄
漢書翟方進傳曰危乱漢朝以成三厄此借用其字
佳辰難得客更難我窮無酒爲君歡只欲泥行過白下萬一
簾疎見一斑
史記夏本紀曰泥行乘橇孫光憲詞曰半踏長裙宛約行
晚簾疎處見分明東坡樂府曰十里春風誰拍似斜日映
透簾斑晉書王獻之傳門生曰此郎管中窺豹時見一斑
城南夜歸寄趙大夫
書生作意一斑足杜陵據鞍兩眼寒
東坡詩杜陵飢客眼長寒蹇驢破帽隨金鞍隔花臨水時
一見只許腰肢背後看
風雨喚人歸去好

老杜詩江草日日喚愁生
免教街吏報平安
芝田録牛奇章公帥維楊杜牧在幕中夜微服逸遊後牧
以拾遺召公以縱逸爲戒牧始隱諱公取一篋皆街子輩
報帖云杜書記平善老杜詩每日報平安
席上勸客酒
稍開襟袍使心寬大放酒腸須盞乾
世說輕詆門曰中郎襟抱未虛韓孟同宿聯句云爲君開
酒腸顛倒舞相飲唐詩人又曰酒腸俱逐洞庭寬
珠簾十里城南道肯作當年小杜看
小杜即杜牧之也牧之詩云春風十里楊州過捲上珠簾
摠不如
戲寇君二首

已九　十五

杜老秋來眼更寒蹇驢無復逐金鞍
見上注
南隣却有新歌舞借與詩人一面看
文選左太冲詩南鄰擊鍾磬北里吹笙竽本事詩云喬知
之有婢名窈娘武延嗣留之如之爲詩曰君家閨閣不曾
難好將歌舞借人看文選三国名臣贊序曰定交一面李
善注引崔寔本論曰徒以一面之交定臧否之决
又
南隣歌舞隔墻聽想對朝窓暈倒青
東坡詩倒暈連眉秀嶺浮退之詩白咽紅頰長眉青
莫望喚人看嫋娜
老杜詩喚人看騕褭不嫁惜娉婷
只愁幽夢寄丁寧

退之詩幽蔓感湘靈文詩泯憑青鳥通叮嚀
絶句四首
秋床歸卧不緣愁病與衰謀作老仇
並見上注
數樹直青能爾瘦
退之詩杏花兩株能白紅東坡雜録載張子野戲語琴妓
曰此箏不見許時乃尒黒瘦耶
一軒殘照為誰留
老杜詩前軒頹晚照又云不知明月為誰好
又
芒鞵竹杖最闌身散髮披衣不待人三兩作鄰堪共活
老杜詩此地兩三家周礼五家為鄰
五千揷架未為貧

北史崔贍傳曰不讀五千卷書者无入此室退之詩揷架
三萬軸
又
昏昏嗜睡元非病續〻題詩不奈閑
東坡詩喚取昏昏嗜睡翁本事詩韋莊云誰知閑卧意非
病亦非眠樂天琵琶行低眉信手續〻彈
又
作意買山還得笑
世説支遁就深公買仰山深公曰未聞巢由買山而隱
多方拔白却成斑
應璩老詩曰拔白自洗蘇樂天詩啼襟與愁鬢此日兩成
斑
又
晉當快意讀易書

抱朴子曰陸子十篇誠為快書又曰嵇生云每讀二陸之
文未嘗不廢書而歎恐其卷之竟也史記李斯傳曰快意
當前適觀而已矣
客有可人期不來
退之詩曰所期終莫至日暮与誰回可人見上注又見蜀
費褘晉桓温傳
世事相違每如此
晉書羊祜曰天下事不如意十居七八
好懷百歳幾回開
老杜詩懷抱何時得好開東坡詩笑口幾回開
騎驢二首
復作騎驢不跨驢此生斷酒未須扶
叢林謂衆禅人有二病一是騎驢覓驢二是騎却驢不肯

下識得驢了騎却不肯下此一病更是難醫吾解放下方
喚作無事道人右山此句豈謂是耶未須扶見下句注
獨無錦里驚人句
老杜詩錦里先生烏角巾又云為人性僻耽佳句語不驚
人死不休魯直有杜子美浣花醉圖詩云宗文守家宗武
扶落日蹇驢馱醉起蓋世傳老杜畫像如此
也得梁園畫作圖
王立之詩話云雙井黄叔達字知命自江南來京師與彭
城陳履常俱謁法雲禅師于城南夜歸過龍眠李伯時時
知命着白衫騎驢道中揺頭而歌履常負杖挾囊于後一
市皆驚以為異人伯時素善畫因寫以為圖郭淳夫作夜
歸圖詩此詩末句追記此事也履常即后山舊字梁園謂
汴京梁孝王兎園所在也

又
衝鑣尖市不復巡掠面驚風拔眼塵
東坡詩四山眩轉風掠耳
出手推敲寧避尹
唐宋遺史賈島一日於驢上得句云鳥宿池中樹僧敲月
下門始欲着推字又欲着敲字鍊之未定引手作推敲之
勢京兆尹韓愈方出島不覺衝至第三節
題門吟詠不逢人
本事詩云崔護清明日遊城外叩一莊門求飲有一女子
以杯水遺護意屬甚厚明年思其人復往叩之又無人應
因書一絶于門云去年今日此門中人面桃花相映紅人
面只今何處在桃花依舊笑春風退之詩百里不逢人
壽安縣君挽詞

兩大推平日
左傳鄭忽曰齊大非吾偶又鄭氏妻曰物莫能兩大
三從揹後聲
儀禮喪服傳曰婦人有三從之義无專用之道故未嫁從
父既嫁從夫夫死從子
憂勤登上壽
言雖憂勤而不損壽也事見下注国語曰不憂年之不登
莊子曰上壽百歲
蕭鼓閉佳城
西京雜記云滕公得石槨銘曰佳城鬱鬱三千年見白日
吁嗟滕公居此室
緦在千人從松楸十里行
文選蔡伯喈作陳太丘碑曰緦麻設位哀以送之遠近會

葬千人以上任彦昇求立竟陵王碑表曰松檟成行
哀榮動鄉里點筆競諸生
魯論曰其生也榮其死也哀
寄曹州晁大夫
晁端仁字堯民
墮絮隨風花作塵黃樓桃李不成春
樂天詩春盡絮飛留不得隨風好去落誰家太白詩曰平
生種桃李寂滅不成春
只今容有名駒子困倚闌干一欠伸
此篇盖言徐州風物后山嘗有詞并序云晁大夫增飾披
雲初欲壓黃樓而張馬二子皆當年樽下世所謂英英盼
盼者盼卒英嫁而盼之子瑩頗有家風而曹妓未有顯者
黃樓不可勝也作南鄉子以歌之曰風絮落東隣點綴繁

枝旋化塵關鏁玉樓巢燕子冥冥桃李摧殘不見春流轉
到如今翡翠生兒翠作孫花様腰身宫様立婷婷困倚闌
干一欠伸又自注曰周昉畫美人有背立欠伸者最爲妍
絶東坡爲賦續麗人行也按此詩風絮以屬英塵花以屬
盼名駒子以屬瑩瑩之母盖馬氏名駒子見上注李太白
詩解釋春風無限恨沉香亭北倚闌干樂天詩迴頭一欠
伸
寄題披雲樓
披雲在曹州后山婦翁郭槩爲郡時所作后
山爲之記
使君高會荅清秋
漢書項羽傳飲酒高會老杜詩報荅風光知有處
增飾披雲作勝遊

退之和劉虢州詩序云亭臺島渚劉兄頗復增飾從子弟
而遊其間按西都賦曰世增飾以崇麗
九日再逢堪一笑
庐山清平樂詞云一歲相逢兩節自注云是歲閏九月兩
作重陽以曆考之蓋元符二年也
終朝百過更深憂
憂短髮不堪落帽也老杜詩不眠瞻白兎百過落烏紗此
借用
落霞孤鶩知才盡
王勃九日游滕王閣序云落霞與孤鶩齊飛秋水共長天
一色事具唐書才盡見上注
疎雨微雲怯語道
孟浩然集序云浩然游秘省諸英華賦詩作會浩然云微
雲淡河漢疎雨滴梧桐舉坐閣筆文選魏文帝與吳質書
曰公幹有逸氣但未遒爾注遒盡也言未盡美
賓主縱賢終少在只今未可厭黃樓
注具前篇傳燈録米倉和尚曰猶欠少在
絶句
木搖電繞雷取龍
王充論衡曰雷電折樹取龍按龍若於天所使遁逃不遠
則非神物天不取也抱朴子言曰世言乖龍苦於行雨而
多竄匿爲雷神捕之或在古木及砦楹之内
伏蛙號蚓溝瀆空
魯直玉照泉詩勿令水源濁魚蝦來寄中生子歲月多往
往隱蛟龍玉照不見影盤桓蝸螺宫一朝揭源去枯瀆暮
蒙茸

黑雲黃槐度白鳥映日急雨同斜風
秦中歲時記槐花黃舉子忙
寄黃充
俗子推不去可人費招呼世事每如此我生亦何娛
嵇康書曰不喜俗人而當與之共事晉書鄧攸傳吳人歌
曰鄧侯挽不留謝令推不去
黃生後來秀純茂靜者徒不見動經月來亦不須史
東坡詩懶者常似靜靜豈懶者徒文選古詩曰既來不須
史
人事已好乖可復自作疎
見上注
子雖向人懶勝處不可孤
王介甫詩寄語讀書人吹〻非勝處老杜詩更長燭明不
可孤
追此田事休仍當秋雨餘深知阻泥濘步屐意何如
老杜詩相邀愧泥濘騎馬到堦除又云步屐過東籬
寄張大夫
只應青眼老尚記白頭翁一別今何向三年信不通不應書
字倦未有北來鴻
礼記月令孟春仲秋皆曰鴻鴈來而孟春注曰鴈自南方
來將北反其居
肯作彭城守何時馬首東
左傳曰余馬首欲東
懷遠
此詩屬東坡
海外三年謫天南萬里行

東坡以紹聖四年丁丑謫昌化軍安置至元符二年己卯
蓋三年矣樂天詩雲雨三年別風波萬里行
生前只爲累身後更須名
言生前尚以名爲累死後亦復何須晉書張翰傳曰使我有
身後名不如即時一盃酒
未有平安報空懷故舊情斯人有如此無復涕縱横
太白詩丈夫立身有如此一呼三軍皆披靡
荅田生
酒亦有何好人今未肯忘
此篇大抵戒田生好酒而勉以李也晉書孟嘉傳桓溫曰
酒有何好而卿嗜之
句無愁可解何以醉爲鄉
劉几作解愁曲陳造作无愁可解以反之其末句曰若須
待醉了方開解時問无酒怎生醉唐王勣有醉鄉記樂天
詩无過李王勣惟以醉爲鄉
賸欲論奇字
奇字見上注
終能諱秘方
言欲以文章真訣授之无所隱也孫樵與王霖書曰嘗得
爲文真訣於來无擇无擇得於皇甫持正持正得於韓吏
部退之然樵未嘗与人言及文章且惧得罪於時今足下
有意於此而自疑尚多其可无言廬山上二蘇公詩亦
云請公別試囊中方退之李虚中墓誌曰於蜀得秘方
直饒肌骨秀正要畫眉長
謂美質亦須刻畫之也盧仝秋夢行曰長眉入鬢何連娟
肌膚白玉秀且鮮王荊公新詠秦韜詩曰城中皆半額非妄

畫眉長
早起
隣雞接響作三鳴殘點連聲殺五更
退之詩雞三號更五點又梁沈休文作安陸昭王碑曰男
女老幼大臨街衢接響傳聲不踰時而達于四海劉夢得
詩郡樓殘點聲
寒氣挾霜侵敗絮
退之詩威風挾惠氣西京雜記曰淮南王安著鴻烈解云
宇中皆挾風霜敗絮見上注
賓鴻將子度微明
禮記月令鴻鴈來賓老杜詩輕鳥度曾陰又詩云月逝微
明
有家無食違高枕
老杜詩無食問樂土又詩盡省香炉違伏枕又詩散地逾
高枕接史記張儀傳曰大王高枕而卧
百巧千窮只短檠
百巧短檠皆見上注
翰墨日疎身日遠世間安得尚虚名
老杜詩才微歲老尚虚名又云不堪衹老病何得尚浮名
和黄充小雪
度臘侵春亦未逢紛紛欵欵意猶微
樂天詩度臘都無苦霜霰迎春先有好風光老杜詩點水
蜻蜓欵欵飛
霑衣帯潤元無見着物還消不待晞
秦韜玉春雪詩片纔着地輕輕陷力不禁風旋旋消湛露
詩曰湛湛露斯匪陽不晞注云晞乾也

賦欲打窗連夜聽未須迷雁斷行飛
樂天詩蕭蕭暗雨打窗聲
老來才盡無新語只欲煩君爲手揮
漢書陸賈造新語

後山詩注卷第九

后山詩注卷第十

寄張學士舜民

湖海三年別譙徐一日間
譙郡亳州也
經時猶未見九事信多難
退之詩曰關山遠別固其理寸步難見始知命
理極那須說
世說何晏聞王弼名因條勝理語弼曰此理僕以爲理極可得復難否
情生不自還
終上句之意謂相與忘言如晉阮脩所謂就令相見亦何所說然念舊之情不能自已也晉書郭文曰情由憶生不憶故無情漢書原涉曰知其非禮然不能自還此借用
從來闕聲問相見苦爲頗
老杜詩從來不寄一行書聲問見上注後漢馬援傳曰將難爲頗乎

謝趙使君送烏薪

欲落未落雪迫人將盡不盡冬壓春
老杜詩拔浮欲盡不盡雲江動將崩未崩石
風枝冰屋有去烏遠坊窮巷無來人忽聞叩門聲遲速驚鵲
透籬犬升屋
張籍樂府曰家家雞犬驚上屋
使君傳教賜新炭
世說劉惔遣傳教覓張孝廉船
妓圍那解思寒谷
開元天寶遺事曰申王每冬月苦寒令宮女密圍而坐謂

之婣閨寒谷見上注
老身曲直不足言今窮凍壁作春温
孟郊謝人送炭詩煖得曲身成直身史記田敬仲世家曰
大弦濁以春温者君也
定知和氣家家到不獨先生雪塞門
雪塞門用袁安事見上注
雪中寄魏衍
薄薄初經眼輝輝已映空
老杜螢火詩偶經花蘂弄輝輝又詩鳴雨既過漸細微映
空搖颺如散絲
融泥還結凍落木復沾叢
老杜詩泥融飛燕子
意在千山表情生一念中
用王徽之雪夜忽憶戴逵意以比魏衍后山送衍務沛詩
有曰匆云百里遠已作千山愁東坡詩故人應在千山外
不寄梅花遠信來情生見上注樂天與元微之書曰平生
故人去我万里瞥然塵念此際暫生
遥知吟榻上不道絮因風
晉書謝道韞傳雪驟下謝安問何所似朗曰撒鹽空中差
可擬道韞曰未若柳絮因風起東坡雪詩柳絮才高不道
鹽此又反而用之
送澶州録曹宋參軍
宦遊男子事訪別故人情能吏于今少春風及此行英雄餘
戰伐
澶州蓋萊公却敵處
犴獄寄廉平
韓詩外傳曰鄉亭之獄曰犴朝廷之獄曰獄漢書刑法志
緹縈上書曰臣父爲吏齊中稱其廉平
未肯輕衰疾人來闕寄聲
和范教授同遊桓山
送客尋山已自仙行談坐笑復忘年平郊走馬斜陽裏
漢書張敞傳過走馬章臺街唐人詩窄衫短帽斜陽裏
破屋傳杯積水邊
退之詩破屋數間而已矣老杜詩傳杯不放杯
洗壁留名題歲月登高着句記山川風流幕下諸公子縮手
吟邊更覺賢
縮手見上注
早春
度臘不成雪迎年還得春冰開還舊緑魚喜躍脩鱗
禮記月令孟春東風解凍魚上冰
柳及年年發愁隨日日新若懷吾自異不是故違人
南史沈懷文素不飲酒又不好戲宋孝武謂故欲異己謝
莊嘗戒曰卿每與人異亦何可久懷文曰非欲異物性之
所不能耳此詩末句頗采其意
徐僊書三首
徐清字靜之蓬萊女官也下西里王氏詩作謝體書效黄
魯直妍妙可喜額作三絶句
蓬壺仙子補天手筆妙詩清萬世功
列子曰帰墟有五山一曰岱輿二曰貟嶠三曰方壺四曰
瀛州五曰蓬萊又曰天地亦物也物有不足故昔者女媧
氏練五色石以補其闕李賀詩筆補造化天無功
肯學黄家元祐脚信知人厄匪天窮

柳子厚集載劉禹錫詩曰日日臨池弄小雛還思寫論付官奴柳家新樣元和脚且盡薑芽斂手徒東坡海市詩曰信我人厄非天窮魯直見廢於世而仙真喜學其書此特厄於人耳

又

詩成巳作客兒語筆下還爲魯直書

客兒謝靈運小名見南史謝弘微傳

豈是神仙未賢聖不隨時事向人踈

退之詩乃知仙人未賢聖此反而用之不隨時事謂於元祐黨禁中肯學黄書也唐高蟾詩云君恩秋後葉日日向人踈

又

金華牧羊小家子

金華見上注太白詩金華牧羊兒乃是紫煙客小家見上注

西真攘桃何代兒

漢武故事西王母指東方朔曰仙桃三熟此兒亦已三偷之矣東坡樂府曰曼倩風流緣底事當時愛被西真喚作兒

詩着海山書落爪向來何免世人疑

詩可以置之海山書落筆而俊快必非癡凡也后山作頓師字序載徐清事曰吾里中少年每歲首簪飾其帚召紫姑以戲一歲有神下焉曰吾蓬萊仙伯徐君也喜句畫有求必荅下筆不休云云世人或疑徐君乃紫姑之類未必以仙官待之故后山引牧羊攘桃爲喻以言神仙有時而混迹不必疑也退之祭湘君文曰且震其海山之波霧瘴毒爲災老杜詩破其霜落爪此借用謂筆畫從手爪而落亦

暗用神仙傳中麻姑鳥爪事

寄酬咸平朱宣德 智叔

冥冥超世網蔚蔚秀儒林

楊子曰鴻飛冥冥弋人何慕焉選詩曰世網嬰我身

他日熟看面今詩初得心

左傳曰他日吾見子面而已今吾見子之心矣

白頭無故意異代有同音

趣異則至老不相知意合則異世可同謂漢書鄒陽傳語曰有白頭如新傾盖如故何則知與不知也史記范雎傳曰戀戀有故人之意選詩曰誰謂古今殊異代可同調詩曰笙磬同音

短綆徒施巧終然莫汲深

莊子曰綆短不可以汲深此引用以終上意言平日知朱君之未盡也

咸平讀書堂

爲朱智叔作

昔人三百篇善世已有餘

魯論曰誦詩三百授之以政不達使於四方不能專對雖多亦奚以爲

後生守章句不足供囁嚅

退之送李愿序曰口將言而囁嚅

一登吏部選筆硯隨掃除

東坡密州謝上表曰塵埃筆硯漸志舊學之淵源

閉閤畫眉嫵

漢書張敞傳爲婦畫眉長安中傳張京兆眉憮注云憮音

嫵

隔屋聞歌呼
老杜詩隔屋喚西家借問有酒不漢書曹參傳相舍後園
近吏舍參游後園聞吏醉歌呼
奉公用漢律寧復要詩書
後漢任延曰履正奉公臣之節也漢書朱博曰如太守漢
吏奉三尺律令以從事耳亡柰生所言聖人道何也
俛首出跨下枉此七尺軀
言屈身於要貴也漢書韓信傳俛出跨下荀子曰何足美
七尺之軀者哉
今代陶朱公不作大梁署
史記范蠡傳蠡去止于陶自謂陶朱公又魏公子無忌傳
侯嬴爲大梁夷門監者謂公子曰朱亥賢者世莫能知故
隱屠間耳朱智收時治咸平故引以喻之咸平隸京師邸
古大梁
計然特未用意得輒全具
史記貨殖傳范蠡既雪會稽之恥乃喟然而歎曰計然之
策七越用其五而得意注曰計然者范蠡之師也名研
爲邦得畿縣政密自計蹤寄書下下考
唐書陽城傳爲道州刺史觀察使數誚責州當上考功第
城自署曰撫字心勞追科政拙考下下
不奉急急符
元次山舂陵行云督郵傳急符來往跡相追退之曲江祭
龍文曰急急如律令
用意簿領外禁室課典謨
選詩沈迷簿領書
平生五千卷還舍不問塗

言記問精博如行熟路也
近事吏漢唐稍以詩自娛
吏謂吏閱
復作無事飲醉臥擁青奴
退之詩幕中無事惟可飲盃用史記犀首事青奴見上注
桃李春事繁軒窗書景舒鳴屋鳩渴雨窺簾燕哺鶵休吏散
篇帙
漢書薛宣傳曰日至休吏謝靈運詩散帙問所知
風篁獻笙竽
文選月賦云風篁成韻退之聯句云折篁嘯遺笙太白詩
三千雙蛾獻歌笑文選左太冲詩北里吹笙竽
听然一啓齒斯民免爲魚
能一笑對古人者必不陷溺其民矣漢書司馬相如傳亡
是公听然而笑莊子曰吾君未嘗啓齒左傳曰微禹吾其
魚乎
絶句二首
里中餽杏得嘗新馬上逢花始見春
漢書陳平傳曰里中社平爲宰食貨志曰社閭嘗新馬上
逢花盖用前輩賣花擔上看桃李之意
勤苦著書如作吏世間枉是最閑人
南史梁宗室傳南平王偉之子恭好賓友酣宴終辰時元
帝居蕃勤心著述恭每謂曰時人不好権與乃仰眠牀上
看屋梁而著書豈如臨清風對朗月登山泛水肆意酣歌
也
又
窈窕丹房疊疊花一枝臨路為人斜丁寧語鳥傳春意白下

門東第幾家
退之詩浪憑青鳥通丁嚀樂天詩桞巷當頭第一家
春懷示鄰里
斷墻着雨蝸成字老屋無僧燕作家
老杜詩林花着雨燕脂落西陽雜俎眘宗爲冀王寢室壁
間蝸迹成天字襄陽記楊顒曰請爲明公以作家譬之
剩欲出門追語笑却嫌歸鬢着塵沙
頗用元規塵污人之意
風翻蛛網開三面
呂氏春秋曰湯見置四面網者湯拔其三面置其一面祝
曰昔蛛蝥作網今人斈之欲高者高欲下者下吾取其犯
命者
雷動蜂窠趂兩衙
子虛賦雷動猋至裡雅云蜂有兩衙應潮錢昭度詩云黃
蜂衙退海潮上白蟻戰酣山雨來
屢失南鄰春事約只今容有未開花
后山前有戲寇君詩云南鄰歌舞隔墻聽此云未開花盖
亦以戲寇容有猶言豈容復有也
歸鴈二首
弧矢千夫志瀟湘萬里秋
弧矢謂射鴈也成公綏鴈賦曰過雲夢而娛遊兮投江湘
而中懟
寧爲寶筝柱
李義山詩曰十三弦柱鴈行斜
肯作置書郵
用蘇武事晉殷羡爲豫章太守都下人士因其致書百餘

函皆投之水中曰殷洪喬不作置書郵老杜詩肯作置書
郵
遠道勤相喚
莊子曰吾固不辭遠道而來願見老杜鴈詩雲裏相呼疾
羇懷誤作愁
劉禹錫竹枝歌曰巫峽蒼蒼煙雨時清猿啼在最高枝个
裏愁人腸自斷由來不是此声悲
聊寬稻粱意寧復綑羅憂
劉孝標絕交論曰分鴈鶩之稻粱
又
作計背懷早
淮南子曰鴈從風而飛以愛氣力銜蘆而飛以避矰繳二
臺新詠焦仲卿詩曰作計何不量文選于寶晉論曰邪僻
銷於背懷又南史蕭恵開嘗曰人生不能行背懷誰壽石
歲猶爲夭也
爲生去住頻
管子桓公曰鴻鴈春北而秋南
固違陰嶺雪不盡洞庭春
陰嶺謂匈奴陰山老杜詩苦涉陰嶺冱
巧作斜行字
樂天詩曰鴈點青天字一行魯直詩風外竹斜行
催歸去國人
隋薛道衡人日思歸詩曰入春纔七日離家已二年人歸
落鴈後思發在花前此言去国人謂南遷諸公將北還也
是歲二月癸亥詔永州安置范純仁等皆内徙
知時如有信

儀礼曰下大夫相見以鴈注云鴈取知時
决起亦相親
此用鴈奴事莊子曰蜩與鸒鳩笑之曰我决起而飛老杜
詩相親相近水中鷗
和寇十二晚登白門
重門傑觀屹相望
退之詩隆樓傑閣磊嵬高
表裏山河自一方
左傳曰表裏山河必無害也
小市張燈歸意動
按宋書張暢傳彭城有小市門魯直詩晚市張燈明遠近
輕衫當戶晚風長
選詩曰彼服羅裳衣當戶理清曲

孤臣白首逢新政遊子青春見故鄉
東坡詩喜聞新國政是歲　徽考登極遊子見上注
富貴本非吾輩事江湖安得便相忘
言富貴固不可期而江湖之志亦未遂也莊子曰魚相忘
於江湖
謝寇十二惠端硯
百工營材先利器
書斷載三輔决錄曰韋誕字仲將諸書並善魏都宮觀始
就詔令仲將題署御筆墨皆不任用因奏工欲善其事必
先利其器若用張芝筆左伯紙及臣墨兼此三具又得臣
手然後可以逞徑丈之勢方寸千言
市道居貨如作贄
史記廉頗傳曰天下以市道交作贄當是作質按史記呂

不韋傳秦子楚為質子於趙不韋見而憐之曰此奇貨可
居或云漢書食貨志始皇發閭左之戍應劭注曰秦時謫
戍先發吏有過及贅壻賈人故后山引用言秦云賈人與
贅壻一等也書生之於筆硯亦猶工之利器賈之居貨云
書生活計亦酸寒斷塼半瓦寧求備
退之詩活計似鋤剗東坡詩習氣一洗儒生酸書曰與人
不求備
端溪四山下龍淵欝積中州清淑氣
退之送廖道士序曰郴之為州當中州清淑之氣蜿蟺扶
輿磅礴而欝積
金聲玉骨石為容
東坡硯銘曰玉德金聲而寓於斯
河江屈流雲作使

言此石中含江河之潤蒸而為雲以導達其秀潤之氣老
杜詩屈注蒼江流陸龜蒙蟬詩曰只憑風作使全仰柳為
都
滑如女膚色馬肝
西京雜記曰文君肌膚柔滑如脂硯譜蘇易簡云端溪硯
一水中石色青山半石色紫山絕頂石尤潤如猪肝色者佳
漢書郊祀志曰文成食馬肝死耳
夜半神光際天地
漢書高帝紀曰神光並見或興于谷郊祀志曰有美光上
屬天
諸天散花百神喜知有聖人當出世
聖人謂　徽考徽考初封端王元符三年十月遂升端邸
為興慶軍周昭王二十四年四月八日夜天地震動恒星

不見太史奏西天聖人出世
沒人投深索十丈
莊子注曰沒人謂能鶩沒於水底索讀如求索之索
探頷適遭龍伯睡
莊子曰千金之珠必在九重之淵而驪龍頷下子能得珠
者必遭其睡也列子有龍伯之国
轆轤挽出萬人負千歳之藏一朝致琢爲時様供翰墨十襲
包藏百金貴
闞子曰宋之愚人得燕石于梧臺之側藏之以爲大寶華
匱十重中十襲退之藤杖歌曰幾重包裹自題署
比行萬里更般目寇卿好事不計費
寇嘗爲太常少卿見下注
南隣居士卿之孫豊悴相從不爲異

退之王承福傳云抑豊悴有時一去一來而不可常者邪
似憐陶瓦磨靁煤轑贈不減前人志
東坡種松詩曰萬靁飛青煤
人言寒士莫作事鬼奪客偷天破碎
南史劉祥傳褚彥回曰寒士不遜老杜桃竹杖引云路幽
必爲鬼神奪退之有壞破硯文
龜玉韞匵與無同
龜玉及韞匵並見魯論東坡詩背之不見與無同
錦衾還客弃佳惠
老杜詩錦衾卷還客始覔心和平
衆所欲得當有緣天獨於予可無意敢青細字注魚虫
退之詩爾雅注蟲魚定非磊落人
要傳華嚴八千偈

隋經籍志云沙門支法領從于闐国得華嚴三万六千偈
此云八千未詳
再和寇十一二首
南山樓觀挿穹蒼林杪青熒出上方
文選顏延年詩樓觀眺豈頴尔雅曰穹蒼〻天也謝靈運
詩俛視喬木杪老杜詩上方樓閣晚字本出維摩經
形勝自如諸老逝
漢書高祖紀田肯曰秦形勝之国也后山寇參軍集序曰
大父鹽鐵府君外大父頴公與文忠蔡公好太常少卿寇
君蔡之出也遊二大父之間而輩先君
功名隨盡二流長
劉夢得詩曰人世幾回悲往事山形依舊枕寒流二流謂
汴泗

馬游從昔哀吾老
馬少游事見上注
王粲當年賦異鄉
王粲在荊州作登樓賦曰雖信美而非吾土兮曾何足以
少留文選東門行曰一息不相知何况異鄉别
少日幻心今淨盡
圓覺經云衆生幻心還依幻滅本事詩劉禹錫再遊玄都
觀詩曰桃花淨盡菜花開
多生綺語未全忘
東坡詩多生綺語磨不盡
又
與世相違孰自量
淵明歸去來辭世與我而相違孰自量言自知甚審

資身無策謾多方
漢書韓信傳寄食於漂母無資身之策莊子曰惠施多方
其書五車
逢場作戲真呈拙
傳燈録馬祖道一傳鄧隱峯辭師云石頭去師云石頭路
滑對云竿木隨身逢場作戲便去石頭云云隱峯無語歸
來師云向汝道石頭路滑
誤筆成蠅豈所長
曹不興畫屏風誤落筆點素因就以為蠅孫權以為生蠅
舉手彈之
名字不歸青史筆
老杜詩古人日已遠青史字不泯曹子建表云名挂史筆
形容終老白雲鄉

趙飛燕外傳曰成帝呼合德為溫柔鄉曰吾老是鄉矣不
能效武帝求白雲鄉也
何須五斗輕千里賴有斯人未肯忘
晉書陶潛傳曰吾不能為五斗米折腰拳拳事鄉里小人
王介甫詩賴有斯人慰寂寥
與寇趙約丁塘看花寇以疾不赴有詩用其韻
早年學苦斷過從晚歲逢春意未窮欲共元劉爭着語
元稹劉禹錫也着語見上注
不堪姚魏已隨風
歐公牡丹釋名曰姚黄者千葉黄花出於民姚氏家又曰
千葉肉紅花出於魏相仁浦家錢思公嘗曰人謂牡丹花
王今姚黄真為王而魏紅乃后也
坐無上客席虛左

豈曰上客起史記魏無忌傳從車騎虛左自迎侯生
贈有英詞囊不空
英詞見上注老杜詩囊空恐羞澁
障日長須釣竿手
釣竿手見上注開元天寶遺事曰長安俠少每至春事飾
矮馬以錦韉金絡並轡於花樹下往來遇好花則駐馬而
飲梁武帝歌曰青驄白馬紫絲韁詩意謂雖閑居猶負春色
和寇十一同遊城南阻雨還登寺山
雨阻遊南步泥留逐北情
逐北見上注此借用
稍看飛霧斷復作遠山橫野潤膏新澤
老杜詩野潤煙花薄
樓明納晚晴

選詩璇題納行月
歸宜有佳思紗帽壓香英
三月二十二日榴花盛開戲作絶句
五月榴花忽見春白頭喜遇一番新
退之詩五月榴花照眼明
可能略不解春意
后山嘗有詠榴花長短句云葉葉枝枝綠暗重重密密紅
滋芳心應恨得春遲不會春工着意
只有尋枝摘葉人
謂尋雙葉也傳燈録僧問風穴云尋枝摘葉即不問如何
是直截根源
和寇十一兩後登樓
秀嶺歸雲裏華譙夕照中

莊子盛鶴列於麗譙之間漢書項籍傳譙門注云譙門上
爲高樓以望敵也
登臨初不數兮奕近多同麥秀知春力人和驗歲豐預爲逃
暑約一快楚臺風
魏文帝典論袁紹子第三伏之際有避暑飲宋玉風賦楚
王遊於蘭臺之宮宋玉景差侍有風颯然而至王乃披襟
而當之曰快哉此風
荅寇十一惠朱櫻
故人憐一老輟食寄三山
韓偓櫻桃詩曰合充鳳食留三島誰許鶯偷過五湖
厚味非貧具
方傳曰厚味實腊毒
先嘗貴客間
老杜朱櫻詩曰金盤玉筯無消息此日嘗新任轉蓬后上
自以安於田里有媿子羡之飄零也老杜詩又曰客間頭
最白
甘酸俱可口衰白不宜顏
甘酸見上注莊子曰相梨橘柚皆可於口衰白見上注
妙句那能繼情深未覺堙
法帖紀瞻書云粉二斗所謂物微意全者也
雙櫻絕句
並蒂隨宜妍
老杜詩並蒂芙蓉本自雙後漢和帝詔曰隨宜疏導
連心稱意紅
太平廣記趙旭幽居廣陵有一女呼青夫人拍柱歌曰仙
郎獨邀青童會結情羅帳連心花王介甫詩荷花稱意紅

只堪鶯老眼持此與誰同
古樂府曰空留可憐與誰同
謝趙生惠芍藥三絕句
郁郁芬芬十里君紅紅白白數枝春
魯直詩白白紅紅相間開
要將結習惱鶖子送與毗耶彼上人
維摩經云維摩詰室有一天女以天花散諸菩薩大弟子
上至大弟子便著不墜天謂舍利佛曰結習未盡花著身
耳鶖鷺子即舍利佛以其母眼明靜如鶖鷺眼故也維摩經
又云毗耶離城中有長者名維摩詰又云佛告文殊師利
汝行詣維摩詰問疾文殊言彼上人者難爲酬對
又
從微至老走風塵喜見鄉園第四春
書堯典疏曰舜居虞地以虞爲氏故從微至著常稱虞氏
鄉園見上注
獨舞東風醉西子政緣無語却宜人
芍藥有吳醉西施者退之牡丹詩在對客偏含不語情羅
隱牡丹詩若教解語應傾國任是無情也動人東坡詩不
如此花不解語世間言語元非真老杜詩宜人獨桂林
又
九十風光次第分天憐獨得殿殘春
吳幬白牡丹詩膩若裁雲薄綴霜春殘獨自殿群芳東坡
詩唯餘木芍藥獨自殿殘春
一枝贈欲簪雙髻未有人間第一人
老杜詩昭陽殿裏第一人
寄隣絕句

借子翩翩果下駒春原隨處小踟躕
後漢濊國出果下馬注曰高三尺乘之可於果樹下行元
稹詩長安三月花垂草果下翩翩紫騮好
可能多肯春風裏卧把青銅摘頷鬚
多背并鏡鑷事並見上注退之詩若摘頷底髭
寄寇十一
隣里相望信不通時因得句寄怱怱畫樓看燕春風裏
畫樓謂燕子樓
楊柳藏鴉白下東
古樂府步出白門前楊柳可藏烏桉徐州有白門
度日守窓令節換
老杜詩痛飲狂歌空度日又詩別離驚節換退之詩安居
守窓螢
經句無使覺門空
老杜詩經句出飲獨空床又詩欲問平安無使來又詩客
子念故宅三年門巷空
錦囊裝佳麗隣徐庾賦欲同君賦惱公
錦囊用李賀事見上注賀集有惱公篇首句宋玉愁空斷
嬌嬈粉自紅盆豔詩也樓北史庾信傳父肩吾與徐陵文
辭奇豔世号徐庾體
和酬魏衍
闕然聲問略相同百里之間一水通春興多多高紙價
漢書韓信傳曰多多益辦紙價見上注
離懷一一逐歸鴻
老杜鴈詩雙雙瞻客上一一背人飛
不容寒餓成吾老稍喜朝廷記此公

此公當謂東坡
夢每見君心亦了不因新句覔情東
魏志陳矯傳注文帝曰朕心故已了
觸目絶句
果下翩翩跨紫騮
見上注
踏花濺水見風流
唐人樂府去插花走馬月明中踏殘紅掞言載裴度餘詩
去從教水濺羅衣濕知道巫山行雨歸
可無雙璧千金聚付與狂兒取次游
琴操曰王昭君既至單于大悅遣使報送白璧一雙鮑昭
白紵曲曰千金顧笑買芳年
元符三年七月蒙恩復除棣李喜而成詩
老作諸侯客貧爲一飽謀
老杜詩早作諸侯客蓋用范睢事淵明詩傾身營一飽少
許便有餘
折腰真耐辱
折腰見上注唐司空圖稱耐辱居士
捧檄敢輕投
後漢毛義家貧以孝行稱府檄以義爲郡守義以手捧檄
而入喜動顔色張奉薄之後義毋亡遂不仕奉歎曰往日
之喜乃爲親也退之詩君今從署天涯吏投檄北去何難
哉
早作千年調
見上注早謂壯歲
中懷萬斛愁

見上注

莫年隨手盡心事許溟鷗

樂天詩百年隨手盡謝玄暉詩心事俱已矣江上徒離憂

送姚先生歸宜山三絶

鄭公龍變不容覬猶有先生不絶塵（后山自注云鄭乃姚之師姚亦不復見）

莊子載孔子曰吾見老子其猶龍耶司馬遷史記論彭越魏豹曰雲蒸龍變莊子又有奔軼絶塵之語

定力不爲生死動始知天地有閑人

大智度論曰以業力故入生死以定力故出生死

又

老逢熙運乞前官

乞字作去聲讀前官謂復除學官也

病遇先生得內丹

修真祕訣老君曰含和鍊藏吐故納新上入泥丸下注丹田此內丹也

一飽有期吾事了千年不死後人看

終上句之意分屬兩句東坡詩一飽未敢期

又

宇定心清面發丹下床投杖覺輕安

宇定見上注圓覺經曰遇善境界得心輕安

此身已許壺丘子

壺丘子以比姚列子見神巫而心醉以告壺丘子然後列子自爲未始學而歸三年不出

他日爭尋靖長官

靖長官以自况東坡送范景仁詩末句云試與劉夫子重尋靖長官自注曰劉几云曾見人嵩山幽絶處眼光如鏡

慕其爲靖長官也按張師正括異志靜長官自定人登明經第一旦棄妻子游名山數年不歸洛下蘄襲者於其家常帷一榻枕䄻甚潔人詢其故曰以待靜長官靜今隱嵩少間歲或一至或再至蘄氏以神仙事之近世曾慥作集仙傳曰應靖不知何許人唐僖宗時爲登封令既而棄官學道遂升仙去隱其姓而以名顯故世謂之靖長官元祐中劉几嘗遇於嵩高山中二說未知孰是然師正以靖爲靜豈又自有一靜長官耶

上趙使君

老氣崢嶸盡九州

老杜詩老氣橫九州

治聲騰涌逐雙流

蜀都賦帶二江之雙流此借用以言汴泗

向來買醴蒙殊遇

漢書楚元王傳穆生不耆酒元王常爲設醴后山亦戒酒故云蜀志諸葛亮表曰蓋追先帝之殊遇此借用

此日彈冠媿少留

漢書王吉傳吉與貢禹爲友世稱王陽在位貢公彈冠時后山將赴棣學老杜所謂尚憐終南山回首清渭濱亦遲遲未忍別去也

千里山連環故國

東坡放鶴亭記曰彭城之山岡嶺四合隱然如大環獨缺其西十二劉禹錫詩曰山圍故國周遭在

中秋月好傍黃樓

老杜詩中天月色好誰看

不慙爲米輕鄉里定復還從馬少游

並見上注
送鄭祠部
持節還家未白頭有親八十更何求
老杜詩微軀此外更何求
又隨急詔朝天去
李宗閔作王播墓碑曰今上踐阼急詔徵公歐公詩太興
騎頻來急詔隨
不爲寒鄉盡歲留
鮑昭東武吟曰僕本寒鄉士
四着儒冠甘送老
后山再除徐學一除潁學今又除棣學東坡詩送老齏鹽甘
似蜜
數經奇蹇得銷憂
漢書李廣傳大將軍以爲李廣數奇毋令獨當單于得銷
憂猶言安得銷憂老杜詩感動幾銷憂
擬登碣石臨朝日浩蕩滄溟没白鷗
亦后山自述如老杜今欲東入海之意古樂府碣石篇云
東臨碣石以觀潮海又云日月之行若出其中

後山詩注卷第十一
和寇十一同登寺山
度暑無好懷憑危略幽致衣冠蔚如林從我才一二茲山昔
深登歲月誰得記尚有名勝流不與金石悴安知千載後我
與子復至
老杜詩南陌既留歡此山亦深登晉書王導傳曰帝親觀
禊導及諸名勝皆騎從羊祜傳每風景必造峴山嘗謂鄒
湛等曰自有宇宙便有此山由來賢達勝士登此遠望如
我與卿者多矣皆湮滅無聞使人悲傷
煙昏倏見燈洪發疑无地
魯直詩龍棲山發洪楚詞曰下峥嶸而无地
領略章句手
江文通擬古詩云領略歸一致老杜詩云迴帆覬賞佳
處領其要章句手謂二謝之流
割據英雄志
老杜丹青引英雄割據雖已矣又劍門詩至今英雄人高
視見霸王并吞與割據極目不相讓彭城自楚漢以來多
有割據者后山於徐州修亭記言之詳矣
興壞容一瞬今昔當幾喟
漢書司馬遷傳曰稽其成敗興壞之理文選撫四海於一
瞬退之詩於焉傲今昔喟音丘愧反大息也魯論夫子喟
然歎曰
闔山缺西北放目不可制歸懷納清境夜榻成良寐
山缺見上注黃魯直有放目亭賦
零落壁間詩豈特彼所愧
東坡遊戲馬臺有書西軒壁詩豈特二謝所愧作者皆在

其下風也文選魏文帝書曰數年之間零落殆盡
會逢南過適不問西來意
前卷有詩和寇十一同遊城南阻雨還登寺山則此山未
極南遊之勝歟老杜思章之晉詩曰南過駁倉卒過字作
平聲讀此借用居山又有詩云東渡南登稱意遊傳燈録
南嶽讓禪師與坦然禪師問嵩山安如何是祖師西來意
安曰何不問自己意
謝孫奉職惠明德墨
奚李風流盡法傳外諸孫
李廷珪本奚姓風流盡見上注
常山陳瞻子懷抱自高摽就云勝潘翁惟眉山公言
眉山公謂東坡嘗題瞻墨云陳瞻墨潘谷不逮老杜詩云
惟梁孝王都此用其句律摽首立言反覆也
四海未盡識一變歸九原胡郎少年子外家典刑存一點落
漆重價壓璵璠
蕭子良書曰仲將之墨一點如漆左傳定公五年注曰璵
璠美玉君所佩
孫侯盛洛人情義久益惇
退之詩定非盛洛人曹子建詩親交義在惇
解囊寫玄圭熟知師白猿
玄圭借用禹錫事吳越春秋越王問劍於處女處女將見
王道逢袁公公曰聞子善劍術女子曰願試也公即撫竹
以刺女女舉杖擊之公即上樹化爲白猿孫奉職武人故
用此事
我貧不解書下筆輒自哂
嵇康書曰性不便書方言曰哂恚也不欲應而強答一云
慾也
良寶不受辱隱默面稱寃
南史庾肩吾傳梁簡文帝與湘東王書論文體麗靡曰徒
以煙墨不言受其驅染紙札無情任其搖襞歐公作蔡君
山墓誌曰媼色有寃吾不可不爲理
登寺山
晴山堪着眼別意不成秋小作三年別聊爲五斗謀要須乘
下澤不待到壺頭預恐登臨處長思馬少游
並見上注
答寄魏衍
往昔敦朋好猶能作報書
西京賦視往昔之遺館
老衰渾得懶
老杜詩百年渾得醉
疎簡略相如
謂不問交友之親疎皆一等不報書也
名墮網中蝶
劉禹錫詩哀我墮名網有如翾飛輩陸龜蒙蠹化曰橘之
蠹化爲胡蝶甚可愛也須臾犯蝥蝄而膠之人雖甚憐莫
可解而縱矣天下大橘也名位大羽化也苟滅德忘公崇
浮飾傲得不爲大蝥蝄而膠之乎
身隨冰底魚
東坡詩拙於林間鳩懶於冰底魚
填門車馬客左席爲君虛
魏志王粲傳蔡邕貴重朝廷常車騎填巷聞粲在門倒屣
迎之漢書鄭當時傳贊云賓客填門選詩門有車馬客左

席見上注

拱翠堂后山自注云蕭邑冨人寳敦礼即泉山作此堂規制宏麗无咎作記

千年茅竹蔽幽奇一日堂成四海知

退之宴喜亭記曰斬茅而嘉樹列發石而清泉激又曰蔽於古而顯於今柳子厚法華西亭記曰廡之外有大竹數萬叉其外山形下絶然而薪蒸篠蕩蒙雜擁蔽吾意伐而除之必有見焉

便有文公來作記尚須我輩與題詩

文公謂無咎也李賀高軒過曰西京才子文章公下句言已有佳記尚何須詩耶

至人但有經行處寶蓋仍存朽老枝

似是東坡經塗曾畫枯木於此蓮經曰經行林中華嚴經曰阿僧祇寶經行處劉禹錫謝寺雙檜詩曰龍象界中成寳盖鸞鶱凡上出高枝朽老見上注

能事向來非促迫經年安得便嫌遲

自言作詩乆方如約也老杜詩十日畫一水五日畫一石能事不受相促迫王宰始肯留真迹此借用其意世說簡文爲相事動經年得過桓公患遲常加勸勉太宗曰一日萬機那得爲速此頗用其語

贈田從先

詩意當是田君失解後作

衣冠魯國動成羣憂患相從只有君

莊子曰舉魯國而儒服何謂少乎王介甫哭王令詩布衣阡陌動成羣卓犖高才獨見君

落筆如流寧蹈襲

晉書陶侃傳筆翰如流未嘗壅滯退之樊紹述誌云不蹈襲前人一言一句

行前應敵却紛紜

後漢耿秉擊車師奮而起曰請行前上馬引兵北入漢書夏侯勝傳曰讀書疎略難以應敵又王莽傳遣儒生能顓對者王咸使匈奴咸應敵縱横单于不能詘魏志高貴鄉公命羣臣賦詩和逌陳騫等作詩稽留有司奏免官詔曰吾廣延詩賦以知得失而乃尒紛紜良用反仄其原逌等

愧非伏老成和伯

漢書儒林伏生傳孝文聞伏生治尚書欲召之時年九十餘老不能行又歐陽生傳生字和伯事伏生由是尚書世有歐陽氏斈

喜有侯芭守子雲

見上注

意氣有餘功用少相望千里定能勤

勉田生以學也南史王僧虔論書云宋文帝書天然勝羊欣功夫少於欣法書苑曰孫過庭草書功用雖少而天材有餘此用其意韓非子問辯篇曰言行者以功用爲之的彀者也末句欲其不憚千里之勤而來問學

別鄉舊

數有中年別寛爲滿歲期

中年別見上注老杜詩縱死時猶寛漢書尹翁歸傳曰滿歲爲真

得無魚口厄

古樂府烏生八九子云鯉魚乃在洛水深淵中釣魚尚得鯉魚口東坡和放魚詩云哀哉若魚竟坐口遠愧知幾穆生醴

聊復鴈門蹟
漢書段會宗傳曰終更亟還亦足以復鴈門之蹟注云蹟
隻不耦也音居宜反
齒脫心猶壯
韓平子問叔卿曰剛與軟孰堅對曰臣年八十矣齒再脫
而舌尚在魏武帝歌曰烈士暮年壯心不已
秋清意自悲
宋玉九辯曰悲哉秋之爲氣也又曰泬寥兮天高而氣清
王介甫詩青天白日春常好白髮朱顏意自悲
平生郡文學鄧禹得三爲
後漢馬武傳鄧禹曰臣少嘗學問可郡文學博士史記荀
卿三爲祭酒后山教授徐潁棣三州故云
和李使君九日登戲馬臺
登高能賦偶吾儕
漢書藝文志曰登高能賦可以爲大夫
不用傳杯擊鉢催
南史王僧孺傳蕭文琰與丘令楷江洪等共打銅鉢立韻
響滅則詩成
九日風光堪落帽中年懷抱更登臺
並見上注
江山信美因人勝
王粲登樓賦曰雖信美而非吾土
黄菊逢辰滿意開
魯直詩爲公滿意說江湖
二謝風流今復見千年留句待君來
東坡詩此中有句無人見留與襄陽孟浩然

與魏衍寇國寶田從先二姪分韻得坐字
將老蒙誤恩受弔不受賀
陸機嘆逝賦曰予將老而爲客後漢劉表傳曰牧受弔不
受賀唐書岑文本亦云
欲起尚遲回積閑習成墮向來二三子相與守寒餓一日不
可無三歲安得過
晉書王徽之曰何可一日無此君高僧支遁傳謝安曰終
日戚戚觸事惆悵惟遲君來以晤言消之一日當千載耳
是時秋益高夜永月初破
退之詩新月懸半破
漏鼓已再更坐者餘幾箇酒薄多可強談勝堅莫挫
世說謝胡兒語庾道季曰諸人暮當就卿談可堅城壘漢
書匈奴傳曰破堅拔敵如彼之難也
簷昏讀字細林缺占星大
老杜詩仰看明星當空大
吳吟未至慢
慢謂南朝慢體如徐庾之作魯直嘗效其體
楚語不假些
楚辭宋玉招魂曰魂兮歸來去君之恒幹何爲四方些說
文云語辭也
懷遠已屢歎
遠謂遷謫諸人如蘇黄等
論昔先急唾
昔謂紹聖元符之間孫真人千金方載黄帝雜忌法曰清
旦聞惡事即向所來方三唾之吉
身世喜相違

見上注
具成螘旋磨
晉書天文志日月東行而天牽之以西没譬之於蟻行磨石之上磨左旋而蟻右去
平生陳孟公歲晚不驚坐
自言其無復平日豪氣也漢書陳遵傳時有與遵同姓字者每至人門曰陳孟公坐中莫不震動既至而非因號其人曰陳驚坐
和黃生出遊三絶句
右坊左里遠相求東度南登稱意遊
皆是日實録
已着連峯妨目極不應疾雨使心休
目極用王粲賦意見上注

又
諸郎聯璧萬人看新有詩聲伯仲間
並見上注
作意登臨還得句此生寧復要長閑
謝靈運有登臨海嶠詩孟郊詩夜吟曉未休苦吟神鬼愁
如何不自閑心與身爲讎
又
勝欲登臨強作歡衣冠未動意先闌從今泉石非吾事只借君詩細細看
東坡詩作堤捍水非吾事
盤馬山后山自注云山廣數丈无草木相傳漢祖盤馬於此
耕桑戰伐飽曾經廟毁村荒不乞靈
老杜詩老樹飽經霜左傳曰頤乞靈於臧氏

尚有君王盤馬跡至今草木不能青
退之詩杏花兩株能白紅
爛石村
亂石何年爛千林昨夜黄曉耕來鳥雀夜龁縱牛羊投老須微禄
晉書王羲之傳曰懷祖投老可得僕射老杜詩躭酒須微禄
持身闕寸長
司馬相如過宜春宫賦曰持身不謹楚詞卜居曰尺有所短寸有所長
洗心聞吉語時事信難量
后山已洗滌當世之念忽有起廢之除故云尔洗心借用易繫辭語退之詩哀情逢吉語按漢書陳湯傳曰不出五日當有吉語聞文選崔子玉座右銘曰悠悠故難量

別叔父崑山丞
父子兼知已扶携共白頭
退之董溪墓誌曰父子間自爲知已
又爲千里别未使寸心休鳥雀空庭晚風霜落木秋近親零落盡更竟别離愁
魏文帝與吴質書曰何圖數年之間零落殆盡言之傷心
從寇生求茶庫紙絶句
南朝官紙女兒膚
南朝謂李后主南史阮孝緒不書官紙成父之清白女膚
見上注老杜詩恰似十五女兒腰
玉版雲英比不如
素問有玉版論要篇漢書晁錯傳曰刻於玉版藏夫服器

毋散詩云曉服雲英漱井花
乞與此翁元不稱他年留待大蘇書
大蘇謂東坡魯直和王炳之惠玉版紙詩云不特歸掃蘇
公門乃令小人今拜辱

黃樓絕句

樓上當徹夜聲
樓有東坡所書子由黃樓賦碑當二塌碑聲也東坡墨妙
亭詩空齋晝靜聞登登

與人何事有枯榮
晉書謝玄傳叔父安謂子姪曰子弟亦何豫人事而正欲
使其佳選詩俛仰見榮枯后山意謂此碑本不関人而亦
隨時輕重時黨禁初開也

已傳紙貴咸陽市

紙貴見上注史記呂不韋傳著呂氏春秋布咸陽市門懸
千金其上有能增損一字者予千金

更恐書留後世名
後世名見上注前詩有曰生前只爲累身後更須名

酬顏生惠茶庫紙

破卵剝膜肌理滑
老杜詩肌理細膩骨肉勻

截玉作版光氣熏
禮記曰君子於玉比德氣如白虹天也

老子尚堪哦七字
退之記夢詩曰壯非少者哦七言六字常語一字難

阿買頗能書八分
退之詩阿買不識字頗能書八分此借用似言其子也

黃樓

樓以風流勝
蘇子由黃樓賦叙曰熙寧十年八月彭城大水余兄子瞻
適爲彭城守水未至使民具畚鍤畜土石以爲水備水既
去而民益親即城之東門爲大樓堊以黃土曰土實勝水
徐人相勸成之

情緣貴賤移
厄於紹聖黨禍

昇亡老畢篆市發大蘇碑
黃樓賦乃畢仲詢篆東坡書至是起廢焉

更覓江山好難忘父老思
父老思見上句注

只應千載後覽古勝當時

謂人情貴耳賤目也文選盧子諒有覽古詩

答黃生 魏衍注云時初冬尚未冬衣先生以背子贈之堅不受到家以朱氏所贈二疋寄之因作詩

我無置錐君立壁舂黍作糜甘勝蜜
荀子曰無置錐之地又曰猶以戈舂黍選詩曰斧冰持作
糜東坡詩送老齏鹽甘似蜜

綈袍不受故人意
史記范雎傳須賈曰范叔一寒如此哉乃取其綈袍以賜
之范雎曰公之所以得無死者以綈袍戀戀有故人之意

樂餌肯爲兒輩留
老子曰樂與餌過客止晉書王羲之曰恒恐兒背覺

割白鷺股何足難食盧鵜肉未爲失暮年五斗得千里有愧

寒詹背朝日
暮年五斗后山自謂

寒夜
閉戶風將雨
玉臺集序云金星與婺女爭華
通宵浪打頭
東坡詩生平賀老慣乘舟騎馬風前怕打頭蓋吳中有打
頭風
若為中夜聽復作別時愁宿鴈鳴漁火村舂急暗投
老杜詩宿鴈聚圓沙退之詩漁火粲星點老杜詩村舂雨
外急暗投借用鄱陽語謂夜舂也
不應田二頃能使寸心休
史記蘇秦曰使我有洛陽負郭田二頃吾豈能佩六國相
印乎

贈周秀才二首
與君世好自比隣后山自注云宣占嶋大父外大父皆君其孫也
漢書孫寶傳祭竈請比隣
豈悴相從久更親急駕小舟來取別固知風味似前人
豈悴取別並見上注

又
早逢異人得異術究窮咎休出頃刻相逢拍手問由來侄我
今年有陰德魏衍注云周嘗謂先生命木甚合故有陰德之語
摭言裴晉公貧狀眇小有相者曰郎君若不至貴即當餓
死一日遊香山寺有婦人以父被罪假得玉帶二犀帶一
以賂津要致於欄楯忘收之而去度得而授之後見相者
曰必有陰德及物前途萬里非某所知也度果位極人臣

五子相送至湖陵
中年患別多作別早日諱窮常得窮
莊子孔子曰我諱窮久矣而不能免命也
匆云一水四十里衣冠塞郭何人同周生子病輙身出劉子
遠來今幾日石家仲叔好少年頗能厭俗從吾律
南史何妃傳曰楊郎好年少后山持戒律頗嚴
魏君不獨相從早自君之來吾却掃
魏衍字昌世后山之門人也江淹恨賦曰閉關却掃
歲月磨人孰能久反覆看渠難得好
言世態淺薄也東坡詩非人磨墨墨磨人老杜詩人生反
覆看亦醜
湖陵古城風日寒情義乃知生別難
選詩淚為生別滋
高懷已為故人盡交道應留後代看
老杜詩高懷見物理後漢王丹曰交道之難未易言也老
杜詩孝子忠臣後代看

湖陵與劉生別
觸寒歷險來特特愧無以當欣有得
歷險見上注貫休詩萬水千山得得來退之書云顧無以
當之如何
向來憂患不相捨知子用心堅鐵石人畏有心事無難此語
雖鄙理則然
漢書李廣贊曰此言雖小可以喻大
君今意在翰墨間他日人爭讓一先
以碁為喻言高一着也樂天詩何處春深好春深博弈家
一先爭破眼六聚鬪成花

寄滕縣李奉議
滕大夫伯陽父孫

魯論孟公綽不可以爲滕薛大夫史記老子傳姓李名耳
字伯陽
烹小鮮治大國原
原本也老子曰治大国若烹小鮮
一得何用五千言
老子曰侯王得一以爲天下貞史記老子傳曰言道德之
意五千餘言
施寬決獄人不寃
周礼大司徒大荒大札則令邦国移民通財舍禁施力薄
征緩刑漢書于定国傳曰民自以不寃
盛氣走訟畏討論
史記趙世家曰太后盛氣而胥之入
終歲歛吏不到門子弟無賴皆西奔
漢書高祖紀曰始大人常以臣無賴
踵門父老如雲屯拊髀跳踉走兒孫
莊子曰有孫休者踵門而詫子扁慶子又曰鴻蒙拊髀爵
躍
絳幡搴節歌唄喧
法華經曰歌唄頌佛德
畫盆戴頂煙如焚繡幖綵軸箱帕繁曲躬叉手前致言
老杜詩聽婦前致詞
斎眼未見耳不聞
老杜嚴中丞詩斎眼未見有
暮年何以荅此恩請誦華嚴壽我君
晉書東皙傳衆作歌曰東先生通神明請天三日甘雨零
何以疇之報東長生

斷岸逼橫水枯荷着早霜一陂堪度歲數鴈不成行市遠無
住鴈
矰繳
家語漁者曰天暑市遠淮南子鴈銜蘆而飛以避矰繳
年豐足稻粱
稻粱見上注
中原有佳氣不必到衡陽
似指當世事後漢光武紀氣佳哉鬱鬱葱葱
寓目
曲曲河回複
山海經曰河百里一小曲千里一大曲吳都賦曰潮波汩
起回復萬里
青青草接連
選詩曰青青河畔草老杜詩野水春來更接連
去帆風力滿來鴈一聲先
吳都賦五臣注曰舉颿者挂席用風力也按颿與帆同老
杜詩一聲何處送書鴈
野曠低歸鳥江平進晚牽
老杜詩江平不肯流又云百丈牽江色
望鄉從此始留眼未須穿
文選謝玄暉詩有情知望鄉阮嗣宗詩零落從此始老杜
詩新愁眼欲穿
野望
霜葉紅於染吹花落更馨平江行詰曲
李羣玉詩厭穿詰曲崎嶇路
小徑夾蔥青

選詩抄隱曰峭蒨青葱閒竹栢得其真
慶爲開愁眼遥山入豋昇畏人惟可飲從俗却須醒
老杜詩畏人成小築惟可飲見上注楚詞卜居曰將從俗
富貴以媮生乎
寄單州吕侍講希哲
往時三吕共脩途
吕許公三子希哲希績希純老杜詩峯迫限脩途
擬上青雲近玉除
選詩凝霜依玉除山谷詩垂上青雲却佐州
中道勒迴奔電足
崔豹古今注曰秦始皇有馬名追電東坡徑山詩中途勒
破千里足
今年還直邇英廬
邇英殿講筵所在陸機詩厭直承明廬
縱談尚記華嚴夜枉道難隨刺史車
老杜過韋氏莊詩曰枉道秖從入吟詩許更過
遣興寬爲七字語尋人聊代一行書
老杜詩遣興莫過詩又云相看過半百不寄一行書
寄沛縣姜承議山谷自注云姜乃潛之孫以捕寇陜官頗作隱居自号金城居士
平生魯國老先生晚見諸郎識老成
姜潛蓋石介守道門人見於歐公所作守道墓誌
怪有武功蒙寵錫果緣陰德貫神明
漢書武帝紀奏置武功賞官以寵戰士賈誼書孫叔敖毋
曰有陰德者天報以福此借用言姜君善齊
金池已作歸田計
金池當是所居地名

王版方書齊物情
素問有玉版論要篇姜必善醫者上句陰德亦謂此
百里飢寒獨顏闔忍令一物不敷榮山谷自注云顏闔謂魏衍
莊子曰顏闔自飯牛魯君使人以幣先焉晉書王羲之傳
曰頃植桑果今盛敷榮
寄兖州張龍圖文潛二首
去國遺前政還家未白頭
初文潛坐黨謫監黄州酒稅時紹聖四年也老杜詩破膽
遺前政
百年當晚遇
樂天詩晚遇何足言白髭映朱紱
一辱猶先收
老杜詩一辱泥塗遂晚收
齒脫空餘舌
齒脫見上注説苑曰常摐有疾老子問之摐張口曰吾舌
存乎曰然吾齒存乎曰亡舌存以柔齒亡以剛此句以下
皆后山自述
顏衰早着秋
晉書顧悅之與簡文帝同年而髮早白帝問其故對曰蒲
柳常質望秋先落
三爲郡文李大勝鄧元侯
見上注元侯鄧禹謚也
又
賸喜開三面旋聞乞一州
三面見上注乞字作去聲讀
難隨鳥翼行復立螭頭

上句自言不能往見下句言文潛當復爲舊官老杜詩獨
把漁竿終遠去難隨鳥翼一相過蝸頭見上注
今日麒麟閣
漢書蘇武傳宣帝圖畫功臣於麒麟閣
當年鸚鵡洲
後漢禰衡傳江夏太守黄祖大會賓客人有獻鸚鵡者衡
攬筆作賦文不加點後衡言不遜祖遂令殺之今鄂州江
夏有鸚鵡洲即其地也黄州與鄂相望故后山用此事
寄書愁不達書達得無愁
老杜詩寄書長不達况乃未休兵
晚立
遶舍苔衣積
唐人劉滄詩莎逕晚煙凝竹塢石池春色染苔衣
倚墻棃頰紅
老杜詩色好棃勝頰
地平宜落日野曠自多風
蘇子由詩山滿長空宜落日唐人王昌齡詩曠野饒悲風
禹迹千年後家山一顧中
左傳曰茫茫禹跡
未休嗤土偶
史記孟嘗君傳孟嘗君將入秦蘇代謂曰木偶人謂土偶
人曰天雨子將敗矣土偶人曰我生於土敗則歸土今天
雨流子而行未知所止息也孟嘗乃止
已復逐飄蓬
曹子建詩轉蓬離本根
寒夜

一夜風澎浪中宵月脫雲
歸田録曰江南有大小孤山江側有澎浪磯世俗轉爲彭
郎
到悤資少睡遠響飽多聞星火遠相乱江山氣不分早雞先
得便
退之詩歸来得便即遊覽盧仝詩揚州蝦蟹忽得便
斷鴈屢鳴羣
老杜孤鴈詩飛鳴聲念羣僧祇律曰天帝釋化爲燕子鳴
羣喚母
鴈二絶句
來往違寒暑飛鳴在稻粱
文選謝靈運詩嗷嗷雲中鴈舉翮有委羽求凉弱水湄違
寒長沙渚詩鴻鴈于飛注曰鴻鴈知避陰陽寒暑
未知溟海大不肯過衡陽
衡山有迴鴈峰
又
截水無留影
天衣懷禪師語曰譬如鴈過長空影沉寒水鴈無遺蹤之
意水無留影之心太白詩寶刀截流水文選江文通詩云
寒郊無留影
哀空有斷羣
老杜鴈詩行斷不堪聞
翅開先作字行斷不成文
老杜鵝詩翅開遭宿雨行斷見前句注太玄文首曰鴻文
無范謐者謂鴻鴈之飛偶有文字之象而無法也
山口

重霧真成雨踈簾不隔風青林擁紅樹家鶩雜賓鴻
退之鸎詩春風紅樹鶯眠熟陶隱居注本草云鶩即是鴨鴨有家有野又尸子云野鴨為鳧家鴨為鶩賓鴻見上注
東坡詩野鴈雜家鶩
漁屋渾環水晴湖半落東往來成一老猶在半塗中
老杜詩生涯能幾何常在羈旅中礼記中庸曰半塗而廢
雪竇頌云如今要見黃頭老刹刹塵塵在半塗
晚泊
淸切臨風笛深明隔水燈
老杜詩淸切歌聲上
堆場穿鳥雀暗溜入溝塍
堆場見上注西都賦曰溝塍刻鏤
年使扶行老舡催趂渡僧
左傳曰絳縣老人有與疑年使之年老杜詩扶行幾屐穿
茲遊恐未已着句續先曾
異聞集沈亞之夢中作舞辭曰欲疑着辭不成語東坡詩聊亦記吾曾
夜雨
十月天猶雨三更月失明
盧仝月蝕詩偏使一目盲司馬遷書曰左氏失明厥有国語
溟濛才洒潤點滴不成聲
左傳吳都賦曰廻眺溟濛
闔户風煙入投林鳥雀輕
老杜詩投林羽翮輕
旅懷終易感倏起別離情

江文通別賦曰行子腸斷百感悽惻
宿合淸口
風葉初疑雨
樂天詩葉聲落如雨
晴窻誤作明
杜荀鶴雪詩曰先於曉色報窻明此用其意
穿林出去鳥舉棹有來聲
老杜詩遲遲出林翮
深渚魚猶得寒沙鴈自驚
正月詩曰魚在于沼亦匪克樂潛雖伏矣亦孔之炤老杜詩宿鴈聚圓沙
卧家還就道自計豈蒼生
言其出處皆以貧故自為計爾非為蒼生也晉書阮裕曰吾少無宦情兼拙於人間故曲瑕二郡豈以騁能私計故耳又謝安傳桓溫請為司馬高崧戲曰卿屢違朝旨高卧東山人言安石不肯出將如蒼生何蒼生今亦將如卿何
漢書張敞傳曰便埽卧家
宿泊口
覊栖經歲晏懸流盡夜聲
莊子曰呂梁懸水三十仞流沫四十里
更長疑睡少霜落怯寒生
東坡詩老人無睡漏聲長樂天詩稍稍夜寒生
急急占星度
歐公詩山浦轉帆迷向背夜江看斗辨西東
搖搖苦舶傾
梁書江革濟江淮以一舸舳艫偏欹不得安人或謂曰當

移徙重物以進輕槽華既無物乃於西陵岸取石千片以
實之
風濤兼盜賊恩重覺身輕
文選顏延年詩春江北風濤老杜詩况兼水賊繁特戒風
波駭謝靈運擬鄴中詩曰知深覺命輕注引孔坦表曰士
死知遇恩令命輕潘安仁寡婦賦曰懼身輕而施重
野望
山開兩岸樹水遶數家村
王介甫詩高下數家村
地勢傾崖口風濤嚙石根
柳子厚鈷鉧潭記曰冉水自南奔注抵山石屈折東流盪
擊益暴齧其涯故旁廣而中深石根見上注
平林霜着色
畫家有着色山東坡詩誰見將宜着色山
沙岸水留痕
老杜詩冬水各依痕
賸寄還鄉泣難招去國魂
楚詞有招魂篇
宿興城
卧埋塵葉走風煙齒豁頭童不記年
退之進學解頭童齒豁
起倒不供聊應俗高低莫可只隨緣
言其身世與髮相仍也傳燈録優波毱多曰若因地倒還
因地起退之詩帝欲長吟戰故遣起且僵不供猶不辦也
南史張興世傳曰朝廷遣褚彦回就赫沂行選擬板下供
由是有黄紙札世傳樂府曲曰高來不可低來不可窺野

詩生計秪隨緣
通漏遠鼓三行夜
周禮鼓人注司馬法曰昏鼓四通爲大鼙夜半三通爲晨 三鼜四音戚守夜鼙也
戒又宮正擊柝注曰暮行夜以比直宿者
隱隱平湖四接天
元稹詩洞庭瀰漫接天迴
枕底濤波蓬上雨故將羇旅到愁邊
愁邊見上注
頹帝臨風二首
水到西流闊風從北極來聲驅峽口圻力拔嶺根摧
老杜江漲詩大聲吹地轉漢書項藉傳曰力拔山兮氣蓋
世三秦記長安正南秦嶺嶺根水流爲秦川
突兀重重浪轟豗處處雷
言浪聲如雷此體謂之影對前卷論之詳矣木玄虛海賦
曰驚浪雷奔退之聖德詩曰衆樂並作轟豗融冶
順流看過舫更着快帆催
用劉禹錫沉舟側畔千帆過之意
又
萬古梁山泊今年未掾舡阻風兼着雪費日亦忘年
老杜詩斫舍應費日解纜不知年又詩費日係舟長拔史、
玄經文首曰歇戴之文徒費日也莊子曰忘年忘義
世事元相忤衷懷忍自煎
老杜詩回腸杜曲煎又云膏以明自煎
曉來聲更惡
老杜喜雨詩晚來聲不絶應得夜深聞
始覺畏途邊

莊子曰夫畏塗者十殺一人則父子兄弟相戒也老杜詩
盡室畏途邊
晚坐
柳弱留春色梅寒讓雪花
張祜詩河流側讓關
溪明數積石月過戀平沙
選詩流水戀舊埜
病減還憎藥年侵却累家後歸栖未定不但只昏鴉
末句自憐未知税駕之地老杜詩夜來歸鳥盡啼殺後栖
鴉
寒夜
留滯常思動艱虞却悔來
漢書司馬遷傳太史公留滯周南老杜詩削跡共艱虞又
云留滯才難盡艱危氣益增
寒燈挑不焰
元稹詩殘燈無焰影幢幢
殘火撥成灰
前輩詩撥盡寒炉一夜灰
凍水滴還歇風簾掩復開
老杜詩風簾掩不定
孰知文有忌情至自生哀
王介甫詩文章尤忌數悲哀世説孫楚除婦服作詩王武
子見之曰未知文於情生情於文生覽之悽然使人增伉
儷
洒之重實直詩云意不及此文生哀
絶句
雲海冥冥日向西春風欲動意猶微魏衍云丙蒙本無二字未達王子與云猶見識別本作微
動一云上本風意力猶微
退之詩雲水蒼茫日向西老杜詩台州地闊海冥冥雲水
長和島嶼青又詩今朝臘月春意動樂天詩雖有東南風
力微不能吹
無端一棹歸舟疾驚起鴛鴦相背飛
劉禹錫詩無端陌上狂風急驚起鴛鴦出浪花老杜詩檣
烏相背發
禮武臺坐化僧布山自注云時呂希哲作單州守臺屬單州
至人本無心
莊子云不離於真謂之至人
起滅因衆縁
佛書云諸法從縁生縁離法即滅維摩經云但以衆法合
成此身起唯法起滅唯法滅
化盡悲願在留形此臺顛
家語曰化窮數盡謂之死華嚴經偈云如來以悲願普應
諸有縁如淨月光明無處不周遍
聞名與致敬獲福皆無前
維摩經云維摩詰稽首世尊足下致敬無量
千年一鉢水宿疾幾人痊驍雄兖州軍馬步餘數千一呼可
摧山四合如垂天
莊子曰翼若垂天之雲
老幼十八村頃刻理無全哀鳴寄香火毀塔投其塼
魯論曰鳥之將死其鳴也哀獸塔謂兖軍
盛怒忽驚奔如有所見然等觀同一子豈特此所憐
涅槃經云佛視衆生猶如一子羅睺羅想作七種羯磨為
欲示惡行之人有果報故

我來已再見童稚亦虔虔
南史王僧虔之子慈與蔡興宗子約入寺約曰衆僧徒今
日可謂虔虔
發火觸暗室青燈已娟娟始讀碑間碑妙力隱不傳
世說司馬太傅問謝車騎惠子五車何以無一言入玄謝
曰當是妙處不傳
頗恨語未工安得筆如椽
晉書王珣夢人以大筆如椽與之云此當有大手筆事
歸路雲月黑濤波暗長川溪翁停舟待相喚聲相連解纜風
泊岸中流水入舩
退之羅池碑曰度中流兮風泊之鶻冠子曰中流失舡一
壺千金
欹側脚不停竟脫蛟魚汝
樂天詩浮出蛟龍涎字書汝與涎同
興壞如有待適當使君賢定能選妙士拂壓起熏煙
南史劉之遴題其子墓曰梁妙士之墓此借用
昔我靈山囑卑契少林禪丐我一片石併刻維摩篇
退之黃陵廟碑刺史張愉自京師往與愉故善謂曰丐我
一碑石載二妃廟事且令後世知有子名庾信自南朝至
北方惟愛温子昇所作韓山寺碑曰惟韓山寺一片石堪
共語餘若驢鳴狗吠耳維摩篇謂此詩也庐山持戒律故
以維摩自況

晚興

夫國猶能別逢人始欲愁
南史王惠傳會稽内史劉懷敬之郡送者傾都惠亦造別
還過從弟球球問向何所見惠言唯覺逢人耳晉書王承
傳承東渡江每遇艱險處之夷然既至下邳登山北望嘆
曰人言愁我始欲愁矣
不干遊極目自是怯回頭
退之西山詩爲遊西望眼終是懶回頭樂天詩淚眼淩寒
東不流每經高處即回頭
布綱收魚蔆連筒下釣鈎
爾雅蔆謂之涔注衆積柴木於水中魚得寒入其裏藏隱
蔆音岑感反蘇子由詩漁艇縱橫逐釣筒
誰初教鮮食澤竭未能休
尚書暨益奏庶鮮食說殖曰竭澤以取魚非不得魚爲明
年無魚故也亦見吕氏春秋

宿齊河

燭暗人初寂寒生夜向深潜魚聚沙窟墜鳥滑霜林
樂天烏夜啼云霜滑有風枝
稍作他方計初回萬里心
他方計意謂西方極樂國回心言無復四方之志漢書賈
誼傳曰使天下回心而鄉道
還家只有夢更着曉寒侵
老杜詩天寒不成寐無夢有歸魂

別劉郎 魏衍注云宣義之婿六年之別先生哀母劉喪父故其詩哀甚

一別已六載相逢有餘哀公私兩多事災病百相催
真誥載楊羲手帖云公私匆匆災疾見上注
無酒與君別有懷向誰開
老杜詩一生懷抱向誰開
深知百里遠肯爲老夫來

趙嶷

一市萬人聚四衝千里逆胡然不作邑兼自可成橋羣盜去
無跡諸豪壓不驕
老杜詩壯士慘不驕
由來天下事浮議易傾揺
必嘗有欲置縣於此以鎮服豪傑盜賊而爲異議所奪者
盤庚曰而胥動以浮言

雞籠鎮

河市新經集雞籠舊得名初聞北人語
北史曰詔斷北語一從正音
意作故鄉聲
其意但欲作鄉聲如莊舃不忘越吟也
客久艱難極情忘去就輕空虛仍屢忘何以慰諸生
文選應休璉詩避席跪自陳賤子實空虛魏文帝紀評注
曰人少好學則思專長則善忘樂天詩舊遊多屢忘

后山詩註卷第十一

后山詩注卷第十二

除官

十一月除祕書省正字

扶老趨嚴召徐行及聖時端能㦸字正
漢書地理志曰幼者扶老而代其任明皇雜録刘晏以神童爲祕書正字上問曰爲正字正得㦸字對曰餘字皆正惟朋字未正
敢恨十年遲
樂天初除知制誥與三舍人中書同宿詩云莫怪不如君氣味此中來校十年遲
肯着金根謬
尚書故實曰韓昶退之子也性闇劣爲集賢校理史傳有金根車昶以誤悉改根爲銀字
寧辭乳媪譏
南史何承天除著作佐郎年已老而諸佐郎並名家年少荀伯子嘲之呼爲妳母此用其事金樓子曰梁人呼書卷爲黃妳言其怡神養性如乳媪也此借用其字
向來憂畏斷不盡鹿門期
老杜詩鹿門攜不遂又云空有鹿門期鹿門在襄陽杜鄉里也后山此句言雖免簞瓢之憂而失其高隱本趣

題王平甫帖

早聞英氣擅家聲晚得諸郎識老成
漢書司馬遷云李陵既生降隤其家聲諸郎謂二子旊斿
可恨治朝无此老却嫌晚進不同生
晉書謝混傳混爲刘裕所誅宋受禪謝晦謂裕曰恨不得謝益壽奉璽紱裕曰吾亦恨之使後生不得見其風流

足知落筆千言疾
謂作文老杜詩集賢奏士如堵墻觀我落筆中書堂按曾
子固祭平甫文云操紙爲文落筆千字
尚想揮毫一坐傾
謂作字老杜詩張旭三盃草聖傳揮毫落紙如雲煙
未信哲人窮五字
謂詩不能窮人檀弓曰哲人其萎乎
二難還復以詩鳴
世説陳太丘論其二子曰元方難爲兄季方難爲弟退之
送孟東野序曰東野始以其詩鳴

和李文叔退朝

朝流駭汗蒸双梘
退之聖德詩曰駭汗如雨此借用淮南子曰山雲蒸柱礎
潤東坡答西掖諸公詩曰双梘蟠礎龍纏棟
風卷屯雲散萬蹄
陸機詩胡馬如雲屯此借用以言朝士之歸
任使輕衫汚嫣色可令纖手洗春泥
東坡詩分无纖手裁春勝王介甫詩春泥滿眼路嶇嶔

和謝公定雨行逢賣花

逢花駐馬尚多情天不違人旋作晴
開元天宝遺事曰長安俠少每至春時飾矮馬於花下往
來遇好花則駐馬而飲王仲宣詩人欲天不違何惧不合
并
不使近詩增紙價得知春入鳳凰城
郭受與老杜詩春與不知凡幾首衡陽紙價頓能高刘禹
錫詩南山宿雨晴春入鳳凰城

酬王立之二首

王直方字立之名姓頗見於魯直集中魯直嘗
有寄立之問梅花詩
頗有亭前玉色梅情知不肯破寒開
謝无逸溪堂集有題王立之頗有亭詩曰蘇黃兩玉人落
筆傳九州按南史謝晦傳時謝混風流爲江左第一宋武
帝曰一時頓有兩玉人耳王立之家有蘇東坡黃豫章元
祐中所題字因取宋武帝語以名亭云
似憐憔悴兩公客獨倚東風遣信來
兩公謂蘇黃也后山蓋蘇黃之客魏志曰馬超遣信請和
又世説林公詣謝東陽朗時新病起体未堪勞母王夫人
在壁後遣信令還

又

重梅雙杏巧相將不爲遊人只自芳
家語曰蘭生深林不以无人而不芳
應怪詩翁非老手相逢不作舊時香
詩翁后山自謂老手謂蘇黃歐公詩老手尚能工翦裁范
諷詩云惟有南山與君眼相逢不改舊時青

送謝朝請赴蘇幕

好合同黃卷
詩云妻子好合此借用文選陸士衡贈曹文熊亦云疇昔
之遊好合纏綿
情親須白頭
老杜詩童稚情親四十年須白頭謂不待頭白而情已[illegible]
胡然落丹墨不坐致公侯
丹墨謂簿領北史蘇綽始制文案程式朱出墨入及計帳

戶籍之法退之詩符師弄刀筆丹墨交橫揮此借用
山合遊西頤舊本云丙纂塗上四字不注潮回趨急流平生湖海只日夜
逐行舟
老杜詩平生湖海心宿昔具扁舟
和謝公定觀秘閣文與可枯木
斯人不復有累世或可期毋於丹青裏一見如平時壞障塵
得入慘淡令人悲墨客落欲盡巖顏終不移
老杜詩慘淡壁飛動到今色未填又云畫色久欲盡蒼然
猶出塵文選傅毅舞賦曰巖顏和而怡懌世說桓公曰方
石撓弱常才有何巖顏難犯
朽老莫使年
朽老見上注左傳曰絳縣老人有與疑年使之年
石心烏銅皮

晉書夏統傳賈充曰此吳兒木人石心也
念此猶少作未及冰霰姿
文選楊脩荅臨淄王牋云脩家子雲老不曉事強著一書
悔其少作
北枝把異鵲
老杜詩棲枝把翠梧莊子曰莊周遊乎雕陵之樊覩一異
鵲
意定了不疑
言无繞樹未安之態東坡畫鴈詩野鵞見人時未起意先
改君於何處看得此无人態
惜哉不得語胷次幾興衰
用賈誼服不能言之意文選王仲宣詩惜哉空耳爲其子
本出史記竅不齊傳莊子曰喜怒哀樂不入於胷次

一爲要貴役可復辭畫師
唐書閻立本傳閻外傳呼畫師閻立本羞悵流汗
隱奧雖可惜塗抹復見遺
言與可不爲要貴所役聊自寄其意尔畫在秘閣世固不
多見而亦免塗抹之汚文選七命曰吞嚮乎幽山之窮奧
李善注曰奧隱處也盧仝示添丁曰忽來案上翻墨汁塗
抹詩書如老鴉
謝侯名家子感慨形苦詞
庾信哀江南賦云不无危苦之詞
豈惟語畫工勁特頗似之何當補諫列一吐胷中奇
退之代張籍書曰何由致其身於其人之側一吐出胷中
奇乎
和饒節詠周昉畫李白真

君不見浣花老翁醉騎驢熊兒捉轡驥子扶金華仙伯哦七
字好事不復千金摸
成都浣花溪老杜入蜀所居熊驥杜之二子也嘗有詩云
熊兒幸无恙驥子最憐渠魯直有老杜浣花醉圖詩云浣
花酒船散車騎野墻无主看桃李宗文捉轡宗武扶落日
蹇驢馱醉起后山謂魯直詩語已自寫生不須捐金摸畫
也金華見上注老杜詩云諸公乃仙伯
青蓮居士亦其亞斗酒百篇天所借
李太白荅湖州迦葉司馬問白是何人詩曰青蓮居士謫
仙人酒肆藏名三十春老杜詩李白一斗詩百篇又詩天
麁真龍此其亞
英姿秀骨尚可似逸氣高懷那得畫
後漢二十八將論曰英姿茂績老杜八哀詩曰復見秀骨

清逸氣見上注
周郎韻勝筆有神
畫斷云周昉窮丹青之妙畫美人子女爲古今冠絕長安
遠畫記云張懷素每云吳道玄之畫下筆有神
解衣槃礴未必真
莊子曰宋元君將畫圖衆史皆至舐筆和墨在外者半有
一史後至者儃〻然不趨受揖不立因之舍公使人視之
則解衣槃礴贏君曰可矣是真畫者也
一朝寫此英妙質似悔只識如花人
太白詩金屛笑坐如花人
醉色欲及玉色起分明尚帶金井水
摭言曰太白在翰林應詔草白蓮花序及宮詞十首時方
大醉中貴人以水沃之稍醒白於御前索筆一揮文不加

點玉色見礼記玉藻老杜詩硯寒金井水按荆州記益陽
有金井
烏紗白紵真天人不用更著山巖裏
晉書顧愷之爲謝鯤像在石巖裏云此子宜置丘壑中
平生潦倒飽丘園禁省不識將軍尊袖手猶懷脫靴氣豈是
從來骨相屯
文選東征賦曰禁省鞠於茂草唐書李白傳曰白嘗侍帝
醉使高力士脫韡力士素耻之擿其詩以激楊貴妃帝欲
官白妃輒沮止退之詩自歎虞翻骨相屯
仰視雲空鴻鵠舉眼前紛〻那得顧
用嵇康詩目送歸鴻之意韓詩外傳曰黃鵠一舉千里之
杜詩紛〻輕薄何須數
是非榮辱不到處正恐朝來有新句

魯直浣花醉圖詩曰兒呼不蘇驢失脚猶恐朝來有新作
勿言身後不要名尚得吳侯費百金
身後名見上注晉書謝安傳曰餚饌亦屢費百金
江西勝士與長吟
饒節字德操江西人後爲僧名如璧法嗣潁州薦福月晉
書羊祜登峴山曰由來賢達勝士登此多矣
後來不憂身陸沉
莊子曰方且與世違而心不屑與之俱是陸沉者也是其
市南宜僚耶注云人中隱者是无水而沉也
謝王立之送花
過雨生泥風作塵馬蹄聲裏度芳辰城南居士風流在時送
名花與報春（時送一作尤遣一作時遣）
老杜詩頭風吹過雨又詩自古來何處重〻只報春此借

用李白詩名花傾國兩相歡
和參寥明發見隣家花二首
短墻春色過隣家行不逢人只見花
唐人王駕詩曰蛺蝶飛來過墻去應疑春色在鄰家下句
用崔護事見上注
新綠葱〻紅蔌〻
魯直詩黃鸝惟見綠葱〻元稹連昌宮詞曰風動落花紅
蔌〻
却成粧面映青紗
太白烏夜啼曰機中織錦秦川女碧紗如煙隔窗語
又
滿城桃李一番新深院繁枝別得春從此詩翁有新語不須
紅濕少城闉

老杜詩曉看紅濕處花重錦官城又云更歷少城闉
和張奉議贈舅氏龐大夫
朝下八座門不曳裾
晉書龔玄之未曾至八座門曳裾見上注
身寬心遠等林居
淵明詩心遠地自偏
傳家聲烈三八公後
三八公謂龐相國籍退之詩不見三八公後
貯腹平生万卷餘
北史崔陵傳胸中貯千卷書老杜詩年少方閒萬卷餘
藤架倚春聽語鳥
老杜詩露臺思藤架顧况悲歌云臨春風聽春鳥別時多
見時少

石池迎日數遊魚
柳子厚石潭記曰潭中魚可百許頭皆若空遊无所依日
光下徹影布石上王介甫詩行數魚鯈賓共樂
人言酷類牢之舅
晉書何無忌傳桓玄曰何無忌劉牢之甥酷似其舅
未有新詩錦不如
老杜詩白髮絲難理新詩錦不如
和舅氏八公退言懷
追陪強韻愧難過應接前聞竟未多
南史王筠傳能用強韻前聞見上注老杜詩衰顏應接多
盛礼每虛摩詰席
唐書王維字摩詰名盛於開元間豪英貴人虛左以迎
唐詞猶可雪兒歌

北夢瑣言韓定辭詩云麗詞堪與雪兒歌馬彧問其事對
曰雪兒李密愛姬每賓朋文章有奇麗者付雪兒協律歌
之
手開新徑延徐步眼趁高檣上碧蘿風雨入懷涓蒲眼時須
好語滌煩痾
王介甫詩春泥滿眼路嶇嶔
欽聖憲肅皇后挽詞二首
神宗后向氏建中靖國元年正月崩三月加謚
五月葬永裕陵
二妃端協帝
神宗在潁邸治平三年納后爲妃魏收後魏書曰二妃嬪
嬀虞道克昌任姒配周二室用光二妃謂堯女娥皇女英
也協帝借用舜典字

三后共興周
三后謂太姜太任太姒以比　國朝　慈聖曹后　宣仁
高后及　欽聖皆嘗臨朝有聖德
決策天同力收功語不流
元符三年正月　哲宗上僊　太后夜半定策翌日召
徽考自端邸入立廷臣皆不預焉蘇子由作　宣仁謚冊
文曰大策中定與天爲謀羅隱詩曰時來天地皆同力語
不流謂大臣帖服無敢流言如誣謗　宣仁時也
權宜從殺禮
太后不敢當山陵之禮止稱山園詩曰殺禮而多昏此借
用老杜詩權宜借寇頻
末命尚深憂
書曰皇后憑玉几道揚末命深憂謂以天下爲憂

齡二佳城閉終天配壽丘
佳城見上注文選顏延年宋元后哀策文曰夷体壽原注
漢景帝作壽陵云云此借用以指　裕陵
又
復辟先元約
元符三年正月太后權同處分軍国事候祔廟礼畢還政
至七月一日手書司不候祔廟止候靈駕發引䏻同听斷
書曰朕復子明辟
長年損積憂
文選陸士衡歎逝賦曰嗟人生之短期孰長年之能執礼
記文王世子注云文王以憂勤而損壽此借用傳曰積憂
薰心
春移栢城仗
樂天陵園妾詩曰栢城盡日風蕭瑟
仙去帝鄉遊
莊子曰乘彼白雲至于帝鄉
德並塗莘敏
退之王用誌銘曰蜀塗莘摯正妃之門謝承三夫人箴曰
塗山翼夏有莘翼殷盖謂禹娶塗山氏女湯娶有莘氏女
老杜詩李並蘆王敏
功臨馬鄧優
後漢明德馬后肅宗尊爲太后常與帝旦夕言道政事和
熹鄧后迎立殤帝太后臨朝又定策立安帝
千秋修故事車馬戒如流
後漢馬后紀太后詔曰前過濯龍門上見外家問起居者
車如流水馬如游龍但絕歲用以默愧其心文選樂府曰
車馬若川流
欽慈皇后挽詞二首
欽慈皇后陳氏　徽宗之母元祐四年六月崩
建中靖國元年正月追尊爲　皇太后三月謚
曰欽慈五月陪葬　永裕陵祔太廟　神宗室
奉安神御于景靈西宫坤元殿
二祧從孝祀
禮記注二祧謂文武廟也文武俱在應遷之例特爲功德
而留此借用以比　神宗
五典載虞嬪
堯典曰釐降二女于嬀汭嬪于虞堯典即五典之一
顯號追先志
建中靖國元年正月　欽聖太后崩遺誥追尊　皇太妃
陳氏爲皇太后
陰功見後人
后盖京兆人贈太保祁王懷德之女懷德沉勇有功於國
後漢鄧后傳曰叔父陔言常聞活千人者子孫有封兄訓
修石臼河歲活數千人天道可信家必蒙福
承顏親不待
魯論色難注曰承順父母顏色爲難韓詩外傳曾子曰子
欲養而親不待
罔極痛如新
詩曰欲報之德昊天罔極
未有如椽筆光容可得陳
晉書王珣夢人以大筆如椽與之云此當有大手筆事俄
而孝武崩哀册謚議皆珣所草

又
靈岳占佳氣琳宮閟寶衣曆期符寶曆錫號煥皇扆
靈岳謂嵩山事具　徽宗御製西京崇福宮記大抵謂后
被遇　神宗有禱于嵩山崇福遂生　徽宗乃詔洛師後
宮楹而大之真誥協昌期曰登玉霄琳房皇扆謂堯母門
日月堯同數
后以元豐五年十月十日誕生　徽宗皇帝漢書武帝鉤
弋夫人傳任身十四月生昭帝上曰昔堯十四月而生命
其門曰堯母門
謳歌啓與歸
事見孟子
傷心五雲去不見六龍飛
孝經援神契曰德至山陵則景雲出景雲五色雲也老杜

重經昭陵詩云再窺松栢路還見五雲飛六龍見易乾卦
謂　徽宗登極
大行皇太后挽詞二首 代人
欽聖太后
德名三后並
曹后高后并后爲三皆有聖德
母道兩朝尊
兩朝謂　哲廟　徽廟
勇決高千古危疑定一言
謂定策之謀出於獨斷章惇異議竟不得行老杜詩勇決
冠垂成文選王元長策秀才文曰餘烈千古
先期還政事　隆禮改山園
並見上注

哀挽西郊道雲愁晝亦昏
西郊道謂往西京祔葬周以洛爲東郊於　宋朝則國西
又
扶日行黃道
扶日見上注晉志云黃道日之所行也魯直王文恭挽詩
云寶日行黃道
乘雲上紫微
莊子曰乘彼白雲至于帝鄉晉志云紫微大帝之坐天子
之常居也
憂勞形末命
末命見上注
恭儉見陳衣
周禮春官司服曰大喪廞衣服注廞陳也禮記喪大記曰

凡陳衣者實之篋
布德開刑網
禮記月令云命相布德和令漢書刑罰志云禁網踈闊
和戎戢武威
左傳魏絳謂和戎有五利老杜詩丕承戢武威
要知懷惠處行路涕交揮
懷惠見魯論家語敬姜曰二三子無揮涕
追尊皇太后挽詞二首 代人
欽慈太后
彤管書陰教
靜女詩傳云古者后夫人必有女史彤管之法箋云彤管
筆赤管也禮記曰后脩女順母道也注云毋者施陰教於
婦

黃圖載德容
黃圖天子之圖籍如三輔黃圖是也周禮九嬪掌教九御
婦德婦言婦容婦功
漢宮先夢日
漢書景帝王后傳武帝方在身時后夢日入其懷
代邸近乘龍
謂徽宗自端邸即位漢書薄姬傳高祖召欲幸之對曰
昨暮夢龍據妾胷上曰是貴徵也吾為汝成之遂生文帝
初封代王文帝紀曰奉天子法駕迎代邸易乾卦曰時乘
六龍以御天也
喬岳藏遺服
謂萬山崇福宮見上注
青門啓故封
后以元祐九年葬于開封縣多慶院之東至是改葬老杜
詩哀挽青門去按三輔黃圖曰長安城東出南頭第一門
曰霸城門或曰青門此借用退之大行皇后挽詞曰因山
託故封
從今祠百世
東坡高太后挽詩云原廟故應祠百世先王何止活千
人
清廟配商宗
周頌注曰清廟者祭有清明者之德之宮也商宗謂　神
宗商頌曰烈文祀中宗玄鳥祀高宗
又
與冊尊徽號欽慈煥德名
徽號字見禮記後人借用揚子曰君子德名為幾

終身聞舜慕
孟子曰大孝終身慕父母五十而慕者予於大舜見之
曆月見堯生
見上注世說外國貢奇香一著人則曆月不歇
兵衛嚴天仗車輿轉帝城故奩脂澤在哀感倍皇情
後漢光烈陰后紀明帝夢先帝太后如平生歡明旦上探
視太后鏡奩中物感動悲涕令易脂澤裝具左右皆泣莫
能仰視
王察院挽詞二首
監察御史王回也
施報終何在窮通共一空
史記伯夷傳曰天之報施善人其何如哉
兩言成益友
左傳鄭子太叔卒晉趙簡子哭甚哀曰黃父之會夫子語
我九言云云此用其意管輅別傳曰諸葛樂與輅別戒以
二事言卿性樂酒雖溫克然不可保寧當節之卿有水鏡
之才所見者妙禍如膏火不可不慎此借用其事史記平
原君傳毛遂曰從之利害兩言而決耳論曰益者三友
百代仰高風
孟子曰百世之下聞者莫不興起文選陸機漢功臣贊曰
悠悠遐風千載是仰夏侯湛東方朔畫贊曰想先生之高
風
終始無遺恨
老杜詩毫髮無遺恨
思宗託至公
[illegible]中靖國元年正月壬[illegible]龔夬等奏故監察御史王回與

術深醇氣守剛毅臺官言回交結鄧浩遂除名勒停送△
鄉居住陛下嗣位命爲監察御史方始供職得病而亡六
得攄發素蘊以報陛下眷遇之意云云詔補一子太廟齋
郎老杜詩恩榮同拜手

不應埋直氣會見吐長虹

曹子建七啓曰慷慨則氣成虹蜺

又

良貴官何與

孟子曰人之所貴者非良貴也趙孟之所貴趙孟能賤之

長年死不亡

老子曰死而不亡曰壽

身須禦魑魅

左傳曰投之四裔以禦魑魅老杜詩從來禦魑魅多爲才

名誤

氣已懾豺狼

後漢張綱傳豺狼當道安問狐狸

不盡胸中蘊猶堪地下郎

地下郎見上注

豈惟吾道慶編簡亦輝光

編簡謂史策

贈吳氏兄弟三首

一長未可衆人師

柳子厚荅韋中立書曰假令有取爲衆人師且不敢况敢
爲吾子師乎

萬里元隨八馬蹄

列子曰周穆王肆意遠遊命駕八駿之乘升崑崙之丘賓
于西王母老杜詩崑崙虞泉入馬蹄

不解征西諸子弟却憐野鶩厭家雞

南史王僧虔傳庾征西翼書少時與右軍齊名右軍後進
庾猶不分在荆州與都下人書云小兒輩賤家雞皆學逸
少書野鶩見上注

又

才隨年盡不重奇每愧諸郎索近詩旋作七言供一笑自癡
那得使人癡

才盡見上注歐公詩云詩篇自覺隨年老玉臺新詠明月
篇曰秀色隨年衰

又

得失蚩妍只自知略容千載有心期

老杜詩文章千古事得失寸心知文選陸機文賦序曰妍
蚩好惡可得而言退之詩開卷讀且想千載若相期選詩
中道遇心期后山此意謂世無知音特與古人相期於千
載之上耳

恨君不見金華伯

金華伯謂曾直見上注東坡詩恨君不識顏平原

何處如今更有詩

退之詩風霜滿面無人識何處如今更有詩

和吳子副智海齋集

法筵應供賴三車

文殊云法筵龍象衆三車謂羊鹿牛以比三乘事見蓮經

堆案抽身輟筭沙

嵇康書曰人間多事堆案盈几樂天詩抽身去得無策拔
詩笙歌叢裏抽身出永嘉證道歌云入海筭沙徒自困

底暑好風開樂国
淵明詩微雨從東來好風與之俱樂國謂西方極樂国
脫塵新句散餘霞
謝玄暉詩餘霞散成綺
僧盧手汗空留迹佛几堆紅拂委花
蓮經曰香風時來吹去委花更雨新者趙師民詩委地露
花啼曉恨
客舍黄粱應未熟且容秋蝶夢南華
黄粱見上注莊子曰昔者莊周夢爲胡蝶栩栩然胡蝶也
按通典唐天寶元年封莊子号南華真人
舅氏新齋
堂因竹栢有花與歲時闌欲作終年計長留别眼看
管子曰百年之計種之以木别眼謂不以凡花視之也

色侵杯酒重
老杜竹詩色侵書帙晚又詩重碧拈春酒
子熟落聲乾
李商隱詩霜野物聲乾
只有林園主相期耐歲寒
退之詩山翁自是園林主
上晁主客　后山自注云時與無斁對酒及門而闔者辭焉
兩踈父子共含香不獨家榮國有光
兩踈見上注應劭漢官曰尚書郎含雞舌香
賸欲展懷因問疾
老杜詩展懷詩誦魯問疾見上注
孰知相對只銜觴
此句盖用竹林阮籍阮咸事以比二晁晉書阮咸傳咸與籍

阮皆能飲太白詩无由共銜觴
年侵身要兼人健節近花須滿意黄
老杜詩年侵腰脚衰漢書韓信傳身辱於跨下无兼人之
勇
從昔竹林須小阮只今未可棄山王
小阮謂阮咸籍之兄子以比无咎山王謂山濤王戎后山
以自比沈約宋書曰顏延之作五君詠以述竹林七賢山
濤王戎以貴顯被黜東坡詩他年五君詠山王一時數
和鮮于大受崇先觀餞别曾元忠
此别未爲遠兩都東西州情親有所隔江湖成阻脩
兩都謂東汴西洛班固有兩都賦退之序曰人之於南海
者若東西州爲詩云道阻且脩后山意謂相去雖近而别
意則遠世説袁彦伯爲謝安南司馬既自悽惘歎曰江山

遼落居然有萬里之勢
脫塵度琴窗徐行當尋幽各有情别懷共此一日留
退之詩此日足可惜此酒不可嘗捨酒去相語共分一日
光
意合豈待約酒盡不更求闗詞固未可忍手亦何猶　后山自注云長日遊
壁坐有黄冠師未解逍遥游
退之送張道士詩云臣非黄冠師南史劉歊年十二讀莊
子逍遥篇曰此可解耳客問之隨問而荅皆有條理
興來我與共醉罷君當休
南史陶潛傳若先醉便語客我醉欲眠卿可去
僧房火可親此樂行且謀
老杜詩隨意宿僧房退之詩燈火稍可親
百事自紛紛高懷元一丘

老杜詩萬事糾紛猶絕粒

答王立之

每逢无可語暫阻即相求
前輩詩相見又无事不來還憶君晉書阮脩意有所思率爾褰裳不避晨夕至或无言但欣然相對
解卷初增氣開懷得寫憂
詩云以寫我憂
昏煙宜帶雨風樹更添秋絕唱諳多和先衰却後酬
文選宋玉對楚王問曰客有歌於郢中者其曲彌高其和彌寡

又和過田承君

寺古專宜僻居深自作幽
退之詩僻寺境還幽

興來寧憚遠句苦不緣愁
太白詩白髮三千丈緣愁似个長
逸氣无前足
此以馬爲喻老杜馬詩云所向无空闊无前見上注
虛懷不繫舟
老杜詩虛懷任屈伸莊子曰泛若不繫之舟虛而遨遊者也
逢人難晤語冒雨亦相求

贈石先生

多方作計老如期
魯直詩万端作計身愁苦劉禹錫詩與老无期約到來如等閑
百疾交攻還得衰

嵇叔夜養生論曰積損成衰從衰得白
晚有勝緣逢異士
勝緣見上注後漢种高傳山澤不必有異士異士不必在山澤
生須快意關前知
謂丈夫生當快意恨知之晚也晉書周顗曰人生幾時但當快意耳
追人鬢頷紛紛白
樂天詩滿頷白髭鬚
臨事迴遑種種遲
漢書翟方進号遲頓不及事
分我刀圭容不死
退之詩金丹別後知傳得乞取刀圭救病身

他年鶴駕得追隨
江文通別賦曰駕鶴上漢驂鸞騰天

送晁無咎守蒲中

一麾出守自多奇
顏延之五君詠阮咸詩云屢薦不入官一麾乃出守
四十專城古亦稀
古樂府曰四十專城居老杜詩人生七十古來稀
解榻坐談無我輩
用徐穉事見上注老杜詩高人屢解陳蕃榻魏志郭嘉說太祖曰劉表坐談客耳晉書劉惔傳桓溫問惔會稽王談更進邪惔曰極進然第二流耳溫曰第一復誰惔曰故在我輩
鋪筵踏舞欠崔徽

元稹崔徽歌叙曰蒲女崔徽善舞有容艷崔敬中嘗使蒲
徽一見爲動敬中使罷言旋徽不得從狂累月樂天詩妓
筵勉力爲君舖又曰只是堂前欠一人退之詩艷姬蹋筵舞
的桃作劇聊同俗
的桃當是河中故事樂天詩吴兒多白皙好爲蕩舟劇
遇事當前莫後幾
定命録魏元忠有善相者謂之曰公當位極人臣然命多
蹇剥時有憂損不足爲虞但可當事便行聞言則應元忠
累遭譴責億相者之言事未嘗廢其志文選嵇康書曰
遇事便發魏志荀彧傳曰袁紹失在後機無咎起於譎籍
自吏部郎中出守故以魏元忠事勸之
聖世急才常患少昕山自注云神宗御筆曰治世常患莫得人才棧羊節酒待公歸
棧羊本俗間語東京記曰晋寧坊有棧羊務毛詩[illegible]酒有

萸注以茬曰釃以藪曰湑
題明發高軒過圖
高軒過李賀所作見上注宗室士暕字明發
滕王蛺蝶江都馬
王建宫詞曰内中數日無呼喚傳得滕王蛺蝶圖按畫斷
云嗣滕王湛然善畫蛺蝶雀兒曲盡精理歐公歸田録以爲
滕王元嬰誤矣老杜詩國朝以來畫鞍馬神妙獨數江都
王按名畫記江都王緒霍王元軌之子善書畫鞍馬擅名
一紙千金不當價
老杜詩未覺千金滿高價君文子曰魏王得玉召玉工問
其價玉工曰此無價以當之
異才天縱非力能畫工不是甘爲下
南史王僧虔論書曰孔琳之書天然縱放唐書王維善畫

繪工以爲天機所到李者不及也老杜詩畫師不是无心
李
今代風流數大年含毫落筆開山川
朱芾畫史曰宗室令穰字大年作小軸甚清麗文選陸士
衡文賦曰或含毫而邈然
忽忘朽老壓塵底却怪晃鴻隨目前
朽老謂木石見上注老杜畫帳歌堂上不合生楓樹怪底
江山起煙霧此用其意
爾來八二復秀出
八二當是明發行第李涉詩云唐氏一門今五龍聲華穀
數皆如鍾就中十一最年少別有俊氣横心胷后山云八
二亦十一之比也
萬里河山才咫尺

見上注
眼前安得有突兀復似天地初開闢
老杜畫鶻行初驚无拘攣何得立突兀尚書考靈耀曰天
地開闢耀滿舒光
明窗寫出高軒過便逐愈湜聞吟哦晚知書畫真有益却悔
歲月來无多
世說戴安道好畫范宣子以爲无用戴寫范畫南都賦圖
范看畢咨嗟以爲有益然始重畫退之詩來日苦无多
官禁脩嚴斷過訪時於僻寺逢稅鞅
周礼士師之職二曰官禁李商隱詩嚴城清夜斷經過僻
寺見上注老杜詩野稅林下鞅
秀潤如行琮璧間
世說曰裴叔則如玉山上行光映照人周礼大宗伯以蒼

璧礼天以黄琮礼地
清明似引星辰上
礼記曰清明在躬曾南豐作老蘇哀辞曰其輝光明白若
引星辰而上也按法言曰明星皓皓者已也引而高之者
天也
憂悲愉佚百不平
退之送高閑序曰往時張旭善草書不治它技喜怒窘窮
憂悲愉佚怨恨思慕酣酔无聊不平有動於心必於草書
發之
河擘太華東南傾
此句言攄寫之俊快也郭縁生述征記曰華山與首陽本
同一山河神巨靈擘開太華以通河流
平生秀句寰區滿

王立之詩話載張嘉甫晁无咎高軒過圖題跋頗言明發
兼詩忝之工老杜作王維詩云最傳秀句寰區滿
平湖遠嶺開精神斗覔文字生清新
退之詩斗覔霜毛一半加機雲別傳曰雲善屬文清新不
及機
未許二豪今角立
二豪謂滕王江都劉伶酒德頌曰二豪在側焉如蜾蠃之
與螟蛉後漢徐穉傳曰角立傑出
要知旁有衛夫人
衛夫人蓋尚書郎李充母以夫姓自稱李衛王羲之嘗從
李書或云明發之妻亦能書故以衛夫人比之二豪謂大
年明發
送歐陽叔弼知蔡州

潁陰爲別悔怨二十載相望信不通
老杜詩所思礙行潦九里信不通
晚遇聖朝收放逸旋遭官禁限西東
法華經曰汝是放逸之人此借用其字官禁見上注老杜
詩岸高瀼滑限西東
又爲太守專淮右贈君類若翁
若翁猶言乃翁謂六一居士亦嘗知蔡州蔡州在淮西
梅柳作新詩與動
老杜詩天邊梅柳樹相見幾回新又云東閣官梅動詩興
可令千里不同風
語林曰陳元方云周公孔子異代而出周旋動靜万里同
風傳燈録玄沙傳雪峯曰君子千里同風
送晁堯民守徐

中年爲別不堪憂東髮登門到白頭南省望郎仍國士
漢建尚書百官府名曰南宮盖取天上南宮太微之象退
之孔戣墓誌曰臣与孔戣同在南省李商隱詩望郎臨古
郡孫樵高郎中誌銘曰鴛行望郎錦川星使史記豫讓専
曰智伯以国士待我
東方千騎更吾州
古樂府日出東南隅行曰東方千餘騎夫壻居上頭東坡
守徐和范祖禹詩云吾州下邑生劉季誰數區區張與李
後山徐人故云吾州
彭翁老壽終遺骨
徐州彭城縣故大彭國彭祖所封也彭門記曰殷之賢臣
彭祖顓頊之玄孫至殷末壽及七百歲今墓猶存
燕子飛來只故樓

燕子樓見上注

知己難逢身易老頌公置醴我歸休

置醴見上注莊子許由曰歸休乎君子无所用天下爲

送王定国通判河南

孤身十載客都城

退之詩孤身无所賴此句石山自述言十年前未得官時

白社雙林諱姓名

白社雙林見上注諱姓名用後漢書韓伯休意

授館不爲他日計

国語曰司里授館此借用退之鄭群墓誌曰俸禄入門与其所過逢飲酒孴歌連日夜不厭或分挐以去一无所愛惜不爲後日毫髮計留也

解衣真出故人情

用須賈綈袍事見上注韓信曰漢王解衣衣我

翹材必定延枚叟

言爲相君所知西京雜記公孫弘開東閣分三館一曰欽賢次曰翹材次曰接士文選謝惠連雪賦曰召鄒生延枚叟

宣室終須記賈生

言爲人主所知事見上注

萬里歸來鬢如漆

定國編置全州元祐三年得歸老杜詩汝伯何由髮如漆

了知句畫更新清

年頗不衰詩句字畫當亦称是老杜詩更得新清否還知對屬忙

石山詩注卷第十二終

附一：輯補《全宋詩》失收陳師道詩作

隨州

（厥）〔㵐〕涓雙水抱城隅，高誼前聞季大夫。九十九岡風俗厚，人人況已握靈珠。出萬曆本《記纂淵海》卷一二。阮堂明《〈全宋詩〉佚詩新補一百首》（載《蘇州科技學院學報》社會科學版，二〇一四年第五期）輯補。

句

坐下漸人多。出《後山詩話》。

曾門一老。出張耒《柯山集》卷一六。以上二條，韓立平《〈全宋詩〉補遺八十則》（載《中國韻文學刊》，二〇一〇年第三期）輯補。

（鍾）〔鐘〕鳴樓閣晚雲開。《西湖晚步偶成呈曾君舉司户》，出《亞愚江浙紀行集句詩》卷四。張福清《紹嵩〈江浙紀行集句詩〉對〈全宋詩〉的輯佚價值》（載《韓山師範學院學報》，二〇一三年第一期）輯補。

二老曹人寶。出釋居簡《題皎如晦行書後山五詩》，李寶《〈全宋詩〉補遺——以宋人題跋爲路徑》（載《歷史文獻研究》，第四十五輯）輯補。

莫教腰下見毿毿。《和毿毿》，《類説》卷五七引《王直方詩話》：有一明眼人能見人前後世，忽一惡少見之，其人云「頭上已有剥剥之聲，腰間欲作毿毿之勢」，陳無己曰我欲和之云云。《全宋詩輯補》輯補。

附二：薈集辨證《全宋詩》暨諸家研究《全宋詩》關於陳師道詩作之誤

《全宋詩》重出陳師道詩一首

《全宋詩訂補》考證：《全宋詩》卷一一二〇頁一二七五一據明彭大翼《山堂肆考》卷一七七輯補陳師道《詩一首》「南朝宮紙兒女膚……」，實卷一一一九頁一二七二四《從寇生求茶庫紙》。

《全宋詩》重出陳師道詩爲他人詩二首

張如安《〈全宋詩〉六位名家「佚詩」小考》（載《寧波大學學報》人文科學版，二〇〇三年第四期）考證一首：陳師道《宿錢塘尉廨》重出黄庭堅名下，詳黄庭堅。

陳小輝《〈全宋詩〉之吕本中、曾幾、白玉蟾詩重出考辨》（載《河南教育學院學報》哲學社會科學版，二〇一六年第六期）考證一首：《全宋詩》卷一一一九頁一二七三〇録陳師道《絶句》，又見册二八卷一六二六頁一八二三七録吕本中《絶句》，其一「雲海冥冥日向西……」，僅幾字異，實陳師道作，參吕本中。

《全宋詩》重出陳師道詩句爲他人詩一首

朱騰雲《〈全宋詩〉重出誤收研究》考證：《全宋詩》册二卷九二頁一〇四〇據宋謝維新《古今合璧事類備要》前集卷一三輯補寇準絶句《春睡》：「春力着人朝睡重，葉底黄鸝鳴自送。綠幕朱欄日觀明，回廊側户風簾動。」册一九卷一一一七頁一二六八九載師道律詩《和魏衍聞鶯》前四句與《春睡》詩句同。師道此詩出《後山集》卷三、《後山詩注》卷七，又見《錦繡萬花谷》前集卷三、《古今事文類聚》後集卷四五等。又，魏衍爲師道門人，師道有多首詩酬贈魏衍，且師道遺集最早由魏衍編輯，此詩爲師道所作無疑。

《全宋詩》重出陳師道詩句爲佚句二條

吴宗海《讀〈全宋詩〉零劄》（載《鎮江師專學報》社會科學版，一九九八年第四期）考證：①《全宋詩》卷一一二〇頁一二七五二據明楊慎《哲匠金桴》卷一輯補陳師道佚句「江清風偃木，霜落雁横空」，實陳師道《次韻少游春江秋野圖二首宗室畫》之二首聯，見卷一一一四頁一二六四六。②《全宋詩》卷一一二〇頁一二七五二據明楊慎《哲匠金桴》卷四輯補陳師道佚句「吴音未至慢，楚語不假些」，實陳師道《與魏衍寇國寶田從先二侄分韻得坐字》中句，僅「音」作「吟」，見卷一一一九頁一二七二三。

《全宋詩》重出陳師道詩句爲他人佚句四條

張如安《〈全宋詩〉六位名家「佚詩」小考》（載《寧波大學學報》人文科學版，二〇〇三年第四期）考證三條：《全宋詩》卷一〇二七頁一一七四四、頁一一七四五輯補黄庭堅佚句「琳琅觸目路人驚」、「語妙何妨石作腸」、「便令脱帽管城公，小試玉堂揮翰手」，實皆陳師道之詩句，詳黄庭堅。

《全宋詩訂補》（陳新、張如安、葉石健、吴宗海等補正，大象出版社，二〇〇五年）考證一條：《全宋詩》卷一一三〇頁一三九〇四據任淵《後山詩注》卷四引《寄晁載之兄弟》注引輯補晁沖之「叔子擬度驊騮前」句，實陳師道《寄晁載之兄弟》中句，詳晁沖之。

《全宋詩》重出他人詩句爲陳師道佚句一條

《全宋詩訂補》考證：《全宋詩》卷一一二〇頁一二七五二據陳元靚《歲時廣記》卷二七輯補陳師道《七夕》佚句「早晚望夫能化石，盡分人事作支機」，實李覯《七夕》中句，見册七卷三五〇頁四三四二。

《全宋詩》輯補佚句存疑者一條

吴宗海《讀〈全宋詩〉零劄》（載《鎮江師專學報》社會科學版，一九九八年第四期）考證：《全宋詩》卷一一二〇頁一二七五二據明楊慎《哲匠金桴》卷三（編者按：應爲卷四）輯補「勢不可使盡，福不可享盡，事不可做盡，話不可説盡。人生如此耳，文字已其閏」佚句，後二句見卷一一一五頁一二六五九陳師道《寄答王直方》詩，「耳」作「爾」，然不知前四句是否爲該詩遺漏之句。編者按：明人張岱《快園道古》卷四謂「江邦申曰：『勢不可使盡，福不可享盡，事不可做盡，話不可説盡。凡事不盡處，意味偏長』」，則前四句爲江邦申所作。考江元禧，字邦申，輯有《玉台文苑》八卷傳世，殆即此人。《四庫全書總目》卷一九三存目曰：「《玉台文苑》，明江元禧編。《續集》，江元祚編。二人兄弟，而元禧自署曰醴陵，元祚自署曰横山。疑元禧托江淹後，襲其侯國之名也。」《欽定續文獻通考》卷一九八曰：「元禧、元祚皆錢塘人。」

《全宋詩》詩題、注釋錯誤二條

《全宋詩訂補》考證：①《全宋詩》卷一一二〇頁一二七四八詩題《寄子閔》有誤，「子閔」當爲「子開」。②《全宋詩》卷一一二〇頁一二七四九《寄子開》題下注「疑當作閔」不確，子開即關演字。編者按：關演，錢塘人。《春渚紀聞》卷七：「關氏詩律，精深妍妙，世守家法。子東二兄子容、子開，皆稱作者。」《全宋詩》卷一八三五有關子東（關注）詩。

誤陳師道詩爲《全宋詩》失收他人詩二首

張如安《〈全宋詩〉訂補疏失續舉》（載《中國典籍與文化》，二〇〇五年第三期）考證：①吴宗海《〈全宋詩〉補遺》（載《鎮江師專學報》社會科學版，二〇〇一年第四期）據《後村千家詩》卷一七輯補徐静之《書》，實卷一一一九頁一二七一七陳師道《徐僊書三首》之一，《詩林廣記》卷四作《紀徐僊效黄山谷書》，本事見《苕溪漁隱叢話》後集卷一一、《錦繡萬花谷》前集卷三一、《書史會要》卷六，俱作陳師道作。②吴宗海文又據《後村千家詩》卷一九輯補陳師君《雁》，實乃陳師道《雁二首》之一，見卷一一一九頁一二七二八。

三、潘大臨

潘大臨，字邠老。先世滎陽（今屬河南）人，唐末徙居福州長樂（今屬福建），曾祖父潘衢以官黄州，乃家黄岡（今屬湖北），遂爲黄岡人。少警敏不羈，與弟大觀皆以詩名，號二潘。從蘇軾、黄庭堅、張耒遊，雅所推重，又與洪芻、徐俯、謝逸、洪炎等交善唱酬。屢試不第，家貧，以布衣老，年未五十客死蘄春。工詩文，擅書法。其詩得句法於蘇軾，黄庭堅譽之爲天下奇才。著有《柯山集》二卷，已佚。

《全宋詩》小傳未録大臨生卒年，但謂「徽宗大觀間客死蘄春，年未五十」，大觀間爲一一〇七至一一一〇年。宋胡仔《苕溪漁隱叢話》前集卷五二亦稱大臨「年未五十以殁」。而伍曉蔓《江西宗派研究》（巴蜀書社，二〇〇五年）記作「一〇六〇—一一〇七」，繆鉞《宋詩鑒賞辭典》（上海辭書出版社，二〇一五年）記作「一〇五七—一一〇六」，黄世鼎《「天下奇才」潘大臨》（載《長樂人傑》，《長樂人傑》編委會編，福建美術出版社，二〇〇八年）記作「一〇四八—一一〇八」，王琳祥《黄州詩人潘大臨》（載《黄州史話》，即《黄岡文史資料》第七輯，二〇〇四年）稱大臨卒於大觀四年（一一一〇），皆未言所據。考宋晁説之《江子和墓誌銘》（《景迂生集》卷一九）謂江端禮「紹聖四年七月二十三日疾不起……以崇寧五年五月十五日從葬於陽夏先墓之次。崔六合爲《行狀》。黄州潘邠老欲銘之，而邠老卒。宛丘張文潛又欲爲銘，會文潛病，不果。説之亡弟微之光道與子和早相善，因得子和在兄弟間，乃爲之銘」。又考《山谷年譜》卷二九記黄庭堅崇寧二年（一一〇三）十一月，獲令謫宜州，「十二月十九日夜中發鄂渚，曉泊漢陽，親舊追送」，大臨有《江夏别魯直送之宜州》詩當作於其時。則大臨當卒於崇寧三年（一一〇四）至崇寧五年（一一〇六）五月之間。《全宋詩》小傳據宋周行己《浮沚集·雨中有懷》稱大臨「字君孚」，然檢文淵閣《四庫全書》本《浮沚集》卷八有《雨中有懷》詩，未見「字君孚」之説。

《直齋書録解題》卷二〇録《柯山集》二卷，爲《江西詩派》本，久佚。今僅存《潘邠老小集》一卷，收入清鈔《兩宋名賢小集》内，《四庫全書》所收《兩宋名賢小集》卷七七即此編，《全宋詩》册二〇卷一一八九頁一三四三三至頁一三四三九以此爲底本，另從《詩話總龜》、《紫微詩話》、《王直方詩話》、《宋文鑑》、《苕溪漁隱叢話》、《錦繡萬花谷》、《輿地紀勝》等書輯得集外詩二十三首、殘句七條附於卷末。兹據國家圖書館藏文津閣《四庫全書·兩宋名賢小集》本影印。

潘邠老小集一卷

舊題陳思編

文津閣四庫全書兩宋名賢小集本
原版框高二十二點三釐米，寬十五點三釐米
中國國家圖書館藏

欽定四庫全書

兩宋名賢小集卷七十七

宋 陳思 編

元 陳世隆 補

潘邠老小集

潘大臨字邠老齊安人有柯山集次弟大觀字仲達亦入江西派其詩不傳

吳熙老所藏風雨圖

我遊匡山夏將杪赤日青天萬山繞忽然風雨動地来震氣果雷離電遶一川烟靄失東西萬里乾坤錯昏曉香爐高峰危欲墮石門細路人心勦江翻那聞得計魚木拔豈有安巢鳥須臾雲過雨脚收依舊晴暉著叢篠羣山歷歷在眼前恰似憑高日方曉誰將此景入畫圖數幅生綃盤礴了吳丞此畫絶代無張公此詩古来少讀詩觀畫興未窮北窗風涼退自公使君意消三伏中未可鞭箠催青銅

贈張聖言畫柯山圖

我昔騎鯨游九州上扣天關望冕旒羣公侍旁好顏色將順帝旨成剛柔扼持日月不自獻蒙茸塵土歸家邸結茅竹間今休已炎暑避舍清飈留屋頭清溪鳴晝夜當戶古木蔽馬牛蒼頭盧兒從高蓋傳呼不到門巷幽兩公忘言兒袖手驅除睡魔須茶甌誰傳此意到旁郡解衣盤礴煩張侯張侯落筆妙天下未墜學士之風流欲見柯山入畫圖丹青知君百不憂黄公不肯直南省

一麾已具東南舟請君援筆待公至畫我迎公竹陰裏

題張聖言畫四時景物

我到淮南幾見春一身蓑笠蔽烟雨桃花林裏有人家疑是柯山最深處

成陰衆木與天參日莫風雨地軸翻曽向廬山問行李石門西路接僧垣

荻花索索水津津日落空山開霽新松下有人摩詰似興渠烟火作比鄰

雲蒙山頭雪翻空飛鳥繞樹困號風關山淮水失微路
酒壚曾借衰顔紅

題陳德秀畫四季枕屏圖五首

亂山深處碧波流隔岸垂楊繫小舟無數桃花伴春夢
夢中還作武陵遊

茅簷竹閣枕迴溪柳外平橋拍水低在藻白魚知鷺下
穿林黃雀覺蟬嘶

錦樹連雲爛不收山河風景一時秋老夫枕簟便凉夜

不比新亭去國愁

江樹溟濛雪暗天似聞寒雁破昏迷相思此夜堪乘興
試問漁翁覓釣船

好景入詩皆可畫未知陳子畫中詩疑公便是褚李野
政爾不言行四時

題趙承遠所藏大年畫平遠二首

吴頭楚尾散花洲天闊波雲恰下鷗帝子胸中有江漢
故能風露筆端秋

將軍心眼到滄洲木脫波生一夜秋想得筆端鳧雁足
又添鸂鶒起沙頭

江夏别魯直送之宜州

翰墨精神全魏漢文章波瀾似春秋可是中州著不得
江南已遠更宜州

兩宋名賢小集卷七十七

附：輯補《全宋詩》失收潘大臨詩作

次韻何生梅花

霜枝依舊發春早，老境無端上鬢毛。未擬落英浮竹葉，且容下榻展離騷。出《續新編分類諸家詩集·草木類》。編者按：此據日本室町寫本。江户初寫本「展離騷」作「廣離騷」，似爲誤鈔。

壬申四月二十七日過南塔見魯直壁間詩句因次韻

掃壁僧坊識字蹤，淋漓詩句自生風。右丞放逐公爲縣，俱在江南煙雨中。出《續新編分類諸家詩集·簡寄類》。

遇途中寄舍弟

城頭更漏落寒聲，燭下文書照眼明。政以此時趺足坐，從來鑾觸自銷兵。出《續新編分類諸家詩集·雜賦類》。以上三首，卞東波《域外漢籍中所見宋代江西詩派新資料及其價值》（載《海南大學學報》人文社會科學版，二〇一四年第四期）輯補。

四、謝逸

謝逸（一〇六八—一一一二），字無逸，號溪堂居士，江西臨川人。少孤，後從吕希哲等學。屢試不第，以布衣老。操履峻潔，博學工文詞，尤精於詩。以作蝴蝶詩三百首多有佳句，人稱「謝蝴蝶」；又以詩似謝靈運，人稱「江西謝康樂」。從弟謝薖亦能詩，與之齊名，時稱「二謝」。著有《春秋廣微》、《樵談》、《溪堂集》二十卷、《溪堂詞》（當即《杏花村館詞》）一卷，編有《溪堂師友尺牘》六卷、《寬厚録》，俱佚。

謝逸詩集大致有兩個系統，一爲詩文集本，一爲詩集本。詩文集見《直齋書録解題》卷一七録《溪堂集》二十卷，佚。今所存爲《四庫全書》館館臣自《永樂大典》録出的十卷本，清鈔本、《四庫全書》本、民國三年南城李氏宜秋館鈔本、《豫章叢書》本等皆從此本出。詩集見《直齋書録解題》卷二〇録《溪堂集》五卷《補遺》二卷，即《江西詩派》本，其中《補遺》二卷則當是宋黄汝嘉重刻《江西詩派》所增補，佚。今所存清鈔本、《兩宋名賢小集》本，俱一卷。清《四庫全書》館自《永樂大典》輯得《溪堂集》十卷收入《四庫全書》，其中卷一至卷五爲詩。《四庫全書總目》卷一五五稱其詩「雖稍近寒瘦，然風格隽拔，時露清新。上方黄、陳則不足，下比江湖詩派則渢渢乎雅音矣。……當時兼以人品重之，不獨以其詩也。……其存者，詩詞約什之七八，文亦約什之四五。已可略見其大概」。所謂「黄、陳」，殆即黄庭堅、陳師道。《全宋詩》册二二卷一三〇三頁一四八一二至卷一三〇八頁一四八五九以文淵閣《四庫全書》本爲底本，參校乾隆鮑廷博知不足齋鈔本、民國退廬刻本及《永樂大典》殘本；新輯集外詩編爲第六卷，合十八首，殘句十五條。卷一三〇三至卷一三〇七爲《溪堂集》卷一至卷五，卷一三〇八則輯佚爲卷六。兹據中國國家圖書館藏清乾隆五十四年鮑氏知不足齋鈔《溪堂集》十卷本，取前五卷詩集部分影印。

溪堂集五卷

清乾隆五十四年（一七八九）鮑氏知不足齋鈔本
原書高二十九點五釐米，寬十八點三釐米
中國國家圖書館藏

欽定四庫全書提要
溪堂集十卷宋謝逸撰逸字無逸臨川人屢舉不第然以詩文名一時呂本中作江西詩派列庭堅而下凡二十五人逸與弟邁並與焉本中嘗稱逸才力富贍不減康樂劉克莊作江西詩派序則謂逸輕快有餘而欠工緻頗以本中之言為失實今觀其詩雖稍近寒瘦然風格雋拔時露清新上方黃陳則不足下比江湖詩派則渢渢乎雅音矣且克莊序中又稱宣政間有岐路可進身韓子蒼諸人或自鬻其技至顯二謝乃老死布衣其高節為不可及而本中東萊詩

一 知不足齋正本

話亦載汪革贈逸詩云但得丹霞訪龐老何須狗監薦相如新年更勵於陵節妻子同鉏五畝蔬則知當時無以人品重之不獨以其詩也考江西派中有集者二十四人逸所著文集二十卷詩集五卷補遺二卷詩餘一卷尤稱繁富今自黃陳呂晁諸家外惟韓駒陵陽集及邁之竹友集猶有寫本逸集已久佚無傳故王士禎跋竹友集以未見逸集為歉近時厲鶚撰宋詩紀事蒐羅極廣所採逸詩亦止十餘首今從永樂大典所載裒集綴輯尚得詩文數百篇中間如冷齋夜話所載貪夫蠛旋磨冷官魚上竿之句又豫章詩話所引逸蝴蝶詩狂隨柳絮有時見舞入梨花何處尋江天春暖晚風細相逐賣花人過橋等句雖皆已失其全篇然其存者詩詞約什之七八文亦約什之四五已可畧見其大概謹訂正訛舛釐為十卷庶考江西詩派者猶得以備一家焉

二 知不足齋正本

乾隆辛卯八月十日知不足齋收藏

溪堂集卷一

傳四庫全書本

臨宋—謝逸撰

雪後折梅賦

耿夜闌之青燈流萬籟於岑寂忽竹風之聲林顫簷端而索索徐披衣而啟户飛雪花之如席眺溪上之寒梅亘千林於一色恐青女之下臨嗟玉妃之墮謫競孤峭以相高兩含情而脉脉乃策壺公之杖乃躡阮生之屐度横彴以跰蹁排寒威而辟易繞琪樹之玲瓏攀瓊柯之的皪揺踈影之横斜漾清溪之寒碧披緒風而香冷引輕素而烟冪忘凍手之欲龜携纖枝而入室映几研

之璀璨藉海岱之玉石寓逸想而目成若憤余之幽僻覺毛髮之森竦迷今夕之何夕因燎薪而擁爐泣銅瓶之唧唧起取酒而自溫傾小槽之珠滴昔花月之成妖幻武公而奪魄余少賤而多難豈曰耳目之敢後往就醉而曲肱吼怒雷於鼻息曉援毫以陳辭紀作夢之戲劇

（昔或是借或即借字通用）

弔槁杉賦并序

臨川崇真觀有古杉焉歲久槁死而枝幹不墮俗傳晉魏夫人學老子術於此手植于庭不知其果是非也衆謂茲杉以槁死得免斧斤之厄世莫不幸其生而茲獨幸其死也一日郡兵官見而惡之命郡兵伐其枝幹芟其本根實以土而夷其庭嗚呼亦不仁甚矣推此以往孰謂世之人死而可以免禍耶遂弔之以賦其詞曰

后皇畀物兮靈衷不私稟受殊氣兮土地異宜芸芸其生兮情之不齊嗟此杉兮其大百圍脩且長兮蔽乎雲霓樛枝偃蹇兮如龍虎之馳植之於庭兮如正人端士之威儀挺然獨立兮如不附麗于當時斵為棟梁兮負殿堂而不攲刳為舟航兮觸風波而不危梁百步之川

兮歷千載而不墮今為槁死兮無可用之質不慴于霜雪兮無求乎雨露之滋賴根幹之存兮得永託於庭墀夫何不仁之甚兮肆斧斤而芟夷昔子胥怨毒兮平王既死而鞭屍魏公忠直兮肉未寒而仆碑自古莫不然兮豈唯今世之可悲嗚呼槁杉兮夫復何疑

感白髮賦

謝子寓居於陳氏之館睎髮于庭童子見而笑曰先生老矣髮有白者取而視之信如其言深懼湮滅無聞而道不行于世也乃自賦以自激其詞曰

余弱齡之多艱兮盡嘗苦其心志矧思之刻深兮祗益
戕乎血氣惟白髮之生兮孰不驚夫老之將至年幾有
立兮竟何補于斯世道若塗若川兮雖勤而不濟茫茫
無所歸宿兮聖賢何爵予而遐棄蹈前修之軼軌愛而
不見兮猶彷彿乎夢寐事業不加進兮宜聲名之晦晦
固敬顕其親兮嗟立而無地朝夕慕藿之不充兮妻子
之葛裘不備矧欲行其他兮致當今之平治曷以宣吾
心之湮鬱兮將轉喉而觸諱聊寄懷于翰墨兮茲亦不
試而故藝字漫滅而無誰語兮不若緘縢于篋笥抱耿
耿之壯懷兮無蒯緱而疾視嗟秋菊之未掃兮俄春蘭

之可刈悲牀下之蟋蟀兮又鳴蜩之嘒嘒何羲和之不
我留兮馳日車而迅邁吾固知浮沉于閭里兮祇悵悵
而卒歲非不欲絜己而潔行矣奈託乎鮑肆日三沐而
三薰兮常恐同于臭味人生一世之間兮孰不求於遭
意居悒悒而不聊兮徒孤笑而永慨君之閽深且遠兮
曷不上書而陳事公侯之門高而峩峩兮亦有長裾之
可曳胡不駕言而遠游兮四海豈乏乎兄弟滄浪之水
清兮可以漱濯乎汚人之臟望鴻鵠之高舉兮凌赤霄
之逸翅聊以快平生之孤憤兮雖星星不而愧靳有所
遇兮又以謝童子之戲

豫章行

豫章棟梁材託身南山阿王者建大廈匠氏施斧柯萬
夫挽不行留滯在河滸自非浪滔天何由至王所根雖
埋土中葉已隨風飛惟餘爨下柯那得復相依風吹無
雨打日居漫月諸誓朽泥塗間不及櫟與樗匠氏慎無
悔豫章當自寬人生類如此才難聖所嘆

讀陶淵明集

淵明從遠公了此一大事下視區中賢略不可人意不
如歸田園萬事付一醉揮觴賦新詩詩成聊自慰初不
求世售亦不我貴意到語自工心真理亦邃何必聞虞

韶讀可忘味我欲追其韻恨無三尺喙嗟嘆知不足作
詩示同志

和王立之見贈四韻

王子遺我詩五言若長城誰謂永嘉末復聞正始聲咄
嗟千人廢雍容一坐傾端能勵節義何必五鼎烹
蛙蛤沒泥塗鯢鰍游畎澮豈知北溟鯤翱翔九霄外長
安夸奢子奔走逐冠蓋古寺有佳人幽吟發清籟
按劍毛先生睨柱藺相如欲市萬世名非由十斛珠善
養浩然氣外澤心不臞穠花自春風何用賦光都
鐘鳴戒夜行途遠畏日暮王良鞭騕褭一躍僅十步怪

事書咄々白髮生故々未暇陳九事亟歸讀四庫

和徐教授與董元達

徐穉卧不起青衫老紫門仲舒著繁露要明王道尊相
逢非竟日此懷誰與論郎詠鄱陽蒿江南烟雨昏

吳迪吉載酒永安寺會者十一分韻賦詩以字
為韻予用逸字

延陵多賢孫傑然者迪吉上書因自訟賓客禁私覿瞑
目數歸期閉口防罰直謁告呼朋儕笑談洗憂慼開樽
青蓮界逍遥以永日翩々客爲来草々筵初秩子珍樂
易人開談見胷臆宗魯與人交坦然無畛域君澤學古

談論議簡而質伯更廊廟具緑髮居師席澤民泮水英
每試輒中的叔野飽書史胷中萬卷積文美東天機溫
如蒼玉碧文康氣雄豪目睨天宇窄中邦最清修操履
有繩尺樂之似長康癡絕故無匹坐客皆奇才椎鈍莫
如逸諸人或見賞頗愛性真率不求身後名但喜杯中
物世故了不知一醉吾事畢

謝吳迪吉以麻源桃實法製黃精見遺

平生剛直心真率類狂絞居守富兒門肉食亦可飽北
堂老髮垂喜懼我心攪瘦妻首飛蓬敢謂美而姣婦姑
宵不寐清餓常至卯幸賴親友人饋送亦稍々崔嵬華

子岡秀嶺橫參昴木桃芘菟竹歲永樛枝撓千年採掇
餘曾近麻姑爪喧々聲利區献酹呈繪狡分贈及衡門
古心君獨拗作詩報惠佳質野言非巧

遊逍遥寺以野寺江天豁山扉花木幽為韻探
淂山字

題士閲本亦作事

進不驕富貴立朝如在山退若羞貧賤林泉作闤闠喧
靜本無相了在一念間人皆暗此理何事可作難每月
一會面十客九不閒良時況易失逝者不復還老境不
汝貸毛髮半已班游從皆勝事棲息況禪關茲會若不
勉對客恐厚顔諸人胷曠達高韻不可攀此意固同曉

作詩勉我頑

游文美清曠亭各以字為韻

詩中作堂必有一誤清曠當是亭名

人生一月間開口笑幾日況復歲云暮在堂悲蟋蟀胡
不為强歡唧々復唧々吾徒塵外姿開懷見真率達如
商山皓清若竹林逸相逢各拊掌一笑萬事失主人清
曠士作堂記其實願無負此堂不為勢利怵時々叙離
闊中散志意畢

懷李希聲

木落野空曠天迥江湖深登樓眺遐荒朔風吹壯襟望
望不能去動我思賢心此心何所思々我逍遥子掛冠

臥秋齋閱世齊愠喜念昔造其室微言契名理繫考天
玉球四坐清音起別來越三祀洋〻猶在耳宵長夢寐
勤月明渡淮水

送臨川教授葉端仁赴闕二首

九〻松栢林結根臨古道未逢匠石徒歲久空合抱聖
人建明堂良材日登造左右乏先容地遥安可到願言
勵歲寒不改雪霜操

嘉林有石龜睟尾知千齡支床氣愈老巢蓮身始輕鑽
灼占休咎胷中疑惑明納錫藏太卜決策安朝庭吾徒
眛倚伏禍福何由徵

同吴迪吉汪信民遊西墖寺分韻賦詩以荷花
日落酣為韻探得荷花字

曲肱清夢残曉鼓喧鳴鼍披衣步庭除白露傾圓荷俄
聞刹咏聲佳客來相過為言城市喧邀我游山阿步入
青蓮界諸峯欝嵯峨清香郁軟語竟日同婆娑吾人嗜
好僻與世殊囬窠兹游慎勿廣恐為俗客呵

林間露警鶴城頭日翻鴉荷香曉逾清山色秋更佳寺
有老比丘視世如虗花茶香語有味境盡思無邪夕陽
動歸興天末散餘霞徘徊不忍去南樓吹曉笳更約秋
夜來小船臥蒹葭二公約中秋夜舟游南湖宿此寺中

游西墖寺分韻得異字

天刑不可解何以補我劓同訪老比丘步至城南寺脱
冠飯其腹咀嚼風雨駛四壁吼怒雷稍〻衆各睡而余
與汪侯敬諳第一義山僧笑不荅飲食自知味豈無一
樽酒把盞得竟醉不知虗靜中自有無窮意賦詩非不
工聊以助游戲莫學玉川子弄筆同嘲異

遊西墖寺分韻得溪字

緑篠蒙脩塗圓荷媚清溪步屧便清風欵見古招提入
門眼界淨端如刮金篦升堂各趺坐野語無町畦吾徒
性真率可追阮與嵇安能觸世網甕底戲醯雞愛此清
曠境不知夕陽西歸去騎聯翩城頭烏夜啼

與諸友游南湖分韻得紅字

不通泮宫籍端居常屢空貧知俗益薄老覺書有功寂
無裏飯客門前翳蒿蓬平生眼底人粗知吾困窮招呼
城南遊飯我枵腸空亭午得一飽哦詩和秋蟲捫腹步
南湖緩帶披涼風漸見波心蓮頗憶新粧紅徐酌穆生
醴究如和露濃三咽不知味百盞無醉容但可勝茶湯
留餉東坡翁儒生本酸寒獨處罹百凶不謁魏元君粗
免惡少攻

送鹿好古

邑小民事簡琴樽有餘歡才高氣雖雄心夷神自閑吐
辭如春風萬象生筆端向識杏壇老不應嘆才難山近
雪雲深風動梅香寒銅龍曉鼓鳴畫舸揚漪瀾丈夫重
離别感慨傷朱顏努力事明主慎勿輕掛冠

送李明道

我老不聞道抱痾卧蓬室有客晨叩門竦若秋山直借
問為何誰吾祖乃太白傾懷底蘊始恨晚相得時時出
詩語詞源極湍激格律竟不凡窺祖見窓壁飄然别我
去此道誰知識世豈乏金龜恐無賀賓客

送吴秀才赴辟廱

吾家阿連詩美如青精飯君嘗從之遊謄馥潤青簡我
老世所憎百推無一挽君獨頻叩門問我句中眼此行
赴功名舊習暫鋤鏟霜清山驛寒酒醒夜聞雁挑燈誦
我詩聊供一笑莞

金谿董秀才孚聞竹溪六逸之風而悦之作堂
面脩竹名之曰逸乞余文表章其義予病不能
苦思作五言詩以遺之

太白列仙人名綴雲房籍天上官長嚴寧為世間客醉
揖巢父輩相從竹溪逸朝衫不上船拜舞墮巾幘氣吞
高力士傲睨天地窄董侯慕斯人作堂榜其壁流俗嗜

聲利如舐刀上蜜慎勿狗流俗與侯併爲乜

和王閑叟見贈兼簡李商老

緑髮工詞章白頭困州縣老氣吞兒曹胷中書萬卷遺
我盈把珠璀璨輝組練何時遊匡廬登堂識君面更邀
謫仙人共醉山間院願君出槧素可供一笑倩

和洪老贈寂大師

道人居笑庵游戲大海寂鈎深無所用鏡古有精識運
籌不減良任俠頗如劇未傳東土衣不通左階籍歸自
丹霞山閉門不浪出室中拂未秉户外履已積非關一
念致要是三昧力疊衾洗鉢外何以度永日孤坐老比

生恐為世情測談笑作佛事豈不勝佔筆畫手試人墨
貪夫願挼壁大木倒百圍山靈不敢惜壯觀佛宇麗鬼
工莫儔匠衆生嗜欲利如兒舐刀蜜覩此大莊嚴一瞬
萬緣失何如却閉門養此幻化質老大百不知面帶黄
瓜色

觀蔡規畫山水

蔡生老江南山水涵眼界揮洒若無心筆端生萬怪樹
杪聳烟鬟雲端懸縞帶繫舟枯柳根茅屋臨清泒掃壁
掛高堂肅肅起清籟君名定不朽第恐纖素敗

題捉玉軒

斂池渺人物孫子斂池傑身不滿五尺冒次極岑絕客
来捉玉麈清談霏鋸屑至道初不煩弾指萬緣滅端能
領此意麈柄行當折對客了忘言真成温伯雪
題止遽軒
天籟號萬竅水石相吐吞俛仰一瞬間群動了無痕乃
知性分内喧静本同根君獨諳此理懷抱清而温談笑
民事辦庭無鳧鶩隱几餞日夕隙月窺黄昏
汪文彬載酒率諸人過予溪堂觀芝草以煌煌
靈芝一年三秀為韻探得煌字
天瑞必應誠和氣可致祥我如折襪線平生無寸長胡

為蓬蓽下靈芝秀煌煌諸人喜事者載酒来溪堂環觀三
嘆息作詩助揄揚似聞天道遠吉凶命靡常在德雖為
瑞無德恐為殃願服朋友戒修德敢怠荒
敝廬遣興
無客且閉門有興即賦詩盤飧隨厚薄妻兒同飽飢讀
書不求解識字不必奇拂榻卧清晝隱几消良時林鶯
韻古木萍魚闖幽池敝廬亦足樂陶令真吾師
與諸人分韻詠古碑探得羅池廟記以池字為
韻
德不盖當代名欲萬世垂刻石期後人石與名俱隳子

厚名世士投荒死南夷柳民懷遺愛作廟臨羅池韓公
記其事沈子書其詞韓詞貽萬古沈詩妙一時名實兩
無愧後世傳不疑古人共閒燕翰墨相娛嬉食不設寒
具玩此前賢碑願作集古録模楷歐少師
王立之園亭七詠
頫有亭
富貴幻天機飢寒撼關楗參前聞利害俗眼青白眩藕
黄兩玉人落筆傳九縣向來竄遐荒棄捐若秋扇王侯
介如石乃心不可轉投之古錦囊不遺俗子翫近來夸
奢子嗜好亦稍變有客来借觀君無唾其面酌酒對銀

鈎吞聲勿復辨
漱醉亭
我家北斗南卜居近山塢浚井得清泉鑿池不擇土京
城井鱗鱗厥味半甘苦誰知城南園有泉白如乳門前
車馬喧客醉日亭午呼童轆轤銅瓶掛脩組漱齒得甘
凉如風滌煩暑心清談辨駛舌端灑飛雨但恐醉復醒
君眠客不去
大裘軒
小人拙生事三冬卧無帳忍寒東窓底坐待朝曦上徐
徐晨光晞稍稍氣血暢薰然四體和恍若醉春釀此法

祕勿傳不易車百兩君胡得此法開軒亦東向蘋公名
大裘意豈在萬物但觀名軒心人人如挾纊

泠然齋

枕簟置一榻几杖置一筵掃空淨如水洗心學僧禪何
必快哉風襟懷自泠然是身豈無垢要以道洗滌儻不
念清涼恐為煩暑纏雖居土囊口內熱如烹煎我自悟
此理三伏扇可捐定知與列子相友以忘年

介菴

菴居已是介又以介名菴胡為酷好介毋乃在律貪人
生要當介君侯恐不堪富貴不相貸安得坐禪龕客去

自無事客來不妨談但能了諸幻起臥俱無慙慎勿作
住想如繭縛老蠶與來出菴去叢林禪可參

載酒堂

平生楊子雲識字造奇古時有好事人載酒問訓詁君
乃貴公子趣向亦如許讀書如雞鳴勤不亂風雨亦有
問字客攜壺就君語君初不作難應答了無忤戶外屨
如雲作堂蔽寒暑林甫端能來勿與談杕杜

永日亭

靜坐寂無事一日似兩日聞之東坡公此語妙無匹晨
漱夕曲肱百年過如擲投身聲利場更覺居諸疾而君

定何人能使義輪軼雖無揮日戈自得魯陽術但見弦
望移了不記甲乙優游聊卒歲何必日鼓瑟

月中觀梅花懷月上人

梅清不受塵月淨本無垢微風更解事排遣香入牖倏
思阿明語清與此花偶天資已超軼況得善師友洞然
冐明白欲掃不容帚客來相視笑不知語出口平生憎
俗人未語輒先嘔不逢屈宋生寧食艾三斗乃知我輩
中如師亦稀有但想月中梅作詩清如晝（晝詩僧皎然也）

贈權師

權師純孝人精誠動坤軸廬墓洌寒泉色照師眼綠守

此不動心種彼無瑕玉湛淨涵一德清涼壓三伏漱齒
皿餘甘烹茶發新馥浣衣頮面餘灌溉蔬畦足他年功
用成虹氣森岩谷何時懷壁來不必藏韞匵摩挲壞衲
中出示老尊宿

溪堂集卷一

溪堂集卷二

夏夜雜興　　宋　謝逸　撰

飛〻空中螢瞎〻揚其光假此寸草資秉陰争熚煌膠
膠雞既鳴杲〻升扶桑神奇復臭腐爾生何可長
零露棲圓荷月明清灑〻旋轉如走丸細碎不盈把勁
風度橫塘珠璣畢傾瀉胡不被蓼蕭徽立播詩雅
蚯蚓本微蟲託生在泥滓飲泉食槁壤既飽鳴自恣軀
小無他腸氣盡聲乃止雖無掐憂累奈何聒吾耳
青〻棘籬蔓碧色侵琅玕蕤〻枝葉茂縈紆矛戟間風

露豈不佳弱質危難安願言依松柏永與同歲寒
飛蚊鼓翅鳴甍〻喧室中敢憎聲似雷實憚喙如鋒飲
血雖可飽噬膚竟何功得時不足貴少歸行西風
翳〻庭中草瑣細不可名風來徒自偃雨過胡為青芟
夷去根本勿使復滋榮竟無補世事區〻何所生
燕〻巢梁端飄搖畏風雨永夜不得眠啾〻子求哺秋
風毛羽成分飛不相顧慎勿毀其室此室安且固
窗前兩梧桐清陰覆東墻孫枝絡珊瑚圭葉裁琳瑯良
材中琴瑟幽棲期鳳凰願充海岱貢移根栽嶧陽
姮娥駕望舒餘光粲天步飛廉鼓清籟蕭〻響庭戶身

欲從之游悵望不能去哦詩廣九辨庶幾託風賦

送曾伯長

曾侯江南英文章有家法堅壁仁義塗勢若太山壓跫
然過我語如熱得清箑為言行赴官扁舟泛苕霅炙手
公卿門眼底端不乏吾人倘聞道執圭同荷鍤謂予言
不信捧盤與君歃

送汪叔野

汪子軀幹小勁氣橫秋霜纍〻諸儒中軒然無老蒼平
生讀書功短檠照夜窗相從近兩年覺我舊學荒為言
將遠適隨兄泛瀟湘欲濯塵土心胷懷吞九江願言勉

此志無為憂患傷待得秋雁飛寄書草堂
兩汪皆於兔季也何其怒年三屏鮮腴慕藿未嘗飫鐵
心不可拗出語等刀鋸貪夫鋸激昂壯士亦驚顧落筆
波濤翻可接乃兄武科名蓋餘事文章徒婿嫵欲築平
生基更師黃叔度

哭陳居士

起四句與陳居士無關照

國欲求忠臣忠臣乃孝子為臣若不忠泉下顙有泚居
士卯園英參得佛髓家有兩男兒孝秀冠閭里大兒守
名教小兒飽書史頎然諸子孫眉目皆可喜人言居士
居亡士實不死

翻經臺

吾祖牧臨洮滯訟清公庭胥吏退匿鷺疏簾掛寒廳鼓
角喚幽夢草色池塘青雙旌引五馬足躡雲端屐手展
貝葉經稅駕妙高臺几硯陳軒櫺朱墨粉在眼梵字森
如星臺傾人已寂聲名藹餘馨想公忘言處角掛山中
鹿

脫一句
據吳石倉本補

三益齋詩

元龍湖海豪蓋代聲籍籍只今都耳孫才皆萬夫敵叔
兮美無度伯也古遺直當年種玉翁什襲裹雙璧期公
垂天雲佐郡試戢翼尚開紫桑徑引領望三益嘗聞築

燕臺千里走樂劇市骨捐千金厩乘盡虎脊公乃真事
屐履見逢掖定知子輿輩一笑皆莫逆

遊西塔寺分韻賦詩懷汪信民以淵明停雲詩
豈無他人念子實多為韻探得念字

昨夜山頭月照我盃瀲灩今朝雲外山寸碧君新染人
境兩清絕座客只今欠俗子百無用勝士可一念君如
溪女不妝有幽艷又如白墮醪久雖味愈釅雄文山有
雲高論圭無玷胷懷極坦夷了不限城塹胡不待光明
峩冠佩長劍寧甘廣文冷青燈對鉛槧何當襆被歸莫
待孟光窆孜杖先生席罷趨邦君坫晚行蟬噪山曉起

雞號店到家先過我信若符節驗門前馬未嘶屋上烏
可占呼兒拂几席喚婦熨襦襦欲具韓子餐恐乏魚菜
膳但當蒸瓠壺莫笑盧公儉老氣得酒豪厥寒尚復熖
虛心叩至道膏肓待君砭

游西塔寺分韻詠雙蓮以太華峯頭玉井蓮為
韻探得華字

元君始雲翔華姑繼羽化獨留魯與蔡高風配嵩華不
隨二女嬪豈羨兩喬嫁尚餘脂澤念多生緣未謝化為
芬陀利耦立遠公社翠跌分雙岐並蔕肩相亞挹袖薰
風晨攜手月涼夜交枝艷散霞同氣香飄麝踈影競清

妍幽姿鬬閒暇何時各零落秋高霜下洗妝見冰肌乘
雲返姑射此論傳者誰為鵠為予話

遊西塔寺探得王夷甫玉柄麈尾以柄字為韻

寧馨捉麈手玉色相輝映攜持賓滿堂韻與談俱勝溫
湛德堪比鮮潔面可鏡扣几聲逾清指月色彌瑩名壓
范增斗價重齊侯磬晉朝妙人物此公名最盛風流固
足賞不救當時病雖云王謝許我老獨不稱肉緩形頗
織語拙存直性但慕杜陵翁長鑱白木柄

擬峴臺

耽耽抱孤韻寂寂扃柴扉束書卧環堵交游車馬稀風

流佳公子妙齡東天機邀予步層臺目送孤鴻飛山影
漾清漪翠色侵人衣漁浦晚烟暝霽雰蒙夕暉靜言思
叔子悵然澹忘歸有庖丁手奏刀心術微萬象含毫端
纖素聊一揮古來勝達士倏如朝露晞吾人各勉加毋
為鄒湛譏

取友遍四海江夏真無雙憐我守幽獨閉門卧北窓折
簡呼勝士炊黍羞羊腔相邀出蓬蓽登高臨大江〻山
巉峴首清絕冠此邦豈惟慕叔子耆舊皆敦厖蟄龍卧
諸葛雛鳳伏老龐寂寞千載後斯人可心降願言各努
力勿立憍慢幢

端溪硯

琢雕山骨奇磨礱發光烱體潤雲氣生寒泉冽幽井平
生心腹交陳元及毛穎德重不傾側中虛且淵靜置之
棐几間吾身日三省

吳子珍家分韵詠席上果採得橘子以橘字為
韻

已卯清霜後獨餘兩大橘一朝剖而食四老欣然出乃
知避世士退藏務深密吾邦富此菓味不數萍實堆盤
爛生光纍纍〻照巾羃香務欲噀人未食先流液何當
見四老授我隱居術

傷徐文學

鷄鶋止魯郊豈樂太牢具冥〻萬里鴻弋人何敢慕東
海儒林秀落筆妙詞賦蹭蹬江湖秋低徊老韋布晚從
使者舉捧檄喜而懼白髮照青衫奄忽死無據竚立倚
江樓注目煙材暮

懷汪信民

長沙陽重湖莽蒼無四壁騷魂駕鬼車月黑陰火赤念
彼泮宮老官居寄禪寂雖綰參軍綬尚帶山林色蕭然
列仙癯粹氣潤圭璧坐見屈在牆作詩弔沉溺鄙夫不
解事勇退如六鷁安得快哉風吹我垂天翼不假蜚霞

佩置身在君側

懷汪信民村居

金風吐商管秀色浮山椒苔乾石骨瘦水落溪毛凋埃
塵暗篋輿風霜緇客貌蔡蓑浥野飯松醪酌村瓢會當
對榻語竹鳩風蕭〻浣腸去舊學詞源湧春潮

送胡民望入京

龜以氣而壽龍以仁而靈蛇以無足行蚓以無腸鳴大
哉天地間百怪不可名洋〻西津水念子行西征與道
如有聞雁來當寄聲

寄洪龜父戲效其體

落々匡山老晴江瑩眉宇問道崆峒墟枯槎泛江滸歸
歟謝遠游曲肱卧環堵磅礴萬物表動植見吞吐矐靈
旋磨蟻四氣遽如許咄々千載事俯仰變今古安得仙
人杖頹齡為金拄

寄洪駒父戲效其體

不見徐侯久夢繞西山陽斯人天下士秀拔無等雙捉
壓望青天意氣吞八荒平生學古功胃次羅典章商畧
造理窟清論排風霜弄筆有佳思哦詩懷慢郎恐非江
湖客黑頭侍明光不忘溫處士群書亦可將

懷李聘君

彼美卯園秀風韻何洒落考盤盱水湄貧賤不隕穫水
椀薦溪毛縞衣佩蘭若和嶠松森々王恭柳濯々文采
南山豹野逸青田鶴獨振大雅音黃鍾在牛鐸綠蘿結
春陰脩篁解夏籜登山挹飛溜自得仁智樂賴有好事
人携酒慰寂寞王路今坦夷胡為東高閣皤然起東皐
曳裾入西洛且捧毛義檄莫躡虞卿蹻智囊發新滕經
笥啟廛鑰治國端有計何惜萬金藥田覷黃公壚覓爾
河山邈

八月十五夜與諸友游湖南翫月

黃昏出東門月在房心閒步繞古柳堤踈影迷清灣趺

坐湖上亭物肅景白閑桂影搖濁醪波光照酡顏高懷
浩無際妙語險莫攀夜深風露冷投宿撾禪關時聞橋
下泉決々鳴珮環茲游尋舊約正朔已七領緬想泮宮
邈在淮南山

中秋與二三子賞月分韻得中字

雨洗天宇淨微雲捲涼風今夕定何夕月圓秋氣中驚
雁掠沙水寒雅繞梧桐嘉我二三子笑語春冰融酒酣
吐秀句醉筆翻征鴻夜闌燈光亂清影棲房櫳似聞霓
裳曲笛聲吟老龍

游西塔分韻得處字

西風脫木葉感時煎百慮癡坐北窓底哦詩不能句同
舍二三子邀我城南去風于湖上亭臨流坐箕踞菡萏
晚紅垂冷香襲巾屨湖西青蓮界竹陰有微路老僧迎
我笑洗鉢供匕箸齋厨野飯香園蔬摘朝露清言洗心
胷幸免杯酒汙人生會合難駛若風中霧明晨想茲游
淒涼在何處

懷李智伯以洪龜父贈智伯詩氣蓋關中李子
心為韻探得蓋字

初聞李子賢詞源漲萬派未倒蔡邕屣先傾程本蓋自
從得斯人議論頗宏大邇來卧苫塊病骨劇疲瘵茲游

獨不預頗覺氣宇隘平生憎俗物每見意即敗後會君
强起免食三斗艾

集西塔寺懷亡友汪信民以言念君子温其如
玉為韻探得念字

禍福初無門吉凶本不僭跖壽顔夭折此理竟誰驗貴
不畜讒邪富獨饒聚斂施〻驕妻妾百索無一欠貞士
抱清直藜藿常不饜人生鬼揶揄奄忽就窀窆吾友汪
夫子才力百夫贍獨立流俗中如山不可塹青衫困冷
官半世寒儉自從斯人亡吾身良可厭弦絶伯牙琴墓
掛徐卿劍但餘清溪編萬丈垂光焰朝來雨新霽湖波

溪堂集卷二　九　知不足齋正本

清瀲灔禪堂淨巾屦僧榻涼枕簟追尋舊游蹤歷〻皆
可念哭詩寓一哀苦淚漬鉛槧

和陳倅宜黄書事

鄙夫拙生事日晚兒號冬白駒穿甕牖曲肱起猶慵懶
惰百無營有酒時復中孰知廊廟具征驂犯寒風行役
豈不苦王事不我容勞佚雖有命造物似不公仰羨沖
天鶴孤飛邈難從頗有雲外山所至如迎逢是中有深
意高懷可默通何當浮大白一醉百念空

冬至日陳倅席上分賦一陽來復探得復字

陽進君子升陰退小人伏此理洞然明不疑更何卜微

和田根萎餘光借百草但看堂前梅南枝已芬馥東齋
況虛明樽有荔枝綠燈花不予欺玉蟲閒金粟吾道行
將伸斯言可三復

嘲潘邠老未娶

潘侯平生心初不喜昏宦中年又喪妻二子尚幼兆孤
燈秋夢寒頗思美目盼初時似不堪既久亦習慣斯人
天機深堅壁却憂患濁醪只獨斟布衣誰補綻豈不溉
釜鬵無人爨藜莧買婢供使令頗遭俗子訕北風吹枯
桑天寒歲云宴人生不百年一世如夢幻勿謂淵深泉
巨魚可汕何當呼蹇修便可買羔雁中饋端有人嫁娶

溪堂集卷二　十　知不足齋正本

豈難辦為君乞樊素伴我老山澗

陳倅席上分韻得我字

竹林墻外梢梅蘂簷前朶萬籟寂無聲夜闌耿燈火通
守塵外姿體道人忘我邀客文字飲塵風清四座酒酣
誦新書老氣激衰惰公詩如天驕逸韻謝韁鎖小人窘
駑足十步常九跛願公勤鞭策他年逢飯顆

夜過朱仲觀飲明日雪作

夜飲錦瑟傍歌吹盈耳根歸聞窻外竹撼〻風葉喧夢
覺室生白曉起欲填門平地委璀璨虛亭舞翩翻酒樹
輕復揭觸幔急且掀望遠空連雲積厚疑壓坤光動浮

觀蔡規畫山水圖
尋常老江南山水通眼界探源若無心
筆端生萬怪樹杉
偺煙鬟雲端髻
縞帶擊舟社柳根
茅屋臨清流掃壁
挂高堂齋齋起清穀
君名空不朽第恐纖毫皆
明水寺
城西三十里山林深且
杳群峰如環繞屋
一徑小澗禾稼垂地
鮮居民少老桂僅有
亭亭喬松高矯矯幽
露泣溪毛清風搖綠
篠朝來爽氣浮輕煙
横木杪日暖天清吸野
雉鳴有鳩鳥石澗漱寒
泉冷冷瀉幽沼叢峨
雙石門屋經椎火燎
祇園煩蘇稜十雉周
墻偉掃地極妙香房
櫳深窈窕嗟予山歎崎
人年生百歲慢好古
嗜簡編僻性無匹
鳥每逢山水佳目聽
騁子聽況同佳士游意
氣渲雲表望遠視
眈眈臨危且恢恢險
韵吟競病怪語作危了華蘇吼脩廊僧窗曙迷曉炊黍與來年年土之雜之斤蔓他時子來歸
代木荒蘿蔦老室山山陽高而遠隱 第恐想君思紫葉煙花繞 撫州志

屋椽影紛池盆散漫迷大江依稀認前村雀喋咮自東
鴉濕翅不騫把玩手欲龜咀嚼舌不捫風熏怒未解火
煤寒不溫簷有氷柱懸門無屐齒痕游僊不訪戴愁多
惟卧衾何時天雨霽炙背負晴暄玉門君可擬持以獻
至尊 蕭雨集

廣壽寺

學道護心城養生戒眉斧靜知世味薄老恒野僧語散
步給孤園邀我會心侶塵清不昧眼境書可詠暑蓮社
宗遠公竹溪御巢父此道不異也今人豈媿古當念貧
時交重勿棄如土

正覺寺

避暑訪禪客頃作城南遊秋風颯然來草木鳴蕭騷復起北東與兩崖搖
輕帆何處可盤礴有寺臨江阜門戶頗幽邃野徑深蓬蒿升堂脫

溪堂集卷二

冠坐洗盞傾濁醪初筵談名理清言洗塵勞
徐徐雜恢諧坦率真吾曹尚餘清淨業詩成
漫揮毫人生一瞬息迹亦猶滔滔歸歟不秉
燭搔頭霜月高 撫州志

閨恨

汲井濕我衣伐石困我墉塵埃不被體寂寞無人蹤
涌涌西江水我車不敢渡鳳駕豈不早行行畏多
露行止既有義離合亦有時眾人豈無心不如我所之 宋文鑑

溪堂集卷三

臨川 謝逸 撰

龍沙詞五疊贈清逸先生

鴈雲蜚兮鯉沈高者可弋兮下可罾龍沙之上足以忘
機兮于以觀魚鳥之情脩眉浮空兮鑒寒瀨之澄凝茹
紫芝兮濯纓逍遙乎龍沙之上兮可樂者山水之情草
芊芊兮垂柳陰陰黃鸝兮霜寒露零龍沙之上足以忘
懷兮于以觀草木之情秋風兮月明吹我衣裳兮照吾
曲肱逍遙乎龍沙之上兮可樂者風月之情百夫逐鹿
兮失得之營心有鹿兮雖唱嬰其何成向知鹿不吾得
兮曾不知其已不吾得則已兮又何有於龍沙之君子
也

題墨梅

朝見一枝吐暮吟疎影寒亭亭不解語助我青毫端毫
端直如林逋鬼千年萬年作知己孤山憶有詠殘枝洗
盡鉛華對寒氷

寄題高彥應長官碧鮮閣竹乃高令先人所種

先生手種千竿竹儼如莊士衣冠肅林端結閣挹清風
閣上幽人峙雙玉春風飛盡元都花秋霜半落平泉木
試傍池邊訪此君雪虐風饕不改綠我有惠施書五車

不解子山愁萬斛何時一醉籍清影更邀明月同君宿
汪信民頃赴符離約謁告還家為盛集戲作詩
嘲之以助一笑仍率諸友同賦
君如霜鶻精爽老目睨雲霄長側腦不種河陽滿縣花
手披泮水收芹藻閉門較藝防請謁門外賓朋跡如掃
饑腸得酒怒雷牙頰生烟喉吻燥青燈枕上夢蛾眉驚
魂酷怕寒砧擣縱未休糧僊骨輕丹田亦合生梨棗歸
來清狂尚未減懷抱向人輙傾倒不作孟公投轄飲乃
欲悲吟效郊島明年東風破柳條萬里晴江波浩浩此
時扁舟挽不留依舊儒官守枯槁只今有酒不浪飲迎

臘寒梅為誰好相將風雪不饒人拂面飛花故相惱期
君三日不如盟定作回波嘲栲栳
訪吴子珍新居
歲晚窮愁催急景吾人學道心如水共訪延陵季子孫
呼兒酌酒烹雙鯉新有揚雄宅一區舊聞孟母鄰三徙
卜居清曠慕長統近市喧囂慙晏子但得門客長者車
何須聲有尚書履他年羔雁列君庭吉士恐為君子使
送子佩禪師
薛老峯前古游俠脫冠賣劍剪鬚鬛閑闗孤坐百念空
面上老色如秋葉飄然飛雪華子岡浪逐西風移步屧

攝衣升堂槌大鼓是中不賞嗇夫喋四衆圍繞如堵墻
要觀霹靂飛牙頰人生一夢幾時覺相逢栩栩皆蝴蝶
何當蠟屐從師游遮莫馮驩老彈鋏
丈軒詩
謫仙獨立風埃外函丈席間藏法界食前不愧孟子譏
容膝尚笑陶生隘若知北斗可藏身定是須彌堪納芥
不容廣坐九百萬誰信維摩室本大
游寶應字分詠古跡探得顔魯公戒壇碑以壇
字為韻
魯公虹氣胷中蟠發為心畫妙筆端嚴如禮樂陳太廟

肅若朝會羅千官想見謫杞叱希烈不憂米罄無晨餐
巽憑熊軾守此土浮屠受戒陞高壇手磨蒼珉紀歲月
大書深刻期不刓至今父老見必拜尚餘墮淚碑斕斑
爭摹墨本走四海購求不惜千金彈掛之虚堂拂塵壁
凛然六月陰風寒豈惟賊臣斂衽避厲鬼不得神其姦
小說載顔書辟瘟
送董元達
讀書不作儒生酸躍馬西入金城闗塞垣苦寒風氣惡
歸來面皺鬚眉斑先皇召見延和殿議論慷慨天開顔
諦畫盈篋不復辦脫身來看江南山長江滾滾蛟龍怒

扁舟此去何當還大梁城裏定相見玉川破屋應數間

寄題黄文昌觴詠亭

門前五柳陶淵明酣卧柴桑呼不醒錦官城西杜少陵醉挹浣花溪水横几杖顛倒盃盤傾似聞殷殷金石聲乃知達士未忘情一觴一詠有餘清銀盃落手新詩成仰視寥廓鴻冥冥富貴于我浮雲輕興來慎勿騎長鯨人言唯君可卿卿

送姜和文

掠眼年光灑飛雹三載從游只如昨似聞買船脩水來俄見呼童理歸槖酸寒自是臨川尉况值凶年羣盜作干

戈陌上玩經史金鼓聲中挹杯酌上官喑嗚百吏怖人皆唯唯君諾諾此行作邑亂山中安得校書天禄閣歸謁黄龍老比丘乞取囊中萬金藥吾體潰悶假雙井信致之亦不惡

送趙德甫侍親淮東

茂陵少年白面郎手携五弦望八荒歘帆側柂轉天末瞿塘灧澦一葦航向來問字識揚子年未二十如老蒼林花蜚盡春事了粲然一笑田山陽幅巾相從竟日坐虚堂掃地焚清香人物已共遠峯秀談辨更與薰風涼黄梅雨洗天界淨驅出門指大行朝侯暮烹不足道人

生離別安得常丈夫許與重氣義兒女惜別徒慘傷觀君嚻麗負奇氣恐是天廐真秉黄願言待價無速售世間駔皆王良

送狄朝議

狄公鶚立横清秋真氣端能回萬年平生作郡有老手退食燕寢清香浮鞭笞得名亦不惡一官何足償百憂豈如清淨政不撓男耕女桑民力優小人瑣瑣不足録惡詩蒙公三過讀自聞歸棹理江干望傷懷何刺促胡不強為此郡留懸知季月當泛菊願言他日持節來一洗蒼生愁萬斛

游逍遥寺詠庭前栢樹以老杜病栢詩偃蹇龍虎姿主當風雲會為韻得蹇字

歲寒在天知後凋受命於地稟正獨植柯枝幹撐青冥凜然正色不可辱霹靂威霜雪避奴視椅桐友松竹孔明廟邊凍蟻食御史臺中老烏宿何如結根阿蘭那葉映高僧胡眼緑楚多楩枏剪伐盡大國要材梁夏屋何時匠石運斤風不使龍姿久偃蹇反觀樗櫟老臃腫永保天年長受福

送惠洪上人

真淨養兒如養羊敗羣者去羊如傷洪師擻抖蔬筍氣

白晝穴我夫子墻，粥魚齋鼓了無礙，坐禪不廢談文章
老師頷之笑不語，壞衲百孔穿寒洞，庭風號波浪吼，笑
揖逐客談肛腔，六月赤脚登大瘦，黄茆瘴裏餐榠樝，天
宮不合困兩鳥，洪徐接翼鳴南昌，毛羣羽族不敢喘，師
乃啁哳鳴其旁，歘起四明狂客念，揚瀾恨不一葦航，男
兒行役良自苦，水有鮫鰐陸豺狼，何當談笑揆牛糞，拗
折桂杖掛鉢囊

懷李方叔

儒林丈人稱兩蘋，一言為重輕璠璵，見君誦詩出險語
撫掌絶倒徒驚呼，貴耳賤目亦不悪，虎豹何殊犬羊鞹

勸君掩舌卧衡門，莫賦悲秋任摇落

送李希顔

長安年少清似玉，腰垂黄金雙鬢緑，吹嘘氣焰高岑樓
胡不容公置一足，臙脂遮眼卧三年，滿榻秋風對脩竹
戶内殷殷金聲牙籤，插架三萬軸，箋詩作傳起凡例
公嘗注老杜詩作左氏春秋列傳 斷簡殘篇紛在目，題輿粤國正秋風
石瘦水清山詰曲，先聲霹靂挾仁氣，父老歡呼胥吏肅
莫思蓴菜賦歸歟，天上要公調鼎餗

送袁公發

袁公落筆清如風，妙齡場屋聲摩空，陸沉薄領三十載

晚節自號無求翁，朝庭公卿半親舊，誰能挽致青雲中
參天老栢耐霜雪，始知不與蕭艾同，俛首下邑亦良苦
此行定入明光宫

送譚子仁游太學

沓沓舉子萬馬奔，傾動場屋風塵昏，失身白袍青幕底
平生乾沒三家村，今君觸熱去鄉縣，矯如野鶴離雞羣
筆端萬字灑飛雹，豈畏食葉春蠶喧，廣文先生倒屣待
三舍弟子豈可吞，琴書在笥馬在門，看看山上復有山
願君莫忘大刀頭，何言駟馬君當還

豫章别李元中宣德

恐脱一句

舊聞諸李隱龍眠，伯時已老元中少，一行作吏各天涯
故人落落踈星曉，西山影裡識君面，碧照章江眸子瞭
向來問道渺多岐，只今領畧歸趣妙，老鳳鳳垂頭噤不
語，古木槎枒噪春鳥，身在幕府心江湖，左胥右律但坐
嘯，第愁一葉釣漁舟，不容丈尺堂堂表，我今歸卧靈谷
雲，君應紫禁鶯花繞，相思有夢到茅齋，細雨清燈坐林
杪

與諸友訪黄宗魯宗魯置酒于思猷亭席上分
韻賦思猷亭詩各以姓為韻予得謝字

我見俗子避百舍，一錢不直灌夫罵，靈谷峯前汝水湄

誰信無雙有江夏平生眼底無可人子猷初與吾同社
故栽修竹共歲寒不與繁花鬬榮謝跡陰時過少陵樽
斜枝最入蕭郎畫强排風雨作寒聲巧留雪月延深夜
三伏炎蒸自可逃一榻清涼那肯借願言閑閑謝俗子
勿與此曹俱日化但得風味如晋人縱無此君自瀟灑

從黃宗魯乞怪石

織女支機棄不用老盧墜腰誰見收君從何處得此石
恐有鬼物為偷不堪壓作擣練石仆着墻東如卧牛何
如置我清溪上奇峯崒嵂臨清流鄙夫鬚鬢脫如戟青
眸皓齒不我儔惟有泉石相伴不索吾未無所求何時

突兀入眼界白頭相對忘百憂

代送柳權郡

河東夫子文中虎筆端揮灑如飛雨餘波覃及百世孫
翰墨風流照古今文章清麗有典則胷懷恢廓無城府
擁麾山郡民氣和萬頃黃雲富禾黍公餘雅會羅嘉賓
高論崢嶸揮玉麈佇看祖席列岐亭梅影橫斜媚村塢
定知玉詔下舟墀宰府要公調鼎俎

送鄒元佐還鄉元佐精於命術

白雲英英天末飛紅渠脉脉澗底靜北堂姑老冢婦勤
鄒候感物動幽興甦將平生說詩口試言禍福知天命

五行推步聊復爾恐君胷中有水鏡

送南彥應

小儒百鳥喧春風大儒老鳳棲梧桐諸生談經用一律
夫子不答如病聾迺知胷次有妙理此心矯矯誰與同
臨川決曹亦良若三年掉臂衎楊中懸知此心不落陛
下近用韓相公

題許邦基却俗軒詩

流俗紛紛何足却爾曹百輩吾能着雖同一床各做夢
政恐不妨人作樂俗客自與此君踈竹洞何曾有關鑰
但邀明月對君飲莫管門前可羅雀

次張邦式

君家劍氣干牛斗熖熖寒光半天倚胡不長倚西入秦
曳裾侯門颯珠履奈何俛首衎楊間手決大獄如傾水
不向南樓按歌舞乃提健筆誇豪靡獨步詩壇數挑戰
雖欲争鋒吾老矣晚來捜攪飢腸空戲拈添丁玩岐嶷
蒼頭剝啄叩我門急得長編驚撫几嗟予敢望幼度才
哦詩粗可元暉比紫囊成壞本來空心悟香嚴聊爾耳
君如暫輟畫眉手我亦閑關防折齒

再用前韻

我家端無一囊錢骯髒趙生門可倚黃綬叢中識君面

眼前如見曲阜履興來曳杖扣齋扉清坐焚香淡如水
有時造語出瑰奇要令墨客皆風靡仰觀喬木俯流泉
因念吾生行已矣壹若君才萬夫特風儀秀整秋山嶷
行看待詔金馬門安得嗒然長隐几名功他日似留侯
豈與風流京兆比昨朝篇末畫眉句始悟前言戲之耳
不知共訪彌天釋真成四海習鑿齒

雪

春雲結成三日霖朔風吹作一尺雪紛紛委地玉花亂
皎皎照户紅光發一樽相對老孟光寒窓癡倖燈明滅
踏雪觀梅亦不惡月夜西樓更清絶

作或是倖

歲晚書懷

莫事休休復莫莫草木歸根定搖落窮冬日月任崢嶸
寒士胸懷要恢廓人言張儀舌尚在我慚祖逖鞭先着著
君如端為梅花歸請脱青衫對花酌

鐵柱觀

豫章城南老子宮堦前一柱立積鐵云是旌陽役萬鬼夜半
舁來老蛟穴插定三江不沸騰切切搖撼坤軸裂蒼崖包
裹鱗皴皮我欲摩挲肘屢掣旌陽拔宅家上天去只留千
夫應门户西山高處風露寒茲事恍
惚從誰說安得猛士如朱亥袖柱橫
山打狂虎一作袖柱南山擊狂虎。一作袖向横山打狂虎

溪堂集卷三

溪堂集卷四

臨川　謝逸　撰

晚晴

輕雲朝作雨麗日晚開晴岸草悤悤碧溪流泯泯清沙
汀眠白露煙樹囀黃鸝涉世心無競支頤眼暫明

寄季彬

昔日陶彭澤何嘗見督郵江淮覓運漕幕府得優游故
舊誰青眼功名要黑頭相思懷抱惡注目倚南樓

客至

曲肱秋夢覺剝啄打門聲鵲噪柳陰亂雞喧藤架傾寫

詩無阿買聯句有彌明飲罷各分袂月涼風露清

秋日書懷

驟雨池塘漲飄風枕簟涼野田肥雁鶩官柳噪蜩螗歲
月書千古功名酒一觴塵纓如可濯攜伴泛滄浪

誤空一行

黃通理邀游南湖

不踏南湖路端居兩見春浮花空過眼濁酒漫濡唇曳
杖惟今日開樽有故人何須推物理行樂及佳唇

汪信民載酒令酒表弟吳迪吉邀予同游南湖

古人多齟齬吾黨故衰徊表弟邀予出參軍載酒來南
湖未新柳東巷且殘梅但恐碑書至將軍幕府開

東府文雖下西津艇未橫莫愁官長罵且伴老夫行飲
酒舊無敵能詩新有聲此樽誰可使待倩許飛瓊

睡起

地僻市聲遠林深荒逕迷家貧惟飯豆肉貴但羮藜假
貸煩鄰里經營愧老妻曲肱聊自樂午夢破鳴雞

月夜與兒曹露坐庭中

夜涼雲幕捲人靜蓽門扃掃葉風生砌鉤簾月可庭秋
懷飲酒壯老眼對兒青遠媿荀陳氏應無聚德星

社日

雨柳垂垂葉風溪細細紋清歡惟煮茗美味秪羮芹飲

不遣田父歸無遺細君東皐農事作（一作動）舉趾待耕耘

南歸渡江去家稍近喜而有作

晚渡江南岸村村水竹居歸心先倦鳥樂事羨游魚去
國清明後還家穀雨初懸知務農急弛擔把犂鋤

八月十六日夜翫月南湖用老杜韻

月減一分魄風生萬壑秋山烟連野白湖水接天流妙
語懷支遁清歌吹莫愁窪樽聊共酌無羨玉為舟

與宗野宗樸稚子觀蔬園

干祿心無競謀生計已踈老催吾學圃貧減汝觀書細
雨同移菓清露共摘蔬何時江海去蓑笠伴春鋤（春鋤白鷺）

挽疏未知一本出或是摘疏

也

閉戶無賓客忘憂賴玉魚（宗野小名夢玉宗樸小名夢魚）迂踈皆識我
貧賤不關渠散步惟荒圃端居且敝廬但知師賜未未
可笑宣舒

擬峴臺

董奉山中種杏元都觀裏栽桃清曠孰如此地登臨況
是吾曹城下一江水碧江邊百尺臺高倦蝶舞酣花塢
驚鷗飛掠魚舠客子自來如燕世事相黏若蠔何當有
酒徑醉涼州不博葡萄

潛心堂

潛心便是覓安心立雪何煩問少林羽扇綸巾延客晚
蒲團禪板坐更深要先舟壑藏時悟莫向風幡動處尋
試扶孤峯雲一寸與民三日作春霖

和陳仲邦野步城西

寺近仙壇西復西醉中信足路應迷鳴條風勁澗蒲柳
掠岸雲低亂鵲鷺簷外檀欒森翠巘門前畧彴跨清溪
葛巾藜杖眞蕭散何必狨鞍韡月題

寄幼槃弟

北闕弓旌未見招茅亭高卧對山椒詩成稚子應能誦
酒熟鄰翁漸可邀寧似杜陵長蹭蹬不依嚴武更逍遙

細思洗馬池邊路便是成都萬里橋

暮春感懷

雨退飛廉狀怒雲百花淨盡掃埃塵大千沙地乾坤闊
一段江山日月新浩蕩烟波鯨海晚淵騰雪浪錦城春
誰人能採南山蕨窓外休呼祁孔賓

送朱世英

妙淨光雲覆八荒徑行聚落得清涼閻浮檀水心無染
優鉢羅花體自香赤寫未容趨北闕綠槐先已兆東墻
應真外見中和色豈在眉間一點黃
漢漢薰風錦旆飄縹衣聊復殿名藩行藏有道未經直

表裏無瑕白玉溫寢妙香凝碧玉夜談孤月落金盆試
將執拂拈槌手行秉元圭侍至尊
短褐登門每自慚僅同太史滯周南沈迷晚學三無漏
懶慢長疑七不堪平日漫懸高士榻此行應共德公談
潘延之白頭林不有徐孺子龐德公之操他年解組歸來日尚許南榮見老
聃

懷吳迪吉

朔風吹鬢幅巾斜飯了呼童碾露芽荷影蕭蕭圍我舍
溪流渺渺對君家古心莫為世情改老眼聊憑文字遮
安得一簑煙雨裏小舡載酒卧蘆花

送汪叔野水芝法醞

屏居不到日邊久安得黃封印赤泥折遍溪堂紅菡萏
釀成湘酎碧玻瓈洞庭春色名應減道院丹泉價益低
聊挹小樽供壽母煩君白注玉東西

用汪信民韻送叔野迎婦山陽

涼月淒風透客衣離亭無奈角聲悲解圍未設王家障
舉案先齊孟氏眉青眼難兄嗟久別白頭壽母夢相思
胷中若有功名念莫待鐘鳴漏盡時

與高彥應司理游南湖

飛花眯目亂紛紛細草裙腰綠映門山色入簾清可挹

湖光照座冷無痕揄揚春色煩詩句排遣愁情賴酒樽
預想明年君去後沙寒竹淨野烟昏

陪通守丞議游鐵山書堂

嶄新氣象舊書堂堂裏幽人璧一雙雨洗花光紅繞舍
風搖竹影碧含窓山橫雲外青螺髻樹列簷前翠羽幢
城上烏啼歸棹急笛聲嘹亮月澄江

次王直方承務見寄韻

知君才是出羣雄憐我生涯獨轉蓬稚子淒涼緣惡歲
鄙夫寂寞坐詩窮百年冉冉風埃裏萬事悠悠醉眼中
幸有孟光堪舉案退居真欲效梁鴻

陪王守游明水

雨後山川𢌿滿溪，洞門疑是辟塵犀。白沙翠竹溪光淨，細草幽花野逕迷。閑步禪林思蝶化，倦騎朝馬聽雞啼。使君自得真消息，祖令須煩大士提。

山擁雲鬟掃夕霏，千林浮翠髮初晞。雷音震谷朱輪轉，霞影搖空綵旆飛。曉霧拂襟憐萬弱，晚風掀袂受清微。夕陽樓上吹笳管，歸騎遥瞻兩檜巍。

同信民出城南訪正叔共約南湖之遊至今不果信民即有長沙之行恐遂爽約戲作詩以督之

初見南湖凍未消，只今流水又平橋。驅除臘雪煩梅蕊，收拾春風倩柳條。豈有故人行在別，不將樽酒慰無聊。府中諸史皆英妙，早晚相從幸見招。

又飲西塔寺游南湖用老杜成西陂泛舟詩為韻

未訪稽山棹酒船，先尋小有洞中天。葛巾藜杖輕軒冕，盂飯盤蔬鄙饟索。巢父掉頭休入海（用竹溪六逸事），焦生稚辨且驚筵（用飲中八僊事）。老僧瀹茗供清興，旋拾枯松煮澗泉。

送棱山朱道人

不隨俗客老塵寰，晚節逍遥水石間。獨佩藥囊來澤國，只留丹竈在棱身。如野鶴更無侶，心似白雲長是閑。君見劉僊問消息，幸分餘粒及衰顏。

次韻汪信民見寄

直道逢人多齟齬，高懷向我最恢疏。不貪但守司城寶，無澤寧辭季賦車。池種青蓮肴妙淨，庭栽翠竹悟真如。何年來過溪堂飯，小圃携籃白摘蔬。

送常老住踈山

師住踈山祇樹園，卧觀雲氣起江村。百年㕙㕙春風轉，一鉢垂垂老眼昏。古殿橫空森鐵鳳，夜潭翻浪落金盆。何時繫纜西峯下，松柏陰中獨叩門。

聞秦少儀病愈

平生四海秦少儀，造化小兒何苦之。端能浸假求鴞炙，定不泣涕眠牛衣。問夢自想理既剖，杯中有蛇心不疑。何時過我舉玉趾，不用門生昇二兒。

游泉庵寺懷壁上人以徐飛錫杖出風塵為韻探得徐字（按洲志題作東菴）

年少談玉陋漢儒，筆端萬事壓嚴徐。昔為酒客驚花繞，今作禪僧水竹居。賤子已捐千祿學，故人休草絕交書。春風縱棹遊蕭寺，北望淮山政憶渠。

寄洪駒父兼簡潘子真徐師川

洪家兄弟皆英妙仲氏文章獨起予天末何人懷太白
日邊誰子薦相如東湖水落蛙聲窄南浦雲橫雁影疎
莫憶歸鴻揮老淚强裁詩句和潘徐

寄徐師川

門外荒園一畝餘長拋筆硯把犁鋤天邊風露秋期近
海外交游信音疎楊子家貧惟嗜酒嵇康性懶不便書
龍沙江水連天闊尺素何當寄鯉魚

和詹存中種竹

斸地移根未滿林庭前我見影陰深晚烟漠漠玉雙峙
夜雨蕭蕭龍一吟勁節扶疎真耐老高才灑落少知音

參軍吏隱世情薄只有此君同我心

聞徐師川自京師歸豫章

九衢塵裏無停轍君居陋巷不出遊滿城惡少弋鳧雁
對面故人風馬牛別後夢寒燈火夜歸來眼冷江秋湖
鷟騷老大食不飽起視八荒提蒯緱

舟中不寢奉懷齊安潘大臨蘄春林敏功

病夫不寐百憂集起視斗柄東南傾山林畏佳萬壑笑
天地黯慘孤舟橫此身老矣幾寒暑四海茫然誰弟兄
江西米貴斗三百好去淮南訪友生

寄徐師川

司業端能乞酒錢誰憂坐客冷無氈相望建業只千里
不見徐侯今七年江水江花同臭味海南海北各山川
試問烟波何處好老夫欲理釣魚舡

溪堂集卷四

琴　此篇見後村千家詩

風撼絲桐帶月明羽人乘醉截秋聲七弦妙製饒
仙品二尺良材稱道情池小未開春浪泛岳低
猶欠暮雲生何妨乞與元中術臨化上云妨膝上橫

霧疑露

萬年富貴當攷

溪堂集卷五

臨川 謝逸 撰

和陳倅泛舟寄瑩中德翁印老二首

欲尋靖節訪東皋復憶禪翁隱妙高月送征鴻遵霧渚
舟隨飛鷺掠雲濤知公氣壓陳驚座顧我詩慙謝法曹
膽落舊聞温御史至今蛟鼓尚騰逃

濇雲睐雨幕平皋樓卧元龍百尺高紅旆已飛居易舫
赤心寧畏子胥濤但知守道師前輩未恐低頭効此曹
天遣数公慰人望萬年富貴恐難逃

和陳倅靈壁寄瑩中二首

汴上相逢艤畫橈清愁萬斛若冰消弟兄直諒推三友
父子公忠擅四朝對鏡如如皆鬢若開談句句盡參寥
要知往事皆虛幻看取錢塘八月潮

風攪張園萬木搖（靈壁有張氏園）黯然分袂客魂清更無餘念
留胷次但有孤忠報聖朝千里烟波舟泛泛百年事業
古寥寥新詩吟就誰能寫安得巴東遇李潮

寄異否

重陽示萬同德

晚起無營着帽遲蕭疎霜鬢任風吹病懷王子同傾酒
愁憶郎共賦詩（在京師重陽日王立之飲酒又潘邠老嘗得一句云滿城風雨近重陽令予足之二公皆捐館今心折）寧効騷人餐菊蘂敢希朝士賜萸枝白衣

不至慙元亮空對門生與二兒

郊行書事

斬新氣象晚懷清拂面西風卯酒醒萬物歸秋根寂寂
大田多稼雨冥冥獨逢隔水一山碧不覺擧頭雙眼青
預想明年生事足不煩結柳使奴星

次董之南韻

門外遠山邊寸碧塘前溪水半篙清御看老鶴有清興
靜聽幽琴無俗音三釜及親君養志一瓢在巷我甘心
向平婚嫁何年畢杖策長隨支道林

次季智伯韻

薄有田園百不憂詩書自樂更無求形容風月三千首
笑傲林泉四十秋豈意騎鯨尋李白真成夢蝶化莊周
誰能倒激西江水洗我胷中萬斛愁

寄饒葆光

先生骨相不封侯卜居但得林塘幽家藏蠹簡幾千卷（一作玄堂）
手校韋編三十秋相知四海孰青眼高卧一菴今白頭
襄陽耆舊節獨若（一作適名德）只有龐公不入州

和饒正叔梅花

踈影横斜月色新飢膚清瘦不禁春侵凌臘雪寒先覺
漏洩東風信最真兆滉粧臺人未起香迷野逕蝶難親

飢似當作肌以對踈影則飢字為是之但未知所出耳

下詩字當作師

宜易一畫字

飄零點破蒼苔地安得靈犀為辟塵

與諸人集陳公美書堂觀雪以朔雪洗盡烟嵐昏為韻探得烟字

踏雪敲門媿履穿孟公飲我酒盈船捲簾光動山人帳入戶寒侵生客氊急灑江村迷淨練深藏茅舍認孤烟明年策馬長安去誰念清吟孟浩然

王立之寄書言其子阿宜漸學作詩及問余稚子夢玉安否作詩奉戲

求田問舍是何時隨分生涯可樂饑夢玉今年初學語阿宜他日定能詩兩家子弟俱無恙一體文章是有詩

但得耕桑了門戶吾人不用寧馨兒

復用前韻寄李聲之子阿大

東都曾見汝生時客舍孤吟夜饑憶耶能為鸜鵒舞祇今應誦春令詩儻無氣節如元禮便有功名似藥師問道若知真理窟且分餘論及吾兒

寄洪駒父

翼翼魯泮宮國士數無雙行且立教化儒風成一邦

以水沉香寄呂居仁戲作六言二首

紙帳竹窗夜永蒲團棐几人閑萬籟聲沉沙界一爐香裊禪關

海上人多逐水臭沉價不論錢自是渠無佛性非關鼻孔寥天

題疊翠軒

星落江東化梵宮樓臺金碧駭魚龍此軒端有南康趣只欠匡廬五老峯

聞幼槃弟歸喜而有作二首

門前楊柳未藏鴉溪上櫻桃已著花午夢覺來聞好語阿連有信欲還家

風雨多年不對床便堂携被過溪堂曲肱但作吉祥卧洗舌惟無般若湯

春雪二首

未放溫風破柳條先教庭樹雪花飄初疑乾雨從空墜不覺香酥著地消

天公不憤小桃開故剪瑤橦花伴落梅後夜月明風更惡有人無語獨登臺

梅六首

羅浮山下月紛紛曾共蘊仙醉一罇不是玉妃來墮世夢中底事見來魂

城中桃李休相笑林下清風汝未知本是前村深處物竹籬茅舍却相宜

鏤氷疊雪鬬清盈莫笑饑（肌）膚太瘦生底事狂風催結子
要當煮酒趂清明
暗（妝）香踈影渾無頼雨打風吹更可憐嚼蘂但能供我醉
點粧應是為君妍
楊花榆笑（莢）風流淺穠李夭桃氣味凡只有寒香無俗韻
不煩吹笛惱撩乚
老大無人伴我闌憶梅幽意頗相關不如移植溪堂後
免使凡夫俗手攀

戱題百葉梅花

細朶斜枝惱意香月明踈影媚横塘懸知不結青々子

故作無情淡々粧（妝）

春詞六首

蒲芽荇帶逺清池錦纜牽船水拍堤好是淡烟踈雨裏
遠峯青處子規啼
午睡醒來炷晚香麝煤冉々襲衣裳垂楊莫道無才思
故遣飛花入洞房
曲闌干外柳垂々羅幕風輕燕子飛獨倚危樓思往事
落紅撩亂點春衣
荳蔻梢頭春事休風飄萬點只供愁杜鵑啼破三更月
夢繞雲間百尺樓

院落簾垂春日長嫩晴天氣牡丹香細看玉面天然白
不及姚家宮樣黄
門前楊柳暗沙汀雨濕東風未放晴點々落花春事晚
青々芳草暮愁生

城南二首

院落輕寒猶側々園林黄鳥未交々韶光幸自無人覺
誰遣東風染柳梢
長恐歸時已闌珊西壇雖好敢盤桓可憐月夜杉松影
輸與沙鷗野鶴看

和饒正叔碧桃絶句

未折香枝揷鬢鴉月和踈影上簷牙詩人莫作桃夭看
不是玄都觀裏花

梨花已謝戲作二首（詩）傷之

冷香消盡晚風吹脉々無言對落暉舊日郭（群芳譜作郛）西千樹雪
今隨蝴蝶作團飛
剪々輕風漠々寒玉肌蕭瑟粉香殘一枝帶雨墻頭出
不用行人著眼看

寄查多聞二首

誰能貰馬即求船分袂多（都）門又一年翳々夏槐聯騎語
蕭々秋雨對床眠

大梁客舍雖無事博塞歡娛未稱情不若夷門搔首坐
倘逢黃髮識侯嬴

醉中排悶四首

白髮逢春老更狂衰顏得酒臉生光旋張裙幄林中醉
不管槐花開後忙
春來莫學虎頭癡趂取風光二月時剩覓吴牋呼阿買
醉中準擬寫新詩
溪堂日日春光好問柳中丞殊未來鬢輟老妻棊局手
白頭相對酌新醅
武昌門外柳如烟想見潘侯枕麯眠欲借一帆春水去

江邊皆是楚州舡

送曹延劉濟道歸宜春二首

曹流翰墨有家風不學隨時語更雄莫似溪堂老居士
十年林下坐詩窮
家在集雲峯下居門前翠竹盡真如道人若許通消息
邀我須憑鴈足書

端午絕句二首

白髮無端種種生每逢節只心驚老妻稚子知人意但
把菖蒲酒細傾
病臂懶纏長命縷頽衣羞帶赤靈符罇中有酒不得醉

憶着三閭屈大夫

南湖絕句戲高彥應司理五首

平湖奩鏡淨無塵地接西壇共一雲安得御風如列子
更邀明月訪元君
野情蕭散不便書老大無心賦子虛待借南湖雙艓子
綠荷陰裏看游魚
芰荷香裏文章靜蘋藻汀邊職事清若此淵明知此味
折腰五斗可忘情
山色波光入座中笑談不覺酒杯空椽曹莫作刑官看
兼有江湖隱者風

碧瓦朱甍許影涼軟風翻袂送清香荷花也似知秋近
故斂羞容避夕陽

文美約游南湖戲作絕句二首

踈踈小雨閣春雲步履輕便不涴塵湖上沙鷗莫驚顧
吾曹豈是覓魚人
沙井泉甘自試茶匆匆一飯野僧家翛然放棹各歸去
不踏城西晚鼓衙

送王禹錫二首

江南山水只供愁征鴈來時正倚樓十里珠簾皆可意
西風吹夢到揚州

西風撩竹作秋聲勾引詩人太瘦生安得船華吹白玉笛
滿船明月送君行

哭胡民望

才聞歌板情難忍支枕呻吟二豎嬰天上樓成邀李賀
山中石老失初平
翻手成文同舍驚長安日飯五侯鯖只因太史多饒舌
曼倩方知是歲星

金石臺

江邊怪石老嶙峋雨洗班班翠蘚紋本是人間無用物
豈應丞相等閒分

和智伯絕句四首

平生學道慕裴休挂老無心賞莫愁特買扁舟載明月
誰人伴我五湖遊
紅旂黃紙不關身世事如雲日日新對客莫談非聖語
人生要醉五經醇
黃四娘家花有聲杜陵野老最關情恐遭江上春風惱
豈是哦詩太瘦生
攀條弄蘂不須忙家有名園飲辟彊但得胸懷了無累
塵中賓主可相忘

夏日

竹風烱靜午陰涼飯罷呼童啟北窗試拂橫牀供晝寢
且容幽夢繞清江

夜興

梧桐葉落覆東牆院落風清枕簟涼夢覺疎鐘鳴遠寺
一池明月芰荷香

呂本中云潘邠老嘗得詩云滿城風雨近重陽文章之妙至此極矣後託謝無逸緝成云逸詩云病思王子同傾酒愁懷潘郎

亡友潘邠老有滿城風雨近重陽之句今去重陽四日而風雨大作遂用邠老之句廣為三絕

滿城風雨近重陽無奈黃花惱意香雪浪翻天迷赤壁
令人西望憶潘郎
滿城風雨近重陽不見修文地下郎想得武昌門外柳

共賦詩蓋為此詩也五子立之也作此詩未數年而立之卻老墓木已拱云云逸竄困江南未有定處數數詩輒成絕漫哉新句補殘章青与烏衣去樹即他日云識佳句滿城風雨近重陽好詩歌似陳風雨會實詠吟已不見萬里滄江鉤日下歸帆

垂垂老葉半青黃
滿城風雨近重陽安得斯人共一觴欲問小馮今健否
雲中孤鴈不成行

送通上人歸上高二首

復憶教峯萬疊山雲中歸路踏灣環霜乾木落陽重後
莫見黃花便破顏
一鉢歸去舊庵居臥聽脩廊吼木魚寄語望堂頭老尊宿
祇題數字荅君書通上人為順老求余作院記

仲和惠菊花詩以戲之

重九登高折未殘霜鬆猶帶晚香寒莫嫌爛熳開何益

秀色侵人若可餐

郊行即事（揚州志作吳家渡）

碧浪鱗鱗（揚州志作滿眼）淺見沙。丹楓林裏兩三家。舟橫渡口漁翁醉。夢覺西江蘆荻花。

溪堂集卷五

知不足齋正本

溪堂集卷五

北津渡

竹籬茅舍掩柴扉。衰草寒煙野徑迷。只有白鷗鷗（？）俗韻。何年相伴老清溪。揚州志

吳石倉本增二首

桂花（此首見後村千家詩）

瀹（宋帖作白）雪凝酥點嫩黃。薔薇清露染（宋帖作匿）衣裳。西風掃盡狂蜂蝶。獨伴天邊桂子香。（此首亦見宋帖）

輕薄西風未辦霜。夜揉黃雪作秋光。吹殘六出猶餘四。已似天花更著香。宋字帖

乾隆己酉仲冬借沈比部叔埏本對錄

乾隆六十年八月初五日偕仁和趙魏茶詣（是月二十日校於青淮寓廬）

文瀾閣就四庫全書本是正一過

附一：輯補《全宋詩》失收謝逸詩作

蝴蝶

桃紅李白一番新，對舞花前亦可人。纔過東來又西去，片時遊遍滿園春。出清俞琰《詠物詩選》卷八。湯華泉《〈全宋詩〉補佚叢劄續編》（載《淮北職業技術學院學報》，二〇〇九年第六期）輯補。

梅花

約束幽香夜閉關，斬新霜露玉肌寒。莫教醉裏風吹盡，留取醒時子細看。出《唐宋千家聯珠詩格》卷五。

石上小樓

架巖鑿石結層樓，樓外清江衮衮流。想見夜深風月冷，一聲橫笛滿山秋。出《續新編分類諸家詩集·居室類》。

次韻饒正叔遊明水寺

早依顔巷論三益，晚悟曹溪浄六塵。記得山中行樂處，醉書大字臉生春。出《續新編分類諸家詩集·遊覽類》。以上三首，卞東波《域外漢籍中所見宋代江西詩派新資料及其價值》（載《海南大學學報》人文社會科學版，二〇一四年第四期）輯補。

句

病思王子同傾酒，愁憶潘郎共賦詩。出吕本中《東萊先生詩集》卷四《潘郊老嘗得詩云滿城風雨近重陽文章之妙至此極矣後託謝無逸綴成無逸詩云云蓋爲此語也王子立之也作此詩未數年而立之邠老墓木已拱無逸窮困江南未有定止感歎之餘輒成二絶》。湯華泉《〈全宋詩〉補佚叢劄續編》（載《淮北職業技術學院學報》，二〇〇九年第六期）輯補。

老師登堂撾大鼓，是中那容嗇夫喋。《贈普安禪師》，出釋惠洪《跋謝無逸詩》。李寶《〈全宋詩〉補遺——以宋人題跋爲路徑》（載《歷史文獻研究》，第四十五輯）輯補。

附二：薈集辨證《全宋詩》暨諸家研究《全宋詩》關於謝逸詩作之誤

《全宋詩》重出謝逸詩爲他人詩五首

《全宋詩訂補》考證一首：《全宋詩》卷一三〇七頁一四八五一録謝逸《春詞》，其五「院落簾垂春日長……」，與册七二卷三七四九頁四五二一一輯補任斯《牡丹》重出，當爲謝逸詩。

王開春《林之奇詩辨僞——兼論〈拙齋文集〉的版本源流》（載《合肥師範學院學報》，二〇一〇年第一期）考證二首：《全宋詩》卷一三〇五頁一四八三五載謝逸《豫章别李元中宣德》，卷一三〇六頁一四八四六録謝逸《聞徐師川自京師歸豫章》，二詩俱又見《全宋詩》册三七卷二〇四四頁二二九七〇林之奇名下，實皆謝逸作。

陳小輝《〈全宋詩〉晏殊、謝邁、謝逸、李彭詩重出考辨》（載《山東理工大學學報》社會科學版，二〇一七年第二期）考證二首：①《全宋詩》卷一三〇六頁一四八四五録謝逸《送常老住疏山》，又見册五三卷二八〇一頁三三三一七據清陸心源《宋詩紀事補遺》卷六八引《截江網》輯補於游九功名下。②《全宋詩》卷一三〇七頁一四八五〇録謝逸《春詞》其三「曲欄干外柳垂垂……」，又見册二四卷一三七八頁一五八一三據清顧貞觀《積書巖宋詩删》卷二四輯補於謝薖名下，題爲《春閨》，二詩各僅幾字異，實皆謝逸作，參謝薖。

《全宋詩》重出他人詩爲謝逸詩三首

張福清《李龏〈梅花衲〉對〈全宋詩〉校勘、辨重和輯佚的文獻價值》（載《古籍整理研究學刊》，二〇一〇年第三期）考證一首：《全宋詩》卷一三〇八頁一四八五六據宋陳思《兩宋名賢小集》卷三〇《溪堂集》輯補謝逸《桂花》，其一「白雪凝酥點額黄……」，又見册二五卷一四四三頁一六六四〇據《錦繡萬花谷》後集卷三八輯補韓駒《巖桂花》，此詩在宋代即已分列韓駒和謝逸名下，據李龏《梅花衲》，當爲韓駒詩，參韓駒。

陳小輝《〈全宋詩〉晏殊、謝薖、謝逸、李彭詩重出考辨》（載《山東理工大學學報》社會科學版，二〇一七年第二期）考證二首：①《全宋詩》卷一三〇八頁一四八五六據宋陳思《兩宋名賢小集》卷三〇《溪堂集》輯補謝逸《桂花》，其二「輕薄西風未辨霜……」，又見册四二卷二二七五頁二六〇六四楊萬里《木犀二絶句》之二，僅一字異，實楊萬里撰。②《全宋詩》卷一三〇四頁一四八二四録謝逸《三益齋詩》，又見册二四卷一三七二頁一五七六三謝薖名下，題作《三益齋》，實謝薖作，詳謝薖。

《全宋詩》誤補他人詩句爲謝逸佚句二條

陳小輝《〈全宋詩〉晏殊、謝薖、謝逸、李彭詩重出考辨》考證一條：《全宋詩》卷一三〇八頁一四八五八據《錦繡萬花谷》前集卷二九輯補謝逸「未於蓮社添宗衲，已向蘭亭識道林」斷句，實李彭詩句，見册二四卷一三八八頁一五九三六《送果上人坐兜率夏》第三、四句，參李彭。

張如安《〈全宋詩〉疏失分類舉證》（載《古籍研究》，一九九九年第三期）考證一條：《全宋詩》卷一三〇八頁一四八五八據《錦繡萬花谷》前集卷三輯録謝逸斷句「細雨來時麋角解，春風歸去馬蹄香」，實爲胡致隆《玉山道中》之頷聯，見册二二卷一二八八頁一四六二四。

《全宋詩》誤補謝逸詩句爲他人詩一首

陳小輝《〈全宋詩〉晏殊、謝薖、謝逸、李彭詩重出考辨》（載《山東理工大學學報》社會科學版，二〇一七年第二期）考證一首：《全宋詩》册二四卷一三七八頁一五八一三據《永樂大典》卷一〇九五〇引《臨川志》輯補謝薖《洗墨池》，實謝逸《右軍墨池》前四句，見卷一三〇八頁一四八五七，參謝薖。

老圃集二卷補遺一卷

清鮑氏知不足齋鈔本

原版框高十七點七釐米，寬十二點二釐米

上海圖書館藏

老圃集

宋洪芻撰芻字駒父南昌人紹聖元年進士靖康中官至諫議大夫後謫沙門島以卒劉克莊後村詩話曰三洪與徐師川皆山谷之甥龜父警句往往道人所未道然早卒惜未多見駒父詩尤工陸游老學菴筆記亦極稱其竄海島詩烟波不隔還鄉夢風月猶隨過海身句蓋當時文士頗重

之然芻之竄也楓窗小牘謂坐為金人括財太峻頗稱其冤今考王明清玉照新志所載則芻實於根括金銀之時入諸王邸中以勢挟内人唱歌侍酒得罪名教殆不容誅當時僅斥海濱殊為佚罰其人如是其詩本不足重輕特其學有師承深得豫章之格但以文論固不愧酷似其舅之稱錄六朝人集者存沈約范雲錄唐人集者存沈佺期宋之問就詩言詩片長節取亦

古來著錄之通例也宋史藝文志載老圃集一卷久佚不傳宋詩紀事僅從諸地志類書中捃摭數篇不及百分之一惟永樂大典所載尚得一百七十首殆當時全部收拾與以篇帙稍多謹釐為上下二卷以便循覽焉

補遺

老圃集卷上

宋 洪芻 撰

蓮華洞荅友人

蓮峯聳崔嵬在眼昔未到發興空籃紆舒寫屬吟歎五老如有情遙吟動清眺新篇下紫霄語我遊歷妙物景會相忘烟霞領其要坐石掬清流緣雲睨奔峭悠然俛仰間無心乃同調偕遊會有期山靈勿騰笑

游泐潭寺

吾聞石門山對峙儼天闕林茂山自青草香澗長碧中有古招提柱栱煥青赤惟昔馬大士方墳聳遺跡龍象仰慈顏馬駒讖前識香火有因緣窗户坐幽閴瓶錫想異時雲水飽遊歷飲波浥曹溪法雨被江國大闡選佛場法戰無兼敵我非山中人蹔著登山屐東閣嘲書淫淨境酬詩癖朝涉潺湲溪暮陟崔嵬石專床聽犍椎鉢飯分香積山高日易斜夢短夜分寐禪心煩靈明俗慮詎充斥歸與得短章挼筆疥其壁政如

抱布鼓豈能飛霹靂徑須倩阿香轟然聽霆擊忽傳湯休篇風騷共推激何當從君游頡飛恨無翼

次子字韻呈鄭太玉

斯文不可見猶欣識之子端如逃虛空而聞足音喜歷歷海南事細話傾我耳悠悠世上情毀譽私彼已是事姑置之斯文長已矣風味契淵明流落逾子美從來直如弦多作道邊死寄聲柳柳州未用斬曲几

孤隺行贈楊君

翩翩雲中隺来自華亭濱裹回久乃集佇立江之濆高步整霜羽隻影翔秋旻豈無鴻鵠侶俯仰雞鶩羣啄腥細流中汝食得無貧況有繒繳虞驚顧何逡巡殊庭響清唳胎仙舞祥雲胡不矯翮去来儀瑞吾君飢食玉山禾喝飲瑤池津無言九皋遠鳴陰誰不聞

寄題貫時軒

古人憩息地不種凡草木數竿何必多可以慰

幽獨忘憂䔵芳草怡顔眄庭柯豈無艷陽節搖
落將如何彼美軒中人澹然對浮雲此君有佳
處心期暗相親蕭〻四時色目擊道逾妙君看
竹得風天然向人笑

因讀梅聖俞六雀詩或令余別賦之

警露

皎〻蟾桂明耿〻星斗爛清夢時〻驚零露湆
霄漢偉哉仙人騎從來知夜半

顧步

舉趾一何高脩頸究回顧隻影踉蹡行春然慕
儔侶豈忘赤霄上盤桓此池籞

理毛

飄〻青田質斂翼在亭皐回此碧玉啄刷我白
雪毛顧影矜羽儀礼翠非其曾

唳天

清唳九皐內抗音薄層雲戛然時一鳴流響驚
人聾嗟哉陸內史華亭無復聞

舞風

歸來丁令威暫別已千年抽琹奏清角婆娑舞
胎仙何必拊節和御風自泠然

啄食

昂〻兀〻姿朱冠垂素翎首下尻益高爽回我
中庭俯仰雞鶩羣啄腐復吞腥

同師川過李三十九湖上宅用師川韵

多書磨鄰矣藹〻盛雲來髯公頗好事相過必
遲回結搆平湖陰清絕無纖埃數到不知遠君
家寬酒杯遠水信杖屨披靡蓬蒿開遺基訪孺
子荒墳弔澹臺誅茅卜隣兹茲願何當諧七松
未暇種五柳徑須栽

同陳虛中勸農出郊因游明水山寺

深樹鳴鵓鴣紅葉春事休臨川賢假守只今陳
太丘駕言幽遠郊班春臨道周亦招素冠士來
從朱轓游晨興愜賒引適此夜雨收原隰亂高
下意行逐前儔荒〻白水滿欝〻稻秧抽舊聞
明水山宛在嵒之幽石門本無關鳴琴自相求
不有省畊役俗駕來何由老屋隱喬木野僧事

良疇松逕深窈窕軒車紛少留遲回動歸興衡
雨戒摧輈危情極冰淵細路遵塍溝溲泥艱涉
足竹雞為我愁豈憚来往頻清與耳目謀回首
謝青山尋盟亦悠〻

贈倪濤少府

君從淮上来手持阿髯詩塵埃欣拂拭得此帶
經倪珠璧豈投暗按劍有餘悲願保青雲姿勿
歎黄綬畀太山駐翠輦行草封禪儀漢皇儻借
問潤色非君誰我非國僑賢塹負延陵知縞帶

敢虚辱贈言當紵衣

次韻和鄭太玉新居

荒塗負崇岡君居在其麓下與佛界連一徑通
芻牧高情慕天隨枵腹茹杞菊數椽負郭居窈
窕鑿空谷憶昨步過君窘步侵兩足聽君亹〻
談霏屑落鋸木相依方在兹涼飈蕩煩燠

宴李氏園亭得慶字韻

我来北斗南兩見回東柄萬斛開府愁四壁文
園病誰知深巷中卉木頗幽夐大梁賢公子携
酒賓亦命紅豔已飄零緑綺方暉映豈惟追尋
遲亦苦風雨横主賓混誰何談笑襍嘲評詎知
時雨霽但覺酒中聖年豐樂崇寧詩敦囑長慶
況有雷陳交何必宛洛盛律管承飛灰羲和駐
春令日月曾幾何佳辰我所競勺藥殿餘春想
見晨妝靚一醉歡有餘此集君其更

題黄稚川雲巢 按豫章續志分寧縣櫻桃洞黄公準讀書處公準字稚川雙井人結茅于洞之巔號曰雲巢永樂大典作雅川誤

雲巢一上十五里中有今世巢居子雞鳴犬吠

白雲裏不知天際去此幾平生深契鳥巢禪剪
茅蓋頭萬事已宴坐經行飛鳥上人間榮辱不
到耳蝸牛兩角竟何為鷦鷯一枝端自喜我有
一壥落城市章服纍狙聊復尒武溪未訪桃花
源倘江儻問桃花水會取櫻桃洞前路藜杖扶
衰從此始

戲用荊公體呈黄張二君

金華牧羊兒穩坐思悠哉誰人得似張公子鞭
笞鸞鳳終日相追陪長夏無所為罍麴便築糟

丘臺古今同一體吾人甘作心似灰南方瘴癘
地鬱蒸何由開永日不可暮渴心歸去生塵埃
人生會合安可常如何不飲令心衰張公子時
相見我能拔佘抑塞磊落之奇才只願無事常
相見有底怅時不肎来

松棚

南山落々千尺松千雲蔽日搖青葱盤根錯節
歲月古龍吟虎嘯號悲風北山文杏中良棟我
才擁腫非世用脩枝細葉幸有餘頳肩大束那

辭送承以高竹青扶疎置君寬閑之玉除倏如
亂雲駐車蓋恍似廣庭張拂廬垂頭塌翼下孔
翠張鱗擺鬣来鯨魚穿空入隙清飈吹起有萬
竪哀聲隨義和按轡不馳騁炎官火繖將安施
竭来投荒近循海日晒板屋和烝炊南山蒼官
憐我熱遺我七鬣千孫枝但令脩幹青々多溫
風烈日如予何

再次洪上人雲巢韻

黃子厭喧求避俗直上孤峯結茅屋欲期汗漫
游九垓俯視塵寰戰蠻觸小山招隱喚不回舊
時從事有邊幅不能投筆學文鴛底用決科似
張鷟自賦雲巢自高唱手握靈蛇啗魚目由来
江夏多可人藍田片々生美玉要須青山頂上
行去伴白雲簷下宿西湖窟穴對華榱肎把蘭
亭比金谷

板屋

西戎板屋詩所錄甌閩萬里同風俗風吟日暴
雨所沐巧匠引繩如解玉谿民得之亟乘屋既

輕且堅尺度足可憐童我南山木君不見曹瞞
鄴下銅雀臺陶土作瓦何壯哉臺傾基平瓦尚
在鑿為大研奇且瓌君不見黃州使君誇竹樓
剖竹俛仰相綢繆琮琤簌空雨中聽擊考有類
鳴琳球銅雀幺麽何足慕籊龍燥輕易焚如不
如杉屋壽且姝風雨不動何渠々嗟予抱釁謫
蠻夷如人體壞欣解衣數椽破屋亦不惡仰見
星宿相參差鴝鵒作室庇風雨鷦鷯巢林安一
枝淩雲大廈晃所窺衡門之下可棲遲黃州有竹樓王

元之所作

次陳州

一水縈回橐駞項百丈遙亭如簸掌鸕鷀魚沒復出鷺鷥行沙俯還仰白雲思我白頭親雙足未到心先往黄昏鼜纜危臺邊飯糗羹藜莫惆悵

次李少微韵

春風楊柳岸寒食杏花村對月驚生魄思人暗斷魂我閒無吏考君治有司存又作匆匆别相

逢席未温

次韵和王張贈别之作

五言聊贈别二妙送將歸立馬然萁敏爭鋒鏖鏃機日將秋共晚人與雁俱飛去住加餐飯新霜點客衣

次師川韵二首

與君城北寺取次對床眠坐即棊中隐時逃酔裏禅相招從白社不擬問青天但有加餐飯無田亦願年

卧痾非傲世背俗信畸人無復少年事偶隨肥遯塵静便門掃軌懶任草如茵迹滯江山勝心將魚鳥親

次瑛上人懷汪彦章韵

君雖四禅侶自是一詩家白足濯蛟井清風振龍沙虛室無長物多文富生涯懷人有新作槃槃菖蒲花

次韵師川題余茍龍辟三首

青鏡磨秋水紅衣退藕花朅來尋五柳端欲問

三車濁酒休論限浮生定有涯比封千户竹鼓吹一湖蛙

高文腸是錦妙句筆生花松菊開三徑詩書載五車曲湖鄰賀監複辟笑王涯海若應憐我貽書問井蛙

我来占食指客至卜燈花但祝加餐飯何勞問頻車交情真莫逆秋興浩無涯姑置人間事紛紛祗鬥蛙

喜雨詩

日〻望南山朝隮解我顏雲垂四天外雨洒一
林間枯沼微瀾動旱苗生意還慇懃祝屏翳莫
為遠人慳
次師川韻喜雨呈彥章二首
綠塘深漲雨紅芰靜舒花卧上三竿日晴喧兩
部蛙老饕猶善飯水厄怯逢茶擬到新池畔來
尋謝客家
登高能共賦好雨故催詩階草卧青軟畦苗垂
綠滋夏深飛燕靜秋近候蟲知寄語耽吟客可

無新句為
次韻和彥章池上之作二首
官閑發興水遠覺空明玉局思無限青蘋風自
生魚荷翻莫色蟬樹帶秋聲雲黑斜陽外遥知
雨又晴
水檻涼秋好風林初日明屏間青嶂合鏡裏白
雲生茶試旗槍色蛙添鼓吹聲瘦筇聊復倚遠
水步新晴
題雙林寺

幽谷雙林寺荒郊得遠尋銀鉤遺墨在筆諫慕
賢深徙倚千山晚坐愁三日霖枯碁園白黑聊
復費光陰
潘延之挽詞
肥遁攀巢許幽光燭斗牛長公辭漢世孺子隱
南州閉戶荒三徑紬書綜九流欲尋高士傳端
向古人求
次韻和元禮
湖海沙鷗性山林霧豹文龍虵争起陸羔雁看

成群玉石無緇磷芝蘭自必芬韓康不二價女
子會知君
容膝軒
烏隼經行處蝸牛窈窕深會稽雖奉計彭澤自
無心禪寄跏趺坐風披徙倚襟莫言容膝地不
厭掉頭吟
送張元幹
自昔張平子愁來賦四愁行看車馬客坐覺歲
時流明月江山夜候蟲天地秋怪君有底急不

肎少遲留

嘲偷兒

長卿惟有壁囊槖自無錢金盡何勞攫墉踈豈
待穿未能抛咢祿猶復戀青氈梁上休驚墜飢
寒亦可憐

書懷

北闕書休上南窗膝易安道肥知戰勝歸約已
盟寒委吏無麟筆迂儒罝蝨官所須升斗水肎
沃鮒魚乾

又和師川同集章江寺二首

鹿苑江南寺龍沙城北遊脩椽雲自宿返照雨
還收禪塵尋支遁棊枰對奕秋還家真復樂何
必遠封矦

興癈尋荒徑途窮見寶坊隨空聊復飽觸處淂
追涼取友真濠上懷人向渭陽不嫌茶七碗殊
勝酒千觴

口占贈何秀才

何郎閩越英疇昔昧平生解后同衾宿夷猶共

舸行繁臺半床夢潁水一篙清俄頃膠投漆難
忘此日情

次韵李商老贈李少魏

誅茅遲竹君拂匣見桐孫囊篋深傾倒鍾彝細
討論只今仙李後好事阿髯存不厭敲門客時
開炙背軒

題泐潭院

平生麋鹿性名山恣幽尋歷盡嵒崟奥始聞鍾
梵音中多不彫木上有自呼禽許稅俗士駕玆

馬聊洗心

次韵陳使君詠霰雪三首

天幕垂雲合山屏擁雪飛楊公田種玉淵客淚
成璣點綴添梅萼飄零亂羽衣清溪橫一葉併
載月明歸

蕭洒宣城守揮毫雪共飛山川映重壁咳唾鬥
明璣佳氣籠寒谷歡聲抵襞衣霜臺如不賤粉
省空須歸

專床初屑屑入夜故飛飛拭處渾抛粉搓來亂

擲璣銀蟾分玉照雲絮借天衣地席擴陳處晨
曦未得歸

再遊泐潭院用前韻

石門久寒盟茲遊得重尋静契祖師妙清聞山
水音長閑羡老衲幽思愧鳴禽可怕移文劾沙
鷗知我心

老圃集卷上

老圃集卷下

宋　洪　芻　撰

和郭功甫題客館韵

容膝紫扉覺易安數椽喜枕寺東山雁飛不到
吾来此燕亦知歸客未還夢斷霜鐘年欲晏愁
聽蠻鼓鬢先班自公退食門長掩未必鄰僧似
我閒

翠嵓道人蒔貓頭竹生大筍十餘調護甚
謹爲予從者髡盜殆盡戲作長句解嘲

觸藩大筍闖貓頭竊屨真成從者瘳山麃恰看
逢角解箨龍端有剖胎憂因佚蒲塞桑門餧殊
脉渭川千户侯翻恐癡兒癡黠半爲君浄盡破
除休

歸自西山至黄梔港口

衝雨穿雲愁去路歸雲閣雨路還通七層涌塔
瞻天際三徑吾廬在眼中港轉黄梔横野艇里
空白社湧春風青山送我寧辭遠流水随人亦
欲東

次山谷韵二首

妙峯究在水中央上有莊嚴清淨坊壞衣盥礴蝸牛角法窟窈冥師子床萬象森羅一拳石千頃汪洋百谷王不減乘槎到牛女擬取支機問下方

寶石峥嵘佛所廬經宿何年下清都海市樓臺湧金碧木落牖戶明江湖千波春撞有崩態萬棟凌壁無完膚巨鼇冠山勿驚走欲尋高處唾明珠

陪陳使君宴南山亭

曉露無塵夜雨收日光穿漏趁公遊烟花淡蕩連三里雲樹低迷冪一州留轉卧龍春色到氣橫野馬夕陽愁林間新火明雙炬歌舞南山最上頭

次杜公韵

杜郎得飽肥如瓠怪我秋來太瘦生時輩不應推翰墨論文時許過柴荆朋交結綬非能事身世靈丹豈易成幽徑新涼約徵步晚風含樹有

蟬聲

次韵李商老見懷之什

一日思君劇九秋平生問事貫長頭郵傳頗怪詩來晚技癢遙憐筆不休王孫莫問校書渚芳草空迷谷廡洲望斷西山〻盡處雲居何處只空愁

次韵閔道見貽之句

獨來深樹初啼鳥幾處高枝已噤蟬坐久每將棊作隱晝長還覺日如年醉鄉彭澤陶元亮句

法襄陽孟浩然聚散悲歡皆夢幻南柯同寄曲肱眠

次李元亮韵

解后何曾十日飲乖離細數七年遲鄭侯廟下相逢處楊子橋頭握別時猶喜夫君誦新作自憐衰病豈能詩平生流水高山意綠綺未絃付子期

次李少徽韵

紫芝眉宇久不見竭來老眼快雙明春光駘蕩

遽如許詩骨峥嵘太瘦生書蠹研埃無復理鳥
啼花落亦關情客兒起我風騷興敢與羊何並
得名
次顧子美韵
幕府優游兼吏隐華陽真逸詎應慚定知爽氣
供行路恠有新詩成立談晚日碧雲人未至西
風紅樹我何堪幽懷疏豁憑佳咏飲德餐和飽
且酣
次韵謝無逸送謝幼槃

康樂風流鴻雁行眼中文物敢雌黃相逢草々
来何暮索去匆々作底忙尚卧東山高謝傅亦
憐白首老馮唐只應飲酒稱名士不用離騷咏
九章
題雙桂亭
燕賀翬飛稱虎符銀鉤蠆尾映金鋪訟庭留得
棠陰在月窟遥憐桂影孤故郡每縣高士榻新
居兼愛大人烏雕磨才思無佳語可許江山借
助無

將至潁上
賣馬得錢買舟去拋擲紅塵泛綠波梨栗登盤
黃菊晚江淮放艇白鷗多霜飛鴻雁有底急月
明烏鵲奈愁何女兒浦口渺何處且向女郎臺
下過
次韵和成道人山中即事二首
香城高絶剩春寒桃李青々一破顔俗子車塵
随水遠野僧心事與雲閑花從風雨飄零去寺
在烟霄縹緲間往日尋源到幽處至今猶復梦

濤々
沙白澄江々上山帶青百里染層巒欲尋正坙
何當往擬挂塵冠不復彈解后三春還徑去軒
渠一笑有餘歡郢人妙手應猶在政佘揮斤斵
鼻端
同蘇伯固游東山寺
五里来尋祇樹園寒蟬嘒々葉紛々田間壞衲
僧收稻天外奇峯山作雲半榻華胥聊共寄一
盂香積許同分迎人返照不無意送客殘鐘猶

自閑

游東禪寺二首

聞說岩隈閟寶坊後車無客自徜徉人如冬日
熏肌暖句與宮梅觸鼻香隨蝶未容尋汶上觀
魚且喜得濠梁夢魂飛過水東去落日寒山一
帶長

野迥亭高眼倍明悠悠芳草古今情酒兼賢聖
醒還醉風有雌雄雨復晴嫩綠連天誰與染殘
紅擲地自無聲密回溪轉藏嵓寺歸路蕭蕭聽

馬鳴

又陪陳使君游東禪寺二首

嘽嘽麗日旆悠悠千騎班春古寺幽蒙破高青
知野火點殘橫綠掠沙鷗徽行曲折如羊坂亂
石崢嶸似虎丘暮靄餘霞趣歸興溪魚林鳥自
遲留

城裏芳菲盡破除更携賓從出東郛桃憑苦雨
收紅糝李借風光耀雪珠碧水橫隄春淡淹石
門彈蓋步踟躕細看名字蒼苔畔點檢而今半

在無

雪

越犬舊聞冬吠雪閩天今見雪中梅朔風掃蕩
宿霾盡苦霧驅除雰色開情共酒杯渾不淺心
隨爐炭欲成灰我來正落黃茅後茅未黃時儻
得回

何君挽詞

萬里空悲赤壁秋九原遽有白楊愁鳳毛並化
人間瑞玉潤俱從地下游已躍龍津隨化劍難

憑夜壑覓藏舟遙知會葬車千兩苦雨蕭蕭送
淚流

宴城上亭呈閱道

山圍水遶思悠哉暫向登臨勝處來客坐已霑
神女雨歸軒更借阿香雷笙歌入耳眉還舞鄉
縣寧情首重回敏捷隨時豈無興君賢楊子我
慙枚

晚宴南禪寺呈使君叠前韵

隔年暫到鶯將老此日重陪燕始來雲傍熊軒

飛好雨山移鼉鼓作輕雷蹋青女伴春衫溼浮白賓筵舞裏回可是元暉方在郡尊前能賦媿鄒枚

七夕前二夕同二僧追涼寺門

高樓傑閣對岧嶤瀼露流螢夜寂寥剥啄叩門知有興從容拂榻慰無聊殿藏北斗惟看柄松礙南山不見梯乘月儻能同步屧杖藜逐我莫辭遙

同師川高老追涼徐賢亭

抖擻三年異域塵還將衰鬢照湖淪田田亂葉如迎客漾漾跳魚似畏人機事已忘來白鳥雄風暫起在青蘋九原埋玉雖千載追想高懷迹未陳

送師川還龍舒

灊嶽西山各滯留江頭相遇話神州送君歸去還為客破涕成欷轉護愁明月東湖人已散朝雲南浦水空流郎君好在能乘興準擬歸驄蹋素秋

送李仲特

賓客頻見韓荊州部曲猶思郭細侯可是孔鸞垂搨翼行看騏驥踏長楸謝公已蠟登山屐范蠡難維泛海舟當復語離還惜別山中猶得從公游

冬日遊宣岩

殺雞為黍見交情步屧扶藜向此行剖竹取泉來滴瀝疏岩剔藪到崢嶸一綸涵碧磻溪釣千穗垂黄谷口耕白水青山應笑我抗塵走俗媿平生

次友游宣岩韵

攀躋來借一枝筇幽討深行極半峰路側似逢居士屩歲寒空老大夫松林間突兀森蹲虎門外坡陀偃卧龍引水作簾真酷似涓涓初不畏秋冬

謝楊崇送酒并口味

剥啄叩門驚晝夢遙知酒客寄新詩官醅濃潑鴨頭綠雕俎香烝牛尾狸黄雀披綿為誰好青

州從事與君期真成爛醉頽然卧兒走烏飛了
不知

再用前韻荅李商老

江南莫春鶯亂飛平章風物憶正遲蒼苔穿歷
荒三徑綠樹扶疎又一時漢陰丈人少機事草
堂先生能寄詩交親只尺不相見汗漫九垓那
可期

新樓

聞說新樓冠舊名國人縱觀一城傾層甍迴出
晴空外美景還將樂事并潭底魚龍驚倒出梁
間燕雀賀前楹它年秋夜堪乘興小坐匡床待
月生

次元禮題余詩卷後韻

異域三秋百感生愁腸一日九回縈每聽足音
聊喿笑暫教覓句解憂酲從来魯衛如兄弟頗
覺何劉漫舅甥縢處忻然真得計文窮詩瘦秪
空名

次韻徐師川喜余来還之作

謫去暫經牛斗分歸来重賦豫章行鶺原悽斷
手足感隴水悲傷甥舅情半世問津今老大一
丘散髮得生平長卿句法鋒難犯隐若蒙公萬
里城

次曾元禮韻

卧龍山下阿蘭若漠漠烟城楚水西肎共扶笻
同散步来尋負郭慰卑栖曲肱睡穩門常掩促
膝談深日已低它日相過如卜晝南窗就我共
羹藜

席上次張法曹韻

山城臘月盛江梅底用花奴羯鼓催蜜炬暗隨
殘漏盡氷肌巧鬬一枝開已聞珠貫停檀板未
許蔥根近玉盃多謝主人能卜晝幽花未落更
重来

寄楊棠索酒

重九遥思楊執戟菊花滿地漫龍沙欲作山中
醉千日不送蒲州酒一車秋至苦吟如促織香
成滿紙似昏鴉蜀江儻有南来鯉莫寄廬仝七

碗茶

宿翠岩寺呈馬彥若徐師川

不到翠岩如許久竭来聊復破春愁已聞高士徐孺子更約平生馬少遊夢裏鐘聲驚客枕静中玉子落紋楸非關風雨留連我要作山間十日留

萬松亭用蘇黄舊韵

夾道蒼官似異時歲〻冠劍想秦儀雲垂車蓋尋前路風送濤聲入舊枝故作虬龍驚俗眼不

妨霜雪弄妍姿難追急景遼天雀無復當年校尉書

聞東湖上荷花盛開畏觸熱未得往

五賢祠下古城隅一昔来游儼画圖傳道荷花映荷葉只今東湖連北湖想見波間浮屬玉誰撑艇子入菰蒲欲將鼻觀偷香去火繖炎官不貸吾

示子

太學何蕃久不歸十年廿盲誤庭闈休辭客路

三千遠須念人生七十稀腰下雖無蘇子印篋中幸有老萊衣歸期定約春前後免使高堂賦式微

還張閱道文編

只今天下張公子解后論文得琢磨頑我筆端無綺麗羨君胷次粲星羅囁嚅元白何勞壁卓犖曾劉不啻過魚目碔砆空自愧敢將光價歆隋和

題雲居寺

雙澗遶輪功德水四山深閟法王家曲肱聊寄吉祥卧緩帶来嘗安樂茶亦有同行木上座初無引路虎銜花孤峯頂上却歸去回首冥〻雲霧遮

寄贈王允歎

楚俗禨祥古所尤迎神簫鼓沸香湫真成娶婦詼河伯亦有韓生笑沐猴毀校可無東里子斬巫誰是左黄州詎知恤緯非嫠事白屋何妨向食謀

潘子真用慳字韵勸香城人葺陳陶書堂

因和之

一宿層城飯香積六年清鏡改朱顔陳陶仙去書堂壞羅幔塵生春晝閒每向山頭望城裏直疑天上非人間可能分我尋常地抹月批風想不慳

次韵

泠泠野水偏偏寺矗矗高峯疊疊巒閒伴禽魚空石友静聞山水奏清彈難招靈觀追陳迹好在湯休接古歡開士未應文士後病夫端欲避三端

呈潘延之丈

黑頭異日挂冠歸親植杉松見百圍閒過一生從古少兼全五福似公稀手鈔萬卷筆猶健身倚孤筇行若飛寄語輕鷗莫驚顧南州高士已忘機

呈彥章

塞翁失馬吾何有濠上觀魚每自魼探袖空漫禰衡剌叩門徑就阿戎談但思濁酒同元亮底用清談學仲堪回首世間皆苦黑蟻封蝸角戰方酣

次韵和南山即事呈使君

鳥啼花落柰春何漫道春光特地多不見錫簫寒食後蹔陪觴咏惠風和竹衫争醉豐年日瓦鼓仍聞載路歌五馬來嘶莫愁雨滿堂冠弁共峩峩

再用前韵呈闕道

抱關擊柝何爲哉田園將蕪歸去來雄辯接公如豁霧清狂謂我作顛雷（顛如雷見南史）朋歡已許膠投漆光價無容賜璧回欲整羸師聊一戰知君豈復事鄒枚

次韵和人咏雙葉蓮

花盡紅銷子結房并乘荷葉是何祥風吹嫋嫋能浮蓋雨打田田更發香濫漿可無雙舴艋照波不羨兩鴛鴦怪來下客詩濤涌知有騷人爲濫觴

飲汪彥章池閣見龍挂

避暑追涼許近尋君家池閣爽煩襟密雲不雨龍挂尾落葉蘚風蟬噪林許遠清灣淨如拭沒多紅芰意能深圍棋爭道未得去遮莫城頭西日沈

次韻閻道見貽

地偏袖舞長沙窄心遠身通夢澤寬遽失比隣秋屋静稍親燈火夜窗寒乘雲妙在思黄雀寫韻遥知有彩鸞四海弟兄傾意氣鴻妻萊婦有

餘歡

贈張道聖

曲江忠蓋謫前修晚歲差池恨未休鼻祖聲名高嶺海耳孫詩禮尚風流眼中韶石還家夢容裡西山脫葉秋示我開元餘翰墨懷賢撫事却成愁

同師川至李氏涵虛閣

閣暑追涼得佳處筍輿乘興入蒿蓬乍停西嶺三秋雨得借東湖一曲風江上帆檣未雉堞波

閣荷芰沒鳧翁後車孺子賢孫在弔古徘徊返照紅

人日

偶逢人日強裁詩身在異鄉多所思天氣暖如寒食後桃花酷似莫春時溪毛入饌光浮筯雲子新炊滑溜匙斗酒百錢能得醉儻尋佳處一伸眉

悠然齋

可到羲皇上不離方丈間初無盈把菊盡日對

南山

臨川即事三首

峴臺著色山水南湖畫池塘欲買浮家泛宅个中端坐迷藏

覓句翻經靈運臨池學書右軍誰知麻源山谷頓有一雙玉人

廟有魯公遺象堂餘玉茗高華零落銀鉤欲折摩挲螭首興嗟

次陳使君韻三首

釀雨濃雲欝不開絳英素蕊半蒼苔不因阜盖
班春去誰喚青衫老吏来
循吏三年借寇君賓筵春事一番新山中自可
銷千日河朔寧須泥十旬
暖日和風似酒醺提壺鳥語苦淹人傳聞巳有
瓜時代誰與東山管轄春

道中即事八首

五日塵沙十日泥杜鵑苦勸不如歸暫来還去
雲相似我亦無心出岫飛

十年不踏關山道千里来尋長短亭烟水照人
頭欲白雲峯見我眼猶青
兜羅輸柳幾多綿獨蠒抽絲颺遠天買斷残春
是楡莢亂拋無數沈郎錢
筍輿沙路袂衣輕小雨斑斑落又晴三月盡頭
穿嶺去萬松陰裏踏莎行
春風嶺上春風奠杜鵑花下啼杜鵑花開花落
春事晩歸與當及秋風前
萬里將雛西北飛江淮倒景弄差池雲天空闊
稻粱少卻羨鷦鷯巣一枝
穿雲髙入雙峯寺拨薜難追四祖禪香積喜逢
蒲塞饌拂床聊寄吉祥眠
三月東風池上頭魚龍漫没戲仙舟我来稅駕
亦未晩後乘儻追公子游

偶成

翻經靈運推不去愛酒淵明挽不来無復種蓮
人作社空餘寫影佛成臺

戲酒官

吏部甕間應爛醉淵明籬下秖空盃徑須道士
常持滿拉取青州從事来

次韵和張掾游新泉三絶句

北山石竇冽寒泉森木清陰挟外堧試酌祇園
八功德醍醐灌頂想欣然
水之美者三危露解后清甘一勺同兩客携茶
煮湯泉歸来應御玉川風
山色何如水色幽棊聲不亂葉聲愁斧柯未爛
君歸去白日桑楡不我謀

從璉長老借書

折軸南来書五車韋編貝葉映囱紗老禪不用

鑽故紙借與書生遮眼花

跋橊帖二首

蘇州句法追彭澤九日題詩興有餘可是門生

藏橊帖不勞博物見新書

右軍一字價連城斷簡殘章法典型坐獲驪珠

三十九絶勝辛苦賺蘭亭

戲余天申二首

十年不見君如許一日相逢我便傾結綬合為

金馬客裁詩已至玉谿生

賈誼洛陽推冢少相如蜀郡更多才異香且覓

金樓子俊采空歸玉鏡臺

席上口占和使君韵二首

皁蓋朱幡駐水濱芳菲雖晚景猶新何妨綺席

三千履不負陽春十二旬

鶯歌蝶舞更紅裙端與東山作主人竹馬兒童

扶杖老爭随千騎去行春

松棚

先人手種一川松為棟為梁似未中只合茅齋

聽驅使為公六月唤清風

或遺揚州勺藥者用元韵二首

似與風光殿後塵亭亭紅艷遠看人既能障下

嫣然笑移取雷塘十里春

可堪春恨似悲秋把酒驅愁轉益愁飛盡柳花

憐逐客始知春色到汀洲

次韵絶句

子猷愛竹真成癖愛菊淵明懶是真籬下想通

三徑入林間誰許七賢親

戲答王雍

臨池端欲寫黄庭籠贈鵞羣重有情我亦年來

無復殺不應怪我太憎生

中秋戲趙公子

南國佳人翠自顰西山爽氣我相親只應此日

團圓月偏照寒窗獨宿人

荼花

萬卉千葩畫不如豕芳合比白雲腴應憑巧絶
傳神筆幻出江南沒骨圖
局中即事用辥間韵二首
老屋踈幽窈窕深鋪松縛竹作清陰数竿風篠
天然笈惟有此君知我心
無人盡日鳥關〻只許清風伴我閒縱復思歸
歸未得婆娑詩酒破愁顏
始年四十二首
門換桃符官落拓酒傳婪尾歲侵尋朱顏已逐

年華改祇有胷中不動心
學詩未後高常侍獻賦猶先杜拾遺摘句搜章
終底用求田問舍悔全遲
曾内相以絶句詩還予詩卷和其韵五首
梅生養性来闤市賈傅墜官弔汨羅敢過雷門
誇布鼓輒将魚目換隋和
月旦平生精藻鑑短章七字粲星羅銀鈎蠆尾
争輝媚豈減蘭亭叙永和
紫微光燄垂星斗内相詞華麗蜀羅頻乞金丹

換凡骨坐令文物賸元和
李膺此世龍門坂得士初非一目羅木鐸黄鍾
或同調豈無宮徵配鸞和
世味著人濃似酒交情向我薄於羅古今混〻
東流水聽取踏歌藍采和
小桃晚發二首
深〻淺〻小桃枝苦被蠻風瘴雨欺莫恨春工
開宂晚却應孤艷落還遲
東風不識桃花面惆悵多愁足病身青帝也應

憐逐客小窗故剩一枝春
戲贈僧菴二首
海棠紅映梨花白拄杖芒鞵遶屋簷深樹提壺
空好語無人沽酒送陶潛
風枝雨葉春無賴石逕茅茨晝不開綠竹筍高
人未覺紫荆花謝我重来

老圃集卷下

老圃集補遺

蝦蟆

動物類含血蝦蟆獨無之雙目但瞠也一腹亦
皤其龍變或託體魚腹覩幽姿罕見三足蜍詎
減六眸黿向来奏膺瑞背負輪囷乏坐謾皆下
吏膠車等兒嬉雖蒙黄金擲剕鄉空尒為或以
白玉琢形模妙工偭呲尒百醜質詎辱五鼎脂
浪號土底犧雄誇水中雞何足汙帝筯但可充
蛇飢作意一池鳴和我五字詩

右見事文類聚

擬峴臺

祟臺面空闊遠眺真高明一水来朝宗彎環抱
荒城連山頗偃蹇卻略倚翠屏緬懷青溪上興
與峴山并客從豫章来及此春服成公子有好
裹良友及兹登初筵挹溪光中觴聞雨聲翠幄
列茂樹金沙漲回汀鷗鳥舞不下溪舟縱復横
尚恨夜氣斂不見白月生信美非吾土少留空
擴情

右見江西通志

田家謠

鳩婦勃磎農荷鉏身披襏襫頭茅蒲雨不破塊
田坼圍稊稗青々佳穀枯大婦碓春頭鬢髿小
婦拾穗行餉姑四時作苦無袴襦門前叫嗔官
索租

上墨工

子墨客卿妙一世懷玉山中五丈夫嵗眉老仙
與推轂谷量牛馬斗量珠

右見合璧事類前集

闕題

槐下棗花纂々麥秋葚子離々不沽十千美酒
難消三百枯棊
兩部池蛙當妓千山飛鳥催沽引睡直須黄㛹
曲肱正要青奴

右見雪浪齋日記

石耳峯

朝踏紅塵莫宿雲往来車馬漫紛々猴溪橋下

潺湲水唯有峯頭石耳聞

右見廬山志

金陵作

沙觜彎環轉柁牙一衣帶水遶城斜飛鳶解使馮夷怒渡口風吹蕎麥花

右見景定建康志

附一：輯補《全宋詩》失收洪芻詩作

題廬山果禪師像

鶴鳴峰前，聲聞於天。瀑布之下，思如湧泉。望之毅然，即之温然。雙劍屹立，香爐生煙。之人也，之德也，與兹山而俱傳。出《雲卧紀談》卷上。《全宋詩輯補》輯補。

句

花辭好樹猶啼雨，竹喜佳賓亦歎風。出《永樂大典》卷七八九二引《臨汀志》。湯華泉《〈永樂大典〉新見宋佚詩輯録（上）——補〈全宋詩〉》輯補，題《蒼玉洞》。

附二：薈集辨證《全宋詩》暨諸家研究《全宋詩》關於洪芻詩作之誤

《全宋詩》誤補他人詩爲洪芻詩三首

《全宋詩訂補》考證一首：《全宋詩》册二二卷一二八二册頁一四五〇四據《錦繡萬花谷》前集卷二五輯補洪芻《田家謡》，實唐人聶夷中作《田家二首》其一，僅幾字異，見《全唐詩》卷六三六。

孫明材《〈全宋詩〉中作者「待考」二則》（載《文獻》，二〇〇六年第三期）考證一首：《全宋詩》卷一二八一頁一四四九二録洪芻《示子》，題下注：「朱本無此詩。鮑校云：此詩應删除，《堯山堂外紀》是洪皓詩，見《鄱陽集》附録。按：四庫本《鄱陽集》未收此詩，待考。」孫明材考證此詩既非洪芻詩，亦非洪皓詩，乃是洪浩之父寫給洪浩之詩，與洪皓乃别一人。

編者考證一首：《全宋詩》卷一二八二頁一四五〇五據《詩林廣記》後集卷七輯補洪芻《詠河豚西施乳》，又見册三二卷一八二七頁二〇三四〇據《苕溪漁隱叢話》後集卷二四輯補嚴有翼《戲題河豚》，卞東波《〈全宋詩〉重出、失收及誤收舉隅》（載《古典文獻研究》第九輯，鳳凰出版社，二〇〇六年）稱《唐宋千家聯珠詩格》卷一八亦作洪芻詩，題《西施乳》，疑爲洪芻作。編者按：《苕溪漁隱叢話》後集卷二四謂「《藝苑雌黄》云：『河豚，……予嘗戲作絶句云云』」，《詩話總龜》後集卷四九引《苕溪漁隱叢話》同。此詩當是《藝苑雌黄》作者嚴有翼撰。

《全宋詩》重出他人佚句爲洪芻佚句一條

王嵐《汪藻文集與詩作雜考》（載《望江集：宋集宋詩宋人研究》，北京聯合出版有限責任公司，二〇二〇年）考證：《全宋詩訂補》指卷一二八二頁一四五〇五據宋陳景沂《全芳備祖》後集卷一二輯補洪芻「霜後木奴香噀手，秋來雲子滑流匙」斷句，又見册二五卷一四三七頁一六五六三據《錦繡萬花谷》前集卷三輯補爲汪藻佚句，未詳誰作。文淵閣《四庫全書》本《全芳備祖》後集卷一二中，七言散句録此句爲洪駒父作，而汪彦章（藻）句則爲「溪毛入饌光浮椀，雲子新炊滑溜匙」。王嵐謂此二聯於宋刻《全芳備祖》後集卷一二，署名與《四庫全書》本正好倒置，文淵閣《四庫全書》本《錦繡萬花谷》前集卷三及宋袁文《甕牖閒評》卷六亦作汪藻作，「霜後」聯可確定爲汪藻作。編者按：文淵閣《四庫全書》本宋謝維新《古今合璧事類備要》前集卷一四亦可證「霜後」聯爲汪藻作。

誤洪芻詩句爲《全宋詩》失收詩一首

編者考證：湯華泉《〈永樂大典〉新見宋佚詩輯録（上）——補〈全宋詩〉》（載《古籍研究》，二〇〇六年卷下）據《永樂大典》卷七八九一引《臨汀志》輯補《全宋詩》失收洪芻《南山》詩：「煙花澹蕩連三里，雲樹低迷過一州。岡獻卧龍春色老，氣横野馬日光浮。」誤。此詩實洪芻《陪陳使君宴南山亭》之頷聯、頸聯，見文淵閣《四庫全書》本《老圃集》卷下，《全宋詩》卷一二八一頁一四四八六已收録，惟「過」作「羃」，「日光浮」作「夕陽愁」。

誤洪芻詩句爲《全宋詩》失收佚句四條

編者考證：①湯華泉《〈永樂大典〉新見宋佚詩輯録（上）——補〈全宋詩〉》（載《古籍研究》，二〇〇六年卷下）據《永樂大典》卷七八九一引《臨汀志》輯補洪芻《宣巖》佚句二條，其一「一綸涵碧蹯溪釣，千穗垂黄谷口耕」，其二「路側似逢君子屬，歲寒空老大夫松」。俱誤。殆皆見録文淵閣《四庫全書》本《老圃集》卷下，其一爲《冬日遊宣巖》之頸聯，其二爲《次友遊宣巖韻》之頷聯，《全宋詩》卷一二八一頁一四四九〇皆已收載，惟其二「君子」作「居士」。②張福清《紹嵩〈江浙紀行集句詩〉對〈全宋詩〉的輯佚價值》（載《韓山師範學院學報》，二〇一三年第一期）據《亞愚江浙紀行集句詩》卷四《遊信州僊巖》輯補洪駒父「筍輿乘興得蒿蓬」佚句。誤。此爲洪芻《同師川至李氏涵虚閣》第二句，見録於文淵閣《四庫全書》本《老圃集》卷下，《全宋詩》卷一二八一頁一四四九五已收載，惟「得」誤作「人」。③文淵閣《四庫全書》本《全芳備祖》後集卷一二中，七言散句録洪駒父（芻）「霜後木奴香噀手，秋來雲子滑流匙」句，又録汪彥章（藻）「溪毛入饌光浮椀，雲子新炊滑溜匙」句。王嵐《汪藻文集與詩作雜考》謂此二聯於宋刻《全芳備祖》後集卷一二，署名與《四庫全書》本正好倒置，「溪毛」聯乃洪駒父作，「椀」作「挾」（「挾」與「梜」通，箸也，即筷子，與「匙」正好相配），洪芻「溪毛」聯不見於洪芻《老圃集》，爲集外佚句，《全宋詩》失收。編者按：「溪毛」聯並非佚句，乃洪芻《人日》中詩句，見文淵閣《四庫全書》本《老圃集》卷下，《全宋詩》册二二卷一二八一頁一四四九五已收録，「入」誤作「人」，「椀」於句中作「筯」。

誤補洪芻詩句爲《全宋詩》失收他人佚句一條

編者考證：姚大勇《〈全宋詩〉「徐俯卷」補遺》（載《江海學刊》二〇〇〇年第三期）據曾季貍《艇齋詩話》輯補徐俯佚句「明月江山夜，候蟲天地秋」。誤。此句爲洪芻《送張元幹》詩之頸聯，《全宋詩》卷一二八〇頁一四四八二已收録。

六、饒節

饒節（一〇六五—一一二九），字進父，改字次守，再改字德操。以行三，人稱饒三，號倚松道人，晚號倚松老人，江西臨川人。家貧力學，舉進士不第，以詩文遊仕宦間，有聲汴京。曾布爲相，招入幕。神宗時，與曾布議論新法不合，乃棄去。後落髮爲僧，爲青原下十四世鄧州香嚴海印智月禪師法嗣，法名如璧，掛錫杭州靈隱寺，晚主襄陽天寧寺，又居鄧州香嚴寺。性剛峻，工詩文，吕本中稱其詩蕭散似潘邠老，陸游稱之爲當時詩僧第一。著有《倚松集》十四卷。《全宋詩》載有饒節詩二卷，册二二卷一二八三頁一四五一五又録「饒次守」所作《和洪朋》，謂「事蹟不詳。與洪朋有唱和。事見《詩話總龜》前集卷三九」。考謝薖《竹友集》卷四《寄饒次守》「我初丱角時，聞有饒進父」句下注「次守，舊字進父」，蓋《全宋詩》編者不知次守爲饒節舊字，致一人之詩分録作二人。

《宋史·藝文志》録饒節有《倚松集》十四卷，《郡齋讀書志》卷四下作《饒德操集》一卷，俱佚。《直齋書録解題》卷二〇作《倚松老人詩集》二卷，乃《江西詩派》本，爲今傳《倚松老人詩集》之祖本，存殘宋本，世以鈔本流傳。《四庫全書》收載作《倚松詩集》，《四庫全書總目》卷一五四作《倚松老人集》。《全宋詩》册二二卷一二八六頁一四五三九至卷一二八七頁一四六〇一以文淵閣《四庫全書》本爲底本，校以朱彝尊鈔本、吴允嘉鈔本，新輯集外詩八首和斷句二附於卷末。今據上海圖書館藏宋慶元五年（一一九九）黄汝嘉增刻本《倚松老人文集》配補中國國家圖書館藏清鈔本《倚松老人詩集》影印，仍題《倚松老人詩集》。

倚松老人詩集二卷

宋慶元五年（一一九九）黄汝嘉增刻江西詩派本（卷一至卷二第十頁上半葉配中國國家圖書館藏清鈔本）
原版框高十九點零釐米，寬十四點零釐米
上海圖書館藏

倚松老人集

倚松老人詩集目録

饒節德操

第一卷

古詩上

亦豈能自拔哉吾友人賦歎息行有
謂而作諸人既屬和僕亦擬古樂府為
辭傷之於其末開之以正是亦詩人之
志也
次韻劉無言遊法雲寺
為謝無逸賦陳氏貫時軒
次韻李二
次韻呂由義見贈之什兼簡若谷居仁
次韻劉時可劉將赴宣州幕
次韻謝公定時夏均父招諸客泛舟遊百
花洲
灌蘭一首
約方時敏楊信祖二子同過王立之觀立
之所集前輩詩文各以姓
蓑室詩王立之為宗子求
秋蚊行　戲汪信民教授
歸來怨　得交行贈王立之
雨小霽登南寺閣　上范謙叔左丞求退
賦劉仲高高齋詩
永處菴詩為蔡仲志刑曹作

送莊季裕宣教　送趙廉訪
韓升之主簿惠示襄陽雜詠詩浮深高古
吟諷不置輒用最後書懷贈彥履韻以
釋其意
張櫂主簿同二知縣大夫入山作詩併以
見贈亦次其韻
青原臺　贈道士張謙中
英遊閣　為鄉曇輔作一枝菴
止止堂詩送仁禪者徧參
送慧林化士　送不愚兄香嚴行
鈍庵詩為印長老作
寄趙季成鈴轄　送宗秀才
送江南景喜上人　次韻鄉山主解嘲
豫章寶智上人持高子詩求和
贈鄉書記　潤屋軒
錢塘清照律師芝草出其墓上為作此詩
次韻呂無求同泛汴水
次韻呂居仁送李肅老兼簡李去言兄弟
諸同參五首
次韻答曾仲成二首

第一卷目録終

第二卷

律詩上

偶書　自簡
以太學燈籠遺陳松老
聞說　鄭雞
久雨偶晴見日
趙元達久不至池上作詩戲之
再用韻　書天源河上友人壁
次韻答陳考城
為謝無逸賦梅花二首
戲趙元達　冬日書謝氏園壁
卧雲堂　聽松軒

觀魚閣　快目亭
病中兩絕句　春日即事二首
送同舍葛茂達還浙
次韻呂原明侍講歡喜四絕句
尋梅二首　寄魯伯容
次韻呂居仁共二首
虞姬墓　霸王城
病起觀垂絲海棠感槩作二絕句

律詩下

用海印和尚韻　和吳提刑遊山頌
用前韻示謝公定學士
用前韻示官人　同前韻示同參
答惠海首座五首　海方圓照禪師小師
喜官人悟道
閩人蒲君錫提舉參老師悟道唱和四首
別用韻寄諸同參　寄夏均父二首
海印生日
同廣德和尚及諸禪伯遊山有作次其韻
再次前韻　次韻答呂居仁
再次前韻

吾友汪信民博士近聞參道甚力昨日得
書云喪其偶其言耿〻有不釋然者因
寄此頌開之且挽其進
龜山戲贈諧文章
次韻呂無求入山會宿北窓
無求用前韻作雪詩見寄亦次其韻
贈靈巖德雲庵主　德雲庵
次韻鑑碧軒　再次前韻
楊梅　次韻
戲乞石菖蒲　次韻鄉山主梅花

送廣上人　　再次韻關子開
用前韻答呂無求　用前韻答湛長老
次韻孫嚮仲自靈隱歸餘杭一首
送以照上人　　次韻靈隱小軒
次韻答劉通判二首
晁以道贈楊中立詩有談禪詆毀之語蓋
以諷予因用其韻解嘲且開之云
用曾伯容韻贈不愚兄
贈伯容　　和不愚兄庵頌三首
用朱元方韻寄深明郎中二首

送曾不容还漢上　次韻鏡上人三首
改德士頌五首
法門復故　聖恩深厚矣自此恐雲巢不
能久棲當為衆一起承示佳句因用韻
備載之
不愚兄再示佳句如壁亦重用來韵
比復僧相不愚戲作三頌恐傍觀以謂吾
徒實有喜慍故復次來韻不免道破兼
寄祖禹同參道人
再次韻且召遊山

適承示佳句亦勉强再成一首
昨日一詩乃是見贈亦復次韻為報
復用韻成一首持作狡獪爾乃勿誚吾作
夢也想當一笑
復用韻自詠倚松一首
昨日承佳贈浮實甚矣謹再用韻酬贈
復用前韻寄伯容兼其三子
再用韻戲作二庵圖
不愚兄示上元佳句謹次韻為笑
再次前韻

再用韻戲紀山中之勝
用韻奉贈巢雲兄　老懶一首亦次元韵
均父約去年十月還襄陽今已二月矣尚
未聞漢上消息因誦舊寄渠詩二首用
其韵寄之
次韻趙承之殿撰二首
田熙載比失解留詩別承之殿撰承之用
其韻以寵其行如壁亦次其韻
捫蝨新話　　次韵湛老菖蒲二首
劉仲高儀曹左顧林下重話十年之別作

詩見贈次韻
再次韻　　山居雜頌七首
再送不愚兄二首　　送本覺上座
蜜蜂頌四首
寶誌禪師梁天監中將入寂然一燭付復
閣舍人吳慶〻以事聞帝歎曰大師不
復留矣燭者將以後事囑我乎頌
次韻護公首座贊廣聰磨衲升座五首
送浹上座如餘杭刻慈覺老人語録五首
蔡伯世呂隆禮敦智李肅老求頌二首

偶作
臘月八日送塵禪者在長蘆
送池州諸化士四首
答惇上人七首
雨中同無求遊龍山勝相觀丈六金銅像
歷諸小剎無求作詩紀事次其韻三首
上竺知客肇師示蘇仲豫參寥唱和韞秀
堂二絕句求和因追次其韻二首
師節受業師慈慧公善草書得海老琴訣
之妙以醫隱於會稽比以草書四詩招

師節歸山師節次其韻報之余亦為賦
四首
送印大師參靈峰鄉老　　蜜蜂
乞石菖蒲
次韻贈高致虛四首
送通上人為長蘆行乞
送玘上人
偶成
謝人送石菖蒲
長老欲敲去竹枝透風作凉以頌止之

題宗子趙明叔盤車圖後
漢上示衆
眠石
王通判雪中來訪以頌謝之
晚起
雙池通老以笋見遺發之皆腐矣作頌戲
之
閏老求席因以戲之
謝洞山和尚惠萎蒿種
和曾伯容梅詩二首

待不愚入山未至　謝扶上人裝毗盧像
江上　送化士
送張師哲秀才出山
張師哲求鑯樣
榮大師昔從余出應天寧後為洞山古羊
　副莊往来稱之因作小頌為寄
送璞和尚出應雙泉之命
檀越許分一株素馨見贈作小詩速之
贈賴昌府化士
應上人作法華佛事過余求頌為作短偈
謝徐通叔　寄馮大辯二首
送雙泉祥鼉頭　送古上人化漆金州
再送古上人　贈師相
常上人还鄉省視其師
次韻周提刑出鄜鄙五首
過厲山驛　過漢東
棗陽值雨　普照寺觀竹
贈相師　次韻答周提刑二首
次韻春日寄山中故友別草菴
陳道人世緣不順隱於術餬其口於四方

云将復如京師乞憐於輕財重義之士
　冀或有憐之者因其求頌為作短句
寄襄陽求天麻圓
洞山宗禪師欲刻五百大阿羅漢又建大
　閣居之其門人欽上人實領其化緣事
　為作小偈送之
贈皇甫道人　薔薇
贈熊正臣　和劉仲高過虎溪絶句
和愚和尚梅頌　曲留仲高
戲邀道人觀残花
趣舒以明主簿入山二首
贈徐道人　韓承務過余求頌
祝大夫解房州印返山有頌次韻
贈祝大夫令人　早起作頌訪愚禪師
范机宜磨頭畫眂有作次其韻
送春　芍藥花開招大衆看
仲高留題轉物堂亦次其韵
感新荷　黃蝶
薝　百舌
嘲杜鵑　歸鴻

第二卷目録終

倚松老人詩集卷第一

江曲詩派　饒節德操

古詩上

李太白畫歌

先生之氣蓋天下當時流輩退百舍醉中咳唾落作
雨珠玑身後聲名滿夷夏青山木拱三百年今晨乃
拜走生畫烏紗之中白紵袍岸巾攘臂方出遨神遊
八極氣自穩冰壺玉斗霜風高嗚呼先生泰絶倫仙
風道骨語喜真肅然可望不可親懸知野鶴非雞群
天寳之初天子逸先生醉去不肯屈采石江頭明月
出鼓棧酣歌志願畢只今遺像粉墨間尚有英風爽
毛骨宣州長史粉黛工誰令寫此人中龍細看筆意
有俯仰妙處果在阿堵中人云此畫世莫比吳侯得
之喜不寐意侯所愛豈徒爾亦惜真才死泥滓先生
朽骨如可起誰爲獵之奉天子作爲文章文聖世千
秋萬古誦盛美再拜先生泪如洗振衣濯足吾往矣

送故人

秋風夜作萬馬聲草木自有離别情君行胡不卜春
夏況我抱病方疹瘵我生不祥憂患并行李四方影
隨形少年之氣追琢盡胸中獨抱渭與涇世人紛〻

水火爭我欲從之隐不能騎馬時尋故人舍掀髯抵掌意自傾圖書萬卷相將逊塵無凡兒眼更明惟酒無量與興會我醉未去君經營不用賜金為解酲一月何必一日醒此中萬事氣自寧勿語世人〻不聽君今胡為忽我行使我此計墮杳冥君行瀟湘絕洞庭沙頭水落鼉夜鳴想君抱恨寐輒驚起吊湘纍涕泪橫頤我胡為世網嬰前行霜露後榛荆誰為傳之鳳凰翎與君方駕尋此盟

送傅仲黙登第歸麻姑

謝安中年不堪別況我與子本末同臨川古郡著名數麻姑且在邦域中（建昌舊屬臨川）與君同方復同術十年共度虀鹽日一身爛漫天地中萬里風霜今白髮南山之封木拱矣此身萬事相終始何知遲暮犹覊旅夜語對床輒三起君今先着祖生鞭我窮未辦買山錢君行啟我方寸乱抱琴長歌聲徹天西風蕭〻木脫葉表裏家山落眉睫為語淮南大小山雖在侯門不彈鋏

送善権歸豫章

北斗以南好風土西山爽氣吞吳楚前輩風流固起絕後生法像仍奇古道人久學祖師禪敗裙破衲今幾年胸中秀氣磨未盡時出新詩皆可傳都城閙〻冠劍偉并掃權門日中市道人香火辦寂寞有脚不踏公侯地古來賢俊能幾何只今零落亦已多一見道人氣象是蒲團棐几生春和我思仲眉向林莽未暇優游取卿相扁舟今日與君別明朝夢落江湖上

石魚行贈靈壁張氏

磬石山中石無主百里厚坤不承土〻人出石如出金闕地及泉隧而取重〻徹之如徹席凡材頑狠丘山積中藏一板金玉精定是陶鎔鬼神力黃鍾之律生於黍近代縱橫不如古（近世定樂或以縱黍累尺黍大而尺長或以橫黍累尺黍細而尺短）天生此材豈苟然伐而用之百獸舞師襄入海工不精且製嘉魚大小鳴大為王鮪施僧飯小為魴鰥依石屏君家二尾儻遺我要喚兒曹坐睡醒

向居卿所藏靈壁石歌

靈壁之石妙天下奇姿異質窮變化時〻好事獲寸尺各量牛馬未當價酎官丞相三代孫風流似是典刑存心胸本無紈袴氣詩書漱洗膏粱昏迎來得石不盈尺依稀尚帶莓苔迹氣象中含萬仞懸秀潤仍分千里碧大江之南千萬山終日思歸行路難坐中一見此真骨心折當年雨後天君不見黃金白璧驕

侈本大官厚禄方安穩少年趣駕迅如電我欲追之
墮車蹇年来老大計轉拙一丘一壑興不淺儻君他
日棄前魚南牕坐對廬山遠

阿智歌

吕卿諸子森如蝟不作（一作汗）世間兒女氣封胡羯末
自行列麟鳳龜龍谷異致小兒何智甫七齡哀哀似
欲無諸兄殊眉秀目瀅玉雪霞肝立壁開天庭自從
諸兄授孝經淋漓筆墨有典刑客来推席儼在庭擧
頭揖客客為驚吾知吕卿大源委黄河崑崙千萬里
政令凡兒出其中不我而直麻生蓬况如此離落落
自奇偉出門汗血當追風（一作少如舅秣當追風）

寄夏思道惠示縑帛

憶昔南方木葉下祝融逗留不退舍閶闔未簡卒歲
材明月滿門自宜夜而今身在天中央日月寒暑遵
故常西風今日我為政冥冥塵沙何可當浮雲倚勢
不解事濃陰數日釀秋思卧病但作仲卿泣載酒誰
問子雲字故人千里知我寒書来遺我帛數端揀絲
織作經緯稱長細廣幅尺度寬染人暴練勿設色衣
被皎皎識君德

送梅郎一首

梅郎可愛如蜀柳風流似是子真後抱器来賓太學
窮五年自袖采蘭手来時落鴈搖虛弓汗血長鳴西
北風自哲壞韓復蠹魏可憐一無咫尺功我亦數奇
困竿累玉山冰川失眼底永嘉堂上闓阿連墮食正
冠為君起君今製衣作行其何以贈之白鷺羽殷勤
持重似人漢漢深藏飽魚蠹船頭逢逢奏曉鼓卷
簾卧看春江雨到家春温鴈且北寄聲布帆無恙不

鄰居遺湯沐浴

都城甘水畬于酒檐頭取飽得滿缶每憶江湖萬松
底夜半酒醒挽石斗如今長卿不滿喉豈有温泉濯
汗流岑岑背若負芒刺每向一飯懷千憂君家有井
金作欄轆轤可取不可殫大奴分遣足一斛洗我塵
垢主羽翰人生生理易與耳轂洗為君起長歎

趙元達婦孕不育後數日其猶子生一女子
二子皆有戚戚之色戲作此詩開之

十年不見陳驚坐二子相逢心亦可高帝子孫果隆
準杜陵先生豈欺我甘陵夫子孕不育世無元化操
五毒乳醫袖手輙瘖生不藥而喜神所福君家阿濟
（王湛之侄）頤未騎頗恨生子不生男人間久之古烈女世
上多歎吾見凡應當有子問賢否弄璋弄瓦詩人口

木蘭買馬替爺征班昭嗣兄成漢表人生得此二子者安用癡兒鬧昏曉況君各自富春秋有女如玉方好逑必欲甯瞿有男子殷勤更問東家丘

贈陳侯一首

古人已朽不可作長安年少多獄〻太官五斗僅代耕歸緩養高簡然諾陳侯氣穩天机精心胸開霽腕檢繩只今冠佩奉朝請折節重士身自輕主人斗酒相逢迎金樽玉槃紅燭明黃花開徹秋未了殘月挂簷霜氣清氣吞百吏不足數滑稽巧中一座傾座客未用喜且愕陳侯吏事復不惡簿書獄訟談笑了盜賊骨驚吏瞻落至今魯山駕車處會使齊兒畏未博方今天子坐明堂指麾夷狄如驅羊安得吏師如侯者上應列宿布四方政治豈但幾成康

立之作詩譏僕沉浮於酒次韻答之

頹俗不可挽我思陳孟公胸中一噫(去)聲氣浩蕩滄海東初余亦拙謀墮身尺度中昔為吾家駒今為客子蓬人生百年耳過鳥欻無蹤何至自矛盾身與衆敵逢仲尼固玄聖道大自不容落〻少年場誰復識呂蒙古今一丘貉同起三尺封乃知常滿尊慰藉古人窮君詩苦相厄欲抗輒衰雄但恐有錢債負我葛陂龍

送彭淵才如北都

我學如水馬盡日忙不進結交有神奇所得盡豪俊十年困三舍萬事到兩鬢風流半零落吾道或拘窘彭侯南方來超妙(一作意象)有遠韻落〻凋壑姿倒屣解吾愠胸中幾年讀正朔謹堯舜盤盂百家伎鉤致得幽蘊(一作袖手探其蘊)夜半一商略氣與山嶽峻方洋及衛霍似是老行陣崢嶸濟時術百未一見信自言窮達机默與寒暑運切名蓋(一作或)偶然未暇以身徇偉哉君子勇一語破幽憤何時灯火底懷抱為吾盡

賦王立之家四梅

化工轡六龍風雷共推軌談笑却冰雪咄嗟辨桃李紛〻西園英轉眄即填委獨餘四種梅冰五自標置豈爭滕薛長未與管晏比微風挽寒條草木競披靡蠟梅異(一作妙)天質芳香輩(一作軋)蘭芷(蠟梅正如蠟為之樹絕不類梅其香正如蘭)多葉美無度勝韻洗貪鄙紅梅拂(一作傅)曉粧深淺自有體單白亦閑淡冷艷照流水初如王謝郎雍容各觜履出處豈皆同一〻竟可喜此花固不凡俗眼自多昧栽培或一過得此輒遺彼君家獨兼有班壓萬紅紫況當頓有前朝暾媚(一作麗)窓几我無筆

五色為此了衆美安得九轉丹暫起来陽史
春日飲王立之家同賦三頭牡丹依次定十
韵鄙浔牡字
異時王公門使車駕四牡殊方仰吾父天子尊伯舅
舒遲入樞府易若屈伸肘風流耒跡缺日月競奔走
諸孫以文嗣文字宗科斗英華被草木美成豈不久
宜哉此花瑞鼎立世無有綿力為君賦半夜饑腸吼
尺寸窘吾步豈復到淵藪翻若欲投筆大惧恚文紏
士大夫湛於不義雖窮極富貴君子過之弗
顧而况女子失身於委巷容笑之賤亦豈能
自拔哉吾友人賦　歎息行有謂而作諸人
既屬和僕亦擬古樂府為辭傷之於其末開
之以正是亦詩人之志也
歎息復歎息丹砂為土玉為石誰家女見妙無敵日
日當牕泪露緆問之何思復何憶深顰欲語〻不浔
回身抱琴不回面清啇自冩昭君怨朔風蕭〻霜月
懸萬里胡沙鳴一鴈此聲此意太分明犹恐君侯未
會情從頭却欲為君說恐君斷腸君未聽黃鶴一去
已千里雉子高飛亦能幾人生長短要自裁嗟爾此
身今已矣刺〻促〻徒為爾

次韻劉無言遊法雲寺
磨蟻迭左右鐵炭互俯仰歲月如牧馬快驟脫羈鞅
方希草玄雄未羡畫眉敞劉侯啟予者險韻冩勝賞
讀之令人醒居然見圖像我昔曾北遊僧梵薦肦饗
撞鍾鳴木魚破我顛倒想百年能幾許萬事苦鞅掌
喪身聲利場蠡角伐犀象前輩曉散後生春水長
君看門外轍盛氣日来往道人初不省禪寂異到壤
乃知雨花地可以透迷網君侯侯此嘉集塵跡已相
盪援琴冩我歎中夜發哀響
為謝無逸賦陳氏貫時軒
西園拱群木嚴霜損天和豈不惜嘉陰奈此風雨何
青〻繄此君凡材不同科君知不同科何必葉與柯
試看一尺根鄙已倍身多故令卷簹中高韻不可摩
陳侯定可人厚禮為君羅視此種竹心知君臧悲歌
吾徒涉世蹤投足浔詆訶何如雪月際對君自婆娑
但無我履聲與子相經過
次韻李二李二黃安時同會黎介然家介然置酒李二作此詩
道散士不守君子利為上交遊固賓灌父子亦　向
繄我二三友日月共照臨殊鄉不殊習異族亦異心
吾徒拙身謀要是滄海客大材費伐剪古樂難考擊

相逢聊解顔把酒聽輭語斷水洗垢病戞玉開未寤
男兒生墮地脚跡付九州不知誰主盟會此車與舟
顧畢已醉盃竟比难得歡明朝黄子别離恨已闌干

次韻呂由義見贈之什兼簡若谷居仁

行年本數奇閲世復癡絶巉然寒餓表但未朋友缺
晚得二三子楚々着行列家學有師法保身盡明哲
堂皇建鐘磬户牖照玉雪白哲采蘭手未負如意鐵
由來石中璞不在若分别當時偶一見頓使我心悦
道喪古人遠君子或降節狐裘儻羔袖豈待跖與桀
若人苟相久可以輔衰拙歡喜奏微吟聊嗣登歌闋

次韻劉時可劉将赴宣州幕

我客汴之濱夢寐大刀頭幸逢劉伯倫衣冠少其流
胡床白羽扇語穩氣不浮異時果下馬髯鬍遍九州
每思張翰鱸爲登王粲樓食貧節益苦異哉居拙謀
宣州雖多賢禄仕恐未優長女嫁及時大兒婚可求
長才不自獻澹與衆人儔君其吏隱歟吾亦滄海遊

次韻謝公定時夏均父招諸客泛舟遊百花洲

好事屢載酒扁舟每乘興況當秋氣清開我心若鏡
風漪感寒緑日斜不脩影却泛蒼翠中羡彼各飛泳
翱翔數仞翼白小一寸命微物有至樂此理須自領
君侯静無譁敔以一豆請人生百年爾飛雷作光景
試看榼閣懸俯仰歲月永堂々寇萊公祀事薦時餅
吾徒豈不老喫蔗入佳境況茲詩酒習已自破清淨
聊須明月來褰裳踏歸艇

灌蘭一首

往作蘭溪遊步屧出林麓溪頭小函覓溪水澹文縠
嬋嫣幾叢秀臨流自結束曲折訪叢底初不露芬馥
歸休行結佩薄采未盈匊時遵微徑閒幽然感清淑
年來蠶自縛投迹先擬足不意澒涊中見此二孤竹
戚々耐寒苦繹々輩杞菊似是溪頭翁相逢慰煩促
一日不見之鄙吝生眉目故將應書手抱甕助長毓
孤根著土深稍々樹支族看渠吐胷中一洗桃李俗

約方時敏楊信祖二子同過王立之觀立之所集前輩詩文各以姓賦詩

秋容散古原秋聲滿寒條幽人開曉夢喔々雞戒朝
騎馬西南隅不知道里遥我行將何之我友昔見邀
斯人非世人與世不相聊幾年賦歸歟塞耳樹上瓢
誰知翰墨功百倍已蜀饒方揚妙天質兩玉不易招
栗馬來會盟此義久寂寥主人喜開尊盃斝初刻彫

及手啟丹臺座上皆聞韶委積山海奇浩蕩江漢朝
此固無𨚫封爛漫各蔔莧帰来蒲深望老大犹虚驕
蒙室詩王立之為宗子求
布穀作王更鵓鴣亦司辰田師遽東蘊請火起近鄰
耕耘豈辭勞常虞秋計負憂薄壟畝間努力不自珍
秋風落高原罷亞千頃雲公子豈知田得師自農人
帰来坐虚室却掃富貴昏架插河間書門引霍三實
耡耰翰墨場寒總淡爐重六籍聖人師百家君臣
戱斅離騷經妙語泣鬼神靈文陋咀楚高論秦
泛覽四庫餘尾磔半珠蠙遊心領其要開卷得人
門前風作埃肥馬走搢紳豈知歌鍾地辛苦事斯文
懶夫江海士履聲遠王門未暇到此室帰歟老斷輪
秋蚊行
秋蚊撲々啄作花秋江噴薄卷舊沙魚肥兔賤年穀
熟田家八月生有涯群翁坐社見擊鼓酒一載行翁
起舞但得催科了眼前兒郎各自能辛苦
戲汪信民教授
汪侯思家每不寐顛倒裳衣中夜起豈惟蓐食窘僮
奴頻復打門攪鄰里涼風蕭々月在庭老夫醉着呼
不醒山童奔走奉嘉客銅缾汲井天未開

歸来怨
瓊林玉樹非凡根幽蘭紫芝種不繁誰家妙質傾春
色夫身逋蕩依荊棘流蘇暗繞雲母屏棲魂不穩夜
魘驚帰来泣下繡特室漫々此生身事畢
得交行贈王立之
世人紛々走車轍交情回互作冷熱搢紳豈無鄙寄
責山林謾有嵇康絕我窮四方但只一作餬口一丘一
壑志未了一作錦亭但有蘭亭草得交天下能幾人直道如君
可得一作偕老
雨小霽登南寺閣
登樓望四垂縮々雨小休老木藤蔓活古殿金碧流
浮雲捲豈盡落日不可留無人相與語鸜鴿謾啾々
上范謙叔左丞求退
老驥伏櫪志千里烈士暮年心不已不用悲歌擊唾
壺尚挾手戎獻天子書成未上忽自悟便逐道人林
莽去年来着脚古道場疾病魔人無屏處不遇我公
如古人零落離披作風絮我公德量大如海太平天
子待真宰乞身莫待我公行早向千峰萬峰外
賦劉仲高々齋詩
先生言語妙天下向来太學傳芬芳當時品目入前

輩後生籍々窺餘光立談一見便相可交無新舊合
則章別來幾何歲月忙我已三變々滄浪子才如許
猶緑裳宜參公卿升廟堂何為高齋尚翱翔懸知公
意非自高自高自聖渠作狂泰山北斗不自贊瓊珠
玉樹絶否臧用則伊周冠百王直道而行氣益昌不
用兩襲或退藏直道而去括智囊用與不用俱徜徉
使婦無禪非吉祥世人言高不着本但欲困苦鄰饑
厄不知卷舒重在我尊為帝師初未妨先生年來力
學道等觀窮達如炎涼屈伸有命不足論要保胸中
百鍊剛

永處庵詩為蔡仲志刑曹作

刑曹仕宦如客寄朱墨如山無況味平生灯火讀書
心便與衲僧同器類自笑供職江上郡一月常勤五
七問向來書至乞庵名永處那伽表嘉遁世間萬事
不挂眼蒲團不動跏趺穩客至清談真老禪數枝霜
竹伴幽韻

送莊季裕宣教

莊侯目如巖下電墮淚碑傍始相見松間經行倚松
語袖有普賢真行願（季裕以行願品作小楷袖之隨處散貼）春風昨夜
忽言別楚兒恰々耕殘雪野人無以贈君行山杏溪
桃為君說

送趙廉訪

飛來之峯可圖寫画工搖筆不敢下玲瓏八面尚能
摩萬古冷泉那可画趙公胸中有涇渭愛山自渇山
水意向來與客到峯前亭上酌泉賞泉味我容峯边
一鄗室閑門無事輒終日公來剝啄自敲門豐解跏
趺為公出池上煙光初過雨嵓花膠轕開無數曳杖
唯愁猿狖驚笑談復恐蛟龍怒聞道公歸朝玉京王
事不敢寬作程想公拜舞升天廷雍容奏議詳而明
知公不獨稱安寧疏民利害通民情吾君憂民精且
誠頤公中和輔太平

韓升之主簿惠示襄陽雜詠詩淳深高古吟
諷不置輒用最後書懷贈彥履韻以釋其
意

刮磨習氣如洗爵惟餘好古情未薄向來詩軸入松
門便對屠門先大嚼吾儕事業如石田筆墨魔人妨
夜眠如公萬卷痼不吐使者旁于誰見憐方今神武
拓疆土超擢賢才罔其所莫歎簿書官祿微黃鍾大
呂生一黍

張執權主簿同二知縣大夫入山作詩併以

見贈亦次其韻

我不學支公畜馬作戲劇，道人不韻亦成癖。又不學雲巖常說老婆禪，苦道熾然說墻壁。歸來挈杖訪飲虹（此亭在懸瀑之下尤為山中勝處），攜詩過我三士同。我喜坐之鶻壁峰下，視凛凛十八公。諸人胸中何所有，文字萬卷皆科斗。平生筆端自有口，籌書透處時一吼。白面王孫金作鞭，憐渠政遺富貴纏。今朝此樂戒勿傳，一笑蚊蝱空過前。

青原臺詩（為錢大任宣教作）

五馬胸中足丘壑，駐車決遣有餘樂。似言新廣青原臺，不減滕王舊江閣。滕王閣下當年路，靜中懷抱時來去。聞說青原比像間，表裏江山便知處。使車時此攜佳賓，與人同樂不同群。倚欄自得新詩句，矯首長懷古道人。青原親見曹溪祖，渠有兒孫住山谷。問公何處見青原，杳杳飛鴻掠雲去（來書云此臺大略似滕王閣臺在廬陵望青原諸山青原即思禪師道場）。

贈道士張謙中

道人髭鬚似民部，平生篆隸心獨苦。世間筆墨一點（一作一點筆墨）無，駸駸氣象追千古。道人得師在何許，秦漢鼎彝周石鼓。若嶧山碑若詛楚，二李而下初不數。異時心醉不窺園，依繩作直規作圓。一朝妙解（一作悟）古人意，脫落（一作畧）尺度誠其天。嗟君絕藝世無敵，勿示時流渠未識。我亦當年好古人，推席為君三歎息。

英遊閣詩

西湖氣欲吞吳楚，山作重圍如捍虜。回環樓閣駭魚龍，挺拔浮圖逼雲雨。西湖英遊天下傳，湖光山色當圭田。何須西土方為淨，不待吳門自是仙。雪花飛時妙無價，梅影橫斜端可畫。荷氣薰人六月風，月華徹底三秋夜。陰容霽色風且雨，曉光暮碧寒代暑。閣中氣象頃刻移，詩人不是無心賦。竹閣使君遺跡空，草堂居士但聞風。百年光景電劃水，湖山無限生有窮。愛君長才猶袖手，豈宜苦為湖山久。君不見向來閣上舊遊人，富貴功名古無有（閣在杭州錢塘西湖上尉廳之前蔡元長嘗作尉故後人名之）。

為鄉曇輔作一枝菴詩

百年七萬二千飯（見胞胎經），檢校勞生豈無限。巍巍孰是真丈夫，應作已作所作辦。不信窮通手翻覆，自窮自通均（一作俱）不足。窮思大廈千萬間，通或胡椒八百斛。道人不與世俗俱，一枝自古巢有餘。有時放杖據槁梧，睥睨三界如蘧廬。春風數日到梅萼，吟遶寒香雪

欲作帰來趺坐尼師壇栢子煙消泉一匀

止〻堂詩送仁禪者徧參

止〻堂中一禪客五尺枯藤藏未浔平生膽心闖右人今渡江南又江北昨夜霜風號古木玄猿啼寒星斗黒傍我有脚有底难獨師大去呉王國君不見季子敝盡黒貂裘帰來卬佩六國侯

送慧林化士

王舍城中車馬塵霏〻似我澗底雲此塵可貴不可賤中看功名富貴人上人衣帶雲霞色随例塵中帰未浔祇園為有老作家鬧市叢中自禪寂向來禪律相錯居空庭月作五日墟市聲浩〻如灘瀨誰信禪房靜有餘道人要是白雲侣紅塵不是安身處未能随我便那伽早入千峯萬峯去

送不愚兄香嚴行

君不見香嚴之山天下望何必楞伽稱海上龍湫直下一萬足鶻崖突起三千丈借問何人出其中前有國師後開公中閒有人騎乳虎大雄敬樹真卧龍山中壯氣今重振堂上老人提舊印晶明如住廣寒深淵泉自吸滄溟盡況今三十未為老名利波濤拔身早向來自製子夏冠翻然便剃天然草如兄勇鋭世莫比誰與同生亦同死只今文采尚未章人道香嚴有真子隋河渾〻日夜流兄今倚柁到南州南州水潔草如染自在溈山水牯牛

鈍庵詩為印長老作

姑蘇昔是呉王國表裏湖山本充寒呉王亡後臺观空只有湖山亡不浔 銭呉越又富足前身端受靈山囑平生佛事滿東南上下君民総純熟阿師累世同此會外家更是東南最晩年髩髭傳雙林鄉里推高無與對阿師四海老行脚偶向南陽露頭角他年欲識癡鈍人髮長衲敝人誰覺

寄趙季成鈐轄

器之高誼已下世安當我友埋金沙倚松卧病無一銭俗醫如山闖利多天寒歲暮山谷裏二老不作如我何謂天蓋高不無意閒生賢者為帝裔不容聲色眩耳目但許詩書養梗拉少年所學無不有精研往〻窮淵藪不知用心能幾何妙悟自然絶師友德成而上藝為下此言端為中流者須知豪傑蓋不然以德養藝斯人全若分上下為優劣千金安浔稱神仙德為本質藝其飾表裏相資乃我德欲知公子志甚深已著千金追舊跡世人有藝初無德為驕為傲為

残賊殺人取財不知懼犹誇庸妄肆誕惑須知公子
本無我一切有求無不可平生高見隘古人焚奇經
方見何左（殷中年妙解經脉有常所給使忽咋頭流血言有老母垂百歲抱疾已久乞浩一脉浩感其至意遂為診脉處方一剂便愈浩於是悉焚經方）老僧年未學禹步跰蹮
鑒井不能去還丹一粒能幾何迸此游山不知處

送宋秀才

東風欲帰不可挽門前芳草青ゝ遠倚松卧病不能
行肩輿出門還復懶先生家住岷峨下當年神授神
仙卦死生禍福如眼前從来卿相争稱借倚松卧病
正無脚袖出神方色間暇我知公意事仁義不學世
人事財利無盡先生如古人一見先生愛其真幾年
門下真子弟付之萬事未嘗計或云公可為身謀先
生一笑公何醉倚松老矣世共憐公獨何心德如天
從今藜杖儻能扶山長水遠公能從我無

送江南景喜上人

我有平生雪色塵廉者不求貪不與明朝狎以贈君
行一炷沉煙夜深語丁寧佛法若無多文房四物来
作魔丈夫所作若禾辦奈此峥嵘歲月何

次韻御主山解嘲

道人竹瘦松栢剛飽更風雨慣雪霜堂ゝ自住一法
界豈與蕭艾相短長利刀割水風吹光以空壞空竟
誰傷君不見湖边飛来两白鷺終朝家與水雲鄉

豫章寶智上人持高子詩求和

我客飛来峯一室聊自適閑門不敢開怒風退六鷁
敲門者為誰起我正禪寂稻麻竹葦巾見此一英特
手携高子句按譜恣遊歷高子我舊遊伉侠不易得
憶昔京城隅王郎古遺直當時會合地爛漫存轍蹟
縈君入社晚感事一嗟惜安得賦帰堂尋盟合琮壁

贈卿書記

我室如之旅塵坌被几席自是嬾掃除初非護鼠跡
比室有道人高潔如玉璧時来相勞苦倚席笑啞ゝ
道人居若何純素勝金碧槃盂及几杖奠置有疆場
青緑貫湘竹秩ゝ閒儒釋短長各部伍行列共繩尺
試看丘中蘭脩業淨如拭我亦捧心顰觸缾汚履舄
乃知效子敗古語不可易時當過師語輸寫盡胸臆
師（一作君）言吐如屑未語嗟嘖ゝ問師（一作君）何所嗟吾
道若荊棘堂ゝ大道場（一作皇ゝ菩提場）兒輩恣陵轢苞苴
幸引援側媚乞朝夕争傳外道語盜履祖師閫狂瀾
不可回妖氛一何逼栢直尚乳臭唐僉安足惜世無
磊落人口語謨籍ゝ豈無真道師衆寡久不敵常恐

碧眼胡西来苦無益道人僧之桀老驥猶伏櫪安得
大寶坊降魔掃妖孽

潤屋軒詩

層崖如立壁秀潤初欲溜下有癯道人異時妙基構
為山不為屋豈待吉日戊軒成玉満家不減朱門富
松篁既崔錯雲霧亦臻湊霜威入松骨古滑咽泉竇
谷風卷巖回浩蕩金石奏騷々鳥夜啼哢々雉朝雊
時於藤蘿中便捷一猿透客来坐胡床紙帳卷輕縐
兒童敬杖屨文史當俎豆徽薰出小哢長餅上處甃
此樂師（一作君）有餘何為尚奔走記我識師（一作君）初昂
昂野鶴瘦風姿入清古氣象脫凡陋我遊山海間未
獲一角獸如師能（一作君亦）幾何不落餘子後師（一作君）如
佳少年氣出萬夫右平生千鈞弩要以一手彀雖未
須眉蒼典刑已奇候汲深非短綆善舞屬長袖願君
浚其源故道或可復功成歸此軒趺坐了昏晝

錢塘清照律師芝草出其文墓上乃為作此
詩

槃々千丈松磅礴犯雲漢要為根所持龍虵走斷岸
英々西洛花妙為天下冠根移枝可易人為過其半
君看此靈芝不與彼共貫超然自挺立初不賴根榦
儻可種而植朱門當爛漫胡為不可致圖畫空傳翫
芝生在何許可卜不待豪忠臣孝子家義夫烈士館
吉事定有祥豈是供好玩道人律之師父蠱雖不幹
平生沙門行報德已無筭向来郭氏阡盛事傳里閈
青々十畝陰手植幾脫腕召和不吹律脩德自幽贊
至今起山下百本益璀璨亭々卷雲濤濯々立鵠鶴
乃知天人間決定可覆按野人為作詩誦實不敢贊

次韻呂無求同泛汴水

瑣々榆下錢貼々水上鏡蝸牛共飲吸水馬競馳騁
靜中觀至妙度此春日永舟師挽且謹俚語相譏病
勞逸各有役不必盡乘興公緣升斗窮我訪山水勝
雖云異出處同是縛垢淨何當俱一掃歇此風中艇
攜持少室去從渠謂捷徑（無求約同為嵩少之遊）

次韻呂居仁送李商老兼簡李去言兄弟諸
同參五首

歲月如翻江學道若農務道人競寸晷政以生死故
眈々鷺闞池落々鶴警露憯然忽（一作或）中的優曇濯
泥污何當（一作須）一鼓作姑置管城兔
閑門對南山萬物盡昭告自是君不領豈是君不好
諸人如驥子矯首萬里道援琴欲寫之促軫不能操

請子亦（一作試）停手趺坐西南與
同參如用兵各出不會期一將夜破敵諸將或未知
如何衛霍材局趣窺短籬軍儲有量數歲月未易支
惟兵不可宿早寄入塞詩
角巾拂彈碁（一作累丸一作承秋蜩）運斤斷蠅翼當時未得妙豈
暇日入息譬如河漫流難以一簣塞飲食男女間嬉
笑中盜賊要須了（一作理）其原及此未嚜黑
李氏澤如海（李公擇兒孫也）富此明月珠諸郎皆可人共出
堯舜途之子見我時抱負勤（一作煩）驊奴江頭一再見
凜凜氣百夫贈（一作餞）子伊字門不類城旦書

次韻答曾仲成二首

曾侯果勝流折節事膏火年來何轉窮正以工詩坐
可憐哭鬼句不救采薇餓平生九品禄團團豈旋磨
歸來卜我鄰步屧得相過劇譚到理窟我義危欲墮
世人富貴忙此樂渠不那春山正可尋我行公亦可
我老不能世百念久灰冷偶隨出山雲託跡蹔人境
借問交遊人出處各形影其或李廣奇其或衛青幸
如公不世才跬步可臺省何為賊歸表欲近沃洲嶺
夜半哦公詩月寒心炳炳

養志堂詩為襄陽吳傳朋通判作

我思古丈夫出處各有意上馬不作名下亦豈為利
周旋進退間萬世作凡例吁嗟古人遠中夜輒三起
老來得賢侯氣象無乃是少年自提立學問造嚴秘
筆端挾風雨麈尾握根柢問之為誰歟盛德有苗裔
廣陵之外孫右司公之子內師孟母賢外交天下士
漸磨董蒸到成此不允器年來貳襄陽豈為山水計
政以承母心欲覲淮源隊淮源日夜流墓木已拱矣
母來拜墓門滿下平生淚回頭兒女孫更酹墳前地
我懷三十年一飯不忘此唯誠通鬼神志願今乃遂
兒身勉直道無貽墓中愧寧為潁封人勿作魚梁吏
到官闢高堂涓潔亦明麗夜月進古凡春槃供早齋
炉董事禪寂簡物薄滋味起居飲食安其樂固淺淺
母身自教子子養母其志要當并外家十幅作圖記
大曾信知言名堂書是事更哦諸人詩千古激彫敝

（傳朋乃王逢原先生之外孫吳安中右司之子曾伯容作養志堂記一時名人皆為賦詩）

呂無求以詩堅同舟為嵩山之約次韻以報之

我窮走四方瑣瑣知交態呂卿晚定交縞貿賴沾溉
筆端有神奇胃次無疆界平生書畫船往往出光怪
我非張孝廉招呼許同載顧我念嵩洛如痞思一噫

況飛西北帆一枕千里快便當謀吉日恐負遊山債
一云少室非庾嶺昔貿衣鉢債注云無
求嘗許以壞衲衣見供故因以堅之
閱舊詩軸見夏均父和晁之道詩衣其韻寄
伯容仲成均父諸友
往者少年日所慕韓伯休涉世更百難淂交多勝流
當田時俗焉喘汗困萬牛晚看故魯耦半逝半乃俟
俟者未其輪逝者卧荒丘荒丘不足悲未輪或可羞
翻然乃自悟庶幾桑榆收朋儕競挽止一往只掉頭
我豈築室愚喋喋于道謀何來漢上行懸知計未優
重念佛祖心獨往恐不酬細看叢林敝百孔如破裘
出有造請惡入懷薪米憂雖云學道輩坦途多不由
欲我獨挽之难哉推陸舟帰来擁白雲草茅有前修
誓不出山去三更林莽秋寄報二三友興来過我不
虛舟齋詩為王深叔作
人生一涉世波瀾渺無窮凡兒似淂計兀兀自窮通
唯有盛名下頗招衆嫉攻鬧閧或延敵政使臧
古人故不爾
灌灌春月柳謖謖松下風似聞未着冠筆力百夫雄
餘子窘不足渠乃忌太豐比從道人遊警悟世諦中
試覌名齋意已見應世工聖賢在方策制行固不同
唯有虛已遊萬川同一東此名可書紳願言謹厥終
和周提刑樂歲詩與道
老農終歲忙濯足不及骭豈無相労苦穡事苦縈絆
还来隣酒熟隔户聞呼喚客至便為約此飲期達旦
乃翁起行酌尾在恣瀰漫一引未置之捋肘發屢歎
嘗記秋來雨似稱春餘旱旱憂年麥焦雨惧禾黍爛
而今南旱觧萬事皆畢幹儻非值時和未易了炊爨
似聞使者賢云似周十亂諳竟復引滿抵掌笑秦漢
韻酬潘庭立儀曹見贈之什
安仁可獨來連璧豈易淂我老閱士久此士秀江國
不窺董生園頗割子魚席向来決勝地辟水湛寒碧
幾年富問學一道貫儒釋捉麈初不諱論正語明白
哦詩咄嗟辦妙韵出金石吾家妙喜師賞歎節屢擊
夜堂明月冷跏足坐禪寂他年山中人盛事話疇昔
杲道人屢聘不起用庭立韻作詩開之
百年過雷雹誰喪復誰淂邯鄲一枕夢蝸角兩戰國
道人脫世網便卷百丈席分明老胡裔髣髴千碧
向来數道場衆挽不容釋僉言無自晦如反衣狐白
道人笑不答我心固匪石还来燕雀豪頗須鷹隼擊
達人有舒卷大士等喧寂何當為衆起孰謂今非昔

元粹上人喜賦詩作東坡蕭然有出塵之姿
渠亦用韻有詩作且乞詩為别因再次韻
贈之

禪流筆墨戲好句亦時得譬如世佳人不必須傾国
我行百城時所至不暖席默求支許流常歎暮雲碧
阿師有典刑一見我心釋根源師璨可餘事窺元白
叢林半良窳初若泗濱石欲出金玉音不妨聊攻擊
致遠或恐泥落華及枯寂口邊白醭去願子師古昔

修上人出覺範送行詩言别因次韻餞之

上人丘壑姿韻出餘子右已經老洪日云是江南秀
訪我白崖巔喘汗經層屾初無一日雅恍若十年舊
胡床氣未穩牙籤出深袖我居人跡絶特坐歲時久
子来迹遽去既别重回首招提送客還松户閉春晝

望雞園詩

望鷄天人供韻出芝菌表炎烝夜過雨裂地出清曉
根株樹王雪頂顆翬青縹羽衣散皐原鴻集蘋雁蓼
邂逅遽擷取已盡首犹矯麻昉助芳烈蓴芼戒煩擾
取味俄頃間薇蕨盖其小吾生易與耳升合自可了
聊為道人劇五㞯端可少

用蔡伯世韻作詩寄之兼簡吕居仁兄弟十
首

蔡侯材棟梁向来飽霜露十年林下思常恐庾塵污
人生落世故至寶墮深井儻無自拔計金玉謾棄屛
至理本曠夷小道皆在僻信能彈指了可死不待夕
松毛巧婦禽螺殻寄居蟲二物自廣大那知十方空
百年固多變深谷或高岸安知悟破迷大似理易亂
見彈已求炙亡羊犹補牢　成無早暮事竟等高卑
君豈蔡子叔我非支道林何道速相就為子細徵心
沉水博山爐積灰如雪霜何如坐三昧自董戒定香
三世如旦暮四大轉風火儻能了無生如觀掌中果
學道十萬衆得者一二稀寄聲故曹耦捨此將安歸

示故人

变化客移何太急刹那念念一呼吸八萬四千方便
門且道何門不可入入不入曉来微雨芭蕉濕殷勤
更問箇中人門外堂堂相對立

次韻應銓詩

誰養山中雲館我雲中寺山深雲常潤出户須芒屩
可憐雲外人過我一飯去

客舟

三界衆生俱是客就中君是客中客眼前何處非君

家莫道有家歸未得

倚松老人詩集卷第一終

慶元己未校官黃　汝嘉重刊

倚松老人詩集卷第二　江西詩派

律詩上

王信玉生日

簪笏誰非嗣才能恐未難傳家推有守樹德莫如寬
賤子敢為佞明公信可觀四維開雉堞千頃漲波瀾
逮下七圭角逢人倒肺肝月評終許劭愛客自袁安
袁安博愛客眾無所簡擇賓客入門愚智皆得所欲不偽心常逸忘机骵更胖
所臨惟簡易有道息彫殘使節輶車穩兵符玉具乾
百城同鑠靜萬井益歌歡退食公無事揮毫妙可刊
筵歌珠履醉風月井梧寒諸子仍聞道羣雛半看冠
居然謝紈綺沃若秀芝蘭表裏初無憾行藏晚竟完
向来三徑志欲了五車書異日人争誦来徵卬已刓
恐須煩柱石從此接鴛鸞直道惟天相亨衢豈自十
祝公千歲壽終始立朝端

九月六日

駕幸蔡上府

詔可觀光夾路民雍容禁衛見寬仁天光湛〻乾坤
淨玉色溫〻草木春虛駕老臣人望重降輿新第聖
恩親屬車未御鈞天奏只有歡聲滿後塵

過閔山用同行韻

凬来幡動作真観耳倒聲邉亦妄聞自笑做貂蘇季
子苦求知畫宋元君関山行李今三反灯火工夫費
幾分安淂一廛留我老抱琴矯首送浮雲
遇里人道及鄉閭事作詩寄謝無逸
做貂去國漫西東聞説（一作遇）想鄉閭夢寐中賈竪裹頭
仍納婦驪駒将子又追風雲山何處非投老文史他
年不療窮富貴可求吾亦懶眼看餘子化王公
謁漢高帝廟
鳳凰山下緑茫〻殺氣犹纏古戰場他日英雄矜勝
敗今特田野話興亡狗烹兎死已千載雷動凬行尚
一方（祈禱有應）過客若餘秦父老拜祠　有涓浪〻
贈霍明父偉
南海先生不諱窮鬢鬚如戟氣如虹異時傍薄風塵
外今日低徊文課中政事有誰咨蹇老功名未　愧
終童何人為草陽城薦臺閣差〻振古風
次韻張符離民師適堂即事
三考符離課獨優政成囹圄自無因满堂文史閑
令一榻薰風對奕秋刑措似聞閭巷語年登仍解廟
堂憂從今尊酒留佳文折獄何勞比仲由
汪信民約諸人遊城南陳氏園不果

先生休沐不譚經準擬行槃到野亭興盡回般散童
騎客来呼吏出盆餅奩中白黒誰成敗醆底聖賢同
醉醒却笑伯倫尚多事苦憐江漢載浮萍
贈隱居
竟体芳蘭君可人一軒風月澹無鄰絲麻十畝他年
老文史三冬上世貿渾〻淄澠空自辨眗〻狼虎謾
相親了然道眼都無許秖有鷺花满意春
次韻彭聖從秋興
淡雲踈雨承秋早白露清風引夜長已見畢星朝北
極似聞驍騎卷西凉隻雞还我田家味小膊須君官
焙香千古步兵今遠矣属誰長嘯作鸞凰
題滄浪亭
君構虚亭古岸頭我来登覧判千憂丈人釣艇波瀾
闊孺子歌聲草樹秋山似畫屏随屈曲人如楊柳竟
風流他年若有江湖具秉興因君棹小舟
次韻米元章壮觀
曉色村〻澹春風樹〻穠入牕中夜月千里隔江峰
酒道窮通樂詩原左右逢客来應下榻石銚煮長松
端午日二首
艾葉斜枝短菖蒲瘦節長緑雲依鬢亂紅雪落杯香

風物江淮似功名歲月忙澤閒人弔屈應有淚浪浪
異代多同俗千秋餉楚魂人才終可惜祀事故常存
赤面豐未泰閭民長子孫情渠多世拙滿眼莫雲屯

山居二首

小徑深通竹疎籬巧過藤冷猿嘯木古飢鷺啄寒冰
貴客終難屈蓬門不用扃此中有佳處黃卷短檠燈

門擁深深草溪明衮衮沙冷烟浮菜甲小雨薦茅牙
老興元無繫春工竟自華鄰翁却相可步屧過渠家

送王長元同弟次元赴官

梁苑春未競隋河凍尚肥鬢毛閒老境甲子運天機
華鄂君方仕樵蘇老未歸憑將汝高麈愼對可人揮

蒲適正挽辭

吾道何多蹇蒼天呼不聞楩楠初有待涇渭竟難分
閱世中庸行隨時俗下文想君九原恨著草露紛紛

息慮軒詩

雨晴藤絟屋春深草到門客來非問字鶴老不乘軒
花氣醺詩思松聲撼醉魂呼兒換香炷趺坐竟黃昏

歲暮

浩蕩生涯計凄凉客子心歲從官歷盡憂入鬢毛深
月氣含牕户湯聲轉金鐺餘生無所慕特此卧山林

送宿州晁祖禹簽判

祖禹承議簽宿三郡事倚辦為多僚屬士民莫不嗟惜其去節作小詩聊致意焉

一見晁公子雍容前輩風規撫俗吏外步作古人中
環佩千官合桴航九驛通空虛循吏傳誰為薦諸公

九日發淮康

九日非吾事黃花亦謾生未傾彭澤酒還背汝陽城
細雨秋天近西風白髮輕山村遠城市可有笑歌聲

秋日遊城南展氏園登閣

金燈奮躋階砌寬楊柳緩帶樓閣開我來不為春事
促西風斜日面前山

製藥

身如逆旅無非我豈謂昌陽信引年南北未能忘世
故藥囊隨處却安禪萬金良藥吾何用九轉丹砂世
謾傳草木精華如可貫未妨中屢地行仙

麻城道中

拱道新松無數青晚風（一作晚風）十里撼江聲棟梁不是
尋常度宜有長材待老成

過淮

淮山漠漠水潭潭落日孤雲自不堪今夜月明風更
急憑吹魂夢到淮南

從人覔山水扇二首

少壯崎嶇山水間短衣楚製略勝寒年来疲病歸期隨只乞君家便面看

愛君才氣耻言兵欲倚詩書繼老成手裏林泉當付我恐妨抽板揖公卿

偶書

廣離騷罷獨支頤萬里江山座上歸門外不知蠻戰觸滿窓蚊子刺明飛

自簡

錯龜數策頗分疑筮短龜長一是非但把故吾重簡練不須分畫見如圻

以大李灯籠遺陳松老 陳乃汝義李士孫

君有傳家三尺檠已編長軸稱經營時文今是蝇頭字遺子終南捷徑行

聞說

聞說南方仍歲旱十家生事九家空君王分寄二千石避寢何人舍蓋公

鄰雞

鄰雞振羽非惡聲北斗倒挂玉繩橫朋来勞苦饑寒解客去悠颺羽翼成

久雨偶晴見日

濃陰百日漫西東洶洶隋河夜欲洪但得望尭常拜手誰能畏盾輒逃空

趙元達久不至池上作詩戲之

雨後新荷擁岸青菰蒲相向立蜻蜓此中住處君知否應对文君賦小星 趙細君頗嚴

再用韻

楊柳池塘表裏青魚兒偷眼畏蜻蜓夜来雨過菖蒲靜倒浸中天四五星

書天源河上友人壁

春色撩人不奈渠紅塵無處可飛皃懸知桃李付流水来看垂楊十萬林

次韻答陳考城

袖裏楞伽非世書了知乾沒未殊途會携他日已漫刺歸謁南山五大夫

為謝無逸賦梅花二首

頓有亭前春耐寒年年扶杖雪中看不知謝子題詩處此得王家第幾般 王立之家梅品甚多

聞道香寒卧雪枝瓊樓玉户巧相依可憐今日移根處王謝堂前燕子飛

戲趙元達

竹木王孫不嗣音老大多病轉侵尋可憐一息絶縷
會破壞經年設醴心

冬日書謝氏園壁

尾缶藏春土脉乾嫣香已謝菊花團履聲遶盡欄杆
曲肅〻松風作暮寒

卧雲堂

補牢初未益亡羊耶伴閑雲卧草堂君解入官雲作
雨未應舒卷却相妨

聽松軒

老龍偃蹇擾叢虬匠石營材城市中自有幽人不相
負解凭曲几聽秋風

觀魚閣

紛〻乾没可憐渠小閣詩書自有餘日背竹林風過
柳拭扶松檻看浮魚

快目亭

文字遮人聰閑蝇無人傳與衛生經我嵇爛漫不可
寫須上君家快目亭

病中兩絶句

芒鞋藜杖世緣輕無妄誰令水火争造物小兒莫相
苦此中無物可斷成

暑濕相乘勢益昌呼童煮藥不知方懸知草木难憑
藉耶為形骸作主張

春日郎事二首

人言春事經桃李我欲要之病未任昨日强随年少
去看花那復故時心

風光竟歳宜人少樂事惟春取數多果下小騮君借
我一鞭隨意掠煙莎

送同舍葛茂達還淅東二首

豈無强醉陽司業固有無錢鄭廣文三請未能勤問
道一歸今日願渋君

隋河東下一千里僮僕未知行李勞聞道杞苗今結
子憑君飽食賦離騷

次韻吕原明侍講歡喜四絶句　麥熟

黄雲千頃起丘山餅缶村〻自往还懸知大作今年
社我欲從渠季孟間

拾麥

摘鐮霍〻穟紛〻多謝道餘畀後人負載歸來对妻
子始知身是太平民

蠶熟

絲在機頭角未乾兒孫衣褐眼中完茅簷翁媪自相壽飽暖渾家感懸官

盗獲

似聞有盗起空舍聞説驅除一作已見成擒唾手間抱鼓不驚鷄自午先生閉户養了一作三関

尋梅 二首

聞道香寒犯雪開馳裘絮帽探春來立春恰在王正朔次第羣芳不待催

樂事何如憂患多尋梅不厭數經過從今直到楊花盡終始春風亦幾何

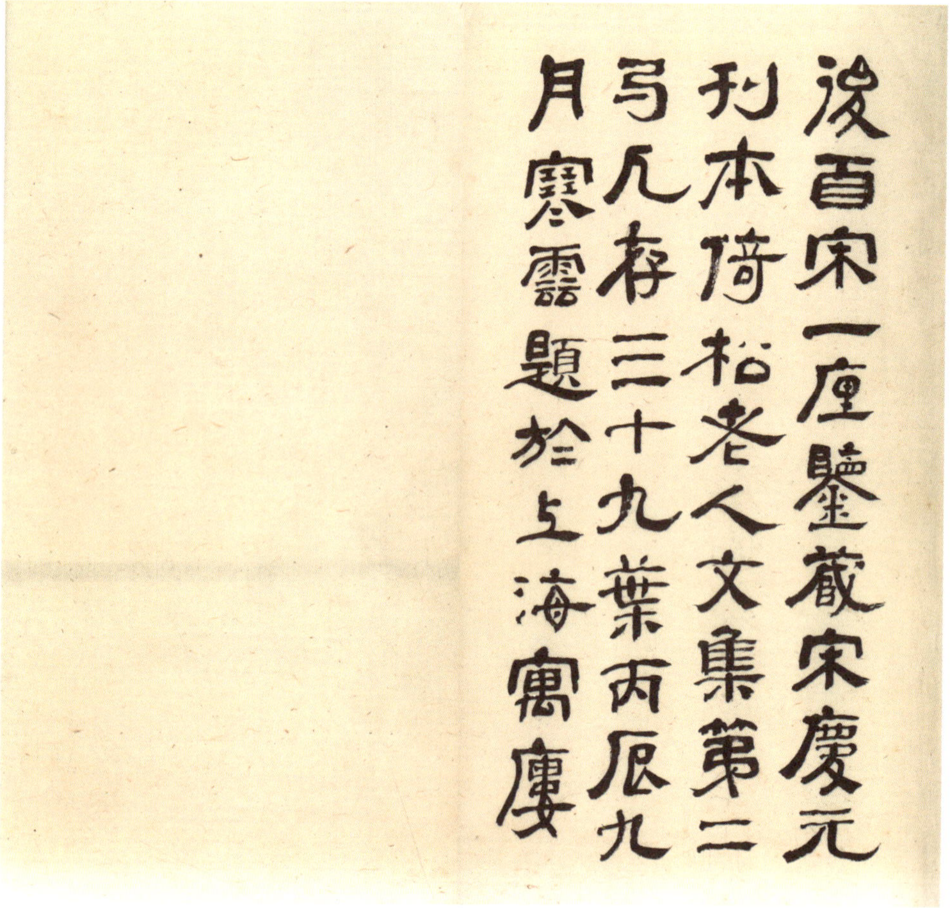

後百宋一廛鑒藏宋慶元
刊本倚松老人文集第二
冊凡存三十九葉丙辰九
月褰雲題於上海寓廔

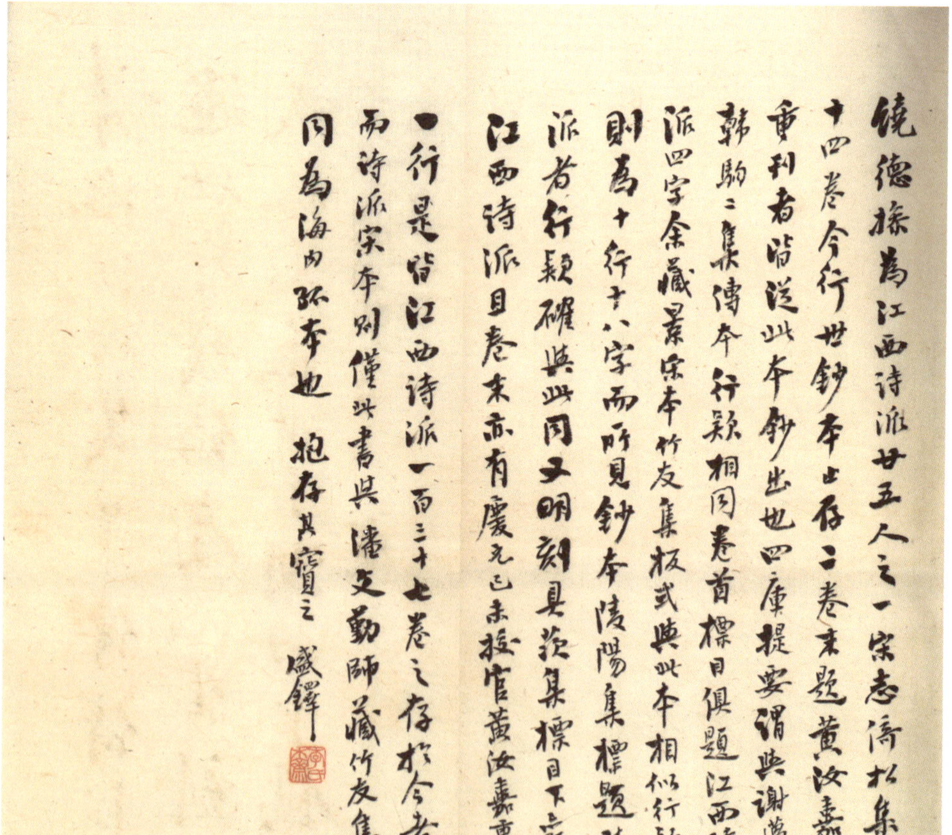

饒德操為江西詩派廿五人之一宋志倚松集
十四卷今行世鈔本止存二卷末題黃汝嘉
重刊者皆從此本鈔出也四庫提要謂與謝邁
韓駒二集傳本行款相同卷首標目俱題江西詩
派四字余藏景宋本竹友集板式與此本相似行款
則為十行十八字而所見鈔本陵陽集標題詩
派者行款確與此同又明刻具茨集標目下亦題
江西詩派且卷末亦有慶元己未撫官黃汝嘉重刊
一行是皆江西詩派一百三十七卷之存於今者
而詩派宋本則僅此書與潘文勤師藏竹友集
同為海內孤本也　抱存其寶之　盛鐸

詩派江西幾輩傳倚松
遯世有殘編慶元雋刻
成孤本並世于湖兩宋鐫
乙卯八月　寒雲

暮春佳日偕雲姬遊頤和園出城時
得句曰近城村市兩三家桃李疏疏
未半著花最是好春殘未老長條
細葉向人斜詩成適覽此帙即
錄於冊端丙辰三月十八夜寒雲

倚松老人文集第二卷

寄曾伯容

豈是從前蹤跡疎三年不送一行書襄山儻有陪鄰地爲閒洲中種木奴

次韻呂居仁共二首

望山

文章二子東西漢人物諸何大小山四海有家歸未得眼看寸碧便怡顏

榴花

安石榴花作意開杖藜聊復爲渠來何人風味更不淺後齒崢嶸付綠苔

虞姬墓

風悲月黑楚歌聞泣下虞兮夜未分千騎星飛向前死不知誰爲閉荒墳

霸王城

百年父老不知兵楚漢相持尚有營日暮牛羊歸虎落野雞飛過霸王城

病起觀垂絲海棠感槩作二絕句

遲日暖風逼春事海棠垂絲轉嬌羞分明綽約若處子挑杏塵凡非此流

賣花檐上誇桃李頓使春工不直錢莫怪海棠不受折要令弃珥一作雲髻絕九緣

律詩下 祝髮後作

用海印和尚韻和呂六提刑遊山頌

白崖老將卧遙岑崗阿分明祖少林遂有樂天來問道不妨黃蘗爲傳心繩床斜月坐秋曉石銚寒泉語夜深一枕竹風清未曉堂堂魚鼓現觀音

用前韻示謝公定學士 一云謝公定好佛而不知禪自以爲有得

用韻示之

買金須是識真金學道先防邪見林 一云師子寧游撲樕林 切忌隨言因作解直須見色便明心大圓覺海波瀾闊

優鉢羅花根蔕深只者若還親薦得十方俱現海潮音

用前韻示官人 賈時舉宣德江聖傳司戶參禪而不精進用韻勉之

古路玄微難謾尋古人須 一作猶 要飽叢林待聞墻壁熾然說方見風幡便是心鼻孔易隨人事去鬢毛空覺歲華深兒啼女喚君知否盡是頻伽美妙 一作好 音

用前韻示同參

譚玄說妙隔千岑過取諸方荊棘林 雲門云過得荊棘林是好手 三界有誰教學道十方無法謾求心老胡生下 一作後 家先破達磨西來病轉深却問誰知第一句恒沙諸佛未知音 一作文殊推倒病觀音

答惠海首座五首海乃圓照禪師小師

闤市叢邊荊棘侵旃檀獨秀舊園林俊駒昔是吾家瑞老鶴今猶萬里心短笛淒清秋水闊亂山高下白雲深當年得力分明處竚聽爐香 一作煙 演一音 其人欲住院

龍生龍子氣騣騣拄杖橫擔徧寶林果得雲門函蓋句肯忘黃檗老婆心扶疏綠樹西風薄零落黃花秋意深若問宗風竟誰嗣請將消息問威音 其人今亦尊洞下亦識雲門

莫歎宗師久屈沉趙州八十尚叢林脚跟點地便無事鼻孔撩天非有心落筆滿堂嗟敏妙談玄終日見精深丁寧佛法無多子三角涯牛演梵音

瓶鉢隨緣訪古今皎如玉樹倚寒林投機不礙多玄辯寄宿何曾有執心 無着 禪板蒲團人已靜愽山沉水觀方深從來大器宜成晚王國公卿多賞音 其人有求於京師

流輩推高不獨今當年成笋便平林白雲縱有爲霖意流水曾無戀影心問道故人歸雨後供香童子立更深青山不免露頭角短幅斜封更嗣音

喜官人悟道

白崖峰頂絕躋攀到者方知到者難聞道裴公纔一喏便從偃老破三關人生有限隨流去佛法無多掣電間喜見伽陀辨端的倒騎驢子上幡竿

閻人蒲君錫提舉 鹵 參老師悟道唱和四首

一諾推翻十二峰 請得黃檗喚裴休參而有悟 三乘四庫當時通自聞百丈下堂句 百丈每喚僧云大衆大衆問百丈云是什麼古人因之爲百丈下堂句 已破提婆外道宗 時有一類無眼長老以邪說惑之蒲既悟道笑而折之 畫角曉吹深徑雪寒梅晴放小塘風孤峰頂上他年事又是箋詩盈石室中 時蒲孟光亦有省

魔法年來遑獨雄不令人說悟圓通儻無上士㠯親
證爭識吾家是正宗飽腹豈因飡畫餅開花須是得
春風從今同道方相委九尾烏龜嘯月中
東西南北本來同自是時人礙不通了後何妨三藏
教悟來那有五家宗學飛鷓鴣雄吞野出腹麒麟耍
弄風到底輸他真鼻孔癡人空坐黑山中
老胡入草太無窮直指仙人那一通今日大顛回吏
部他年李勃歸宗華夷元共一輪月今古曾無兩
樣風從此牧牛真石犖肯令信脚犯苗中

別用韻寄諸同參

好笑多知一老翁須言妙用及神通我無佛說并（一作兼）
魔說誰問南宗與北宗麁糲飯有時聊飽腹破衣隨
分且遮風他年同道如相過沙銚煨茶竹葉中

寄夏均父二首

好雪春（一作年）來番更番思君未說幾時還有心便欲
辭彭澤更懶聊須到魯山酒肉異時相呴濕功名他
日已斕斑故人若問別來事舉似黌門第二關
四海交情未有君解衣推食見情真平生爛漫如白
萬里周旋覺更親我已山林新祝髮君猶州縣故
隨人而今冒意知何似（一作蟹螯雞肋無多子）早晚歸來洗世塵

海印生日

優鉢羅花此日開法王眞子異凡材平生極力參耆
舊晚歲傾心接後來得意篇章渾簡易忘情風境自
徘徊兒孫只麼酬恩德倒挽滄溟作壽杯

同廣德和尚及諸禪伯遊山有作次其韻

捫蘿挽石復穿雲却歎公侯走世塵碧嶂回眸三界
小紅崖移步百花春長沙只解隨芳草王老猶難避
鬼神不道遊山末後句瘦藤遙指牧牛人

再次前韻

芒鞵短杖訪松筠未許癡禪繼後塵碧嶂煙嵐千頃
潤紅崖花草四時春林中儻遇狻猊獸日下休看舜
若神却笑子湖窮鬼子猶將消息問時人

次韻答呂居仁

向來相許濟時功大似蝿心鵠遠空我已定交木上
座君猶求舊管城公文章工不療百年老世事能磨（一作排）
雙頰紅好貸夜窗三十刻胡床趺坐究幡風

再次前韻

曾將千古較窮通芥孔能容幾許空借問折腰辭五
斗何如折臂取三公四時但覺風雨過一飯奚須刀
几紅要識壞魔三昧力更培根撥待春風

吾友汪信民博士近聞參道甚力昨日得書
云喪其偶其言耿耿有不釋然者因寄此頌
開之且挽其進
悼亡應作斷腸聲此恨從來不易平墮淚要知非轉
物鼓盆政恐未忘情疎親憎愛無非妄生死存亡但
有名着力早須無底鉢優曇在火更晶明
龜山戲贈諧文章
水母潭邊窣堵波下頭有箇老禪和蒲鞋舊（一作異）日
曾供母寶壽平生不渡河衣鉢三千舊風景（一作抵夜）形
模十二古頭陀是九是聖人休問門外寒松卷薜蘿
次韻呂無求入山會宿北窻
駐車決遣底怱怱求宿西湖北面峰旋捲竹窻移短
榻徐敲冰甕瀹長松名高政恐爲深累道大[illegible]來白
不容顧我與公無二患孤燈相對兩疎慵
無求用前韻作雪詩見寄亦次其韻
一夜花飛毀暮冬曉驚銀色現前峰增肥幻質饒冰
柱埋沒虛名數瓦松素紙不書思雪老白挂無玷憶
南容知君豈乏扁舟興哦罷新詩興已慵
贈靈巖德雲庵主
道人徧歷五家宗歸隱林間事事慵棐几有時吟夜
雨杖藜隨意倚寒松插天户牖險更險拔地樓臺重
復重借問師庵在何處巍巍坐斷妙高峰
德雲庵詩
巖下虛通上入雲衆山圍繞一山尊德雲只在此峰
頂童子何妨問法門已種禪松三百本待移蒼竹一
千根不須更學藥山老月下嘯聲驚遠村
次韻鑑碧軒
當軒方鑑碧溶溶無事道人居此中弟子來參洗鉢
話朋遊舊識釣漁翁一奩深渌桃花雨數尺寒漪竹
葉風箇處好懷誰共委俯青飛鳥過晴空
再次前韻
不待山腰轉籜龍一函寒碧自深中未容濠上觀魚
客聊許雙林照影翁雨後蝸牛羣飲月春餘水馬競
追風井蛙海鼈難棲泊會看長虹下晚空
楊梅
五月楊梅正滿林初疑一核價千金味方河朔蒲桃
重色比瀘南荔子深飛艇似聞新入貢登盤不見舊
供吟詩成欲寄山中舊恐起頭陀愛渴心
次韻
南山北嶺總成林野嫗名獨擅金實熟每憂風雨

攢（楊梅一夕風雨即落不中食）根蟠誰念歲華深（此物著子最遲）品題可
配荔枝譜風味能忘莊舄吟食罷蜜脾聊殿後半鈎
新月在房心

戲乞石菖蒲

古澗靈苗不易遭寸根拳石着身牢齊如秧稻剌春
水小似神龜負綠毛未與幽人供壽考曾隨遷客賦
離騷阿師垂手入鄽去應許珍奇付我曹

次韻琍山主梅花

歲事功成雪洗塵化工着意製清新遂教天下無雙
色來作人間第一春未許（一作辦）調羹傳巖老聊從（一作
憑）牽與杜陵人遂知月下遶千匝桃李成蹊未是顛

送廣上人

師住匡廬南面山飛來峰下略開單時情淡薄知音
少吾道彫零行路難何必善書須學衛未應解義必
師安丈夫不用尋塵跡自向虛空着羽翰

再次韻關子開

我初註誤輩簪纓君亦前生失念僧得意那知蟻旋
磨反身方悟鼠侵藤高才自合參廊廟朽質聊須活
斗升已破小團盟異日速來相就鑿春冰

用前韻答呂無求

聰明彊健不聾丞時出高言欲作僧客至解衣揮玉
麈詩成落筆掃溪藤園如靖節不難去座比維摩豈
易升退食略無聲色累自磨煤麝寫陽冰

用前韻答湛長老

阿師歌詠過騰騰豈是尋常粥飯僧自了木平三檐
土何須寂子四揮藤新詩似錦誰能擢高論如天不
可升飯罷關門香一豆吹琉璃鉢泛輕冰

次韻孫嚮仲自靈隱歸餘杭二首

淡月晴風奏曉涼春回草木被餘香溪橋村落牛羊
散竹塢人家桑柘忙大樹稍疑經櫪社羣雞端恐過
尸鄉年來課最何須問翁媪茅簷話短長

冷泉亭下漱甘涼十里猶餘齒頰香入境自知風俗
厚到家應覺簿書忙好依名教窮真樂莫指溫柔是
舊鄉此理不疑何用卜誰論筮短與龜

送以照上人

三年坐夏飽湖山夢遶江南身未還一見道人知妙
質暫聞鄉語破衰顏朱輪華轂何曾乏白拂長藤自
不閑特立如師世無幾爲君出戶立潺湲

次韻靈隱小軒

小軒容膝趣清深只有溪風夜月侵絡石靜移春後

蔓陵霄危露雨中心松窻舊草秋蚍帖棐几誰賡雪
子吟他日幽人問佳致茂林脩竹似山陰
次韻答劉通判二首
補牢初未益亡羊始悔出山謀不臧求志已甘長貿
貿應緣何苦自皇皇曾更世上風濤闊方悟閒中氣
味長富貴如公非我比春蘭秋菊各馨香
何事先生倦世榮非貪水碧與山青乞身高節恐難
遂捷徑浮言固不經聞道金丹能化鶴豈同腐草止
爲螢宰官本是隨緣現不礙他年叩玉扃
晁以道贈楊中立詩有談禪詆毀之語蓋以
諷予因用其韻解嘲且開之云
西來碧眼困津梁只要教渠識舊鄉常恐佛魔相蹂
躪故提邪正爲平章好隨魚化禹門去莫學蠅鑽窻
紙忙誦箒忘苕解成道可憐楚些漫沉湘
用曾伯容韻贈不愚兄
叢林隨處便安身龍象何曾輩六羣盛德若愚常宴
默佳言如屑閒繽紛蒲團石上坐明月茗椀松間打
亂雲無限青山元屬我而今不免爲中分
贈伯容
放牛歸馬老將軍直道從來不黨羣妙唱揮毫飛衮

衮高談奮麈墮紛紛文章千古閣元亮筆札平生谷
子雲唯有丁寧一大事頗遭魔胃每瓜分
和不愚兄庵頌三首
此庵俄壞復俄成步屧相從了此生鶴不乘軒方自
舞鷺非求友爲誰鳴冬葅弄色應分甕春薺聞香莫
戞鐺月下相尋記低語松間烏鵲恐飛驚
四海歸來坐太平莫令華雨惱空生歸雲無事朝猶
卷老馬休心夜不鳴勝處林泉九節杖閑中日月二
升鐺曉來乞火打庵戶想見春風一夢驚
常恨山居寡弟兄阿師庵就可憐生輔車豈但圖相
倚獨掌從來不浪鳴野老獻謀修水碓山童相喚借
茶鐺年來活計渾成就猿鶴安棲定不驚
用朱元方韻寄深明郎中二首
當時冠蓋集祇園大似豐年值有年龐老一言投馬
祖陸侯徹底見南泉古今已自融三際語默何曾落
二邊父子並爲同社客團欒應話老婆禪
刹那念念轉光陰已過方來不住今身似虛舟從不
繫魔如敵國謾相侵未能以幻還修幻豈暇將心更
用心以說爲宗遍天下思公一笑白雲深
送曾伯容還漢上

軋軋籃輿來者誰朝廷遺此一男兒襟懷朗朗百間
屋局量汪汪萬頃陂異日小生端欲吏邇來至德益
堪師（比伯容多葬里巷不能葬者）贈行一句西來意雨後春江淥
渺瀰

次韻鏡上人三首

妙處從來自不傳少時喜樂似初禪爲山苟止不成
簣掘井于今未及泉自了一身同昨夢頓塵萬事付
蒼煙因師聊作逢場戲老馬爲駒不受鞭
色聲香味心緣觸忍進尸檀般若禪俱識曹溪一滴
味始知天下別無泉乳衣百衲猶聞氣城郭非遥早

見煙到底輸他真定力暮途快馬亦須鞭
相見無言意已傳不談名利不談禪靜如秋浦翹雙
鶴清似寒巖落瀑泉隱逸妄人居妙室功名渠輩盡
凌煙二流淼淼追難及老大難揮馬腹鞭

改德士頌五首

自知祝髮非華我故欲毀形從道人聖主如天苦憐
憫復令加我舊冠巾
舊說螟蛉逢蜾蠃異時胡蝶夢莊周世間物化渾如
夢夢裏惺惺却自由
德士舊嘗稱進士黃冠初不異儒冠種種是名名是

假世人誰不被名謾
衲子紛紛惱不禁何似傳與法安心鉢盤釵釧形跡
異還我從來一色金
少年曾着書生帽老大當簪德士冠此身無我亦無
物三教空名何處安

法門從故

聖恩深厚矣自此恐雲巢不能久栖當爲衆
一起承亦佳句因用韻備載之

佛日光芒恐再懸歡呼萬國戴堯天不須空言菩薩行亦（本昔佛嘗若鉢水池鉢便涌沒下至七十二洹河沙鉢等剎土佛以舍利弗等諸菩薩行求鉢 [illegible]）

（等各各承佛威神又皆神足力入八萬三昧通萬法剎皆不能見鉢所在最後文殊師利不善衆會以手取鉢詩以二佛事見阿閦世經及放鉢經吾鉢異時改形易名兩蓋嘗沉沒矣今蒙聖恩復得用舊名）
白是如來許覆盂（非新阿難聽着覆盂下事見大智度論）雲溪新
放鶴江湖遊淡不去無雲巢從此棲難穩達玉人逢
豐富年

不愚兄再示佳句如璧亦重用來韻

聖慈何事輒翻然日月從來本麗天今座千冠[illegible]
跡禪堂三百衲漫差肩朝三暮四渾堪笑六秋尚[illegible]
鬪鮮但得時來湯餅足不材從此盡天年

比復僧相不愚戲作三頌恐傍觀以謂[illegible]示後

實有喜愠故復次來韻不免道破兼寄祖禹
同參道人
聖主生知本解禪故教勘破普周天一原大似東西
水同體何殊左右肩把定絲毫渾沮喪放開頃刻便
芳鮮衲僧敗闕知多少且笑鬚髯訝三十年（交游中惟祖禹獨了）
此事蓋自不九
再次韻且召遊山
勞生擾擾苦推遷擬跣行藏細問天壯歲同尊曲阜
屐老來幾拍洪崖肩自聞新澤春雷動喜見清詩蜀
錦鮮莫怪招呼玩花草要回皓首作丁年

適承再示佳句亦強勉再成一首
擺落紅塵罷作緣從渠早晚離西天何妨展軸臥翹
足未暇隨人笑脅肩但許南泉到癡鈍莫依投子覓
新鮮佛魔一掃雙無用陋矣莊生大小年
昨日一詩乃是見贈亦復次韻爲報
阿師臥處白雲連几外千峰秀接天漸畏聲名收虎
視何嘗骨相露鳶肩雄風高論鷄飛退皓雪新詩鶴
奪鮮老眼熨然摩今有待徵書同到起延年（昔嚴延年丞相御史）
府徵書同日到
復用韻成一首持作狡獪爾勿謂吾作夢也

想當一笑
憶昔見曹氣尚全逢人箕踞輒談天攝衣便欲探（平聲）
龍頷唾手何辭舉壞肩自免敝冠歸落莫便磨餘墨
壞華鮮如今事事皆慵退大似黃楊厄閏年
復用韻自詠倚松一首
庵外無人誰過前老松千丈獨參天煮茶春水漸過
膝却虎短墻纔及肩已退晚雲歸浩浩未分芽菊競
鮮鮮客來問我何時住笑指松枝數歲年（九木唯松枝一歲則）
長一層歷歷可數
昨日承佳贈浮實甚矣謹再用韻酬贈

嘗徧諸方五味禪不須鼻孔便撩天自應猊座長垂
手只許巢雲暫息肩世外豈無羊氏鶴人間多滯
禹門鮮便當勉爲衆生起趂取靈芝三秀年
復用前韻寄伯容兼其三子
高閣巍臨漢水邊從來談舌自摩天華公不用徒辭
位噲等何堪復比肩他日屢藏閭里骨而今時縱校
人鮮龐公父子皆知道試問王家三少年
再用韻戲作二庵圖
人說雙庵鶻壁巔妙高峰頂四禪天夢魂似亦曾招
手（昔定光師先居天台佛隴峰其後智者後至定光曰此勲金地吾巳居之北峰銀地師可居焉智者）

嘗有招手之夢千里猶堪論比肩古語云千里一士尚曰比肩淥水白雲同一妙蒼松翠竹自相鮮誰能爲作虎頭畫傳與人間五百年顧長康嘗畫謝幼輿在巖石裏

不愚兄示上元佳句謹次韻爲笑

溪雲釀雪晨還收數日春嚴罷出遊月竹蕭蕭春轉座餅湯隱隱被蒙頭一燈聊破上元夢半夜稍增塗足油說妙談玄吾不會從敎高挂雪峯毬時二菴各戲作一燈毬

再次前韻

佳節山家事事休一菴容膝自優游殘梅韻勝窺籬落滿月光寒上隴頭不待玄沙行乞火何須投子更

攜油夜深自倚蒲團困誰問渠儂馬打毬

再用韻戲紀山中之勝

人既無心境自幽問渠何事世間遊運雲自種闌干本帶雪新栽橘數頭已架酴醾連外戶便留薝蔔壓香油明年不怕春寒重收拾東風柳絮毬

用韻奉贈巢雲兄

南有雪峯北趙州橫擔拄杖徧曾遊四方叢席鬧如市幾箇衲僧眞到頭萬里山川困行李三冬文史費膏油何如了事巢雲老解打滿流水上毬

老嬾一首亦次元韻

枕石眠雲漱碧流胷中元自有天游莊生達士方疑夢演若狂夫正怖頭未了色空魚畏紘不忘念慧鉢持油見大涅盤經老夫無此閑家具一任年華若轉毬

均父約去年十月還襄陽今已二月矣尚未聞漢上消息因誦舊寄渠詩二首用其韻寄之

聞道祁陽已賜環春來何事未言還移書漢上三三友寄夢湖南千萬山顧我幸緣攜散老知儂眞坐虎文斑歸來此度心應死不待丸泥封漢關

歸期小雪已中春常恐傳言遠未眞愼莫錙銖論得

喪政須平等視寃親懸知江海山林士不中功名富貴人聞道扁舟期訪我來時莫帶庾公塵均父已有書約伯容同泛舟見過

次韻趙承之殿撰二首

第一流中能幾人瑤林瓊樹恐無隣恬遊事外緣闇道憂到眉端止爲民出處不譁渾入妙文章無意自通神頭青面雪關渠事要作菖蒲几研春

晚辭富貴功名士竟作東西南北人早歲衣冠如昨夢平生筆墨累閑身時情尺水翻千丈世故秋毫寓一塵自有使君天下士新詩揮掃喚人頻

田熙載比失解留詩別承之殿撰承之用其
韻次韻其行如璧亦次其韻
田保藻鵝絶凡塵心苦冥冥天勝人可但淵源深孔
孟更無學術略儀秦且忍來聊鋼口未置文章使
穩身幸有賓客訛、眷舊轉令名字落簪紳
擲疏新離
甕濤迫山嶺人言閘短垣聊須安虎落未免伐龍孫
留路依松篲埋椿避石根從今有來客道得與留門
次韻溪老菖蒲二首
溪淥滇無數崇公益此獨幽蘋蘩唯祭祀楊柳詠風流

根拘千年老苗舒一寸柔內剛還外順不對世人羞
永辭塵濁盆來作寶坊幽着脚非危石退身至負流
江蘆陰剛復野蔓太浸柔會有仙人食王公未敢羞
劉仲高儀曹左顧林下重話十年之別作詩
見贈次韻
下馬疑高韻披襟記舊游從頭推故跡屈指盡名流
安否何勞問行藏不用籌夜闌重換燭羣吏且前休
再次韻
四海班揚譽平生文許游芝蘭端秀潤楊柳未風流
異日玉堂草何年石室籌顧公隨處用擇地豈真休

山居雜頌七首
幾被儒冠誤此身偶然隨分作閑人二時粥飯隨堂
飽長短高低一任君
石楠子熟雪微乾曾向人家畫裏看覷面似君君
未領問君何處有遮攔
禪堂茶退（一作罷）卷殘經竹杖芒（一作麻）鞋信脚行山盡
路回人跡絶竹雞時作兩三聲
溪邊小立聽溪聲日到溪心來來明獨木自橫人不
渡隔溪黃犢轉頭鳴
華嚴臺（一作堂）上平如掌自是遊人路不通要識普賢

真境（一作法）界亂山如浪湧（一作白）雲中
律師持律笑禪寂禪客參禪笑律拘禪律二途俱
不涉（一作學）幾箇男兒是丈夫
數日春晴退水痕落花如抱擁藤根過盡遊人渾不
見又隨波浪下前村
再送不愚兄二首
搖頭擺尾赤梢鯉當年一躍過龍門諸方若要知來
處的的雲門七代孫
今代識真人已少紛紛魚目亂驪珠兄持萬古連城
壁只可深藏莫似渠

送本覺上座

寶山親到宜着力只爲人情空手回路上逢人如借
問莫言曾見德山來

蜜蜂頌四首

不辭傾倒爲君甜只要教君脫舊粘眨上眉毛還蹉
過莫令一作教唇齒帶廉纖

非但桃花與杏花萬家春色總吾家花須造化無人
會月落空庭竹影斜

三尺劄桐表裏渾箇中特地好乾坤禪流不用關門
戶却怕針鋒着面門

渠家世代惡兒孫激箭機鋒一作浩浩叢林不易親鬧處逢
人遭一作相逢時一劄可憐多少負恩人

寶誌禪師梁天監中將入寂然一燭付後閤
舍人吳慶慶以事聞帝歎曰大師不復留矣
燭者將以後事囑我乎頌

已是梁王不識真末後殷勤付舍人柳花飛盡鷓猶
語獨對鍾山指暮雲

次韻護公首座賛廣德磨衲升座五首

碧眼傳來浪得名老盧持去更喧爭寶嚴自有新磨
衲不動煙塵度四生

百衲新披膝按蘇公魔從此息紛爭笑他雞足峰前
客猶自區區待下生

諸天行樂正崢嶸八臂修羅苦戰爭誰似萬桐山下
老祝撕磨衲示無生

衆身卑小總難勝拄向師身恰不爭大地山河皆裏
許衲僧眨眼六還生

擁衲垂慈於六能每遵魔外直須爭人來若問新鮮
句不妨懷免拈花生

送淡上座餘杭刻慈覺老人語録五首

揚子江頭六祖天導師曾此應機緣渾金璞玉公收
拾付與知音萬古傳

四十九年無一字少林面壁太忉忉世人未會箇中
意試把遺編讀一遭

啾啾蚊蚋盎中鳴擬議莊周舊典刑好與刻成無字
印須彌頂上震雷霆

時人只道說無言故使無言恰是邊若道阿師能答
話五刑何止更三千

受持法藏不離燈如水傳餅有阿難已得當年末後
句栴檀林裏自栴檀

蔡伯世呂隆禮敎智李肅老求頌二首

稻麻竹葦學禪人四子年來意甚眞却是箇中相爲切木魚光裏現三身

文章於道亦爲尊爭似無爲實相門要做仲尼眞弟子須參達磨的兒孫（如何是達磨兒孫之乎者也）

偶作

丹霞到了被人謾選佛何曾異選官爭似白雲無事客茅蓭冬日卧蒲團

臘月八日送塵禪者往長蘆

當年達磨度蘆處今日如來成道時此處此時聊贈別不求佛祖是男兒

送池州諸化士四首

禪家妙用似孫吳奇正相生非一途若見施銀甘行者須教紅焰起冰壺

獨行如犀未足嘉鄽中隨處自那伽多應平等隨緣度豈必王侯將相家

非朝非市亦非山萬頃江頭舊祖關七百道人同一鉢付君分衛到人間

如聞大匠構明堂自有兒孫作棟梁今日着衣持鉢去東風殘雪野梅香

答惇上人七首

平生跌蕩坐窮詩今日論詩似舊時第一義中無適莫爲君重賦楚人辭

因君撩我強題詩却憶當年夢裏時不識江南好風景採蘋人唱鷓鴣辭

朝學中庸暮學詩晚年長憶蚤年時如今老大渾彫落稍欲從君理繫辭

少年平子四愁詩晚學趙州十二時千里故人不解事書來猶寄竹枝辭

漫說一言能蔽詩五千同具剎那時向來可與言詩者得志方能不害辭

鐵面禪師罵學詩爲憐虛度太平時須知十萬八千偈不比人間絶妙辭

非是談禪非說詩相逢無處亦無時爐煙趺坐對終日舊社知音去不辭

雨中同無求遊龍山勝相觀丈六金銅像歷諸小剎無求作詩紀事次其韻三首

細雨無煙晝不開杖藜同訪古如來聲求色見無非道舉似時人一任猜

芒鞵印雨涉泥行誰是官人誰是僧我已無心慕支遁君今寧復愧孫登

剥啄敲門驚隙塵開門隨處得清新獨憐桂子花開
處不見題詩病道人

上竺一知客肇師示蘇仲豫參寥唱和韞秀
堂二絶句求和因追次其韻二首

光明奇秀豈能藏草自纖柔櫓自長不待慱嵩薦沉
水道人親佩法身香

休話紛紛故惱渠似持鐘鼓樂爰居西山未欲深藏
跡人境聊須蹔結廬

師節受業師慈其公善草書得海老琴訣之
妙以醫隱於會稽比以草書四詩招師節歸

山師節次其韻報之余亦爲賦四首

絃上平生要妙聲只知求古不求名遥憐月下無人
處滿寫千秋萬古情

肘後神方濟物深得之於手應之心好山不惜能分
客歳晩當容支道林

平生春蚓秋蛇手他日陽春白雪歌况有古靈歸論
道似師此藥世無多

百戰將軍老不襄年來白髮漸垂垂稽山自古多嘉
遁不爲鱸魚更好歸

送印大師參靈峰卿老

四海無家一道人雲山未肯便安身冷泉亭畔腰
包去芝草峰邊更問津

乞石菖蒲

香緑茸茸一寸根清泉白石共寒温道人好事能分
我留取斕斑舊蘚痕

蜜蜂

風雨蕭蕭早晩天放衙時節也隨縁晨參暮請眞
叢席不似癡人更説禪

次韻贈高致虚四首

向來桃李恰隨流策策風枝又作秋但得相如完璧

去何妨季子弊貂遊

意君翻覆上青雲豈謂相逢猶問津桂後惠文如束
濕何妨且作自由人

聞君小隱近山溪野水平橋竹遶籬名利區中無此
妙不須辛苦問蓍龜

靈隱冷泉天下奇與君同俯碧琉璃更尋天竺上下
寺休問荀楊大小疵

送通上人爲長蘆行乞

白蘋風作蓼花秋萬頃寒濤卷底流八百道人禪定
起送君持鉢上行舟

送玘上人

文章小技竟何須富貴浮雲付與渠衲子平生一拄杖從來不用護身符

偶成

松下柴門閉緑苔只有胡蝶雙飛來蜜蜂兩股大如爾應是前山花已開

謝人送石菖蒲

我有隨身萬斛泉解令平地湧濺濺一寸菖蒲十二節謝師連石送泉邊

長老欲敲去竹枝透風作凉以頌止之

寒梢展盡玉玲瓏細葉斜枝翠幾重何必敲開損高節此君元自有清風

題宗子趙明叔盤車圖後

跌宕平生萬里程盤車一展老心驚溪昏樹暗牛爭力似聽當年風雨聲

漢上示衆

鳧鴈紛紛不自由往來長爲稻粱謀令人却憶遼天鶴萬里無雲漢水秋

眠石

靜中與世不相關草木無情亦自閑挽石枕頭眠落

葉更無塊夢到人間

王通判雪中來訪以頌謝之

料峭嚴風雪滿山駝裘絮帽叩松關知公不減王子敬乘興何妨見戴還

晚起

月落庵前夢未回松間無限鳥聲催莫言春色無人賞野菜花開蝶也來

雙池通老以笋見遺發之皆腐矣作頌戲之

竹雛何事出山遲據案開緘謾朶頤聞道荅筤三十萬可能渾長化龍枝

閭老求席因以戲之

百丈曾於堂上卷趙州只向目中鋪贈師七尺高低具尚打當年鼓笛無

謝洞山和尚惠蔞蒿種

等推三界納秋毫錯被人呼世外高已辨緑蓑青蒻笠須濛煙雨掐蔞蒿

和曾伯容梅詩二首

氣壓春工千萬枝灑然開我合琉璃知渠有美自難禁不待雪深風勁時

欲開不開香滿枝小池枝映碧琉璃嶺頭功德真相

似不點光明待幾時

待不愚入山未至

天寒歲暮山骨冷一枝兩枝梅半開酌泉煮茗湯欲竭彌天道人猶未來

謝扶上人裝毗盧像

道人散步過茅堂憐我毗盧塵覆藏戲出當年三昧手一彈指頃放毫光

江上

秋江渺渺秋風急蘆花不飛露猶濕江頭倚杖不逢人鷺鷥飛上漁舟立

送化士

白雲深處白崖山松下巖邊自往還折得一枝巖上草贈渠分衛到人間

送張師哲秀才出山

已向塵籠透此身來尋擊竹悟心人眠雲未暖出山去溪月松風可負君

張師哲求襪様

贈子倚松真襪様不須裁減不須增青山自有白雲襪莫向紅塵取次行

榮大師昔從余出應天寧後爲洞山古芋副

稱之因作小頌爲寄

年來落莫卧巖谷故人來會巖中宿夜深燈火話西來重悟當年庵畔竹

送璞和尚出應雙泉之命

漢東諸國隨爲大兄出何妨應有緣想見梁家庵畔景白雲流水舊風煙

檀越許分一株素馨見贈作小詩速之

順陽春色元無數只有秋芳恐未聞好事霍侯人不及許將秋色爲中分

贈潁昌府化士

異時得交天下士觸目琳琅珠玉間年來林下龜藏六一見道人聊解顏

應上人作法華佛事過余求頌爲作短偈

未明心地法華轉心地明時轉法華老子年來渾不會野梅開過竹横斜

謝徐通叔

麝香朱李小而香白杏流沙昔未嘗好事北園高隱者筠籠剪露寄禪房

寄馮大辯二首

閱禮敦詩數范公威名千古在羌戎范公遠矣偏裨

老猶挾仙方可療窮
須髯如戟老將軍未試平生劒有神聖世清明疑不
用且將方術濟時人
送雙泉祥鼉頭
自古叢林建立遲說人無數作人稀阿師卷角三冬
暖恰趂開爐作供時
送古上人化漆金州
松外寒梅已破春道人持鉢是行人停舟山畔功成
後早晚歸來細問津
再送古上人
危徑湍溪六月寒阿師分衛入雲端有人不辨師真
僞擧似山僧短偈看
贈相師
枯木巖中一病夫問生何處着榮枯却須自把軒轅
鏡還見從來面目無
常上人還鄉省視其師
道人行脚半天下忽打輕包歌式微莫作趙州中夜
遁古靈且度出家師
次韻周提刑出鄧鄗五首 與道
旌旗肅肅卷秋風赤脚兒童挽乃翁使者回看爲農

喜年來衣履不穿空
過厲山驛
古木參天枝欲傾秋風時發半巖聲厲山擬作故園
夢山雨蕭蕭夢不成
過漢東
野菊秋深滿意黃一川禾黍擁人香懸知歲樂農無
事已見茅簷壓酒嘗
東陽值雨
莫雨凄凄鷄聲看林綠苔隨意上墻陰問儂此雨妨農
否漠漠無言念更深
晉照寺觀竹
招提夜宿竹連村似對諸郎孤竹君獨倚胡床人靜
後總將塵事付浮雲
偶作
丹霞到了被人謾選佛何曾異選官爭似白雲無事
客茅簷冬日卧蒲團
次韻答周提刑二首 與道
負弩先驅入翠藍溪光山綠擁征驂夜堂數刻談名
理却勝平生四海參
神遊曾已徧巖巒吉占當知便賜環值遇貴人真有

意（公夢遊山時與貴人相值）竚看騰躍起鯢桓
次韻春日寄山中故友二首
丗人紛紛有底忽利欲着身如束濕道人擺去鄰虛
塵拄杖芒鞵當收拾
雨過殘春一掃空哦詩自遶菊蘭叢詩成封寄山
中舊風静鷽啼日破中
別草庵
非利非名非有求浩然乘興亦南遊白雲出洞初無
累緑水逢坳本暫留石徑不移松雨曉茅簷長付竹
風秋客來欲問庵中主椰㮚橫挑四百州

陳道人丗縁不順隱於術鬻其口於四方云
將復如京師乞憐於輕財重義之士冀或
有憐之者因其求頌爲作短句
雨後蜂忙燕啄泥野薔薇過柳華飛道人抱藝行天
下好語春鶬似見幾（道人欲祝髮於林下故有末後句異日恐就此緣便將此詩作䟫頭可也輒不得於塵埃中久處利祿耳）
寄襄陽求天麻圓
老僧卧病四告朔若無靈藥與攜持扶閒道天麻能肉
骨襄陽着舊見憐無
洞山宗禪師欲刻五百大阿羅漢又建大閣

居之其門人欽上人實領其化縁事爲作小
偈送之
老師略展摩天手便有兒孫建大功五百大士安栖
日漢江千古起清風
贈皇甫道人
三界從來不易安那堪家火更身煎吾家幸有清凉
地挑上從頭子細看
薔薇
薔薇作架高一丈準擬春風如許長可憐條閒一寸
葉中有嫩色三月香

贈熊正臣
渾金璞玉丗甚鮮衣冠有識共目之年來訪道倚松
室泥牛鬪入醴泉池
和劉仲髙過虎溪絕句
先生自得遊山體竹杖芒鞵手自提莫問山僧山裏
路曹侯谿是舊時谿
和愚和尚梅頌
年年春色總輸梅長向百花頭上開却恨今年春獨
晚正須乘月爲公來
曲留仲髙

倚松卧病林下寺想望朋友如天人況公座有千里
駿爲我少留君勿嗔

戲邀道人觀殘花

尚有殘春已可憐那堪宿雨夜濺濺道人若有惜春
意亦脚來看也直錢

趣舒以明主簿入山二首

官人許過一年餘官行有律不可虛此來偶有山中
便願公叱馭莫徐徐

春色過人速如電及此花時天意深殘春轉覺春可
惜願公作意來追尋

贈徐道人

茂林脩竹陰陰地昔日曾爲爛漫遊道人況有人倫
鑒爲覔新茅更一甌

韓承務過余求頌

官人騎馬松門外下馬敲門眉目清休問西來他日
意遶籬無數竹雞鳴

祝大夫解房州印過山有頌次韻

年來養病卧巖阿多謝龐公盡室過若詢擊竹家風
事休把虛空更撮摩

贈祝大夫令人

三十年來訪道場驪珠奪得是尋常今日倚松重
借問摩尼從此轉晶光

早起作頌訪思禪師

曉日瓏璁竹入門石魚吼處恰翻身老夫遽起無餘
事收拾兒童訪道人

范機宜磨頭晝眠有作次其韻

散髮臨流性所便不携裀褥借雲眠山童抱杖立户
外不索仙陁未敢前

送春

誰知春事妙無窮費盡東君多少工朝來再遶朱欄

看獨有淮陽一朶紅

芍藥花開招大衆看

年來春色妙無窮芍藥今朝又破紅寄語蒲堂枯木
衆野花香徑好携笻

仲高留題轉物堂亦次其韻

轉物堂前春爛漫楊花斷送今無餘故人過我勿厭
數免寄寒溫一束書

感新荷

新荷貼貼鋪水面要渠起立良獨難一朝時至鶴鷺
立清涼月下飛翩翩

黄蝶

黄栗留鳴日正長酴醿開盡一川香南園表裏疊濃綠黄蝶無稽輥地狂

薝蔔

浩蕩園林風雨聲鵓鳩撩亂亦悲鳴作毬刺芥風吹盡薝蔔林中特地清

百舌

多能百舌弄春晴解作春風百鳥聲獨立高林千尺上黄鸝無數不能鳴

嘲杜鵑

杜鵑終日苦言歸只解言歸不見機青山本是渠歸處猶向風前怨落暉

歸鴻

愛夏堂前風卷簾歸鴻無數過前簷杜鵑只解催渠去應爲南方六月炎

山間

杏（一作李）子黄時麥已收槐陰重疊柳條柔山中活計無疆界（一作書卷）却鄙（一作笑）人間萬戶侯

石竹

桃李濃時恰退藏甘隨蕭艾隱風光轉物堂前春欲

絶稍依宫樣試嚴粧

聞故人來

鳴鳩逐婦喧不休浮雲作雨方西流倚松卧病無佳處聞道故人疾乃瘳

聞杜鵑

落月過山風露清雞聲未作天欲明杜鵑不管人殘夢南枝飛過北枝鳴

示衆看花

尚有餘春可盡歡何須終日遶闌干倚松庵畔見春後人間春色不須看

訪韜光庵主不遇

紫蕨伸拳筍破梢柳花飛盡綠陰交道人閉口不知處黄栗留鳴鵲在巢

寄吕善叔主簿

倚松卧病山林下每荷明公特見憐但得此身常受供不妨明月在秋天

贈善公華嚴法師

京國馳名四十年華嚴說罷復談禪夜來一普真懺悔果然明月在秋天

贈吕無求縣丞約遊嵩少

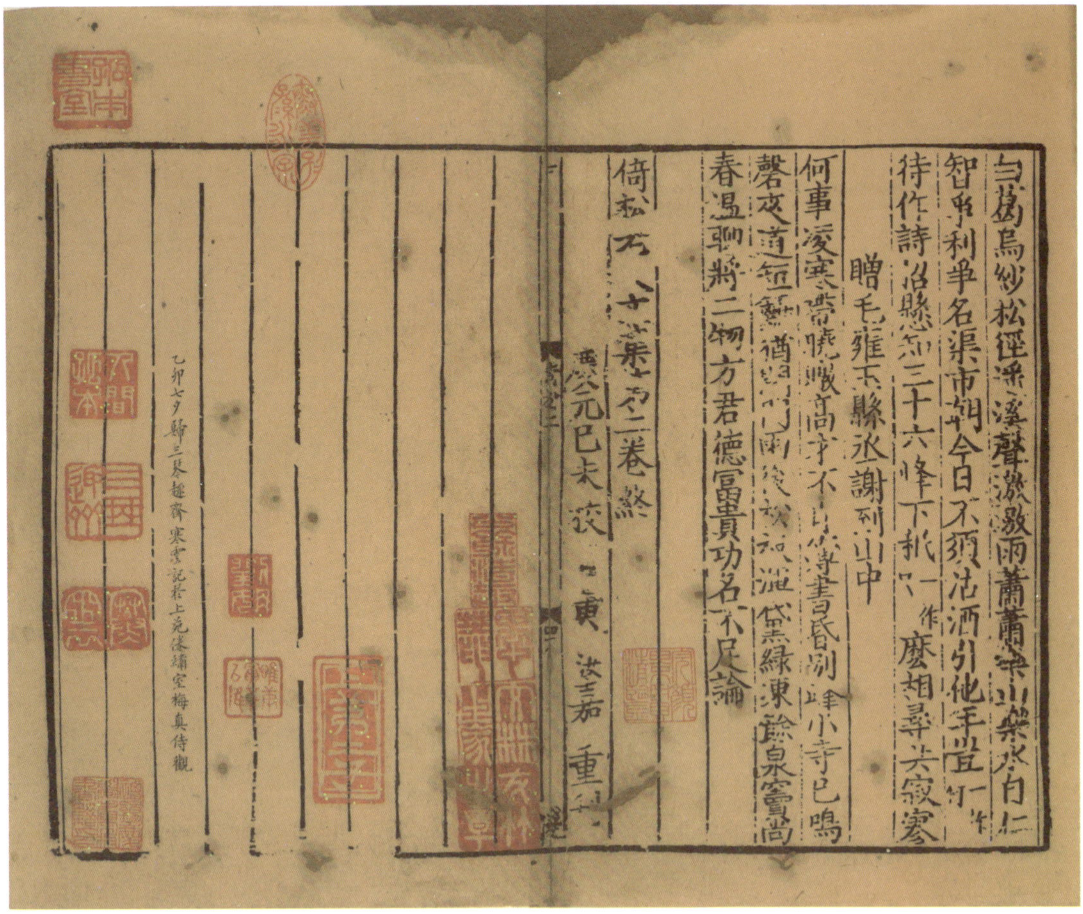

与葛烏紗松徑深溪聲激雨蕭蕭染山染水白仁
智爭利爭名渠市朝今日不須沽酒引他年豈一作竹
待作詩沼懸知三十六峰下秋一作麼相尋共寂寥
贈毛雍丞縣丞謝列山中
何事凌寒帶曉霜高才不得參書畫別峰小寺已鳴
磬夜道短燈猶明雨後秋知滋黛綠凍餘泉響尚
春溫聊將二物方君德富貴功名不足論
倚松老人集卷之二卷終
慶元己未孩　黃　汝嘉　重刊

乙卯七夕歸三琴趣齋寒雲記於上元後靖室梅真侍觀

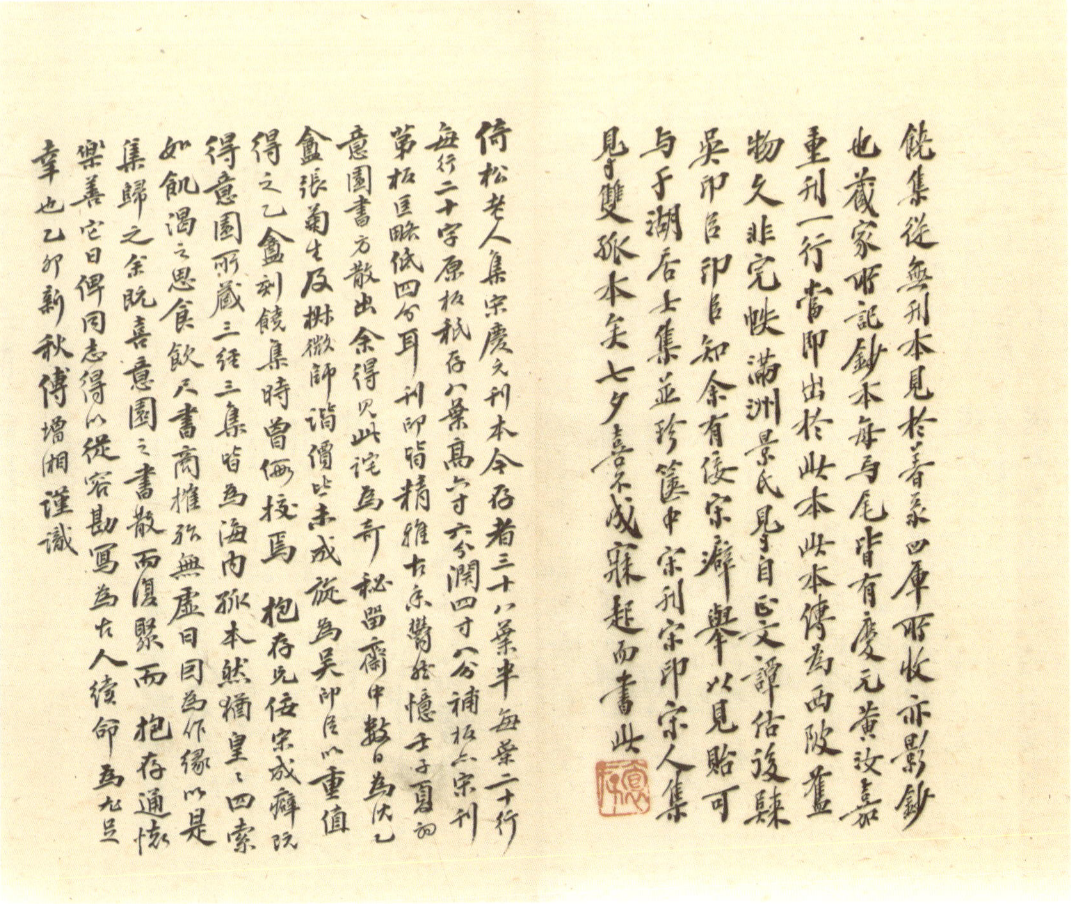

饒集從無刊本見於著錄四庫所收亦影鈔
也藏家所記鈔本每卷尾皆有慶元黃汝嘉
重刊一行當即出於此本此本傳為西陂舊
物久非完帙滿洲景氏賢自正文譚估後肆
吳印臣印臣知余有倭宋癖舉以見貽可
與于湖居士集並珍篋中宋刊宋印宋人集
見雙孤本矣七夕喜不成寐起而書此

倚松老人集宋慶元刊本今存者三十八葉半每葉二十行
每行二十字原板祇存八葉高六寸六分闊四寸八分補板亦宋刊
第板匡略低四分耳刊印皆精雅古樸竊憶壬子夏初
意園書方散出余得見此詫為奇秘留齋中數日為伏乙
盦張菊生及掛徵師諧價皆未成旋為吳印臣以重值
得之乙盦刻饒集時曾假校焉　抱存先生佞宋成癖既
得意園所藏三經三集皆為海內孤本然猶皇皇四索
如飢渴之思食飲凡書商推銷無虛日因為作緣以是
集歸之余既喜意園之書散而復聚而抱存通懷
樂善它日俾同志得以從容勘寫為古人續命為尤足
幸也乙卯新秋傅增湘謹識

附：薈集辨證《全宋詩》暨諸家研究

《全宋詩》關於饒節詩作之誤

《全宋詩》誤録饒節詩爲他人詩一首

凌郁之《〈全宋詩〉「江西詩派」辨訂五則》（載《古籍研究》，二〇〇五年卷上）考證：《全宋詩》册二二卷一二八三頁一四五一五録「饒次守」所作《和洪朋》，謂「事蹟不詳。與洪朋有唱和，事見《詩話總龜》前集卷三九」，饒次守即饒節，《和洪朋》爲饒節詩。編者按：《詩話總龜》前集卷三九稱此詩但十七字。

《全宋詩》重出饒節、他人詩一首

張福清《紹嵩〈江浙紀行集句詩〉對〈全宋詩〉的輯佚價值》（載《韓山師範學院學報》，二〇一三年第一期）考證：《全宋詩》册七二卷三七四七頁四五一九二據釋紹嵩《亞愚江浙紀行集句詩》卷六輯補釋惠璉佚句「瘦倚疏篁半出牆」，乃册七二卷三七四九頁四五二〇八據《後村千家詩》卷七輯補釋璉《紅梅》「嬌朱淺淺透烟光，瘦倚疏簷半出牆。雅有風情勝桃李，巧含春思避冰霜。融明醉臉籠輕暈，斂掩仙姿蹙嫩黃。旦暮風英墮行袂，依微如著袖中香」之第二句；而釋璉《紅梅》又與册二二卷一二八七頁一四六〇〇據《錦繡萬花谷》前集卷七輯補饒節《紅梅》「嬌朱淺淺透冰光，瘦倚疏篁半出牆。雅有風情勝桃杏，巧含春思避冰霜。融明醉臉籠輕暈，斂掩仙裙蹙嫩黃。日暮風英墮行袂，依稀如着領巾香」幾同，僅幾字異。編者按：疑釋璉即釋惠璉，惟詩爲誰作待考。

《全宋詩》重出饒節詩句爲他人斷句一條

編者考證：《全宋詩》册二二卷一二八八頁一四六一四據《全芳備祖》後集卷六輯補釋祖可斷句「味方河朔葡萄重，色比瀘南荔子深」。此斷句實饒節《楊梅》詩中句，見載於文淵閣《四庫全書》本《倚松詩集》卷二，惟「葡萄」於《楊梅》中爲「蒲桃」，《全宋詩》册二二卷一二八七頁一四五七六已收録。參釋祖可。

《全宋詩》録饒節詩字詞錯誤一條

杜愛英《從詩韻角度考察〈全宋詩〉——二十五册中江西籍詩作的韻字之誤》（載《古籍整理研究學刊》，一九九八年第三期）考證：《全宋詩》卷一二八六頁一四五五七録饒節《呂無求以詩堅同舟爲嵩山之約次韻報之》「顧我念嵩洛，如痞思一憶」詩句中「憶」當爲「噫」。編者按：國家圖書館藏清鈔本作「噫」。

誤《全宋詩》失收饒節詩一首

編者考證：胡可先《〈全宋詩〉輯佚一百二十首（二）》（《古籍整理研究學刊》，二〇〇六年第六期）據嘉慶《錢塘縣志補·藝文補》輯補釋如璧《訪韶光祐公不遇》詩。此詩見載於文淵閣《四庫全書》本《倚松詩集》卷二，惟詩題作《訪韶光庵主不遇》，詩中「楊花」作「柳光」，「閉户」作「閉

口」，《全宋詩》册二三卷一二八七頁一四五九八已收録。

誤《全宋詩》失收饒節詩爲他人詩一首

編者考證：凌郁之《〈全宋詩〉「江西詩派」辨訂五則》（載《古籍研究》，二〇〇五年卷上）據《古今事文類聚》後集卷二七輯補釋祖可《楊梅》詩。實饒節詩，見《全宋詩》册二二卷一二八七頁一四五七六。詳釋祖可。

七、釋祖可

釋祖可（一〇六五？—一一〇八，一説一一一四），俗姓蘇，名序，字正平，丹陽（今江蘇丹陽）人，其先泉州晉江人（今屬福建）。自少出家爲僧，居廬山，人稱可師、釋可正平，又以少病癩，稱癩可、病可師（高志忠、張福勛《〈全宋詩〉補闕——補詩人、補詩事、補詩評》謂祖可「又稱然松麓」。誤）。工詩，長短句尤佳，有《瀑泉集》十三卷、《東溪集》十二卷，俱佚。《全宋詩》册二二卷一二八八頁一四六〇九至頁一四六一四録祖可詩二十八首、殘句十八條。同卷頁一四六一五又録「何正平」《絶句》一、佚句一，稱「何正平，生平不詳。因其詩素與釋祖可詩相混，姑編於此，俟考」。凌郁之《〈全宋詩〉「江西詩派」辨訂五則》（載《古籍研究》，二〇〇五年卷上）考證「何正平」實係「可正平」之誤，並謂亦有將「可正平」誤作「平可正」、「可證平」者，可正平即釋祖可。釋祖可於黄庭堅而言可謂世交晚輩，蓋祖可父蘇堅，與黄庭堅爲摯友，當黄庭堅卒（一一〇五年）於謫所廣西宜州南樓後的大觀三年（一一〇九），蘇堅與友人扶黄庭堅靈柩送回其鄉雙井村安葬。《全宋詩》於釋祖可生卒年不詳，考祖可兄蘇庠（一〇六五—一一四七）有《送行》詩贈祖可（載《嘉定鎮江志》卷二〇《僧祖可傳》），謂「語别既不易，況與子同生。如何携手好，忽作千里行」，據之疑祖可亦生於一〇六五年。

關於祖可卒年，王銍《雪溪集》卷三有詩題謂「後三十年，避地剡溪山中，時可師委蜕亦二紀矣」，周裕鍇《宋僧惠洪行履著述編年總案》（高等教育出版社，二〇一〇年）以爲詩作於紹興元年（一一三一）王銍前去浙東之時，考證祖可卒於大觀二年（一一〇八），朱剛、陳珏《宋代禪僧詩輯考》（復旦大學出版社，二〇一二年）從之。張劍《王銍及其家族事蹟考辨》（載《中國社會科學院文學研究所學刊》，二〇〇八年）謂此詩作於紹興七年（一一三七）王銍往剡中時，如此則祖可卒於政和四年（一一一四）。

關於釋祖可籍貫，《中國詞學大辭典》（馬興榮等主編，浙江教育出版社，一九九六年）作「澧州（今湖南澧縣）人。……事蹟見《嘉定鎮江志》卷二〇、《至順鎮江志》卷一九」。誤。檢乾隆《直隷澧州志林》卷一六《蘇堅傳》稱蘇堅澧州人。宋佚名撰《京口耆舊傳》卷四《蘇庠傳》稱「丹陽人，其先泉人，丞相頌之族」，《至順鎮江志》卷一九《釋祖可傳》稱「其先泉人」。《宋史》卷四五九隱逸下有祖可兄蘇庠傳附《王忠民傳》，謂「蘇庠者，丹陽人，紳之後，頌之族也」；《宋史》卷二九四《蘇紳傳》謂「蘇紳，字儀甫，泉州晉江人」。萬曆《泉州府志》卷一六有蘇頌及其父蘇紳傳，謂「同安人」。由此可知蘇堅其先爲泉州人，後徙居丹陽無疑。所謂「澧州」，疑修志者誤泉州爲澧州。

祖可詩集，《通志》卷七〇著録《東溪集》十二卷；《文獻通考》卷二四五據《直齋書録解題》録《瀑泉集》十三卷，四庫本《直齋書録解題》卷二〇作十二卷，《宋史·藝文志》作「詩十三卷」，當以十三卷爲是。《瀑泉集》十三卷乃入《江西詩派》者，頗疑編者就《東溪集》十二卷編輯並改書名而成。今其詩集無成卷傳世者。《全宋詩》册二二卷一二八八頁一四六〇九至頁一四六一四録釋祖可詩，同卷頁一四六一五又録「何正平」詩，蓋不知即一人。

附一：輯補《全宋詩》失收釋祖可詩作

茅齋

坐見茅齋一葉秋，小山叢桂鳥聲幽。不知疊嶂夜來雨，清曉石楠花亂流。出《庚溪詩話》卷下。《全宋詩》册二二卷一二八八頁一四六一五據《庚溪詩話》録於何正平名下，題作《絶句》；卷一二七四頁一四三八九又録於司馬棫名下，題作《茅齋》，殆《庚溪詩話》亦未知孰是。今題名用《茅齋》。

題後山集後

巖巖陳夫子，高名天壤間。讀書能妙斵，行己有深閑。句法窺唐杜，文章規漢班。九原埋玉樹，遺簡仰高山。《全宋詩》册四六卷二四八八頁二八七八一録於周孚《題後山集後次可正平韻》前，詩末原注：「可正平詩。」以上二題三首凌郁之《〈全宋詩〉「江西詩派」辨訂五則》（載《古籍研究》，二〇〇五年卷上）輯補。詩題，凌文擬作《題後山集》，編者略改。二首辨證俱見附二。

題太乙宫

入山三十里，宫殿屹深幽。草樹得春晚，山川長似秋。諸峰羅户牖，几席嵐光浮。羽人勤我來，容與毒龍湫。風雹有時作，中霄摧一丘。董仙掃遺跡，緬想媚潛虬。奄忽萬里外，蜉蝣觀九州。種杏不知數，于今寧有不？人仙古木悴，鶴去夜猿愁。聊拂溪旁石，心期儻再遊。出《永樂大典》卷六六九八引《江州志》。湯華泉《〈永樂大典〉新見宋佚詩輯録（上）——補〈全宋詩〉》（載《古籍研究》，二〇〇六年卷下）輯補。

秋懷

霜禽驚呼山麓音，霜風急吹溪上林。羲和攬轡不可緩，夏后苦身驚寸陰。橫河明明月皎皎，遠山蒼蒼水深深。哀鴻萬里繞雲陣，遊子不眠中夜心。出宋祝穆《古今事文類聚》前集卷一〇，原署「何正平」。張福清《釋祖可、何正平其人及詩辨正》（載《韓山師範學院學報》，二〇一一年第一期）輯補。編者按：明釋正勉、釋性通《古今禪藻集》卷九及《御選宋詩》卷三四皆作祖可作。

次韻和王性之

空中千尺墮柳絮，溪上一旗開茗芽。絶愛晴泥翻燕子，未須風雨落梨花。重江碧樹遠連雁，刺水緑蒲深映沙。想見方舟端取醉，酒酣風帽任欹斜。出王銍《雪溪集》卷三。周裕鍇《宋僧惠洪行履著述編年總案》（高等教育出版社，二〇一〇年）録王銍詩題《頃在廬山與故友可師爲詩社，嘗次韻和予詩云云。後三十年，避地剡溪山中，時可師委蜕亦二紀矣。靈隱明上人追和此爲贈，感念存没，涙落衣巾，因用韻謝之》。王銍，字性之，祖可與之多有唱和，編者據王銍詩題酌定祖可此詩詩題。

歲時

流光易欺人，勞我不暫歇。春花轉盻失，夏扇且見奪。清陰卧新軒，入耳悲蟋蟀。起來意有餘，一葉曉先脱。

秋

煙籠沙鳥浴秋江，古岸丹楓半夕陽。憶與道人相就語，心隨落雁過橫塘。

風獵孤蒲客舍秋，送君何必號懷憂。只今茗雪味同鼎，後夜月明空倚樓。

稻熟黄粱處處田，人家橘柚飽風煙。牛羊滿野社醅熟，鼓腹老農歌二天。以上四首，出明秦汴刻《錦繡萬花谷》别集卷三。「送君何必號懷憂」句，宋刻本「號」作「苦」。王嵐《〈錦繡萬花谷·别集〉宋佚詩考》（載《望江集：宋集宋詩宋人研究》，北京聯合出版有限責任公司，二〇二〇年）輯補。

清明

陌上依迷連碧草，樹頭顛倒落殘花。鳥聲寂寞人歸後，一味春愁障日斜。

微風南北半陰晴，驚動遊人雷一聲。小雨催花花落盡，可憐風物屬清明。以上二首，出明秦汴刻《錦繡萬花谷》别集卷四。王嵐《〈錦繡萬花谷·别集〉宋佚詩考》輯補，爲《清明》之二、之四，謂之四「微風」兩句首見宋本《錦繡萬花谷》卷一「雷」條下。《清明》之一、之三，卞東波《域外漢籍中所見宋代江西詩派新資料及其價值》據《續新編分類諸家詩集·雜賦類》分别題作《春日》、《清明戲作小詩簡慶上人》，見後，兹不重録。

春日

蒼崖古木靄煙蘿，日暖風調松韻和。節物俄經正月後，舍南舍北鳥啼多。

清明戲作小詩簡慶上人

野水横來滿竹池，一番風雨潤花時。幽禽行破青苔地，飛上海棠人不知。王嵐《〈錦繡萬花谷·別集〉宋佚詩考》據明秦汴刻《錦繡萬花谷》別集卷四，詩題不作《清明戲作小詩簡慶上人》，爲《清明》組詩之三，句四「海」作「小」。編者按：句三日本江户初寫本《續新編分類諸家詩集》作「幽禽行破青苔色」，此從室町寫本作「幽禽行破青苔地」，明秦汴刻《錦繡萬花谷》別集同。

新秋

雨歇蘧蒢秋暗生，高林凉葉未知驚。炎蒸惡客元無用，新月故人雙眼明。以上三首，出《續新編分類諸家詩集·節序類》。

憶慶上人

江國秋風仍未回，蕭蕭晚木夜猿哀。禪心應已疏文字，不見新詩憑雁來。

香林許建茶作詩促室町寫本誤作「役」之

竹窗凉葉已扶疏，滿地餘紅不掃除。午夢初回一甌雪，卻來風榻理殘書。以上二首，出《續新編分類諸家詩集·釋教類》。

贈別

地遠情深不怕猜，獨憐行役苦江户初寫本作「若」相催。他時定有相思夢，寄與淮南月影來。

贈別

成陰桃李緑無波，奈此春閑客去何。別後歸江户初寫本作「皈」心知有處，渡江楊柳晚風多。以上二首，出《續新編分類諸家詩集·送別類》。編者按：室町寫本上二首在雜賦類。

道中口占

淡煙叢竹小池塘，菱葉蒲梢亦自香。一霎清風吹過雨，緑波如畫浴鴛鴦。出《續新編分類諸家詩集·遊覽類》。

春日

數番風雨清明後，江國無多桃李花。斷送松窗煙渚夢，滿甌春雪啜新茶。王嵐《〈錦繡萬花谷·別集〉宋佚詩考》據明秦汴刻《錦繡萬花谷》別集卷四，詩題不作《春日》，爲《清明》組詩之一，句二「無」作「春」，句四「春」作「香」。

春日嶺南

一枕江南夢欲回，蕭蕭風雨五更來。平明花絮卷春去，滿眼翠陰愁緑苔。以上二首，出《續新編分類諸家詩集·雜賦類》。

以上十首，卞東波《域外漢籍中所見宋代江西詩派新資料及其價值》（載《海南大學學報》人文社會科學版，二〇一四年第四期）輯補。

句

一枝春瘦雪初消。《全宋詩》册二二卷一二八八頁一四六一五據《梅花衲》録於「何正平」名下，謂《宋詩紀事》卷七一作可正平詩。按：「何正平」乃「可正平」之訛，即祖可。辨證見附二。

欲向横堂一揮淚，翻思月落不離天。《祭挽》，出宋潘自牧

《記纂淵海》卷八五。張福清《釋祖可、何正平其人及詩辨正》（載《韓山師範學院學報》，二〇一一年第一期）輯補。

長川明刻本作「天」净如洗，湍石秋水寒。《川澤》。

秋蓮匯澤清，徹底沙水明。《川澤》。

雜花到明刻本作「刺」眼亂紅繡，落絮滿門鋪白氈。《春》。

橘香籬落漸堪摘，酒熟鄰家自可蒭。《秋》。以上四條出明秦汴刻《錦繡萬花谷》别集卷三。

月懸林麓夜千尺，水落野橋秋一篙。《中秋》，出明秦汴刻《錦繡萬花谷》别集卷五。以上五條，王嵐《〈錦繡萬花谷·别集〉宋佚詩考》輯補。

亂山争落日。出陸游《老學庵筆記》卷四。《全宋詩輯補》輯補。

附二：薈集辨證《全宋詩》暨諸家研究

《全宋詩》關於釋祖可詩作之誤

《全宋詩》誤録釋祖可詩爲他人詩二首

凌郁之《〈全宋詩〉「江西詩派」辨訂五則》（載《古籍研究》，二〇〇五年卷上）考證：①《全宋詩》册四六卷二四八八頁二八七八一録周孚《題後山集後次可正平韻》，出宋周孚《蠹齋鉛刀編》卷一〇，之一周孚注「可正平詩」，殆即祖可詩。②宋陳巖肖《庚溪詩話》卷下：「鄭毅夫（獬）詩云『夜來過嶺忽聞雨，今日滿溪俱是花』。語意清絶。頃在澄江，見外叔祖朱少魏良臣書帙中録一詩云：『坐見茅齋一葉秋，小山叢桂鳥聲幽。不知疊嶂夜來雨，清曉石楠花亂流。』其下注云『司馬才叔作』。近閲曾端伯慥所編《詩選》，乃載於可証平詩中。未知孰是。然能狀霽後景物，語不凡。」《全宋詩》據此段材料，將詩分録於何正平、司馬棫名下。卷一二八八頁一四六一五何正平名下題作《絶句》，注：「此據《歷代詩話續編》本。《詩人玉屑》卷八所引亦題何正平作，《四庫全書》本《庚溪詩話》作可証平，《叢書集成初編》據明弘治本《百川學海》作可正平。《宋詩紀事》卷九二列此詩於釋祖可（字正平）名下。」小傳稱：「何正平，生平不詳。因其詩素與釋祖可詩相混，姑編於此，俟考。」凌郁之考證「何正平」實係「可正平」之誤，亦有將「可正平」誤作「平可正」者，可正平即釋祖可，人稱可師、釋可正平、癩可。是此詩當歸入祖可名下。惟何正平詩「小山叢桂鳥聲幽」句中「桂」作「柱」。卷一二七四頁一四三八九司馬棫（字才叔）名下，題作《茅齋》，注：「曾端伯慥《詩選》載入何正平詩中」。以祖可、司馬氏詩風觀之，此詩亦當歸諸祖可。以上二詩今補歸釋祖可名下，見附一。

《全宋詩》誤補他人詩句爲釋祖可斷句一條

編者考證：《全宋詩》册二二卷一二八八頁一四六一四據《全芳備祖》後集卷六輯補釋祖可斷句「味方河朔葡萄重，色比瀘南荔子深」。此斷句實饒節《楊梅》詩中句，見《全宋詩》册二二卷一二八七頁一四五七六。詳饒節。

《全宋詩》重出他人與釋祖可詩存疑一首

王嵐《汪藻文集與詩作雜考》（載《望江集：宋集宋詩宋人研究》，北京聯合出版有限責任公司，二〇二〇年）考證：《全宋詩》册二五卷一四三七頁一六五五六録汪藻《霜餘溪上絶句》「水似秋蛇巧作蟠……」詩，又見册二二卷一二八八頁一四六一〇釋祖可名下，題作《霜餘溪上》，俱出胡仔《苕溪漁隱叢話》後集卷三七。《苕溪漁隱叢話》後集卷三七云：「汪彦章《龍溪集》有《霜餘溪上四絶》，癩可《東溪集》亦有《霜餘溪上五絶》，内四絶即《龍溪集》中詩，但一絶不是，所謂『故人江北江南岸』者，餘皆同之，不知竟誰作邪？」王嵐謂宋人已經辨別不清此詩真實作者，又無旁證，故暫重收附注。

《全宋詩》誤録釋祖可佚句爲他人佚句一條

凌郁之《〈全宋詩〉「江西詩派」辨訂五則》考證：《全宋詩》册二二卷一二八八頁一四六一五據《梅花衲》録何正平句「一枝春瘦雪初消」，謂《宋詩紀事》卷七一作可正平詩。

按：誤，詳前凌郁之辨證。

誤《全宋詩》失收釋祖可詩二首

張福清《釋祖可、何正平其人及詩辨正》（載《韓山師範學院學報》，二〇一一年第一期）考證：宋祝穆《古今事文類聚》前集卷八録《鞦韆》，後集卷四録《漢高帝》，二詩署「何正平」，凌郁之《〈全宋詩〉「江西詩派」辨訂五則》據以輯補爲《全宋詩》未收之釋祖可詩。張福清謂二詩署「何正平」，正是《古今事文類聚》誤「可正平」爲「何正平」之例證。但二詩並非釋祖可作，《鞦韆》乃詩僧惠洪作，見惠洪《石門文字禪》卷一一，《瀛奎律髓》卷二七、《後村千家詩》作「洪覺範」，《御選宋金元明四朝詩·御選宋詩》卷五六、陳焯編《宋元詩會》卷五九作「惠洪」，《宋詩鈔》作「僧惠洪」，《全宋詩》作「釋德洪」，該詩見册二三卷一三三七頁一五二三一。僧惠洪，即慧洪，字覺範，又名德洪。張福清文又論《漢高帝》曰：「此詩非可正平所作，乃吕居仁《紫微詩話》所云：『晁伯禹載之詩』，錢鍾書先生在《管錐編》中已作辨正。」編者按：今檢所謂《漢高帝》詩，《紫微詩話》、《能改齋漫録》卷六俱作《昭靈夫人祠》，《全宋詩》收於晁載之名下，見册一七卷一〇二九頁一一七五六。

誤補他人詩爲《全宋詩》失收釋祖可詩一首

編者考證：《全宋詩》册二二卷一二八八頁一四六一四據《全芳備祖》後集卷六録釋祖可斷句「味方河朔葡萄重，色比瀘南荔子深」，凌郁之《〈全宋詩〉「江西詩派」辨訂五則》據《古今事文類聚》後集卷二七輯補「平可正」《楊梅》詩，指斷句即其中句，惟「蒲桃」作「葡萄」，而「平可正」，即「可正平」之誤，亦即祖可。編者按：此斷句確爲《楊梅》詩中句，元刻《新編古今事文類聚》後集卷二七所載《楊梅》詩確署「可正平」，《西湖遊覽志餘》卷二四録此詩前四句，署「可正平」撰。然《全宋詩》册二二卷一二八七頁一四五七六已據文淵閣四庫本《倚松詩集》卷二收録饒節此詩，宋慶元五年（一一九九）黄汝嘉增刻《江西詩派》本之《倚松老人詩集》卷二亦載此詩，傳承有序。《倚松老人詩集》爲《江西詩派》所録專集，不易致誤，而《古今事文類聚》乃大型類書，所録内容龐雜，易以混淆致誤。且《江西詩派》本傳世極罕，《古今事文類聚》則傳世頗夥，以致諸書引録往往誤作釋祖可撰。《楊梅》爲饒節撰無疑。惟《全宋詩》所録此詩「飛舵」作「飛椗」，與《江西詩派》本僅一字異，凌郁之所據《古今事文類聚》本則有七字異：「正滿林」作「已滿林」，「一核」作「一一」，「飛舵」作「飛艇」，「欲寄山中舊」作「一寄山中友」，「頭陀」作「樓頭」。參饒節。

八、徐俯

徐俯（一〇七五—一一四一），字師川，號東湖居士，洪州分寧（今江西修水）人。黄庭堅外甥。元豐末以父蔭授通直郎，歷遷司門郎。靖康二年（一一二七）三月，金人脅迫張邦昌僭位稱帝，遂致仕。紹興二年（一一三二），以薦除右諫議大夫，並賜同進士出身，兼侍讀。三年遷翰林學士，俄擢端明殿學士、簽書樞密院事。四年，兼權參知政事。以議事不合罷，提舉臨安府洞霄宫。九年出知信州。徐俯博極群書，才氣自負，志操挺特，議論慷慨，工文，尤邃於詩。《宋史》有傳。著有《春秋解義》、《奏議》十卷、《雜文》一卷、《東湖集》六卷。徐俯生卒年，《宋人傳記資料索引》（昌彼得等編，臺灣鼎文書局，一九八六年）、《全宋詩》小傳作一〇七五—一一四一，《九江市文化志》（九江市文化志編纂委員會編，一九九六年）作一〇七五—一一四〇，《唐宋人詞話》增訂本（孫克强編著，南開大學出版社，二〇一二年）作？—一一四一，《宋詩鑒賞辭典》（繆鉞等著，上海辭書出版社，二〇一五年）作？—一一四〇。作卒於一一四〇者，當是據《宋史》本傳所言「紹興九年知信州，明年（一一四〇）卒」。然宋李心傳《建炎以來繫年要録》卷一四一記紹興十一年（一一四一）七月「徐俯薨於饒州」（宋熊克《中興小紀》卷二九同），《全宋詩》小傳從之。

徐俯詩集《東湖集》六卷，《直齋書録解題》卷二〇録三卷本，當是入《江西詩派》者，俱佚。所傳成卷者僅見《兩宋名賢小集》卷一一四《東湖居士集》一卷。《全宋詩》册二四卷一三八〇頁一五八三一至頁一五八四二據文淵閣《四庫全書》所收《兩宋名賢小集》本（二十四首）及他書録二十一首，殘句六十九條編爲一卷。今據國家圖書館藏文津閣《四庫全書·兩宋名賢小集》本影印。

東湖居士集一卷

舊題陳思編

文津閣四庫全書兩宋名賢小集本
原版框高二十二點三釐米，寬十五點三釐米
中國國家圖書館藏

兩宋名賢小集卷一百十四

宋 陳思 編

元 陳世隆 補

東湖居士集

徐俯字師川洪州分寧人以父禧死事授通直郎紹興初賜進士出身累官端明殿學士簽書樞密院事權參知政事有東湖集

題顏魯公畫像

公生開元間壯及天寶亂捐軀范陽胡竟死蔡州叛其賢似魏徵天下非貞觀四帝數十年一身逢百難少時讀書史此事心已斷老來鬢髮衰慨歎功名晚嗟哉忠義徒捷去不可緩初無當年悲只令後世歎一朝絕霧雨南畝常亢旱小人計雖得斯民益塗炭長歌永君節千載勇夫愞敬書子張紳庶幾古人半

滕王閣

一旦逢王造千年與客遊雲邊梅嶺出坐上贛江流日落迴飛鳥烟深失釣舟蟬鳴枯柳外天地晚風秋

雲氣浮高棟波瀾遶古城雨餘山更碧葉下水逾清燕語留秋色鵶聲落晚晴昔王歌舞地帆急見山行

同曾戶部吳縣尉張秀才北山僧房尋梅令客對棋

處處已收南畝稻閒閒還看北山梅累觴聊爾酡顏在對局怡然笑口開掃徑似知佳客至杖藜惟可數君來

移松種樹鄱陽老章甫風帆歲一回

庭中梅花正開用舊韻貽端伯

羌笛何勞塞北吹江南何處不寒梅千林寂寂無人看獨樹亭亭對客開偏為咨嗟惟爾念是誰移種待君來縱留一曲安能唱恰似朝歌墨子回

戊午山間對雪

雪中出去雪邊行屋下吹來屋上平積得重重那許重飛來片片又何輕簷間日暖重為雨林下風吹再落晴

表裏江山應更好溪山已復不勝情

詠史

楚漢分爭辨士憂東歸那復割鴻溝鄭君立義不名籍

項伯何顏肯姓劉

遊灊峰二首

昔年會稽探尚書探得六甲開山圖載之灊南天柱山

上侵霄漢下淵泉真人秘語世不傳但見絕頂蒙雲烟

漢武射蛟浮九江舳艫千里來樅陽築壇祈仙瞻杳茫

茂陵檜柱空青蒼石牛一卧叱不起白鹿還歸深洞裏

二月靈鶴有來時洞口桃花泛流水

久留舒子國慣作北門遊山遠三峯出溪長二水流

明皇夜游圖

歌吹開元曲鉛華天寶粧苑風翠袖冷宮露赭袍光闈

闥連閶闔驊騮從驌驦千門還欲曉九陌乍聞香

李賀晚歸圖

近代推名畫諸君作薦書皇都開藝學博士是新除高

柳長安道亂雲昌谷居丹青聊至此僕馬晚歸歟

饒守董尚書令畫史繪釋迦出山相及維摩居士

使靈山香火之因不斷復惠臘藥數種皆病夫所

欲也作此寄之

示病毘耶金粟影出山五祖金仙相神妙通靈顧虎頭

白蓮香火空諸妄臘中發藥補衰朽扶杖清風看花柳

捷書政用此時來開顏正爾難忘酒韓門弟子更誰如

即今猶有董安于更有承明兩學士與公相對白髭鬚

成生山水畫歌

畫水不畫濕畫山不畫堅盈尺之紙數寸管便有江湖

萬里天成生貌古心亦古造化為工筆端取元冬起雷

夏造氷翻手作雲覆手雨嶺外荒山與野水自昔不聞

傳畫史只畫瀟湘與洞庭于今却在兵戈裏翠峯碧嶂

欝然來病眼愁心次第開人家浦溆扁舟渡何日真能

到一回

次韻可師題于逢辰畫山水二首

江漢踰千里陰晴自一川故山黄葉下夢境白鷗前巫峽常雲雨香爐舊紫烟布帆無恙在速上釣魚船

席上浮三楚毫端會百川名今大年亞意古惠崇前竟日對秋色無時散暝烟知君不浪語一眼認歸船

單老畫樹石山水歌

老樹筆間生竒石筆下出濃淡髙低遠近山陰晴朝暮烟雲没漠漠江天杳杳空不勞施力自然中便于沙際尋歸路却怪霜林葉不紅

畫虎行為吉州假守蘇公作

昔日何人畫於菟君家獨有他家無宣城老包骨已朽紛紛俗子尚讙呼大虎蹲踞小虎戲目光注射百步外名畫多聞内府收人間豈惜千金費巉巉巖巖谷中石老樹穹枝拂秋色鋭頭将軍射不得却掛江南使君壁林間一嘯四山風麏麚狐貔為墮空不向南山隨李廣只愁東海笑黄公憶昔余頑少小時先生教誦荆公詩只今耆舊無新語賴有盧山病可師

再次韻題于生畫豹二首

耽酒豊城客子醉畫山巷人家他日營邱伯仲髙名遠出長沙

彭蠡何限秋鴈此君胸次為家醉裏舉羣飛出著行排立平沙

春日登眺遊寶勝諸寺且觀名畫

護法儼神龍諸天擁梵宫樓臺春日麗海岳畫圖雄浦樹重重緑園花灼灼紅微風吹細雨只在夕陽中

次可師韻

五湖出畫師手一葉浮漁父家風裏芙蓉野色雨中鴻鴈汀沙

白鷺洲

金陵與盧陵俱出白鷺洲相望萬里江中同二水流

雙廟

開元天寶閒衮衮見諸公不聞張與許名在臺省中

跋韓子蒼代葛亞卿詩

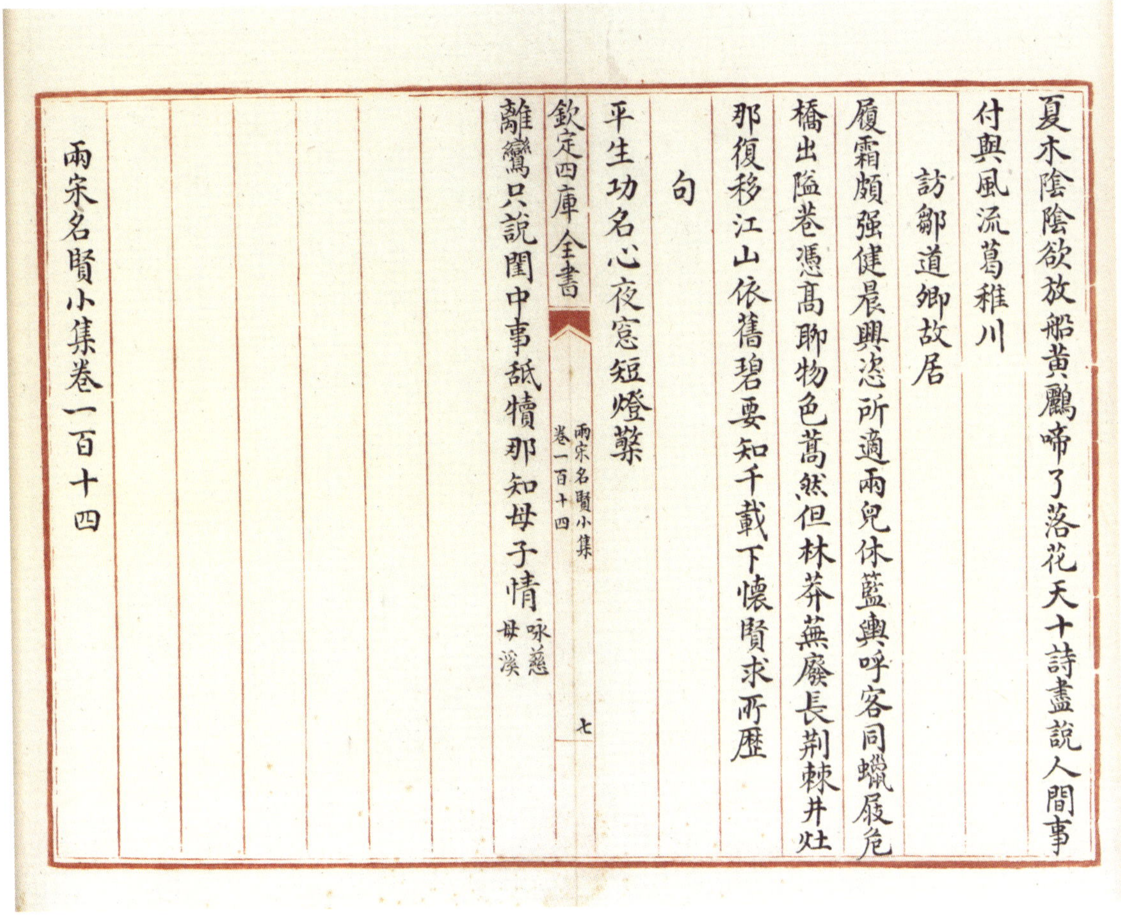
夏木陰陰欲放船黃鸝啼了落花天十詩盡說人間事
付與風流葛稚川

訪鄒道鄉故居

履霜頗强健晨興恣所適兩兒休籃輿呼客同蠟屐危
橋出隘巷憑高聊物色蕭然但林莽蕪廢長荊棘井灶
那復移江山依舊碧要知千載下懷賢求所歷

句

平生功名心夜窓短燈檠

離鸞只說閨中事舐犢那知母子情 咏慈母溪

兩宋名賢小集卷一百十四

附一：輯補《全宋詩》失收徐俯詩作

長歌呈承務録事承務丞相諸孫也俯幼蒙相君異顧後雖取疏外然盛意不相忘每見録存事見於詩

雕蟲篆刻童子郎，張公誤以似班楊。弱冠弄筆在公坐，未嘗説霸但談王。狂言意公初不喜，扁舟輕下桃花水。坐看春光數千里，公乃相稱書在紙。此君亭前笑相語，解衣緩帶風清暑。餘子碌碌不足數，公雖不然心已許。平生卿門不曳裾，公既日貴我日疏。跬步之間隔少面，二十餘年無尺書。每對禪人與幽子，記我疏慵常在齒。元年秉政次秉鈞，兩欲見招疑不起。天乎一老不慭遺，明光持戟盡胡兒。弄權不記竟何在，司馬范公同見思。老病本自山中客，寇亂來南日急跡。衣敝履穿面黎黑，瘴雨昏昏煙羃羃。問訊知是相國孫，坦腹東床定可人。更思御史諸公傳，永懷慶曆有名臣。思歸如盲不忘視，儻因江船下漓水。永日暑風吹古寺，清晝欹眠思往事。悶作長歌寄公子，（黑）〔墨〕淡字傾辭亦鄙。出《鳳墅殘帖釋文》六（原《法帖》卷一八）。彭國忠《補〈全宋詩〉三十四首》（《古籍整理研究學刊》，二〇〇二年第六期）輯補。

挽劉忠顯二首

宣和國甚病，録録幾公卿。致寇還資寇，憑城輒棄城。湯池真定在，墨守會稽名。玉石俱焚日，蕭敷艾更榮。

誤相真癡物，東都作禍奇。彦回生可恥，王蠋死堪悲。誰作忠臣傳，應須幼婦詞。得知千載下，尚采老夫詩。出宋劉學裘輯《劉氏傳忠録》卷一。陳慶元《〈全宋詩〉劄記（三）》（載《中國韻文學刊》，二〇〇五年第三期）輯補。

寄商老

李侯佳句似陰鏗，四壁蕭然枕曲肱。湖水滿時還訪戴，竹風清處更尋僧。出《續新編分類諸家詩集·簡寄類》。

春日溪上作時歸自大梁

室町寫本作「歸自太梁」，江户初寫本作「皈自大梁」。

潛溪碧沼鑑塵容，微雨不遮天柱峰。斜日落花人散後，淡煙樓閣數聲鐘。出《續新編分類諸家詩集·遊覽類》。以上二首，卞東波《域外漢籍中所見宋代江西詩派新資料及其價值》（載《海南大學學報》人文社會科學版，二〇一四年第四期）輯補。

偶成

茅茨雅稱疏籬見，密竹仍於碧水宜。細落李花那可數，偶行芳草步因遲。《全宋詩》卷一三八〇頁一五八三九據陸游《老學庵筆記》卷四輯補後二句爲佚句，湯華泉《〈全宋詩〉補佚叢劄》（載《大學圖書情報學刊》，二〇〇六年第六期）據宋趙與虤《娱書堂詩話》補足。《娱書堂詩話》又有徐俯語：「王荆公莫年絶句之妙傳天下，云『細數落花因坐久，緩尋芳草得歸遲』。老夫此詩偶似之耶？善作詩者自可辨。」

上允奏封李將軍喜賦

凱旋功奏允蕡廷，爵賜將軍謚助靈。已見白旗寒賊膽，更於清廟發神馨。令名三殿書龍鳳，公道千年炳日星。望斗深山登跨鶴，數峰偏愛石人青。出同治《上饒縣志》卷二三。姚大勇《〈全宋詩〉「徐俯卷」補遺》（載《江海學刊》，二〇〇〇年第三期）輯補。

花信風

方知園裏千株雪，不比山茶獨自紅。一百五日寒食雨，二十四番花信風。《全宋詩》卷一三八〇頁一五八四一輯補後二句爲佚句。姚大勇《〈全宋詩〉「徐俯卷」補遺》據方回《瀛奎律髓》卷二一評徐俯《戊午山間對雪》詩輯補前二句。

黄頭子畫贊

禽鳥之名，多不可紀。白頭稱公，黄頭稱子。群飛且鳴，是將鬭矣。

禽之至微，勇而善鬭。竟亦何所争，人爲之勝負。以上二首，出《高齋漫録》。

昭州

嶺外昭州最瘴煙，華人罪大此爲遷。老夫無罪緣何事，也向昭州住半年。出《雲卧紀談》卷下附《雲卧庵主書》。以上二首，《全宋詩輯補》輯補。

句

補衮家風在，名門不乏公。《吕右丞挽詞》

芙蕖漫漫疑無路，楊柳蕭蕭獨閉門。

晝暖坐迎日，夜寒眠見星。

沙邊真見雁，雲外醉觀星。「雲」，《全宋詩輯補》作「霞」。

此身終擬拂衣閑。

吕侯離筵一何綺。

正須美滿十分晴。

大樹進凉颸。以上八條，出曾季狸《艇齋詩話》。姚大勇《〈全宋詩〉「徐俯卷」補遺》輯補，又謂《艇齋詩話》提及徐俯《紫極宫》、《朝容篇》、《送謝無逸》諸詩，皆有題而無句。

佳樹冬不彫，横塘春更緑。出胡仔《苕溪漁隱叢話》前集卷五二「高子勉」條所引《雪浪齋日記》。

不知何處雨，已覺此間凉。出曾敏行《獨醒雜志》卷一〇。

直道庶幾師柳下，不應四海獨詩名。出劉克莊《後村先生大全集》卷九五《江西詩派小序·徐師川》。以上三條，姚大勇《〈全宋詩〉「徐俯卷」補遺》輯補。

與客登臨定自好，它時無客與僧遊。出曾季狸《艇齋詩話》。

春燈無復上，暮雨不能晴。出吴可《藏海詩話》。以上二條，韓立平《〈全宋詩〉補遺八十則》（載《中國韻文學刊》，二〇一〇年第三期）輯補。

煙樹遠昏昏。《鳳山即事》，出《亞愚江浙紀行集句詩》卷一。張福清《紹嵩〈江浙紀行集句詩〉對〈全宋詩〉的輯佚價值》（載《韓山師範學院學報》，二〇一三年第一期）輯補。

平生不善劉蕡策，色色門中看有人。出《朱子語類》卷一三二。《全宋詩輯補》輯補。

附二：薈集辨證《全宋詩》暨諸家研究《全宋詩》關於徐俯詩作之誤

《全宋詩》録徐俯詩字詞錯誤一條

張如安《〈全宋詩〉疏失分類舉證》（載《古籍研究》，一九九九年第三期）考證：《全宋詩》卷一三八〇頁一五八三八據《永樂大典》卷二二六〇輯補徐俯佚詩《渡彭蠡湖》結句「政爾片帆輕」，「輕」爲「經」之誤。

與《全宋詩》所録徐俯詩不同韻字句一首

湯華泉《太平府文獻中的宋佚詩——〈全宋詩〉輯補》（《合肥學院學報》社會科學版，二〇〇六年第三期）據《太平三書》卷三録徐俯《大信河》：「南人北人朝暮船，東梁西梁但如舊。此去家山尚千里，兹地何時復回首。」謂《全宋詩》卷一三八〇頁一五八三七已收録，題作《太平州二首》，爲其第二首，用韻和字句不同，故重録之。編者按：《全宋詩》此詩下注有另一韻字句不同的版本。

誤補徐俯詞爲《全宋詩》失收詩一首

楊玉鋒《〈全宋詩輯補〉指瑕七十四則》（載《温州大學學報》社會科學版，二〇二一年第四期）考證：《全宋詩輯補》輯補《全宋詩》失收徐俯詩二首，其《漁父詞》爲詞，《全宋詞》收録，調名《鷓鴣天》。

誤補徐俯詩句爲《全宋詩》失收詩一首

楊玉鋒《〈全宋詩輯補〉指瑕七十四則》考證：《全宋詩輯補》輯補《全宋詩》失收徐俯《宫亭湖》詩：「沙岸委它白，雲林迤邐青。千山擁廬阜，百水會宫亭。」誤。此實《渡彭蠡湖》前二聯，見《全宋詩》卷一三八〇頁一五八三八，惟「委它」作「委蛇」，「廬阜」作「廬岳」。「宫亭」作「宫庭」。

誤補徐俯詩句爲《全宋詩》失收佚句一條

楊玉鋒《〈全宋詩輯補〉指瑕七十四則》考證一條：湯華泉《全宋詩輯補》輯補《全宋詩》失收徐俯《畫虎圖》佚句「不向南山尋李廣，却來東海笑黄公」。誤。實《畫虎行爲吉州假守蘇公作》中句，見《全宋詩》卷一三八〇頁一五八三四，惟「尋」作「隨」，「却來」作「只愁」。

誤補他人詩句爲《全宋詩》失收徐俯佚句二條

編者考證：姚大勇《〈全宋詩〉「徐俯卷」補遺》據曾季貍《艇齋詩話》輯補徐俯佚句「明月江山夜，候蟲天地秋」、「紫府與丹來换骨，東風吹酒上凝脂」。俱誤。蓋前句爲洪芻《送張元幹》詩之頸聯，見録於文淵閣《四庫全書》本《老圃集》卷下，《全宋詩》卷一二八〇頁一四四八二已收録。參洪芻。後句實方惟深（子通）《紅梅》詩頷聯，見《全宋詩》册一五卷八七五頁一〇一八六。《瀛奎律髓》卷二〇録此詩，題《和周楚望紅梅用韻》，注曰：「《艇齋詩話》以爲徐師川十三歲時詩，見知東坡，蓋妄也。慶元中陳剛刊板已著爲方子通。」

九、洪朋

洪朋，字龜父，號清非居士。其先五代時自丹陽徙居南康軍建昌縣南昌鄉（今屬江西安義）。從舅父黄庭堅學詩。宋元祐八年（一〇九三）解試，兩舉進士不第，以布衣終。與弟芻、炎、羽俱以工詩文著，時號豫章四洪；朋與芻、炎皆入江西詩派，又稱豫章三洪。黄庭堅嘗贊之「筆力扛鼎，異日不患無聞」。著有《清非集》（後世又作《洪龜父集》）二卷。

關於洪氏的世系，豫章四洪之父爲洪民師，又考宋人詹順爲其妻洪覺順作《宋洪氏墓記》（載《江西出土墓誌選編》，陳柏泉編著，江西教育出版社，一九九一年）稱其妻覺順祖爲南康建昌人，至道間，六世伯祖文撫以聚族數百爲鄉閭稱，朝廷嘉之，賜以宸翰，命其弟文舉爲官，覺順爲文舉六世孫，芻爲覺順曾祖。由此知文舉爲文撫之弟，民師之父，四洪之祖父。《宋史·洪文撫傳》：「洪文撫，南康建昌人，本姓犯宣祖偏諱，改焉。曾祖諤，唐虔州司倉參軍。」文撫曾祖諤，史籍無考。宣祖即趙匡胤父趙弘殷。《明一統志》謂洪文撫本姓殷，清《福建通志》從之。然由「殷」至「洪」似無關聯。陳垣《史諱舉例》總有宋諱例，謂「弘改爲洪，殷改爲商，爲湯」，疑洪文撫本姓弘。清避高宗弘曆諱，以「宏」代「弘」。《續通志》卷八四曰：「宋洪文撫本姓宏氏，避宣祖諱改爲洪氏。」王建《史諱辭典》正作「弘文撫」，王彦坤《歷代避諱字彙典》同。

關於洪朋的籍貫，黄庭堅《毁璧序》（《山谷别集》卷三）記乃父民師南康人，《直齋書録解題》卷二〇作豫章人，《明一統志》卷四九本傳、《四庫全書總目》卷一五五《洪龜父集提要》、《全宋詩》小傳等作南昌人，《江西歷代人物辭典》（陳榮華等主編，江西人民出版社，一九九〇年）作「北宋建昌（今入安義縣）人」，《江西古代名人》（江西省地方志編纂委員會辦公室編著，武漢大學出版社，二〇一八年）作「北宋永修縣人」，道光十年《新建縣志》卷三九據《省志》、《府志》爲立傳作新建人。《新建縣志》所據《省志》、《府志》當是其前修之雍正《江西通志》、乾隆《南昌府志》，然檢雍正《江西通志》卷六六、乾隆《南昌府志》卷六一本傳皆作南昌人，道光《新建縣志》所據不確。據詹順《宋洪氏墓記》，洪朋爲宋之建昌縣人無疑。檢《明一統志》卷五二：「建昌縣，……本漢海昏縣地，屬豫章郡。東漢置建昌縣，晉以海昏縣省入，仍屬豫章。隋屬洪州。唐初於縣置南昌州，尋廢州，以縣仍屬洪州。宋屬南康軍。」康熙《建昌縣志》卷一《輿地志·沿革》謂「宋太平興國七年置南康軍，以洪州之建昌隸焉」。則建昌縣在漢朝屬於豫章郡，隋以後屬洪州，宋太平興國七年以後屬南康軍，所謂豫章是郡之古稱；洪州治今南昌，乃宋太平興國七年以前建昌舊屬之郡稱，又洪氏兄弟亦嘗寓居南昌；南康則宋太平興國七年以後建昌之郡稱。康熙《建昌縣志》卷一《輿地志・沿革》又謂「正德十三年析建昌之安義、南昌、卜鄰、控鶴、依仁五鄉四十八里爲安義縣」，康熙《南康府志》卷一《輿地志・沿革》幾同。所謂「北宋永修縣人」不確，蓋北宋無永修縣，永修縣乃民國三年（一九一四）改建昌而名，時之建昌亦非北宋建昌縣境域。康熙《建昌縣志》卷七、康熙《安義縣志》卷七皆爲洪朋立傳，其中《安義縣志》作「南昌里人」，殆即自建昌縣劃歸安義之南昌鄉。又，文撫嘗於居處建雷塘（又作雷湖）書院，宋楊億爲撰《南康軍建昌縣義居洪氏雷塘書院記》（《武夷新集》卷六），康熙《安義縣志》卷二《建置志・書院》：「雷湖書院，在縣南三十里南昌鄉，宋咸淳間，義門洪文撫建，址存。」是洪朋今屬安義人無疑。

關於洪朋享年，一説三十八歲，一般據《四庫全書總目》卷一五五《洪龜父集提要》「年僅三十八而卒……及其没也，同郡黄君著哀其詩百篇爲集，庭堅在宜州見其本，又稱爲篇篇可傳」之説，當是襲萬曆《新修南昌府志》卷一八本傳。若陳永正《江西派詩選注》（中山大學出版社，一九八五年）等作一〇七二—一一〇九。作生於一〇七二年者殊誤，蓋黄庭堅《毁壁序》記洪朋母卒於熙寧庚戌（一〇七〇）。一説四十五歲，若《江西地方文獻索引》（江西省社會科學院情報資料研究所編，一九八五年）、成乃凡《增編歷代詠竹詩叢》（山西人民出版社，二〇一〇年）等作約一〇六〇—一一〇四，高宗華《永修歷代詩詞選》（百花洲文藝出版社，二〇一七年）作約一〇六五—約一一一〇，《江西古代名人》（江西省地方志編纂委員會辦公室編著，武漢大學出版社，二〇一八年）作一〇六五—一一〇九，但俱未言所據。惟伍曉蔓《江西宗派研究》（巴蜀書社，二〇〇五年）加以考證，認爲《四庫全書總目》記載有誤，謂崇寧四年（一一〇五）山谷卒，洪朋作《跋山谷帖用其韻》二首以示哀思，詩曰：「學書右軍盡善，下筆少陵有神。無復向來金馬，可惜埋此玉人。」「壓倒詩中宰相，鼓行文苑宗公。毒霧瘴氛作祟，英姿爽氣成空。」又考洪朋《謝李洪州莅學》詩作於崇寧五年（一一〇六），洪芻《次韻徐師川喜餘來還之作》「鴒原悽斷手足戚，隴水悲傷甥舅情」句亦作於崇寧五年，則洪朋當卒於此年。又據周裕鍇《黄庭堅姻親考》（載《九江師專學報》哲學社會科學版，一九八八年第二期）推洪朋母歸其父在嘉祐六年（一〇六一），繼推洪朋約生於嘉祐七年（一〇六二）。伍氏之考仍嫌勉强。此外，《全宋詩》小傳謂年三十七，亦未詳所據。諸説紛紛，究無實據。

《文獻通考》録洪朋《清非集》二卷，又有一卷本，乃《江西詩派》本，俱佚。四庫本《直齋書録解題》卷二〇誤作「清虚集」，《宋史・藝文志》作《洪龜父詩》。今所傳者爲《四庫全書》館館臣據《永樂大典》輯出，以數量稍多而釐爲二卷，收入《四庫全書》，題作《洪龜父集》。《全宋詩》册二二卷一二七八頁一四四三九至卷一二七九頁一四四七三以此爲底本，校以鮑廷博批校鈔本、清丁氏八千卷樓鈔本、《晦木齋叢書》本，新輯集外詩十三首，殘句十三條置於卷末。兹據湖南圖書館藏《晦木齋叢書》本影印。

清非集二卷補遺一卷

清光緒二年（一八七六）涇縣黄田朱氏惜分陰齋校刻洪氏晦木齋叢書
豫章三洪集本
原版框高十六點七釐米，寬十三點三釐米
湖南圖書館藏

豫章三洪集

黄田朱氏刊於藤谿潛氏復校

清非集卷上

宋 洪朋 撰

送李元中

夙聞龍眠山緑蘿隱清嘯中有三李君若人年獨妙心賞悵若遺風期可同調如何古豫章邂逅共一笑佛海穿溟涬理窟刮奥窔著椀對濤江朓跗視雲嶠眼明青蔥樹合在紅塵表追隨杖屨遨浩蕩城郭眺觀乎大寧作頗復近道要涼飈實疎葉行子動歸棹願君崇明德慰我託末照

送謝無逸還臨川

東山謝安石事業照星斗佳人臨川秀自言乃其後昔我未知子籍甚大江右邇來識君面風流故自有早歲翰墨場揮灑不停手河發崑崙邱風怒土囊口春來入詩壘窺杜逮戶牖筆力挾雷霆句法佩瓊玖起予虞帝韶和汝秦人缶少年厲鋒氣鄙夫成老醜人才古所難吾子定不朽清和四月夏銷黯一樽酒悠悠西峰雲闇闇南浦柳平生六藝耕勿遣生根莠鼓椎黃花秋慰此長回首

送潘四十五

風邊藥氣濃煙畔柳枝弱春事惜如許潘郎行色作維

南有岑嶺底處端州郭客子何當歸莫待蕉花落

陪諸同人餞潘氏兄弟賦鳳皇鳴矣于彼高岡爲韻得皇字

維南斗日月川嶽上景光何人赤壁下種此雙截肪故知汝南士蚤輕許子將識君陟巔開想見頎而長僧夏勝叔國胡牀對淸揚膜外齊鵬鷃胷次明冰霜佛界獅子尾妙處亦難忘西江渺波瀾索去有底忙挽衣不得留晨風動餘皇頭投膠在漆今爲參與商能事鏡中像此道何足臧古來歸根地相期未渠央

遊南汰寺

南汰舟楫遠北城阡陌長蓮界劃然開珍木蔭寬涼瞑投上方宿蝙蝠遶屋梁天風激遠林秋氣生寒螿喚起曲肱夢佛寺宣道場像設儼古殿四角金珼璫夙聞阿羅漢光怪發淸揚有相乃虛妄此妙不易量勝槩令弟俱砉盌對胡牀商畧終宇宙已矣言可忘

賦雙劍峯

梅公小齋內度越幽人占何年孤山下得此雙石劍純鉤魚腸姿拔地勢匪漸柙藏不忍窺往往發光燄丈人夙好奇領略無一欠晚得此嶙峋顧盼未云厭此公活國智正直天所鑒高堂挂斯圖令人動深念

雪齋陪諸公登滕王閣分韻得閣字

醉乘筍輿歸餘興陟層閣其前俯長江其下壓城郭入眼迭輝映積雪未銷鑠祲氛茲盪滌山川一恢廓瓊田認洲渚瑰樹指叢薄明明飛丹霞往往翔皓鶴俯仰一神界今我胡不樂滕王已塵埃大屋舊丹雘人生何自苦茲游行已昨吾聞水西峯中有洞宮腳洪崖升天去仙聖時閒作伊予千載裔未鍊八瓊藥孰能相與游更擬入廬霍

游天宮寺上方瑜道人出漫題

攝衣禪界中高步上方外乾坤共空闊川嶽謝埃壒行

人杖屨底地與煙霞會道人遊四衢行止各無礙竹日弄淸影松風聽寒籟心將萬化冥始覺斯游最

天宮寺

昨日頭岑臥何曾越門限徐俟遣行李邀我伊蒲饌天宮布金地長者何代建柴門實咫尺佛事亦儼煥道人呈家風秋蔬更香飯玉麈對胡牀涼颷颯河漢晚來上方上千里入縱觀平生逢嵩底所適魚鳥願佳人贈我詩爛若錦繡段聖哲期暮年撫事一長歎

晚同師川駒父玉父游大梵院小軒

山氣夕籠蔥川光暮澄凝櫺軒俯川嶽拄杖相與登脫

屨就閒曠秉羽居高明盤礴飛鳶上揮斥蜿虹横令弟
各英妙舌本淮湖傾朋也老無能前身雲水僧蕭蕭緣
坡竹涼颸爲我興執熱快一濯何必踏層冰

陪師川納涼大盌寺得綠字

六月維長夏炎熱不可觸車馬斷經過臥痾適所欲歘
作城北遊佛界映空谷方塘荷氣清層軒竹陰綠徐俟
辦食事意豁忘羈束鳴蜩韻高寒涼颸盪煩促坐隱者
誰子飛雹下棊局勝負吾不知靜嘯蔭喬木徙倚失日
車旋歸想雨足可令夜氣清更使年穀熟

城上

杖策城上頭初日破冥晦頗知春意還早覺寒事退風
前識西岑煙處認東匯人如旋磨蟻舟似覆杯芥鸛鶴
掠水涯簫鼓雜天籟便當杭清淺底事返闤闠

陪諸公步城北分韻得亦字

去月霜雪交咫尺澀如棘今朝雲霧散春氣恍如昔九
衢慰眼新百草隨意出俯仰亮有覿茲辰底空擲陶謝
何許遨發興在郭北淨界集兩楹層閣倚百尺風日已
可入江山亦德色四睇感終古五字辦卽席想見盤礴
地鮮颸生兩亦(見許慎書)良游不相待發函三歎息

寄題蔡州魯公祠堂

魯公巖壑姿勁氣不可及歲寒萬物盡松柏當霜立由
來邪正閒厥勢不相入公當肅代後竄斥復相襲嗚呼
蔡州殞義激壯士泣周曾計不淺希烈竟見執從古皆
有死忠烈泰山岌使君橅遺跡丹青辨呼吸壯公臨大
節生氣何當挹高詠兩賢篇臨風黯於邑

寄題陽居士高節軒

中條陽亢宗高義照千古嬋嫣不無人聞風吾已許平
生知味處蕭灑送寒暑敏樹印此心柯葉傲風雨岑寂
入天籟韻作太上語一切得入律眞成衆香樹賢者早
求仁行李偏入字歸來林邱下歲寒色如故

寄題劉山人戰勝軒

桃源一臞儒意氣鬱何壯削跡紅塵中築亭白雲上溪
聲聽逸響山色閱殊狀諒是永幽棲豈伊暫清曠若人
有靈氣戰勝神更王乃知先聖裔風流標素尚嗟予晚
聞道茲事夙所向得與雪月交理棹會一訪

和元樂教授南軒

南紀瘴癘劇風土異中州炎涼倏忽變仲夏颯如秋丈
人東海來税駕此遲留氣候感若此何用爲我憂泮水
多時暇南軒景物幽方塘綠萍亂佳樹蟬聲稠曲肱梧
陰美玩此日月流觴至聊共傾此外亦焉求丈夫功名

志天機不我謀願言快心意身世眞悠悠

寄題攬結亭

杜子數相見求我攬結詩攬結在何處云在彭蠡湄彭
蠡夙所廬今猶夢見之一星水中央衆流皓渺瀰兩瀑
下日夜五老上雲霓佛寺儼相望往往幽人期君今構
其下敞亭覽翠微水聲枕簟俱山容杖屨隨勝事君所
獨世人那得知爲我謝五老客子行亦歸

遂清閣分韻得洪字

曜靈速天機四序如轉蓬行行早求道咄咄就禿公南
紀卧徐稚丹砂媿葛洪婆娑一宇宙萬物閱雌雄得與

頗賦詩詩成亦何工毿然張公子玉山映寒葱輭語啟
皓齒擲塵生清風謫仙爲酒至瓠壺清若空相視一笑
粲聖處此樂同敞榭素履愜別墅幽逕通微漪媚清池
輕颸泛寒叢悠然物外賞未覺人開竆何有於我哉請
館季孟中（素一作細）

玉父賦倦殼軒分韻得殼字

令弟巖壑姿問道困南朔歸來做蝸牛眞成倦龜殼曲
肱梧桐影日夜洞庭樂誰何藝根本歲久棲鸞鷟靜言
人間世變化如風雹笑語尊俎同茲理要商搉時不與
人游安燕正當學

過師川偶作

伊昔袁陟居只今徐郎宅少作與渠雙老氣想君隻茲
理亦何有訂之在今昔吾廬城北頭捷徑實咫尺欻思
論五字聊復訪三益高壽風雅源洞入屈宋域波瀾到
蘇李光焰及元白自來磊落人聞見資博極

題水陸院矮樓欄

短短一樓欄蔥蒨聊可悅如何後歲寒生氣未衰歇脫
身斤斧中甘心形影拙況歎風雨姿拄策日巳昳

堂下芍藥花盛開而蕪穢不治太夫人課奴芟夷
草莽飾以丹檻煥然一新感而成詠

江梅飄已盡庭樹但蒼翠如何欻到眼餘容殿春事恭
惟太夫人指揮埽蕪穢咄嗟丹檻開芳蕤生意氣刱乃
疊石根端有塵外致何必風人萱願言樹之背疇昔維
荆杞只今照階戺吾人翦拂功是事亦不細物理庶可
推倚杖一歔欷

師川賦梅花

梅花端月繁梅蕊經冬破正色儼當窗低枝斜映座分
將霜雪侵不受脂粉涴莫遣朔風吹飄零成玉唾

春風

春風吹桃李欻然滿中園羣動不遑息蝴蝶紛飛翩我

亦感茲時步屧邃林間容華一作顏色豈不好持久良獨難
置酒休其下聊復罄餘歡君看桃與李成蹊亦無言

春颸

春颸天上來吹我中庭樹爭先兩株桃照日結紅霧枝
枝迭映蔚葉葉相誇詡光彩奪目精香氣襲行路風雨
不我謀零落縱橫去西家婉娩姿見之切情慮蹇脩安
所營年芳空擲度意內人莫知淚下成紅雨

立秋日諸公過敝廬賦詩

埃鬱一炎方何處不卑溼北窗但埽地所向若維縶及
茲澍雨過信是高秋立便有好事侶俱來負郭集中庭

樹陰滿熚氣淸且急胡牀各蕭散頗覺涼氣入道喪千
載餘世路日險巇朋知得若人風流有所及西山一鳥
鳴時哉先聖識與來浩蕩遊胡爲若羈羇

歲暮

黔雷運天機四氣莽回互始玩春載陽欻見歲云暮孰
知老境侵轉覺夙尙誤吾聞崑崙墟上有不死樹安得
攀其條奇齡儻能度

清夜緣氣以下疑刪爲一詩

萬籟還無聲燈光耿清夜跏趺據繩牀夢回蝴蝶化緣
氣亦何有本心淨無塵蚤夜去求道入荒因問津歸來

謝行李眾妙不遠身誰與商略此玉麈炷爐芬

夢中所作

秋風插羽翰樓觀天上行朝霞帶空洞海日注疏櫺一
一琪樹邃粲粲芝草榮中有一道士靜嘯無俗情顧我
有靈氣授我以長生咄嗟一世間擾擾何所營

紹聖三年秋七月乙未夜夢遊一勝處非平生所
經行見一道士延余坐飲以醇酒酒酣道舊故
恍然不知所以因而賦詩旣覺漫不復記憶戲
作五言以補之

雞鳴深林裏犬吠幽徑中不知誰子宅乃是仙人宮竹

柏蔭淸淺樓觀上虛空芝草隱翳鬱璇樹翠青蔥升堂
見儷侶歡然燕笑同侍立十餘輩玉女桃李容告我存
三一使我壽無窮吁嗟人間世局促何所通願言歸白
水更議登閬風

答友

一昨城北遨得與起我病梅嶺識霜林楓江認煙艇深
行憶疇昔冥搜客俄頃西矚列仙家東睇老禪徑不聞
遷鶯聲但見行鴈影再讀貽我篇思與雲路永

述古

蠹蝝仆柱梁蟣蝨走牛羊風過河水損烏噪木葉傷禍

福有眹兆物理乃其常聖人睹未然休氣未渠央後代
監不遠其在漢與唐
六龍安可頓四節一何速秋氣下霜露春事著草木天
道有迭代世故足翻覆塞翁喪良馬朱氓得白犢由來
非今朝未必不爲福
木秀風必摧岸犖流必湍人生裨海內出處甚獨難尼
父稱大聖車轍不得安落落抱正直鼎鼎見疑患顏前
苟無覥身後亦不刊

送潘端州出殯以風甚渡江中流而不濟有作

戒塗事晨征肅舲逗江滸屯雲蔽寒岑衝飈卷秋浦波

驚飛鱗妨景短執引阻垂堂戒曩哲矧乃將恐懼長年
告我還風力方軒舉恍疑柳車張猶認鷺纛聚壓浪鬱
飛翻涌煙迷處所江水日夜流何由賞心晤

寒泉

山下出寒泉千載神所祕故老空傳名四面但蕪穢觀
音欻見夢咄嗟辦亭砌道人頭杖錫示現祖師意汲引
貫四時香美可一切遂令雲水儕悉飲解脫味病夫方
中來酌彼盪塵滓屬詩長松根北風助奇思

和答陳明信兼簡王立之

我如東南雲風吹西北度時不與人謀飄轉無定處如
何紅塵中欻此君子遇高標爲戾天能事豹隱霧暴詎
中酒前了不與物迕吾嘗期若人胷次貯風露向來賞
我詩但坐日云暮識君已恨晚見君又不屢今晨眼忽
開貽我河梁句正聲久不嗣斯文諧韶濩吹噓君過矣
豈不愛我故城南逸少孫輭語可與晤閉門謝俗子著
書無窮步小園花氣深客醉不得去尋盟出無興風沙
莽回互

題章江院

扶藜下城頭步屧踏禪窟微徑鬱蔥蒨寶殿高突兀層
暉注中塘凝塵滿丈室惜哉古道場回首思蕭瑟

卽事

今日慘不樂念此歲云徂側聆絲竹音令我憂思舒壺
觴幸未空斟酌相與娛始玩百草華今復萬木枯且爲
一笑地千古共邱墟

登瀛閣

楚東之國饒爲大程氏之子吾所愛讀書尚友有能事
夙昔一見卽傾蓋平生誅茅犖蕭爽十頃青銅就空曠
朱甍碧瓦俯清流菱葉荷花映蕩漾春風一吹百花妍
載酒處處開繡筵千株竹柏上參天白日蕭蕭朱夏寒
客來枕簟曲肱眠丈人頗有前賢風藏書萬卷插架同

芝蘭玉樹階庭內道山延閣顧盼中薄寒中人木葉下
久客將歸秣高馬送君南浦淚盈把臨歧執手求我歌
老矣柰此登瀛何嗚呼何時履聲上君閣尙能爲公賦
濠樂

北寺小閣戲作呈廣心諸公

帝青一色女牆頭況復龍山影裏游草閣柴扉依佛界
白沙翠竹使人愁可惜可憐空擲度羅襪淩波渺何處
會須桃葉倚春風拚卻扁舟入煙霧

七峯閣作呈廣心長老

七峯層疊劃人境寶閣排空春晝靜朱甍碧瓦勢欲飛

瓊樹瑤林爛相映謫僊對此佳興發人物山川兩清絕
維摩方丈夜闃寥老人宴坐無言說

又示海會老子

七峯玉立相排蕩寶閣翬飛雲雨上雪餘璀璨映寒空
雨霽參差入晴望閣中禪老更壁立下視羣山丈人行
蛟龍頭角碧潭寒江南赤地空惆悵

同鴻父遊南寺

薄寒中人暉景晚江頭蘭若同游衍蛛絲垂戶像設深
蜃氣成樓鐘韻遠機發旋踵寶藏俱神物護持勝事殊
更向僧房捉麈尾令人歔憶聘君湖

同諸人西寺避暑

連廊四注塔中起五月殿陰作商氣竹牀午枕耐睡魔
寶鐸天風吹佛事小冠捧腹遶檀欒坐隱應述日下山
騎馬歸來還執熱蚊雷虺虺滿人間

同徐師川登秋屏閣觀雪

積雪未虧日還沒雲氣黯慘愁不釋徐郎揖我上欞軒
眼界物物有生色萬株瓊樹爲誰妍千畝瑤草底空擲
可憐雨打花飄零不分風吹玉攢積向來已釀宜城醅
未坐何妨杜陵客鄙夫中聖殊未醒向人江山恍如昔
臺邊好在龍沙黃臺前俄失鶩岡碧只今雪思未渠央

準擬作花大如席大江之南喜氣多舊瘴懸知埽無迹

奉陪李安上主簿游秋屏閣

春風忽然滿天地籃輿便作城北行招提古臺極灑落
況迺萬物皆欣榮梅花萬點眞可惜柳條弄色如含情
初筵便飽李侯德揮犀河漢倒空碧連山向晚更嫵媚
落日澄江青黛色嫦娥冰鏡挂天闕共照清樽情屢極
諸公推轂鍾王閒醉墨淋漓滿僧壁歸歟不知何所往
（一作所如往）但覺清風生兩腋

南渡鄒大舟中作

谷漉洲前秋風起滌波亭下小舟裏鄒子揖我獅子尾

談天舌本傾我耳散髮船篷玩秋水茗盌瀘胷無泥滓
牛羊下山催客子挂席明朝即千里漉一作鹿後同

幽尋師川令余賦之

華鯨喚起曲肱夢竹蹊幽尋小雨乾風吹龍沙江流斷
日下烏塔松陰寒冰雪照人徐孺子手捉玉麈對西山
安得洪崖八瓊藥令我飛出六合間

寄題胡公祠堂

胡公祠堂舊聞處魯公嶺下草樹深堂後壽宮閟日月
堂前荒草橫古今收拾胷中書萬卷邂逅眼底梧十尋
我思古人不可見于公可見古人心

樊上丈人歌

廣文諸生如亂麻十有八九或起家幅巾藜杖最困者
樊上丈人鬚鬢華丈人聞道羲皇上屈原莊周丈人行
聲名籍甚徒為耳四海八荒莽跌宕扁舟布帆下赤壁
揚瀾左蠡隨所歷顛風狂雨向昏黑怒濤掀天奇兀硉
饞蛟駭獸紛騰突一葦無處所數口僅生活行路難如
此一一為我說匡山野老坎壈人讀書空山三十春下
澤款段何逡巡丈夫窮達付造物委瑣齷齪不足論臭
味略相似邂逅即情親江頭一樽酒執手鼻酸辛秋風
吹君唾珠玉發函伸紙三過讀惜哉意氣何剌促丈人
行李何當來得意江山醉金罍富貴崢嶸亦悠哉君不
見博陵馬周新豐客時無貞觀老死無人識

讀吳天章詩集歌

豫章丈人天章公夙昔待詔蕊珠宮謫去黃陂對秋水
歸來白社吟春風晚窗許我數相見高文示我開生面
故知沈謝少未工不覺曹劉名獨擅丈人意氣薄雲霓
世故薺芥不足疑只今陛下調玉燭異時事業他人希

蓬萊仙人歌

吾聞三山在海底貝闕珠宮照天地誰其尸之玉鍊顏
耕耘五德長不死我欲遐登不憚遙隔以弱水三萬里
向來名字落人間傳道蓬萊第一仙吐鳳雕龍乃餘事

驚蛇走兔不作難淚憑徐福通消息寶唾儻與春風還

相從歌呈次元子眞師川

鬱鬱窈窕城北方祇園神界遙相望春暉淡蕩詩思長
愁絲挽春百尺强薰人著處風花香亦有相從天上郎
森然玉樹臨青陽蒹葭無乃倚蒼蒼且置是事數儈牀
劇談一坐故難忘卻來倚杖北天王壁間詩翁五字章
句法端在人則亡人生遇值不可常反路日入下牛羊
願君連騎未渠央

戲作公子歌送宣明府

人開天上張公子宰邑彈琴蓺桃李門前五柳臥桁楊
刃無全牛有如此三年墨綬何必遲萬里青雲從此始
壁陰多暇淸晝同生塵羅襪醉春風東飛伯勞西飛燕
南飛烏鵲北飛鴻紅妝倚檻君青驄但願主人黑頭公

醉中作桐鄉歌別王明府

故城壘巘臨高臺古木到天猿鳥哀桐鄉官寺山水裏
泉聲常疑驟雨來吾祖政成朱邑後文采風流今未朽
王郎遊刃無全牛籍甚能名傳衆口弦歌之聲得故人
車殆馬煩開芳樽明朝更指南斗去相思目斷江湖春

小麥青青歌

小麥青青大麥枯新婦城邊守茅蒲不妨執熱餉婦姑
奄覯銍艾相喧呼黃雲好在玄雲起雨如車輪未渠已
繡衣使者問麥秋今年麥秋又如此

潘氏園引

君不見豫章城南門中有潘氏之名園臺基迺是孺子
舊地勢直與東湖連百常之觀上造天曲瓊四面珠箔
懸春泊綠波南浦外朝躋爽氣西山顛方塘曲徑洞天
遠萬草千花未曾見春風向暖一披拂薄人花氣江城
徧潘郎吟詩春風裏拄杖穿花還復倚大名今代龐德
公采藥鹿門終不起潘郎事親愛客同平生百味樽不
空我來休駕嘯竹風主人開門語雍容掉頭長歌子潘
子願言三徑相終始或云丈夫不如此但恐亦復不免
耳

荅李廣心見贈

龍山四面何蜿蜒下有黃雲二頃田朝來爽氣入吟思
外家吾叔眞才賢十年不見令人瘦一日相逢開口笑
已呼小吏辦酒樽更遣官奴歌水調燒鐙輭語爲情親
竹葉榴花俱可人客無庸歸此道意一曲驪駒何足云
銀鉤玉唾粲側理筆端逍遙有能事鼎來富貴更妙年
枳棘栖鸞聊復爾

和荅師川

假道羣舒渡江水解衣盤礴聊復爾三月已破未云邁
政爲故人今在此故人佳句數能來招我淸樽想未開
病夫潦倒非多才如澠之酒胡爲哉

奉和郭子駿見寄

西山南浦鬱相望中有萬里之長江籃輿何許訪有道
江亭垂柳復垂楊道家諸天屹高閣井洌寒泉亦不惡
朝攜蒼壁澡雪我爲我託乘上寥廓晚吟蕭寺攬層軒
龍蛇參天淸晝寒炎官火繖吁可畏淸風枕簟不知還
歸來惠我唾珠玉明牕棐几頗三復小人塵埃故無奇

拜命一辱聊報之

和駒父大雨雹

紹聖二年端月尾南州雨雹如鴈子今朝霹靂清泠裹
雜然而下勢未已狡獪變化何壯哉欬唾珠玉天際來
銷毀金石不足道捎殺林莽今可哀聖人在上調玉燭
縱有此物寧爲災邂逅豐年亦如此長老相傳又堪記
吾今一飽良不易摩挲枵腹聊自慰

春雨戲趙立之

花枝欲動濡須塢無賴春風吹小雨如隨蝴蝶夢中翻
愁向垂楊堤上度聞道君家種逸香婆娑紫豔占年芳
何當麗日濃花氣亂插佳人翡翠梁逸香一作晚香

戲汪汲

汪童軀小膽良大讀書氣欲吞渤澥銀鉤玉唾不作難
已向筆端風雨快昔過重湖喙欲鳴還來南浦羽猶鎩
坐窗輙語戒寒秋陰蟄收聲虛萬籟可憐脫身瘧癘餘
槁項黃馘一何憊石脃山中足條草誰能折來已君疥

燕子虛贈李清墨乞予詩試墨作七言謝之

緜川諸李今寂寞潞州殘圭大不惡燕侯固窮亦好事
探囊持贈意不薄眼明見此陳家玄徑呼毛穎作七言
故知身外俱長物子墨客卿聊忘年

歲暮

歲云暮矣百草枯楚天欲雪雲模糊後山入夜風轉急
薄寒中人燈更孤寂寞三更勘文字銷沈萬籟一跏趺
白髮潛生忽不覺自笑愚夫如許愚

記夢

疇昔之夢非想因倏欻遊遨出無垠旁日挾月超崑崙
虛無上下列宿分絳氣鬱靄玄都門萬靈呵護靜不喧
中有蕊珠玉宸君再拜問道受七言故知要妙可不煩
離宮閣道多往還咫眞差池玉鍊顏雲衣霞裙絳纛幡
顧我如舊笑軒軒問我不歸何由緣

得戎州書

萬竅怒號天籟作燈照無眠夜寂寞發函伸紙數行空
永懷渭陽涕横落書來萬里馬胡蠻人在四禪怖魔閤
荔枝灘頭欄楯深千峯劍攢上寥廓松根更有道人俱
想見厖眉無住著未應老嬾廢書眠許我新詩大不惡
何日金雞放赦迴拭淚論文恍如昨

感興

千頃琉璨下赤日旦旦飈臺排雲出金宮銀闕遠杳冥
瓊樹瑤林近蒙密右拍洪崖左浮邱況復綺疏可淹留
未能作意鴐僊驥會須得興汎虛舟

杜十歸自海壖別業說夜行一段事令予與徐十
長短調書之
建寧禪界清如埽杜陵獨夜荒村繞剎幡寂寂走前溪
素沙白水相蕩照只今欲渡呌漁舠但聞春叢野狐嘷
野狐鳴呼不足道行路難行豺虎驕邂逅舟橫卻無檝
向來藜杖撐白月可羨淵魚兩兩游隨意溪毛短短出
鳴呼此時勝事故不惡杜陵歸來爲予說

寫韻亭

紫極宮下春江橫紫極宮中百尺亭水入方洲界玉局
雲映連山羅翠屏小楷四聲餘翰墨主人一粒盡仙靈

文簫采鸞不復返至今神界花冥冥

李夫人偃竹歌

袖中欻忽生絲竹眼底鮮飈起寒綠把筆誰能寫此眞
偃蹇一枝生氣足夫人故有林下風歲寒落落此君同
映窗得意偶揮灑寫出篔簹谷裏千秋之臥龍夜來風
雨吹倒屋但恐踴躍變化入水渺無蹤

光緒二年秋八月涇縣黄田村朱氏惜分陰齋校刊

清非集卷上終

清非集卷下

宋　洪朋　撰

大母生日

九日明朝是初筵此地張杯添竹葉酒餅貯桂枝香晚
吹階除靜高雲戶牖涼綵衣稱壽處歡樂未渠央

示鴻父

隱几歲遒盡鉤簾夜未分北風虛地籟南斗粲天文愁
破傾春釀心清炷夕薰更憐小陸在無故莫離羣

和答駒父見寄二首

臣說詩今見開函一解顏平安問五柳意氣到三山種

秫不妨醉鳴琴定復閑歲寒償客券早買釣舟還
校官豐暇豫陋巷小經過籬落護松菊疏村上薜蘿江
山入眼界日月自頭陀忽憶陶彭澤新詩不廢哦

代簡答師川

不覺日還至方驚歲已殘吾徒知寂寞尺素問平安頗
眴復如此詩成詎可觀尋常邈胡越祗覺怕風寒

題大梵院小軒（輿地紀勝卷二十六隆興府下引此詩江擁一聯謂係駒父作）

小軒含法界萬物眼中齊江擁龍沙起天龍鶴嶺低地
偏人益少林迥鳥能啼敗葉隨風盡登臨思卻迷

次韻元樂登南樓

詩翁騎馬去城觀對清氛勝地依依在眞人往往聞天
高梅嶺見水落蓼洲分知有荷鉏者只今麋鹿羣

宿范氏水閣

枕水鑿疏櫺雲扉夜不扃灘聲連地籟林影亂天星人
靜魚頻躍秋高露欲零何妨呼我友乘月與揚舲

報國寺藏經院小閣同師川駒父作二首

吾廬通古寺寶藏此禪房薜荔封寒井檀欒度短牆蟬
聲秋寂寂山氣夜蒼蒼卻怪沙邊雁歸飛有底忙
徙倚只阿閣周遭見此邦暮鴉翻古木候雁造秋江風
日雙蓬鬢乾坤一瑣窗眞成近僧住若箇寸心降

上巳南池作

塢中元巳日小雨浥芳菲祓禊歲時共招尋吾土非竹
光迷野徑花氣襲人衣賴有盈川遇還同池上歸

立秋日諸公過儆廬用秋字

是月季朱夏今辰立素秋風生庭柏淨雨過井梧幽南
想高鴻度西看大火流數能文字集如許歲時遒

大梵寺前對月

仙桂月團團支提獨夜寒星稀更雲斂露下覺衣單須
信天宮迥誰言世界寬三生舊游衍一見一盤桓

八月十六夜對月

中秋雲物慘旣望月華鮮歘照三千界應勤八萬偃種
榆稀近應飛鏡儼高懸多病妨杯杓清愁似去年

次韻徐使君觀刈禾宴集二首

聞道秋成好家家足釜鍾玉山禾已刈石臼粟還舂閭
俗寍同樂行廚得屢供使君樓百尺未許對元龍
豐年觀五馬樂飲耐千鍾稻割黃雲盡粱添白露舂藜
羹不但糝玉饌有餘供堪歎他方旱紛紛拜土龍

早發新吳

行路柳枝弱池塘草色齊石蘿入共遠洲芷意兼迷宿
霧籠城郭春颸入鼓鼙黃鸝花葉底何事向人啼

將曉

虛齋愁夢斷寂寞夜將闌樹與高風亂窗餘白月寒歲
華還向晚世事只長歎千古功名會致身良獨難

送譚生

譚子家何處傳聞在海東得朋方款款取別太悤悤曉
纜廉纖雨春帆料峭風明年曲江上應許故人同

臥疾

臥疾滕王閣扶藜漢將城九秋天共老獨夜月長明遣
興詩還賦禁愁酒細傾如聞斗上柄未見晏眠兵

漫游二首

繚繞荒蹊密支撐古屋橫雲飛賓雁急水泛浴鳧輕地迴無人跡山空伐木聲龐公禪窟內拄杖日閒行（杜氏園）

欲界浩無窮天王部落雄誰知貝葉地即是水精宮烏塔秋聲裏鶯岡晚照中先賢多妙句欄楯入西風（北天王院）

輓杜議郎二首

家世唐公子風流漢議郎左轓空老大南紀竟淒涼疇昔數相見音容耿未忘如何欻窀穸浩歎使神傷

醞藉鄉評舊循良士論俱中年摧白玉改歲隕明珠夜雨荒村寺秋風古路隅諸郎皆有道誰復奠生芻

輓范夫人

淮海令名存夫人德行尊持經佛事重教子義方敦欻斷北堂夢難招西土魂定知餘慶在何但大于門（何一作可）

輓仁和君胡夫人二首

共推南郡族來配謫仙家錫土縻天寵翻經拂雨花光華他日喜牢落暮年嗟餘慶知難泯庭蘭已茁芽

王父依諸舅夫人實外家往時拜顏色仰德重咨嗟世事如流水仙游只暮霞可堪哀拂（一作紼）涕風雨白楊斜

偶詠

汴水日夜去我心亦東流如何向炎熱尚復此淹留京塵空擾擾吾道本悠悠賴得西江舸今年下鄂州

偶成

擺落紅塵想追隨汗漫游乾坤青瑣闥雲霧曲瓊鉤月照酒樽夜風生詩句秋神仙有汲引隨意上崑邱

獨步懷元中

淨盡西山日深行城北村琅瑞鳴佛屋薜荔上僧垣時雨慰枵腹夕風清病魂所思淛江水誰與共忘言

景德寺齋罷遊吳氏園

顧辟彊園北郭邊伊蒲放箸得盤桓老松拔地三千尺脩竹參天一萬竿官寺餘基秋草亂書堂新構暮雲寒南唐臺榭無人識依舊江聲走急灘

奉同師川遊大梵院小軒即事

底處扶藜恣意行僧家欄楯上冥冥市聲不廢西山白春色先從南浦青晚覺惠風生草徑坐看遲日上柴扃明朝眼界即漸好更向韋公湖上亭

晚登大梵院小閣

倚空欄楯一禪關衲子幽人得往還樵徑盤紆秋草裏僧堂結構野雲開舊穿虎落嬋娟淨晚泊龍沙舴艋閒如許澄江寫寒鑑明朝乘興上西山

次韻程正輔春日催諸公行樂之作

弭節江城何許時蘭芽桃萼正芳菲孰知南紀物華好

誰謂平生心賞違帝子閣前春盎盎徵君湖上日暉暉
諸君行樂但取醉車殆馬煩何必歸
桃李無言摘未稀可憐郁郁復菲菲湖邊況是人皆去
花底由來我不違飛蓋追隨春已晚題詩準擬日爭暉
古人秉燭豈不偉莫待芳年寂寞歸

晚登秋屏閣作示杜氏兄弟

病夫湯熨暫時停漫向秋屏閣上行白日忽隨飛鳥去
青山斷處落霞明林間嘒嘒寒蟬急江上悠悠煙艇橫
富貴功名付公等嗟予老矣負平生

夢登滕王閣作

朱簾翠幕無處所抖擻凝塵戶牖開萬里煙雲渾在眼
九秋風露獨登臺西江波浪連天去北斗星辰抱棟迴
獨佩一瓢供勝事恨無陶謝與俱來

上巳日南池作（合璧事類前集卷十三引此詩花明一聯失題）

蕊珠宮殿擁羣僊小檻鉤簾入暝煙在藻流魚還潑刺
采蘋遊女亦嬋娟花明柳暗一溪水日薄雲濃三月天
欵憶戎州在何處停杯放箸一潸然

九日同駒父作

已約龍沙看江浪更從寶塔上晴空瀟瀟雨暗茲游阻
靡靡秋殘吾道窮不見江州竹葉酒空餘彭澤菊花叢
去年此日尤蕭瑟兩地相思目斷中

夜雨

歲云秋矣轉炎熱怪底白日雲飛回疾雷過耳不及掩
澍雨翻盆何自來對面鐙釭聊屏箑關心藥裏且停杯
更憐天上佳期近頗覺人間令節催（日雲一作雲日）

夜半對雪作

積雪未消驚白夜欻思小艇釣雲沙排檐故作纖纖筍
著樹還開萬萬花最覺素娥相映發不應青女妒容華
麥如馬尾年年在枵腹鳴雷莫怨嗟

喜雪

已嚇春風百鳥聲斬新飛雪滿江城漫天乾雨紛紛闇
到地空花片片明白玉九衢驚曉起黃雲千畝看秋成
更憐洗盡年年瘴山鬼幽憂不敢行

送謝德夫

泮宮儒先謝安石平生笑傲東山遊揭來客授江湖晚
不廢聲延澗壑秋青青子衿惜分索馥馥芳袖縈離愁
丈夫富貴恐不免富貴應須趁黑頭

送師川

去年徐郎詩句新今年徐郎思不羣帝子樓前閱秋浪
秦人洞口入朝雲忽思赤壁過吾弟更向舒州迎細君

及此瓦盆春酒滿燒燈夜雨重論文

代餞無爲馬使君口號

伏波勳業風流遠皁蓋朱幡向小州一曲陽關雙别淚百壺清酒兩遨頭三年牢落應難借五馬踟躕更少留珍重促裝歸漢闕胡牀空復庾公樓

別桃源山人

句履圜冠不乏賢桃源深處隱癯仙風流未泯劉全一意氣端如員半千秋浪龍沙陪輭語雲山鶴嶺訪高眠明朝歌竟乘流去别後還能憶浩然

陪許令宴集不勝杯杓詩謝不敏兼美祝趙兩紅

顔

南郭招提逢許令行厨蕭灑辦逡巡蟠桃已結千年實瓊樹元無一點塵酒後顛狂不知夜燈前笑語自生春不勝杯杓空歸去腸斷冰肌與絳脣

得黔州消息

夜郎西上萬里道聞説解裝四月時摩圍峯前何所作谷漉洲外不勝悲豈有高明爲鬼瞰眞成憔悴被人欺陛下寬仁過文帝歸來前席亦何遲

次韻敍別和答

顧曲周郎不姓龐也尋馬祖到禪窗談功不及見（一作令）

人瘦句法重來受我降今日茶香聊對榻異時春酒泛盈缸相期直到無心處髣髴還須似帝江（時在泐潭馬祖道場）

次韻答陳孚先見贈

陳子陸沈邱壑底乘槎幾欲問明河何人傾蓋能如故無事高軒許數過吟畏舌端多楚調醉憐耳熱傾秦歌顧予貧病難料理政便禪齋學按摩

次韻徐十見招

徐郎春晚意何如相見蕭然水竹居近得柏梁七字句俱來繭紙數行書賞心不減遠公社到眼全勝匡俗盧首夏清和吾定往勿令彈鋏食無魚

謝李洪州涖學

海內聲名四十年豫章太守得才賢鳴鸞噦噦釆芹地出日遲遲祭韭天可但文翁能教化須知常袞與周旋卻慙不及南州士合使塵埃一榻懸

大母誕日賦巖桂

飽聞巖桂馨香舊珍重園翁採折來天上分叢千丈老人間擢本一枝開西風白酒何勞勸明日黃花不用催更把玉壺貯秋色影斜端爲壽觥迴

輓潘端州

嶺南底處是端州使君苦向箇中游黃茅千里煙嵐晚

阜蓋三年鬒髮秋歘見崩松萬壑底遂聞埋玉九泉頭
不能執引遠郊去薤露蒿里令人愁

輓劉六咸臨

碧梧翠竹名家子瓊樹瑤林物外人千古文章隨逝水
一生義氣屬飄塵匡生左里人何在南浦東湖迹已陳
想見九原託體處白楊荒草不能春

懷黃太史

詩家今獨步舅氏大名稀屈宋堪奴僕曹劉任指揮禪
心元諳絕世事更忘機最喜熊兒去遙憐雁羽飛九秋
悲偃月萬里寄摩圍昭代新周典明年歸未歸

題劉眞君祠

冠挂謝埃霧雲乘上杳冥棠陰空五馬榆影雜繁星園
葉餘神界華林隱翠屏錦幃渺經緯寶舄絕儀型舊井
金丹闕層壇玉露零千秋想靈氣何許仰天庭

題藏春谷壁

林外鳥聲歡江南尚小寒回頭又春色早晚谷中看

排悶

涑雨漲中庭微風淪止水泛泛藕花飄渺渺偃茅靡

跋徐白魚鰕

江湖各相忘魚鰕同一波誰能寫此妙徐白名不磨

漫興

莫愁愁不至排悶悶還來誰會登臨意東風莫見猜

歸自潘氏園途中遇雨有感

慚愧日暉暉依人好鳥飛歸來湖上路小雨卻霑衣

戲效吳語

風絮鵝毛亂春疇鮮血肥懊儂故鄉夢鳥勸不如歸

戲贈彈箏小妓

小鬟彈啄木寫出林閒曲空聞剝啄聲虛堂耿華燭

偶詠

黃鳥餘春聲紅菊作秋豔一室得自娛四時本無念

題胡潛風雨山水圖

胡生好山水煙雨山更好鴻雁書遠空馬牛風塞草

廬山

山瀑兩道瀉木葉四時春日暝不知去魚鳥會留人

跋山谷帖用其韻

學書右軍盡善下筆少陵有神無復向來車馬可惜埋
此玉人
壓倒詩中宰相鼓行文苑宗公毒霧瘴氛作祟英姿爽
氣成空

正月十八日登報國寺小閣絕句

夕陽端解知人意故照僧房閣倍明雨雪一番今淨盡
候禽無數喚春聲

遊大甯院林英預焉

松行盡處是招提殿閣參差柏樹齊更與阿戎過淨院
劇談一座日還西

題總持院

后土祠邊柏造天雷公堂下鎖嬋娟韋郎去後無消息
空復秋風入管絃

題清涼寺

萬古清涼一掬泉十方隨量得輕安要知徹底無塵滓

照破天魔骨尙寒

題馮川驛壁

細草一方團野色游絲百尺上晴空預愁柳絮鷺毛白
卻見桃花人面紅

題龍興觀胡道士壁

倒生松樹倚清池日下西山鵶亂啼隔水竹林人不到
欲尋神界路應迷

題杜公橋

東湖清淺北湖滿三島相望眼中見我從麒麟虹上行
風袂飄飄薄雲漢

河上三絕

冬日不温狐白裘隋河只解背人流可憐煬帝繁華盡
惟有兩堤楡柳愁
隋河日照水悠悠下水誰家泛綵舟回首白雲千萬疊
夢隨飛鷁到江頭

晚泊口占

月照甘蔗十萬株停舟緩步意何如可憐堤下長江水
日夜東流向我疎

春寒卽事二絕呈教授

雲氣愁人故不開風吹雨脚著莓苔筦絃倘是鄒子律

喚取春暉次第迴（聞絲竹之音故作）
東風不與芳菲便故作寒霙倍釀春細草九衢今慰眼
游絲百尺卻遮人

次韻惜春二絕

柳葉愁眉風翠黛桃花冶面雨臙脂道人不作三春夢
戲論何妨兩解詩
萋萋芳草貞成帶寂寂落花何用茵一老只今詩酒屐
未應孤負滿城春

觀雪六絕

復見飛飛雪滿天瑤林瓊樹皆可憐屬予一病姑置酒

對此欲醉將無緣
柴門草閣李生家雪壓幽篁特地斜穿鶴啄餘畦碎玉
連錢飛起樹零花
他日照眼臨江邊梅花兩株一何鮮眞成白雪相欺得
埋沒清香人所憐
登山臨水白皚皚中有飢鷹飛復迴吾比爾曹人不惡
呻吟委絕亦可哀
西山上與雲氣連積雪交錯於其閒隔江草舍粲可畫
誰搖艓子自往還
去年春雪亦已晚今夜臘雪如知時誰云此乃農家福

摩抄枵腹聊慰之

季冬同鴻父登西寺閣觀雪時晴日片雲雪復亂
下鴻父請予賦之

新晴餘雪日光同更遣狂花落曉風結習已空衣不染
何妨天女戲雲中

同玉父鴻父看池邊梅

官梅一樹小池頭春意衝寒破客愁花萼生光動詩興
全勝何遜在揚州

寒松

茅茨結構野雲端中有松筠貫歲寒但使斧斤無斬伐
穿天出月不應難

戲作呈廣心

清樽歌舞影徘徊誰喚逃禪蘇晉來我自木人入桃李
黃蜂紫蝶莫驚猜

戲呈王立之（一作元之）

主人愛客未渠央每遣纖纖酌酒缸杯杓不勝還醉著
眞成渴夢欲吞江

贈林徐二生

邂逅黃蜂紫蝶同春風惱意豔陽叢只今霜露不見草
猶夢平生深淺紅

示海會道人

十方薄伽一條路打破乾坤無處所若人問我祖師禪
東邊日出西邊雨

走筆寄師川三絕

秋來多病友朋疎隱几無心一味愚寄語南州高士道
不知還憶故人無

江南風月六朝餘暇日登樓好著書莫問向來興廢事
世間無物不空虛

官閒無事好飛觴醉裏吟詩想得忙見說京江水清滑
只今誰是杜秋娘

走筆送叔牙

三分春色已無多況是征帆欲櫂歌莫惜揚鞭重回首
桃蹊李徑奈愁何

戲簡

夭桃穠李爲誰新占斷風光不與人頗領明聰獨醒客
便應虛擲豔陽春

記夢

蚑腳爲梯登梵宮含暉發燄寶珠同微塵菩薩演妙法
一一俱見摩尼中

即事三首

短短戎葵晚自芳飛飛蝴蝶夏猶忙鉤簾到面清風遠
喚夢吟鶯白日長

淮南不改江南天五月如秋意惘然仰首勿言居士疾
信心賴有祖師禪

風煙寂寂雨霏霏放箸檽軒獨立時況是淮南夏將半
南鄰考鼓北鄰悲

清非集卷下 終

光緒二年秋八月涇縣黃
田村朱氏惜分陰齋校刊

清非集補遺

梅仙觀 宋仙壇觀道士楊智遠梅仙觀記引

炎靈失其御四海無安稅嗚乎梅南昌脫屣元始歲小
臣披肝膽宮禁事嚴祕上書竟渺茫棄擲江湖外一朝
厭蝸角萬里寄鵬背向來殺青士此事美無對到今瑤
池地風露翔孔翠仰瞻神界遊千載想生氣願爲龍鱗
嬰勿學蟬骨蛻

西山詩句 輿地紀勝卷二十六隆興府下引

雲中聽鷄犬不見有人家
野水侵官道山雲惹客衣

南昌薦福院詩句 同上

曲徑因山轉精廬到地成樓從雲表見人在日邊行

闕題 佩文韻府

煙歌縹緲城西路煙樹參差堞北村

清非集補遺 終

光緒二年秋八月涇縣黃
田村朱氏惜分陰齋校刊

附一：輯補《全宋詩》失收洪朋詩作

夏

大暑屹不去，楚江不知秋。九衢裲襶子，擾擾令人愁。王嵐《〈錦繡萬花谷·別集〉宋佚詩考》（《望江集：宋集宋詩宋人研究》，北京聯合出版有限責任公司，二〇二〇年）據明秦汴刻《錦繡萬花谷》別集卷三輯補。

題南海僧舍

粵山寂寞荔枝紅，一葉飄零蜃氣中。昨夜已聞鐘皷韻，上方餘響落秋風。出《續新編分類諸家詩集·釋教類》。

謝無逸惠詩並橘

故人憐我何所贈，汝水之湄三寸柑。欲辨五言報厚意，初無妙句近周南。出《續新編分類諸家詩集·食服類》。編者按：此據江户初寫本，室町寫本此詩在雜賦類。以上二首，卞東波《域外漢籍中所見宋代江西詩派新資料及其價值》（載《海南大學學報》人文社會科學版，二〇一四年第四期）輯補。

題鐵柱

許令飛上天，鐵鎖截前川。一柱嶙峋在，三江古老傳。中庭空鳥雀，層閣自雲煙。處處金丹竈，其誰定是仙。

綵鸞岡

玉隆宫外春山横，玉隆宫後百尺亭。文簫彩鸞不復返，至今神界花冥冥。以上二首，出光緒《逍遥山萬壽宫志》卷一九。劉永海《〈全宋詩〉輯補一百一十五首》（載《唐山師範學院學報》，二〇二一年第一期）輯補。

附二：薈集辨證《全宋詩》暨諸家研究

《全宋詩》關於洪朋詩作之誤

《全宋詩》重出洪朋詩句爲佚句三條

張如安《〈全宋詩〉疏失分類舉證》（載《古籍研究》，一九九九年第三期）考證一條：《全宋詩》卷一二七九頁一四四七三據《亞愚江浙紀行集句詩》卷六輯補洪朋「官梅一樹小池頭」斷句，實同卷頁一四四六九洪明《同玉父鴻父看池邊梅》之首句。

《全宋詩訂補》考證二條：《全宋詩》卷一二七九頁一四四七二據《錦繡萬花谷》前集卷三輯補洪朋「花明柳暗一溪水，日薄雲濃三月天」斷句，同卷頁一四四七三據李龏《梅花衲》輯補洪朋「蘂珠宮殿擁神仙」，實俱洪朋《上巳日南池作》中句，見同卷頁一四四六二。

《全宋詩》重出他人詩句爲洪朋佚句二條

張如安《〈全宋詩〉疏失分類舉證》（載《古籍研究》，一九九九年第三期）考證一條：《全宋詩》卷一二七九頁一四四七二據《輿地紀勝》卷三五《江南西路·建昌軍》輯補洪朋《南坡》「盱母江頭喚渡人，遥指麻源第三谷」斷句，實洪炎《南城鄧氏亭》詩中句，見冊二二卷一二九九頁一四七四二，參洪炎。

《全宋詩訂補》考證一條：《全宋詩》卷一二七九頁一四四七三據《晦木齋叢書》本《清非集》（《清非集》據《佩文韻府》）輯補洪朋「櫂歌縹緲城西路，烟樹參差埭北村」斷句，實周南《晚出至湖桑埭》頸聯，見冊五二卷二七三九頁三二二五九。

一〇、林敏修

林敏修（一〇四二—一一二五），字子來，號漫郎、無思居士，蘄春（今屬湖北）人。與兄敏功比鄰，以文字相親，高蹈而隱，終老布衣，世稱二林。工詩，有《無思集》四卷。《全宋詩》小傳未録其生卒年，張梁森《蘄春古今文史資源概述》（即《蘄春文史資料》第七輯，一九九九年）録其生卒年，未詳所自，姑從録。

林敏修詩集，《直齋書録解題》卷二〇録《無思集》四卷，殆即收入《江西詩派》者，其著述無成卷者傳世。《全宋詩》册一八卷一〇七四頁一二二二九至一二二三一録其詩九首、殘句一條。

附：輯補《全宋詩》失收林敏修詩作

金陵馮仲宣詩語極妙而未之識也因張牧之以詩寄子仁僕亦用韻

遠遊平日嘆携輈，老矣仙廬有舊丘。對酒獨憐心尚壯，揮毫那復興如流。寄詩千里已相識，傾蓋他年敢自謀。夢想秦淮江口路，一篙春水進船頭。出《永樂大典》卷八九九。《全宋詩訂補》輯補。

硯屏

露葦霜荷落晚風，數行歸雁下秋空。何人收拾江湖景，都在明窗净几中。出《唐宋千家聯珠詩格》卷四。

乞金沙

夢裏春歸此據室町寫本，江户初寫本作皈總不知，金沙壓架尚低欹。曉來風惡應飄盡，分我紅香一兩枝。出《續新編分類諸家詩集·草木類》。以上二首，卞東波《域外漢籍中所見宋代江西詩派新資料及其價值》（載《海南大學學報》人文社會科學版，二〇一四年第四期）輯補。

一一、洪炎

洪炎（一〇六七—一一三三），字玉父。芻弟，宋建昌縣南昌鄉（今屬江西安義）人。紹聖元年（一〇九四）進士，授穀城知縣，坐元祐黨人，貶竄。復知潁上縣，改譙縣，有循聲，累遷知郢州。宣和中召爲著作郎，遷祕書少監，六年（一一二四）以元祐曲學而罷。紹興二年（一一三二）再起祕書少監。三年，擢中書舍人，權直學士院，旋以足疾不能朝，罷爲徽猷閣待制，提舉台州萬壽觀。與兄朋、芻，弟羽俱以文詞名世，時號豫章四洪；又與兄朋、芻皆入江西詩派，稱豫章三洪。著有《塵外記》（又名《列仙臞儒事跡》）三卷、《侍兒小名録》一卷、《西渡集》（又名《西渡詩集》）二卷，編黄庭堅《豫章黄先生文集》三十卷，另輯有《雜家》五卷，付梓行世（《宋史·藝文志》著録爲「洪氏《雜家》五卷」，注曰「不知名」。宋人姚寬《西溪叢語》卷上所云「水碧」，卷下所云「安南玉龍膏」，皆引洪炎《雜家》語，則《雜家》當是洪炎所輯。雍正《江西通志》本傳但謂洪炎「手録《雜家》小説行於世」）。

其籍貫，《四庫全書總目》、《全宋詩》小傳作南昌人，史志或有作今永修或安義者，實今江西安義縣人，辨證詳洪朋。

其生卒年，《全宋詩》小傳作一〇六七？—一一三三，黎清《宋代江西文學家族研究》（中山大學出版社，二〇一三年）作一〇六七—一一三三。惟李裕民《四庫提要訂誤》（中華書局，二〇〇五年）據洪炎《遷居》詩「從宦三十載……竊食奉祠禄」，認爲其奉祠在紹興三年四月，時六十，作一〇七四—一一三三。誤，蓋洪炎母親卒於一〇七〇年。又，《全宋詩》小傳及《四庫全書總目》卷一五六《西渡集提要》皆稱洪炎元祐末進士，雍正《江西通志》卷四九《選舉表》兩録，一作元祐六年進士，一作紹聖元年進士。吴肖丹《豫章詩社成員新考》（《九江學院學報》哲學社會科學版，二〇一〇年第三期）考證應爲紹聖元年進士。按：哲宗元祐九年四月改元紹聖，元祐末即紹聖元年。

洪炎詩集，《直齋書録解題》卷二〇著録《西渡集》一卷，乃《江西詩派》本，佚。《文淵閣書目》卷二録《西渡集》一部三册，似不止一卷。今傳本從《永樂大典》出，多爲清鈔一卷本，或又有《補遺》一卷者，《四庫全書》據浙江鮑氏知不足齋藏本收録《西渡集》二卷《補遺》一卷，清咸豐刻《小萬卷樓叢書》本爲《西渡詩集》一卷《補遺》一卷，光緒刻《洪氏晦木齋叢書·豫章三洪集》本爲《西渡集》二卷《補遺》一卷《附録》一卷。《全宋詩》册二二卷一二九九頁一四七三四至卷一三〇〇頁一四七五四以《洪氏晦木齋叢書·豫章三洪集》本爲底本，校以《四庫全書》本、《叢書集成初編》本，輯補佚詩一首附於卷末。今據中國國家圖書館藏清鈔《西渡詩集》一卷本影印。

西渡詩集一卷

清鈔本
原書高二十五點零釐米，寬十七點六釐米
中國國家圖書館藏

西渡詩集目錄

社日宇文德和送酒次糜韻

次韻許子大王豐父圖明送春之什

次韻許子大李丞相宅牡丹芍藥詩

福州程使君止戈堂二首

聞師川諫議至漳州作建除字詩十二韻迓之

坐上呈師川有懷駒父

師川見和再用元韻　鉛山縣石井院

初入浙中　初至臨安

予宣和中任秘書少監今再除前官喪亂後見舊吏讀新書感歎有作

次韻曾仲共見貽之作

曾仲共示贈稽山虞君詩次其韻

次韻蘓公書馬券詩　立秋日上饒郡偶成二首

盛彥光次韻見和復用前韻因以自歎

夢中作四言用前韻　再次四言韻

再次四言韻　秋分日偶成

曾仲共和予春日登滕閣詩蓋舊詩也復次韻

蠟梅　人日

鍾乳

葉少藴出示鄭先覺閱駿圖為作長歌

和曾仲共大風折木歌

楚州阻水漲懷汪信民呂居仁四言

奉送駒父師川二郎中赴召四言

遷居　次韻公實與用中夜話

西渡詩集目錄

西渡詩集

江西詩派

己酉歲十一月二十六日避寇至龍潭院十
二月十五日作

洪炎　玉父

徑轉橋横水林深寺據山鐘魚告閒寂松竹媚孱顔
避地欣有託依僧成暫閑東歸路不隔片片隴雲還
突兀山椒寺披榛二百年剎從吾祖卜席是里僧傳溪
送無盡水林供不斷煙囊中有餘粒僻息且安眠
潭黑蛟龍宅山青虎豹林隱憂何日了淹泊見冬深
薄雪恨還積疎梅冷不禁平生一尊酒衰疾廢孤斟
殺氣纏中土妖徵出泰階架橋淩禹穴投策暗秦淮匪
兕歌何苦非熊願亦乖申胥雖有淚無地寄予懷
宵旰憂雖切洽謀策靡長築壇推騎劫假節得糜芳
已矣重江險哀哉古豫章遂茅今在否矯首恨難忘

次韻鄭公實見貽二詩

鄭侯風槩似虞薰醉飽初疑對苾芬一日君嘗南浦
水六年我踏寶峰雲詩情賦物已闡命山色淡光倘
見分犀渔何曾念王粲相逢聊喜見斯文
百濯生香真寶薰中冷取水挹清芬素娥影落秋宵
月白鶴翎翻春晝雲俗客來依禪客住林花自與雨
花分扶傾不假迂儒力敢倚筆端能緻文

寶峰讀駒父壁間詩次其韻

兎迒通一線萄輿度千尋隔林見潭影迎客有鈴音
梵唄出廣殿飛舞來珍禽履此勝絶境一清塵慮心
仲氏趣玄遠造詣非尺尋誰云干戈際獲覩金玉音七
日南山霧一鳴幽谷禽依然拂塵壁愁絶見予心

次韻公實感寓

求田問舍轉頭空十口無家寄粟蓬失得自憐嬰世
網是非都欲問天公綿綿不解溪邊雨漸漸無情松
下風賴有詩人排悶作且吟佳句任窮通

次韻公實雷雨

鷩雷勢欲拔三山急雨聲如倒百川但作奇寒侵客
夢若爲一震靜胡煙田園荆棘謾流水河洛腥膻今
幾年擬扣九關燐帝所人非大手筆非椽

次韻公實喜晴二首

凍雨連三日春膏過一犁寺橋杯渡水村徑㩉行泥燠
若生暘谷寒收豈石犀欲窮洪範理夕室有青藜
持壁遥梭鵲鎔金恨作犁行吟乘曉日扶杖入春泥
願學懷文豹終慙禿角犀徒歌無好語野飯只炊藜

馮太沖置酒即事用公實韻

故人同客寓蕭寺近清明春事一尊酒夜闌三尺藥
風流孔北海文字漢西京苦勸加餐食年來太瘦生

山中聞杜鵑

山中二月聞杜鵑百草爭芳已消歇綠陰初不待薰
風啼鳥區區自流血北牕移燈欲三更南山高林時
一聲言歸汝亦無歸處何用多言傷我情

寶峰筍用公實韻

繞寺千林筍高低遜澗邱參差舒鳳尾突兀長貓頭
入鼎資甘脆殘林且罷休會須堪小艇裁作海乘浮

公實示閒字韻詩悵然有感次韻奉和三首

晴暉生煥雨生寒朱夏陽春季孟閒斷雁哀猿金馬
客落花流水石門山早知蟻穴成何事欲棹漁舟去
不還昭氏有琴無作止虧成都任一機關

轂哭人歌行路難畏人無地出人間欣逢似海孫賓
石猶是江南庚子山野草離離隨意綠羣鳧汎泛倦
飛還一川煙草松蘿外何處梯雲叩九關

此國非燕南趙北我琴無濮上桑間勞生聊作夢中
夢苦語莫酬山復山觸石白雲歎峰起照人明月一
鉤還德星已為前陳聚紫氣休浮函谷關

漢末童謠燕南垂趙似際中央不合大如
礪唯有此間可避世

載酒邀公實同過西園食枇杷次公實韻

有美枇杷子三珍共一時朱櫻梨苑早盧橘蜀都遲
載酒寧辭病窺園似好奇酬君要佳句從古未題詩

公實再賦枇杷之什次韻二首

連雲蔥蒨外佳樹枇杷林味極東南美恩藏雨露深
山夫琢粟玉谷鳥避丸金永日羈棲意茲焉一慰心

醍醐尊中酒枇杷雲外林甘飡千顆盡軟語一盃深老
境宜扶杖交情得斷金遺民伐荻去真處即吾心

公實作暴雨詩次其韻

民生唯播殖天意在農深一夜盆傾雨千家粒食心
知時占聚蟻催種有鳴禽喜是田間語青青刺水鍼

次韻即事二首

自愧山林士來炊蕭寺煙怨驚寄猿鶴飛躍任魚鳶
咄咄空中字昏昏醉後眠擒文非孟子何以差狂顛

寄榻逢僧夏登場喜麥秋一風將決日四月尚重裘去
矣吁何及歸歟幸少休雨晴寒自戢桂魄更添愁

次韻野步

意行無遠近山徑自橫斜煙月生晴嶺風檣接暮霞
影歸巢幕燕聲散宿林鴉屐履相隨處僧壇即是家

遊都梁山

風吹古汲口雲滿都梁山執熱猷偪仄幽尋上孱顔
清泉似石乳滴瀝巉巖竇間乞此一瓢飲爲祛千載煩
山靈知我意殷然下曾巒散空作急雨抉石出甘寒
一酌蕩齒頰三咽縈肺肝輕軀變滯骨塵鞅思靈闕
來當躡雲至去當御風還再拜謝神休幸汝不我攀

四月二十三日晚同太冲表之公賓野步

四山矗々野田々近是人烟遠是村烏外疎鐘靈隱
寺花邊流水武陵源有逢即畫元非筆所見皆書本
不言看𢬵秧栽欲忘返杖藜徙倚到黄昏

野步

散策尋溪偶緩行羈棲愁眼忽雙明非烟冪々平蕪
合倒影層々遠翠橫鷗鷺低飛映山去江湖一諾(諸)百
金輕直知已造洞天内身在人間却自驚

石門中夏雨寒

五年胡騎纖中原四月江南尚薄寒入月誰能移太
白來朝戟(我)亦見呼韓灌壇風雨行將戢陋巷簞瓢且
自寬紅日再中天地正泥塗不辱漢衣冠

次韻即事一首

端居入夏愁更新不數多愁過一春躡屩難同若士

去取醉但與索郎親朝天幾日車同軌擊地共唱胡
無人自許世才非管樂聊將心事比雷陳

嘗白酒用糜韻

竹葉榴花久擅場一尊雲液勝椒漿人唯任達常中
聖藥自消憂不作狂滿泛冰甆無別色錯斟瓶水有
真香祇應剩醞逡巡酒始耐仙山日月長

庚戌歲六月四日至洪城舊廬無復尺椽帳
然傷懷用丙午歲遷居詩韻

南州一炬火我歸無所歸六月下灘湍一葉正復歎
空城何所有城闕雙闤扉遺瓦四五輩睥睨蟲鳥棲

潭々大都府灰滅餘空基委重者誰子汝輩凡且卑
螻蟻傾民命泥沙捐國貲犬狼肆噬嚙毆逐乃其宜
胡爲使羣吠如惡草蔓滋哀哉三萬室鍾此百六期
故居不可識將是復疑非階前千種花自憐託根微
露草相對泣吟風作悲詩人言城門火魚禍自靡遺
我亦無淚哭且復一解頤

病間和公賓飲酒詩

憂每傷人々亦憂花蒙兩眼雪蒙頭干戈滿地不可
醽醁篘爲家何處浮秋入鳴蟬催暑去酒如凝露與
清謀寫成庾信江南賦更續相如老倦游

戲和公實感秋對酒
青山愛客長青眼白酒知時泛白雲少日悲歡才一
瞬中星寒暑又平分稻粱狼籍餘棲畝雀鼠穿窬自
立勲一葉已驚秋意早映階黃落更紛々

次韻公實七月一日雨感懐二首
平生離俗得閑多素髮驚秋奈老何賔從盤飧唯白
石意行供帳有青蘿御風獨往松三徑踏月空歸雪
一簑短布單衣窮至骨醉吟不作飯牛歌
日々愁隨萬緒多遣愁不去若愁何文書引睡緒黃
卷福地求生訪綠蘿酒獻銀瓶聊注瓦衣辭錦襖却
披簑五更風雨作金石助我貫珠商頌歌

韋莊蜀程記入嘉陵道上如行青蘿帳中
福地記武陵有綠蘿福地與桃花源相接

將去寶峰誦老杜更欲投何處賦五言三首
更欲投何處乾坤老病身窮愁但有骨棲泊渺無津
巖穴探幽藪人烟隔幾秦驅車上九折回首想傷神
更欲投何處窮猿不擇林低回竹柏語慘戚鍾魚心
邑々出門淚行々度嶺吟西江如可吸在處海潮音
更欲投何處仙山不可窺欲尋吳許跡默々與綺園期裏
飯隨妻子清秋問路岐神眞有汲引逸駕或容追

奕棋絕句二首
新秋遣悶只圍棋病不銜盃亦廢詩對局蕭然兩無
語箇中君子有爭時
鷺落寒江鵜點汀晴牕飛雹擊槃聲方圓動靜隨機
見清簟疎簾眼倍明

又
白日惟銷一局棋攬棋還誦李侯詩傍觀不作千年
計會有局成柯爛時
茶局醒心過博局碁聲娛耳勝琴聲少年此戲殊不
惡坐隱時聞夜達明

再賦奕棋五言八句五首
荊璞玉為子并文楸作枰有求唯別墅不喜得宣城
跕々飛鳶墮丁々伐木聲破愁逢一笑無地著虧成
祇園三日雨碧澗一枰秋試問酒中趣何如林下幽從
它著虎口尋我鎮神頭唯悟爭先法當機與手謀
不作丹朱戲難禁清晝長敢言白玉局聊取紫羅囊甫
道空傳記乘除自有方兒童爭畫紙漫學老夫狂
眉山非快手奕勝亦欣然變態一翻覆幾微繫後先陶
公應太過雪女慧堪憐張弛誠吾道斯文許爾賢
凝神迷遠躅致一有全功皎々婦姑月冥々鴻鵠風罝

君愚甯子議樂哂溫公誰謂商山老飄然到橘中

越王山二首

朝登萬仞岡夕宿雲霞間越王昔何時稅駕宅此山山
顛有石室險絶未可攀烟樹相映帶尚想飈輪還文
吳二仙子騰踔跨雨班俯仰五百秋下視悲人寰王
室久蕩析世路方孔艱我卜真人居荷鋤乂蓬菅林
泉依福地樵汲闢靈關廣以遠兵革返茲後口顏
越王名茲山無復車馬跡絶頂有佳處軒然大盤石
靈洞閟其中神池蕩其側雲氣朝夕生合散一瞬息
吾門王子搜隱遯辭越國玉輿去不返丹穴鑠荊棘二
仙出季世故老猶記識遺蹤落人間不口傳寶墨我
睎伯夷清願作老畊役脫身埃壒外抹喝口三益

嶺雲

吾居半山上繞屋猶峻嶺舉頭即見之坐卧作墻屏
忽復不可求瀰洞雲萬頃初疑峅谷變身不踐人境
俄頃如故常突兀在屋頂隱見須臾間變態莫記省
烟霞成痼疾終日常烟烟早聞金丹訣未辨卜竈井
世亂一邱壑斯志或可騁鳴猿落空巖翥鶴飈晴影
石泉漱芳潤草木皆秀整洞天有歸路未往心已領

從寶峰長老唯足求貓頭筍

不識貓頭筍還思馬祖山庭蘭生舊茁綳錦換新斑
蘊玉爭懷寶登盤想飫餐分甘須剩劚遠助一甌箪

食榧子

若（一作石）榴資彭糧榧實伐彭兵三彭穴身中各以尸自
名伺隙戕所託雖盱為己禜仙山無凡木榧林高且清
八月實纍纍斗量亦囊盛盈盤得恣食不與汝糧并
嗟汝小黠尔安所逃汝生蚤讀黃老書五牙漱琅英
雖微玉山果知汝久已行衰亂食不足長飢病所嬰
蟠桃未能致橡栗庶可營作詩頌子榧期子以主盟

十月十五日山中下視雲氣自山椒出已而
瀰漫咫尺不辨巖谷戲成五言一首

一歲下元日千山小雪天雲層生遠壑雨擀割平川
放牧虛橫吹樵蘇樂靜眠遙知載酒客無路到齋前

十月十六日

雲氣依然合山蹊舊不通蘿盟猶可問牢醴頓能空
細覓泉聲外疎籬犬吠中無人披宿霧採藥過龐公

南城鄧氏亭

小麥青青山一曲江南千里傷春目盱毋江頭喚渡
人遙指麻源第三谷裹鹽包飯各怱怱回首烟霞樓
觀中詩成更覓羊何和猶是前身內史公

遊麻姑山仙都觀

浥露出南郭導塗盼西嶺幽尋不憚遠陟巘造殊境
懸瀑瀉天路高齋跨參井麻姑固神人上下凌倒景
逸駕不容追遺蹤搏塵影仙壇獨巍然鮮蝕此山頂
古屋鳴鵂鶹汙池育蛙黽葛嶺有異同源委邈難省
空餘豐碑字欵若猊驥騁永言賞心遇所樂塵務屏
濯纓欲自孔蹠臭還思郢安得斯人徒置論挈裘領
聖真豈遠而烱、金在鑛九淵孕明月七返閟神鼎
至道如可求汲深願修綆

靜思院上元日二首

麻姑山擗越王山憶昨下元今上元老去休驚長客
寓春來不擬問田園畏途豺虎中原近挾日風雲四
海昏夢遶瀟湘無落處憑誰楚些與招魂
欲趁嚴蹕萬重山且酌清尊慶改元穡事何時銷斂
戟賢書不用到邱園傷心華屋燈如晝觸眼荒塗犬
吠昏今日江東須管仲可憐窮寇尚遊魂

雲林院

水竹依山住煙霞並舍分愁添中夜雨冷浸一溪雲
滿目干戈地關心鳥獸羣歸途如可問猛犬莫狺、

二月十二日偶成

金溪東行二十里高即登山下臨水亂山中斷水橫
流水際招提對山起丹青像設半泥塗野僧一飯無
鐘魚散策閑尋蕨筍芽密林時逢桃李花

信州逢寒食

客行寒食路春晚上饒城野寺鳥烏樂山蹊荊棘生
人隨乘雁集地隔一牛鳴俛首征途內官曹何日清

題盛彥光邱壑軒

盛子卜居南澗濵開軒自比葛天民一邱一壑有能
事三浴三薰無俗塵閑遯逸人同執射偶逢漁父亦
垂綸此軒成毀吾何預畫著巖間恐未真

代簡呈信州李使君

萬斛誰能破客愁一尊風味乏醇酘中丞自許憐漁
父两上無端佳督郵必使索郎頻有顧也知歡伯解
消憂蘇州刺史詩盈卷還憶山僧冷病不

曉發鵝湖

萬松參嶺路千畝勸春耕不復紅鵝下空餘碧澗橫
佛扃穿縹緲仙馭鎖崢嶸道釋分殊境籃輿許我行

古田縣

句吳於越通舟車南走甌閩城百餘鑿山架橋窮輿
區班春不行猶一墟此邦自與桃源並不能深藏

人境五百年間閱戰爭淳樸散盡狙詐生

次韻和古田縣

踈慵我似海鷗閑文彩君如霧豹斑不省流離思樂
土深知鄉往愧高山低飛乳燕聲相接小叩華鯨夢
亦還共看園棋欲終日忘年初在立談間

遊石鼓山湧泉院

昔聞石鼓鳴今作石鼓遊擊拊久已息甲兵殊未休
精廬莊嚴海百室雲霧浮維時當長夏蕭颯如涼秋
高崖不見日老木枝相摎靈泉發嵌竇（竇）下注千仞溝
向來經行人頗以名字留俯仰百年內磨鐫遍巖幽
石橋可坐卧清絕無等儔眾山合沓來響答相獻酬
雖逢會心欣（一作適）未弭當世憂不知精山上復有勝處
不六飛尚東巡狐兔穴中州戈鋋塞河洛冠蓋（蓋）集閩甌
墮此吠雪國烈火爛不收炎飆方焚輪赫曦欲停舟
微生類焦穀茲焉得依投一乘凌風翰濯纓天漢流

石湖院

古木參天水一溝潮來曲折可藏舟招提窗映晴嵐
起滄海潛通夜氣浮丹荔薦盤鱸似客赤鱗供饌識
炎洲却疑江左知名士不作乘桴浩蕩游

初食生荔枝

六月寓閩山初逢荔子丹皺紅分顆顆凝白作團團品
目誠無限珍甘擬亦難不勞走馬使安坐得加餐
獨擅東南美誰如十八娘笑顰俱有味朱粉不迷香璀
璨珠生掌清冷露入囊風流須第一飣座每難忘

秋日登萬歲寺平遠臺次麋韻

山川信美自愁多嶺海途窮可若何倦客難尋越絕
記畸人但唱郢中歌天香不入伊蒲塞佛水猶聞優
鉢羅還是浮雲辭白日鳳皇臺上一經過

戲次韻和了信上座

天公下觀戲魚龍分披敦物隨緣宗塵沙欲枯罔嚮
眼酒醴難澆磊塊胸會稽之南曰閩海京行萬里因
雄風二兒得邑古長樂意擬分治三山中門張雀羅
即我室吊影不識求羊蹤擔簦挾卷者誰氏投筆言
詩有此公紛紛道旁皆杏李辛酸交攻無復理入林
初聞薝蔔香知味自覺醍醐美今時杜陵見老人地（他）
日揚休望吾子我觀蓬壺纔一水桐柏羅浮相對起
赤烏銜符得寶書青鳥拂簷來報喜君能無事如懶
殘吾見尚不慙張底

題團欒圖

一老滅塵慮七兒同靜緣境超法界觀身作地行仙

男女非殊相丹青亦浪傳襄陽衆首話猶是在家禪
社日守文德和送酒次糜韻
羈游苦似澤藏山老境難希藥駐顔日、尋春穿窈窕行、止渴漱潺湲忽逢歡伯來傾盞無數愁城盡斬關多謝天公憐狂客九衢忙裡獨偷閑
次韻許子大王豊父圓明送春之什
鵾鵴能愁物外人芳菲聊借夢中身要知瓊刃非凡骨信有金庭不盡春伯雅相將浮鴨綠素娥應共踏蟾銀休驚麗句同仙授王許從來侍帝宸
次韻許子大李丞相宅牡丹芍藥詩
山丹麗質冠年華復有餘容殿百花看取三春如轉影折來一笑是生涯綺羅不妬傾城色蜂蝶難窺上相家京國十年昏病眼可憐風雨落朝霞
福州程使君止戈堂二首
甌山閩海兩高深幕府同開閱古今堂號止戈賢守意郡名長樂聖君心行看鑄劍為農器即有飛鴞集泮林此日東南是洙泗喜聞弦誦發清音
跳梁山谷有頑民電埽風除一聚塵排闥江山千里眼滿庭桃李四時春定知當宁思龔遂政恐攀輿借寇恂誰是諸侯先賓客酣歌應許杜陵人

聞師川諫議至漳州作建除字詩十二韻迓之
建武下詔書海嶠識明主除吏得陽城所喜逸民舉滿腹懷經綸華閻含露雨平生相期心中興爾乎取定交自疇昔契濶及再暑執熱子南來五月憩漳浦破啼謀一笑預置風月俎危言倘可陳正學當盡吐成虧在須臾得失宜熟數收功謝王魏取道亦傅呂開茲衆正路慰彼蒼生苦閉閑拒他盜拂塵招巢許
坐上呈師川有懷駒父
上坡諫議立清班入奉威顔咫尺天仲氏三山久憔悴徵君五嶺亦迍邅欣逢白鶴歸華表更想黃熊出羽淵客、一尊雙淚落相陪里社復何年
師川見和再用元韻
河洛中秋已凜然甌閩八月尚炎天方懷許國忠言切不計歸途道里邅子產未能忘季札太阿應必待龍淵樹人樹木有明算誰謂百年同十年
鉛山縣石井院
兩年再踏鉛山路今日初嘗石井泉碧玉巉邊淪湯餅金勝五鼎擊肥鮮
初入浙中
松竹籠官道牛羊食野田吳山低送客蕩水遠含天乍

聽吳兒語初逢傖父船平生足未歷聊以慰華顛
我生豫章汭游宦在京華百粵非吾土三吳亦爾家客
星嚴瀨釣西子越溪沙一洗晦昏眼如乘上漢槎
山村柿栗熟客舍稻粱秋池足能言鴨蹊多喘月牛
如聞息戰鬬剩欲起歌謳鼓楫臨江誓誰為祖豫州
初至臨安
頫頏石渠選甎飛行祕書無才甘引避守拙待新除
便闕日星宅朱門卿相廬多聞定何益不得一椽居
予宣和中任祕書少監今再除前官喪亂後
見舊吏讀新書感歎有作
再入蘭臺逢舊史重遊東觀閱新書十年謫去常憂
鵩萬里歸來亦食魚江右未容追第一體中猶得問
何如家徒四壁今無屋誰為君王奏子虛
次韻曾仲共見貽之什
地僻逢人喜官閑通客通國容開冊府天步邇行宮
傖父扶攜裡吳山指顧中相看供老大歸乘莫悤々
曾仲共示贈稽山虞君詩次其韻
名高有定價虞子獨難諧臺閣頻虛席溪山自放懷
鳴蛙當樂部行柳作街排欲汎扁舟去應容賀老偕
次韻蘊公書馬券詩
漢入莎車得象龍誤隨分賜馬羣中跨驢誰念少陵
老徒步獨憐諸葛公縱使飛潛俱物役何如生死與
人同憑君閑卑藏書券長作高山仰德風
東坡以賜馬遺李豸作券使貧之子由以
詩跋其券尾豸子以示予為繼和
立秋日上饒郡偶成二首
承明非獄直哀病自投閑江漢蒸炊內盤盂嗒哈間
層冰萬里夢謁帝九重閑顧借摶風翼追遊物外山
平生逃暑飲病著不濡唇熨齒甘瓜冷流匙香粒勻
加飡雖意決對案已眉顰却歎廉頗老猶為善飯人
盛彥先次韻見和復用前韻因以自歎
星織烏同織鷄閑鷗亦閑問君離俗久何事落人間未
伏秋無雨殘歊晝掩關寒泉聊洗耳清冷似吾山
涼颸將透齒烈火謝燋唇壁織梭々應簷珠顆々勻隱
憂成獨樂淺笑榜深顰更上藐姑射問途冰雪人
夢中作四言用前韻
事有怕愛語分忙閑左右前後外內中間青雲千呂
紫氣浮關五星東井徵巫似山
鵙々珍腿猩々美唇醴齋調適勻藥和勻老商嘻笑
西施解顰倦龜若士醫桑餓人

再次四言韻

執虎入圈縶驥在閑志六合外身十畝間組繫单于
泥封函關樂我叢桂淮南小山
魯兄衛弟虞螽虢脣倚伏相因否泰惟勻履茲艱虞
慎厥笑顰水清見石天定勝人

再次四言韻

入聖有域存誠以閑德不德上材不材間堂上不冀
門設常関鄙哉郎垤覆簣為山
編貝皓齒含朱絳脣甄陶圖熟琢削細勻不笑不言
倚席以顰商略以此為若而人

秋分日偶成

洪崖山下一臞儒碧玉巉邊抱病夫永日脩然無復
事人欺憔悴鬼揶揄

曾仲共和予春日登滕閣詩盖舊詩也復次
韻

西江東畔見江樓江月江風萬斛愁試問海潮應念
我為將雙淚到南州

蠟梅

見江樓下蠟梅花香撲金尊醉落霞獨倚東風如夢
覺一枝春色別人家

人日

開歲逢人日吾哀不夢周家書生遠恨客舍起離憂
朔雪驚南服江梅笑隴頭誰能結綵勝一為散春愁

鍾乳

鍾乳宜為粉扶衰老所須緘藏鵝管細治鍊玉鎚堅
石髓誠難值雲腴恐浪傳刀圭聊已疢未敢議真仙

葉少蘊出示鄭先覺閱駿圖為作長歌

丹青得名曹將軍畫馬已成無復人諸生韓幹畫肉
法絕足亦傳沙苑真儒林望郎李公麟曹韓復生能
與隣心胷可納天西極紈素頻空冀北羣鄭生晚識
李侯比自許筆端輕萬里山川初出大宛城翰墨猶
沾渥洼水汗血歕沙指顧間霧鬣風鬉卷中起戲□
十馬皆龍材前有飛黃後山子葉公好尚有祖風苦
愛真龍似畫龍千金不惜市駿骨睥睨神物秋豪中
英雄嘗鬪妾換馬意氣欲將詩換畫詩工畫妙兩崛
奇如量馬觀未論價公詩自是生騂騮恨公不身親
李侯向來曹韓空白頭

和曾仲共大風折木歌

秋風炭業土囊口陽崖中裂陰崖吼南山高木大百
圍頃刻剪伐如斷臼修枝偃蹇攫龍蛇直榦崩山塞

巘岫千雲蔽日埽地空𩆜電奔霆翻覆手山靈掩泣
惋惜深匠石含悲淨淡久折臂而公黙而王精金當
鎔玉當剖斷木剞為浮海航路指銀河上牛斗委餘
猶得宫殿材瑮細亦蒙梁棟取萬　之舟可弗論大
厦悄懞此馬有狂飈卷空欲奚為壽與金石長不朽
天生大才將有用乖逢相因孰先後嗟尔乹楓與枯
柳摧杌為薪尚誰咎

楚州阻水漲懐汪信民吕居仁二士四言

大江似理長淮西湲厥隩射陽城邑嶽峙鑿渠而漕
首淮江尾舳艫岢峨連檣千里青雀翩、彩虹嶷、
桌踊舟蹐限兹潢水昔我至此得二國士單瓢相樂
汪吕凡子于今幾年乖隔生死梗汎萍飄乃復于此
菱花淨吐鷺羽徐起如欲我留盼睞以喜俯仰山川
感念成毀一瞬千古寓非予恥

奉送駒父師川二郎中赴召四言

火中暑退庚伏在婁赫熾方炎金石欲流之二大夫
服章紱、文昌臺郎柢命是憂中江有舳中涂有轅
風檣雨轂長夏為秋白雲在天峷如巘邱倏忽西東
不我告謀翩、者鵲俯矚魚游將逝復止鵠影河洲
嗟予去國三葛于休止東生耳永謝鳴騶揮袂江干

長嘯林幽

遷居

從宦三十載故山凡幾歸昔歸尚有屋再歸已傾欹
今歸但高木竹落剃薪靡上為烏鳥都下為犬雞棲
相彼東北隅三畝以為基積塊與運甓實窪而培卑
成兹道旁舍空我槖中貲堂室取即安戶牖適所宜
嘉樹三四株當牕發華滋馨香入懐袖似與遷徙期
我今六十老豈不知前非咨謀愚見拙就列筋力微
竊食奉祠祿永負伐檀詩松楸幸在望隣曲不見遺
葛布隨里社庶以保期頤

次韻公實與用中夜話

賢哉鄭圃客去為五漿驚鮮榻棲雲表開牕納水聲
忽逢京國舊相對夜燈明歎息胡詎老猶思摘鉄築

西渡詩集終

右傳青芝山堂影宋本玉父為山谷之甥元祐末嘗策官著作祕
書少監童貫嘗對上曰世人皆嚮于心臣獨嚮于母心則了了唯上
所使後以事免復拜少監与民望又炯駒父鄒第鴻父相称四洪鴻父詩
無傳别本附載龜父詩九首駒父詩二十四首襍文二首此本無之未知何為題
本矣也戊戌五月朔日牧菴湯士記

附一：輯補《全宋詩》失收洪炎詩作

寄兄

六年作別書頻至，一月相從袂又分。船宿緑波浦邊雨，客行烏泥岡上雲。陳留風俗尚可道，襄陽耆舊空復論。鴻飛沖天雁翅短，付與燕雀聊同群。出吴聿《觀林詩話》。韓立平《〈全宋詩〉補遺八十則》（載《中國韻文學刊》，二〇一〇年第三期）輯補。

附二：薈集辨證《全宋詩》暨諸家研究

《全宋詩》關於洪炎詩作之誤

《全宋詩》誤補洪炎詩句爲他人佚句一條

張如安《〈全宋詩〉疏失分類舉證》（載《古籍研究》，一九九九年第三期）考證：《全宋詩》卷一二七九頁一四四七二輯補洪朋《南坡》斷句「盱母江頭喚渡人，遥指麻源第三谷」，實洪炎《南城鄧氏亭》詩中句，詳洪朋。

一二、汪革

汪革（一〇七一—一一一〇），字信民、伯更，號青溪居士，其先歙人，徙居江西臨川。性孝友，家貧好學，與邑人饒節、謝逸善。紹聖四年（一〇九七）試禮部第一，登甲科進士，授潭州教授，改宿州。蔡京當國，以周王宫教召，不就，復爲楚州教授，有賢聲，卒於任。在宿州，從吕希哲學，與希哲孫本中往復唱和，尤爲莫逆。嘗言「咬得菜根，則萬事可做」，爲世所賞。學問該博，文章敏贍，著有《尚書解義》四十一卷、《論語直解》十卷、《青溪集》十卷。

《直齋書録解題》卷一七録汪革《清溪集》十卷《附録》一卷（《全宋詩》小傳據同治《臨川縣志》卷四二作《青溪類稿》，未録卷數），疑爲其詩文集；卷二〇別録《青溪集》一卷，殆即入《江西詩派》者。其著述無成卷者傳世。《全宋詩》册二二卷一三〇一頁一四七五八至頁一四七五九據諸書録詩七首、殘句二條。

附：輯補《全宋詩》失收汪革詩作

春日

繭絲愁緒分頭亂，電影年華掠眼光。底處心情是真實，箇中事業要平章。出《續新編分類諸家詩集·雜賦類》。卞東波《域外漢籍中所見宋代江西詩派新資料及其價值》（載《海南大學學報人文社會科學版》二〇一四年第四期）輯補。

一三、李錞

李錞，字希聲，號逍遥子。河南開封人。宋宣和三年（一一二一）以祕書丞奉詔修《汴都志》，五年書成，挂冠去。喜收藏書畫，工詩。與米芾、徐俯、韓駒、謝逸、王直方、江端本交善唱酬。著有《李希聲集》一卷、《李希聲詩話》一卷。近人郭紹虞輯其詩話十七條，編入《宋詩話輯佚》。

《全宋詩》小傳未録其籍貫，《宋詩話考》（郭紹虞著，中華書局，一九七九年）、《中國歷代詩話選》（王大鵬等編選，嶽麓書社，一九八五年）、《中國歷代詩詞曲論專著提要》（霍松林主編，北京師範學院出版社，一九九一年）、《程千帆全集·兩宋文學史》（程千帆著，河北教育出版社，二〇〇〇年）、《中國詩話史》修訂本（蔡鎮楚著，湖南文藝出版社，二〇〇一年）、《黄庭堅研究論集》（黄啓方著，安徽人民出版社，二〇〇五年）、《江西宗派研究》（伍曉蔓著，巴蜀書社，二〇〇五年）等等俱作江西南昌人。然不知諸家所據。考宋人李廌《師友談記》記「李錞希聲言，頃侍其祖茂直爲江西監司」，《續資治通鑑長編》卷二九四、卷二九五記元豐元年（一〇七八）李茂直官江西提點刑獄，梁克家《淳熙三山志》卷二五記李茂直於元豐五年至八年間任福建提點刑獄。清馮登府《閩中金石志》（文物出版社，一九八二年）第六册卷一一《箋經臺題名》有「河南陳紘公度、開封李茂直景弼壬戌仲秋壬申遊安國院箋經臺」石刻文字，則李茂直、李錞祖孫二人爲開封人。又考張方平爲李宗詠撰《趙郡李公墓誌銘》（《樂全集》卷三九），稱李氏世籍河北饒陽，至宗詠祖父卒葬陳留，乃著籍陳留（宋屬河南開封府，今屬開封市祥符區），爲陳留著姓，茂直即宗詠次子。則李錞爲宋開封府陳留縣人無疑。伍曉蔓《江西宗派研究》據《王直方詩話》、米芾《書史》判斷李錞爲仁宗朝宰相劉沆（字沖之，九九五—一〇六〇）家女婿。《王直方詩話》曰：「李希聲云：舒王罷政事時，居州東劉相宅……希聲，劉氏婿。」《書史》曰：「李錞收唐人歐行書兵箴，劉沖之丞相家物。」考舒王即王安石，宋侯延慶《退齋筆録》有「元豐中，王荆公乞罷機政，寓於劉沆相宅幾兩月」，與此正合，則劉相當爲劉沆無疑。黄啓方《黄庭堅研究論集》以李錞爲宰相劉摯（一〇三〇—一〇九八）女婿，蓋誤解「劉氏婿」爲「劉相婿」所致。

《直齋書録解題》卷二〇録李錞《李希聲集》一卷，殆即入《江西詩派》者，佚。《全宋詩》册二四卷一三七九頁一五八二八至頁一五八三〇，録詩十首，殘句二條。

附一：輯補《全宋詩》失收李錞詩作

石橋

兩溪合派一橋横，似雨聲喧瀑布傾。茶點成花金蕊嫩，香焚飛篆蕙煙輕。天寧賢聖空中望，佛國山林路上行。洗滌塵懷舊腸肚，自新省悟利兼名。出《天台續集》卷下。《全宋詩訂補》輯補。

棲藥山詩

千仞峰巒聳碧空，不知何代創仙宮。滿庭秋色莓苔地，一徑寒聲檜柏風。出《輿地紀勝》卷一五六順慶府。《全宋詩輯補》輯補。

附二：薈集辨證《全宋詩》暨諸家研究《全宋詩》關於李錞詩作之誤

《全宋詩》重出李錞詩爲他人詩一首

張福清《李龏〈梅花衲〉對〈全宋詩〉校勘、辨重和輯佚的文獻價值》（載《古籍整理研究學刊》，二〇一〇年三期）考證：《全宋詩》卷一三七九頁一五八二九録李錞《早梅》其一又見册六五卷三四二五頁四〇七四三，據《慶元府瑞巖山開善禪寺語録》收爲釋紹曇《偈頌一百零二首》之一百，僅兩字異，當是李錞詩。

《全宋詩》録李錞詩中字詞錯誤一條

《全宋詩訂補》考證：《全宋詩》卷一三七九頁一五八二九《早梅》其二「風急落芙無藉在」句中「芙」，《永樂大典》卷二八〇八作「英」。

誤補《全宋詩》未收李錞詩一首

編者考證：《全宋詩輯補》據清陸增祥《金石補正》卷八三（謂亦見《輿地紀勝》卷一五六順慶府）輯補李錞《題遊金泉觀》：「昔時謝女昇天處，此日遺蹤尚宛然。蟬蛻舊衣留石室，龍飛靈水湧金泉。碑書故事封蒼蘚，殿寫真容鑠翠煙。薄暮松巔聽鶴唳，猶疑髣髴是神仙。」今考《金石補正》及《輿地紀勝》，均作李宏詩，《全宋詩輯補》列爲李錞佚詩，未詳其原。據《金石補正》，宋太祖開寶元年戊辰

（九六八），李宏任果州通判。檢《全宋詩》録有二李宏：其一見册二九卷一六八三頁一八八九一至一八八九四，宣城人，政和五年（一一一五）進士。下存《遊金泉觀》詩目，附注曰：「據清陸增祥《八瓊室金石補正》卷八三爲太祖時人李宏詩。本書待入補編。」其二見册三五卷一九六八頁二二〇五一至二二〇五二，紹興十四年（一一四四），以左奉議郎、蜀州教授知合州。又按，此詩於《全宋詩輯補》凡三見：其一補於李錞下，上已詳述。其二補於吴淵下（《全宋詩輯補》頁二四二五），謂出《宛雅三編》。今考《宛雅三編》卷二，録爲宣城李宏詩，蓋《宛雅三編》李宏詩在吴淵詩下，因以致誤。其三補於「《全宋詩》未收作者」李宏下（《全宋詩輯補》頁二九九二），傳曰：「《全宋詩》已有兩李宏，皆南北宋之際人。此李宏爲宋初人，……見陸增祥《金石補正》卷八三詩序及題記。」其説甚確，應以此爲正。

一四、韓駒

韓駒（一〇八〇？—一一三五），字子蒼，號陵陽，晚號北窗居士，學者稱陵陽先生，仙井監（轄境相當於今四川仁壽、井研兩縣地）人。從蘇轍學。政和初，以獻頌補假將仕郎，召試，賜進士出身，除祕書省正字。尋坐從蘇氏學，謫監蒲城縣市易務，遷知分寧縣（今江西修水）。宣和二年（一一二〇）召爲著作郎，五年除祕書少監，六年遷中書舍人兼修國史，尋兼權直學士院，以制詞簡重爲時所推。七年知和州。靖康元年（一一二六）召爲知制誥，旋出知應天府，改知黄州，未幾復坐從蘇氏學，以集英殿修撰提舉江州太平觀。高宗即位，知江州，力辭，以徽猷閣待制提舉江州太平觀致仕。紹興五年（一一三五）卒於臨川寓所。《宋史》本傳稱韓駒卒於紹興五年。弘治《撫州府志》卷二四《寄寓傳》稱韓駒卒年五十六，吴榮富《韓駒詩風格析論》（載《宋代文學研究叢刊》創刊號，一九九五年）疑其不可據。黄景進《韓駒詩論——兼論換骨、中的、活法、飽參》（載《宋代文學研究叢刊》第二期，一九九六年）稱約生於一〇七五年前後。韓駒少有文稱，以詩文名。蘇轍以其詩比唐代儲光羲，黄庭堅稱其超軼絶塵，劉克莊稱「其詩有磨淬剪截之功，終身改竄不已，有已寄數年而追取更易一兩字者，故所作少而善」。與徐俯、李彭、吕本中等交善唱酬。著有《陵陽集》五十卷、《陵陽正法眼》一卷。

《直齋書録解題》卷一八録其《陵陽集》五十卷（《宋史·藝文志》作十五卷），當是詩文集；卷二〇録《陵陽集》四卷《别集》二卷，乃入《江西詩派》者，疑《别集》二卷爲慶元五年黄汝嘉增刻，俱佚。今傳《陵陽集》（又名《陵陽先生詩》、《陵陽先生詩集》）四卷，以明菴羅菴鈔本（藏日本）爲最古，後有多種清鈔本，刻本有清宣統二年沈曾植刻《江西詩派韓饒二集》本。《全宋詩》册二五卷一四三九頁一六五八〇至卷一四四三頁一六六五〇以文淵閣《四庫全書》本爲底本，校以蕭山王氏十萬卷樓鈔本、清宣統二年沈曾植刻本；第五卷爲新輯集外詩五十五首、殘句二十一條。今據中國國家圖書館藏清鈔《陵陽先生詩集》四卷本影印。

陵陽先生詩集四卷

清鈔本
原書高二十七點六釐米，寬十八點一釐米
中國國家圖書館藏

陵陽先生詩目錄　　韓駒子蒼

第一卷

古詩

分寧大竹取為酒樽短頸寬大腹可容
二升而漆其外戲為短歌
湖南有大竹世號猫頭取以作枕仍為
賦詩　竹鑪

第二卷

題梅蘭圖二首　題湖南清絶圖
送鄉人李元景歸蜀
蜀張氏賜書詩　送嘉甫父倅岷州
次韻程致道館中桃花
次韻黑氈歌
送許少卿出守邠州
送趙承之秘監出守南陽
次韻館中諸公游慈雲寺
飲酒次人韻　榮事堂詩
題釆菊圖
次韻胡元茂館中直宿
靖康元年自南都移黃州八月十六日
華藏民老渡江見訪于定山下院一夕

別去以詩送之
去冬除守歷陽未上召還西掖今夏自
應天尹移知齊安道由歷陽珪老相訪
奉東一首
二十九日戎服宋軍城外向儀曹亦至
戲贈一首
陶氏一經堂詩　遯子生日
次韻趙德夫龍圖送李諫議
題大姑山　送僧歸蜀
武寧道中　送深老住芭蕉寺
再用前韻東園通止老妙惠光老一首
次韵高大中侍郎罷郡書懷
次韻曾通判登擬峴臺
戲作冷語三首　送鄂州劉使君
題蕃騎圖
題韓晃畫瀛洲學士圖
送韓將仕自撫之衢
次韻吕居仁贈一上座兼簡居仁昆仲

順老寄茉花乾戲作長句
戲留圓首座元上人
李氏娛書齋　送王祕閣二首
送里人陳會往見江西漕使
夜与疎山清公對語因設果供戲成長
句
昔与道顔智俱二僧居武寧明心寺未
幾與俱避賊山中顔幾不免紹興五年
復會于廣壽寺偶作
送賢上人歸雲門庵
送秀老住南岳上封寺
久雨溪漲壽朋惠示長句次韻一首
送溈山顯化士往印經
謝彰上人遠自雲門見訪

第三卷

近體詩
上泰州使君陳瑩中
聞富鄭公少時隨侍至此讀書景德寺
後人為作祠堂因跋余舊詩後以自嘲
食蟹
次韻師白中秋會飲且餞予行
次韻留別南公
至襄城家君有詩命某屬和
次韻雙蓮花云得之城東
和者既多花已成實矣
次韻陳師白
次韻蘇孟二君唱和
十絕為亞卿作
送俞仲寬赴宿倅
便衣訪師川坐定陳瑩中太守亦至余
避入室已而同語良久戲呈師川
次韻師川見和
五月八日遊北禪師川登塔盡七級僕
能三級而已晚過公晦偶作二首
曾大父有詩云三春拂榻花黏袖午夜
淘丹月在池舍弟子飛歸蜀與語及此

因取為韻
次韵參寥　游定林寺
題鶺鴒圖　題絳帳圖
泰興道中　偶書
題畫雪爵
題王充道清芬亭前瑞香花數百本
智勇師歸永嘉自言所居在萬竹間乞
詩送行
題修師陽關圖　題趙君發牧牛圖
李少愚母挽詩　贈張景方
題花光長老畫二首
送黃若虛下第歸湖南
館中直宿書事　走筆謝人送酒
留別館中諸公
行至華陰呈舊同舍
金粟堆　謝人寄小胡孫
醉中走筆留別楊將軍
賦曲江禁柳　次韵思聰

和李上舍冬日書事
謝人寄茶筅子
偶書二絕呈館中舊同舍
題明皇上馬圖
次韵倪巨濟夏夜二首
送蘇世美東歸
次韵蘇文饒待舟書事
次韵蘇彥師見寄　題萬松亭
道中絕句　梅花八首
夜泊寧陵　題申居士雪溪圖
同趙發運游甘露寺
庚子年還朝飲酒六絕句
題韓幹畫馬　送梅常化士
次韵何文縝種竹
虞童子七歲能誦書部使者聞諸朝既
至京師會更制不果試其歸也以二小
詩送之
次韵李希聲館中上元直宿

次韵王給事觀殿試唱名

先大夫元豐間及進士第榮州伯父喜而賦詩宣和四年信道兄登科某時為著作郎侍立集英殿與觀唱名未幾信道兄調而歸某謹次伯父韵以送之

送王左丞宣撫河北

次韻翁監再來河館中

目東以御畫鵲示目某謹再拜稽首賦詩

送權師謁蔣山華藏二長老

送聰師住蜀中乞錢

次韻館中上元遊葆真宮觀燈

過左掖門馬上口占

蜀僧添聰幸然叩門乞詩送行

申應時卜居京口名之曰雲棲又曰小築乞詩送行

故樞密鄭公輓辭

次韻何文縝舍人後省致齋

故正議李公輓詞　次韻石塔睡庵

送僧化寧呉中行脚

示龜山平老

次韻侯思孺將至黃州見簡

故資政忠惠韓公輓詞

以正賜庫蒲萄酷送何斯舉復次其韻

登赤壁磯

某已被　旨移蔡賊起旁郡未果進發

今日上城部分民兵閱視戰艦口號五首

第四卷

近體詩

次范元長韻兼柬鄭有功博士

次韻耿龍圖秣陵書事

送蜀僧希摩住雲居

次韻金陵德夫使君上元三絕

蕪湖戲趙德夫　送顯上人歸蜀

為超然道人作雲臥庵

次韻南溪觀魚
避賊巖陽山次蜀僧清雅韻
用遜子游巖陽菴韻
次撫州高使君韻
再次韻兼簡李道夫
次韻錢遜叔侍郎見簡
往歲自京口與曾公永宏父同行至下
蜀因次前韻東之
錢遜叔見示小詩次韻
（撫）州邂逅彥正提刑道舊感歎輒書長句
奉呈
題伯時所畫宮女　次韻游橘陂
送曾宏父　題雙牛圖
次韻錢遜叔侍郎見簡
信州連使君惠酒戲書二絕謝之
次韻錢遜叔謝曾使君送酒
次韻曾寺丞觀早朝上徐諫議
次韻徐翰林　送僧住梅山

某頃知黃州墨卿為州司錄今八年矣
邂逅臨川送別二首
送雲門妙喜游雪峯
送東林珪老游閩五絕句
示珪上人　即席送呂居仁
余往歲與遜叔侍郎同寓廣陵靖康元
年遜叔守符離余被召過焉未幾余守
南郡遜叔移真定過留數日紹興二年
復同寓臨川感念疇昔奉送一首
送李献可奉使湖南
余為著作郎如瑩為司令官舍皆在左
掖門外高頭坊紹興四年如瑩持節江
西道撫相訪輒成長句
次韻曾吉父見簡
六月二十一日子文待制見訪熱甚追
記館中納凉故事漫成一首
送子文待制歸蜀
世謂七夕後雨為洗車雨又七夕後鵲

頂毛落俗謂架橋致然戲作二絶
夏夜廣壽寺偶書
送范叔器次路公粥韵
送范生
夏日謝人送酒
又謝送鳳團及建茶
嘲蚊
嘲蟬
嘲螢
嘲蠅
頃年侍立集英殿見周表卿唱名第二
客居臨川表卿為宜黃丞歲滿訪別以
詩送之
問江西漕使乞酒及牛乳
冬青
謝江州陸簽判寄糟蟹
次韵吉父曾園梅花
奉酬泉州使君寄荔枝子魚
送李大夫移宰新喻
送翁縣丞赴部
似矩尚書帥桂道由臨川賦詩三首貽

彥章内翰謹次元韵送行
次韵吉父食筍乳長句
次韵程待制見簡
曹山老送筍蕨與諸禪客同食戲成
送宜黃宰任滿赴調
送張右司赴召
令人生日以畫十六阿羅漢為壽仍作
三頌以祝長年

陵陽先生詩目録

陵陽先生詩卷第一

江西詩派

中書舍人韓　駒子蒼

古詩

上陳瑩中右司生日詩

悠悠大塊間萬類紛相敵偉哉拔俗人真宰豈無力六經陷邪説諸儒用一律天未喪斯文公生抱絶識著書羅古今射策開胸臆前輩幾欲盡後來昧所適天將激頽波公生秉孤直數諫難居中三巳無愠色海宇屬無虞天工或曠職天實佑　皇帝公生藴奇德培壅棟梁姿一旦壯王國禁網雖小寬疲俗未全逸天惟念我民公生富才術箴揚雲雨勢諸方待膏澤天既責公深眉壽天何惜行看佩相印不羨登仙籍南山雅望重北斗威聲赫禀生固難朽吐納自不息惟昔軒冕徒浪喜山林迹留侯追赤松志就亦何益傳説為列星但巳脱寰域孰知我公貴与國長無極

孫朝散母壽（封）彭城郡君賜霞帔以詩賀之

孟母壯日家三遷歘見季子聯朝班因逢吾君鼓舜絃不惜一邑榮參鶱（曾閭）里門初接金花牋爭賀羊酒相摩肩不疑平反奉慈歡壽逾九十留朱顔又逢吾君禮高年太息加賜彭城田霞冠彩帔麗且閑復賀年酒歡如前四時觴客客滿筵緋衣侍坐不笑言飲及二斗巳醉眠起作兒啼衆欣然人間樂事到庭偏夫人此樂人人傳忠臣孝子希兩全近代只數先生賢從予乞詩費雕鐫借君詩囊為君編那知不有南陔篇

利濟橋亭詩

朝奉郎張公約（得）其先父遺碑以附家集從諸公索詩予為作此

大夫官業世所驚老覺軒冕非真榮斯文自屬吾黨事正恐無路逃虚名生猶不見皇甫謐死豈肯投劉禹錫茂陵一幅入漢宮世間共惜無遺帙哀哉若人用意深自言身作鶴鳴陰著書

遺子三萬軸人初笑我籯無金萬仞磨崖刊好
語那知百年蒼蘚汙爾來夜夜虹貫天山下居
民未知處周詩不列石鼓歌後世恐歎遺義娥
于今購市究家集野老何知亦摩挲川流可平
石可腐只此殺青垂萬古五百驪珠固已奇揮
架不知猶幾許公今未暇歸田廬且當驅童曬
蠹魚不辭借取連車軫要讀人間未見書

善相陳君持介甫子瞻手字示予戲贈
短歌

古來相馬先之瘦仲尼亦作喪家狗唇紅齒白
痴小兒不羞障面欺羣醜鶴冲居士術如神東
走梁宗西峨岷諸公蹭蹬未遇日坐中知是非
常人只今白髮無餘產短褐逡巡列侯館世人
胸中無黑白不如居士明雙眼嗟予塵貌天所
付不須強覓封侯處書生只倚一片心他日相
逢記裴度 記一作說

送葛亞卿欲行不一過僕

吾廬偪仄門三尺慚愧春風巧相覓叩關惟許

葛王孫有時藉草傾餘瀝汝不如南池主人車
載客紅旗皁盖行遠陌又不如東郭公子柳藏
門青娥綠髮坐開樽是身牢落終何為人不汝
嫌汝自嗤伸眉一笑能幾時忽聞春盡王孫歸
春風欲盡猶有情飄英墮絮俱傷神王孫未歸
迹已掃秣馬膏車何太早明日一盃愁送春後
日一盃愁送君君應萬里隨春去若到桃源記
歸路

術者吳毅乞詩欲至塞上

少年吳君抱奇識四海一身求異術逢 更得
主安文西方諸侯正須君高賢未遇世亦有相
見為陳休與咎我自與世如參辰從來無心恐
牛斗

陽羨葛亞卿為海陵尉作葺春軒余為
賦之

昔聞先生隱吳儂當窗十里橫烟峯今見先生
為楚吏繞墻四面縈烟水從來楚俗帶吳風曲
折徑路深房櫳舍前繫舡柳千丈舍後參天竹

蕅叢牙籤插架似蓬館白拂掛壁如僧宮掃地
焚香欣客至美魚飯稻愁罇空不溷不清惟奈
寞大笑先生致身錯青衫猶作布衣心朱門却
有田居樂筆田造化天工怒冒包今古時人愕
甘窮自許元次山蹈海還尋魯仲連吾曹一歡
𩕳易得世間百歲俱可憐何用北窓翻朽策且
向東亭弄春色我當酌酒壽主人灘前飛下雙
鸂鶒

謝錢珣仲惠高麗墨

王卿贈我三韓紙白若截肪光照几錢侯繼贈
朝鮮墨黑如點漆光浮水舊傳績溪多老松奚
超既死松亦空易水良工近名世珍材始不歸
潘翁蕭然南堂一居士亦管揄麋無月賜借問
玄書何自來去年海中持節使明窓宴坐不忽
忽引紙磨墨寒生風自笑平生綰蛇蚓更慙爾
雅注魚蟲殷勤二物從來遠裨海環瀛眼中見
若欲揮寫藏名山不如却作談天衍
行次汝墳次韵惇夫天慶觀檜

紛紛物態逞檜獨不自奇雨露長鶴骨風霜瘦
龍皮要纏推暴力豈顧合抱遲雖無艾納香不
着寄生枝結根巳千丈凜凜誰寒之其下羽客
居同睨歲月移君行叩玄關豈但息馬疲高材
笑小草異質憐孤姿思古而嗟今皇皇不磷緇
微言怨不亂似為賤子施
京口同蘇景謨遊招隱寺
居閑從散吏尋幽詣精廬城陰徑綠野谷口橋
清渠稍稍叢竹合依依昔人居輕雲起釋嶠細
水鳴循除聞鵶問長老豎拂談真如振衣念新
浴曲肱欣飯蔬茲游尚倥偬再至期躊躇獨行
豈辭遠徐步當乘車
送松陵老農
呼舟越洪濤笑識江南山此行為子來政擬一
笑歡相逢不忍别丘壑同躋攀如何舍我去使
我心悄悄子實名家后翰墨素所便老農雖自
謂念子安知田世故亦巳足擾擾徒自憐天寒
歲且盡趣駕扁舟還

贈俞清老

偃卧一茆屋給事兩胡奴日喫脫粟飯時乘下
澤車人生但如此其實足自娛過此誠更樂不
及復何如

謝人寄梅花瑞香花二首

慇勤江南客折花良慰余烱晝孤光冷曜夜清
影踈連林翫不足一枝清有餘諒無和羹用飄
落將何如

道人不愛色而愛聞清香方春謝凡卉凌晨玩
孤芳以兹蘭蕙質種彼蓬藋場常恐亂微馥采
采歸幽房

淮上書事

平楚盡積水長淮多奇峯蕭條月曜夜浩蕩風
鳴冬客行未可歸槳裹那得重寒氣搜病骨清
潭皃衰容遠游有滯念將老無歡悰故國渺萬
里去此嗟誰從

至國門聞蘇文饒將出都戲贈長句兼
簡其兄世美

去年東門十月雪九衢日昃行人絶騎驢兀兀
無所之破袖迎風手龜裂度橋並塹得君家入
門脫帽猶凛冽急燃濕束煖我寒徐出清酤寧
我渴君家自無儋石儲蠏黃熊白能俱設平生
見酒唇不濡是夕連觥耳方熱群奴夜僵喚不
聞我亦鼾鼻眠東閣明朝起過城南翁尚記新
聲一笑發東歸每嘆懷抱真西來又喜顏色接
方將慷慨豁心胸未用崢嶸驚歲月城南詩翁
况遠來門前雪泥又活活豈知萬事不可期却
樹吳檣背城闕人生動若參與商咫尺無論限
秦粤君聞吾語雖少留但恐一歡成電掣念昔
相見無他娛誦詩徵事相誇捷氣陵俗子旁若
無偶坐時聞竊嚅囁于今落落誰汝怜老屋陳
編自怡悅寄言詩翁倘留滯歲晚勤迓故人轍

題中宷堂

虎卧文公廬鳥巢道林室本自無俗喧何由辨
真寂逃溺必登山避燔必趨澤君看好靜人萬
慮固未息是心倘已剗對境起亦得上人早聞

道晚順世間迹振衣下靈岩飛錫來上國高堂亦何有万卷繞四壁客來倚風廊晤語終日夕莫言門如市中有忘機客吾曹詩酒汙此道誰目擊唯應寐時趣獨有青士識

題李伯時畫昭君圖并叙

漢書竟寧元年呼韓邪來朝言願壻漢氏元帝以後宮良家子王昭君字嬙配之生一子株累立復妻之生二女至范曄書始言入宮久不見御積怨因掖庭令請行單于臨辭大會昭君豐容靚飾顧影徘徊竦動左右帝驚悔欲復留而重失信夷狄然曄不言呼韓邪願壻而言賜五宮女又言字昭君生二子与前書皆不合其言不願妻其子而詔使從胡俗此自烏孫公主非昭君也西京雜記又言元帝使畫工圖宮人宮人皆賂畫工而昭君獨不賂乃惡圖之既行遂按誅毛延壽琴操又言木齊國王穰女端正閑麗未嘗窺看門戶穰以其有异人求之不与年十七進之帝以地遠不幸欲賜單于美人嬙對使者越席請往後不願妻其子吞藥而卒蓋其事雜出無所考正自信史尚不同況傳記乎要之琴操最牴牾矣案昭君南郡人今秭歸縣有昭君村村人生女必灼艾灸其面醜以色選故也昭君卒葬匈奴謂之青塚晉以文王諱昭號明妃云

昭君十七進御時舉步弄影颺蛾眉自憐窈窕出絕域八年未許承丹墀在家不省闚門戶豈知萬里從胡虜豐容靚飾亦何心尚欲君王一回留一作顧君不見班姬奉養長信宮又不見昭儀舉袂前當熊盛時寵幸只如此分甘委棄匈奴中春風漢殿彈絲手持鞭却趂奚鞍走莫道單于無復情一見纖腰為回首含悲遠嫁來天涯不知夔州處女髮半華寄語雙鬟負薪女灸面慎勿輕離家

送子飛弟歸荆南

住在東堂時唯汝年尚少木槍闘羣兒竹弓射

飛鳥今來跨鞍馬昂然丈夫表入門恍莫識与
語意方了脫汝來時裝夜闌酌清醥當歌喜未
定感舊色已愀念我三年宦自褁衣中剗東去
盡勾吳北行薄全趙汝亦上岷峨大江窮浩渺
一年兩附書皮筒到家少那知此相遇乾鵲果
前兆我性本齊緩汝資誠楚慓相逢各相規一
月語連曉憶汝初結髮讀書先尉繚謂須壯孰
殳單于壘時挑豈期尚羈旅但存雙目瞭我恨
緣詩窮賃屋隘而湫當容三尺床使汝眠奥窔

二升糶祿粟醜婢羹荼蓼時時得鶉兔傷竈親
燔燎纔為十日歡鄰里厭煩擾朝來著我服數
匝鄙條繞辭我出門去歸袖風嬌嬌還家對寒
食渚宮聞雉鳴想見阿頌君把卷倚叢篠弟妹
乘羊車堂前走相嬲何當揔見之緩我歸思杳
汝歸與俱來繁臺及秋杪

贈鄒醫

華陀一卷世不留玉函三十龍宮收奇方異訣
上帝求稚川肘後真悠悠東京仲景儒家流韻

踈思密豈自由妙技乃与俞跗侔後來繼之有
鬍鄒二子天授非人謀内經歲久誤弗讎鬍獨
覃思窮披搜草木寒温脉沉浮如磁取鐵無虛
投揭來游梁自高郵翰林雜試推君優天庭錫
帶塗精鏐我窮羇旅古汴溝有婦抱病祟門幽
巫醫百請不頷頭卒然邀君為停輈決去沈痾
如決癰自言不取千金酬只求一詩當琳璆高
風絕藝兩罕儔我才不逮前人羞祝君尚壯勉
勿休自致名譽傾公矦

津上人蝸舍

昔在焦居士焦先字孝然野宿蝸牛廬今津又繼之結草王
城居容膝審易安蓋頭無復餘心澄動境寂意
遠陋室虛我家數畝田荒薈自墾除茆簷正如
此日入歸荷鉏一朝厲華屋慨然念村墟烋物
倘有激投老同歸歟

夏日過中宗堂

苦熱倦中夜黎明与雞興匪云事干謁庶以逃
炎蒸駕言城東廬停軌日未升白簟帷薄縠青

盆水寒冰凉飈從天來一掃槃中蠅聊除咂膚
厄諒豈椶拂能攬衣念歸去謂是天候澄起視
尚午景世故何相仍

送蜀僧潮音歸鄉

野水有善溉山雲倏為霖古來出世士亦有利
物心上人成都來袈裟塵土侵兩屨踏京國一
鉢提叢林諸公握手舊孰不佢垂簪尚陋湯休
詩肯鼓庭蘭琴拙（獨）說衆妙行聽者開煩襟我作
五字偈彌天識潮音

贈蔡伯世

君家夫人林下風長齋繡佛鳴金鐘侍兒百指
亦清淨凌晨梵唄聲摩空潭潭大第依喬木日
午卷簾桉絲竹古調猶歌千萬千麗詞不唱新
翻曲有美一子天麒麟孟嘉外孫見淵明埽地
焚香坐弦誦不聞梵唄連歌聲俗子何由共杯
酒容我叩門呼小友欲求百萬錢買鄰倒囊只
有詩千首安得一把茆蓋頭榆林從君父子游
敢期絲竹娱下客但喜白業同精修秃襟短帽

紛紛是眼明見此褏衣士和詩論道有餘閑為
語故家遺俗事

贈趙伯魚

昔君叩門如啄木深衣青純帽方屋謂是諸生
延入門坐定徐言出公族爾曹氣味那有此要
是胸中期不俗荆州早識高与黄誦二子句聲
琅琅後生好學果可畏僕常倦談殊未詳學詩
常如初學禪未悟且遍參諸方一朝悟罷正法
眼信手拈出皆成章

答蔡伯世食筍

蕁絲化鹽豉槐葉資新麪豈知苦竹萌風味常
獨擅昔我居錦城屢喫田家飯扶杖自入箐煨
此犢角蕈後參鶴林禪餽我桑門饌烝烝沸鼎
中亂下白玉片惟無它物乘始覺真味現三年
客東都錦籜寧復見千金洛陽來惟充大官膳
前時過君食欣逢故人面那知列仙臞已雜蒯
通雋吾寧飽甘肥憒吒那忍嚥請歸謂主孟厨
人後當諫苦苣雜嘉蔬沉香和甲煎柯亭既誤

椽画障或遺練古來可歎事千載寄明辨作詩
弔簳龍助子當食歎
食煮菜簡呂居仁
曉謁呂公子解帶浮屠宮留我具朝飡喚奴求
晚菘洗箸點鹽豉鳴刀芼薑葱俄頃香馥坐雨
聲傳鼎中方觀翠浪涌忽變黃雲濃争貪歙鉢
暖不覺定盌空憶登金山頂僧飯与此同還家
不能學永費烹調功硬恐動牙頰冷愁傷肺胸
君獨得其妙堪持餉衰翁异時聞豪氣愛客行
庖豐懇勤故煮菜知我林下風人生各有道旨
蓄用禦冬今我無所營枵腹何由充豈惟荎無
餽菜把尚不蒙念當勤致此亦足慰途窮
送倪巨濟將仕
汴流六月翻黃沙小舟兀浪如乘槎赤日下照
烘朝霞腹鳴肩舉氣喘呀夜眠僕夫股相加䰀
樓晨飯羹黃茄時時矯首望土岸木末般轉江
州車渴逢石泉不得汲椎鼓催發無停檛問君
何為趣還家答云五載居京華夜牕讀書眼生
花每食不飽潛咨嗟母髮半白弟髻了有妹久
閼躬絲麻寄書細字如昏鴉問胡眷戀歸期賒
來時書笈手自拏今歸上堂兩脚靴壽觴要及
開霜爪子志如此良可嘉勸子博學如横罝麇
麟免鹿盡所遮或典而法浮而葩要歸于正謹
去邪行如種植慎萌芽念當務實勿求誇我行
買犢耕三巴佇子佳譽來天涯
莆城卽事
鄙夫世長物未老宜幽棲一朝起蓬屋著籍通
金閨遇合始僥幸非才終見擠尚想歐陽公罪
棄荊山西步行意方感庭趨顏遂低行趨豈云
異喜愠自不齊微官何足論等求飽糠粞三徑
如可卜歲晚歸扶犁
題分秀堂
南山有佳色偃蹇誰能分如何公子堂臥看南
山雲公子秀公族高標出塵氛總戎亦何事宴
坐參爐薰晴空萬劍戟衛此明將軍鄙夫在莆
城簿書劇絲棼青山不到眼終日無一欣寄聲

幸兮我与子同清芬

題默軒

李君誦兵法辯若懸河流時平棄不用胷中謩奇謀三年蓮勺鹵一室藏深幽默翁笑自謂宴坐無餘求不言非真默但与木石儔說默默時說吾聞諸前修君看古宗密妙義難為酬及談不二門則卷機鋒收我以辯自喜窮思戒摩兜君宜尚勉旃負杖從吾游

題王內翰家李伯時畫太一姑射圖二首

太一真人蓮葉舟脫巾露髮寒颼飂輕風為帆浪為檝卧看玉宇浮中流中流蕩漾翠綃舞穩如龍驤萬斛舉不是峯頭十丈花世間那得蓮如許龍眠画手老入神尺素幻出真天人恍然坐我水仙府蒼烟萬頃波粼粼玉堂學士今劉向蒙直嵓嵬九天上不須對此融心神會植青藜夜相訪

海上仙山邈雲水神居縹緲淩虛起風餐露宿不知年八極浮游一彈指何人紙筆作此圖細看尚恐冰為膚便欲憑軒問連卄却愁掛壁驚肩吾雖有此圖傳自古矯矯真容那得覩萬里中州不少留曉發咸池暮玄圃而今玉殿開珠宮鸞旗鶴馭紛長空神弓早御飛龍下顧賜千秋年穀豐

出寧分寧別舊同舍五首

公奉（韓）八千言自獻十二旈落筆中書罷石渠並英游方欣洛陽遇巳慨周南留明堂 梗柟詎須汝薪櫄三年望龍斷艱難身百憂鬢髮五分白更落天南陬

念我行老矣才拙世所捐青綾未煩直黃紬且安眠飽聞縣西寺脩椽壓山巔中容五百衆上堂鼓闐闐王程倘餘暇茲焉著幽禪自擷雙井茶与僧酌雲泉

昔慚芸閣姿斥守莆城市五占天雞星未技逐臣泪歸闕長樂鐘疲馬思一試挈挈今又東敝邑臨無地人生縛微官大似侏儒戲升沉各幾

時怨欣兩當置
益昌剗移文道州拙催科我愚象二子將奈分
寧何吾君放勲〔勛〕姿于今萬邦和縣令但拱手排
衙鼓鳴鼉故人怒挽船勸勿淩江波君其謝故
人我亦聊絃歌
陽山昔御史東陵前校書坐法竄未久遇赦罪
已除故時同舍郎半直承明廬獨奔江西縣道
里三千餘皇明透羽掘倘復哀且愚念當脫江
瘴与子聯朝裾

西山梅花二首

空山有佳人寒林弄孤芳晚分天女白夜奪嫦
娥光亭亭照清淺欲渡橫無梁微風起復滅為
我傳幽香

紛紛月彩動烱烱霜容開不覩散清影寧知花
底來平明忽天風磵谷空蒼苔惆悵有餘馥繄
英安在哉

入鳴水洞循源至山上

崇山蓄靈泉萬古去不息豬為百斛深散入千
渠溢其東灌民田又北尋山腹斷崖如破瓜飛
瀑中蕩潑大聲或雷霆細者亦竽瑟末流垂半
山十里見沸白得非拖天紳常恐浮地脉呂梁
丈人老尚与汨偕出我欲躡驚湍下窮齟齬石
惜哉意徒然屬此歲凜凓安得汝南周斷取白
蛟脊歸之龍泉峯山門宣喧席

黃龍山中

未雨萬木翳既雨群山開山神若眷予一掃風
中埃摩雲夾路松禪伯手自栽我來植柱杖聽
度松風哀幽賞未云足暮色蒼然來何當白玉
輪碾上西南垓

分寧大竹取為酒罇短頸寬大腹可容
二升而漆其外戲為短歌

此君少日青而癯爾來黑肥如瓠壺縮肩短帽
壓兩耳無乃戲學騶侏儒人言腹大中何有不
獨容君更容酒未須常要託後車滑稽且作先
生友少陵匏罇安在哉次山石臼空飛埃茆簷
對客夜驚笑匏生叩門何自來老向人間不稱

意但覺淵明酒多味乞取田家老瓦盆伴我年
年竹根醉

湖南有大竹世號貓頭取以作枕仍為
賦詩

湖南人家養貍奴夜出相乳肥其膚買魚穿柳
不蒙聘深蹲地庢老欲枯誰將作枕置榻上擁
腫似慣眠氍毹慵便玉枕分巳無孫生洗耳非
良圖茆齋紙帳施團蒲与我同歸夜相娛更長
月黑試捬臥鼠目尚爾驚睢盱坐令先生春睡
美夢魂直繞赤沙湖更煩黃嬭好看取走入旁
舍無人呼

竹爐

蘇州平生淡無欲長物從來博山足斵石燒磁
俱碌碌削筒為之方絕俗净名居士眠胡床夢
餘竹齋春晝長不知柏子起烟縷但覺細細風
吹香

陵陽先生詩集卷第一

陵陽先生詩集卷第二

題梅蘭圖二首

寒梅在空谷本自凌冰霜託根傲衆木開花陋
群芳遥風遞清氣迴水涵孤光美實初可口採
掇升岩廊念爾如傅說和羹初見嘗不須羨幽
蘭深林自吹香

幽蘭不可見羅生雜榛菅微風一披拂餘香被
空山凡卉與春競念爾意獨閒弱質維自保孤
芳諒誰攀高標如湘纍歲晚投澄灣不須羨寒
梅粉骨鼎鼐間

題湖南清絕圖

故人來從天柱峯手提石廩與祝融兩山坡陀
幾百里安得置之行李中下有瀟湘水清瀉平
沙測岸揺丹楓漁舟巳入浦淑宿客帆日暮猶
争風我方騎馬大梁下怪此物象不與常時同
故人謂我乃絹素粉墨妙手煩良工都將湖南
萬古愁與我頃刻開心胸詩成畫往黙惆悵老
眼復厭京塵紅

送鄉人李元景歸蜀

問君游梁今幾歲歸去聊為羨于（一作羹芋）計入門四壁妻子空恍若遊仙墮塵世令兄文價如相如世人但知千里駒不知更有八百里看取蹴蹋辭鹽車

蜀張氏賜書詩并叙

故國子直講臣無競嘉祐中召入集英殿仁宗皇帝賜以　御書宣和三年無競孫臣興嗣屬著作郎臣某為詩以紀之

張公昔蹋中朝班夜随仙官上九關再拜天皇少却立手掣雲漢歸人間鈞陳熟視不呵責坐令光耀驚塵寰至今公家蜀江上紫氣夜矚岷峨山昭回斷缺久未補女媧鍊石亦已艱似聞天上列星怒下問雲漢何時還丁寧賢孫善拂拭不用構閣深防閑為公作詩刻堅石可使萬古驅神奸

送嘉申父佐岷州

大梁初見公萬卷不離目五年再見之萬卷已在腹字體畫沙新詩篇翻水速閉門誰與娛翛然數椽屋白頭揚子雲久合居天禄誰令佐山州路遠車脱輻近聞皇華使漕木出深谷有能推挽公可敵千章木

次韻程政道館中桃花

桃花如昭君服飾靚以豐徘徊顧清影似為悦已容數枝有餘妍窮寵禁省中何如武陵岸繽紛落天風我夢泛舟去春流濯凫翁豈知限重門嵐揺鋪首銅憶汝初破蕚時當樓雪融亭亭怯餘寒賴此赤日烘蓬山十載梦聿飛左昇龍重來迹已换一掃凡花空髪有今歲白顔無故時紅三嗅三歎息繁英為誰穠

次韵黑㺚歌

黝奴生長西南夷揭來中國蒙公知提携十年行萬里寵愛肯為新人移但願結髪為玄妻不願能歌名雪兒夜寒僮僕盡僵縮我獨嫵媚呈餘姿只慚家世不可考辨舌推源煩惠施苦言瀘水异京水生女那復白如脂或疑烏几定乃

祖又言黑貂為姆師託身似與青女約薦(蓐)枕常
須黃嫗隨長伸兩腳得安臥莫作杜老憐腰支
他年老朽幸勿弃從來弱質不自持賢哉翁詩
善名我(不)爾須更換崑崙詩

送許少卿出守邠州

長安北走彭原路白葦黃茆列亭戍山形漸險
溪水渾行人可肯回車去豈知中有古邠州乎(廾)
里沙平水漫流雁飛蔽野葡萄曉馬放連雲首
蓿秋吹卿臥聽朝雞久請試從來撥煩手未許
相如喻蜀歸且看魏尚臨邊守雜花撩亂草鮮
明二月春風卷旆旌燕寢凝香無一事樂哉飲
酒莫論兵

送趙承之秘監出守南陽

繁臺十月寒颼飀置酒共祖南陽侯九士一客
相獻酬皆言南陽山水幽菊泉釀酒不論石土
酥醍醐出肥牛使君樓前橘柚古丞相坐下蒲
蓮稠夜燃蠟炬賓醉舞春風歌眠百花洲各持
一觴勸公飲此行樂矣公何求我獨倚杖蘭(商)声
謳此公人間第一流方今群賢從法駕金狨塞
路嘶驊騮獨令此公守一州臨分慷慨淚莫收
南陽南陽東(樂)復樂歸來歸來無久留

次韻館中諸公游慈雲寺

嘉蔬隨客庖香飯出僧甑聊為一飽謀未暇談
禪病二公當代豪詞林氣方盛五言謹詩律百
罰嚴酒令樂与同舍郎共此給園淨想像斜川
游何如舞雩詠甘瓜自雍丘肥芡來新鄭肴果
各有攜笑我室懸罄陋質謝不任實愧瓊瑶映
人生一車足那須富千乘有興驅短轅寧辭沮
洳徑及時速行樂莫待苦腳脛炎暑忽已闌當
念時難更

飲酒次人韻

淺瀨見魚游澄潭知鶴没疑乘青霞珮徑墮白
銀闕平生探學海中年悟禪悅應須臨渺瀰庶
以稱超越回塘大圓鏡新蒲細于髮綠扇互低
昂玉顏争秀發良辰宴觴豆炙曦脫巾韈荷聾
過急雨竹影散涼月緩行躡芳草移坐蔭深樾

何當酒相浮恣聽舟搖兀而我方抱鉛上馬自
腰笏叩門不聞呼造席無乃咄詎敢陵崆峒幸
許窺剞劂顧公開迷雲令我入理窟雄篇出月
脇妙思露天骨蹇步那由追習井媿先唱

榮事堂詩

安陽太守韓公子曉帶魚符出卿寺一朝帝語
傳人間轉覺公家有榮事公家請從忠獻論高
牙大冊來疏恩往時醉白堂中醉手自列戟留
諸孫諸孫盡是璠璵器愊愊無華漢循吏大錢
方遂吏君歸竹馬爭迎細侯至公不見大小二
鄭公五十年間風化同豈如五馬來接武作堂
雀嵬刊帝語又不見常家兩世侯父出傳舍子
入州豈如世作本郡守坐令卓異驚千秋安陽
遺民識忠獻眼見王孫四封傳請公靜夜占此
堂定有榮光屬天半

題采菊圖

往在京口為曾公卷題采菊圖九日東籬采
落英白衣遥見眼能明向令自有杯中物一
段風流可得成蔡天啟屢哦此詩以為善然
余嘗謂古人寄懷于物而無所好然後為達
況淵明之真其于黃花直寓意耳至言飲酒
適意亦非淵明極致向使無酒但悠然見南
山其樂多矣遇酒輙醉醉醒之後豈知有江
州太守哉當以此論淵明復作二首

黃菊有何好且寄平生懷遇酒興不淺無酒意
亦佳此理誰復明自昔寡所諧空餘采菊圖竚
寞懸高齋

今日菊始華叢雁鳴相和若無一觴酒如此重
如何悠然數酌盡會心豈在多醒來不復記散
髮東山阿

次韻胡元茂館中直宿

我老百念冷飢餐困來眠寄聲同學兒莫作舊
眼看春風石渠水小雨生微瀾知君直宿夜夢
憶胸山泉起裁五字詩思如溟渤寬白頭和高
唱回光覺酸寒

靖康元年自南都移黃州八月十六日

華藏民老渡江見訪于定山下院一夕
别去以詩送之

大師游華藏法席雄諸方而我因夙緣數入憂患場道眼宜見絕交情未相忘呼舟渡宣化訪我山之陽夜榻蒲蒻穩秋山蕙蘭香問我當何之笑指郡守章莫言千里殊共此圓寂光脫有雲水客附書及滄浪

去冬除守歷陽未上召還西掖今夏自應天尹移知齊安道由歷陽珪老相訪

奉簡一首

嘗聞歷陽郡寺有褒禪山及我分竹符欲往窮路攀驅車發半道尺一喚我還歎息岩下水何時照衰顔復持齊安節我（稅）駕臨通闤屬有行役累無由叩僧關珪公岷峨秀逸韻超人寰携詩遠過我慇勤請加刪少年意氣盛笑我毛髮斑夜語不知寢起看江月彎浮生浪擾擾萬法本自閑為吏何足論逝將老榛菅買田未及議我實貧非慳奉乞一菴地往來泉石間

二十九日戎服按軍城外向儀曹亦至
戲贈一首

旌旗雜沓鐃鼓鳴使君小隊來郊垧舊時視草判花手今學搽劍驅民丁逆胡未滅壯士恥子雖年少有典型短衣匹馬肯從我與子北涉單于庭

陶氏一經堂詩并序

古之學者其志將以明道豈與籯金計輕重哉遺子金滿籯不如教子經此鄒魯鄙語也鄙人何知但見韋元成世取宰相故羨慕之耳元成在位婾娿蓋非真知經者夏侯勝曰學經不明不如歸畊使經明而歸耕亦何不樂之有觀勝之意但欲射策取卿大夫而已陋哉不足道也戲為詩云

古來儒術士豈為勝籯金更求紫與青陋哉徒苦心有兒如少翁但可汙儒林我歌勸學詩以為鄒魯箴

遜子生日

閑居識時令愛此重九名況我長頭兒正用茲辰生汝性既已剛汝氣又已清應須萬卷讀勉力為家榮俗物非汝喜壺罇鑄新成壽汝白玉腴可服黃金英

次韻趙德夫龍圖送李諫議

嘗聞中興日補袞用老儒亂離歲月駛如隙過白駒慷慨請擊賊艱難論遷都百謀未一試去國秋云初歸來視青鏡老色上鬢鬚新亭對茂弘建鄴懷伯符古來興廢地俯仰再嗚呼使君亦偉人獨我慚非夫邂逅得參語僧坊飯伊蒲誰云鼻鄉縣契合連簪裾我有一葉舟可鈎宣溪魚如君醫國手寧當墮江湖燕爵尚紛拏志士極欷歔時哉更傅擊飢鷹思草枯

題大姑山

小姑已嫁彭郎去大姑長隨女兒住寂寞荒山春復秋但見空濛結愁霧行商再拜祈神休捧花買粉姑應羞不如一酹盃中物與爾閑消萬古愁

送僧歸蜀

巴江之中百尺鯉揚波鼓浪三千里早知辛苦上龍門不如歸戲巴江水

武盂道中

小灘嘈嘈大灘惡朝行羊腸暮鹿角盡日拖舟不得前忽然笪斷千尋落上梁左側石子多兩艇與石鳴相摩臥聽溪師倚篙哭將如四十二灘何羊腸鹿角上梁皆灘名

送深老住芭蕉寺

中歲厭凡子結交惟道人況此喪亂中益信空門真老深龍岫來意恐非常鱗與語果英特掣電翻機輪岩頭路久絕賴爾拈提新莫言茲山小是間無一塵生逢世道難無地置此身何當架茆竹永託芭蕉鄰

再用前韻簡圓通止老妙慧光老一首

蜀光在京國說法驚天人曾屈多口鑒得非點胷真深林鍛遠翮巨壑藏修鱗蕭然幽邃菴伎倆付老輪諸君五字偈亦各呈尖新世界梦幻

爾豈特為微塵更營露電驅庇此泡影身尚喜
圜通師教我吞儀鄰

次韵高大中侍郎罷郡書懷

公詩如秋聲蕭蕭薄炎熾我窮臥荒山無復文
墨事茲焉和高唱出語愧蕪累五馬一花驄得
非天廄駟會當親戎行一快平生志雖云鬻千
金此計恐未遂人生行樂耳屢空何用愧況今
紛紜時一笑豈云易求船莫戲言（遏之責馬求舡）換妾
乃深意梅堂極虛明壺漿有新餽（昨日郡守遺酒）何時
具杯杓洗我色憔悴李侯飲中仙亦有塵外思
藜杖方叩門君歸與徐議

次韻曾通判登擬峴臺

朝携笻杖來暝倚胡床坐循墻讀遺碑歲久苔
蘚涴烈風無時休于茲驗真箇曾郎吐佳句勢
突黃初過交游得詩流吾儕可相賀念昔逢大
梁一別九鐨火再見疑前身居然客愁破世久
無若人子豈伯休那（曾時丁憂）千山厭露宿一壑期
雲臥子少方鵬騫吾衰作鳶墮篇成不敢出畏
子詩眼大唯當事深禪諸方參作麽文章真綺
語季緒徒瑣瑣安得京口歸秋江細拖柁

戲作冷語三首

北風刮地寒陰凝鐵馬夜蹋黃河冰凍鳶瑟縮
烏凌兢破廬臥雪僵不興嚴霜透屋衣生稜未
若冷語銷炎蒸
五更和霜蹋積雪冰堅滑道行人絕邊城十月
地凍裂兩崖雨冰萬木折琉璃為家白銀闕未
若冷語祛炎熱
石崖蔽天雪塞空萬仞陽壑號悲風纖絺不御
當玄冬霜寒墮落冰溪中斷冰直侵河伯宮未
若冷語清心胸

送鄂州劉使君

昔在史館中地禁無經過唯君直廬近退食同
委蛇（著作局有制外人不得入）至今夢催班九門鬱嵯峨傷
心望金馬極目悲銅駞脫身來此郡見公擁琱
戈猛士三千人旗旟相蕩摩男兒晚有此世儒
安足多少來謬秉筆報國終無他聞當向夏口

秋風水增波願子静荆峡送我歸江沱

題蕃騎圖

塞上一作沙場漢漠黄雲秋黄鬚胡兒騎紫騮一作白馬攙前弄風走胡兒掣轡空驤首廻鞭愼莫向南馳漢家將軍方打圍奪弓射汝猶可脱奪汝善馬何由歸

題韓晃画瀛洲學士圖

咸陽中天開帝居群公下直承明廬長鞦短轡裒衣裾蒼頭廬兒争走趨韓侯画此時無虞瀛洲仙人樂有餘我生不及正觀初忽思十年身校書吟詩天街騎蹇驢爾來我馬方馳驅眼厭繡裾襐裳諸子把卷未展先欷歔

送韓將仕自撫之衢

故人有令子高義摩雲天邂逅亦未久航湖背臨川謂我老世故數數求言詮豈知愚闇姿一生憂患纏讀書千萬言不若摩兜鞬願子善自愛無忘說林篇

次韻吕居仁贈一上座兼簡居仁昆仲

上人出山時稻穫雲水白囷倉未云滿已有税租迫崎嶇走檀施不畏道里隔坐令衆浮圖聽法無餒色爾來閉幽户此道深自索佛法本無多未悟常自責孤雲忽南飛過我江上宅信知道人心不斷思想百邂逅逢故人涕泪説艱厄驅車更何之悵望王土窄應須屏塵累問此忘機客憂來莫飲酒酒薄空住鬲何時營一丘伐竹開新陌待子田舍成吾當理輕策

順老寄菜花乾戲作長句

道人禪餘自鉏菜小摘黄花日中曬峨嵋梗脯久不來麵糁薑絲典刑在封題寄我紙作囊中有巴蜀齋厨香起炊曉甑八月白酡此春盤一擷黄梗軟木耳、月白稻名也

戲留圖首座元上人

老夫宴坐菩提坊二士接迹來升堂蹙眉哆口辨舌張問胡至此皆同鄉少年發足參諸方爾來馬解高掛墻資雖東川近陵陽左綿稍遠亦相望不辭爛飯豉作湯肯更十日留山房

李氏娛書齋

欲樂誑凡夫須臾皆變壞唯書有真樂意味久猶在李君名家流事業窺前輩澹然無他娛開卷与心會憶吾童稚時書亦甚所愛傳鈔春復秋諷誦晝連晦飲食忘辛鹹汗垢失盥頮爾來歡喜處乃在文字外卷藏二萬籤棐几靜相對此樂君未知狂言勿吾怪

送王秘閣二首

烏衣諸王吾早聞晚塗獨識和州孫風流沓拖欲垂盡文采陸離今尚存奉祠乃是褭翁事如君胡為亦為此僕夫在門君疾驅往獻天子平邊書

右軍池頭鵁鶄呼康樂臺下杉椏疎碧山學士此築室白髮散人來卜居身隨沙鷗臥烟雨十年無書上公府枉作西班老從臣看君才華不能舉

送里人陳會往見江西漕使

勸君少留持一觴與君鄉里皆陵陽兒童共戲苦鹽岸老大相逢烏石岡拾遺平生丈人行拊我謂我能文章豈知今無一絲長但餘顛華面顏蒼君行往見王節郎感時憂國歌慨慷餉師十萬西平羌笑我挾複山中藏

夜与疎山清公對語因設果供戲成此長句

落葉屑窣鳴風廊四無人聲夜未央道人過我談真常客舍有底相迎將竹罏篝火曲木床烏臼為燭楓脂香青梨纍纍飣坐光黃甘十子近著霜醲梅蜜杏經年藏紅糝綴枝加柘漿蓴藕藷芋薰荷薑堆盤滿案次第嘗憶初見翁脩水窮轉眼頭八十鬚眉蒼爾時尊宿略喪亡屹如樅檜老不僵而我昔漫參朝行十年投閑坐老狂人生一夢炊黃粱諸法本閒人自忙況今世故甚擾攘与翁幸憩菩提坊夜闌一酌餘甘湯他年此樂不可忘

昔与道顏智俱二僧居武寧明心寺未幾与俱避賊山中顏幾不免紹興三年

復會於廣壽寺偶作一首

昔与二子居明心避賊夜走南山陰天寒更蹋沮洳徑月黑錯墮楊梅林歷險登危四三里少復前行過溪水平明乞火野人家十日身藏嵗窟裏閩俱歎我裝齋空蜀顏轉陷妖氛中誰言性命脫鋮孔沉憂傷人衰疾同春風酣酣柳邊寺相對梦中論梦事莫嫌薄飯一莖虀郡國而今無鼓鼙

送賢上人歸雲門庵

雲門秀色連雲居石林參天冬不枯溪迴髣髴菜葉下路轉雀嵬茆屋孤上人一口盡諸佛肯顧世上群兒愚獨尋龐老不憚遠此事古有今人無我窮活計依精廬千年香火勤朝晡遠來無物可祇待苦筍淡粥同齋盂翻然別我出門去春雨趁耕薑芋區不須領衆強自苦一庵高臥真良圖

送秀老住南嶽上封寺

人生孰不營世事復見羈獨有山居佳古語不我欺君今視霄漢已与諸佛期而我在泥滓未免高人嗤勸君安此山老大將何之底處不相見勿言此別離

久雨溪漲壽朋惠示長句次韵一首

緣雲細路投僧坊路邊松柟森自行初來紫竹半含籜白花忽已吹垂楊念昔聯翩背京洛於時初登君子堂還朝我執太史筆侍宴君持光祿觴由來用捨判殊路玉堂絳闕遙相望入翰林時某宮祠居楊州公車推輪下庾嶺我舟捩舵辭黄岡艱難晚厄汝溪上天雨屬聞頹院墻不憂漏濕有新句醉墨在紙猶淋浪桃花水漲鳥不渡安得奮飛來我旁夜來顛風起天未起占初日照屋梁明牕洗硯午陰寂前榮觀綦春晝長百年未滿且挈挈萬緣須息寧皇皇更能伴我千鍾飲徑欲因公倒橐裝

送汝山顯化士住印經

石路天新雨問僧何日來云求法舍利庶用鎮崔嵬我有一句子不從黄卷開相逢未可舉佇

子卞山四貯西土不置經藏皆以塔佛經謂之法舍利

謝彰上人遠自雲門見訪

君參雲門禪不遠為君說千里訪衰翁草鞋三寸雪此間禪亦無一味有衰拙乞君煮菜方歸与雲門啜

陵陽先生詩集卷第二

陵陽先生詩集卷第三

近體詩

上泰州使君陳瑩中

當年賢路雜薰蕕歎息諸公善自謀今日在前皆鼎鑊後来知我獨春秋海邊已擊師襄磬湖上新逢范蠡舟惟有書生最無事不妨挾冊更西游

聞富鄭公少時隨侍至此讀書景德寺後人為作祠堂因跋余舊詩後以自嘲

藤床瓦枕快清風破悶文書亦漫供鄉信未傳霜後雁羇懷生怯晚來鐘淹留已辦三年計流落應無萬戶封猶有壁間詩句在他時誰肯寫塵容

海氣昏昏又嘯風一杯扶病要時供三年閉戶兒童怪千古閑情我輩鍾若得黃甘應手種更求青李莫函封踈頑自笑將安適寄謝江山好見容

食蟹

海上奇烹不計錢，枉教陋質上金槃。饞涎不避
吳儂笑，香稻兼償楚客餐。寄遠定須宜酒債，嘗
新猶喜及霜寒。先生便腹惟思睡，不用慇勤破
小團。

次韵師白中秋會飲且餞予行

樓高應在月明邊，目斷西山萬里天。擬喚謫仙
歸貝闕，翻熱（愁）快馬蹋瓊田。詞鋒易破孤虛陣，酒
令難欺賞罰權。放盞成空君莫歎，明年千里共
嬋娟。

次韻留別南公

天遣吾曹與世踈，那將窮技學黔驢。只今年少
身多病，是處愁深淚濺裾。此去不須論塞馬，向
來猶有羮江魚。虛名只用驚兒輩，要作生涯墓
誌書一作莫著書。

至襄城家君有詩命某屬和

日月驅車及莽蒼，今朝一眼楚山長。共看社燕
將離急，誰見秋鴻刷羽光。晚渡河流皆倒影，庭
題馹壁作斜行。道邊艸木應相笑，解笑年來為

底忙。

次韻雙蓮花云得之城東

對境佳人艷質同，微風更許暗香通。淩波闘作
拖裾綠，行雨翻愁裛臉紅。欲寫新圖過淮右，從
今勝地自城東。有情邢尹空爭寵，龔悟榮枯一
瞬中。

對境疑是對鏡之誤

和者既多，花已成實矣，復作一首

人間异物費元功，水與銀河一綫通。誰擲兩杯
浮淺綠，忽逢了髻插殘紅。漫誇造物偏江北，疑
有遺民聚海東。天子不收祥瑞奏，坐憂芳質朽
泥中。

次韻陳師白

居士年來淨目塵，空花豈復間陳新。北游豈識
無為子，東第常叨不速賓。憶昔扁舟輕白帝，何
年一室老青神。漂然又指淮山去，儻更山中得
異人。

次韵蘇孟二君唱和

河東有句不空傳，但寄襄陽孟浩然。多慮皆能

成白髮一塵莫遣到丹田此身彭澤杯中老浮
世邯鄲枕上眠常恨今時無天雅看君發憤補
亾篇

十絶為亜卿作并徐師川跋

離歌三疊最關情不省從來此地聞早是春殘
心事惡落花陰裏更辭君

君去東山踏亂雲後車何不載紅裙羅衣浥盡
傷春淚只有無言持送君

更欲罇前抵死留為君徐唱木蘭舟臨行翻恨
君恩雜十二金釵淚總流

世上無情似有情俱將苦淚點離罇人心真處
君須會認取儂家暗斷䰟

君住江濱起畫樓妾居海角送潮頭潮中有妾
相思淚流到樓前更不流

憶汎郎舟共採蓮今來揮淚送郎船回書倘寄
新翻曲瀨上何人為扣舷

一夢巫陽樂已窮三年猶復怨匆匆倏雲驟雨
成何事未必三年抵夢中

妾願為雲逐畫檣君言十日看歸航恐君回首
高城隔直倚江樓過夕陽

初會雙鬟觸事羞離筵酌酒强回頭縱言眼軟
偏饒淚莫道心痴不解愁

强整雙鬟說後期相盟不在已相知來皆(時)休落
春風後却湯嘲儂子滿枝

徐師川跋

夏木陰陰欲放舡黄鸝啼了落花天十詩說
盡人間事付與風流葛稚川

送俞仲寬赴宿倅

年少場中晚節寒太年揮手下天關何人肯蹋
風波路自古難言骨肉間十里即應歸漢闕一
帆從此別淮山艤舟如得僧伽印未用將身付
等閒

便衣訪徐師川坐定陳瑩中太守亦至
余避入室已而同語良久戲呈師川

兩都賓主盡雄名我獨何人共宴榮微服豈宜
從刺史民巾端為訪先生山陰甚愧群賢集蜀

客初無一坐傾庚亮興來殊不淺臨風數語逼
人清

次韻師川見和

使君直氣舊凌空帳下森森已八龍倒屣休迎
王節信同舟未許郭林宗我無艸舍容朱轂君
有詩篇拒素封危坐正衿殊不慣歸從短褐醉
千鍾

五月八日游北禪師川登塔盡七級僕
能三級而已晚過公晦偶作二首

徐郎胸次已冰清北寺清游更絕塵不欲茹葷
緣道友肎來出郭是詩人憐君遠客情能爾看
我題名墨尚新誰有好方扶脚力故鄉歸去蹋
峨岷

鐵鑠銅鑼一一開肩輿不問主人來已登白塔
吾休矣更上紅亭子壯哉世外清歡須邂逅城
頭落日共徘徊雲樓五月滄洲趣羞殺初無八
斗才

曾大父有詩云三春拂榻花黏袖午夜
淘舟月在池舍弟子飛歸蜀與語及此
因取為韻

去蜀初遊楚吾方十二三無成今長大送汝不
勝懣

還家倘無事莫負故園春衣錦兒嬉爾從來笑
買臣

艤舟不能前已復日西沒贈子以幽蘭秋風正
披拂

野宿月團欒風餐氣蕭颯從來對床地只今懸
一榻

入蜀尋幽迹應先到浣花誠知錦城樂亦記早
還家

魚游因餌得鳥困坐黐黏顧我今如此空懷石
井鹽

逢年要力耕善舞須長袖北山休移文南山歸
種豆

一棹送君歸酒醒秋江午正是蓴鱸時思君在
何許

明月落帆時，荒山孤夜夜回首白雲飛吾親在其下
客行宜努力時亦近醅醪一盞熏人醉雲安米正淘
爾去逢諸父鬚霜貌渥丹貧窮宜此狀富貴却難安
揚州十里春娥眉半輪月茲游真不凡詩成想清絕
吾祖屯田公遺書悉安在為我謝諸兄蠹魚時一曬
故山不可到歸夢到天池想見山中叟磨崖待我詩

次韻參寥

此身不擬隨塵緣長恐驚鴻落響絃躡盡世間千澗壑歸來冐次一山川深宮木末猶秋色故國天涯只暮烟憑仗道人分石甃要看庭下玉龍旋
且向家山一笑懽從來烈士直如絃君今振錫歸千頃我亦收身入兩川短世驚人如掣電浮雲過眼亦飛烟何當與子超塵域下視紛紛蟻磨旋

游定林寺

定林何有惟脩竹急喚清樽趁午陰曲檻以南青嶂合高臺其上白雲深人猶未識官曹意風自能披我輩襟是夜彈琴醉翁操笑呼明月作知音

題鶺鴒圖

有弟留南楚經年不寄書天涯數行泪獨對鶺鴒圖

題絳帳圖

豈有青雲士而居絳帳間諸生獨何事不上會稽山

泰興道中

縣郭連青竹人家蔽綠蘿地偏春事少山迥夕陽多暗水批崖出輕舠掠岸過傳呼細扶柁吾老怯風波

偶書

雪如羞明夜方峇風似擺花春更多竟日吟詩
安用許今朝上酒柰寒何

題畫雪爵

寂寂黄山處士居空林急雪鳥相呼不知此子
何由見歸与先生作畫圖
只畫山禽依雪竹斯人用意復誰知肯來禁籞
圖神爵應已傳呼作畫師

題王充道清芬亭亭前瑞香花數百本

著葉團青蓋開花炷寶熏遥知三徑藹尚隔數
家聞但取芳菲襲無勞灌溉勤藉令揺落盡子
自有清芬

智勇師歸永嘉自言所居在萬竹間乞
詩送行

上人歸去家何許萬竹深園一把茆蹋盡蒙林
参白足却來江檻俯青郊夜喈蔌蔌風翻籜春
路冥冥雨放梢肎捹清陰分百十暮年思與子
論交

題脩師陽關圖

風烟錯漠路崎嶔倦客羈臣淚滿襟何事道人
常把玩只應無復去來心

題趙君發牧牛圖

王孫豈識田家趣妙畫聊因好古收唯有野人
開卷笑憶騎牛背下西疇

李少愚母挽詩

石窌恩雖渥潘輿恨已遥南天丹旐濕翔吹繐
帷飄不復迎舡筍驚聞引薤簫九原封若斧泪
溢冶城潮

贈張景方

斯文萬古照乾坤削簡沉碑僅免燔在處自應
神物護從來難爲俗人言仙宫下取餘無幾夾
壁深藏尚半存異日乞書購三篋吾知漢相有
賢孫

題花光長老畫

曉出花光寺雲沙照眼新歸來看圖畫借問若
爲真

昨欲浮湘去褰裳望九疑清湘今入手一棹更何之

送黄若虛下第歸湖南

時人會傍高門走獨肖來遊翰墨場已有哲兄如菲度定知吾子勝文強長淮白浪搖春枕故國青山接夜航乞得功名歸遺母未應深羡緑衣郎

館中直宿書事

十載名山慣杖藜清都直宿夢魂疑臥聞長樂鐘聲近尚憶寒山半夜時

北風吹馬襲貂裘薄雪連雲凍未收銀闕畫開禽鳥白信知三館是瀛洲

走筆謝人送酒

此身投老倦黄埃傍水柴扉晚自開百萬愁城攻不破正須從事斬關來

留别館中諸公

暫謫人間忝羣仙莫浪猜塵緣吾未斷不是薄蓬萊

行至華陰呈舊同舍

落日同騎款段游倦依松石弄清流蓬萊漢殿春分手一笑相逢太華秌

金粟堆

少陵金粟堆前泪歎息開元萬事空今日我來愁又絶更無松竹鳥呼風

謝人寄小胡孫

致爾自何處非（初）來猶索騰真宜少陵覓未解柳州憎婣喜常儲果奴嗔屢掣繩想（報）君無一物試為斵寒藤

醉中走筆留别楊將軍

山西老將尚童顔曾臂紅旗到賀蘭今日樽前惆悵别梨花風雨一枝寒

賦曲江禁柳

照水纖柯拂地明東風初試舞腰輕人間豈識長門恨霧鬢烟鬟綰不成

次韻思聰

欲問琴聰水鏡篇揭來端為著幽禪五更下馬

呼殘夢數面成親似宿緣伏臘憐君有犀骨騰身笑我不鳶肩白頭奔走襄陽道空誦新詩憶浩然

和李上舍冬日書事

北風吹日晝多陰日暮擁階黃葉深倦鵲繞枝翻凍影飛鴻摩月墮孤音推愁不去如相覓與老無期稍見侵顧藉微官少年事病來那復一分心

謝人寄茶筅子

立玉干雲百尺高晚年何事困鉛刀看君眉宇真龍種猶解橫身戰雪濤

偶書二絶呈館中舊同舍

去年看曝石渠書內酒均須白玉腴今日醉登延閣望幾人回首憶窮途

御本曾看錦帕舒醉驚飛閣上淩虛而今臥病衡門底自曬前簷幾卷書

題明皇上馬圖

翠華欲幸長生殿立馬樓前待貴妃尚覓君王一回顧金鞍欲上故遲遲

次韻倪巨濟夏夜二首

慵便紗帽滑病起葛衣輕白露含飛〔花〕動黃流帶月清思君開酒陣是夕破愁城但恐何平叔常談笑老生

臥病京華客塵緣種種輕共誰傾蓋舊之子逼人清筆倒三江水詩專五字城白頭聽諷誦渾覺黑絲生

送蘇世美東歸

東游兩見鶴林春晚愧先生作並鄰罇俎每留倉猝客典刑猶識老成人繫舟一笑都門外賣劍歸耕穎水濱意氣年來類兒女別離不覺淚橫巾

京口尋山每見携鶴林問法更追隨本無物累那成癖肎借人書未必痴食粥往年容乞米一罇今日細論詩邗溝好去春風煖莫忘椎冰共載時

次韻蘇文饒待舟書事

公才龔止劇曹郎冝向明時氏庚倉會有綾衾
趨漢署不須錦纜繋呉檣青箱教子書千卷白
髮思親天一方看我飄然五湖去棧羊篩酒送
歸艎

次韵蘇彦師見寄

長年眼力怯看書每見先生愧腹虛猶覺是身
多浄業欲投禪客問真如向來水駟分襟罷常
記河梁握手初從此論交同畢杜巷南巷北莫
相踈

題萬松亭

北窗欹枕雨濛濛夢破青山落眼中喚取隱居
來此住人間那有萬松風
老夫愛此摩雲幹欲下黃岡尚據鞍一疋猶無
好東絹憑誰貌出萬松看

道中絶句

淺黛依依臨水笑挼藍脉脉抱山流他年定作
寒溪夢夢感(戴)支郎雪滿舟
野岸黃榆三万栽枯根斷處水容開隋堤二月
春如許看取柔條拂面來
青羅帶上玉花飛不用天山一尺圍欲上鈎船
沙際宿前旌何苦喚人歸

梅花八首

山居有幽事小雪破梅心的皪明陰壑玲瓏挂
晚林吹香撩遠興弄影慰孤斟剩欲留長在霜
枝半不禁
蔕是團青蠟花非刻素紈直言南雪少猶自北
枝寒白髮遲明折清香帶暝看有情亭午日慎
莫苦摧殘
的皪林間白風霜莫浪催江南春不雪似是一
枝梅
雪裏尋梅蕋多應傍水開那知是花處但覓暗
香來
江南歲晚雪漫漫磵谷梅花巧耐寒幸有幽香
當供給不辭三載滯西安
雲根細路繞溪斜日出烟銷水見沙只度關山
魂已斷可須踈雨濕梅花

籃輿曉入關山路玉節珠旛次第開白髪微官
何用許似怜身出道山來
漢宮鉛粉净無痕蠟點寒梢水畔村忍犯雪霜
凌竹柏尚憑風月弔蘭蓀騷人折去清詩健驛
使持歸舊典存病眼渾驚春思早一枝聊洗畫
圖昏

夜泊寧陵

汴水日馳三百里扁舟東下便開帆旦辭杞國
風微北夜泊寧陵月政南老樹挾霜鳴窣窣寒
花垂露落毵毵茫然不悟身何處水色天光共
蔚藍

題中居士雲谿圖

雲溪居士買山圖碧玉峯前碧玉湖中有一丘
容我老暮年居士肯分無

同趙發運游甘露寺

皇華使者下滄洲十載題輿記舊游欲信隨車
翻雨脚請看轉漕拔舡頭飛騰已入西清殿徙
倚猶尋北固樓肯與故人躋石徑松風聲裏度

鳴騶

庚子年還朝飲酒六絶句

三年逐客卧江皋自与田翁酌小槽飲慣茆柴
諳苦硬不知如蜜有香醪

二句与前偶書二絶呈館中舊
會東唯注時放作去年

往時看曝石渠書内酒均頒白玉腴落魄十年
無復醉因公今日識官壺
漢閣重來髩已蒼故交強半上鵷行鳴鞭送與
黄封酒似喚幽人入醉鄉
愛酒淵明愛也無無人為我著錢沽起呼老氏
嘗官醖一灶寒燈夜自娱
舊聞西國蒲萄酒走送柴門不待求飲罷愁城
無處立故應一斗直涼州
五侯池沼卷東風釀作真珠滴小紅但怪外邊
春色晚濃華都在沁園中

題韓幹画馬

古畫仍藏古錦囊故人攜得自瞿唐夔僮作馬
應羞見羌戶方調兩驌驦

送海常化士

好去凌空錫杖飛鳳林關外道場稀莫言衲子
籃無底盛取江南骨董歸
鉢囊空太莫言貧會見吹毛本分人乞得金多
未為貴歸來著眼看家珍
次韻何文績種竹
杜陵窮老覓榿栽不似何郎種笛材三徑莫憂
荒草合一樽如與故人開未堪急雨枝枝打便
有幽禽日日來坐誦東坡食無肉詩膓日午轉
饑雷

虞童子七歲能誦書部使者聞諸朝既
至京師會更制不果試其歸也以二小
詩送之
七歲瀾翻數万言飢鷹引子望騰騫時平不用
甘羅輩寂寞提書歸故園
不作西京童子郎時人已自識黃香還家更誦
五千卷十八重來詣太常
次韻李希膺館中上元直宿
海上飛來百尺山三呼万歲亦迎鑾春連禁籞

常年早夜近清都特地寒不見星橋開鐵鎖似
聞雷鼓落銅丸起呵凍筆哦詩罷月傍蓬萊漢
闕殘
次韻王給事觀殿試唱名
已對丹墀眼尚生金莖曉露逼人清非關董相
三篇切自是重華四目明勇似風摧山嶽勢罷
如雷卷海波膺曽叨應奉宮門外老去空驚歲
籥更
馬革包尸誓此生豈知今日塞塵清強隨舉子
論兵要直為君王下詔明老將猶能賈餘勇少
年未分怯先膺元戎十乘他時事莫厭邊亭夜
報更
漠漠春雲晚自生廣寒宮裏未為清花深曲水
潺湲出柳暗長廊朧聰送音弄明月迎頻移鳷鵲
影庭空自樂鳥鳥聲此詩欲寄王摩詰字字煩
君子細更
集英春殿唱諸生日轉觚稜晚色清近侍皆分
金帶赤內人爭看雪衣明內人多自昇平樓上下觀罷朝詔

賜群公坐合殿歡傳万歲聲我老倦隨宮漏永
江南歸去聽鼉更

先大夫元豐間及進士第榮州伯父喜而賦詩宣和四年信道兄登科某時為著作郎侍立集英殿與觀唱名未幾信道兄調而歸某謹次伯父韻以送之

坐看連名策太常青雲穩上不須忙盡收騏驥無中駟別揀楩柟有主章玉殿桂留今日影瓊林花記昔年香聞君補吏成都去更与重尋舊草堂

送王左丞宣撫河北

百一作千里烟一作燕雲隨日中天戈直擣大槐宮巳煩寵數褒申伯更遣羌戎識晉公玉帳旌旗皆喜色鐵林鼓吹自春風應磨萬丈燕山石獨攬宣和第一功

次韻翁監再來館中

歸老江湖久自盟睡餘且復對空枰重來內閣人誰健憤躡天街馬不驚巳喜劉歆分七略尚傳韓愈誨諸生太平潤色須公等應許吾兼吏隱名

臣㮚以御畫鵲示臣某謹再拜稽首賦詩

君王妙畫出神機弱翅一作羽争巢並語時想見春風鳷鵲觀一雙飛占萬年枝

舍人簪筆上蓬山輦路春風從駕還天上飛來兩烏鵲為傳喜色到人間

送權師謁蔣山華藏二長老

祗園寺裏長連榻衲被蒙頭坐五年忽憶山中有尊宿欲來言下覓真詮蕭蕭野店雲生鉢湫湫江津月入船一段孤明千里去不知何事苦參禪

送聰師住蜀中乞錢

早學湯休句中參魯祖禪擎花曾有省持鉢尚隨緣雪滿商山屨風號灞水船誰憐功行苦乞與一囊錢乾音

次韻館中上元游葆真宮觀燈

百千燈射水精簾尚覺游人意未厭多病只思
田舍樂夜歸烟火望茆簷
玉作芙蕖院院明博山香度小峥嵘直言水北
人稀到也有槃姗勃窣行
鴨綠未全生曲沼鵝黄先已上柔柯故應春物
撩詩思白髮明朝一倍多
開卷愛公如李益解言明月逐人來多情如共
春流轉刻燭題詩又一回
澹澹新粧帶淺啼催車只待日平西驊騮也自
知人意散入千花了不嘶

過左掖門馬上口占

十載扁舟自在閑帝城春物不相關却因久住
蓬萊閣贏得年年看綠山

蜀僧法聰率然叩門乞詩送行

去蜀且萬里尋師踰十年初猶學搜句老漸欲
參禪宴坐蒲團破游方草屨穿還家何所得笑
上峽中船

申應時卜居京口名之曰雲棲又曰小築乞詩送行

客舍秋來憶舊居一帆歸去落東吴它年寄我
新詩句即是雲棲小築圖
不分西津亭下名二年輸與白鷗眠而今更恨
申居士占斷旁邊著釣船

故樞密鄭公輓詞

舊德凋零盡惟公尚典刑遂無宣室對徒有景
鐘銘志欲兼三代文皆剌六經何由瞻傳說但
覓太階星
義苑曾深入詞源更力探經綸黄閣再宥密紫
樞三盛德今誰似高名古所慚傷心舊賓客望
哭府潭潭
憶昔平原客曾叨十九人懷沙政愁苦負土更
悲辛冊府三年滯樞庭一見新今來揮涕泪為
國惜良臣

次韻何文縝舍人後省致齋

夜直沉沉浴殿南春風想對百花潭藤床轉枕
尋餘夢粉壁題詩倚半酣追記舊游時一笑勸

參真理莫多談白頭粗試絲綸手歸去扶犁意
亦甘

故正議李公輓詞

內閣論思密西班步武清誰無子隆貴獨被主
恩榮帶曳黃金重鞭飛白玉輕舊時行樂地簫
鼓入佳城

昔在昭文館從公侍赭袍笑談傾蓋舊風采照
人高便欲參藜杖那知奠濁醪不堪西北望松
柏暮風號

次韻石塔睡庵

寺南寺北竹陰濃背日茆茨雪未融為厭呢喃
說禪病故將齁鼾現神通慇勤問話非龐蘊邂
逅論交得贊公借我蒲團睡今夜五湖春夢雨
聲中

送僧化宰吳中行脚

我欲游京口浮家未有舡羨君無一物蓬底曲
肱眠

渡水穿雲去神光觸處開隔江如有得飛錫早
歸來

示龜山平老

二年三飲龜山井道上菰蒲亦笑人猶覺是身
多世累一庵何日與翁鄰

冰横絕浦曾爭渡浪打舡頭又少留安得一舟
淮上釣水生水落任沈浮

次韻侯思孺將至黃州見簡

未用船頭報水程為君持酒打愁城青山久負
當年約白髮多從客路生點檢轉工新句法揩
磨難減舊風情小留莫道無供給一味東籬有
落英

故資政忠惠韓公輓詞

藉甚中山守風流世有人獵圍邊月曉筵蹋塞
花春金絜盟猶在灰釘事已新使公長臥護何
地起胡塵

憶在昭文館垂紳看立朝敢論同自出但喜識
高標有子仍持橐如公合珥貂傷心鄴城路宰
樹結寒飆

以正賜庫蒲萄醅送何斯舉復次其韻

歎息蘇公無恙日坡頭自築小山房五年不識
官壺味只以春江當酒觴

老臣政術不堪論尚得君王賜酒罇異日黃州
成故事蒲萄醅熟記初元

蒲萄酒用春江水壓倒雲安麴米春未解敲門
問奇字一杯聊醉草玄人

登赤壁磯

緩尋翠竹白沙游更挽藤梢上上頭豈有危巢
與栖鶻亦無陳迹但飛鷗經營二頃將歸老眷
戀群山為少留百日使君何足道空餘詩句在
江樓

某已被　旨移蔡賊起旁郡未果進發
今日上城部分民兵閱視戰艦口號五
首

永安城外山危立赤壁磯邊水倒流此地能令
阿瞞走小偷何敢下蘆洲

病守雖閑鬢未蒼尚能談笑坐胡床指揮一掃
妖氛盡便自闗山向汝陽

昨夜黃州得蠟書老臣恨已解兵符莫將箭汙
偷兒血留與官家北射胡十二月得京城蠟彈有旨令在外守臣即兵應援

百憂前日揔薰心一笑朝來得好音絕域不須
遮虜障今年自有殺胡林

沙塲臘送亡胡月澤國春生賀漢年說與偷兒
莫輕出黃岡直下有戈船

陵陽先生詩集卷第三

陵陽先生詩集卷第四

近體詩

次范元長韵兼簡鄭有功博士

少年饒舌類豐干老似鳴蟬不耐寒無復酒盃
同設席幾思齋鉢共開單便從此去真差易未
有生涯良獨難樗散鄭公官益冷雪中何以繼
朝飡

次韵耿龍圖秣陵書事

十月舟藏（横一作）蘆荻林客衣頓覺夜寒侵亂離
祇有窮途泪勲業都無過去心敢恨青鞋蹋江
浦近傳黃屋渡淮陰中興氣象須公等是日頻
聞正始音

送蜀僧希肇住雲居

邂逅他鄉識艱難此地逢扁舟逆春水一鉢趁
晨鍾便欲依風穴寧辭上雪峰老禪行履處著
眼看機鋒

次韵金陵趙德夫使君上元三絕

小風吹水漲平湖屋角殘冰亦已無投老只圖
春睡足可須山鳥强招呼

臥聽秦淮嗚咽聲起看江月暮潮平舊時憶在
延眞觀玉作芙蕖院院明

憶昨宣和從　武皇春風省識　御袍香自從
翠蓋巡沙漠無復傲歌出洞房

蕪湖戲趙德夫

西來有客共征途不恨維舟日日孤愛子清明
似秋月當塗見了又蕪湖

送顯上人歸蜀

楚雨冥冥催入峽巴雲漠漠伴歸鄉只應袖有
歐峯録萬里神珠照地光

未可西歸白帝城半天亭下即胡塵它年若悟
居山好一東茆茨老此身

為超然道人作雲臥菴

窄堵西頭屋數楹知君臥占一溪雲老夫亦有
緣雲興應為情親肯見分

一溪清駛到天宮上有千株偃盖松未肯分流
下山去為君純浸紫霄峰

次韵南谿觀魚

城西鼓櫂又城東不待溪分上下風碧樹垂柑間黃綠冰盤行鱠簇青紅橫塘日暮林巒合斷岸炊來浦溆通安得此身無世累便隨漁艇入空濛

避賊嚴陽山次蜀僧清雅韵

苦菜數新葉高槐偃舊枝三生草庵主故與此山期

亂離多採報荒僻少外知聞白髮如荒草秋來不可耘

用遜子游嚴陽庵韻

路轉岡頭松栢深百年唯我獨追尋不知尊者真歸處嶺上浮雲自古今

石根路轉白雲深壞壁遺椽可細尋只道來時無一物尚留陳迹到如今

次撫州高使君韵

直道居中少長才舉最頻初聞輓紅粟又往破黃巾代北猶屯虜山東有未臣看公為世用容我任天真

再次韵兼簡李道夫

夌炊宜晚起况復雨頻頻桃竹猶能杖柴車未可巾閒分酒賢聖靜記藥君臣會有騎鯨李來陪賀季真

李侯梨飣坐風味勝仁頻投老須鳴玉相看尚秃巾便應尋木客何必問波臣不復來城市從人笑我真

猶記一麾出敢論三顧頻餘生過飛鳥幻事捏空巾學道無疑怖憂時有主臣買舟苕霅去我亦號玄真 漢書主臣皇恐之皃

次韻錢遜卅侍郎見簡

白頭逢世難無地可推愁曉日瞻天闕春風憶御溝他年余老蜀万戶子封留尚記臨川郡谿山爛熳游

往歲自京口與曾公永宏父同行至下蜀因次前韵簡之

下蜀追隨日歡言一散愁藍輿轉陂路小檝渡

潮溝万里家何在三年淹此留猶欣遲暮眼見
子並英遊
錢遜叔見示小詩次韵
邂逅邗溝記昔年知君跋馬自湘川欲持斗酒
洗泥滓未辨青銅三百錢
卜築相依約暮年向來深駐汨羅川叩門忽送
銅山句知是賦詩人姓錢
墮絮飛花又一年黃梅小雨暗平川莫言晚起
家何事日傍南池數綠錢
且復江西度歲年會須投老劍南川日長一局
枯棊罷臥看兒童學意錢
撫州邂逅彥正提刑道舊感歎輒書長
句奉呈
憶在昭文並直廬與君三歲侍 皇居花開輦
路春迎駕日轉蓬山曉曝書學士南來尚巖穴
神州北望已丘墟愁逢漢節滄江上握手秋風
淚滿裾
題伯時所画宮女

只道春風閑掖廷朝來綰結髻鬟新蛾眉不是
專君寵試觸君衣鸚鵡嗔
睡起昭陽暗淡墮髺粧不知緣底背斜陽若教
轉眄靚䊀一回首三十六宮無粉光
次韵游橘陂
水邊盧舍寺朱實繞霜縈棘刺防來客筠籠贈
豈輕誰為嘉橘頌自擬漢陂行莫訝歸時黑吾
兼吏隱名
緩尋隨父老偷折飫僮奴的皪連僧舍馨香到
客厨題詩郡丞至問俗使華俱只道千縑易良
田豈易圖
送曾宏父
見子京江尚少小一作年大梁重見已翩翩項來
更覺文章進它日寧容老病先梅谷舊題幽谷
引橘陂新和渼陂篇常慚散吏空稱賞不敢吹
噓上九天
乃翁名見豫章詩學術家傳有大兒四海共推
文賦早三年應詡者郎遲生逢側席求賢日即

是摩霄聳壑時若到朝廷問衰朽為人藏縮畏人知

題雙牛圖

駃牛躑躅知何事定是（自）春山細雨來漫漫平沙相逐忝可無人掣鼻頭迴

好事誰如公子賢千金買畫亦欣然老夫若有沉牛二春帶（一作）雨歸耕負郭田

次韻錢遜𠦑侍郎見簡

掃地焚香元自喜傍門騎馬向來慵田園此去須安枕海岱今年不舉烽已分瘦藤扶病骨生憎明鏡寫衰容兩公故是經綸手只問腰金早晚重

排悶徑須酤酒飲貯愁端為作詩慵連聲倦聽城頭角落點驚飛塞上烽聞道久閑金騕褭有時高臥繡芙蓉年來自說無尤物已結維摩按兩重

開心未用飲門冬老忝何妨万事慵胡虜近聞歸絕漠洛陽無復化為烽休官昔愧陶彭澤受祿今慚邴曼容誰似侍郎春思亂解言花影日高重

信州連使君惠酒戲書二絕謝之

上饒藉甚文章守曾共紫薇花下林鈴閣晝閑思老病故教從事送春來

憶傾南庫官供酒共賞西京勑賜花白髮逢春醒復醉豈知流落在天涯（故事每歲洛陽貢花賜館職百朵并賜南庫法酒）

次韵錢遜𠦑謝曾使君送酒

誰怜定武故將軍（侍郎嘗除定帥）醉舞狂歌老更真好事時分小槽酒殘樽也到白頭人

次韻曾寺丞觀早朝上徐諫議

憶昨飄然下葉闈十年江海望嚴宸遥知駐驛艱危地尚有憂時老大臣已起陽城司諍諫又傳陸贄掌絲綸為公細數能文士幾個麒麟閣上人

次韻徐翰林

遠聞仙伯上神山始覺升平氣象還一梦休論

玉堂事（某嘗兼權直學士院）兩行曾綴紫宸班（徽事兩省蛾眉班）
想燒椽燭書天詔看翦花騣出帝閑（騄壯花五騣）尚
憶平生故人否疽驅黃犢在田間

送僧住梅山

寺門岑寂知何許想對千巖万壑開待得梅山
梅子熟不辭先寄一枝來
近聞僧說宜黃寺一道松門夜不關投老有禾
三百把亦隨君去住梅山

某頃知黃州墨卿為州司錄今八年矣

邂逅臨川送別二首

自罷黃州守殊方任轉流（一作漫浪游千山）寧論九年
謫已判一生休此士真材傑諸公定挽留倘歸
存老病車騎擁西疇

盜賊猶如此蒼生困未蘇今年起安石（一作安枕）稍
不用哭包胥（並一作真儒兩）府子去朝　行在人應問
老夫髭鬢衰白盡瘦地日攜鉏

送雲門妙喜遊雪峯

憶寧分寧日逢師溪水頭裁書訪彭澤倚杖話

荊州（時馮天覺瑩中書師与二公善）幻世吾方梦迷津子作洲
舟（一作）禪心如寄付更為小淹留

不謂英靈漢猶怜老病翁回舟殘破（一作雷煥）駐
錫湼槃（一作梵王）宮復作千山去真成一段空直愁
林下樂從此更誰同

老子幽棲地勞君久見存夜氈從栗爆午盌看
茶翻舊事時追憶深禪得細論還應雪峯老領
衆侍雲門

送東林珪老游閩五絕句

平時訪我烏江上亂后逢君汝水濱欲問龍門
真在否大千沙界遍全身

少年高掇老龐科未必龍門衆角多幕府三招
三不去唯將一鉢渡娑婆

北風卷地雪漫天慚愧君來住過年日與隣翁
同展鉢老夫時復聽譚禪

直自三湘到七閩無人不道竹庵名詩如雪竇
加奇峭禪似雲居更妙明

竹庵端為故人留尚許衰翁預勝流寄語叢林

好清客未宜輕輥雪峯毬

示珪上人

自識雲門老經時水石間尚嫌聞法少隨度七
閩山

即席送呂居仁

一樽相屬雨華顛落日臨分更泫然蹀躞鳴珂
君得路伶俜散策我歸田近聞南國生涯盡厭
見西江殺氣纏欲買扁舟吳越去看山看水樂
餘年

余往歲與遜卅侍郎同寓廣陵靖康元
年遜叔守符離余被召過焉未幾余守
南都遜卅移真定過留數日紹興二年
復同寓臨川感念疇昔奉送一首

廣陵三歲共祠居（宮）二月帆開水上風北渚蕩舟
公醉我南湖張樂我留公豈知去國千山外又
得連墻一笑同衰亂難堪重離別可無書札問
衰翁

送李獻可奉使湖南

客居蓬蓽繞門深兩歲頻聞車馬音子壯飛騰
日無耶吾衰瘴癘久相侵舊知文力雄青土想
有詩聲動綠林（獻可比行招諭盜賊故用李涉事）歸儋玉皇香
案立莫忘江閣共登臨

余為著作郎如瑩為司令官舍皆在左
掖門外高頭坊紹興四年如瑩持節江
西道撫相訪輙成長句

邇近都城接下風官居總在日華東門瞻曲角
趨朝近路轉高頭出局同今日繡衣新使者晚
塗霜鬢舊鄰翁一盃無復當時樂赤縣黃圖淚
眼中

次韻曾吉父見簡

往歲滄波轉地流是身如沫信沈浮初聞盜賊
奔他境漸見衣冠集此州病欲深耕歸谷口禪
須末句問岩頭膺門也自知人喜有客清真似
子不

六月二十一日子文待制見訪熱甚追
記館中納涼故事漫成一首

漢閣西頭千步廊與君長夏對胡床陰陰檜色
蓮宮艸(草)宋寀綦𧇊度苑墻細乳分茶紋簟冷明
珠擘芡小荷香身今老病投炎瘴最憶冰盤貯
柘漿

送子文待制歸蜀

家近錦江歸未得見人之蜀便凄然聞君細說
開州好勸我來依刺史賢當路尚多豺虎闗遠
湖曾帶犬羊羶何時万里雲沙静穩上沙頭上
水船

世謂七夕後雨為洗車雨又七夕后鵲
頂毛落俗謂架橋致然戲作二絶

雲堦月地一相過未抵經年别恨多最恨明朝
洗車雨不令回脚渡天河
上界鸞驂鳳駕多不銷野鬪彊填河可怜無數
顛毛落只得雲輧一再過

夏夜廣壽寺偶書

水濁山昏暑未清風枝不動月微明忽驚零露
先秋戒更放蟭蟟一月鳴

城郭初鳴定夜鐘苾蒭過盡法堂空移床獨向
西南角臥看琅璫動晚風

送范𪱬器次路公綳韵

晚塗淹泊向誰論白髮名卿肯見存雒邑風流
餘此老故家文獻有諸孫寺連狹徑曾傾蓋舡
擁清谿書(尚)一罇(朱器臨行置酒)小駐鄱陽未宜遠欲憑
書尺問寒温

送范生

万里投殊俗餘生老一丘尚怜之子秀能慰此
翁愁只欲連墻住胡為下邑[illegible]黃塵詩思盡乞
與四山秋

夏日謝人送酒

木末炎風晚更無火雲低傍古城隅正嫌酒作
雞冠赤洗㦸驚看白玉腴

又謝送鳳團及建茶

白髮前朝舊史官風罏煮茗暮江寒蒼龍不復
從天下拭泪看君小鳳團
山瓶慣識露芽香細蒻匀排訝許方猶喜晚塗

宫樣在窑羅深碾看飛霜

嘲蚊

物微深可憫畏雨復兼風適見傳呼寵俄成撲
地空

嘲蟬

資身唯朽壤得意只繁陰浪自淒急人誰聽
汝音

嘲螢

孤光辭腐草強擬帖天飛中路霜風急還尋
腐草歸

嘲蠅

憶昔趨閶闔朝雞促曉聲何關蠅輩事也復強
飛鳴

頃年侍立集英殿見周表卿唱名第二
客居臨川表卿為宜黄丞歲滿訪别以
詩送之

往時束帶侍明光曾看揮毫點 御床只道騂
騮已騰踔不知鵰鶚尚摧藏官居四合峯巒雨
駟路千林橘柚霜莫為艱難歸故里漢庭今重
甲科郎

問江西漕使乞酒及牛乳

中郎玉節駐江西飲慣黄封厭赤泥寄與衰翁
時一醉四山搖落雨淒淒

近聞酥酪出中廚想肯為留寄病老一作夫不為
長齋飯麤糲暮年消渴亦時須

冬青禁中呼為万年枝

離宮見爾近天墀雨露常私養種時寂寞一株
嵐霧裏無人識是万年枝

謝江州陸簽判寄糖蟹

故人書札訪林泉郭索相隨到酒邊未擘團臍
先一笑二螯能覆兩觥船

只訝平原駟使稀舊說平原歲貢糖蟹不嗔彭澤寄來遲
勸君莫以無腸故蟹為無腸公子恐見紛紛躁擾時鍾毓曰蟹之將糖躁擾彌甚

次韻吉父曾園梅花

路入君家百步香隔簾初識漢宫粧只疑梦到

昭陽殿一簇輕紅繞淡黄
春風併力著寒梅淺白輕黄一道開竹屋西頭
如有路扶藜不問主人來
奉酬泉州使君寄荔枝子魚
爛紅初擘使君盤走送柴門色未乾着意裁詩
終不近遙怜醉眼若為看
駟騎持書自海旁開籃剩喜子魚香紅螺紫蛤
俱羞遜獨許渠儂近酒觴
送李大夫移宰新喻

治聲臨潁復臨川藉甚臨江已預傳但怪驊騮
在泥滓會看鴻雁撤雲天大夫之兄今守吉州杯翻竹葉
深留客浦漲桃花小一作穩繫船别後更誰從此
老頻將書尺問沉綿
送翁縣丞赴部
不謂張羅地時能問字過欲為衰朽託將奈别
離何比歲開三館君才中十科待平澶衛了加
思頌元和
昔坐甘陵党頻年躡一作冒嶮巇斯文今烜赫隱

吏已一作走自下衰遲俊茂推之子一作吾子飛騰值
聖時諸公宜改觀相國正深知一作是新知
似矩尚書帥桂道由臨川賦詩三首貽
彥章内翰謹次元韵送行
喪亂乖離數衰慵問訊踈新霜上鬚鬢老泪濕
襟裾忽報迎東騎遙知奉璽書豈惟謀郤縠文
亦似相如
有人談五嶺嵩崋象一作絕勝清衡廬地長十尋竹
波跳三尺魚看公羅鈇鉞笑我老耕鉏敢望頻

書札相望万里餘
郡戟一作列蒼山上平分二水流四時無癘氣五
管有賢侯静契羅公遠禪參帛道猷人生一麈
樂不必向中州
次韵吉父食筍乳長句
酪乳抨來自釋宫流膏散液竹萌中我方厭苦
飢虛病公已深知識界空楞嚴經云舌識界三處都無只漫
轑羹送鄰舍豈能搜句攪詩翁山城异味寧長
有郤傍春畦擷芥菘

次韵程待制見簡

病鶴羞垂翅疲駑困絡頭空懸彭澤印看上汝南州（余嘗除江蔡皆不到官后公實守二郡）好去營茆棟相依老荻洲忘憂得佳句不敢比扶留

曹山老送筍蕨与諸禪客同食戲成

野寺瓶罌至吾廬水竹幽開緘喜風韵喚客火淹留蕨帶寒山醤筍兼頭子油誰能知許味一飽併無憂

送宜黄宰任满赴調

故老凋零盡君猶識了翁深知名節似不但里閭同（君与了翁同縣自言慕其為人）政府方交辟高賢豈久窮它年汝溪上伴我釣秋風

聽說宜黄政他邦總不如里門喧誦讀村落罷追胥（君脩縣學及拒賊有膚績）縱未分侯印猶當擁使車此詩無麗句聊代薦賢書

送張右司赴召

老夫宴坐臨川寺五見君為万里行病馬不辭遺掣頓雲鵬那復計期程遥知此去常乖隔莫惜書來訪死生早與　朝廷定巴蜀故山遲暮欲歸耕

令人生日以画十六大阿羅漢為壽仍作三頌以祝長年

悟得玄機已數年曾蒙老宿印明禪定知凡物難為壽故仗高人結勝緣

數枚西國苾蒭利一瓣南天波律香持作誕辰羅漢供願如羅漢壽無央

生朝欲作祈年供長壽玉圭天上來定是從今有家慶世人傳作画圖開

道光甲辰三月十八日立夏以樊榭山人舊藏鈔本校　顨卿

陵陽先生詩集卷第四終

附一：輯補《全宋詩》失收韓駒詩作

上蔡太師生辰詩

南有壺山壓七閩，慶門高對此山青。時臨元旦前三日，天與中階第一星。華衮召歸資大政，彩毫分得續群經。陋儒不與稱觴列，聊假巴辭祝壽齡。出《詩淵》册六頁四四九三至四四九四。

壽何樞密二首

西風玉宇漸高寒，誰蔭華支駕綵鸞。好是神仙足官府，故生豪傑領朝端。文章大雅窺周鼎，風露高標挹漢盤。暫輟玉皇香案吏，來靈重印押千官。

金母蟠桃手自栽，三山雲氣接蓬（來）〔萊〕。重臣分陝真餘事，大老興周亦盍來。蓋世功名羞管晏，一時賓客舊鄒枚。它年伊洛耆英會，容折黄花薦壽杯。出《詩淵》册六頁四五二七。

題嚴將軍祠

先生大節重如山，雲讓孤高雪讓寒。一曲巴江城下水，年年留照舊衣冠。出道光《巴州志》卷八。以上三題四首，《全宋詩訂補》輯補。

太平寺

吏隱慚真隱，他鄉憶故鄉。梨花春寂寞，柳絮晝飛颺。羸馬戀青草，行人畏夕陽。江山千里遠，不抵客愁長。出康熙五十二年刻《江山縣志》卷一四。馮紅梅《方志文獻所見〈全宋詩〉未收詩考》（載《圖書情報研究》，二〇二〇年第三期）輯補，謂《江山縣志》卷一四録韓駒《太平寺二首》，此其二。又謂其一「沙岸殘春雨……」詩，元刻本《增廣箋注簡齋詩集》卷一三、元方回《瀛奎律髓》卷一七、明李蓘《宋藝圃集》卷八皆作陳與義《雨》詩，不詳《縣志》何所據。《江山縣志》録韓駒《太平寺二首》其一曰：「沙岸殘春雨，茅簷古鎮官。一時花帶淚，萬里客憑闌。日暖薔薇重，樓高燕子寒。惜無陶謝手，盡力破愁顔。」《全宋詩》册三一卷一七四〇頁一九五〇五録陳與義《雨》詩與此略同，存疑。

句

白玉堂深曾草詔，水晶宮冷近題詩。《竹坡詩話》：「汪内相將赴臨川，曾吉父以詩送之，有『白玉堂中曾草詔，水晶宮裏近題詩』之句。韓子蒼改云：『白玉堂深曾草詔，水晶宮冷近題詩。』吉父聞之，以子蒼爲一字師。」《全宋詩輯補》輯補，題《改曾幾送汪内相赴臨川詩句》。

附二：薈集辨證《全宋詩》暨諸家研究

《全宋詩》關於韓駒詩作之誤

《全宋詩》重出韓駒詩爲他人詩一首

張福清《李龏〈梅花衲〉對〈全宋詩〉校勘、辨重和輯佚的文獻價值》（載《古籍整理研究學刊》，二〇一〇年第三期）考證：《全宋詩》册二五卷一四四三頁一六六四〇據《錦繡萬花谷》後集卷三八輯補韓駒《巖桂花》，又見卷一三〇八頁一四八五六據《兩宋名賢小集》卷三〇《溪堂集》輯補謝逸《桂花》其一，此詩在宋代即已分列韓駒和謝逸名下，據李龏《梅花衲》，當爲韓駒詩，參謝逸。

《全宋詩》重出他人詩爲韓駒佚詩二首

陳偉慶《〈全宋詩〉重出考辨十二首》（載《中國韻文學刊》，二〇一三年第四期）考證一首：《全宋詩》卷一四四三頁一六六四一據魏齊賢、葉棻《五百家播芳大全文粹》卷八七輯補韓駒《上鮮于使君生辰詩》，實秦觀所作《鮮于子駿使君生日》，詩中字句稍有不同，見册一八卷一〇五八頁一二〇九一。按：《全宋詩》誤「子駿」爲「于駿」。

陳小輝《〈全宋詩〉晏殊、謝薖、謝逸、李彭詩重出考辨》（載《山東理工大學學報》社會科學版，二〇一七年第二期）考證一首：《全宋詩》卷一四四三頁一六六三七據吴曾《能改齋漫録》卷八輯補韓駒《絶句》，又見册二四卷一三九〇頁一五九五九李彭《歲晚四首》之一，僅幾字異，當是李彭作，參李彭。

《全宋詩》誤補他人詩爲韓駒佚詩十首

編者考證：《全宋詩》卷一四四三頁一六六四六據《五百家播芳大全文粹》卷八七輯補韓駒《上太師公相生辰詩十首》，稱「詩頌秦檜生辰」，「作於紹興十二年顯仁韋后由金回臨安後。而《宋史》本傳定韓駒卒於紹興五年，時間有矛盾，疑非韓作」。檢文淵閣《四庫全書》本《五百家播芳大全文粹》卷八七《上太師公相生辰詩十首》、宋刻本《聖宋名賢五百家播芳大全文粹》卷七七《上太師公相》未見録作者，而李心傳《建炎以來繫年要録》卷九一紹興五年七月丁亥亦記韓駒「及是卒於撫州」，則此十首必非韓駒作。

《全宋詩》重出韓駒詩句爲佚詩一首

常德榮《〈全宋詩〉重出作品二十一首及其歸屬》（載《殷都學刊》，二〇一〇年第四期）考證：《全宋詩》卷一四四三頁一六六四八據富大用《古今事文類聚》新集卷二九輯補韓駒《題李白畫像》，實卷一四三九頁一六五九〇韓駒《題王内翰家李伯時畫太一姑射圖二首》之一末四句。

《全宋詩》重出韓駒詩句爲他人佚句一條

陳小輝《〈全宋詩〉之吕本中、曾幾、白玉蟾詩重出考辨》（載《河南教育學院學報》哲學社會科學版，二〇一六年第六期）考證：《全宋詩》册二八卷一六二八頁一八二六五據

《能改齋漫録》卷七輯補吕本中《贈僧》「莫言衲子籃無底，盛得山南骨董歸」斷句，實韓駒《送海常化士》之一後二句，見卷一四四一頁一六六一六，參吕本中。

《全宋詩》誤補他人詩句爲韓駒佚句一條

汪少華《「縣古槐根出，官清馬骨高」出處之謎》（載《古籍整理研究學刊》二〇〇三年第六期）考證：《全宋詩》卷一四四三頁一六六五〇據《錦繡萬花谷》前集卷一四輯補韓駒《縣宰》「縣古槐根露，官清馬骨高」斷句。檢《錦繡萬花谷》，句下未注作者，此句後「里門喧誦讀，村落罷追胥」句下注「韓駒父」。此句前有「雨後有人耕緑野，月明無犬吠花村」句下無注，「犬眠花影地，牛牧雨聲坡」句下注「並李拱」。顯然《錦繡萬花谷》「縣古」句不詳作者，故未注，《全宋詩》則以後句注「韓駒父」，而判前句爲同一人所作。然韓駒無駒父之名或字或號，歸諸韓駒實乃誤判所致。惟《全宋詩》注云「歐陽修《六一詩話》已引此聯……當爲宋初人之詩」。摭拾文獻，此句「露」字，或作「出」，或作「老」，或作「瘦」。宋謝維新《古今合璧事類備要》後集卷七九、宋《翰苑新書》前集卷五八、宋李劉《四六標準》卷三四、元富大用《古今事文類聚》外集卷一四、元陰勁弦《韻府群玉》卷一六作韓駒父詩。《佩文韻府》卷八五之五作韓駒詩。歐陽修《六一詩話》、《佩文韻府》卷九五之二引《六一詩話》，均未言作者。《山谷外集詩注》卷一四《寄耿令幾父過新堂邑作迺幾父舊治之地》詩「緑槐陰縣衙」句下注云「古詩：縣古槐陰細，官清馬骨高」。宋嚴粲《詩緝》卷一九指「官清馬骨高」爲唐人詩。《佩文韻府》卷一九之二作杜甫詩，雍正《陝西通志》卷九八《拾遺》據《同官志》亦作「杜甫詩」，謂「杜子美嘗駐車同官，有『縣古槐根出，官清馬骨高』之句留置署壁間」。明李東陽《懷麓堂詩話》作宋九僧詩。孫明材《〈全宋詩〉中作者「待考」二則》（載《文獻》，二〇〇六年第三期）稱原句見吕陶《净德集》卷三五《過金堂偶記舊詩因贈宇文縣宰》，曰「嘗聞縣古槐根出，最愛官清馬骨高」。汪少華謂歐陽修《詩話》載與梅堯臣（聖俞）、謝絳（希深）談詩皆及此句，但俱未言及作者，且歐陽修（一〇〇七—一〇七二）、梅堯臣（一〇〇二—一〇六〇）、謝絳（九九四—一〇三九）去世時，韓駒（一〇八〇？—一一三五）尚未出生，此詩句非韓駒作無疑。吕陶僅爲借用此句，其詩明言「嘗聞」，惟亦未言作者爲誰。宋有九僧，作此詩者爲其中之誰迄今無據。或謂詩句與杜甫風格相近，似乎杜作，然歐陽修亦不詳作者，則宋九僧、杜甫作説亦不足據，究爲誰作尚待考證。

誤補《全宋詩》失收韓駒詩二題三首

編者考證：①《全宋詩訂補》據周必大《文忠集》卷一八《跋韓子蒼詩送劉童子歸廬陵》輯補韓駒《送別劉童子歸廬陵》詩二首。誤。蓋此二首見録於文淵閣《四庫全書》本《陵陽集》卷三，題作《虞童子七歲能誦書部使者聞諸朝既至京師會更制不果試其歸也以二小詩送之》，惟其二「時人已自識黄薌」之「黄薌」作「黄香」，當是「黄香」；「十八重來誼太常」之「誼」作「詣」，當是「詣」。《全宋詩》册二五卷一四四一頁一六六一七已收録。《宋詩紀事》卷三三亦録此二首，惟「虞童子」亦題作「劉童子」，頗疑是「劉童子」。

②黄啓方《黄庭堅研究論集》（安徽人民出版社，二〇〇五年）據吴曾《能改齋漫録》卷一七輯補韓駒《題御畫鵲扇》詩「君王妙畫出神機，弱羽争巢並語時。天上飛來兩鳷鵲，一雙飛上萬年枝」。誤。蓋此詩爲韓駒《臣稟以御畫鵲示臣某謹再拜稽首賦詩》二首之一，見録於文淵閣《四庫全書》本《陵陽集》卷三，《全宋詩》卷一四四一頁一六六一八已收録，惟「羽」作「翅」，並注「一作羽」；又，「天上飛來兩鳷鵲」作「想見春風鳷鵲觀」，「飛上」作「飛占」。

誤韓駒斷句爲《全宋詩》未收新知詩人佚句一條

楊玉鋒《二〇〇五年以來〈全宋詩〉輯佚成果文獻綜述》（載《華北電力大學學報》社會科學版，二〇一七年第六期）考證：霍志軍《〈全宋詩〉補遺》（載《河西學院學報》，二〇一一年第四期）據册三六卷一〇〇八頁二二五二九胡仔《足子蒼和人》小序輯補子蒼「窮如老鼠穿牛角，拙似鮎魚上竹竿」，謂「子蒼」是《全宋詩》未録詩人，爲宋代新見詩人。楊玉鋒指其誤，殆子蒼爲韓駒字，並非新見詩人，且此殘句已見册二五卷一四四三頁一六六四九韓駒名下。